# Mãe dos Fiéis

# Mãe dos Fiéis

Kamran Pasha

Tradução de
Mariluce Pessoa

EDITORA RECORD
RIO DE JANEIRO • SÃO PAULO

2012

CIP-Brasil. Catalogação-na-fonte
Sindicato Nacional dos Editores de Livros, RJ

Pasha, Kamran
P282m    Mãe dos Fiéis / Kamran Pasha; tradução de Mariluce Pessoa. – Rio de Janeiro: Record, 2012.

Tradução de: Mother of the Believers
ISBN 978-85-01-08995-3

1. Islamismo - Ficção. 2. Ficção histórica. 3. Ficção paquistanesa (inglês) I. Pessoa, Mariluce. II. Título.

11-2097.            CDD: 828.9954913
                       CDU: 821.111(549.1)-3

Título original em inglês:
Mother of the Believers

Copyright © 2009 by Kamran Pasha

Editoração Eletrônica: Ilustrarte Design e Produção Editorial

Texto revisado segundo o novo Acordo Ortográfico da Língua Portuguesa.

Todos os direitos reservados. Proibida a reprodução, no todo ou em parte, através de quaisquer meios. Os direitos morais da autora foram assegurados.

Direitos exclusivos de publicação em língua portuguesa somente para o Brasil adquiridos pela
EDITORA RECORD LTDA.
Rua Argentina, 171 - Rio de Janeiro, RJ - 20921-380 - Tel.: 2585-2000, que se reserva a propriedade literária desta tradução.

Impresso no Brasil

ISBN: 978-85-01-08995-3

Seja um leitor preferencial Record.
Cadastre-se e receba informações sobre nossos lançamentos e nossas promoções.

Atendimento e venda direta ao leitor:
mdireto@record.com.br ou (21) 2585-2002.

"O paraíso está aos pés das mães"
— Profeta Maomé

Dedicado a minha mãe,
prova viva dessas palavras.

# Sumário

Prólogo — O início do fim — 9

Livro Um — O nascimento de uma fé — 15

Livro Dois — O nascimento de uma cidade — 171

Livro Três — O nascimento de uma nação — 269

Livro Quatro — O nascimento de um império — 461

Epílogo — O fim do início — 513

Posfácio — 521

Nota do autor — 527

Agradecimentos — 531

# Prólogo

# O início do fim

# Em Nome de Deus,
## o Clemente,
## o Misericordioso

O que é a fé? Essa é uma pergunta que me faço há vários anos, querido sobrinho, e não estou mais perto da resposta agora do que quando meus cabelos ainda eram avermelhados como o despontar da aurora, e não desse prata pálido como a luz do luar, como são hoje.

Escrevo isto a você, porque sei que estou morrendo. Não reclamo, pois há momentos em que desejaria ter morrido há muitos anos, ou, melhor ainda, nunca ter nascido. Meu coração se volta para as árvores, cuja vida consiste apenas em sonhar com o sol e recordar a chuva, e eu as invejo. Há momentos em que eu gostaria de ser uma das rochas que formam os montes estéreis para além de Medina, ignoradas e esquecidas por aqueles que caminham sobre elas.

Você protestará, tenho certeza. Como é possível que eu, Aisha, filha de Abu Bakr, a mulher mais célebre de seu tempo, deseje trocar minhas gloriosas recordações pelo sono dos surdos e mudos da terra? Essa é a magia das lembranças, querido Abdallah, filho de minha irmã. Elas são como o vento. Vêm quando querem, e carregam consigo tanto a esperança da vida quanto o perigo da morte. Não exercemos sobre elas nenhuma autoridade. Não, são elas que nos controlam e se regozijam em seus caprichos, levando junto nossos corações para onde quer que desejem.

São elas, nesse momento, contra minha vontade, que me fazem estar aqui, em meu pequeno quarto, construído com tijolos de barro, a poucos metros do túmulo do meu amado, escrevendo esta história. Há muitas coisas que não desejo relembrar, porém minhas memórias clamam para ser registradas, para que possam perdurar nas lembranças de outros quando eu partir.

Então devo começar pelo início. Época em que um mundo morria e outro estava prestes a nascer. Há muitos momentos de glória em minha história, muitas maravilhas, e bastante tristeza. É uma história que, espero, você zele e transmita aos lugares mais remotos do Império, para que as filhas e netas daqueles que ainda estão sendo amamentados a guardem na memória. Muito do que vou relatar testemunhei com meus próprios olhos. O restante contarei assim como me foi recontado por aqueles que estavam presentes.

É uma história de grande augúrio, e o transmissor de minhas palavras terá de carregar o peso dessa responsabilidade diante de Deus e dos homens. Entre todos os que vivem na terra, não há ninguém em quem eu confie mais do que em você, Abdallah, para transmitir a minha história. Em meus dias de honra e desgraça, você permaneceu a meu lado, mais leal do que qualquer filho de sangue poderia ter sido. Olho para seu rosto sorridente e vejo tudo o que ganhei e perdi como consequência do meu destino. Um destino que estava escrito com a tinta dos sonhos quando eu ainda era uma criança.

Eu tinha 6 anos quando me casei com o Mensageiro de Deus, embora nossa união só tenha sido consumada quando se iniciaram minhas regras, aos 9 anos de idade. Ao longo dos anos, tomei consciência de que meu casamento, numa idade tão jovem, foi considerado escandaloso, até mesmo bárbaro, pelas altivas mulheres nobres da Pérsia e de Bizâncio, apesar de nenhuma delas se atrever a me dizer isso pessoalmente. Claro, estou acostumada aos murmúrios cruéis de fofocas. Mais do que a maioria das mulheres de minha época, fui alvo das adagas ocultas do ciúme e do rumor. Talvez isso já fosse esperado. Um preço que devo pagar por ser a esposa preferida do homem mais reverenciado e odiado que o mundo jamais conheceu.

Diga a eles, Abdallah, que eu amei Maomé, que a paz e as bênçãos de Deus estejam com ele, e que ele me amou, apesar de eu não ter sido digna de tal amor. De todos os caminhos tortuosos percorridos pela caravana da minha vida, não há nenhum que me seja mais caro do que os dez anos que passei com ele, como sua esposa. Na verdade, há muitos dias em que desejaria ter morrido com ele, que Gabriel tivesse levado meu espírito com o seu, e que eu pudesse ter deixado esse vale de lágrimas para outros conquistarem. Atormenta-me saber que milhares teriam vivido se eu tivesse morrido naquele dia. Um exército de fiéis, que me seguiu para a sua destruição. Homens bons que acreditavam que eu agia por idealismo, não por orgulho e um desejo velado de vingança. Homens bons como seu pai. Se minha alma tivesse partido junto com o Mensageiro, ele e muitos outros teriam vivido.

Mas essa não foi a minha sorte.

Meu destino era ser a mãe de uma nação, embora de meu ventre nunca tenha nascido um filho. Uma nação escolhida por Deus para mudar o mundo, destruir a iniquidade, embora seja sempre tentada a ela sucumbir. Uma nação que derrotou cada um dos seus adversários, apesar de todas as forças da Terra terem se aliado contra ela, e que foi condenada a lutar contra si própria até o Dia da Ressurreição. Uma nação, cuja alma, como a minha, está plena de Deus, e ainda assim é consumida por uma paixão terrena. Uma nação que representa vitória e justiça, mas que não pode jamais esconder seus próprios fracassos e crueldades contra o terrível julgamento do Deus único.

Essa é minha *Ummah*, minha nação, e eu sou sua face, ainda que nenhum homem que não pertença à minha família tenha visto o meu rosto desde a minha mais tenra idade.

Eu sou o arauto da alegria e da raiva. A rainha do amor e do ciúme. A portadora do conhecimento e a maior das tolas.

Eu sou a Mãe dos Fiéis, e esta é minha história.

# 1
## Meca – 613 d.C.

Nasci envolta em sangue, e essa terrível mácula me seguiria por toda a vida.

Minha mãe, Umm Ruman, gritava em agonia à medida que as contrações se intensificavam. A parteira, uma mulher robusta da tribo Bani Nawfal, chamada Amal, chegou mais perto para examinar o abdome da grávida. E então viu o fio de sangue que escorria pela coxa da paciente.

Amal olhou para a menina, que estava nervosa ao lado da cadeira de parto, onde sua madrasta lutava para dar à luz uma criança.

— Asma — ela disse numa voz suave, tentando disfarçar o medo que crescia em seu peito. — Vá buscar seu pai.

Sua mãe, Abdallah, não tinha mais de 10 anos na época, e empalideceu ao ouvir as palavras de Amal. Asma sabia o que significavam. Umm Ruman também.

— Eu estou morrendo — disse Umm Ruman quase sem fôlego, trincando os dentes de dor. Ela percebera que algo estava errado no momento em que a bolsa de água se rompeu. Era um líquido escuro manchado de sangue, e o subsequente horror das contrações estava longe de ser o mesmo que sofrera no nascimento de seu filho, Abdal Kaaba, muitos anos antes.

Aos 38 anos, ela sabia que já passara da idade de gerar outro filho com segurança, e recebera a notícia da gravidez com inquietação. Nos Dias da Ignorância, antes da Revelação, talvez tivesse recorrido a Amal, ou a outras parteiras de Meca, para pedir a poção secreta conhecida por envenenar o ventre. O Mensageiro de Deus, no entanto, deixara bem claro para seu pequeno grupo de seguidores que a vida de uma criança era sagrada, a despeito de muitos costumes árabes pagãos indicarem o contrário. Ela fizera um voto de obediência a seus ensinamentos, e não iria quebrá-lo, mesmo que isso significasse a morte.

Ao contrário da maioria de seus amigos e vizinhos que ainda se atinham aos costumes antigos, Umm Ruman não temia mais a morte. Porém, sofria ao pensar que seu bebê, o primeiro a nascer sob a nova fé islâmica, pudesse não sobreviver para ver o sol nascente.

Amal segurou a mão dela e apertou-a suavemente.

— Não se desespere. Vamos superar isso juntas. — Sua voz era carinhosa, mas Umm Ruman notou, pela expressão séria da mulher e as linhas rígidas em torno de sua boca, que Amal havia chegado à sua conclusão profissional. O fim estava próximo para a mãe e o bebê.

Umm Ruman conseguiu virar a cabeça em direção à enteada, Asma, que, paralisada ali a seu lado, tinha os olhos escuros rasos de lágrimas.

— Vá. Vá buscar Abu Bakr — disse ela com a voz cada vez mais fraca. Umm Ruman alisou as faces ainda gorduchas da menina. — Se eu morrer antes de você voltar, diga a ele que meu último desejo é que o Profeta faça as orações no meu funeral.

Asma abanou a cabeça, recusando-se a enfrentar essa possibilidade.

— Você não pode morrer! Eu não vou deixar!

A menina não era do mesmo sangue de Umm Ruman, mas a ligação entre as duas era tão forte quanto aquela entre mãe e filha. Talvez ainda mais forte, pois Asma a escolhera em lugar de sua mãe legítima, Qutaila, que se recusara a aceitar a nova fé. Abu Bakr se divorciara da primeira mulher, porque era proibido aos fiéis compartilharem a cama com idólatras. A orgulhosa Qutaila deixara a casa em um acesso de fúria, jurando retornar a sua tribo, porém Asma se recusara a ir com ela. A menina havia escolhido o caminho da retidão, o caminho do Mensageiro e de seu pai, Abu Bakr. Isso fora há três anos, e Asma não via a mãe desde então. Umm Ruman sentira pena da criança abandonada, muito pequena ainda para entender a enormidade de sua escolha, e a havia educado como sua própria filha.

Umm Ruman se perguntava o que aconteceria a Asma quando morresse. Abu Bakr provavelmente procuraria outra esposa, mas havia apenas meia dúzia de mulheres na nova fé, e a Mensagem se transmitia lentamente por causa da necessidade de se manter segredo. Se os líderes pagãos de Meca tivessem conhecimento dos ensinamentos do Profeta, a cólera deles seria despertada, e a pequena comunidade que os fiéis haviam fundado em sigilo seria exposta e destruída. Muito provavelmente, Asma ficaria sozinha, sem mãe adotiva para guiá-la na transição para a idade adulta. Ela já havia passado da época das primeiras regras, que geralmente chegavam entre 10 e 11 anos para as meninas nascidas sob o escaldante sol árabe. O fluxo menstrual irromperia a qualquer dia, mas Umm Ruman não estaria lá para atenuar o choque do primeiro sangue.

Ela passou a mão pelos cabelos castanhos cacheados de Asma, na esperança de deixar com aquele toque uma lembrança carinhosa, que pudesse confortar a menina nos anos vindouros. Nesse momento, uma dor lancinante atravessou seu ventre, e ela gritou.

Asma soltou-se da madrasta. Recuou um pouco, tropeçando num dos tijolos que a parteira colocara aos pés inchados de Umm Ruman. Enquanto Amal, desesperada, procurava um bálsamo para aliviar a agonia da paciente, a menina deu meia-volta e saiu correndo à procura do pai.

Umm Ruman fechou os olhos e recitou uma prece em silêncio, enquanto seu corpo ardia por dentro.

À medida que seu útero se contraía com premência, ela sentia o bebê mudando de posição, preparando-se para vir a este mundo. Um processo que, com toda a certeza, levaria à sua morte, e possivelmente à do bebê também.

Era o início do fim, ela pensou com tristeza.

Umm Ruman estava correta. No entanto, de uma forma que ela não poderia esperar.

---

Meu pai, Abu Bakr, caminhava cabisbaixo pelas ruas silenciosas de Meca, com as costas levemente encurvadas, como se o peso do mundo estivesse sobre seus ombros. E estava mesmo.

Naquela noite, tudo mudara. E ele precisava contar a alguém. Normalmente teria ido direto para casa depois de sair da casa do Profeta, uma vez que eram vizinhos. Contudo, depois do que vira e ouvira naquela noite, precisava dar uma caminhada.

Além disso, sua esposa entrara em trabalho de parto naquele dia, e sua casa passara a ser domínio exclusivo da parteira. Abu Bakr aprendera com o nascimento dos dois filhos e da filha a deixar à tribo das mulheres a privacidade daquele momento. Um homem serviria apenas para importunar ou distraí-las de forma perigosa dos sagrados rituais do nascimento. E o parto seguro dessa criança, a primeira a nascer depois da Revelação, era importante não somente para ele, mas para toda a comunidade muçulmana.

Todos os vinte seguidores.

Seu filho. Abu Bakr imaginou por um instante em que tipo de mundo a criança seria educada. Durante anos ele cultivara a esperança de que a Verdade se espalhasse com discrição, em segredo, até que os senhores de Meca se surpreendessem ao perceber que sua religião tribal havia expirado em silêncio e fora pacificamente substituída pela veneração a um Deus Único. Mas naquela noite ele vira que, qualquer que fosse o caminho tomado pelo islã entre aquelas pessoas, não seria um caminho tranquilo.

Abu Bakr olhou para o firmamento. Não havia lua naquela noite, e o céu estava incandescente com uma multidão de estrelas, filamentos brilhantes de uma rede cósmica, um testemunho da glória de Deus. Os tolos entre seu povo acreditavam que o futuro poderia ser lido nos padrões representados na abóbada celeste. Mas ele sabia que tais superstições eram ilusórias. Apenas Deus conhecia o futuro. O maior de todos os contadores de histórias, a cada dia Ele surpreendia os homens com um enredo novo. Aqueles que achavam que podiam contornar Seu plano grandioso com esquemas menores eram sempre humilhados.

Ao dobrar a esquina no distrito murado de Meca, onde muitos dos chefes de tribos da cidade moravam, ele se viu contemplando os morros distantes que circundavam o vale desértico até o monte Hira — o lugar onde Deus se dirigira a um homem, da mesma forma como fizera com Moisés no monte Sinai ao norte. O monte, cerca de 600 metros acima do solo do deserto, terminava num planalto rochoso, em cujo cume havia uma pequena gruta escondida. Um lugar apertado onde não entrava luz alguma. De onde a própria Luz havia se originado.

Quando seu amigo de infância, Maomé, filho órfão de Abdallah, do clã dos Bani Hashim, saiu dessa gruta três anos antes, estava transformado. Ele havia tido a visão de um anjo, chamado Gabriel, que o proclamou Mensageiro de Deus para a Humanidade, o último Profeta enviado para tirar o mundo da escuridão e levá-lo à luz. Essa era uma declaração audaciosa, que compreensivelmente exporia ao ridículo qualquer outro homem que a tivesse feito. Maomé, porém, era diferente.

Abu Bakr o conhecia desde o tempo em que eram garotos agitados, viajando em caravanas para os mercados da Palestina e da Síria. E no primeiro dia em que pôs os olhos no jovem Maomé, ele soube que seu amigo era predestinado. Criado na pobreza e humilhação, o menino, contudo, deixava transparecer uma dignidade e um poder que pareciam originar-se de outro mundo. Enquanto os demais jovens aprendiam rapidamente as táticas sagazes dos comerciantes de Meca como um meio de progredir naquele mundo árido, Maomé ganhava a reputação de *Al-Amin* — o Leal. Sua reputação de justo nas negociações lhe trouxe respeito, porém pouco lucro, e Abu Bakr ficava desolado ao ver o amigo na pobreza, quando rapazes menos escrupulosos progrediam com rapidez.

Abu Bakr se encheu de alegria quando a sorte de Maomé finalmente mudou e ele conquistou o coração de Khadija, uma bela — e rica — viúva que empregara o jovem para administrar suas caravanas. Khadija pedira o paupérrimo Maomé em casamento, e Abu Bakr ficou muito feliz ao ver seu amigo de infância por fim ter uma vida afortunada entre os nobres de Meca. Maomé, contudo, nunca pareceu estar à vontade cercado de riquezas, e sua repentina prosperidade e ingresso na elite da sociedade havia apenas aumentado seu profundo pesar para com os muitos que permaneciam pobres no vale desértico.

Abu Bakr passara muitas noites, ano após ano, conversando com seu amigo, que demonstrava inquietude diante do agravamento da situação das classes mais baixas da cidade. Mulheres e crianças passavam fome no vale de Meca, ao mesmo tempo que o florescente comércio com os impérios bizantino e persa ao norte enriquecia os chefes tribais. Maomé ficava cada vez mais consternado com as injustiças diárias que presenciava: os fortes se aproveitavam dos fracos e os homens usavam e abandonavam as mulheres, deixando seus filhos bastardos relegados à própria sorte — em casos mais graves, matando as filhas, cujo nascimento era socialmente indesejável.

Abu Bakr não ficara surpreso ao ver seu angustiado amigo abraçar o caminho espiritual, meditando todas as noites e passando seus dias em conversas com pessoas de outras nações e outros credos que ele conhecia nas rotas de suas caravanas. Maomé nunca se interessara pela religião de seu povo. Tinha aversão aos ídolos grosseiros que os árabes veneravam e sentia-se instintivamente atraído pelos Povos do Livro, os judeus e os cristãos, e por suas magníficas histórias do Deus Único, que representava a justiça e a compaixão. Os Povos do Livro faziam-no lembrar de que esse Deus já fora também adorado pelos antepassados dos árabes, que descendiam do profeta Abraão por meio de seu primogênito, Ismael. Esse Deus, a quem os judeus chamavam de *Elohim*, ainda era conhecido dos árabes como *Alá*, o Deus Criador. Porém agora os árabes veneravam centenas de outras divindades, vistas como intermediárias entre eles e Alá, que era poderoso e muito remoto para preocupar-se com a vida cotidiana dos homens. Cada tribo do deserto tinha seu próprio deus, e cada uma delas considerava o seu deus melhor do que o das outras tribos, o que levava à divisão e à guerra entre os clãs. Essas divindades rivais, como os elementos indômitos da natureza que elas simbolizavam, eram caprichosas e destituídas de senso de moralidade ou justiça. Ao ver o caos motivado por esses deuses cruéis e belicosos, Maomé desejou que seu povo retornasse aos antigos caminhos de Abraão e à sua visão simples e pura de Alá.

Quando Abu Bakr o visitava, era comum que Maomé ficasse até tarde da noite compartilhando histórias que ouvira dos estrangeiros, histórias sobre Moisés e o altivo Faraó, José e seus irmãos conspiradores entre os filhos de Israel, e sobre Jesus, filho de Maria, o mais recente Mensageiro de Deus para a humanidade, que devolvera a visão a um cego e ressuscitara um morto. Abu Bakr ficara impressionado com a paixão de seu amigo por esse Deus e Seus profetas, e isso despertou nele uma aspiração igualmente intensa ao Divino. Como Maomé, Abu Bakr achava os deuses dos árabes mesquinhos e insignificantes. Mas Alá, esse Deus de Abraão, nunca falara aos árabes, e Abu Bakr desejava conhecer tal ser misterioso e invisível que havia esquecido os filhos de Ismael.

E então aconteceu. A visão de Maomé no monte Hira deixara o amigo abalado e confuso. Ao ver o anjo alado, primeiro dentro da gruta, e depois imponente no horizonte, sua forma magnífica expandindo-se numa nuvem de luz e se estendendo até os céus, Maomé se convenceu de que estava louco ou possuído por um *djim*. Desejou matar-se, desesperado, mas sua mulher, Khadija, o confortara. Ela lhe disse que um homem com seu caráter não seria desviado nem abandonado por Alá, e que aquela experiência devia ter sido verdadeira. Durante os vários meses seguintes, suas visões se intensificaram, e o anjo disse a Maomé que ele fora escolhido para seguir o caminho de seu predecessor Abraão — para abolir a idolatria e estabelecer a adoração ao Deus Único entre os árabes, e então difundir a fé de seus antepassados entre toda a humanidade.

Maomé ficou perplexo. Ele estava sendo convidado a aceitar uma tarefa impossível. Transformar uma terra de tribos guerreiras, que veneravam centenas de divindades tribais, em uma nação unificada sob um Deus Único. Como começar? Sem saber por onde, além do círculo amoroso de sua mulher e família, ele se arriscara. Maomé foi ter com seu amigo Abu Bakr e compartilhou com ele o que lhe estava acontecendo.

Foi assim que, numa noite calma, três anos antes, Abu Bakr sentou-se no chão do tranquilo escritório escassamente mobiliado de Maomé, enquanto seu velho amigo revelava as visões do anjo e a Voz que se dirigira a ele dos céus. Ao ouvi-lo, Abu Bakr sentiu algo agitar-se dentro de seu coração. Era como se tivesse esperado a vida inteira por esse momento. Parecia tão natural e inevitável como apaixonar-se. Antes mesmo de Maomé terminar, Abu Bakr sabia que sua grande aspiração havia sido realizada. Alá, o Deus que falara a Moisés e a Jesus, não abandonara os árabes, os filhos de Abraão. Abu Bakr conhecia Maomé há mais de trinta anos e jamais tivera motivo para duvidar de nenhuma palavra dita pelo *Al-Amin*. Se Deus fosse escolher alguém para profetizar à nação árabe, esse alguém seria aquele homem. Tinha de ser aquele homem.

Sem hesitar, Abu Bakr aceitara que Maomé era o Mensageiro de Deus e prometeu ser seu braço direito em sua missão. Pelos três anos que se seguiram, ele espalhou a notícia, entre amigos e parentes confiáveis, de que havia um Profeta em seu meio, aquele que conduziria seu povo à salvação. Abu Bakr procedia em total sigilo, pois os líderes de Meca, cujo comércio era feito em nome dos antigos deuses, teriam agido com rapidez para destruir esse novo movimento religioso.

Apesar de ter tido êxito em persuadir um pequeno número de afiliados a aceitar os ensinamentos de Maomé e juntar-se à sua doutrina, Abu Bakr se sentia arrasado por não ter conseguido conquistar alguns membros de sua própria família. Sua primeira mulher, Qutaila, se recusara a quebrar as imagens de seus deuses, e ele então lhe pediu o divórcio. Para agravar sua tristeza, seu amado filho, Abdal Kaaba, também se mostrara relutante em renunciar ao caminho seguido por seu povo. Suas brigas tornaram-se tão sérias que Abdal Kaaba saiu de casa para viver com seus familiares, recusando-se a falar com o pai até que ele renunciasse a tais ideias tolas. A separação do filho lhe causou um grande sofrimento, e o Profeta gentilmente lembrou a Abu Bakr que Noé também se separara do filho, cuja resistência à mensagem de Deus o levou, em consequência, à morte no dilúvio. Abu Bakr entendeu que um pai não podia ser responsável pelas escolhas dos filhos. Entretanto seu fracasso o transtornava.

Não obstante as perdas pessoais por que passara em sua família, Abu Bakr não sofreu nenhuma grande consequência social por seu envolvimento com o novo grupo de Maomé. Os líderes de Meca ouviram rumores de que *Al-Amin* andava desempenhando secretamente o papel de mestre espiritual para uma meia dúzia de habitantes locais, mas não deram muita atenção a isso. Desde que esse pequeno grupo de seguidores permanecesse reservado e não criasse problemas em Meca, podiam adorar o deus que desejassem, crer naquilo que quisessem. Desde que os ensinamentos de Maomé permanecessem discretos e não afetassem os lucros dos chefes tribais, estaria tudo bem.

Todavia, tudo mudara naquela noite.

Abu Bakr virou as costas para o imponente monte Hira e dirigiu o olhar de volta para a casa do Profeta, num canto distante da cidade. A construção de dois andares cintilava sob a luz das estrelas, suas paredes de pedras brancas refletiam um leve brilho celestial. Durante os últimos anos, essa casa fora um lugar seguro para as reuniões para Abu Bakr e os outros 19 devotos. Ali eles faziam juntos suas orações e escutavam do Profeta as palavras de Deus, que lhe haviam sido reveladas pelo anjo Gabriel. Aquele lar era o santuário deles.

Precisava agora ser a fortaleza. Porque os líderes de Meca haviam descoberto naquela noite a verdadeira mensagem de Maomé.

E haviam declarado guerra.

---

ASMA SAIU CORRENDO DA casa do pai. Ela vira o rosto pálido como o de um fantasma de Umm Ruman, o sangue em suas coxas, e percebera que havia algo muito errado com o nascimento do bebê. Asma já perdera uma mãe — não suportaria perder outra.

A menina desceu correndo os degraus e entrou na ruazinha entre a casa de seu pai e a do Profeta. Pisou numa poça de lama escura, resíduo da rara e desejada chuva que caíra na noite anterior. Suas amigas todas haviam ido orar no templo — a Caaba Sagrada — naquela manhã e agradecer a seus deuses pela água, fonte de vida que tão raramente descia do céu no vale desértico. Porém, Asma não se juntara a elas. Seu pai lhe ensinara que os ídolos na Caaba eram deuses falsos, execráveis, cuja veneração encolerizava Alá. Os fiéis, em vez disso, se reuniram na casa do Profeta para agradecer ao Deus Único em segredo. Eles se curvavam juntos, suas testas tocando a terra escura, enquanto o Profeta recitava os versos mais recentes do Corão, o Livro que Deus pouco a pouco lhe revelava, em versos poéticos, diariamente.

Asma gostava muito dessas cerimônias, em parte devido a seu ar sigiloso e à emoção de fazer algo proibido. E em parte porque era um momento especial que ela podia compartilhar com o pai. Abu Bakr era um homem de negócios próspero, sempre ocupado inspecionando caravanas vindas do Iêmen, comprando e vendendo incenso, tapetes e cerâmica no mercado e servindo de árbitro nas disputas comerciais entre os vários grupos de negociantes de Meca. Ela raramente o via durante o dia e tinha prazer nas poucas horas em que, à noite, ele deixava de lado o livro de escrituração e vestia a túnica de um fiel.

Asma sempre se impressionava com a transformação de seu pai diante da presença do Profeta nessas reuniões. Abu Bakr era um homem digno, viril e forte, um homem acostumado a uma discreta liderança. Mas, na presença do Mensageiro, ele se portava como um escravo diante de seu senhor — entusiasmado, nervoso, ansioso por agradar. O severo ceticismo do comerciante era substituído pelo deslumbramento, a confiança total e absoluta de uma criança. Seu rosto sério, cansado e desgastado por um dia de negociações com comerciantes da Abissínia, da Grécia e da Pérsia, de repente ganhava vida, cheio de entusiasmo e de alegria. Quando, pela primeira vez, o pai se aproximou de Asma e lhe contou sobre sua nova fé, a menina era ainda muito pequena para entender a complexidade da teologia. Porém, vira como a Revelação o transformara, como injetara nova vida num homem que antes parecia pedra, permanentemente cansado do mundo, e sabia que ela também abraçaria esse novo caminho.

Seu amor pelo pai lhe dera forças para rejeitar a mãe, Qutaila, e seu meio-irmão, Abdal Kaaba, que se recusaram a fazer parte desse recém-criado movimento. Quando os dois foram embora, uma cortina caiu sobre a casa de Abu Bakr. Eles passaram a ser renegados em sua própria casa, aderentes de uma nova e estranha religião que ousava colocar os laços da alma à frente dos laços de sangue. Asma vira crescer o silencioso desespero de seu pai quando seus esforços para difundir os ensinamentos do Profeta entre seus familiares eram recebidos às vezes com incompreensão, mais frequentemente com zombaria, e outras vezes com exasperação. À medida que um número cada vez menor de membros do clã e da família de Abu Bakr os visitava, Asma sentia seu próprio isolamento crescer. As meninas com quem ela brincava às vezes lhe confidenciavam rumores que se espalhavam em Meca de que Abu Bakr e sua família estavam possuídos por um *djim* ou haviam sido encantados por um feiticeiro. Ela queria contar a verdade a todos na cidade. Que Deus havia falado com eles, que falava com eles diariamente, através da voz lírica de um homem que jamais recitara palavras de poder ou poesia. Que lhes vinham sendo confiadas verdades muito maiores do que qualquer uma transmitida pelos *kahins*, videntes místicos que percorriam as vilas da Arábia, cobrando para compartilhar suas visões.

Seu pai, porém, a proibira de falar sobre sua comunidade e suas crenças. Então ela ficou em silêncio, e o segredo que partilhavam criou um elo duradouro com os outros poucos fiéis. Eles eram sua nova família.

Uma família que agora se despedaçaria se sua mãe adotiva morresse. Umm Ruman tornara-se a mãe de toda a comunidade, segunda em importância depois de Khadija, a esposa do Profeta, e a primeira a abraçar a nova fé. Os poucos devotos se voltavam para Umm Ruman em busca de esperança e inspiração. Eles contavam com seus ouvidos pacientes para descarregar histórias de solidão e sofrimento, preço que pagavam por sua recém-descoberta crença. Seu sorriso carinhoso elevava os corações de muitos abatidos pela tristeza e pela rejeição, e suas mãos suaves haviam enxugado muitas lágrimas nos últimos anos. Sua morte seria um golpe avassalador para os fiéis. Porém no final eles poderiam se voltar para o Profeta e sua família, a *Ahl al-Bayt*, que constituía o cerne da nova religião. Os fiéis seguiriam em frente, pensou Asma pesarosa, mas ela perderia uma mãe. Mais uma vez.

Saiu correndo pelo caminho estreito em direção à casa do Mensageiro, parando em frente ao portão de ferro forjado. Como sempre, quando se aproximava da bela casa de pedras, com seus sólidos pilares e arcos delicadamente trabalhados, ela detectava a distinta fragrância de rosas no ar, embora não visse nenhuma flor na entrada. Asma prendeu a respiração e olhou para cima. As janelas de treliças de prata no segundo andar, da ala da família, estavam escuras. Apesar de saber que tinha acontecido uma grande reunião ali, mais cedo naquela noite, nenhum som vinha lá de dentro. O lúgubre canto dos grilos ecoava a seu redor de forma melancólica. Talvez o Profeta estivesse dormindo ou imerso em preces profundas.

Mesmo sabendo que sua missão era de vida ou morte, ela ainda assim hesitou ao bater na porta e perturbar a família sagrada. Ainda que seu pai sempre lhe lembrasse que Alá era misericordioso e compassivo, ela ouvira histórias assustadoras daqueles que suscitaram Sua ira — a tribo dos 'Ad, que zombara de seu profeta Hud, fora destruída por ventos e tempestades, e os Thamud, que haviam mutilado os tendões das pernas do camelo de seu profeta Salih, foram tragados por um terremoto.

Asma percebeu que estava tremendo. Se era o medo de perder a madrasta ou de provocar a ira de Deus ao perturbar Seu Profeta, ela não sabia. Respirou fundo e segurou a aldraba de prata que ficava presa logo acima de sua cabeça. Bateu no portão três vezes e ficou surpresa com o som que ecoou tão profundamente.

Por um longo tempo, não ouviu nada. Tentou alcançar a aldraba pela segunda vez quando, então, o som de passos se aproximando a paralisou. O portão abriu-se para dentro, e uma sombra recaiu sobre ela. Asma levantou a vista e viu um belo rapaz de 13 anos, de olhos verde-esmeralda e cabelos da cor de uma noite sem estrelas. Imediatamente percebeu quem ele era, e por uma fração de segundo teve dificuldade de falar. Os olhos intensos do rapaz pareciam penetrar seu íntimo na escuridão, como se acesos por um fogo próprio. Ela enrubesceu e baixou a vista, e de repente envergonhou-se ao ver suas sandálias, pés e tornozelos sujos de lama.

— Que a paz esteja com você, filha de Abu Bakr. — O rapaz falou suavemente, aparentemente alheio ao seu vexame. Sorriu para ela com distinção, mas ela não tinha ideia do que ele pensava sobre a menina ofegante e enlameada de chuva à sua porta. Ali, filho do chefe da tribo de Meca, Abu Talib, era uma incógnita, um mistério até para os mais próximos ao Profeta e sua família. Era o jovem primo do Mensageiro e havia sido adotado pela *Ahl al-Bayt* quando o tio mais velho do Profeta, Abu Talib, já não tinha mais condições de alimentá-lo. Maomé era muito próximo do menino, talvez por vê-lo como o irmão que nunca tivera, ou o filho que poderia ter tido.

Ali, no entanto, não era como os outros jovens, e permanecia distante dos rapazes de Meca. Mostrava pouco interesse em esportes, competições ou pipas, preferindo passar o tempo observando as pessoas no mercado, como se tentasse entender uma espécie estranha e diferente. Como consequência, os outros rapazes da cidade ficavam sempre nervosos e inseguros na sua presença. Até mesmo os fiéis ao redor do Profeta não conseguiam formar uma opinião sobre ele. Ali nunca parecia estar com o grupo em espírito, mesmo estando lá fisicamente. Até naquele momento, ele era como uma aparição em um sonho. Asma de repente teve um pensamento estranho. E se Ali fosse o sonhador e ela o seu sonho? O que aconteceria comigo quando ele acordasse?

— Eu estou procurando o meu pai — disse ela, afastando o pensamento perturbador. — Umm Ruman está doente. O útero dela está sangrando.

Ali piscou como se não tivesse entendido as palavras dela. Asma teve o pensamento desanimador de que ele não estava prestando atenção e sim olhando para ela de uma grande distância.

Então ele balançou a cabeça em compreensão, como se de súbito retornasse ao momento presente.

— Eu sinto muito — disse ele com suavidade. — Vou comunicar ao Profeta. Ele vai orar por Umm Ruman e, se for a vontade de Deus, ela será curada.

Ali deu um passo atrás e depois se dirigiu ao portão para fechá-lo, quando então Asma postou-se na soleira e segurou o trinco de ferro.

— E meu pai? — insistiu a menina.

— Seu pai não está aqui — disse Ali gentilmente. — Abu Bakr foi visitar Talha e lhe dar as últimas notícias.

— Que notícias?

A luz nos olhos de Ali pareceu brilhar.

— É o início — disse ele simplesmente. E com isso, Ali fez um gesto despedindo-se e deixou a menina perplexa do lado de fora do portão.

Durante alguns segundos, Asma não conseguiu se mexer. Havia um silêncio total à sua volta, e o ar estava ainda mais pesado, como se uma cortina de mistério se estendesse sobre a rua. A sensação era a de que o tempo havia parado, de alguma forma durante sua breve conversa com Ali, de que o próprio mundo havia parado de respirar.

E então os grilos cantaram novamente numa cadência regular e fluente. Asma afastou a sensação desconfortável de ter voltado de uma terra estranha e longínqua e se concentrou no que precisava fazer. Virou-se, saiu correndo da casa do Profeta e se dirigiu às ruas principais de Meca, à casa de seu primo Talha.

---

ABU BAKR AQUECIA AS mãos ao lado do fogo, enquanto Talha lhe servia leite de cabra numa tigela velha de madeira. O rapaz, que acabara de completar 18 anos, era um dos mais recentes convertidos à nova fé religiosa. Os ensinamentos do Profeta sobre a caridade e a justiça para com os pobres lhe haviam acendido o idealismo próprio da juventude e lhe dado uma razão mais digna para sua vida do que simplesmente conduzir camelos para seu primo rico. Estava ansioso para compartilhar a Revelação com seus jovens amigos, recrutá-los para a causa, mas havia feito um voto de sigilo. Talha solicitara com paixão a permissão de Maomé para espalhar a Palavra de Deus entre os tratadores de animais e os pastores. Ele argumentava que o novo caminho sofreria resistência da geração de Abu Bakr, há muito presa aos ritos de seus pais, mas que seria entre os *shabab* de Meca, aqueles muito jovens para se deixarem esmagar pelo peso da tradição, que eles encontrariam seus mais fortes defensores. O Profeta sorrira e gentilmente o admoestara a ser paciente. Alá tinha um plano, e ninguém podia apressar o Divino. Chegaria o dia, Talha fora assegurado, em que eles sairiam das sombras e proclamariam o Deus Único abertamente em Meca, e depois ao mundo.

E, por fim, o dia chegara.

— Então ele comunicou aos chefes tribais hoje? — Os olhos de Talha brilhavam de empolgação ao entregar a tigela de leite a seu primo mais velho.

— Comunicou. — Abu Bakr levou a tigela aos lábios, repetindo baixinho a invocação *Bismillah ir-Rahman ir Raheem*... "Em nome de Deus, o Clemente, o Misericordioso". Essa era a fórmula sagrada que Gabriel ensinara ao Profeta, as palavras com as quais os fiéis começavam a recitar suas orações. Era a bênção que eles repetiam sempre que começavam algo, quer fosse um ato simples como comer ou beber e atar os sapatos, ou significativo e profundo como fazer amor. O *bismillah* santificava até os momentos mais simples da vida, elevando o mundano ao sagrado a cada respiração.

Abu Bakr deu um gole no leite coalhado, deixando o creme descer pela garganta e resfriar o fogo que sentira crescer por dentro naquela noite.

— O que aconteceu? — Talha se inclinou para a frente, suas mãos agarradas à borda da velha mesa de cipreste que Abu Bakr lhe dera de presente no dia em que se convertera ao islamismo.

Abu Bakr suspirou e colocou a tigela sobre a mesa.

— O Profeta recebeu a revelação de Gabriel de que deveria agora proclamar a Mensagem abertamente, começando pelos membros de sua família — disse Abu Bakr, olhando para as chamas, enquanto recontava a história. — Ele então pediu a Ali para reunir os líderes coraixitas para jantar hoje.

Coraixita era a tribo a que pertencia o Profeta, que havia muito tempo administrava a cidade de Meca e organizava a peregrinação anual que trazia árabes de todas as partes do deserto para venerar seus deuses na Caaba, o templo sagrado, no centro da cidade. Eles eram os governantes *de facto* do centro religioso mais importante de toda a Arábia, e seu apoio daria ao novo movimento de Maomé o prestígio necessário para conquistar os corações de todos os habitantes.

— Foi uma refeição frugal — Abu Bakr disse suavemente, lembrando-se dos eventos estranhos da noite e deixando transparecer a admiração em sua voz. — Apenas um pernil de carneiro, carne que mal encheu a tigela que o Profeta entregou a Ali, e um copo de leite, que eu o vi encher de uma jarra de barro. Perguntei ao Mensageiro se eu deveria ir buscar um pouco mais de comida na minha casa, pois o que havia ali mal daria para alimentar um homem, muito menos todos os dignitários coraixitas reunidos. Ele simplesmente sorriu e segurou a tigela, pegando um pequeno pedaço de carne. Mastigou-o e devolveu-o à tigela. Nesse momento eu o vi virar-se para Ali e dizer ao rapaz para pegá-la em nome de Alá.

Talha entrelaçou os dedos das mãos, ansioso, enquanto Abu Bakr lhe contava os inexplicáveis acontecimentos que se seguiram.

— Ali passou a tigela por cada um dos homens, trinta no total, e um por um se serviu de um pedaço. Ainda assim, a quantidade de carne não se reduziu, e a tigela permaneceu sempre cheia. Ali serviu-lhes o leite que tinha em seu copo, enchendo a taça de cada um dos convidados, e no entanto eu não o vi encher novamente o seu próprio copo.

Talha ficou boquiaberto com essa história admirável.

— E você viu isso? Com seus próprios olhos?

Abu Bakr fez que sim.

— Pareceu com uma história que o Mensageiro uma vez contou quando ainda éramos garotos, história contada a ele por um monge cristão que conheceu numa caravana para a Síria. Uma história do profeta Jesus, a paz esteja com ele, que multiplicou peixes e pães como um sinal de Deus.

Talha sentiu um arrepio ao longo da espinha, e seu coração disparou no peito. O Profeta nunca afirmou ter realizado milagres, assegurando que o fato de Deus estar falando por intermédio de um árabe iletrado era, em si, um milagre. Talha aceitara a verdade dessas palavras, porque lhe tocaram o coração. Nunca precisou de sinais como esse, nem de provas de sua missão divina. Porém, agora, escutando o que Abu Bakr lhe dizia, desejava ardentemente ter estado lá. Talha, entretanto, não era um chefe tribal. Longe disso. Tinha poucos bens e influência, e frequentemente lamentava não poder oferecer muito em termos de apoio material ao Profeta. Mas se o que Abu Bakr dizia era verdade, talvez sua pequena comunidade não precisasse mais de auxílio material. Se a comida podia descer dos céus feito a chuva, como acontecera nos dias de Jesus, então a era dos milagres havia ressurgido. Sua nova fé triunfaria, lançando luz sobre o que era verdadeiro e dissolvendo a escuridão.

— É claro que os coraixitas devem ter visto o que estava acontecendo — disse Talha, empolgado. — Claro que os corações daqueles homens devem ter sido tocados pelo milagre.

Abu Bakr baixou a vista, triste.

— Os corações deles foram realmente tocados, mas na direção errada. Endureceram-se, como o coração do Faraó quando confrontado com Moisés e sua vara milagrosa.

Talha ficou atônito.

— Eles negaram o sinal?

— Quando os murmúrios de surpresa se espalharam pela sala diante do milagre, Abu Lahab, o tio do Profeta, ficou de pé e declarou que seu anfitrião tinha enfeitiçado todos eles. — Abu Bakr abanou a cabeça ao recordar a fúria do velho. — Os chefes tribais se levantaram para ir embora, mas o Profeta suplicou que ficassem para ouvir sua mensagem. Ele finalmente contou a todos a verdade. Que era o Mensageiro de Alá, e que fora enviado para destruir os ídolos e os falsos deuses que haviam corrompido a religião dos árabes. Os homens ficaram atônitos e indignados, e por um instante eu pensei que a fúria deles fosse causar uma revolta ali mesmo, na casa do Profeta.

Talha recostou-se, seu coração partido.

— E o que o Profeta fez?

— Ele dirigiu-se aos homens de seu clã e perguntou qual deles estaria disposto a auxiliá-lo em sua missão e assim se tornar seu irmão, seu simpatizante e sucessor. — Abu Bakr olhou Talha nos olhos. — Ninguém se manifestou em seu favor. Então Ali se levantou diante de todos os senhores de Meca e declarou que seria o ajudante do Profeta.

Talha ficou perplexo.

— Ali? Ele ainda é um garoto.

Abu Bakr fez um gesto de compreensão com a cabeça.

— Um garoto, talvez, mas com o coração de um leão. Ele demonstrou mais coragem naquele momento, de pé, firme diante daqueles líderes com ar de zombaria, do que a maioria dos homens demonstra em toda uma vida. O Profeta tocou o pescoço de Ali e deu ordem aos chefes tribais para que o escutassem e o obedecessem.

Por um instante, Talha ficou mudo. Abu Bakr viu sua consternação e sorriu.

— Os líderes tiveram essa mesma reação — disse ele. — Houve um silêncio na sala, como a quietude que recai sobre a terra antes dos céus desencadearem sua fúria. Aí eles começaram a rir e zombar do Profeta, que dera ordens para eles obedecerem a um garoto imberbe, cuja voz tinha acabado de engrossar. Eu olhei para o outro lado da sala e vi o pai de Ali, o tio do Profeta, Abu Talib, baixar a cabeça grisalha, envergonhado, enquanto os líderes caçoavam de seu filho e de seu sobrinho. Então todos eles se viraram e saíram da sala, nos deixando sozinhos e em silêncio.

Desanimado, Talha acenou negativamente com a cabeça. Passou a mão pelos cachos negros como se tentasse tirar a teia de desespero que de repente recaíra sobre ele.

— Então agora eles já sabem. E vão tentar nos destruir.

Abu Bakr acenou com a cabeça positivamente.

Talha olhou em torno do pequeno cômodo que lhe servia como único abrigo no estéril vale de Meca. Ele só tinha a mesa que seu primo lhe dera e um pequeno catre de couro oposto à lareira. Esses eram todos os seus bens materiais. E ele era considerado mais rico do que muitos fiéis. Como eles iriam enfrentar os poderosos de Meca, cujos líderes viviam como reis, cujos cofres estavam repletos de ouro, cujos membros de clã estavam armados com as melhores espadas e lanças?

— Então o que vamos fazer agora?

Abu Bakr olhou pela pequena janela da casinha de pedra. Do lado de fora, as estrelas brilhavam e dançavam no firmamento. Ele viu uma chama cruzar os céus, depois, outra.

— Um novo dia começa para nós — disse Abu Bakr, pensativo. — O segredo foi revelado, e o mundo agora conspirará contra os fiéis — disse ele com voz suave.

Em seguida, estendeu os braços e tocou Talha no ombro.

— Como você, sinto um peso no coração hoje. Mas quando eu fiz menção de deixar a sala vazia, o Mensageiro me chamou de lado e me consolou. Ele repetiu estas palavras que foram reveladas por Gabriel:

*Em nome de Deus, o Clemente, o Misericordioso*
*Pela era,*
*Que o homem está na perdição,*
*Salvo os fiéis,*
*Que praticam o bem,*
*Aconselham-se na verdade*
*E recomendam-se, uns aos outros, a paciência e a perseverança!*

Talha sentiu as palavras penetrarem seu coração, como as águas de um rio que trazem vida à terra morta. Essas palavras, que rimaram com uma poesia magnífica e uma métrica perfeita em árabe, foram enunciadas pelo próprio Deus naquela noite. Lágrimas de repente lhe encheram os olhos. O Deus de Abraão, que escolhera falar com o homem uma última vez. Em Seu inexplicável plano, Ele escolhera falar através deles, de um povo bárbaro, iletrado e primitivo. Uma nação esquecida pela história e escarnecida pelas grandes civilizações à sua volta. Eles eram os piores filhos de Adão. E ainda assim, Ele os havia escolhido.

Talha seguiu o olhar de seu parente mais velho em direção às estrelas. Elas circundavam a terra havia incontáveis milênios. Tinham visto a ascensão e queda de impérios, tinham visto poderosos reis e guerreiros virarem poeira, seus nomes serem esquecidos, as canções de seus feitos ficarem perdidas na névoa do tempo. E ainda assim permaneciam firmes, brilhando nos céu, como um sinal daquilo que nunca morreria, daquilo que nunca ficaria perdido no tempo.

Talha entendeu. Embora o mundo todo pudesse voltar-se contra eles, o plano de Deus triunfaria. Não cabia a eles saber como ou quando. Sua tarefa era começar a escrever a história, ainda que o capítulo final não tivesse sido revelado.

Abu Bakr chegou mais perto dele e falou baixinho, de forma conspiratória.

— Não durma essa noite, fique acordado e se curve em sinal de reverência.

Talha olhou para ele.

— Farei o que diz.

Abu Bakr concordou com um gesto. Olhou diretamente nos olhos de Talha.

— O Mensageiro disse que haverá sinais hoje. Enquanto estamos aqui conversando, os anjos estão escrevendo o futuro de nossa fé. Os destinos dos homens e das mulheres serão inscritos na Tábua Celestial, e esses escritos serão esclarecidos àqueles cujos corações estiverem prontos. Pois é hoje à noite que nossa fé renascerá e acenderá um fogo que consumirá o velho mundo e fará surgir o novo.

Talha fez um aceno positivo de cabeça, sua alma cativada pelas palavras de Abu Bakr.

E então ele viu o primeiro sinal.

Um anjo vestido de branco, sua túnica reluzindo sob a luz das estrelas, voava seguindo o caminho em direção à sua casa. Talha ficou boquiaberto. Deslumbrado, fixou o olhar na aparição, como um viajante sedento diante de uma miragem, esperançoso de que aquilo que estava vendo seja real e não um fantasma de sua imaginação.

Então ele percebeu que o anjo era uma criança, o rosto branco de medo.

— Pai! — Era Asma, a filha de Abu Bakr, que gritou chamando-os da estrada poeirenta, quando viu suas silhuetas ao lado da janela da casinha de tijolos de barro.

Abu Bakr voltou-se e olhou pela janela, surpreso. Quando viu a expressão no rosto de sua filha, ficou lívido. Talha observava assustado à medida que a expressão anterior de serenidade de seu primo se transformava num ar de puro terror. Abu Bakr seguiu cambaleante até a porta, o coração na mão. Ele tropeçou, e Talha estendeu a mão para apoiá-lo, porém o homem mais velho empurrou-o, afastando-o.

Abu Bakr abriu a pequena porta em arco da casa de Talha no momento exato em que Asma chegava à soleira. Ele abraçou a filha, enquanto ela recuperava o fôlego. Mas mesmo antes de a criança falar, Talha sabia o que ela ia dizer. Seus olhos avermelhados revelavam a mensagem para qualquer um que os olhasse.

Abu Bakr alisou os cachos castanhos da filha com carinho, deixou que ela se aconchegasse a seu peito para readquirir forças vindas de seu coração palpitante. Um coração que batia tão forte que Talha acreditou escutar suas batidas. Ou seria o seu próprio coração?

— Umm Ruman... — disse Asma ofegante, as palavras saindo com dificuldade. — Umm Ruman... o bebê... está morrendo...

———

AMAL, A PARTEIRA, ENXUGAVA a testa ensopada de suor de sua desventurada paciente. Ela quase nem percebia que sua própria face, seus braços e seios estavam banhados de suor, fruto de seu esforço para salvar a vida da mãe e do bebê. Era de se esperar que ambos já estivessem mortos. O sangue do útero de Umm Ruman fluía como mel de uma colmeia, devagar, escuro e persistente. Ela perdera mais sangue nessa última hora do que Amal imaginava ser possível fluir nas veias de uma mulher de constituição física tão pequena. Porém, a frágil mãe, com ossos tão pequeninos e delicados quanto os de um pássaro, se mostrara uma guerreira de espírito. Umm Ruman gritara muito de dor, mas se mantivera obstinadamente viva, recusando-se a se render ao inevitável.

Amal havia, por fim, estancado a hemorragia que fizera Umm Ruman se esvair em sangue, deixando sua pele sempre macia e morena com um doentio tom amarelado, como a lua cheia a leste no horizonte em pleno verão. A parteira deu um suspiro de alívio e repetiu uma oração agradecendo à deusa Uzza, quando então sua paciente a proibiu terminantemente de mencionar o nome da divindade.

— Se quiser rezar, reze para Alá — disse Umm Ruman com voz rouca entre as respirações do parto. Amal ficou surpresa diante de um pedido tão estranho. Alá, o Grande Deus, estava muito longe para escutar as orações dos mortais. Era por essa razão que seu povo adorava as filhas d'Ele, Allat, Uzza e Manat, e muitos outros deuses, que tinham tempo e paciência para lidar com os pequenos problemas dos homens.

Umm Ruman estava, sem dúvida, tonta e confusa, como consequência de seu sofrimento, mas Amal era sensata o suficiente para permanecer calada. Agora que o sangramento parara, ela precisava retirar o corpo do bebê. Era provável que a criança estivesse morta, mas era necessário retirar o feto morto do útero de Umm Ruman e eliminar todos os resíduos venenosos do pós-parto, se é que ainda havia alguma esperança de salvar a paciente.

Amal pressionou uma das mãos contra o abdome estendido de Umm Ruman e ficou surpresa ao sentir um inconfundível tremor ali dentro. A criança estava viva! O coração de Amal se elevou de esperança por um segundo, porém, logo se desvaneceu quando ela apalpou mais a barriga da mulher. Sentiu uma leve pressão próxima ao colo do útero, que imediatamente reconheceu como os pés do bebê. Sentiu um desânimo. O bebê estava na posição errada. Se Umm Ruman fizesse força para a criança nascer, os pés sairiam primeiro e o bebê se sufocaria antes de ter uma chance de chegar a este mundo.

Amal sabia o que devia ser feito. Olhou para Umm Ruman, cujos olhos vermelhos brilhavam com uma determinação extraordinária.

— O bebê...
— Eu sei — Foi tudo que Umm Ruman disse, e Amal percebeu que ela havia compreendido. A pequenina mulher com coração de soldado trincou os dentes, preparando-se. — Faça isso.

Amal assentiu com a cabeça. Ela hesitou e em seguida fez uma oração em voz alta, pedindo a Alá pelo nascimento seguro daquela criança. Ela não acreditava realmente que o Senhor do Universo deixaria por um momento de girar as estrelas no firmamento para assistir a uma mãezinha esquecida, porém Amal queria dar esperanças a Umm Ruman. Provavelmente ela morreria com o procedimento, mas pelo menos partiria de coração tranquilo.

A parteira respirou fundo e colocou as mãos na barriga de Umm Ruman. Lembrando-se das técnicas antigas que lhe foram ensinadas por sua mãe, Amal pressionou o útero da parturiente para fazer a criança girar de cabeça para baixo.

Umm Ruman gritou, um grito de agonia que ecoou por todo o vale de Meca e penetrou no céu estrelado.

---

ABU BAKR ESTAVA à porta dos aposentos da mulher, trêmulo de medo. Escutava os terríveis gritos de Umm Ruman, que pareciam aumentar de intensidade. Cada uma das fibras de seu corpo lhe suplicava para entrar no quarto da esposa moribunda e consolá-la em seus momentos finais. Porém, Talha o segurou.

— Deixe a parteira fazer o trabalho dela — disse o rapaz, e Abu Bakr sabia que ele tinha razão.

para lutar pela causa de Deus e de Seu Mensageiro. Porque num mundo cruel, onde a única certeza era a morte, seu caminho era o caminho da vida.

O choro do bebê fez Abu Bakr virar a cabeça e dirigir o olhar à parteira, que acabara de limpar o recém-nascido e o enrolara numa mantinha verde. O rosto de Amal revelava exaustão, como se ela própria houvesse sofrido as dores do parto. A mulher olhou para ele e o cumprimentou com um aceno de cabeça, as linhas da boca cansadas demais para abrirem um sorriso.

— Quero lhe dar as boas novas, é uma menina — disse ela, com voz fraca. Abu Bakr viu como a mulher estava extenuada e temeu que ela não tivesse forças suficientes para segurar o bebê. Fez menção de pegar o recém-nascido em seus braços, e a parteira não protestou.

Abu Bakr aconchegava a criancinha no colo quando Talha e Asma entraram timidamente no quarto. Ele olhava para o rostinho enrugado da filha e alisava suas faces coradas como uma rosa que desabrochava. O bebê tinha cabelos fartos e saudáveis, de um vermelho cor de fogo, que brilhavam como o cobre sob a luz tênue de uma tocha. Ao segurar o bebê, Abu Bakr teve a convicção de que ela era um verdadeiro milagre — a primeira criança a nascer na nova religião. Ele queria que as primeiras palavras dirigidas a sua filha transmitissem a verdade na qual ele passara a crer de todo o coração. Inclinou-se com cuidado e sussurrou ao ouvido do bebê o princípio de fé: *Há um único Deus, e Maomé é o Seu mensageiro.*

A criança abriu os olhos pela primeira vez ao som dessas palavras. Abu Bakr prendeu a respiração. O bebê tinha olhos diferentes de todos os que ele já vira antes. Dourados, como os de um leão, pareciam brilhar com um fogo próprio.

Abu Bakr não viu, mas percebeu Asma dar um passo atrás dele, e então virou-se para ela.

— Venha ver sua irmã — ele disse à filha, que olhava nervosa para a menininha. Asma hesitou e em seguida inclinou-se para beijar o bebê na testa. Abu Bakr voltou-se para Umm Ruman, que, muito fraca, lhe estendeu a mão. Ele se aproximava para mostrar a filha à mulher quando a parteira deu um grito alarmante.

— Que Manat nos proteja! Más notícias! — disse Amal inesperadamente, em voz alta.

Abu Bakr levantou a vista e viu a parteira olhando por uma janela que dava para o leste. Seus olhos estavam arregalados, e ela batia furiosamente na cabeça num gesto tradicional de sofrimento e terror.

— O que houve? — perguntou Abu Bakr com rispidez.

— A criança... ela nasceu sob uma estrela escura — disse Amal. Ela apontou para fora da janela em direção a uma constelação que se tornava visível a leste, no horizonte. Era um turbilhão de luzes que tinha no centro a nefasta estrela vermelha, Antares. Al-Akrab. O Escorpião. Para os árabes pagãos, as estrelas do zodíaco eram em si deuses, seres que dos céus governavam os acontecimentos humanos e determinavam seu destino ao nascerem. Al-Akrab era o senhor da morte.

Antes que Abu Bakr conseguisse reagir, Amal correu para seu lado, o pavor estampado nos olhos.

— O bebê... jogue no deserto... enterre debaixo de pedras antes que ela traga o caos! — disse a mulher desvairada, seu rosto rígido contorcido numa espécie de loucura.

Abu Bakr ficou furioso. Empurrou Amal para longe de si, com força.

— Afaste-se da minha filha! — vociferou ele de forma assustadora. Homem de natureza comedida e plácida, sua raiva era acontecimento raro e terrível de se ver. Até Asma se encolheu diante do súbito acesso de fúria.

Talha rapidamente se aproximou da parteira e colocou a mão firme na agitada mulher.

— Não diga suas blasfêmias nesta casa abençoada por Deus.

Amal, porém, ignorou o rapaz.

— Ela é uma maldição... vai levar o caos e a morte aonde for — disse Amal, os olhos refletindo a intensidade de sua crença supersticiosa. — Mate essa menina agora, antes que a ira dos deuses seja desencadeada!

Abu Bakr aconchegou a filha perto do coração, que batia agitado pela ira.

— Vou matar os seus deuses, isso sim, e a ira do Deus Único será desencadeada contra suas mentiras para sempre! — A voz de Abu Bakr explodiu com tal força e autoridade que Amal ficou muda.

Ele se voltou para Talha, seus olhos queimando de justa indignação.

— Pague a essa parteira o que lhe é devido, e depois não deixe que ela traga sombras à minha porta — disse ele.

Talha empurrou a mulher trêmula e levou-a para fora do quarto. Ela baixou a cabeça e não resistiu, nem fez movimento algum para pegar o dirrã de ouro que lhe foi oferecido. Ele finalmente colocou a moeda sobre a mão de Amal e fechou os dedos da mulher em torno dela.

Quando Talha a conduziu para fora da porta, ela olhou para ele com seus olhos escuros, que naquele momento brilhavam com o desvario que ele vira entre as *kahinas*, feiticeiras do deserto que os tolos consultavam como oráculos.

Abu Bakr, simplesmente arqueou as sobrancelhas e se recusou a abrir o portão até eu baixar a cabeça e voltar para casa para procurá-las.

Procurei pela casa toda, tentando me lembrar onde as havia largado durante um dos meus ataques de pirraça daquela manhã. Olhei no meu pequeno quarto, embaixo da minha minúscula cama com seus nós de fibra de corda que serviam de base para o colchão macio de algodão egípcio. Verifiquei no meio de uma montanha de bonecas e brinquedos empilhados num canto, jogando para todo lado as bonequinhas de madeira e de pano e deixando tamanha bagunça que, naquele mesmo dia, não escaparia das repreensões de minha mãe. Mas a certeza da punição não me abalava, pois eu era uma menina que se preocupava apenas com o presente. O futuro, como todas as crianças sabem, é como um faz de conta. Tudo o que existe, tudo o que importa, é o agora.

Franzindo o cenho, saí correndo do quarto e procurei na sala de estar principal, sob os sofás da Pérsia com seus brocados cor de esmeralda, entre as poucas coisas de luxo que ainda restavam em nossa casa. Minha mãe disse que, durante os Dias da Ignorância, nossa casa era repleta de móveis belos e caros, mas que Abu Bakr vendera a maior parte de seus pertences mundanos desde que nasci, aplicando sua riqueza na difusão da Verdade. Sempre me perguntei por que difundir a Verdade seria tão caro se ela era tão óbvia e gratuita para todos, porém, quando uma vez perguntei a Umm Ruman, minha mãe me lançou o olhar sério que lhe era peculiar em resposta à minha ladainha de perguntas inconvenientes.

Frustrada, olhando à minha volta, de repente vi algo azul em um canto. Corri, meus cabelos vermelhos soltos ao vento. Lá estavam elas! Minhas sandálias do Iêmen estavam enfiadas atrás de um belo vaso, que minha mãe dissera ter sido feito numa cidade distante chamada Damasco. Parei para admirar os intrincados desenhos florais, em verde-oliva, amarelo-limão e vermelho-acastanhado, que circundavam o vaso de marfim em padrões entrecruzados.

Umm Ruman me ensinara os nomes das várias flores pintadas naquela vaso — jacintos, jasmins e lótus — flores que cresciam em cidades distantes, com nomes misteriosos, como Aksum, Babilônia e Persépolis. Eu amava flores, mas poucas cresciam sob o sol quente do deserto. Não contive o grito de alegria, um mês antes, quando encontrei um arbusto de *abal* num vale, nas imediações da cidade, ao pé do monte sagrado de Safa. Arranquei as flores vermelhas em formato de balões, que eu vira as meninas mais velhas usarem para colorir as maçãs do rosto, mas os espinhos espetaram a pequena palma da minha mão, e corri para casa chorando.

Minha mãe os removeu com cuidado e untou as pequenas feridas com a seiva do espinheiro que era cultivado em nosso quintal. Depois de enxugar minhas lágrimas, Umm Ruman me repreendeu com delicadeza por me afastar tanto. Daquele dia em diante, eu só tinha permissão para brincar em lugares próximos de casa. Meca era uma cidade perigosa para meninas pequenas... principalmente meninas cujas famílias apoiavam o Profeta herege.

Lembrei-me de suas palavras enquanto apanhava minhas sandálias e as calçava. Eram bem bonitas, com estrelinhas brancas tecidas nas tiras azuis, mas eu não gostava delas. Embora outras meninas fossem loucas por sapatos e passassem horas falando sobre as vantagens dos diversos modelos e sobre as últimas novidades que chegavam nas caravanas vindas do norte e do sul, eu achava sapatos incômodos. Preferia a sensação de ardor da areia quente sob meus pés descalços, até mesmo das pontadas causadas pelas pedrinhas espalhadas nas ruas da cidade velha. Os sapatos me faziam sentir tolhida e enjaulada, como as cabras que meu pai mantinha no cercado atrás da antiga casa de pedras ao serem preparadas para o sacrifício, no ápice da Peregrinação.

Voltei correndo para onde estava meu pai, que ainda esperava ao portão. Percebendo o ar de leve irritação em seu semblante por causa do atraso, ergui rapidamente os pés e lhe mostrei os sapatos, e depois dancei uma giga alegre em torno dele, até seu rosto severo se transformar num sorriso exasperado. Eu sempre sabia como contornar o mau humor de Abu Bakr. Era muito cheia de vida para permitir que outros ficassem tristes.

Meu pai me conduziu pela mão e seguimos pelas ruas poeirentas de Meca. A fumaça subia pelas chaminés de centenas de casinhas de pedra e casebres de barro, aglomerados em círculos concêntricos cada vez maiores em torno da esplanada central, conhecida como *Al-Haram* — o Santuário. Quando caminhávamos em direção ao centro da cidade, vi crianças correndo pelas ruas, umas atrás das outras, perseguindo uma grande variedade de animais — cabras, ovelhas e algumas galinhas agitadas que haviam escapado de seus cercados.

Vi também dezenas de indigentes, em especial mulheres e crianças abandonadas pelos pais. Eles estendiam as mãos, seus lamentos por compaixão ignorados. Meu pai deu a uma senhora idosa um dirrã de ouro. A mulher escancarou os olhos, surpresa com sua generosidade, pois não esperava nada além de uma moeda de cobre acompanhada de um olhar pouco amistoso. De repente, parecíamos estar cercados de todos os necessitados da cidade, que estendiam suas mãos para essa fonte de prodigalidade. Eu estava assustada com aquela multidão agitada de jovens e velhos esfarrapados e cheirando mal, em pior estado do que os cachorros raivosos que perambulavam soltos à noite pelas ruas. Porém, Abu Bakr era paciente com eles, dando a cada um uma moeda de ouro tirada de sua carteira de couro, até não lhe sobrar mais nada.

Eles o seguiam pelas ruas, implorando mais, porém meu pai simplesmente sorria e balançava a cabeça negativamente.

— Eu volto amanhã com mais, *insha-Allah* — disse ele, usando a frase "se Deus quiser", que era uma assinatura dos muçulmanos. O Mensageiro havia nos ensinado a dizer *insha-Allah* sempre que falássemos sobre o futuro, mesmo que estivéssemos nos referindo a acontecimentos apenas uma hora à frente. Isso mantinha os homens humildes e os forçava a reconhecer que não eram os únicos controladores de seu destino.

Meu pai conseguiu livrar-se dos pedintes mais persistentes e agressivos, puxando-me para uma ruela e pegando um atalho para o Santuário. Estávamos agora na parte mais antiga da cidade, cujos prédios, segundo se dizia, datavam de muitos séculos, desde que as primeiras tribos se estabeleceram no vale. As casas antigas pareciam grandes torres para mim, mas, na verdade, em sua maioria eram construções de madeira e pedra em mau estado de conservação, poucas com mais de dois andares. Eu via pessoas de pé nos terraços, seus olhos voltados para o horizonte à medida que o fluxo regular de peregrinos beduínos surgia dos montes áridos em busca dos deuses de Meca — e dos poços próximos da cidade, suas fontes de vida. Abri bem os olhos ao ver os estrangeiros aproximarem-se, seus camelos cobertos com tapetes coloridos de lã e couro, suas faces rachadas e escurecidas pelos anos de trabalho duro sob o sol inclemente.

Meu pai percebeu que eu seguia muito devagar e me puxou suavemente até deixarmos a ruela de pedras. Andamos sobre a areia vermelha que marcava os limites do Santuário. A esplanada era uma área ampla e aberta, formando um grande círculo, e minha vista imediatamente recaiu sobre a Caaba, o suntuoso templo, coração de Meca e de toda a Arábia. No formato de um grandioso cubo, tinha aproximadamente 13 metros de altura, e era o prédio mais alto nas redondezas. As paredes de granito eram cobertas com uma variedade de mantas de lã, algodão e até seda — nas cores vermelha, verde-esmeralda e azul-celeste — trazidas por tribos de todos os cantos da Arábia, simbolizando sua Peregrinação à Casa Sagrada.

Quando nos aproximamos da Caaba, vi meu pai franzir o cenho. A esplanada estava repleta de estranhas coleções de ídolos, ícones de pedra e madeira que representavam os vários deuses das tribos do deserto. Havia 360 ao todo, um para cada dia do ano. Alguns estavam elegantemente vestidos, eram talhados em mármore, representando com bastante semelhança homens e animais — os leões, os lobos e os chacais pareciam particularmente populares. Outros, porém, eram uns montes de pedra informes, que exigiam muita imaginação para que qualquer semelhança pudesse ser identificada.

Meus olhos se fixaram em duas pedras grandes, que lembravam vagamente um homem e uma mulher abraçados no ato amoroso. Minhas amigas achavam isso engraçado, e me disseram que haviam sido um casal romântico, chamados Isaf e Naila que consumiram sua paixão na Caaba e, por terem profanado o Santuário, foram transformados em pedra. Eu não sabia por que esses dois pecadores, punidos por sua indiscrição, eram venerados como deuses agora, mas pareciam bem populares, e muitos homens e mulheres jovens se curvavam diante deles e amarravam fitinhas, orando para que as divindades os fizessem conquistar o coração de seus amados, ou pelo menos trouxessem para seus rivais a má sorte no jogo do amor.

— Barbárie — disse meu pai em voz baixa. Ele contraiu a face em desaprovação ao ver uma mulher de meia-idade ajoelhar-se diante de uma pedra avermelhada no formato de uma grávida com enormes seios e quadris. Era Uzza, uma das três "filhas de Alá", venerada pelos pagãos. Era considerada a deusa da fertilidade, e seus favores eram buscados por aquelas que queriam conceber. As mulheres, seus olhos cheios de esperança e desespero, rasgavam suas vestes e esfregavam os seios nus na pedra fria, suplicando aos prantos a Uzza para reverter o curso do tempo e permitir que seus ciclos menstruais recomeçassem. Assim elas poderiam ter os filhos que lhes foram negados.

Eu estava fascinada por aqueles rituais estranhos, mas meu pai me puxou e me conduziu em direção à Caaba. Centenas de peregrinos andavam continuamente em torno da Casa de Deus, movendo-se como as estrelas ao redor da terra, circulando-a sete vezes, enquanto louvavam Alá, o Criador do Universo. Os peregrinos usavam túnicas variadas que refletiam sua riqueza e poder social. Os chefes de tribos estavam envoltos em seda e exibiam joias brilhantes, o que lhes dava o direito de caminhar mais próximos ao templo, enquanto outros, sujos e esfarrapados, circulavam pelas bordas — e alguns até dançavam nus em torno da Caaba.

— Não olhe para eles — advertiu meu pai, com uma expressão austera quando meu olhar recaiu sobre aqueles homens peludos nus, seus órgãos pendurados como os genitais caídos de um cão, à mostra. Dei umas risadinhas, mas o olhar severo de Abu Bakr me forçou a esconder meu divertimento. Caminhamos ao redor da Casa Sagrada num passo regular, enquanto meu pai orava em voz alta, pedindo a Deus clemência para seu povo, ignorante e desregrado.

Quando terminamos o rito sagrado, meu pai, que estava então ensopado de suor por conta do sol do meio-dia, me conduziu para fora da Caaba e me levou para um pavilhão azul nas cercanias do Santuário. Sob a sombra reconfortante da tenda encontrava-se o poço de Zamzam, manancial permanente que supria a cidade de água desde os dias dos primeiros habitantes. Sua existência miraculosa no meio de um deserto que sem ele seria estéril fizera de Meca uma parada obrigatória para todas as caravanas mercantis que viajavam entre as terras férteis do Iêmen, ao sul, e da Síria, ao norte.

A localização estratégica e o suprimento vital de água haviam trazido muita prosperidade para os mercadores da cidade — porém não para a maioria das outras pessoas. Pois os comerciantes de Meca acreditavam em apenas uma regra — a sobrevivência dos mais fortes. Aqueles que eram inteligentes o suficiente para aproveitar as oportunidades oferecidas pelo comércio mereciam usar o poder da riqueza para dominar os outros, e os que eram fracos demais deveriam morrer logo, liberando assim os recursos que deixassem para trás para os mais dignos. Era essa mentalidade cruel que o Mensageiro de Deus desafiara, e seu clamor por uma justiça econômica e pela redistribuição da riqueza de Meca era uma ameaça direta à filosofia da classe dominante.

Quando entramos na fila de peregrinos sedentos por um gole da água sagrada, vi uma caravana recém-chegada de beduínos aproximar-se do Santuário. Seu líder, a face marcada por uma cicatriz e barba tingida de vermelho, desembarcou de um camelo cinzento e ajudou os outros membros de seu clã a descer dos cavalos e mulas. Eles tinham a tez morena e as maçãs do rosto salientes típicas dos homens do Iêmen, e percebi, mesmo ainda tão criança, que deviam ter viajado pelo menos vinte dias pelo árido deserto para participarem da Peregrinação. Suas faces estavam cobertas de areia grossa, que virava lama sob rios de suor.

Enquanto eu os observava, vi um homem alto com uma rica túnica de seda e um turbante azul aproximar-se deles. Abu Sufyan não era o rei de Meca, mas certamente agia como se fosse. Ele caminhava com um porte régio, seus braços abertos para dar boas-vindas aos recém-chegados. A seu lado, vi um rapaz baixo, de cerca de 15 anos, de nariz aquilino e olhos negros penetrantes que o faziam parecer um falcão. Muawiya, filho de Abu Sufyan, era mais reservado do que seu expansivo pai e examinava os visitantes com um ar sagaz e avaliador. Percebi que ele calculava a riqueza daqueles homens e o valor deles no comércio de Meca, enquanto seu pai abraçava o líder beduíno como se ele fosse um parente há muito tempo desaparecido.

— Bem-vindos, meus irmãos, meus amigos! — disse Abu Sufyan com voz estrondosa e a habitual satisfação de um comerciante. — Bem-vindos à Casa de Alá! Que os deuses os abençoem e atendam a todos os seus desejos!

O líder beduíno enxugou as sobrancelhas para evitar que o suor o cegasse.

— Estamos à procura de água, pois a viagem foi árdua e o Deus Sol inclemente.

Os olhos de Abu Sufyan recaíram sobre os pesados anéis de esmeralda que cobriam os dedos do chefe dos beduínos e deu um sorriso ambicioso.

— Claro, meu amigo.

Foi quando Abu Sufyan percebeu que os comerciantes estavam armados. Espadas e punhais nas bainhas dos cintos de couro cru, e lanças e flechas presas nas laterais dos cavalos. Uma proteção necessária para uma viagem por caminhos ermos — porém uma ameaça em potencial à ordem estabelecida na cidade de Meca.

— Mas, primeiro, preciso pedir que deponham as armas, porque elas são proibidas dentro dos limites da cidade santa — disse Abu Sufyan com um sorriso desconcertado.

O beduíno olhou para ele por um instante e em seguida fez um sinal com a cabeça para seus camaradas peregrinos. Eles retiraram as diversas armas e as colocaram perto de si, no chão.

Muawiya deu um passo à frente para recolher as armas, mas o líder beduíno se adiantou para bloqueá-lo, seus olhos cheios de desconfiança do rapaz.

Percebendo a súbita tensão, Abu Sufyan imediatamente sorriu com cordialidade e se pôs entre o beduíno de rosto marcado por uma cicatriz e o rapaz.

— Meu filho Muawiya ficará responsável por todas as suas armas — disse calmamente o chefe mecano. — Ele as guardará na Casa da Assembleia e as devolverá a vocês no final da Peregrinação.

O beduíno cuspiu no chão aos pés de Muawiya.

— Nós somos guerreiros de Bani Abdal Lat — proferiu, com ar grave. — Não deixamos nossas armas aos cuidados de crianças.

O sorriso amigável de Abu Sufyan desapareceu. O orgulho e o poder de sua linhagem de repente vieram à tona.

— Meu filho é um líder coraixita, não há crianças entre nós. Apenas homens de honra — retrucou ele, com a voz fria, sugerindo que o beduíno havia excedido os limites da hospitalidade.

Muawiya apressou-se em interceder:

— Eu servirei de garantia dos seus bens — declarou, demonstrando a diplomacia natural que lhe seria muito útil no futuro. — Se não receberem todas as suas armas de volta no momento da partida, podem me levar como escravo em troca.

O beduíno rude examinou de cima a baixo o pequeno rapaz, que o fitava diretamente no rosto, sem desviar o olhar. Por fim fez um gesto com a cabeça, concordando satisfeito.

— O rapaz é forte. Tem olhos de águia — disse o homem, em frases curtas. — Sua garantia está aceita.

Fez então um sinal para seu povo, que se afastou enquanto Muawiya apanhava em silêncio as armas, lanças e as flechas. O sorriso amigável de Abu Sufyan lhe voltou aos lábios, e ele conduziu os peregrinos empoeirados para a tenda do Zamzam. Porém, quando ele nos viu, a meu pai e a mim, ao lado do poço, um olhar ameaçador surgiu em seus olhos. Era como se advertisse meu pai silenciosamente. Abu Bakr o encarou sem pestanejar e em seguida virou-se para mim e me levantou pelos braços para que eu pudesse alcançar o balde de água que ele puxara do poço. Eu peguei um copo pequeno de bronze que estava pendurado num gancho ao lado do balde de madeira e bebi à vontade.

Abu Sufyan voltou-se para seus visitantes.

— Eis o poço sagrado de Meca, que nunca seca. Suas águas nunca estão sujeitas a doenças e poluição. Um sinal da graça de Deus sobre esta cidade abençoada.

Os beduínos se reuniram em torno do poço e lançaram seus cantis de couro na água, apanhando o precioso líquido e sorvendo-o em goles rápidos.

Meu pai olhou para Abu Sufyan e então riu alto.

— Você é um homem estranho, Abu Sufyan — comentou meu pai. — Reconhece os favores de Deus sobre Meca, mas ainda assim recusa obediência a Ele.

A raiva contida fez o sangue afluir ao rosto do chefe de Meca.

O líder beduíno viu sua reação e olhou para meu pai com súbito interesse.

— Quem é esse homem?

Abu Sufyan nos deu as costas.

— É só um maluco dizendo tolices — respondeu ele, fazendo com a mão um gesto de desprezo. — Infelizmente a época de Peregrinação atrai muitos desses loucos, como a enchente traz os ratos.

Escutá-lo falar de meu pai daquela forma inflamou meu coração de criança. Eu me soltei de seus braços e corri em direção a Abu Sufyan.

— Não fale assim do meu pai! Você é que é louco! Você é que é o rato!

Os Peregrinos riram de minha explosão infantil, e meu pai rapidamente me puxou para trás, com um olhar repressivo.

— Aisha! Nós somos muçulmanos. Não faltamos com o respeito para com os mais velhos. Mesmo que sejam infiéis.

Naquele momento os beduínos ficaram intrigados. Seu chefe deu um passo à frente.

— O que é um muçulmano?

Essa era, obviamente, a pergunta que meu pai queria responder.

— Aquele que se submete aos desígnios de um único Deus — disse ele, em tom solene, como um professor ensinando a um jovem aluno.

Abu Sufyan, no entanto, não estava disposto a deixar que isso acontecesse. Posicionou-se na frente de meu pai e olhou para baixo, lançando-lhe um olhar furioso.

— Não aborreça mais esses peregrinos, Abu Bakr — disse, trincando os dentes. — Eles estão cansados e sedentos. Deixe que bebam a água sagrada do Zamzam em paz.

Abu Bakr olhou para os beduínos, que saciavam sua sede no poço.

— Eu faço o que me pede, se me disser por que esse poço é tão sagrado.

Abu Sufyan empertigou-se.

— É sagrado porque foi assim que nossos antepassados nos ensinaram. Isso para mim basta.

Meu pai voltou-se para o beduíno.

— Diga-me, meu irmão, isso basta para você? — perguntou em tom suave. — Você sabe por que a água que estão bebendo é sagrada?

O beduíno pareceu perplexo. Passou uma das mãos pela cicatriz que desfigurava sua face esquerda.

— Eu nunca perguntei. Mas agora estou curioso.

O beduíno olhou para Abu Sufyan, mas o chefe tribal não se manifestou. Em seguida meu pai virou-se para mim.

— Conte a eles, minha pequena — pediu com um sorriso gentil.

Levantei a vista para os homens morenos e empoeirados do deserto e contei a história que escutara durante minha vida inteira.

— O poço de Zamzam é um milagre de Deus, descrito no Livro dos judeus e dos cristãos — eu disse a eles. — Quando nosso pai Ismael foi mandado para o deserto por Abraão, a mãe dele, Hagar, procurou água para o filho não morrer de sede. Ela andou entre aqueles montes sete vezes.

Apontei para os cumes de Safa e Marwa que contemplavam a cidade. Mesmo naquela época, dezenas de peregrinos seguiam por esses montes como parte do ritual de Peregrinação, embora tivessem esquecido seu significado e sua origem há muito tempo.

— Mas quando viu que não conseguia achar água, ela voltou para cá — continuei. — Então o anjo Gabriel apareceu e disse a Ismael para bater seu pé no chão. E o poço de Zamzam surgiu embaixo dos pés dele, trazendo água para o deserto. E vida para Meca.

Enquanto eu falava, percebi que conseguira prender a atenção dos beduínos. Eles escutavam extasiados a história que eu tecera, que de repente deu novo sentido aos ritos antigos, os quais eles haviam atravessado o deserto para realizar.

Abu Sufyan retorquiu.

— Uma fábula infantil. Venham, vamos para a Casa de Deus.

O beduíno olhou para mim e para meu pai, intrigado.

— Talvez seja uma fábula infantil, mas é interessante — disse ele, olhos bem abertos, admirados.

Abu Sufyan não conseguia mais ocultar sua irritação. Empurrou seus visitantes beduínos em direção à Caaba como se fossem éguas empacadas. Meu pai e eu os seguimos. Apesar de termos completado nossos ritos matinais, Abu Bakr percebera que os beduínos estavam prontos para aprender mais sobre nossa fé. Esperaríamos até que os homens terminassem suas circunvoluções e Abu Sufyan fosse receber outros visitantes. Então meu pai provavelmente os levaria de volta à casa do Mensageiro, onde poderiam escutar sobre a Verdade e ser salvos.

Porém quando nos aproximávamos da Caaba, onde ocorreria a perpétua caminhada de peregrinos, escutei gritos vindos do Santuário. A voz estridente e enraivecida de um homem ecoava pela esplanada e abafava a mais alta das preces.

— O que é isso? — perguntei a meu pai, mais intrigada do que amedrontada.

— É Umar. Como sempre.

Ah, claro. Umar ibn al-Khattab, um dos mais virulentos opositores do Mensageiro de Deus entre os senhores de Meca. Eu o vi do outro lado daquela praça, erguendo-se como um gigante contra um africano franzino que imediatamente reconheci como um antigo escravo chamado Bilal. Meu pai havia comprado a liberdade dele do seu cruel dono, Umayya, que torturara o pobre homem depois que este abraçou a fé islâmica. Umayya havia arrastado seu escravo rebelde até o mercado, o prendera ao chão sob o sol escaldante de Meca e colocara uma pedra enorme e pesada sobre seu peito até quebrar suas costelas e impedir que ele respirasse. Umayya exigia que Bilal voltasse a venerar os deuses de seu senhor, porém tudo que o corajoso escravo conseguia dizer sob tortura era "Deus Único... Um Deus Único..." Bilal teria morrido naquele dia se meu pai não tivesse intercedido e pagado a Umayya o insultuoso preço de dez dirrãs de ouro por sua liberdade.

Naquele momento, Umar atormentava o pobre homem libertado, que se encontrava em genuflexão, prostrado diante da Casa de Deus, gesto que imediatamente o identificava como um seguidor da nova religião de Maomé.

— Seu filho de um cão! Levante-se! — A voz de Umar era como o grito de um elefante, aterrador e cavernoso. Era o homem mais alto que eu já vira, uma barba preta cerrada que ia até a cintura. Seus braços eram grossos como troncos de árvore, os músculos estufavam-se claramente por baixo de sua túnica vermelha de tecido fino. Umar estendeu as mãos, maiores do que a minha cabeça, e agarrou Bilal na altura do pescoço, pela túnica branca puída. Bilal não reagiu, apenas dirigiu um olhar a Umar com tamanha serenidade que deixou o monstro ainda mais irado.

Umar esbofeteou Bilal com força, e eu vi quando um dos dentes do africano voou para fora de sua boca. Alarmado, meu pai correu para o lado dele.

— Umar, deixe Bilal em paz. Não profane o Santuário com seu ódio.

O filho de Al-Khattab cravou os olhos em meu pai, que mal chegava à altura de seu tórax, com desprezo.

— É você que profana o Santuário com suas mentiras, Abu Bakr! — esbravejou ele. — Você espalha descontentamento e rebelião, fazendo os escravos se voltarem contra seus donos!

Meu pai permaneceu calmo, recusando-se a permitir que Umar tirasse a sua tranquilidade.

— Bilal não é mais escravo de homem algum — disse ele, com firmeza.

Umar cuspiu com desdém.

— Só porque você comprou a liberdade dele não quer dizer que ele deixe de ser escravo.

Bilal olhou firme para seu algoz. Quando falou, foi com uma voz profunda e melodiosa. Uma voz pela qual se tornaria conhecido nos anos que se seguiram.

— Você tem razão, Umar. Eu ainda sou um escravo. Um escravo de Alá.

O rosto de Umar ficou tão vermelho quanto um pôr do sol.

— Você se atreve a falar comigo sobre Alá diante de Sua própria Casa!

Umar deu um chute forte na barriga de Bilal, derrubando-o ao chão. O africano franzino gritou de dor, segurando a barriga e se contorcendo. Umar empurrou meu pai para fora do caminho quando ele se abaixou para ajudar Bilal e chutou-o de novo.

Furiosa, corri para cima de Umar e lhe dei um chute na canela.

— Pare com isso! Não machuque o rapaz!

Nessa altura, uma multidão de peregrinos e de pessoas locais já nos havia cercado, observando o drama. Quando me voltei contra Umar, muitos riram da loucura de uma criança que enfrentava um dos homens mais temidos da Arábia.

Ao escutar as zombarias, Umar levantou a vista e viu os homens ao redor pela primeira vez. Alarmado por esse súbito espetáculo público de seu mau gênio durante a Peregrinação sagrada, Umar tentou restabelecer sua dignidade e poder diante da multidão estupefata.

— Afastem-se! Eu sou o guardião da Caaba Sagrada!

Mas eu não deixaria que ele escapasse impune.

— Não! Você é apenas um brigão covarde! — Agarrei as pernas dele com minhas mãos para evitar que chutasse Bilal novamente, e provoquei com isso uma explosão de risadas ainda maior dos espectadores. Olhei para cima e vi que, enquanto uns ridicularizavam, outros, principalmente os peregrinos estrangeiros, abanavam a cabeça, desaprovando aquela exibição de violência diante da Casa de Deus.

Então vi Talha, meu primo favorito, abrindo caminho entre a multidão. Meu rosto se iluminou. De todos os meus parentes, ele era o mais próximo. Havia nele uma doçura natural, como o mel de uma colmeia de abelhas. Era muito bonito, com seus cabelos castanhos ao vento e olhos cinzentos expressivos, que sempre revela o que ele sentia. Neles, naquele momento, percebi uma raiva terrível.

Talha se lançou contra Umar, sem medo daquele violento fanfarrão.

— Grande valentia essa sua, Umar. Atacando um homem que tem a metade do seu tamanho, e depois uma garotinha. Será que é preciso que eu traga um gato para testar sua próxima façanha?

Umar deu um passo atrás, atônito com a repreensão de Talha. Parecia confuso, sem entender como um homem poderoso como ele havia perdido o controle da situação tão rapidamente. Por fim, baixou a vista e olhou para Bilal, ansioso por ter a última palavra.

— Retire-se do Santuário e não escureça mais essas pedras com sua pele negra — disse ele com repulsa.

Bilal levantou-se orgulhoso, limpando o sangue da boca.

— Deus me fez negro e por isso dirijo a Ele meu louvor — disse o africano com dignidade. E então elevou sua bela voz para recitar um verso do Corão Sagrado.

— *Recebemos nossa cor de Deus, e quem é melhor nas cores do que Deus?*

Diante do lirismo das palavras sagradas, houve um murmúrio de interesse vindo da multidão. Vi muitos dos nômades de pele escura, acostumados a serem tratados com desprezo, prestarem atenção ao que estava sendo dito com uma expressão de alegria. Começaram a sussurrar entre si, e eu sabia que logo iriam aprender sobre o Mensageiro, de cuja boca emanaram essas estranhas palavras. Palavras que transgrediam as regras da cultura árabe, mas que tocavam o coração. Palavras que podiam dar ao escravo a força para enfrentar um tirano. A multidão então quis saber mais sobre elas e quem as disseminava.

Vi que Umar, num breve instante de arrependimento, percebeu isso também. Em sua explosão de raiva, ele conseguira apenas atrair a atenção para a mensagem de Maomé. Abanando a cabeça, resmungou consigo mesmo, enquanto nos dava as costas.

— Vocês são todos loucos — disse Umar, com soberba. E então virou-se para a multidão e levantou as mãos solicitando atenção. — Saibam todos os presentes que eu não ofenderia essa menina — disse ele, apontando para mim, na esperança de readquirir alguma dignidade. — Umar ibn al-Khattab não machuca crianças.

Umar virou-se para se afastar da cena, quando Talha deu um riso sarcástico.

— É mesmo? Então por que você enterrou sua filha viva, seu pagão desgraçado?

Umar congelou.

O próprio tempo pareceu parar naquele instante.

Quando Umar virou-se para encarar Talha, havia em seus olhos uma loucura aterradora.

— Você... você se atreve...

proteção de um clã, suas vidas não tinham qualquer valor em Meca e, se fossem mortos, ninguém notaria, muito menos ergueria uma espada para vingá-los.

Foi quando Sumaya encontrou o Mensageiro de Deus. Ela fora advertida pelas famílias para quem cozinhava e fazia a limpeza a ficar longe da casa dele. Maomé era um feiticeiro perigoso, diziam, e jogaria um feitiço sobre qualquer um que de lá se aproximasse. Porém, depois de uma semana sem comida e sem ninguém que lhes oferecesse trabalho, Sumaya, Ammar e Yasir se dirigiram à área proibida da cidade onde, segundo rumores, o feiticeiro vivia. Ela encontrou um pequeno grupo de pedintes, aglomerados do lado de fora da casa dele, e viu uma linda mulher chamada Khadija distribuindo carne fresca aos pobres desesperados. Sumaya se atirara aos pés da generosa mulher e suplicara comida e trabalho. A esposa de Maomé os levou para dentro, e deu a sua família sopa e abrigo naquela noite.

Em seguida, ela foi levada à presença do Mensageiro e ouviu suas gentis palavras de esperança, que os pobres se sentariam em tronos de ouro no Paraíso se renunciassem aos falsos deuses e se dedicassem somente a Alá. Essa foi a lição que Sumaya e sua família abraçaram com zelo. Foi a aceitação da Mensagem que os levou aonde estavam naquele momento, torturados e abandonados para morrer no deserto.

---

O filho de Sumaya, Ammar, olhou para mim, seus olhos atentos, cheios de dor.

— Aisha... Filha de Abu Bakr... nos ajude...

Por um instante, esqueci completamente de Talha. Corri em direção a eles e no desespero, tentei rasgar suas amarras com minhas pequenas mãos. Yasir estava inconsciente. Ainda respirava, mas já muito fraco.

— Quem fez isso com vocês? — perguntei, sem conseguir esconder o horror na voz.

— Abu Jahl...

E então eu entendi. O senhor de Meca, que era o mais veemente inimigo do islã. O monstro cujo nome era repetido diante das crianças quando elas se comportavam mal. "Comportem-se, ou Abu Jahl vem atrás de vocês."

Abu Jahl fora atrás deles.

Feri a mão tentando desatar os nós cruéis, porém em vão.

— Não estou conseguindo! — Senti as lágrimas quentes brotando em meus olhos. Aquele era um dia de morte e destruição. Todos os que eu amava corriam perigo, e eu não tinha como ajudá-los.

Escutei passos. Alguém se aproximava. Ammar ouviu também. Ele olhou para o pé do monte e viu um vulto se aproximando.

— É ele! Se esconda!

Eu me virei e vi um homem com uma rica túnica púrpura, um turbante lilás envolvendo-lhe a cabeça, subindo em nossa direção.

Abu Jahl, o monstro dos meus pesadelos infantis, estava ali.

Com o coração na boca, olhei à minha volta, desesperada. E então vi um tronco de árvore caído ao lado. Pulei para dentro do tronco, ignorando uma aranha enfurecida, cuja teia destruí enquanto me escondia do demônio.

Abu Jahl chegou ao topo com dificuldade e ficou a apenas um metro e meio de mim. Ele não parecia um monstro. Na verdade, estava bastante elegante em sua rica túnica, bordada com filigranas de ouro. Seu rosto era bonito e proporcional, seus ossos da face eram angulares, sua pele singularmente clara para um nativo do deserto. Tinha um bigode pequeno bem aparado, que lhe emprestava um ar garboso. Seu nome verdadeiro era Abu al-Hakam, que significava "Pai da Sabedoria", mas os muçulmanos em geral o chamavam Abu Jahl, "Pai da Ignorância".

Vi que suas mãos estavam ocupadas. Na direita ele segurava uma lança, a ponta dentada brilhando ao sol. Na esquerda, percebi um ídolo. Uma pedra pequena com curvas pronunciadas, feita de obsidiana. Mesmo a distância, eu distinguia um ícone de Manat, a deusa que protegia Abu Jahl, a quem ele atribuía sua extraordinária riqueza.

Aquele homem olhou para os três prisioneiros que abandonara ali para morrer. Ele sorriu como quem se desculpa.

Quando falou, sua voz era suave, trazia um tom quase reconfortante.

— Eu espero que o Deus Sol tenha lhe dado juízo, Ammar — disse, sem nenhum sinal do ódio ou da loucura que tomaram conta de Umar.

Ammar o encarou, ignorando as moscas persistentes que zuniam à sua volta, seu rosto ensopado de suor.

— Não existe Deus Sol. Existe apenas Alá, o Senhor do Universo.

Abu Jahl abanou a cabeça, parecendo profundamente desapontado. Suspirou, como se estivesse cheio de arrependimento.

— Até o fim, você permanece fiel à sua heresia — afirmou. — Pense, garoto. Se Alá se importasse tanto com essa sua devoção, por que deixaria você morrer no deserto?

Ammar encrespou os lábios, furioso.

— Foi você que fez isso, não Alá.

Abu Jahl deu de ombros e virou-se para Sumaya, que olhava para ele serena, apesar da dor.

— Você é a mãe de Ammar — disse ele, num tom de voz bastante razoável. — Diga, Sumaya. Você se lembra do nascimento dele? A agonia do parto. A dor que quase matou você. Sua parteira fez as preces para Manat, e você sobreviveu. Sem a misericórdia da deusa, como teria suportado aquelas dores?

Ele ergueu o ídolo e balançou-o bem diante do rosto de Sumaya.

— Manat aliviou as suas dores e deu vida a você e a seu filho naquela noite. E ela pode lhe dar de novo. Agora mesmo. — Ele se inclinou para a frente, segurando o ídolo próximo aos lábios de Sumaya. — Tudo o que você precisa fazer é beijar essa imagem sagrada, e eu solto você e sua família.

Sumaya olhou para ele, e depois para o ídolo.

Prendi a respiração, orando para que ela fizesse isso. O Mensageiro dissera que quem quer que fosse forçado a renunciar a sua fé por medo de perder a vida, mas que a mantivesse no coração, seria perdoado por Deus. Minha alma gritava para Sumaya de dentro da escuridão do tronco da árvore: "Faça isso! Salve-se! Salve seu filho!"

Sumaya deu um sorriso amável para Abu Jahl, quase agradecida.

E então cuspiu no ídolo.

Foi quando vi Abu Jahl se transformar. Algo terrível tomou conta de sua face. Não era cólera, como no rosto de Umar, mas um vazio. Ausência de sentimento. Naquele instante, ele parecia mais um cadáver do que um homem vivo. E me assustou mais com a inflexível calma de seu semblante do que Umar com sua explosão de ódio.

— Então você prefere a morte à vida — disse ele, com um ar gentil.

Sumaya riu de repente, como se finalmente percebesse que estava perdendo tempo discutindo com um imbecil.

— Não... eu escolho a vida... a vida eterna — disse ela. Lançou sobre ele um olhar férreo, e não vi medo ali. — Existe apenas um único Deus, e Maomé é Seu Mensageiro.

Abu Jahl fitou-a nos olhos, depois abanou a cabeça. Deu um passo atrás, sem desviar o olhar.

Com apenas um movimento fluido, tão rápido que meus olhos sequer perceberam, ele enfiou a lança em sua vagina, empurrando-a para dentro de seu ventre!

— Não! — O grito de Ammar foi o som mais terrível que eu jamais ouvira. Mordi a mão horrorizada, abafando um grito que me estremeceu todo o corpo.

Sumaya gritava numa agonia aterradora. Contorcia-se no tronco da árvore, enquanto o sangue lhe escorria pelo ventre e formava uma poça vermelha a seus pés. Abu Jahl continuou a empurrar ainda mais a lança, rasgando por dentro os intestinos e a barriga da mulher.

E então seus gritos cessaram. Fez-se apenas o silêncio.

Enquanto Ammar chorava, vi Abu Jahl remover a lança despreocupadamente. Ele usou a túnica puída de Sumaya para limpar o sangue de sua arma, antes de se voltar para Ammar.

— Os deuses venceram — disse ele simplesmente, como se falasse uma verdade óbvia para a criança.

De algum modo, Ammar conseguiu falar, em meio a sua grande tristeza.

— Não... a minha mãe venceu... ela é a primeira dos mártires.

Um meio sorriso aflorou nos lábios grossos e sensuais de Abu Jahl.

— Não será a última.

Ele deu meia-volta e desceu o monte, assobiando uma alegre melodia.

Quando Abu Jahl desapareceu, saí do tronco. Sentia como se estivesse num sonho. Aquele dia só podia ter sido um pesadelo. Nada que eu testemunhara podia acontecer no mundo real.

Olhei para a mulher morta, pendurada de forma vergonhosa, a parte inferior de seu corpo ensopada no sangue que apenas minutos antes fluía em suas veias.

Aquilo não era real. Não podia ser.

Os grasnidos dos abutres me tiraram do transe e fugi dali, correndo para longe do espectro da morte que me assombraria para sempre, assim como a parteira profetizara na noite em que nasci.

## 3

Uma figura solitária ajoelhou-se no solo sagrado do monte Hira, onde teve início a Revelação. Ele flexionou os músculos vigorosos e então ergueu as mãos em preces ao Deus Único, que escolhera sua família para redimir a humanidade.

Hamza sempre soube que seu sobrinho Maomé fora escolhido para um destino grandioso. Eles eram próximos em idade, e o homem que era chamado de Mensageiro de Deus fora muito mais um irmão mais novo para Hamza do que um sobrinho. Porém mesmo quando eles apostavam corrida nos becos de Meca, ou quando brincavam de luta na areia, Maomé nunca parecia uma criança. Havia uma sabedoria e uma tristeza em seus olhos que pareciam pertencer a alguém que já vivera uma vida de lutas, perdas e triunfos. Talvez fosse a tristeza de um órfão que perdeu o pai antes de nascer e a mãe aos 6 anos.

Entretanto, havia algo mais de diferente nesse menino. Uma consciência de seu destino, que o circundava como uma aura. Era um poder que outros na família também haviam percebido, e nem todos se sentiam à vontade com ele. O meio-irmão de Hamza, Abu Lahab, em particular, desde cedo demonstrara não gostar do sobrinho, e tomava Maomé por um sonhador e um idealista, alguém que se recusava a adaptar-se à dura realidade da vida no deserto.

Quando Maomé foi ter com Hamza e lhe contou sobre sua visão numa gruta não muito distante de onde o tio se encontrava naquele momento, ele ficou fascinado, mas não de fato surpreso. Ainda assim, os arraigados costumes de Hamza tornavam difícil para ele renunciar aos deuses de seus antepassados. Contudo, ao observar a crescente oposição dos senhores de Meca aos ensinamentos de seu sobrinho e sua crescente crueldade para com seus seguidores, ele havia sentido uma grande paixão dentro do peito. Hamza sempre acreditou na vida de dignidade e justiça, e começou a ver que os seguidores dos antigos costumes apresentavam muito pouco desses traços.

Um dia ele tomou conhecimento de como o miserável Abu Jahl insultara Maomé de forma desonrosa enquanto ele orava na Caaba, dirigindo palavras obscenas a ele e a sua família, e seu sobrinho não revidara o abuso, retirando-se com dignidade. Naquele momento, Hamza tomou sua decisão. Pegou seu poderoso arco, com que havia ficado famoso por ter matado leões e guepardos no deserto, e foi até Abu Jahl, que instigava uma multidão a se insurgir contra os muçulmanos no Santuário. Sem hesitar, Hamza atingiu Abu Jahl na fronte com o arco, fazendo-o cair de joelhos. E então, diante da cidade inteira, proclamou sua fé na religião do sobrinho.

Naquele momento ele estava ali, orando como o Mensageiro lhe havia ensinado, joelhos no chão, a cabeça inclinada em reverência a Deus. Ele havia encontrado a paz no Hira, e entendeu por que seu sobrinho encontrara conforto naquele lugar. O ar era puro, fresco e limpo, não contaminado com o cheiro das carcaças queimadas da cidade. No lugar do burburinho confuso, do cacarejo das galinhas, da blateração dos camelos que enchiam as ruas de Meca, havia o silêncio. Era um silêncio tão profundo, tamanha quietude, que se podia até escutar as batidas do próprio coração e os suaves sussurros da alma.

Então o silêncio da montanha foi quebrado pelos gritos de uma criança.

— Hamza! Precisamos de você!

Ele virou-se e me viu subindo as pedras com dificuldade como uma aranha de cabeça vermelha. Meu vestido rasgou-se naquela terrível jornada, e meu rosto cobriu-se de uma poeira cinzenta que se alastrava pela montanha como fuligem.

Hamza levantou-se em meu socorro. Desceu várias rochas íngremes, que eu jamais teria conseguido escalar. Finalmente nos encontramos e, ofegante, despenquei em seus braços.

— Aisha? O que foi?

Funguei, tentando falar, enquanto meu coração batia em meus ouvidos.

— Meu pai... Sumaya... Eles precisam de você... Abu Jahl... Umar... Ninguém consegue parar os dois...

Eu dizia coisas sem nexo. Mas não importava. Só pronunciar os nomes de Abu Jahl e Umar era o bastante.

— Deus vai fazer eles pararem, minha pequena.

Ele levantou-se e pegou minha mãozinha, e então gentilmente me ajudou a descer a ladeira pedregosa.

# 4

Houve mais uma morte naquele dia.

Hamza me carregava em seus ombros férreos, enquanto eu o guiava para o topo do monte onde estavam os três prisioneiros de Abu Jahl ainda amarrados aos espinheiros. Hamza examinou-os e descobriu que o jovem Ammar era o único que ainda respirava. Seu pai Yasir sucumbira ao calor e não mais recobrara a consciência. Talvez tenha sido misericórdia divi-

Abu Sufyan concordou com um gesto de cabeça.

— Isso já foi longe demais. Está na hora de agir.

Abu Jahl sorriu, seus olhos brilhando.

— Concordo.

Quando os dois foram embora conversando calmamente, eu consegui readquirir força nos joelhos e corri para a casa do Mensageiro.

## 5

Naquela noite, sentei junto de meu pai quando o Mensageiro de Deus se reuniu com sua família e os mais fiéis de seus seguidores.

Éramos 24, essencialmente as primeiras famílias a abraçarem o islã nos anos iniciais e a se mostrarem leais ao Profeta nos primeiros dias de perseguição. Minha mãe, Umm Ruman, estava ao lado de meu pai, seus cabelos castanhos avermelhados ocultos sob um lenço azul modesto. À sua esquerda estava minha irmã mais velha, Asma, então com 14 anos, seus olhos castanhos atentos percorriam a sala como um pássaro. Eu me perguntava o que ela estaria procurando, e então vi um rapaz alto de dentes brancos e perfeitos entrar, e Asma parecer parar de respirar. Era seu pai, Abdallah, Zubayr, e logo entendi.

Estávamos naquela que já fora a grande sala de visitas de Maomé, onde a família costumava receber amigos e dignitários estrangeiros que vinham nas caravanas de comércio. Era um salão amplo, pelo menos para meus olhos infantis, com 12 metros de largura e 6 de comprimento. Colunas sólidas sustentavam uma fileira de arcos que serviam de apoio a uma varanda circular, pertencente aos cômodos superiores. O telhado ficava a 9 metros de altura e não era plano, como era comum na cidade, mas curvo no topo, formando uma cúpula imponente. Um estilo arquitetônico copiado dos bizantinos, com quem o Mensageiro tivera muito contato como comerciante em sua juventude. Seria um desenho comum entre nosso povo em anos futuros, quando as terras dos gregos passaram às nossas mãos por força das armas.

No entanto, ali, naquela reunião clandestina de um pequeno grupo de fiéis, um destino tão grandioso parecia risível, uma fantasia imprópria até mesmo para o mais tolo bêbado que dormia nas sarjetas de Meca. Quem poderia alimentar a ideia de erguer um império quando nosso movimento era pateticamente pequeno, e naquele momento parecia destinado à extinção? Abu Jahl tinha razão quando disse que a morte de Sumaya não seria a última. O pavor do que estava por vir pesava sobre nós como uma nuvem de gafanhotos, que se reunia em preparação para um ataque irrefreável.

Porém, quando o Mensageiro de Deus entrou na sala, por um momento, um raio de luz atravessou aquelas nuvens negras e nossas esperanças se renovaram.

Como posso descrever para aqueles que não estiveram lá o que era estar na presença do Profeta? Era como se eu tivesse entrado em outro mundo, ou visse esse mundo por meio de olhos renascidos. Nos anos seguintes, eu compartilharia sua vida e sua cama, mas, ainda assim, sempre que o via, meu coração se acelerava. Era como se ele fosse a própria vida.

Você deve se lembrar dele, meu sobrinho, da época em que era jovem. Sim, ele já estava mudado, tinha alguns fios brancos em sua barba, consequência do peso da guerra e da política que o preocuparia nos seus últimos anos de vida. Mas por natureza, não envelhecia, e naquela noite, quando fiquei olhando para ele, admirei-me por ele ser somente dois anos mais velho que meu pai e parecer uns dez anos mais novo.

Maomé, que a paz e as bênçãos de Deus estejam com ele, tinha altura mediana, mas seus ombros largos e tórax expandido transpareciam poder e força. Seus cabelos naquele tempo eram negros como o ébano, mais escuros do que o véu da noite e do que o nível mais profundo do sono, quando até nossos sonhos desaparecem e permanece apenas o silêncio. Sua pele era branca como o alabastro. Quando cresci e fiquei mais consciente da minha própria beleza, me orgulhava da brancura da minha pele, uma raridade em nossa terra castigada pelo sol. Mas a face do Mensageiro de Deus era ainda mais clara do que a minha, quase etérea, como o alvo fulgor da lua.

Seus cabelos não eram lisos, e sim levemente ondulados, e caíam como a juba de um leão da testa até abaixo das orelhas. Sua barba tinha a mesma ondulação, e era espessa e sempre bem-feita. Eu frequentemente me perguntava como alguns fiéis podiam dizer que o imitavam ao adotarem uma barba, quando na verdade a deixavam crescer de forma desordenada como os espinhos de um ouriço. O Mensageiro de Deus jamais seria visto como um cachorro imundo trazido do deserto, no entanto, havia muitos devotos que tinham um aspecto pior do que esses animais e afirmavam ser adeptos de seus ensinamentos, sua *suna*. Ele era um homem de muita dignidade que prezava a beleza e a graça, e exibia essas qualidades na maneira como cuidava da aparência.

Porém, o mais notável no Profeta eram seus olhos. Tão negros que era difícil distinguir suas pupilas e, ainda assim, sempre repletos de luz. Poucos homens conseguiam fitá-lo por um longo tempo. Diz-se que os olhos são o espelho da alma. No caso do Mensageiro, seus olhos eram o espelho das *nossas* almas. Quem quer que detivesse a atenção naquelas magníficas esferas negras veria o âmago de seus corações nelas refletido. Nem todos conseguiam suportar o que viam.

O Mensageiro sorria com frequência, mas era raro rir abertamente, embora nos seus últimos anos eu tivesse sido uma das poucas pessoas que o faziam inclinar a cabeça para trás e dar um riso franco. Sua risada, por ser pouco comum, era gutural e contagiosa. Quando ele ria, poucos se continham.

O mesmo se podia dizer de suas lágrimas, que eram vertidas com mais frequência. E naquela noite ele derramou muitas. Quando Hamza voltou e lhe contou sobre o infortúnio de Sumaya e Yasir, o Mensageiro chorou profundamente. Juntos, eles haviam conduzido um pequeno grupo de fiéis ao deserto, onde resgataram Ammar, que permanecera ao lado de seus pais mortos, e depois enterraram os primeiros mártires do islã.

O Mensageiro retornara com profunda tristeza, e fora buscar consolo, como sempre fazia, nos braços de sua esposa, Khadija. Olhei para ela que estava ao lado dele no chão de mármore da imponente casa, que lhe pertencia antes de ela conhecer o jovem Maomé e se apaixonar. Juntos, eles pareciam rei e rainha, porém sem tronos. A maior parte da mobília luxuosa da casa havia sido vendida há tempos, o produto da venda distribuído entre os pobres, e a bela mansão com suas paredes pintadas de branco e seus pisos polidos estava quase tão vazia quanto um túmulo.

O Profeta apertou a mão de Khadija, e ela sorriu para ele de forma encorajadora. Olhando para eles, era óbvio que havia uma diferença substancial de idade. Maomé tinha apenas 25 anos quando ela o contratou para administrar suas caravanas de comércio. Corriam rumores de que Khadija era uma viúva rica de 40 anos quando o conheceu, e ficara tão impressionada com sua honradez e seu espírito generoso — e com suas belas feições — que lhe propôs casamento logo depois que ele retornou da Síria com um lucro substancial para ela. Outros diziam que ela era apenas três anos mais velha que ele quando se casaram, que tinha somente 28 anos, e que sua idade fora aumentada pelos devotos a fim de ressaltar sua sabedoria.

Eu acho que a verdade está em um meio-termo. Quando eu a examinava, achava-a ainda bonita, mas seus cabelos escuros já estavam grisalhos, embora ela tivesse poucas linhas de expressão em torno dos olhos e da boca. Ela lhe dera seis filhos nos primeiros dez anos de casamento — quatro meninas, que sobreviveram, e dois meninos, que morreram ainda bebês. Como mulher, acho difícil acreditar que Khadija pudesse ter sido tão fértil numa idade quando, em geral, o período menstrual de outras mulheres já havia sido encerrado. Porém, depois que vivi, eu mesma, com o Mensageiro de Deus, presenciei muitas coisas estranhas e improváveis, então talvez os rumores de sua idade avançada fossem de fato verdadeiros. E era certamente o desígnio de Deus que somente ela tivesse filhos que sobreviveriam, enquanto meu ventre, jovem e fértil como era, permaneceria inexplicavelmente infecundo.

O Mensageiro olhou para Khadija por um longo tempo, antes de se voltar para aqueles ali reunidos.

— Hoje foi um dia triste para os fiéis — começou ele baixinho, quando Hamza, que andava de um lado para o outro com uma fúria mal contida, falou:

— Eles passaram de todos os limites! — disse o tio do Profeta, o rosto arrasado pela emoção.

Meu pai se mexeu a meu lado.

— Esse dia estava para acontecer — disse Abu Bakr, tentando acalmar o gigante agitado. — Sumaya e sua família não tinham a proteção das tribos. Abu Jahl sabia que podia agir sem medo de retaliação.

Hamza sentou-se, rosnando como um leão raivoso.

— Agora que experimentaram o sangue muçulmano, eles vão querer mais.

Do outro lado da sala, avistei Talha, cuja face estava enfaixada, e que tinha o braço direito preso numa tipoia de couro. Ele se inclinou em direção ao homem que chegara tarde para socorrê-lo.

— Então, o que você sugere?

Hamza olhou para o Mensageiro do outro lado da sala.

— Imigrar! Devemos mandar o restante de nosso povo para a Abissínia — disse ele, com ênfase.

Houve um murmúrio de aprovação entre os seguidores. Um ano antes, vários muçulmanos pobres haviam imigrado com as bênçãos do Profeta, tendo atravessado os mares ocidentais para a nação africana, Abissínia. A terra era governada por um cristão, um rei sábio, o Negus, que acolhera os refugiados e lhes oferecera proteção. Os nativos de Meca haviam enviado Amr ibn al-As, um dos mais fascinantes e hábeis emissários, até ele, com ouro e promessas de preços especiais para seu povo no comércio, se ele extraditasse os muçulmanos, os quais Amr rotulara de criminosos. O Negus ficara impressionado com a fé desses árabes e sua devoção ao Deus de Abraão, e lhe negara o pedido. Sua clemência foi concedida, apesar das críticas de seus padres cristãos, que viam os muçulmanos como hereges importunos que negavam o fato de o profeta Jesus ter sido declarado divino. Os muçulmanos estiveram a salvo no último ano, e a sugestão de Hamza foi bem recebida pelos fiéis.

Porém o Mensageiro dirigiu sua atenção ao seu primo Ali.

— O que você acha?

Ali tinha 17 anos, mas sua personalidade estranha e etérea ainda era a mesma da infância. Muitos fiéis sentiam um fluxo de complexas emoções sempre que o Profeta submetia questões à opinião do rapaz. Eles confiavam no Mensageiro, mas achavam sua singular confiança nesse jovem sonhador inusitada, difícil de entender.

Ali levantou-se, seus olhos fixos num canto vazio da sala, como se pudesse ver algo que ninguém mais via.

— Eu não aconselharia isso. Uthman já tem problemas demais — disse ele, referindo-se ao genro do Mensageiro, que se casara com a belíssima filha de Maomé, Ruqayya, antes de conduzir os muçulmanos para a Abissínia.

Escutei um pigarrear na sala e me voltei para ver seu pai, Zubayr, se levantar. No mesmo instante, percebi que minha irmã, Asma, que estava à minha esquerda, ficou tensa e agitada, como ocorria sempre que o atraente rapaz falava.

— O Negus nos tratou com consideração. É claro que vale a pena tentar com aqueles que não têm a proteção de um clã — disse ele, sua voz compassada e calma como sempre. Zubayr exercia uma grande influência na comunidade como primo do Profeta, filho de sua tia Safiya, e um de seus primeiros seguidores.

Ali olhou para Zubayr com seus olhos verdes intensos e balançou a cabeça negativamente.

— O Negus está sofrendo pressão de seus sacerdotes para expulsar os recém-chegados. Até agora conseguiu contê-los. Mas diante desse clima, seria imprudente enviar mais refugiados para essa nação. Poderia agravar a situação dos que já estão estabelecidos.

Zubayr, no entanto, não desistiu facilmente.

— Precisamos fazer alguma coisa. Os coraixitas, em breve, vão organizar um conselho contra nós.

Então uma voz profunda ressoou do hall de entrada e, tomados de surpresa, nós todos nos viramos.

— Eles já organizaram.

# 6

Uma sombra foi projetada na entrada da sala por trás de mim, e ao levantar a vista vi um homem velho encurvado, de barba branca como a neve, entrar devagar, suas mãos apoiadas num bordão de marfim. Lá estava Abu Talib, o tio do Mensageiro e pai de Ali. Ele fora como um pai para Maomé, educando-o depois que este ficou órfão e ficando a seu lado quando os senhores de Meca voltaram-se contra sua nova religião. O Profeta levantou-se quando o viu, um sinal de amor e respeito profundos, embora Abu Talib ainda permanecesse fiel a seus antepassados e venerasse os deuses pagãos. Nós todos fizemos o mesmo. Ali atravessou a sala e ajudou seu pai a caminhar pelo chão de mármore preto e branco até sentar-se ao lado do Mensageiro e de Khadija.

Abu Talib parecia frágil e suas mãos tremiam, mas sua voz era firme.

— Os líderes coraixitas vão se reunir na Casa da Assembleia hoje à noite para determinar como lidar com o seu povo — disse ele com um ar de arrependimento. — Filho de meu irmão, por favor, escute a voz da razão — Abu Talib dirigiu-se ao Profeta. — Se o ódio dos coraixitas for despertado, nada o sufocará. Seus seguidores serão todos destruídos, como aquela pobre mulher foi hoje. Se vocês não desejam seguir nossos deuses, esse é um direito seu. Mas, por favor, não se manifestem mais contra eles. Deixem o povo da Arábia seguir suas tradições em paz. Apesar de seus receios a respeito de suas crenças, a tribo dos coraixitas respeita e admira vocês, e eu tenho certeza de que eles estão dispostos a oferecer o que pedirem se desistirem de falar mal de seus deuses.

Um silêncio recaiu sobre o grupo de fiéis. Olhamos para o Mensageiro, cheios de dúvidas, curiosos para saber como ele responderia à súplica desse amado ancião para entrarmos num acordo com os idólatras.

Vi o Mensageiro virar-se para Khadija, que o olhou nos olhos e fez um firme aceno positivo de cabeça. O que quer que ele decidisse, ela o apoiaria como Mãe dos Fiéis.

O Profeta baixou a vista por um instante, respirando lenta e profundamente. Quando por fim levantou a cabeça, vi em seus olhos um fogo que me deixou ao mesmo tempo empolgada e aterrorizada. Ele segurou a mão de Khadija à sua direita, e a de Ali à sua esquerda.

— Por Deus, mesmo que eles ponham o Sol na minha mão direita e a Lua na esquerda, eu não serei dissuadido da minha missão.

Aquela era sua palavra final, e todos nós sabíamos disso. Não haveria acordo, mesmo que os poderosos de Meca declarassem guerra aos muçulmanos.

Abu Talib abanou a cabeça em desespero.

— Mas meu sobrinho...

Khadija interrompeu, segurando no alto a mão do Profeta para que todos vissem que seus dedos permaneciam firmemente entrelaçados aos dele.

— Você já tem a resposta do meu marido, amado tio. Ele é *Al-Amim*, o Leal, e não pode esconder a verdade assim como o Sol não pode nascer no oeste. Deus exigiu dele que pregasse a Verdade a Meca e a toda a humanidade, e ele fará isso, independentemente dos planos daqueles que tramam no escuro.

As palavras de Khadija me tocaram o coração, e eu pude ver que tinham o mesmo efeito sobre os outros. Um por um, os membros da comunidade, homens ou mulheres, adultos ou crianças, expressaram sua aprovação em voz alta.

Ao ver nossa união e determinação, Abu Talib finalmente baixou a cabeça, aceitando a escolha de seu sobrinho. Levantou-se, segurando a bengala enquanto se preparava para deixar o local.

— Eu só temo por vocês. Todos vocês — disse ele com tristeza. — Que o seu Deus os proteja do que está por vir.

— Mas o que está por vir? O que eles estão planejando? Se soubermos, poderemos nos proteger. — Era a voz calma de Fatima, a filha mais nova do Profeta. Moça tímida, cerca de dez anos mais velha que eu, ar de perpétua tristeza. Diferente de suas irmãs mais velhas, sociáveis e cheias de vida, Fatima era como um fantasma que aparecia e desaparecia sem dizer uma palavra e raramente era notada pelos outros. Eu vi várias pessoas se assustarem com o inesperado som de sua voz, e percebi que eu não era a única que se perguntava quando ela teria entrado na sala ou se estivera lá o tempo todo sem que ninguém percebesse.

Abu Talib respondeu à moça com o rosto virado para Ali.

— As portas da Assembleia foram fechadas para mim hoje à noite. Eu temo o pior.

Ali colocou a mão carinhosa no braço do pai.

— Não tenha medo, meu pai. Deus nos fez a promessa de que *os justos não temerão, nem sofrerão* — disse ele, citando o Corão sagrado.

— Eu gostaria de compartilhar a sua fé, meu filho — disse ele, e percebi um tom de lamento sincero em sua voz. — Mas, ai de mim, sou velho e tudo o que sei é que nada de bom pode vir de reuniões secretas realizadas por homens irascíveis.

Quando Ali conduziu seu pai à saída, olhei em torno. Havia um tumulto causado pela comoção dos fiéis, que argumentavam e debatiam entre si sobre o que fazer. Todos pareciam ter suas opiniões, mas eram pura especulação. Sem saber o que estava sendo dito na Casa da Assembleia, não havia forma de defender nosso povo contra essa nova ameaça.

E então uma ideia insana me ocorreu. Claro que na ocasião eu a achei engenhosa, mas eu era uma criança e não sabia a diferença entre perspicácia e loucura. Muitos acreditam que eu nunca aprendi essa diferença, e talvez estejam certos.

Vi que meu pai estava preocupado com a discussão, e minha irmã interessada apenas em olhar para Zubayr. Ninguém percebeu ou deu importância ao que eu estava pensando, e ninguém percebeu ou se importou quando eu me dirigi quietinha à porta.

Porém no momento em que me virei para sair, pensei ter visto pelo canto do olho o Mensageiro me observando com um sorriso entretido.


# 7

A Casa da Assembleia brilhava como rubi à luz da lua. Era o segundo maior edifício de Meca, apenas a Caaba era mais alta. Fora construída anos antes por Qusay, um dos mais respeitados antepassados da tribo dos coraixitas, estadista que havia acabado com as contendas entre os clãs rivais e criado uma oligarquia unificada que trouxera estabilidade à Peregrinação e prosperidade à cidade. A Casa da Assembleia era o símbolo de seu legado. Enorme complexo que se estendia por mais de 60 metros de pedra vermelha e mármore polidos, era o que mais se assemelhava a um palácio no meio do deserto entre o Iêmen e a Síria, e servia de local para as reuniões dos líderes tribais, bem como de salão de comemorações e base da rudimentar justiça do deserto.

Normalmente, as portas em arco, com acabamento em prata e bronze polido, eram abertas ao público, dando ao cidadão comum de Meca a ilusão de ter acesso aos corredores do poder. Na verdade, todos sabiam que as decisões tomadas na Casa eram baseadas em cálculos frios que tinham por base o ouro e o expediente político, mas que a aparência de justiça era necessária para evitar um total colapso social.

Naquele dia, porém, a necessidade de manter as aparências era secundária às exigências de sigilo, e as poderosas portas estavam fechadas para todos, exceto para os que tinham poder inquestionável. Guardas em pesadas armaduras de couro, com detalhes em aço, se encontravam diante de ambas as portas, espadas longas em punho. As deliberações a serem feitas seriam essenciais para o futuro da cidade, e eles tinham ordens de atacar quem tentasse entrar sem permissão.

O som de passos fez um dos guardas, um brutamontes de cara fechada chamado Husam, virar a cabeça, sobressaltado. O barulho viera da esquina, onde havia uma ruela, situada entre a parede sul do edifício e os portões da casa de Abu Sufyan. O guarda fez um sinal para seu colega de dente quebrado, Adham. Armas em punho, eles furtivamente viraram a esquina, prontos para matar quem estivesse se escondendo nas sombras.

Eles não viram nada, exceto um gato cinzento de olhos amarelos, que os espreitava sem piscar. Satisfeitos, os dois homens voltaram a seus postos para proteger o portão leste da Casa da Assembleia.

---

OLHEI PARA BAIXO DE meu precário esconderijo, a 3 metros de altura do pavimento, enquanto os dois guardas ameaçadores deixavam a ruela. Eu frequentemente brincava de esconde-esconde com meus amigos, e a ruela ao lado da Casa da Assembleia era um dos meus esconderijos preferidos. Eu era uma criança ágil e já havia subido na calha de ferro antes, na esperança de que meus amiguinhos, que saíam à minha procura, não olhassem para cima. Adorava espioná-los enquanto eles estavam desatentos. Essa pequena habilidade me foi útil naquela noite, e serviu também para salvar minha vida.

Quando os guardas desapareceram de vista, me permiti voltar a respirar. Ao olhar para cima, vi uma janela no segundo andar, parcialmente aberta, uma abertura que dava apenas para a passagem de um gato. Ou de uma criança pequena.

Meu coração disparou de empolgação, mais por estar fazendo algo proibido do que pela percepção do perigo em que eu me encontrava. Enfiei os dedos no cano, minhas unhas já pretas de fuligem e excrementos de pombos, e subi ainda mais, até que fiquei paralela à janela. Se eu tivesse olhado para baixo, provavelmente teria desmaiado de vertigem, mas eu sempre fora muito focada no que fazia, e naquele momento meus olhos fixavam-se apenas no pequeno peitoril da janela. Fechei os olhos por um segundo e repeti a bênção que aprendera quase como minhas primeiras palavras: *Bismillahir-rahmanir-raheem*. Em nome de Deus, o Clemente, o Misericordioso.

E então pulei como um macaco, e me segurei no peitoril, agarrando-me à superfície irregular de pedras. Com um grunhido, que eu orei para que não fosse escutado pelos guardas, me ergui um pouco mais, até meu corpo magro se apoiar por completo no peitoril. Em seguida, com a incrível agilidade das crianças, consegui me comprimir pela abertura da janela e saltei para dentro.

Pisquei, ajustando os olhos à escuridão do interior. Eu estava no andar do que parecia ser uma passagem circular que se debruçava sobre a parte central do salão de assembleias. Havia portas em ambos os lados, que conduziam a salas de reuniões menores. Para uma menina extremamente curiosa, aquele enorme edifício, com suas diversas passagens, portas e mistérios era um verdadeiro tesouro para novas descobertas. Eu, porém, havia estabelecido uma missão para mim naquela noite, e a exploração teria de ficar para um outro dia.

O som de vozes me levou em direção a uma armação de madeira coberta de valiosas acácias trazidas do Sinai. Espiei através das treliças, cujos desenhos eram formas geométricas espiraladas — estrelas, octógonos e outras belas formas que eu não reconhecia — e observei atentamente a reunião em andamento.

Imediatamente reconheci a maioria dos homens como os chefes tribais que tinham ido várias vezes à casa de meu pai para lhe pedir que cessasse a pregação e abandonasse a nova religião que enfraquecia o comércio deles. Meu coração congelou ao ver Abu Jahl, com uma túnica de um azul vibrante e um colete preto de veludo cobrindo-lhe o amplo tórax. Era óbvio que estaria ali. Sua decisão de promover a perseguição e a morte aos muçulmanos fora a base da assembleia emergencial.

Então vi algo que me surpreendeu. Entre os homens, com seus pomposos turbantes e adagas cerimoniais presas a cintos de couro, encontrava-se uma mulher.

Hind bint Utbah, esposa de Abu Sufyan e filha de um dos mais poderosos líderes coraixitas. Eu já a vira no mercado, examinando joias ou rolos de tecido, com um olhar crítico. Ao contrário de outras mulheres de Meca, ela não barganhava preços. Sabia de imediato o valor de cada peça, e nunca consultava o comerciante. Estabelecia o preço, e não havia discussão. Os mercadores em geral lhe davam um desconto extra como contrapartida, buscando lucrar mais com os favores de Hind e a proteção política do que com suas mercadorias.

Seu compassado andar era altivo, gracioso e ao mesmo tempo assustador, como o de uma leoa. Ela era a mulher mais alta que eu já vira, e deixava facilmente muitos dos homens na sala parecendo anões. Seus cabelos lhe caíam até a cintura em ondas, os cachos pretos com mechas tingidas de hena, como era a moda. Sua pele era morena e brilhava como um espelho polido. Mas eram seus olhos que sempre me faziam prender a respiração. Amarelos esverdeados como os de um gato, intensamente penetrantes. Eles emitiam orgulho e desdém, bem como uma leve sugestão de perigo. Quaisquer que fossem os demônios que se escondiam por trás do olhar cruel de Hind, melhor seria deixá-los quietos.

— Os seguidores de Maomé têm se tornado um grave problema para o povo de Meca — declarou Abu Sufyan, sua voz autoritária e imponente. — Está na hora de tomarmos uma atitude.

Com tranquilidade, Abu Jahl deu um passo à frente.

— Hoje foi derramado o sangue dos primeiros. Mais sangue precisa ser derramado, se quisermos pôr um fim a isso.

O grupo de líderes assentiu com um murmúrio, e eu vi Hind sorrir. Notei então que havia uma pessoa amiga entre os nobres ali reunidos.

O tio do Mensageiro, Abbas, levantou-se. Embora não houvesse abraçado nossa fé, ele era sempre amável com os muçulmanos, e nós contávamos com ele como a voz da razão entre os senhores de Meca. Um papel que era claramente só dele nessa noite.

— Esse é um momento para paciência, não para ações precipitadas — disse Abbas, sua voz suave procurando apagar o fogo aceso por Abu Jahl.

Sua complacência não era segredo para os líderes, e Abu Jahl virou-se para enfrentar Abbas com um olhar muito pouco cordial.

— Para paciência ou covardia?

Abbas ficou indignado, pois era dotado do orgulho de seu clã, o Bari Hashim. Ele rumou em direção a Abu Jahl até que suas barbas quase se tocaram.

— Você se atreve a me chamar de covarde? Quanta coragem é preciso para matar uma mulher velha amarrada a uma árvore?

O belo sorriso de Abu Jahl logo se transformou num trejeito cruel. Um silêncio sepulcral recaiu sobre o grupo. Por um instante pensei que ele ia puxar a adaga e cravá-la no tórax de Abbas para se vingar desse ataque direto a sua honra.

Foi então que Hind se interpôs entre os dois homens, seus longos e elegantes dedos colocados nos peitos dos adversários enquanto ela os separava com graciosidade.

— Chega! Guardem sua raiva para nosso inimigo comum, Maomé.

Amr ibn-al-As, o eloquente emissário de Meca que tentara sem sucesso repatriar os refugiados muçulmanos na Abissínia, levantou a mão com polidez. Percebi que ela estava coberta de anéis de prata e pedras preciosas — granada, cornalina e âmbar.

— Mas afinal, o que podemos fazer com Maomé? Ele é protegido pela tribo de Hashim.

No momento em que falava, todos os olhos recaíram sobre um outro membro da tribo do Mensageiro, seu tio Abu Lahab. Gordo, careca e perpetuamente suado, ele sempre me lembrava uma lesma de jardim, mas com uma personalidade menos atraente.

Abu Lahab resfolegou em sinal de desprezo ao pensar em seu obstinado sobrinho. Diferente de seus meio-irmãos Abu Talib e Abbas, Abu Lahab desconsiderava Maomé, que a paz e as bênçãos de Deus estejam com ele, e não guardava segredo de sua convicção de que o Mensageiro estava criando uma nova religião para monopolizar o lucrativo comércio dos peregrinos na cidade.

— A proteção de nosso clã não vai durar para sempre — disse Abu Lahab.

— Meu irmão Abu Talib está velho. Quando ele morrer, eu serei o líder dos Bani Hashim, e revogarei a proteção a Maomé.

Abbas lançou um olhar furioso ao irmão, o qual Abu Lahab recebeu com indiferença.

Abu Jahl balançou a cabeça.

— Não podemos esperar tanto tempo assim — disse ele, de forma solene.

— As tribos ficarão cansadas dessas interferências na Peregrinação. Elas levarão seus peregrinos... e seu ouro... para Taif e o templo da deusa Allat.

os membros de sua família, não para o povo de Meca. É o povo de Meca que sofre com as mentiras desse feiticeiro. Nossa cidade precisa de um herói, um homem que enfrente a situação e faça o que for preciso, sem temer as consequências.

Esse apelo ao idealismo, eloquente e calculado, teve forte impacto nos árabes, um povo que se orgulhava de suas histórias épicas de heróis que arriscaram a vida pela honra de sua tribo. Abu Sufyan observou frustrado o fogo da agressão que ele havia extinguido se reacender com intensidade.

Foi uma mudança de sentimento que Hind também percebeu. Ela ergueu os braços acima da cabeça, posando como o ídolo sedutor de Astarte, deusa fenícia da fertilidade, que estava presente no Santuário.

— Quem entre vocês é um homem de verdade? Um homem que não teme retaliação? Um homem que irá defender Meca e a religião de nossos patriarcas, mesmo que isso signifique a própria morte? Um homem que prefira o sono eterno honrado ao conforto vergonhoso da cama de um covarde? Será que existe um homem assim entre vocês?

As palavras dela eram lançadas como uma promessa e uma advertência. Mesmo sendo uma criança, eu sabia o que estava subjacente àquelas palavras. Quem entre vocês é homem suficiente para me satisfazer? Para me dar tudo que está em seu interior, mesmo que signifique se perder na chama do meu coração?

Eu vi os líderes de Meca se entreolharem confusos e cheios de dúvida. A paixão de Hind era extremada, até mesmo para eles. Um homem então se levantou, um dos poucos que eram mais altos do que a majestosa Hind. Foi Umar. Havia uma intensidade sombria em sua expressão semelhante à que eu vira mais cedo, quando Talha o humilhou.

— Eu faço isso. Eu trarei a cabeça desse mentiroso que profanou a Sagrada Caaba.

Houve suspiros de surpresa — ou talvez de alívio — ao verem Umar aceitar o desafio. Ele acabara de concordar com sua própria morte. Embora ninguém tivesse dúvidas de que Umar tinha a coragem e a crueldade suficientes para assumir o papel de assassino, nem mesmo ele teria capacidade de se defender contra a retaliação dos homens de Hashim.

Hind sorriu para ele, e eu percebi uma troca de olhares entre os dois que não entendi. Mas o que quer que eu tenha presenciado, não fui a única, pois Abu Sufyan também percebeu e desviou a vista, seu rosto vermelho de raiva. Ou humilhação.

Ciente de que a declaração de Umar significava a morte quase certa de seu sobrinho, Abbas tentou dissuadi-lo.

— Pense, Umar, no que está dizendo...

Umar respondeu desembainhando a espada.

— Não! Eu já pensei demais! — Umar virou-se para encarar Abbas e Abu Lahab, os dois representantes do clã do Mensageiro. — Saibam, ó filhos de Hashim, que eu não temo represálias. Eu matarei esse renegado, e se algum de vocês tiver a coragem de me incriminar, que o faça. Eu responderei com a lâmina da minha espada.

Abbas viu a loucura nos olhos de Umar e baixou a vista rapidamente, antes que o gigante sanguinário perdesse o controle e enfiasse aquela enorme espada em seu crânio. Vi o irmão dele, Abu Lahab, dar um risinho de satisfação. Se Umar conseguisse se livrar de seu sobrinho importuno, Abu Lahab aconselharia os membros do clã a evitar a retaliação e permitir a Umar o pagamento de uma dívida de sangue à família de Maomé, em vez de arriscar um conflito sangrento e aniquilador entre os clãs, o que destruiria Meca. Com o Profeta fora do caminho e o clã dividido quanto a como reagir, Abu Lahad estaria em perfeita posição de tomar o cetro de autoridade de seu irmão idoso, Abu Talib.

Eu observei quando Hind saiu andando, seu corpo movendo-se como a seda ao vento, e tocou a face de Umar com carinho.

— Eu sempre soube que você era o maior entre os coraixitas — disse ela, suas palavras fluindo como o néctar de seus lábios grossos e vermelhos.

Seu marido, Abu Sufyan, lhe deu as costas e saiu do recinto, incapaz de suportar a humilhação de sua mulher flertando abertamente com o filho de Al-Khattab. Mais tarde eu ficaria sabendo que o caso de Umar com Hind era o segredo mais divulgado de Meca, e que os dois haviam sido discretos até aquele momento.

Um olhar estranho surgiu no rosto de Umar quando ele olhou para Hind. A dureza desapareceu e, por alguns instantes, ele pareceu uma criança que procurava agradar a mãe. Ou talvez, mais precisamente, uma alma condenada em busca do perdão de seu juiz.

— Amanhã eu acabo com esse infeliz — disse ele, sua voz de trovão de repente suave como um sussurro. — Maomé morrerá. A fúria dos deuses será aplacada.

Ele afastou-se de Hind e saiu, preparando-se para matar e ser morto. Mais tarde tomei conhecimento do pensamento que atravessou seu coração naquele momento. Que quando ele morresse sob os golpes vingativos dos homens de Hashim, talvez a criança que enterrou viva pudesse ser vingada.

## 9

Na manhã seguinte, Umar saiu para cumprir sua missão. Quando dobrou a esquina, a casa do Mensageiro surgiu diante de seus olhos e ele congelou, olhando para ela com a perversa curiosidade de um homem que observa a própria sepultura. Umar detestava Maomé intensamente e estava feliz por ser ele quem eliminaria essa mancha da cidade sagrada. Não que Umar desse grande importância ao culto de seus antepassados. Era inteligente o bastante para perceber que a maioria dos rituais de adoração no Santuário era um divertimento barato, oferecido aos ingênuos e aos desesperados, duas categorias de seres humanos predominantes na Arábia e talvez no mundo todo. Ele não se importava com as imagens e os ídolos grosseiros que enchiam o *Al-Haram* como prostitutas em torno de um acampamento do exército.

Entretanto, desde criança, sentia algo especial em torno do Templo, a própria Caaba. Ele não era poeta e tinha dificuldade para traduzir em palavras as emoções que a Casa de Deus inspirava. Talvez fosse impossível para qualquer homem fazê-lo, ao se ver diante do Divino.

Quando jovem, Umar e seus amigos se divertiam passando noites em grutas antigas ou cabanas abandonadas que os supersticiosos diziam ser habitadas por *djins*. Ele, porém, nunca sentira nada sobrenatural em nenhum desses lugares. Mas quando se aproximava do cubo de granito que se impunha sobre Meca, seu coração disparava. Sempre que entrava nos limites do Santuário, ele sentia como se estivesse sendo observado por todos os lados. Umar tinha reputação de destemido, a qual nutria e mantinha com grande zelo, e, na verdade, nada na terra o assustava. Nem a espada de um inimigo, nem as presas de um leão. Ele sabia como lidar com inimigos que se esvaíam em sangue, que tinham fraquezas, que podiam ser mortos pela força e pela astúcia.

No entanto, sempre que se aproximava da Caaba, Umar sentia medo. Qualquer que fosse o espírito que ali habitasse, era invencível e não podia ser morto.

Isso de fato o aterrorizava. Na noite em que matou sua filha recém-nascida, ele havia ido à Caaba na esperança de amenizar a culpa e o horror que tomaram conta do seu coração. Mas quando atravessou o círculo do Santuário e se encontrou diante da porta incrustada de ouro, seus joelhos fraquejaram, e ele sentiu alguma coisa pressionando-o por todos os lados.

Umar estava sozinho no pátio, mas continuava escutando sussurros terríveis à sua volta. Quando o vento soprava forte, ele podia jurar que escutava um riso pouco amigável naquele eco. O mundo começou a se dissolver e a girar diante de seus olhos, e ele teve a sensação de estar caindo. Convencido de que estava morrendo, de que a força que habitava a Caaba viera buscá-lo, ele gritou por Alá, suplicando sua misericórdia e uma chance de expiar seus pecados, servindo como protetor da Casa Sagrada.

Então o delírio o abandonou e tudo ficou em silêncio. Ainda assim, ele achou que a presença que habitava aquelas pedras antigas o escutara e o faria manter seu juramento. Desde então, Umar viveu para cumprir a promessa, ficando de guarda sempre que os peregrinos visitavam o local, um guardião que se impusera a função de proteger a Caaba. Quando um bêbado ou mendigo profanava aquele solo, ele rapidamente o expulsava dali. Uma vez pegou um adolescente ladrão roubando um peregrino rico de Taif que circundava o templo, e o espancara. Quando o comerciante agradecido lhe ofereceu uma recompensa em prata que tirou da bolsa, Umar recusou, explicando orgulhoso que estava ali para proteger o Santuário, e não podia aceitar nada por isso.

Com a presença intimidadora de Umar, a Peregrinação tornara-se uma experiência mais segura, e o número de peregrinos aumentava ano a ano. Ele cumprira a promessa feita ao Espírito da Caaba, cuja presença ele ainda sentia observá-lo diariamente.

Entretanto, agora Maomé e seus hereges haviam decidido usar a Peregrinação para doutrinar e espalhar sua nova religião, e a paz do Santuário estava mais uma vez ameaçada. Incidentes como o do dia anterior, quando escravos dirigiam-se com arrogância a seus superiores, ameaçavam desintegrar o tecido social de Meca e envenenar a atmosfera para a adoração e o comércio. Umar percebeu que o Espírito da Caaba o testava, e ele resolveu que não iria decepcioná-lo. Se matar o feiticeiro Maomé fosse restabelecer a paz no Santuário, então Umar cumpriria sua promessa — mesmo que isso colocasse em risco sua própria vida.

Com esses pensamentos atormentando-lhe a mente, Umar deu um passo no caminho de pedras que conduzia à casa do Profeta. Quando se aproximou dos portões, levou a mão ao cabo da espada. Muito provavelmente, teria uma única chance de tirá-la da bainha e dar o golpe fatal antes que os filhos de Hashim o matassem. Mas Umar não tinha medo. O Espírito da Caaba estava com ele, e era mais poderoso do que esse feiticeiro. Ele recitou uma oração final, em silêncio, diante do portão de ferro de onde ele certamente não mais sairia.

— Ó Alá, me dê forças para fazer o que é correto, para que Sua Casa possa ser para sempre santificada. — Com isso, ele estendeu o braço para abrir a fechadura.

Nesse momento, uma sombra caiu sobre ele.

Umar virou-se, levando instintivamente a mão à espada. Viu então que era um membro de seu clã, um homem magro chamado Nuaym que estava sempre de bom humor e não constituía ameaça.

Nuaym sorriu e apertou sua mão, olhando depois com cuidado para o rosto sério do seu companheiro de clã.

— Umar! Você está bem? Parece febril.

Com irritação, Umar olhou fixamente para o homenzinho. Ele não seria desviado de sua missão por esse tolo.

— Eu tenho febre de justiça.

Nuaym arqueou a sobrancelha, surpreso.

— Do que você está falando?

Não havia problema em contar. Ele era um membro de seu próprio clã, era confiável. Se Umar não saísse vivo da casa, Nuaym diria aos outros filhos de Bani Adi que cantassem seu heroísmo.

— Hoje eu jurei matar o herético Maomé e acabar com a desordem em nossa cidade.

O choque deixou Nuaym boquiaberto.

— Você está louco? O Bani Hashim vai matar você em retaliação.

Umar deu de ombros, seus braços subindo e descendo como duas montanhas num terremoto.

— Que assim seja!

Nuaym pôs uma mão amiga sob o braço de seu companheiro de clã, como se quisesse fazê-lo desistir daquela loucura.

— Venha, vamos para a minha casa — disse, animando-o. — O calor do dia atrapalha a lucidez. Podemos conversar sobre isso tomando uma bebida fresca, na sombra.

Umar afastou a mão de Nuaym, apertando os dedos com força em sinal de aviso.

— Saia do meu caminho, velho amigo.

— Umar, escute a voz da razão...

Umar agarrou Nuaym pela gola e ergueu o homenzinho até que seus olhos se encontraram.

— Não! Eu jurei acertar as contas hoje, e nenhum homem vai me impedir.

Ele largou seu companheiro e se virou de frente para a casa novamente. Tirou a espada da bainha e abriu o portão.

— Se você quer acertar as contas, devia prestar mais atenção à sua família!

Umar ficou paralisado. Devagar, como uma pedra insistente que finalmente cede sob a força de uma avalanche, ele se virou para Nuaym.

Quando Umar falou, sua voz era calma. Mas havia nela um tom mais aterrador do que o bramir de mil elefantes ferozes.

— O que você está dizendo?

Nuaym ficou extremamente assustado, mas conseguiu enfrentar o olhar de Umar. Hesitou um pouco, seus olhos piscando sob a claridade da espada que agora brilhava de forma letal na mão assassina.

— Sua irmã Fatima é um deles.

Os olhos de Umar se arregalaram. De todas as coisas que Nuaym poderia ter dito, essa era a mais inesperada.

— Você está mentindo! — A espada de Umar começou a ser erguida para a posição de ataque.

— Ela abraçou os ensinamentos de Maomé e é sua seguidora. Pergunte a ela, você mesmo.

As faces de Umar estavam afogueadas. Ele deu um passo à frente, e, por uma fração de segundo, Nuaym achou que a espada fosse abrir seu pescoço. Umar inclinou-se até seu rosto ficar na altura do de Nuaym, que pôde então ver círculos avermelhados em torno daqueles olhos escuros.

— Se você estiver espalhando calúnias contra a minha família, seu sangue vai se misturar ao de Maomé na minha espada.

Em seguida, sem mais palavra, Umar deu meia-volta e seguiu em disparada pelo caminho que conduzia à casa de sua irmã.

Nuaym caiu de joelhos e escondeu o rosto entre as mãos, agradecido por ainda estar vivo. Nesse momento, eu saí das sombras da ruazinha de onde observara tudo secretamente.

Fui até ele e percebi que o homem tremia. Sem saber o que fazer, pus uma mão confortadora sobre seu ombro.

A meu toque, Nuaym assustou-se, pois temia que Umar tivesse voltado para matá-lo. Quando viu que era apenas eu, respirou fundo para se acalmar. Em seguida, segurou uma das minhas mãos. Eu senti a pele fria e úmida da sua palma.

— Obrigado, minha menina, por seu aviso.

Embora eu fosse apenas uma criança, entendi o que Nuaym fizera. Ele não tinha opções, mas mesmo assim fiquei irritada por ele ter traído Fatima, irmã de Umar, que no último ano se tornara uma seguidora secreta e que era muito atenciosa comigo e com minha família.

— Mas a irmã de Umar...

Nuaym abanou a cabeça, e percebi a vergonha estampada em seu rosto magro.

— Eu não tive escolha — disse ele, um tom de arrependimento na voz. O homem franzino olhou fixo para o caminho que Umar tomara, ainda de espada em punho. — Que Deus a proteja da ira do irmão.

## 10

Fatima bint al-Khattab estava na salinha de sua pequena casa de pedra, na região sul de Meca. Seus cabelos castanhos claros estavam cobertos por um véu azul-anil que o irmão, Umar, lhe dera de presente de casamento. Seu marido, Said, estava ajoelhado a seu lado, a cabeça baixa em sinal de reverência, enquanto ela lia um pergaminho que recebera de Ali naquela manhã, contendo palavras do Corão sagrado que haviam sido reveladas a Maomé na noite anterior.

Ela balançava para a frente e para trás como a chama de uma vela sob o efeito do vento enquanto as Palavras de Deus saíam de seus lábios em magnífica forma de poesia.

*Em nome de Deus, o Clemente, o Misericordioso*
*Taha.*
*Não te revelamos o Corão para que te modifiques.*
*Mas sim como exortação aos tementes.*
*É a revelação de Quem criou a terra e os altos céus,*
*Do Clemente, que assumiu o Trono.*

*Seu é tudo o que existe nos Céus, o que há na terra,*
*O que há entre ambos,*
*Bem como o que existe sob a terra.*
*Não é necessário que o homem levante a voz,*
*Porque Ele conhece o que é secreto*
*E ainda o mais oculto.*
*Deus! Não há mais divindade além d'Ele!*
*Seus são os mais sublimes atributos.*

Enquanto recitava com sua voz suave e melodiosa, ela viu Said enxugar lágrimas dos olhos. Fatima compreendeu sua emoção, embora mantivesse as suas bem guardadas. Característica aprendida da educação severa de seu pai, Al-Khattab, que não tolerava a fraqueza nem dos filhos, nem das filhas.

Said era muito diferente do pai e de seu violento irmão, Umar. Tinha uma alma gentil e se sentia mais à vontade brincando com crianças e cuidando de ovelhas do que se envolvendo nas crueldades da guerra ou das caçadas. Outras mulheres podiam considerá-lo fraco, mas Fatima amava a suavidade de seu coração. Para uma moça criada numa família na qual havia mais demonstrações de raiva do que de amor, sua bondade e doçura eram como a brisa calma que trazia paz quando a tempestade cessava.

Said tocou gentilmente o pergaminho nas mãos dela, alisando-o como um amante. Como a maioria dos homens que ela conhecia, ele não sabia ler nem escrever, e dependia dela para expressar os sons que saíam daquelas estranhas linhas e anotações que ele nunca tivera a oportunidade de entender sozinho. Apesar de Fatima ter muita mágoa do pai pela severidade com que fora criada, ainda assim lhe era agradecida por tê-la forçado e ao irmão a ler e escrever. Said sentira muita vergonha por sua mulher ter recebido uma educação melhor, mas quando soube que o próprio Mensageiro de Deus era iletrado e dependia da esposa, Khadija, para ler para ele e escrever sua correspondência, sentiu-se melhor.

— O que essas palavras do início significam? — perguntou ele. — *Taha*. Eu nunca as ouvi antes.

— Não sei — respondeu ela com um leve encolher de ombros. — Eu perguntei a Ali, e ele disse que eram letras sagradas envoltas em mistério, e somente Deus sabia o que significavam.

Said fez um gesto de compreensão com a cabeça. Ele era um homem simples e aceitava com facilidade que havia coisas além de seu entendimento. O fato de

Deus estar realmente falando com eles, naquele momento, em sua cidade, pela boca de Maomé, era em si mais do que sua mente podia apreender, e ele não queria se preocupar com mistérios ainda mais profundos.

— Leia de novo — disse ele, e ela concordou.

Fatima começou a recitar novamente, deixando o ritmo das palavras fluir através dela. O momento em que os fiéis mais se aproximavam de Deus era quando liam o Corão em voz alta. As palavras que o Senhor do Universo pronunciara vibravam através de seu ser e elevavam sua alma.

Porém, no momento em que ela dizia "ele conhece o que é secreto", a quietude de sua casa foi perturbada, e seu coração saltou em sua boca.

— Fatima! Fatima! Venha aqui fora!

A voz de Umar explodiu bem à sua porta. O pânico tomou conta dela. Teria seu irmão escutado a oração? Ela olhou para Said e viu que as faces coradas dele ficaram pálidas quando o mesmo pensamento atravessou sua mente.

Então, sem nenhuma outra palavra, ela sabia que o fim estava próximo.

— Ele sabe. — Foi tudo o que conseguiu dizer, sua garganta se fechando de terror. Umar começou a bater na porta, e ela sabia que não teria tempo de guardar o pergaminho com os versos sagrados no lugar apropriado, uma caixa de joias de prata que ela mantinha na prateleira superior do armário da cozinha.

Embora detestasse tratar as Palavras de Deus sem a dignidade devida, ela não teve escolha senão enfiar o pergaminho dentro de sua túnica escura de lã, próximo ao seio.

Ela apertou a mão de Said e respirou fundo; em seguida abriu a porta.

Umar entrou bruscamente, sem nenhum cumprimento, as faces lívidas. A irmã viu que ele tinha a espada em punho, e sentiu um nó no estômago. Ao entrar, Umar bateu a porta e depois se aproximou dela de forma grosseira, a arma firme na mão.

— Que asneira é essa que ouvi você recitando? — Havia um tom surdo e perigoso em sua voz, que Fatima reconhecia. Era o tremor que prenunciava um terremoto.

— Estávamos só conversando — disse ela com uma risadinha que logo lhe soou falsa.

Umar segurou-a pelo braço com força, machucando-a.

— Não minta para mim!

Said deu um passo à frente. A despeito de temer tanto Umar quanto sua esposa temia, ele sabia que seu cunhado estava violando todas as regras dos costumes árabes e esperava que um forte apelo à honra acalmasse o brutamontes.

— Quem é você para vir à nossa casa e nos chamar de mentirosos? — disse ele com o máximo de coragem que conseguiu manifestar.

Umar olhou para ele incrédulo, como se o percebesse pela primeira vez na vida. Em seguida ergueu a espada de forma ameaçadora, a lâmina brilhando sob a luz matinal que entrava pela janela.

— Eu sou o Guardião da Caaba, e jurei matar todos os que seguissem Maomé!

Anos mais tarde, Said diria não ter ideia de onde fora buscar a coragem para enfrentar Umar. Porém, ao ver o olhar de medo da mulher que amava, aquela cuja força ele admirava, seu sangue ferveu. Ele ergueu a mão e afastou a espada para longe.

— Você perdeu a cabeça! Saia da minha casa!

Umar ficou perplexo com o súbito desafio, como sempre ficam os homens quando aqueles que eles consideram fracos revelam determinação.

— Diga a verdade! — ele exigiu, e Fatima percebeu um apelo desesperado em sua voz. Quando Said não respondeu, Umar agarrou-o pelo pescoço e o lançou ao outro lado da sala. Said caiu por cima de uma mesa de oliveira, que se quebrou com o impacto da queda. Ele caiu entre os pedaços de madeira e ficou no chão, sem se mover.

— Não! — gritou Fatima, mas seu grito soou estranhamente distante, como se ecoasse do outro lado de um desfiladeiro nos desertos áridos de Néjede, ao leste. Esquecendo-se da espada do irmão, que poderia a qualquer momento cortar-lhe a cabeça na loucura do fanatismo, ela se jogou contra Umar e o esbofeteou com ferocidade.

Umar empurrou Fatima, e ela sentiu como se tivesse sido lançada por um turbilhão de areia, voando pelos ares. Seu voo foi interrompido por uma parede de pedra cruel e fria. Ela bateu a cabeça contra a pedra caiada, caiu de joelhos e seu crânio parecia atingido por um raio.

Os olhos de Fatima embaçaram-se e ela sentiu um líquido morno escorrendo-lhe pelo rosto. Percebeu então que era sangue. Tocou a testa e viu que a palma de sua mão estava manchada de vermelho.

Umar olhava para ela com a respiração acelerada como se tivesse subido ao topo de uma montanha. Seus olhos estavam fixos no sangue que escorria sem parar do corte logo acima do olho direito da irmã.

Fatima viu que sua espada estava erguida, e compreendeu que o demônio que possuíra seu irmão logo a mataria. Ela tocou o seio e sentiu o conforto do pergaminho no qual os versos sagrados estavam escritos. Se ela ia morrer, pelo menos estaria diante do Criador, com Suas Palavras gravadas em seu coração.

— Você quer saber a verdade? Então, sim! Somos muçulmanos e cremos em Deus e em Seu Mensageiro! Vá em frente! Mate-me! Mate sua irmã como matou sua própria filha!

Ela não sabia que loucura a havia possuído para dizer essas últimas palavras, mas Umar cambaleou como se tivesse sido atingido por uma lança nas entranhas. Largou a espada, que caiu no chão com um ruído que ecoou de forma implacável.

Umar ficou de joelhos e escondeu o rosto nas mãos por um longo tempo. Depois, quando finalmente ergueu a vista, sua expressão parecia confusa, como a de uma criança que desperta de um pesadelo.

— Que feitiço é esse que ele lançou em você? — perguntou Umar, e ela sabia que ele se referia ao Profeta.

Ela conseguiu ficar de pé e, tentando se equilibrar, foi ver como estava Said. Ele recobrava a consciência, e ela o ajudou a sentar-se devagar. Depois de verificar que ele não quebrara nenhum osso, finalmente virou-se para o irmão.

— Não é um feitiço, mas uma Revelação — respondeu ela com suavidade, enquanto enxugava o sangue do rosto com um pedaço de pano limpo que encontrara. O sangue estancara e começava a coagular. — O próprio Deus fala através de Maomé, e Suas palavras podem mudar o coração dos homens.

Umar olhou para ela por um longo tempo. Quando falou, sua voz demonstrava cansaço.

— Mostre-me essas palavras e deixe que eu julgue por mim mesmo.

Ela olhou firme em seus olhos e não viu sinal do demônio. Fatima hesitou, mas depois enfiou a mão na blusa e removeu o pergaminho.

Umar estendeu a mão para pegar o documento, mas ela fez que não com a cabeça.

— Somente os puros podem tocar a Palavra de Deus.

Ele percebeu a seriedade da irmã. Levantou-se e pegou uma jarra de água na cozinha. Primeiro jogou um pouco em cima da ferida dela e a ajudou a limpar o restante do sangue que lhe manchara o rosto.

Depois, seguiu as instruções da irmã, enquanto ela lhe ensinava o *wudu*, o ritual sagrado de abluição que os muçulmanos realizam antes de orar ou ler o Corão sagrado. Ele lavou as mãos, o rosto e os pés como ela lhe ensinou.

Fatima, por fim, lhe entregou o pergaminho, o texto bem nítido em tinta verde brilhante. Umar olhou para a página e franziu o cenho, enquanto ela lia as misteriosas letras que abriam o texto.

*Taha...*

## 11

*E*speramos em silêncio dentro da casa do Mensageiro, uma nuvem de apreensão pairando sobre a pequena comunidade de fiéis. Observei meu pai, que olhava para as mãos, incapaz de dirigir o olhar a Nauym, que estava sentado à sua frente no chão frio de mármore. Foi Abu Bakr que pediu a Nuaym para interceder junto aos homens de seu clã depois que eu, quase sem fôlego, retornara daquele universo de intrigas que eu presenciara dentro da Casa da Assembleia. Eu esperava que meu pai se zangasse comigo por ter corrido tamanho risco, mas ele havia escutado com atenção e, em seguida, fora ao encontro do Mensageiro com as notícias da conspiração. Minha mãe, ao contrário, ficou furiosa quando soube que eu havia arriscado minha vida e me espancou até minha garganta arder de tanto chorar.

Com as nádegas ainda doloridas da surra, fui forçada a me sentar apoiada sobre as pernas. Eu nunca vira o Mensageiro tão calado. O Profeta ficou muito preocupado quando soube que, para salvar sua vida, fora preciso pôr em risco a irmã de Umar, Fatima. Ele olhou pela janela para uma palmeira que crescia ao lado do muro da casa de sua mulher, como se pudesse encontrar esperança naquela árvore que desafiava com firmeza os ventos do deserto que sopravam sobre a cidade naquela manhã. Talvez eu tenha imaginado isto, mas não o vi piscar nem uma vez durante alguns minutos. Ele parecia estar em transe, mas não como os assustadores acessos que tinha quando recebia a Revelação. Parecia mais estar dormindo de olhos abertos, seu tórax forte movendo-se para cima e para baixo com regularidade a cada respiração.

O silêncio na casa do Profeta era tão intenso que continha um tom lúgubre. Nesse momento, uma batida na porta, forte e regular, ressoou pela sala, como um trompete angelical que rompe a quietude da morte e convoca os homens para a Ressurreição.

Ali levantou-se de seu lugar aos pés do Mensageiro. Caminhou devagar até a porta principal e espiou por uma pequena abertura, antes de se virar e olhar para o grupo reunido no recinto.

— É Umar — disse, sem demonstrar emoção. — Ele carrega uma espada.

Um murmúrio de medo espalhou-se entre os fiéis. Minha irmã, Asma, começou subitamente a chorar, supondo o pior para a pobre Fatima. O tio do Mensageiro, Hamza, levantou-se.

— Deixe ele entrar. Se vier com boas intenções, será muito bem recebido. E se vier com más intenções, nós o mataremos com sua própria espada.

Ali olhou para o Profeta, que se dirigia com dignidade à porta. Notei mais uma vez que seus passos eram diferentes daqueles de todos os outros homens que eu conhecia. Embora o Mensageiro não fosse tão alto quanto Hamza, andava com uma rapidez e uma determinação que deixavam para trás as pessoas de pernas mais compridas. Era como se fosse o próprio vento, sempre o mais veloz dos filhos de Adão.

O Profeta parou a poucos metros da porta. Seus seguidores agruparam-se atrás dele. Era como se ele, sozinho, fosse nos proteger da vingança de Umar. Hamza estava logo atrás, à sua direita, e Ali, à sua esquerda. O Mensageiro fez um sinal para seu jovem primo, que abriu a porta.

Todos nós prendemos a respiração. Tive a nítida impressão de escutar o pulsar regular de nossos corações, como se batessem em uníssono.

E então Umar entrou e sua espada em punho brilhava. Olhei para ela com uma curiosidade mórbida, a fim de verificar a existência de manchas de sangue na lâmina. Mas, se matara a irmã, como todos nós pensávamos, Umar havia limpado a arma antes de retornar para cumprir sua promessa.

Observei seu rosto, fascinada. Ele parecia diferente do homem que eu vira poucas horas antes. Não havia mais vestígios de ódio em seu rosto, e sua expressão trazia insegurança, quase medo, quando se viu diante do Mensageiro.

Por um instante, ninguém se moveu. Era como se o menor movimento fosse desencadear acontecimentos que mudariam tudo.

E, de fato, tudo mudou.

O Profeta deu um passo à frente e segurou Umar pelo cinto, puxando de repente o gigante — cuja altura ultrapassava a do homem mais alto presente naquela sala — como se ele fosse uma criança rebelde. Sem cerimônia, arrastou Umar para o centro da sala, onde o assassino foi forçado a ficar no meio de duas dúzias de fiéis, que olhavam para ele amedrontados.

— O que o traz aqui, ó filho de Al-Khattab? — perguntou o Mensageiro, sem desviar o olhar do rosto barbado de seu adversário. — Eu imagino que você não vai desistir enquanto Deus não lhe mandar uma calamidade.

Umar hesitou. Eu o vi mover o braço da espada, e Hamza no mesmo instante pegou seu arco, com a flecha encaixada, e apontou-o diretamente para o peito de Umar.

Nesse momento percebi algo que fez meu coração disparar.

Os olhos do gigante estavam rasos de lágrimas, que escorriam por suas faces, como o poço de Ismael irrompendo repentinamente das entranhas do deserto e trazendo esperança de vida onde havia apenas morte.

Umar colocou a espada aos pés do Mensageiro, e ajoelhou-se com humildade até que sua cabeça chegou à altura do tórax do Profeta. Em seguida, ele disse palavras que ninguém em toda a Meca teria esperado.

— Ó Mensageiro de Deus, eu vim aqui para declarar a minha fé em Deus e em Seu Mensageiro, e na Mensagem que ele recebeu de Deus.

Houve um momento de silêncio espantado. Aquilo só podia ser um truque, alguma astúcia tramada por Umar para nos surpreender e nos fazer baixar a guarda, a fim de que ele pudesse atacar inesperadamente.

Mas então o Profeta deu um sorriso caloroso, seu rosto reluzente como o Sol a surgir por trás das nuvens.

— *Allahu akbar!* — disse o Mensageiro, numa voz que estrondou pela sala e ressoou pelas ruas poeirentas da cidade sagrada. — Deus é grandioso!

Em seguida, Maomé, que a paz e as bênçãos de Deus estejam com ele, abraçou Umar como um irmão que ele não encontrava havia muitos anos.

Nós nos entreolhamos, admirados. Comecei então a bater palmas, e um riso nervoso aflorou em meus lábios. O som de meu riso era forte e contagioso, e logo outros se juntaram a mim. Elevamos nossas vozes, maravilhados diante do poder da fé e da inexplicável profundidade do coração humano.

## 12

Algumas horas depois, Umar caminhava pelas ruas de Meca como se num sonho. Tudo mudara no momento em que ele leu as Palavras de

Deus. Era como se alguém tivesse penetrado em seu peito e arrancado de lá uma serpente venenosa que envolvia seu coração e expulsava todo o amor pela vida e pelos seres humanos. Agora ele compreendia. O espírito cuja presença ele sentira ao redor da Caaba, o ser a quem prometera servir ao custo de sua própria vida, tinha voz e falara a ele através do livro revelado a um homem iletrado. Todo esse tempo, ele vinha lutando contra a própria força a qual ele entregara sua alma.

Umar lera as palavras gravadas no pergaminho de couro e caíra de costas como se atingido por uma mão invisível. Sentiu tremores violentos, um forte calor na cabeça e tontura. Mas sabia que não tinha febre nem fora vitimado pela peste. Era a mesma tontura que sentira no dia em que se ajoelhou no Santuário em busca de consolo por ter assassinado a filha. Mas dessa vez, em lugar de um riso cruel escarnecendo-o, Umar ouviu uma voz suave em seu coração, cheia de compaixão, dizendo: "Vá até ele."

E como uma criança que não se atreve a questionar os mais velhos, Umar levantou-se sem uma palavra e foi direto à casa do Mensageiro. Quando declarou sua fé recém-descoberta, sentiu como se uma pedra fosse removida de seus ombros, e alguém que estivera preso dentro dele tivesse de repente se libertado. O homem que Umar fora um dia havia desaparecido como uma sombra que some quando a luz brilha sobre ela.

Ele não chorava desde criança. Seu pai, Al-Khattab, espancava-o ferozmente sempre que ele fungava, chamando-o de fraco e ameaçando castrá-lo se continuasse choramingando como uma menina. Naquele dia, porém, ele chorou durante horas, como se uma represa houvesse se rompido e toda a dor que ficara presa em seu íntimo durante anos tivesse escapado. Ele não conseguiria controlar mesmo se quisesse. E, na verdade, ele não queria.

O Mensageiro o aceitara e perdoara sua traição, mas assim mesmo Umar não conseguia parar de chorar. O homem continuava a ter visões de sua preciosa filhinha olhando para ele com um sorriso, até mesmo enquanto ele lhe cobria o corpo miúdo com pedras. Ela continuou apertando seu dedo até dar o último suspiro e sua mãozinha cair para o lado.

Ele havia olhado para o Mensageiro e pedido que Deus o castigasse por seu pecado. Entregou a espada a Maomé e lhe suplicou que vingasse a filha e o degolasse. Mas o Profeta, ele próprio com seus olhos negros rasos de lágrimas, num gesto de compreensão, pôs delicadamente uma mão sobre seu braço.

— Você já se puniu o suficiente, filho de Al-Khattab — disse o Mensageiro com carinho. — O islã é como um rio. Purifica dos seus antigos pecados aqueles que nele mergulham.

Umar fez uma reverência, ainda relutando em aceitar o perdão que lhe era oferecido.

— Você diz que todos os homens ressuscitarão um dia, e que as meninas que foram mortas por seus pais vão confrontá-los no Dia do Juízo Final — disse Umar, repetindo os ensinamentos que poucas horas antes havia desprezado e ridicularizado. — O que vou dizer à minha filhinha quando me deparar com ela?

O Profeta olhou para além de Umar, como se contemplasse no horizonte uma visão magnífica.

— Eu a vejo lhe dando a mão, apertando seu dedo, enquanto o conduz ao Paraíso.

Nesse momento, Umar ibn Al-Khattab foi libertado. O homem que ele fora, o assassino, o bêbado, o adú!tero, morreu. E o homem que agora caminhava decidido pelo calçamento de pedra das ruas de Meca havia nascido.

Umar percebeu que as pessoas olhavam para ele e pareciam confusas quando ele passava por elas. Ele percebeu que era porque estava sorrindo. Não o sorriso de um homem com um plano mortal em seu coração, mas de pura e absoluta alegria. Quando passou por um vendedor ambulante que oferecia pentes, anéis de ágata e frascos de perfume de água de rosas a um grupo de beduínas de véu preto, ele viu seu rosto refletido no espelho de prata polida que o vendedor erguia para promover seus artigos, estimulando a vaidade das freguesas.

Ele não se reconheceu. A carranca cruel que antes achava ser sinal de poder e masculinidade desaparecera, substituída por uma expressão infantil de alegria. Umar sorriu e descobriu que gostava da forma como as linhas ao redor de seus lábios e faces se contraíam naquele gesto.

Decidiu então forçar-se a adotar um ar sério, estoico. Porque agora, ele tinha uma nova missão, e não podia se deixar distrair por aquele rosto pouco familiar que o encarava no espelho.

Umar seguiu em frente com passos regulares, seus olhos concentrados numa magnífica casa de pedras amareladas, as paredes decoradas com flores esculpidas e guirlandas de prata. Bateu rudemente nas portas de madeira escura, feitas de cedro importado do Líbano.

outra coisa no mundo. Abu Sufyan não conseguia imaginar sua vida sem ela, e estava disposto a ignorar seus flertes com homens — e mulheres — desde que assim conseguisse manter seu casamento. Mesmo depois de todos esses anos, ela acendia sua paixão como nenhuma outra mulher. E mais importante, ela lhe confortava a alma com sua compreensão inata das dificuldades da liderança e da solidão do poder. Era a única pessoa com quem ele podia conversar para aliviar sua mente quando a pressão era grande demais.

Foi o que aconteceu naquela noite. Abu Sufyan bateu palmas para indicar que estava cansado da apresentação. Os músicos que acompanhavam a dança na percussão, em tambores feitos de couro e ossos de camelo, terminaram sua execução, e as moças pararam sua apresentação sensual, o farfalhar de suas saias silenciando como a interrupção súbita de um vento forte.

Abu Sufyan lhes lançou um punhado de moedas de ouro e as dispensou com um aceno. A dançarina de pele morena e olhos luminosos olhou para Hind, que lhe fez um sinal positivo com a cabeça, e a moça se juntou às demais na antessala, onde seriam servidas de um assado de cordeiro e vinho antes de serem mandadas embora.

Quando a última das dançarinas havia deixado o recinto e eles ficaram a sós, Hind virou-se para Abu Sufyan e pôs sua mão delgada sobre a dele. Ele sempre se maravilhava com o calor que ela emanava, como se fosse uma tocha.

— Qual é o problema, meu marido? — disse ela suavemente, seus olhos penetrantes dilacerando a alma dele.

— A conversão de Umar muda tudo — disse Abu Sufyan com um suspiro Ele percebeu um lampejo de emoção que passou pela face da mulher quando ele mencionou o homem que poucos dias antes fora seu amante, e agora era um inimigo declarado. — Esses muçulmanos não terão mais medo. Vão passar a espalhar seu veneno abertamente, sabendo que Umar vai protegê-los.

Hind desviou a vista por um instante, seus olhos voltados para o suntuoso tapete vermelho escuro onde as dançarinas se requebravam poucos momentos antes.

— Umar é apenas um — disse ela, tentando convencer a si mesma. — Ele não vai conseguir conter a ira dos coraixitas.

Abu Sufyan riu amargamente.

— Que ira? Nossa tribo é como um camelo coxo. Até mesmo Abu Jahl tem medo de declarar guerra contra esses heréticos. Não podemos nos arriscar a matar nenhum deles enquanto a espada de Umar pairar sobre nossas cabeças.

Hind voltou-se para encará-lo, e ele viu a astúcia viva em seus olhos, que tanto o excitava como o amedrontava. Ela passou a mão pelo bracelete de ouro em forma de serpente, pulseira que sempre usava, e ele sentiu despertar seu desejo.

— Vocês homens veem as coisas de forma muito simples. Noite e dia. Sol e Lua. Não há estrelas no mundo de vocês, nem nuvens, nem névoas. Falta sutileza.

Abu Sufyan se aproximou dela ainda mais.

— O que quer dizer?

— Não é preciso matar um homem para declarar guerra contra ele — disse Hind, apertando-lhe a mão até ele se contrair de dor. — O que torna Meca conhecida, além de seus deuses?

Durante todos esses anos juntos, Abu Sufyan aprendera a responder suas perguntas, pois em geral eram feitas com a intenção de guiá-lo a uma verdade que ele ainda não vira, mas que era evidente para ela.

— O comércio. Nossos mercadores são o coração de todo o comércio entre o Iêmen, Bizâncio e Pérsia.

Hind se aproximou ainda mais, e ele sentiu seus seios firmes roçarem contra seu corpo, despertando seu desejo novamente.

— E o que acontece quando o sangue do coração não atinge um órgão?

Seu próprio órgão estava inchado de sangue e ele não conseguia pensar devido à pulsação junto a sua virilha. Mas, à medida que Abu Sufyan permitia que as palavras de Hind lhe acendessem o desejo, ele começou a entender.

— Ele morre — respondeu simplesmente.

Hind sorriu, e sua mão tocou o órgão excitado do marido.

— Exatamente.

Ele deslizou um dedo por trás do pescoço dela, longo e elegante como o de uma gazela.

— Vamos usar o comércio como uma arma.

Hind sorriu satisfeita, como sempre fazia quando seu aluno finalmente entendia o que a professora queria dizer. Ela estendeu uma das mãos até uma cesta de uvas vermelhas e colocou uma entre os lábios. Em seguida beijou Abu Sufyan e deixou a uva cair em sua boca. Ele chupou a uva e a língua dela ao mesmo tempo.

Ela finalmente interrompeu o beijo, e olhou no fundo dos olhos dele.

— Você não precisa matar nenhum deles. Se deixar que passem fome, eles matam uns aos outros.

O plano completo começava a tomar forma, com toda a sua fria genialidade. Abu Sufyan olhou para Hind com admiração.

— Se os coraixitas aceitassem uma mulher como líder, teriam escolhido você — disse ele.

Hind não negou isso. Ela passou as unhas pelo peito dele, sentindo a batida acelerada de seu coração.

— Mas como não aceitam, escolhi você.

Abu Sufyan sorriu.

— Eu pensei que tivesse se casado comigo porque me amava.

Ela o beijou mais uma vez, deixando sua língua macia e rosada brincar sobre os lábios dele.

— Eu amo você.

E então Abu Sufyan se inclinou para trás e olhou para ela como se avaliasse o verdadeiro valor de uma pedra preciosa rara.

— Você me ama ou ama o poder que tenho?

Hind deu um sorriso malicioso.

— Derrote Maomé, e você nunca mais vai precisar saber a resposta dessa pergunta.

Ela se inclinou para a frente e lhe deu um longo beijo. Quando se afastou, ele percebeu que não estavam sozinhos. A dançarina de olhos lascivos havia retornado à sala espontaneamente, talvez atraída pelo calor magnético que o corpo de Hind emanava.

Hind sorriu e puxou Abu Sufyan com sua mão direita. Com a esquerda, ela segurou os dedos delicados da dançarina, e em seguida conduziu-os em silêncio ao quarto.

## 14

Permaneci de mão dada a meu pai enquanto Abu Sufyan, vestindo um manto preto formal usado em julgamentos, conduzia um grupo de líderes, vestidos da mesma maneira, à porta dourada da Caaba.

Percebi que carregava um pergaminho pesado de pele de ovelha, e que Abu Jahl estava à sua direita, um sorriso triunfante nos lábios.

Quando eles estavam reunidos no pátio do Santuário, contei mais de quarenta homens, os mais poderosos, não somente de Meca, mas também de tribos beduínas, que pastoreavam seus rebanhos além dos montes negros que serviam de limites à cidade.

Percebi de soslaio um movimento à minha esquerda, e vi Abu Talib, tio do Profeta e líder do clã Bani Hashim, com seus dois irmãos, Hamza e Abbas. Ele parecia ainda mais velho e cansado do que quando eu o vira pela última vez, e Hamza segurava seu ombro com firmeza para ajudá-lo a manter o equilíbrio. Vi os três irmãos observarem a reunião dos líderes, da qual eles haviam sido diretamente excluídos, com uma clara preocupação.

Em seguida, Hamza franziu o cenho, e eu segui seus olhos, que se dirigiam ao outro lado do pátio e pareciam perceber seu meio-irmão e inimigo espiritual, Abu Lahab, ao lado da mulher, Umm Jamil. Ela se tornara uma das vozes femininas mais atuantes contra o Profeta e sua mensagem. O espírito mesquinho e vingativo de Umm Jamil era lendário, e me lembrei de como, um dia, o Mensageiro chegou mancando à casa de meu pai, depois de ela ter espalhado espinhos por trás dele enquanto ele orava no Santuário, de tal forma que, quando ele terminasse sua oração e se virasse para sair, espetasse os pés e se ferisse.

A perseguição de seus próprios tios deixou o Mensageiro tão chateado que Deus veio em sua defesa, enviando uma Revelação que condenava ambos, tio e tia, por toda a eternidade, ao inferno. Isso deixou Umm Jamil ainda mais encolerizada e, na vez seguinte em que viu o Mensageiro, jogou sobre a cabeça dele um pote cheio de excrementos e vísceras de cabra.

Agora estavam ela e a lesma do marido só olhando, enquanto os líderes de Meca se reuniam para destruir de uma vez por todas nossa fé.

Abu Sufyan lançou um olhar ríspido ao nosso pequeno grupo de fiéis, que fora convocado para ser informado da decisão que eles haviam tomado numa reunião secreta pela manhã. Em seguida, leu o documento, sua voz firme e autoritária.

— Em teu nome, ó Alá, nós, líderes coraixitas, proclamamos esse juramento solene. Os Filhos de Hashim têm sob sua proteção um feiticeiro perigoso, chamado Maomé, um louco cujas mentiras aviltam a santidade de Tua casa e de Teus filhos, os deuses dos árabes. Sua sedição tem desviado os homens a seu plano de expulsar os Bani Hashim de Meca. Nesse momento ele me viu, uma menina franzina, a quem em breve seriam negados comida e medicamentos por ordens suas, e achei ter percebido um leve traço de vergonha e arrependimento em sua fisionomia antes de me dar as costas.

Eu era criança, mas compreendia o que havia acontecido, ao menos o suficiente para perceber que o mundo mudara e que nós estávamos em situação extremamente precária. Puxei a manga da veste de meu pai.

— Se ninguém mais vai comprar o que é nosso nem vender nada para nossa família, como vamos comer?

Abu Bakr abaixou-se e colocou uma mão carinhosa em meu ombro.

— Quando os Filhos de Israel fugiram do Faraó e caminharam pelo deserto, Deus deu comida a eles. Assim também Ele vai nos alimentar.

Sua expressão era calma e serena, como sempre. Mas, em seus olhos, vi medo.

## 15
## Meca – 619 d.C.

O boicote dos coraixitas forçou os muçulmanos a deixar a cidade. Proibidos de comprar comida e outras necessidades básicas dentro dos limites da cidade, procuramos refúgio nos montes escuros além de suas fronteiras. Porém, como logo descobrimos, tais fronteiras não são determinadas por muros, rios nem montanhas, e sim pela esfera de influência ditada pelo poder dos exércitos, por sua rede de comerciantes. E o círculo de poder de Meca se estendia muito além das linhas arbitrárias traçadas nas areias da Arábia.

Com os pastores beduínos vizinhos e as caravanas que passavam se recusando a aceitar nosso dinheiro ou nossos serviços em troca, os fiéis foram forçados a procurar comida no deserto, como chacais ou abutres. Nós acampamos ao lado de um uádi que pertencia a meu pai. Uma cidade de tendas surgiu próxima ao riacho lamacento que era nossa única fonte de água em meio a uma terra cinzenta estéril.

Eu tinha apenas 6 anos de idade, mas toda a minha inocência infantil desaparecera. Meu rosto pálido adquirira o tom de cobre queimado, e minhas pequenas mãos viviam esfoladas de tanto carregar baldes de água que chegavam quase à minha altura. Meus joelhos estavam sempre arranhados e cheios de cicatrizes, a pele macia esfolada de subir e descer os montes rochosos à procura de preciosos ovos logo que eu via um pombo sobrevoando, o que podia significar um ninho nas proximidades.

Eu já não ria frequentemente, e adotara o estoicismo austero que eu identificava no rosto desgastado de minha mãe. Sua pele macia perdera o brilho, adquirira a aparência de couro curtido. À noite, eu a escutava chorando na tenda pequena e gasta pelo tempo, ao lado da minha, onde eu e minha irmã, Asma, dormíamos. Nossos colchões eram apenas um monte de trapos, usados para diversos fins no acampamento de exilados. À noite, nós os espalhávamos no chão, e nos deitávamos sobre eles. Pela manhã, os mesmos trapos eram enrolados e usados para limpar os poucos recipientes que, com sorte, haviam sido enchidos de comida na noite anterior. E quando eram lavados no riacho de água potável duvidosa, eles nos serviam de mudas de roupa para o dia.

A infância deveria ser uma época de brincadeiras, de correr nas ruas com alegria no coração, de soltar pipas e deixar a alma pairar junto a elas na abóboda celeste, num mundo de sonhos e possibilidades. Em minha idade avançada, olho para trás e recordo os inúmeros crimes que nossos inimigos praticaram contra nós nos primórdios do islã. Eu perdoei a maioria dessas transgressões, como nos mandava o Mensageiro. Porém o sofrimento desses anos de infância passados sob o fantasma da fome, peste e morte ficou gravado em meu coração tão profundamente que não consigo me livrar dele. Sempre que penso nesses dias negros do passado, sinto de novo a raiva e o desespero que surgem quando se é insignificante e impotente num mundo em que apenas a crueldade e a força são recompensadas.

Foi a lembrança dessa privação e desse medo que me fez seguir em frente nos anos seguintes em busca de poder, quando devia ter ido em busca de sabedoria. Minha tristeza se deve ao fato de que, mais tarde, muitos homens morreriam por causa do pavor de uma criança dos escorpiões que rastejavam a seu lado quando ela se deitava no chão do deserto à noite.

Com o passar do tempo, chegou o fim, como sempre chega. Se eu aprendi alguma coisa em minha vida, se adquiri um mínimo de sabedoria por ter vivido no meio da controvérsia sobre a fé e a natureza do mundo, foi que tudo chega a um fim. Isso é tanto uma bênção como uma punição de Deus à tribo dos seres humanos. Podemos aceitar o fim ou podemos lamentar, mas o fantasma do tempo fecha todas as portas de forma inexorável, que não pode jamais ser contestada.

E então, numa daquelas noites, saí de uma tenda verde rasgada e olhei para as dezenas de fiéis, vestidos em farrapos, ao lado de fogueiras improvisadas próximas ao pequeno leito do rio. As centelhas crepitavam e voavam para os céus, como orações desesperadas. Senti um terrível aperto no coração, pois eu trazia notícias que extinguiriam muitas esperanças naquela noite.

Vi meu pai nos limites do acampamento, coletando folhas de acácia de várias árvores espalhadas. Havíamos nos reduzido a racionar esses brotos espinhentos, duvidosos até para nossos animais, à medida que nosso suprimento de carne seca diminuía. Alguns dos refugiados os comiam crus, enquanto outros, principalmente as crianças, só os toleravam se fossem cozidos e transformados num caldo fino.

Abu Bakr viu a expressão em meu rosto quando saí correndo, e ele parou subitamente, deixando cair a cesta de folhas.

— Como está Khadija? — perguntou, revelando terror na voz, como se já soubesse da resposta.

Eu passara os dois últimos dias ao lado da Mãe dos Fiéis. Khadija fora acometida de uma febre potencialmente letal, e durante aquela última hora havia perdido e recobrado a consciência várias vezes.

— Ela ainda está com febre — eu disse, com a respiração acelerada. Fiz uma pausa, temerosa de contar o que meu pai já suspeitava. — Minha mãe teme pela vida dela.

Vi seu rosto cansado empalidecer.

— Eu busco refúgio em Alá! Sem Khadija, não sei como ele terá forças para continuar.

Abu Bakr olhou para o outro lado do acampamento, e percebi que observava o Mensageiro, sozinho no topo do morro, sua cabeça baixa em oração ou tristeza. Talvez ambos.

Nesse momento, senti o chão tremer quando Umar se aproximou. Seu rosto escuro contorcia-se de ódio, como lhe era habitual. Ele olhou para as faces emaciadas dos refugiados ajoelhados à beira do uádi e depois virou-se para meu pai, com seu familiar grunhido.

— Já se passaram dois anos! Quando isso vai acabar? Onde está a ajuda de Deus?

Meu pai era o único, além do Mensageiro, que parecia ter um efeito pacificador sobre as voláteis emoções de Umar. Abu Bakr era tanto médico como amigo desse homem com reações de um vulcão, cujo fogo consumia facilmente almas menores.

— Acalme-se, Umar — disse meu pai com paciência. — As pessoas precisam que você seja forte. — Ele não acrescentou o que eu sabia que ele estava pensando, "principalmente se a Mãe dos Fiéis morrer". Os muçulmanos precisariam de homens feitos de granito e não de carne e osso para guiá-los em meio à loucura e ao desespero que se seguiria.

— Como pode ser tão calmo? — perguntou Umar, sua fúria aumentando, como uma criança que exige uma resposta a um mistério inexplicável. — Você perdeu tudo. Você já foi um dos homens mais ricos de Meca, e agora não existe nenhuma diferença entre você e os escravos cuja liberdade você comprou!

Abu Bakr suspirou. Até a paciência do meu pai com esse gigante mal-humorado tinha limites.

— Tudo o que eu tinha era um empréstimo feito a mim por Deus — respondeu ele. — Se eu recebesse dez vezes o que perdi, gastaria com alegria tudo para Deus e Seu Mensageiro.

Aparentemente, ele encontrara as exatas palavras que Umar precisava ouvir naquele momento, e o filho de Al-Khattab parou de tremer. Uma serenidade desceu sobre ele. Meu pai olhou de novo para o Profeta, que nesse momento se sentava numa pedra com manchas cinzentas e tinha a cabeça entre as mãos, como se chorasse. Vi uma profunda piedade no semblante de Abu Bakr. Poucos sabiam tão bem quanto ele da angústia do Mensageiro, que já pregava o Deus Único há quase dez anos e tudo o que havia conseguido era exílio e fome para seus seguidores.

— Vá até ele — disse meu pai com suavidade. Ele sabia que o Mensageiro me via como uma das poucas luzes nessa vasta noite que cobria sua vida. Embora eu raramente risse quando estava sozinha, continuava sendo uma verdadeira atriz, e a única que conseguia fazê-lo sorrir com minhas brincadeiras e palhaçadas.

Fui até o Profeta e vi que suas faces estavam molhadas de lágrimas. Por um instante, parei de respirar. Se o Mensageiro de Deus estava reduzido ao desespero, que esperança eu poderia ter de reencontrar a alegria em meu coração abatido?

Coloquei uma das mãos sobre o ombro dele e tentei fazê-lo parar de tremer.

— Não fique triste — eu disse, e era mais uma súplica desesperada do que um gesto de compaixão. — Deus está conosco — acrescentei, a despeito de tudo indicar o contrário.

O Profeta levantou a cabeça e olhou para mim por um longo tempo. Pegou minha mão e apertou-a gentilmente, e eu gritei, fingindo exagerado desconforto, e depois dancei uma dança boba aos seus pés. Ele riu, depois me pegou nos braços e sorriu, olhando dentro dos meus olhos dourados. Era como se minha presença lhe desse forças e propósitos renovados. Olhando para mim, viu um futuro que ele e seus seguidores lutavam por criar.

Com o olhar fixo em seus imperscrutáveis olhos negros, percebi que eu o fazia evocar o passado também. Anos depois, o Mensageiro me diria que minha rebeldia infantil frente ao mundo, minha decisão de abraçar a vida quando outros com um grau maior de suposta sabedoria resignavam-se com a morte, lhe recordara, uma vez mais, a lição que aprendera na infância. Pois o Profeta tinha a mesma idade que eu quando sua mãe morreu, e ele perdeu a pouca estabilidade e esperança que tinha na rígida hierarquia social de Meca. Foi uma lição dura que o órfão aprendeu naquela noite, e reaprendeu muitas outras vezes a cada noite, durante duas décadas, até que Deus o levou a Khadija e encerrou um capítulo de sua vida para dar início a outro. Era a verdade cruel, embora necessária, de que a dor é uma parte inevitável de qualquer luta, como são as inevitáveis derrotas e humilhações da jornada. A perda é o fogo que abranda o aço e o forja, transformando-o na espada da vitória. O fracasso é a moeda com a qual o sucesso é eventualmente comprado.

Vi o semblante do Mensageiro mudar. O sorriso que tinha nos lábios congelou. Observei, em estado de choque, seus olhos revirarem para cima, e tudo o que eu via era o branco marfim de seus olhos. As mãos dele começaram a tremer, e ele me soltou quando os tremores se espalharam por seu corpo como raios aterradores.

Caí no chão, minha garganta contraída de medo. Senti, sem de fato ver, meu pai correndo em minha direção. Abu Bakr me pegou em seus braços e me abraçou, mas seus olhos não se desviavam do Mensageiro, que, com a face banhada em suor, caiu de lado, com um ataque convulsivo, como um peixe que de repente é retirado do mar.

O Transe da Revelação.

Meu pai e eu já tínhamos presenciado aquilo antes, mas sempre nos pegava de surpresa e nos assustava, porque sabíamos que o corpo do Mensageiro estremecia com a inimaginável força de dois mundos colidindo. Com toda a potência e vastidão do céu, essa força curvava e instalava-se dentro da forma minúscula e fraca de um mortal.

Era no momento da Revelação que percebíamos o poder de uma Mente Infinita, que havia criado o cosmos com uma única palavra. E agora esse mesmo poder, a energia esmagadora da Palavra Divina, penetrava nos tendões e músculos de um único homem, que fora o escolhido para ser o arauto da espécie humana.

Vi Ali aproximar-se com um cobertor, passá-lo em torno dos ombros do Mensageiro e sentar-se a seu lado, alisando seus cachos pretos com carinho, enquanto ele tremia e se arrepiava sob o peso da Revelação.

Em seguida, tão rápido que eu dei um grito de surpresa, os olhos do Mensageiro abriram-se, e ele ficou em pé de um salto. Os tremores imediatamente cessaram, mas eu ainda percebia o ar em torno dele vibrando, como se o mundo se abalasse com a força que atravessou a sua alma.

Então Maomé, que a paz e as bênçãos de Deus estejam com ele, falou. A voz, porém, não era a sua. Era mais profunda, misteriosa, como um eco que vinha de uma fenda entre a vida e a morte. E dizia:

*Pretendeis acaso entrar no Paraíso,*
*Sem antes terdes de passar pelo que passaram os vossos antecessores?*
*Açoitaram-nos a miséria e a adversidade,*
*Que os abalaram profundamente até que, mesmo o Mensageiro*
*E os fiéis, que com ele estavam, disseram:*
*Quando chegará o socorro de Deus?*
*Acaso o socorro de Deus não está próximo?*

Vi um grupo de fiéis juntar-se a nós, olhos bem abertos, maravilhados com as Palavras de Deus chegando até eles. O Senhor do Universo estava falando naquele momento, através da língua atormentada do homem que vinham seguindo espontaneamente para o que parecia ser a morte.

As pessoas choravam, não de tristeza, nem de medo, mas sim de alegria. Deus lhes relembrara que o doloroso período que estavam enfrentando era apenas um teste que terminaria na hora certa.

E, estranhamente, eles foram confortados pela admissão de desespero da parte do Profeta. Deus levantara o véu de estoicismo do coração de seu líder, revelando que as dúvidas que todos alimentavam em segredo eram, de fato, partilhadas pelo próprio Mensageiro. Seus medos eram os mesmos dele.

Não há maior revelação na vida do que saber que aqueles que admiramos partilham nossos defeitos e nossas fraquezas. Nesse momento, os ídolos de pedra caem de seus pedestais, e o hiato entre o amante e o amado desaparece na admissão jubilosa das esplêndidas imperfeições da humanidade.

O Mensageiro pestanejou, e eu vi que o anjo partira e a alma dele retornara. Ele me conduziu pela mão e passou seus dedos firmes por meus cabelos ruivos.

— Obrigado — disse ele.

— Por quê? — Eu não podia imaginar que a pessoa mais importante na minha vida, o homem a quem meus pais chamavam de mestre, tivesse algum motivo para me agradecer.

Ele sorriu e falou alto o suficiente para que o ansioso grupo de fiéis escutasse.

— Por me lembrar que a ajuda de Deus está sempre perto.

Ele então levantou-se e ergueu os braços em agradecimento a Deus. E embora nós todos ainda estivéssemos com frio e fome, ali naquele morro estéril que era nosso lastimável lar, senti como se uma cortina fosse erguida. O ar tinha um aroma diferente. O cheiro repugnante de doença e de deterioração desaparecera.

Em seu lugar, havia o perfume inconfundível e inexplicável de rosas.

## 16

Caminhei orgulhosa ao lado de meu pai quando infringimos a lei e pisamos no solo do Santuário pela primeira vez em dois anos. Fomos seguidos por dezenas de fiéis, bem como por um grupo de simpatizantes da cidade envergonhado de assistir a seus cocidadãos brigarem como ratos no escuro.

Deveríamos estar temerosos de retaliação. De uma flecha lançada por algum dos homens de Abu Sufyan posicionados nos telhados. Ou de um guerreiro de turbante saindo de alguma ruela, num passo veloz, com a espada cantando a cruel canção da justiça de Meca.

Mas não estávamos. O Mensageiro, após se recobrar do transe, nos disse que um exército de anjos nos circundaria e nos protegeria da ira dos idólatras.

Não vi nenhum ser alado luminoso. No entanto, ao notar homens e mulheres da cidade surgindo de todos os cantos ao nos ver, muitos batendo palmas de alegria, com olhos arregalados de admiração por estarmos desafiando os chefes tribais, me perguntei se o Profeta não estaria se referindo a eles. Eram os pobres, os miseráveis que haviam se beneficiado de nossa generosidade. Os últimos dois anos tinham sido difíceis para eles também. Eles haviam vivenciado conosco a possibilidade de uma Meca diferente, na qual os mais poderosos ajudavam os mais fracos em vez de explorá-los, mas isso lhes fora arrebatado. Como tinham sentido a luz em suas vidas, haviam sido transformados para sempre, e não retornariam facilmente à escuridão.

Percebi naquele momento por que éramos tão perigosos para os senhores de Meca. Uma vez que o fogo é aceso nos arbustos, ele não pode ser apagado facilmente. Talvez tenha sido por essa razão que nos permitiram andar pela cidade sem sermos importunados. Os possíveis guardas e assassinos que haviam sido escalados para nos deter viram o entusiasmo da multidão que nos saudava e perceberam que, se usassem suas espadas, desencadeariam uma revolta, e consequentemente a revolução. Como, para minha tristeza, eu aprenderia nos anos futuros, uma vez que a paixão da rebelião é liberada, ela não pode mais ser combatida nem controlada com facilidade.

Quando nos aproximamos da Caaba sagrada, avistei nosso grande inimigo, Abu Jahl, em frente a ela, braços cruzados, ar de desprezo no rosto, mas algum sinal de medo nos olhos. Ele estava cercado de sete homens, os maiores que eu já havia visto na vida, negros como a noite, seus músculos protuberantes como os de um leão correndo quando brandiram suas espadas. Escravos abissínios, mas não gentis e pequenos como meu amigo Bilal. Esses eram guerreiros, comprados especificamente pela sua força bruta e crueldade.

Meu pai parou e olhou para Abu Jahl, que sorriu de forma desafiadora. Obviamente estava disposto a arriscar o uso de violência nas ruas para manter a proibição. Meu pai soltou minha mão e deu um passo à frente sozinho.

Quando Abu Bakr caminhou em direção à Casa de Deus, Abu Jahl fez um sinal de cabeça para seus homens, que juntos deram um passo à frente. Eles agacharam-se como panteras que se preparam para atacar, suas temíveis espadas refletindo uma luz vermelha sob o sol da manhã.

Percebi então, de esguelha, um flash de túnicas azuis, e vi Abu Sufyan entrar no círculo do *Al-Haram*. Observei-o avaliar a situação. A multidão agitada, as espadas em punho enfrentando um homem de idade desarmado. Seus instintos políticos superaram sua indignação diante do nosso desafio, e vi sua fisionomia irada se tornar calma e neutra enquanto calculava a melhor maneira de resolver aquele impasse a seu favor.

Em seguida, Abu Sufyan caminhou para a frente, colocando-se estrategicamente entre meu pai e os soldados de Abu Jahl.

— O que é isso, Abu Bakr? Você foi banido do Santuário!

Meu pai aproximou-se sem hesitar, até seu rosto se encontrar a poucos centímetros de seu adversário.

— A proibição acabou, Abu Sufyan — disse ele, recebendo os gritos de apoio de nosso exército de indigentes.

Abu Jahl foi colocar suas mãos em um ídolo próximo, o de Abgal, um deus das areias de Palmira ao norte, um javali de expressão feroz e presas gigantescas, esculpidas em marfim.

— Blasfemador! A proibição foi feita em nome de Alá, e somente Ele próprio pode suspendê-la.

Meu pai olhou para ele com um riso irônico que pareceu enfurecer Abu Jahl ainda mais do que seu altivo desafio.

— Pelo menos uma vez você está falando a verdade — retrucou ele, apontando para a porta de ouro da Caaba. — Entre e veja você mesmo.

Abu Jahl olhou para meu pai como se ele estivesse louco, mas Abu Sufyan viu algo em seus olhos que o preocupou. Então, sem nenhuma cerimônia, se virou e subiu os sete degraus de pedra para abrir a porta do Sagrado dos Sagrados.

Abu Sufyan caminhou rapidamente, passando pelos três pilares de mármore que sustentavam o telhado por dentro, e foi até o ídolo vermelho de Hubal, a mão de ouro da imagem refletindo os raios de sol que penetravam no recinto. Continuou em direção à parede do fundo, onde ele havia pendurado a proclamação dois anos antes, e perdeu o fôlego.

A parede estava infestada por um exército de formigas vermelhas. Elas seguiam em majestosa formação pelo interior de granito, dirigindo-se para a direita e para a esquerda, como se guiadas por uma mão invisível. Os temidos insetos do deserto, com pinças afiadas que podiam reduzir a carne de um homem a fragmentos em segundos, haviam liberado sua fúria de fome sobre a pele de ovelha que registrara o banimento. O documento desaparecera como se nunca tivesse existido.

Perplexo, Abu Sufyan inclinou-se e notou que uma pequena seção do pergaminho permanecia intocada. Na verdade, as formigas pareciam estar se movendo ao redor do que restava, em círculos, assim como os peregrinos faziam em torno da própria Caaba.

Era uma pequena faixa do documento que dizia simplesmente: *Em teu nome, Ó Alá...*

# 17

A despeito das objeções de Abu Jahl e de uns poucos obstinados na Casa da Assembleia, o banimento foi formalmente suspenso naquela noite. Abu Sufyan sabia que as paixões da multidão haviam sido despertadas pelas palavras "milagre das formigas", e que os cidadãos supersticiosos de Meca acreditavam que Deus havia se pronunciado. Na verdade, ele entendeu que a vergonha de expulsar um clã inteiro, incluindo mulheres e crianças, havia sobrecarregado os corações dos cidadãos. Meca se orgulhava de ser uma cidade hospitaleira, mas todas as vezes que uma caravana comercial ou uma fileira de peregrinos se aproximava de suas fronteiras, eles tinham de atravessar um acampamento patético de pessoas famintas que haviam sido banidas de suas casas. A expulsão se mostrara ruim para os negócios, e muitos dos chefes de tribos procuravam uma desculpa para encerrar esse vergonhoso capítulo de sua história.

No dia seguinte, ajudei minha mãe e minha irmã a empacotar os poucos pertences que ainda nos restavam — um tacho de cobre, seis conchas enferrujadas, uma faca cuja lâmina estava tão cega que não cortava mais nada, bem como os trapos que um dia haviam sido as roupas bonitas de Asma que eu usava com orgulho sempre que íamos visitar nossas amigas na cidade.

Eu nunca sentira tanto entusiasmo como quando desci correndo os morros com Asma em direção à cortina de fumaça de chaminés que cobria Meca. O mundo parecia renascer. O céu estava mais azul do que eu jamais notara e, para onde eu olhava, via sinais de esmeralda sob as pedras, como se uma nova fonte tivesse surgido no deserto. Até as pedras cintilavam; seus veios de quartzo e calcita brilhavam sob o sol fulgurante.

Não havia multidão alguma para nos receber quando atravessamos os limites da cidade. Os pobres locais decidiram não arriscar a sorte depois de terem demonstrado sua unidade e coragem no dia anterior. Fazia mais sentido deixar os muçulmanos retornarem e se envolverem no comércio da cidade sem nenhum outro alarde que pudesse vir a irritar os líderes de Meca e forçá-los a reconsiderar sua magnanimidade.

Asma e eu caminhamos de mãos dadas pelas ruas silenciosas ao nos dirigirmos para casa. Olhei para minha irmã e sorri. Ela piscou para mim, e seus olhos deixaram transparecer tristeza. Notei que voltar à cidade significava coisas diferentes para nós duas. Asma tinha 16 anos e ainda não se casara, uma solteirona para os padrões de nosso povo. Os últimos dois anos haviam sido particularmente difíceis para ela, e lhe tiraram o entusiasmo da juventude que poderia ajudá-la a conseguir um marido. Seus cabelos cacheados viraram um emaranhado confuso de gravetos, e de repente visualizei um ninho de pássaros em sua cabeça, imagem que me teria feito rir se eu fosse realmente desalmada. A pele dela, exposta ao implacável ar do deserto, sofrera mais do que a minha, e havia manchas brancas mórbidas em sua face e em seu pescoço, ambos queimados de sol, que nunca mais desapareceriam. Seus seios, antes desenvolvidos e firmes, diminuíram de tal forma que pareciam mais os meus, e eu tinha dez anos a menos do que ela. Asma nunca fora bonita, mas agora estava acabada, e naquele momento senti pena dela.

Porém sua mãe, Abdallah, sempre foi forte, e, se sofreu, o fez em silêncio. Um sorriso iluminou seu rosto quando reconheceu a fachada laranja e amarela das casinhas de pedra que ficavam na rua calçada que conduzia à nossa casa.

— Vamos ver quem chega primeiro? — disse ela, virando-se para mim com um sorriso. Asma sabia que eu me orgulhava de ser muito veloz, e imediatamente saí correndo. Ela tentou em vão me pegar, mas eu voava como um falcão sobre o calçamento esburacado que conduzia a nosso próprio santuário.

Eu ria com satisfação quando dobrei a esquina próxima ao nosso portão. Porém quando vi nossa casa, parei tão subitamente que quase perdi o equilíbrio.

Nossa casa, que fora maravilhosa, paredes azuis e verdes e elevados pilares de mármore, estava arruinada. Trepadeiras agressivas cresciam no jardim coberto de mato, e se enroscavam desafiadoras nos portões, que enferrujaram e adquiriram um tom laranja lamentável. As janelas, nas quais havíamos colocado travas contra ladrões, haviam sido quebradas, e vi ratos andando nos parapeitos, observando-nos, sem temor.

A pintura que minha mãe renovava anualmente com tanto cuidado desbotara e estava descascando. Havia pichações perniciosas espalhadas pelas paredes por vândalos, com palavras ofensivas contra minha família: *Traidores... Miseráveis... Blasfemadores...*

Minha visão ficava turva à medida que as lágrimas enchiam meus olhos. Escutei Asma se aproximar atrás de mim, ofegante, o riso cessando em sua garganta quando viu a casa.

Percebi nesse instante que Meca não era mais nosso lar. A proibição podia ter cessado, mas o ódio não havia sido aplacado, e como uma doença persistente, uma recaída era inevitável. A esperança de retornar ao passado era uma ilusão, e nós precisaríamos encontrar um novo destino, uma nova esperança. Um novo futuro.

Naquela noite, quando minha família iniciou o árduo processo de limpar e restaurar a casa e lhe devolver a antiga dignidade, tive a nítida impressão de que estávamos perdendo tempo. Mesmo tendo dormido, pela primeira vez em dois anos, protegida por paredes maravilhosamente frescas, numa cama macia com almofadas, meu coração se sentiu preso em uma armadilha. A casa não era mais nosso refúgio, e sim uma prisão, nos confinando até o dia da execução. Precisávamos escapar.

Antes de o sono finalmente me acolher em seu abraço, um pensamento aterrador se apoderou de mim. Uma imagem real, mais vívida do que minha imaginação infantil jamais concebera.

A visão de Hind acima de mim, olhando para baixo com um sorriso que não era nem de boas-vindas, nem de alento. Em seguida, paredes cinzentas fechavam-se sobre mim, cercando minha cama por todos os lados e me prendendo num espaço pequeno como uma cova rasa. Minha respiração era angustiada. Visualizei Hind levantando seus braços longos e as serpentes de ouro em torno de seu punho adquirirem vida e descerem sobre mim na escuridão. Pude sentir a pele lisa e fria delas deslizando sobre meus quadris, aqueles répteis frios enrolando-se em minha cintura à medida que, sinuosamente, subiam cada vez mais.

Eu queria me mexer, porém minhas pernas estavam presas pelas serpentes que se contorciam e me apertavam, enquanto subiam e enlaçavam minha garganta, sufocando o grito de terror que eu lutava para liberar. Então a escuridão caiu sobre mim, e o curso regular do tempo secou para sempre...

# 18

*A* morte é sempre um catalisador, e foi a morte que por fim forçou os fiéis a enfrentarem a verdade que meu coração jovem já conhecia. Precisávamos deixar a cidade antes de a precária trégua terminar e a guerra ser declarada.

Algumas semanas depois de termos voltado para Meca, Talha chegou correndo, quase sem fôlego, em nossa casa.

— Os exilados voltaram! — disse ele, sua voz trêmula de alegria. Por um instante, fiquei confusa. Do que ele estava falando? Nós é que havíamos sido exilados para os montes estéreis, e já tínhamos voltado fazia algum tempo. De repente lembrei.

Abissínia. Cerca de cinquenta pessoas de nossa comunidade, principalmente os fiéis mais fracos e pobres, que não tinham proteção de nenhum clã, haviam escapado por mar três anos antes e encontrado refúgio com o amável rei cristão, conhecido como o Negus. Entre eles estavam algumas das minhas amigas preferidas, como Salma, filha de uma beduína solteira, que trabalhava nas ruas como prostituta antes de abraçar a fé islâmica. Eu havia perdido a esperança de vê-los de novo, e quando as palavras de Talha finalmente fizeram sentido, abri um sorriso largo e bati palmas de alegria.

Minha mãe imediatamente colocou dentro de um saco de couro um pernil de cordeiro que estava preparando para o jantar e sem uma única palavra saiu porta afora em direção à casa do Mensageiro. Asma e eu nos juntamos a Talha e fomos atrás dela.

A casa do Mensageiro estava numa animação que eu jamais vira. Os boatos haviam se espalhado pela cidade como fogo pelo mato depois de uma tempestade de relâmpagos, e a sala principal estava cheia de pessoas que queriam dar as boas-vindas aos irmãos que fazia tempo havíamos perdido. Enfiei-me no meio da multidão e por um breve instante compreendi com desconforto o que era a vida de uma galinha lutando para entrar no galinheiro e conseguir bicar alguns grãos.

Por fim, me arrastei por baixo de pernas fortes e me espremi entre duas mulheres baixas, gêmeas, que vestiam *abayas* cor de oliva. Cheguei quase ao centro da espaçosa sala, onde o Mensageiro abraçava seus filhos pródigos com os olhos cheios de lágrimas.

Vi o Profeta abraçar uma moça encantadora que não reconheci, e senti uma pontada de ciúme que, na ocasião, não entendi. Fiquei confusa, pois o Profeta mantinha sempre uma distância respeitável de suas seguidoras, e eu nunca o vira tocar uma moça de maneira tão amável antes.

E então vi seus olhos escuros intensos e imediatamente percebi que ela não era nenhuma estranha para quem um abraço viesse a ser fonte de rumor ou escândalo. Era Ruqayya, filha do Profeta, que se casara com um nobre de Meca, Uthman ibn Affan, e emigrara com ele quando foi designado líder dos exilados para a Abissínia. As outras filhas do Profeta, Zaynab e Umm Kulthum, eram ambas criaturas maravilhosas. Até sua filha mais nova, Fatima, só precisava pôr um pouco de *blush* e perfume nos cabelos, para ser considerada bonita como as irmãs. Ruqayya, contudo, era de uma beleza que não pertence a esse mundo. Era na época, e permanece até hoje, a mulher mais bonita que conheci. Sua pele era perfeita, até um pouco mais clara do que a de seu pai, e seus cabelos castanho-avermelhados ficavam levemente à mostra por baixo do véu de seda simples que usava sobre a cabeça. Sua cintura era a mais fina que já vira. Suas túnicas azul-claras não escondiam a curva generosa de seus seios, e ela parecia exalar um perfume natural de tangerina. Seu porte e elegância perfeitos lembravam-me o antigo ídolo grego, Atena, que ficava no Santuário; fora trazido por um comerciante árabe, que encontrara a deusa nas ruínas fora de Bizâncio e a transportara para ser exibida ao lado da Caaba.

Percebi meu reflexo num espelho de bronze, pendurado na parede, à minha direita, e de repente me senti pequena e feia. Essa sensação se intensificou quando vi um homem alto, de barba muito bem aparada, aproximar-se de Ruqayya. Ele fez uma reverência diante do Mensageiro e beijou sua mão. Quando se levantou, percebi que era o marido de Ruqayya, Uthman, e ele se igualava a ela em beleza. Um rosto de proporções perfeitas, olhos cinzentos tranquilos, que pareciam estar sempre úmidos e reluzentes, como o poço de Zamzam sob a luz da aurora. Elegantemente vestido, usava uma túnica verde bordada, que brilhava com o reflexo de pequenas pedras preciosas colocadas na bainha. Quando sorria, exalava bondade e compaixão ilimitadas. Traços admiráveis que um dia viriam a ser sua desgraça e fariam nossa nação mergulhar num caos do qual jamais se recuperaria.

Esse futuro, porém, era ainda muito distante, e ninguém naquela sala podia jamais prevê-lo, exceto, talvez, o próprio Mensageiro. Em meus últimos dias, ao evocar o passado para ver se teria havido algum sinal que pudesse ter evitado o banho de sangue pelo qual fui parcialmente responsável, lembro-me de que, sempre que o Mensageiro olhava para Uthman, eu percebia um vislumbre de tristeza em seus olhos.

Maomé nunca disse prever o futuro — somente Deus sabia os detalhes de Seu plano para os homens —, mas acredito que o Mensageiro conhecia o destino de todos os homens e mulheres em sua vida, tanto amigos como inimigos. No caso de Uthman, ele intuía mais do que sabia que aquela alma generosa, de uma inocência infantil, estava pronta para ser manipulada pelos inescrupulosos, com consequências aterradoras para a *Ummah*.

Essa, contudo, é uma tragédia a ser contada em outro momento, e que, de qualquer forma, você conhece muito bem, Abdallah. Voltando aos acontecimentos daquele dia, eu vi como Khadija se apresentou para receber os recém-chegados. Ela parecia muito velha e frágil, sua pele antes suave se transformara num verdadeiro mar de rugas. Seu rosto estava muito magro, e seus cabelos, então brancos como a neve, ralos. Os anos no deserto e a febre letal de que fora acometida a envelheceram em um grau assustador. Quando o Mensageiro a apoiou com carinho, vi como parecia mais um filho do que marido, seus cabelos ainda pretos e brilhosos, suas feições masculinas sem uma única marca de expressão, e apenas um ou dois fios grisalhos na barba.

Era um contraste para o qual os exilados não estavam preparados, e vi lágrimas surgirem nos olhos cristalinos de Ruqayya. Khadija percebeu o choque no rosto da filha, e imagino que isso a tenha deixado arrasada, mas qualquer que tenha sido sua dor, a Mãe dos Fiéis era especialista em escondê-la por trás de um sorriso gentil.

— Minha filha linda — disse ela em voz rouca, e lentamente deu um abraço na moça, que teve um visível tremor de tristeza. Khadija alisou os cabelos de Ruqayya com os dedos macérrimos e logo retirou a mão, uma expressão de extremo cansaço no rosto. O primo do Profeta, Ali, rapidamente foi em seu socorro e ajudou-a a sentar-se numa almofada de veludo. Khadija respirou com um óbvio esforço, e levou uma das mãos ao peito, como se para lembrar a seu pobre coração para continuar batendo.

Ruqayya ajoelhou-se ao lado de Khadija, a apreensão anuviando-lhe o rosto perfeito.

— Mãe, o que houve?

Khadija esboçou um leve sorriso, seus olhos distantes no vazio.

— Só estou um pouco cansada, querida — disse ela, com voz fraquinha.

A filha mais nova do Mensageiro, Fatima, sentou-se a seu lado, segurando a mão dela. Contrastava drasticamente com a glamorosa irmã, Ruqayya; seus cabelos pretos estavam presos de qualquer forma num véu amarelo, já velho, sua túnica era feita de lã grossa, e em seu rosto não havia nenhum cosmético que realçasse sua feminilidade.

— A mãe está doente, mas não quer admitir — disse Fatima, com ar de reprovação.

Os olhos de Khadija cintilaram, e por um breve instante enxerguei a força e a dignidade que eu sempre associara à Mãe dos Fiéis.

— Tolice! — disse ela com orgulho. — Meus pés estão velhos, é só. Mas chega de falar de mim. Como foi que voltaram?

Uthman inclinou-se e beijou-a na fronte, ajoelhando-se em seguida diante de Khadija como um escravo diante de sua rainha.

— Ouvimos falar da expulsão e do sofrimento dos muçulmanos. Não podíamos continuar no conforto da Abissínia, enquanto vocês passavam fome aqui.

Senti Asma se empertigar atrás de mim e imediatamente percebi por quê. O belo primo do Profeta, Zubayr, atravessou o grupo de pessoas e colocou as mãos no ombro de Uthman, cumprimentando-o.

— Pela misericórdia divina, a proibição foi cancelada. Estamos livres para morar e fazer negócios em Meca como antes.

As belas feições de Uthman iluminaram-se num sorriso incomparável.

— *Allahu akbar!* Deus é grande! — proclamou ele, a esperança manifestando-se em sua língua. — A maré virou, então.

Em seguida, meu pai deu um passo à frente, semblante sério. Ao contrário do Mensageiro, que era dois anos mais velho do que ele, Abu Bakr, já de barba bastante branca, não podia mais negar sua idade.

— Eu temo que a maré ainda mude muitas vezes, para o bem e para o mal, antes de tudo terminar — disse ele, abanando a cabeça com tristeza.

Quando os homens começaram a conversar com os recém-chegados, eu me peguei admirando Ruqayya e Uthman como uma criança enlevada diante de uma fogueira. De repente, ouvi o farfalhar de uma saia a meu lado e, quando me virei, vi que Fatima viera sentar-se junto a mim.

— Eles são lindos, não são?

Ruborizei de vergonha ao perceber que meus olhos haviam me traído. Fatima, no entanto, sorriu em silenciosa compreensão. Olhei para a moça simples e calada e fiz uma pergunta impertinente, que uma mulher mais madura não teria tido a coragem de fazer.

— É difícil ter uma irmã assim tão linda? Quer dizer... — Parei, percebendo de repente que eu estava sendo muito grosseira. Mas a pergunta, para minha mente infantil, era legítima. Eu era a criança bonita em minha casa, e sempre me perguntava como minha irmã, Asma, se sentia, sabendo que, mesmo sendo uma menina que ainda não tivera as primeiras regras, eu já atraía a atenção dos homens, que raramente a dirigiam um segundo olhar. Entretanto, era um absurdo dizer isso em voz alta, e imediatamente me arrependi por ser tão indiscreta.

Fatima, no entanto, não pareceu ficar ofendida.

— Quando Ruqayya está numa sala, todas as outras moças desaparecem, como fazem as estrelas assim que o sol nasce — disse ela com um encolher de ombros. — A gente se acostuma.

Havia algo tão simples, tão despretensioso em Fatima, que passei a gostar dela de imediato. Procurando mudar a conversa para assuntos mais agradáveis e úteis, me voltei para ela com um sorriso animador.

— Suas irmãs são todas casadas. Quando vai seguir o mesmo caminho?

Fatima olhou para mim com aqueles olhos escuros, muito parecidos com os do pai. Quando correspondeu meu sorriso, havia uma certa tristeza em seu olhar, que gelou meu coração.

— Eu não sei se vou casar algum dia — disse ela, sem rodeios.

Fiquei surpresa com essa resposta.

— Como pode dizer uma coisa dessas? Toda moça se casa. — O que era verdade. No final, mesmo as moças menos bonitas em Meca um dia encontravam um marido, embora provavelmente não fosse o melhor partido.

Os olhos de Fatima cintilaram de forma misteriosa, como se lágrimas tivessem surgido neles, apesar de terem permanecido secos.

— Eu não sou como todas as moças — disse ela, suavemente.

Porém, antes que eu pudesse perguntar o que ela queria dizer, escutei o ruído rouco de tosse dolorosa. Levantei a vista e vi Khadija apertando o peito, sua face totalmente pálida.

O Mensageiro imediatamente foi para seu lado. Inclinou-se e falou com a esposa num sussurro que não consegui entender. Ela assentiu devagar com a cabeça e depois cobriu a boca ao ter um acesso violento de tosse, que lhe abalou o peito e a garganta.

Quando por fim arriou as mãos, vi que estavam cobertas de sangue.

Houve gritos de horror, e todos correram para seu lado.

— Afastem-se! — Ali levantou-se e fez o grupo assustado recuar forçosamente, dando espaço para Khadija respirar, embora com grande dificuldade.

Fatima havia sumido do meu lado, embora eu não tivesse percebido nenhum movimento seu. Era como se num instante ela estivesse sentada ali perto de mim, e no minuto seguinte estivesse segurando a mão da mãe e ajudando-a a levantar-se. Eu ficava maravilhada com sua habilidade de aparecer e desaparecer sem ser notada, que eu sempre considerava uma ilusão de ótica, herança do passo rápido do pai combinada a seu jeito naturalmente calmo. Naquele momento, eu não tinha muita certeza, mas ao olhar para essa moça estranha e etérea, que se movia como um fantasma, senti um súbito arrepio me subir a espinha.

## 19

A Mãe dos Fiéis, pedra fundamental de nossas esperanças, estava morrendo. Enquanto o Mensageiro e Ali a ajudaram a subir a escada de mármore que levava aos cômodos privativos da família no segundo andar, meu pai assumia a responsabilidade de restabelecer a calma e a ordem no grupo reunido de fiéis.

Depois que todos deixaram a casa do Profeta, exceto os membros mais íntimos da família e alguns homens de confiança, como Umar e Uthman, subimos a escada para ver como estava Khadija. Eu me agarrava ao corrimão metálico frio como uma criança pendurada na beira de um penhasco. Cada passo que eu dava sobre a pedra polida ressoava como a batida de um tambor de guerra, anunciando a chegada da morte e da peste.

Quando segui minha mãe e meu pai até o quarto do Mensageiro, vi que Khadija estava deitada no colchão de plumas de ganso, que havia sido importado do norte. O Mensageiro renunciara a quase todos os luxos desde o início da missão, mas não conseguia se livrar de um item que proporcionava conforto e alívio a sua esposa de idade já avançada.

Khadija estava tão serena, deitada ali com as mãos macilentas cruzadas sobre o peito, que, por um momento, achei que já estava morta. Porém, o suave som de sua túnica cinzenta e o subir e descer do tórax com sua respiração indicavam que sua alma ainda estava entre nós. Gotas cintilantes de suor lhe escorriam pela face enrugada, e suas filhas apressavam-se a secar sua testa com um pano limpo.

O Mensageiro ajoelhou-se ao lado da esposa e fechou os olhos, as mãos postas numa oração fervorosa. Eu nunca o vira tão concentrado, tão absolutamente parado. Se eu não tivesse percebido a pulsação regular de uma veia em sua têmpora, teria imaginado que a tristeza o transformara numa pedra, como os próprios ídolos que ele abominava.

O silêncio recaiu sobre a sala, como quando se fecham as portas de uma cripta. Até o barulho do vento do lado de fora cessou completamente, como a calmaria que antecede o temporal. Ninguém se mexeu; todos os olhos estavam voltados para a mulher idosa na cama. Horas passaram-se como instantes, até que Fatima se afastou de sua mãe e foi acender uma lamparina de cobre, pois os raios de sol já se escondiam no horizonte.

Quando o sol desapareceu, e a estrela da noite surgiu no céu, os olhos de Khadija abriram-se, e eu a vi sorrir para o Mensageiro, que olhava para ela como uma criança assustada. Ao perceber a expressão de desamparo em seu rosto, daquele homem que era o centro de nossa comunidade, a rocha que nos dava estabilidade enquanto as águas letais do mundo se enfureciam e revolviam à nossa volta, me senti muito pequena e sozinha de repente.

Percebi nesse momento que Khadija fora o coração do islã durante todo aquele tempo. Sem sua aceitação da visão de Maomé, ele teria deixado de lado sua experiência no monte Hira como um sonho ou um devaneio provocado pelo capricho de um *djim*. Se ela não tivesse acreditado nele e o encorajado, Maomé teria terminado como os loucos que eu via andando pelas ruas de Meca em trapos imundos, cujas mentes perturbadas os haviam torturado de tal forma que até suas próprias famílias os expulsavam de casa e os abandonavam à própria sorte. O que quer que essa nova religião chamada islamismo fosse, o que quer que viesse a ser, era o produto da fé de uma mulher num homem. E agora essa mulher estava morrendo, e eu me perguntava se nossa fé morreria com ela.

Eu vi alguém entrar na sala, um homem com o rosto todo marcado e pouco cabelo, apesar de jovem. Era Zayd ibn Haritha, o filho adotivo de Maomé e Khadija. Ele acabara de retornar de uma infrutífera caçada nos montes, onde um leopardo fora visto na noite anterior, e fora informado pelos fiéis do que ocorrera na casa do Mensageiro naquela manhã.

Zayd abaixou-se ao lado de Khadija, e ela alisou a face do rapaz. Ele havia sido seu escravo, mas apegara-se tanto a ela e a seu marido que eles o libertaram e adotaram depois da trágica morte de seu filho legítimo, Qasim. Depois de Ali, Zayd era a pessoa mais próxima a um herdeiro varão na família do Mensageiro, e muitos fiéis o respeitavam como um futuro líder da comunidade. O fato de que um escravo pudesse subir de posição e tornar-se um mestre para os adeptos da nova fé era uma questão de grande orgulho para os muçulmanos e de zombaria para Abu Lahab e nossos outros inimigos.

Observei quando Khadija acenou a Zayd, a Ali e às filhas para se aproximarem. Nós nos mantivemos respeitosamente afastados. Sermos aceitos no recinto privativo deles e partilharmos os momentos finais era suficiente. A família tinha certos direitos e prerrogativas que precisavam ser respeitados.

Quando os membros da *Ahl al-Bayt*, a família do Profeta, se aproximaram, Khadija recitou uma oração em voz baixa, quase inaudível, abençoando-os, e depois sussurrou nos ouvidos de cada um. Eu os via balançar a cabeça em assentimento, à medida que ela se dirigia a eles individualmente, lágrimas escorrendo-lhe pelas faces. Primeiro a filha mais velha, Zaynab, em seguida Ruqayya, ainda mais bonita com o brilho da tristeza nos olhos negros, seguidas de Umm Kulthum, de faces rosadas, e do sombrio Zayd.

Então, com a mão direita, segurou a mão de Fatima, e com a esquerda, a de Ali e beijou-os na testa. Quando Fatima se afastou, o ar de tristeza em seu semblante era tão doloroso que baixei a vista com medo de ser consumida por ele.

— Aisha...

Fiquei surpresa quando ouvi meu nome, e ao levantar a vista vi Khadija olhando para mim com compaixão. Quase sem energia, ela acenou para que eu me aproximasse.

Atônita e sem entender como havia sido incluída nesse círculo familiar tão especial, fiquei parada, dedo na boca como uma criança tímida. Minha mãe, Umm Ruman, me pegou pela mão e me levou até Khadija, deixando-me sozinha com ela em seguida.

A Mãe dos Fiéis passou as mãos sobre meus cabelos ruivos, como uma criança que brinca com sua boneca preferida. Depois ela mexeu um pouco a cabeça e percebi que ela queria que eu me aproximasse para poder escutá-la melhor. Eu me inclinei para a frente até meu ouvido quase tocar seus lábios rachados.

Ela sussurrou, mas suas palavras soaram em meu coração como uma trombeta.

— Tome conta dele quando eu me for — disse ela, de forma inexplicável.

— Você foi feita para ele.

Eu não tinha ideia do que ela queria dizer, mas havia algo empolgante e, ao mesmo tempo, aterrador em suas palavras. Era como se ela estivesse usando seu suspiro final para me transmitir um segredo que eu deveria proteger com minha própria vida.

Percebi o Mensageiro atrás de mim e saí correndo de volta para o lado de minha mãe, sem saber como interpretar as estranhas palavras que Khadija dissera.

Quando levantei a vista, vi que o Profeta estava chorando. Com um esforço aparentemente extraordinário, Khadija ergueu os braços e lhe enxugou as lágrimas diante de todos nós, da mesma maneira que fizera em particular durante todos esses anos. Naquele instante, compreendi o verdadeiro tipo de relacionamento dos dois. O Mensageiro vira sua mãe morrer quando tinha apenas 6 anos, e sentia falta do toque carinhoso de que fora privado durante toda a vida. Khadija era mais do que apenas uma esposa e melhor amiga, mais do que a primeira muçulmana. Fora também a mãe que Deus tirara dele cedo, e notei, quando olhei para o Mensageiro, que ele estava revivendo a dor da perda que o perseguira desde a infância.

— Eu fui chamada para a Morada da Paz... meu querido, está na hora de eu partir.

Vi através de meus olhos embaçados o Profeta inclinar-se e encostar sua face na dela.

— Eu sabia desde o momento em que o vi que você era especial... Se Deus nunca tivesse falado com você, mesmo assim eu saberia que você era o escolhido...

Ela olhava para cima, seus olhos fixos no teto, para alguma coisa que somente ela podia ver.

— Os homens de branco estão aqui... vejo para onde estão me levando... É muito bonito... tão cheio de luz...

Ela virou o rosto para o Mensageiro, olhando profundamente dentro de seus olhos insondáveis.

— Há apenas um único Deus, e você, meu amor, é Seu Mensageiro...

Ela suspirou e permaneceu imóvel.

Houve um momento de silêncio tão intenso que reverberou como um terremoto. Em seguida, ouvi gritos de tristeza ao meu redor. Vi o Mensageiro de Deus tocar os lábios da Mãe dos Fiéis, acariciando-os num adeus final.

Ele parecia uma sombra do outro mundo. Quando falou, sua voz suave se fez ouvir em meio à comoção do luto. Ele repetiu, no momento da morte

de Khadija, as palavras de Deus que lhe foram transmitidas numa Revelação, palavras que os muçulmanos repetem até hoje quando sofrem uma perda, para lembrar quem somos e para onde estamos indo.
— *Em verdade pertencemos a Deus, e a Ele retornaremos...*

---

CHEGARA A HORA DE deixar Meca. Logo após a morte de Khadija, os muçulmanos sofreram outra perda. O tio e guardião do Profeta, Abu Talib, faleceu, e o perverso Abu Lahab tornou-se o líder dos Bani Hashim. Não podíamos mais contar com a proteção do clã do Profeta contra os terríveis coraixitas. A perseguição se intensificaria, e não haveria recurso à justiça severa das tribos. Mas para onde poderíamos ir? Os coraixitas vigiavam os caminhos que levavam ao mar, então a Abissínia estava fora de cogitação. E mesmo que conseguíssemos escapar das patrulhas noturnas e encontrar um barco que estivesse disposto a nos levar para o oeste, o Negus não estava mais em posição de nos oferecer abrigo.

O grande rei sofrera politicamente por ter dado refúgio ao nosso povo antes. Os padres de sua nação africana já haviam condenado os muçulmanos como hereges perigosos, porque acreditávamos em Jesus como um profeta humano, mas negávamos que ele fosse, como se declarava, o Filho de Deus. Nosso povo fora estigmatizado como o ressurgimento dos arianos, um grupo de cristãos que questionara os ensinamentos da Igreja sobre a divindade de Cristo e que fora denunciado pelo imperador bizantino Constantino como ateus. O Negus ainda enviava cartas cordiais ao Mensageiro, perguntando sobre sua opinião em questões teológicas, mas elas não continham nada que sugerisse um convite para ir lá em pessoa debater tais questões.

Havia uma nuvem pairando sobre o Profeta naqueles dias sombrios, e minha irmã já se referia a esse tempo como "O Ano da Tristeza". O Mensageiro sofrera dois golpes fortes seguidos. A morte de Khadija, sua fonte de apoio espiritual, e a morte de Abu Talib, a base de sua proteção terrena. Ao perder ambos os polos de sua bússola, ele seguia entre nós como um homem que não sabia quem era, nem para onde estava indo. Nos anos seguintes, admitiu para mim que durante aqueles meses terríveis havia sido esmagado por dúvidas. Se essas visões fossem reais, se o que ele viu era realmente um anjo e não um espírito travesso do deserto lhe pregando peças, então, por que Deus o abandonara e o deixara sem nenhum vislumbre de esperança?

Porém, como todos aprendemos, o Divino é um mestre que às vezes mostra aos homens do que eles são feitos ao lhes privar de tudo que têm, para que a verdade de seu caráter seja finalmente revelada. Nesse momento crítico, a alma do Mensageiro estava tão nua e vulnerável quanto um bebê ao nascer.

Nessa vulnerabilidade, onde não há véu algum entre um coração sofrido e atormentado e seu mestre, o Senhor do Universo, é que o olho interior desperta de seu sono e nasce a verdadeira Visão.

Talvez devido a um destino que me aguardava sem eu saber, me foi concedida a dádiva de partilhar essa Visão. Numa noite, após um longo dia na monótona lida das tarefas caseiras, me deitei em minha pequena cama para dormir. Estava cansada, mas fiquei me revirando na cama de um lado para o outro durante horas antes de finalmente me levantar para responder ao persistente chamado da natureza.

Quando então passei por uma janela numa ida à latrina, vi um flash como um relâmpago. De início, achei que poderia ser o início de um temporal, pelo qual ansiávamos, devido à seca. Parei e, ao olhar pela janela, vi que o céu estava claro e que não havia uma única nuvem na abóboda celeste coberta de estrelas brilhantes. A lua cheia estava baixa no céu, pairando bem acima das sagradas paredes do Santuário. Com um sobressalto, me lembrei de que aquela era a vigésima sétima noite do *Rajab*, e a Lua deveria ser um mero fio passando de minguante a nova.

Ao focalizar a vista, percebi que o que se revelava acima da Caaba não era propriamente a Lua, mas um disco branco-azulado, sem características discerníveis. Uma bola de luz pura. Então, mais rápido do que qualquer outro corpo celeste que eu já tivesse visto cruzando o céu, a luz subiu como uma estrela cadente ao contrário e desapareceu no horizonte norte.

Congelei onde estava, coração acelerado. De repente, eu não precisava mais ir à latrina, e voltei correndo para a cama, onde me encolhi por baixo do cobertor de lã, tentando compreender o estranho acontecimento que presenciara. Nesse instante me senti tonta e me resignei, enquanto minha alma deslizava para o vazio. Meu último pensamento foi que eu jamais viria a saber com certeza se o que eu vi havia sido real. Era melhor esquecer completamente a estranha luz antes de meus pais começarem a se preocupar e pedirem ao Mensageiro para afastar o *djim* que estava me assombrando.

Resolvi esquecer o incidente, e o mundo jamais viria a saber.

Esse, porém, não era o desígnio de Deus.

Na manhã seguinte, meu pai e eu fomos a pé ao armazém, depois de minha mãe insistir para que trocássemos um suprimento recente de ovos de nosso galinheiro por um pouco de carne de carneiro. Seguimos pelas ruas com cuidado, os olhos de meu pai dirigindo-se ora para um lado, ora para o outro. Com a morte de Abu Talib, a violência contra os muçulmanos estava em alta de novo, mas Abu Lahab se recusava a levar nossas reclamações à Casa da Assembleia. Uma semana antes, meu pobre primo Talha fora atacado por bandidos no meio da rua. Quando meu pai tentou intervir e pagar-lhes o que reivindicavam, eles o espancaram também e roubaram sua bolsa. Abu Bakr e Talha foram deixados à beira da estrada, amarrados juntos e cobertos de lixo, até uma mulher do clã Bani Adi apiedar-se deles e soltá-los.

Naquele dia, porém, não houve incidentes. Na verdade, ficamos surpresos por ver as ruas de pedras tão vazias, ruas que normalmente estavam cheias de pessoas e animais que naquela hora iam ao mercado.

Escutamos então risos estridentes vindos do Santuário. Meu pai virou-se e viu um grupo grande de pessoas aglomeradas em frente à Caaba. Por trás do barulho de assobios e ditos insolentes, podíamos ouvir a voz vigorosa e clara do Mensageiro.

— Vamos — disse meu pai, e eu o segui sem hesitar. O Mensageiro não pregava no Santuário desde que Abu Talib morreu, e Abu Lahab lhe avisou que o clã não protegeria seus seguidores da violência se eles insultassem os deuses em frente à Casa Sagrada. Algo acontecera que fez com que o Mensageiro arriscasse uma revolta e falasse aos adoradores pagãos que haviam monopolizado o templo.

Quando Abu Bakr tentou se aproximar, Abu Jahl de repente apareceu e lhe bloqueou o caminho, seu belo rosto aberto num sorriso de triunfo.

— O que você acha de seu Profeta agora? — perguntou ele, sem ocultar sua satisfação. — Ele afirma ter ido a Jerusalém na noite passada e ter voltado antes do nascer do sol.

Meu pai empalideceu diante de notícia tão estranha. As palavras do Mensageiro sempre soaram verdadeiras, apelavam à razão e não à superstição, e essa era uma história fantástica demais para ter sido contada por ele.

— Você está mentindo! — disse Abu Bakr, recusando-se a permitir que Abu Jahl espalhasse histórias obviamente maliciosas contra o Mensageiro.

— Não ponha a culpa da loucura dele em mim — replicou o homem, com um sorriso malicioso. — O que você esperava de um bruxo cuja arte é confundir as mentes simples? Mas nisso Maomé foi longe demais, e essas fantasias falam por si próprias. Até uma criança sabe que leva um mês para uma caravana chegar à Síria e outro mês para retornar!

Então Abu Jahl olhou para mim, para deixar mais claro seu argumento. Eu o vi parar um instante e lançar um olhar lascivo sobre meu corpo ainda infantil. Percebi que a maciez em meu tórax se tornava visível aos olhos dos homens. Minhas regras não haviam começado ainda, mas eu estava claramente me tornando uma mulher, e enrubesci diante daquela luxúria evidente.

Algo no repulsivo olhar de Abu Jahl acendeu um fogo de desafio em mim, e falei palavras que havia prometido esquecer.

— É verdade, pai! — eu disse antes de conseguir me controlar. — Eu vi com meus próprios olhos ontem à noite. Uma estrela subiu acima da Caaba e voou para o norte! Deve ter sido o Mensageiro!

Infelizmente, minha ardente defesa da audaciosa história de Maomé apenas aumentou o divertimento da multidão, e escutei uma risada cruel agora dirigida a mim, bem como comentários vulgares sobre meu corpo em desenvolvimento.

Meu pai me pegou pelo ombro.

— Quieta! Deixe isso por minha conta.

Ele pegou o pequeno véu branco que eu usava em torno dos ombros e colocou-o sobre minha cabeça, passando o pano recatadamente em torno dos meus seios, que começavam a despontar.

Meu pai me guiou através da multidão até vermos o Mensageiro em frente às portas douradas do Templo. Prendi a respiração ao ver seu rosto sorridente, tão sereno e calmo como o de um recém-nascido. O homem triste e solitário que andava silencioso depois da morte de Khadija já não existia mais. Ressurgira o homem vibrante e másculo que inspirava poder e dignidade.

Abu Bakr aproximou-se dele e sussurrou.

— É verdade o que estão dizendo? Você foi até Jerusalém e voltou numa noite?

O Profeta assentiu. Abaixou a voz para que somente Abu Bakr e eu pudéssemos escutá-lo.

— Sim. E há mais. Mas eles não estão prontos para o resto. — Ele parou e olhou firme nos olhos de Abu Bakr. — Você está pronto?

Meu pai olhou dentro daqueles lagos negros insondáveis. Sem hesitar, virou-se para a multidão escarnecedora.

— Se ele está dizendo que foi a Jerusalém numa noite, então é verdade — disse Abu Bakr em voz alta, sua voz ecoando pelas pedras antigas do Santuário.

O riso da multidão cessou imediatamente e foi substituído por surpresa e confusão diante da franca aceitação de meu pai daquela história ridícula.

Abu Bakr deu um passo à frente, olhando os homens nos olhos ao passar por eles, de braços abertos.

— E por que vocês duvidam? — perguntou ele de forma provocadora. — Maomé afirma receber informações dos céus diariamente, e eu sei que ele fala a verdade. Esse é um milagre maior do que qualquer maravilha que tenham presenciado!

Houve um murmúrio constrangedor, como o zumbido confuso de uma abelha que não consegue achar a segurança de sua colmeia. Vi alguns homens olharem para Abu Bakr como se ele fosse louco. Mas quando ele enfrentou aqueles olhares desafiadores com total segurança, a multidão começou a olhar uns para os outros, como quem se pergunta se não seriam eles próprios os loucos.

O Mensageiro adiantou-se um pouco e segurou a mão direita de meu pai, erguendo-a.

— Eu aqui concedo a Abu Bakr um título que não foi dado a nenhum outro homem. *As-Siddiq*, a Grande Testemunha da Verdade!

Era um título poderoso, que meu pai levou com dignidade pelo resto da vida. Nos anos vindouros, alguns homens vis questionariam sua lealdade ao Profeta e o acusariam falsamente de agir em seu próprio interesse e não segundo a vontade de Deus e de Seu Mensageiro. Naquele instante, percebi o olhar de amor e confiança profundos que os olhos do Mensageiro dirigiam a meu pai, e meu coração encheu-se de emoções inefáveis.

Se de fato Abu Bakr fosse o político calculista que seus detratores afirmavam ser, então eu não sei que verdade poderia haver em tudo que testemunhei nos anos que passei ao lado de Maomé. Pois aqueles que viriam a acusar Abu Bakr de ser inimigo do Mensageiro estavam afirmando que o próprio Profeta fora iludido e que havia acreditado em qualidades falsas. Se o Mensageiro de Deus intitulasse um homem de *As-Siddiq*, e esse homem viesse a ser um mentiroso e um ladrão, então não haveria nada em nossa religião a não ser insensatez e cruel zombaria.

Eles dizem que eu sou tendenciosa porque sou a filha de Abu Bakr. Afirmam que estou destinada ao inferno pelos crimes que cometi no calor da paixão. Para isso, não tenho resposta clara. Aceito sua condenação dos meus pecados, e pode ser que de fato eu vá para o inferno pelo sangue que tenho em minhas mãos.

Mas eu não encontrarei meu pai lá.

# 20

Quando a milagrosa viagem noturna foi divulgada, a comunidade de fiéis se reuniu animada na casa do Mensageiro. Aquela era a maior congregação desde a morte de Abu Talib; passara a ser perigoso para os muçulmanos reunirem-se em grandes grupos, pois poderiam ser potencialmente acusados de planejarem uma insurreição. A sala principal estava lotada, e vi homens e mulheres de todas as idades chegarem juntos para ouvir a história completa. Por um momento fiquei admirada de ver como havíamos crescido. Apesar do grande esforço dos coraixitas para sufocar nosso movimento, havia agora centenas de fiéis comprometidos, a maior parte das classes mais pobres, porém um número surpreendentemente grande da elite do poder.

Um dos convertidos mais improváveis era uma mulher alta e orgulhosa, chamada Ramla, filha mais velha de Abu Sufyan. Sua conversão fora um choque para os líderes de Meca, e o Mensageiro havia providenciado para que ela viajasse por mar e se refugiasse com o Negus, evitando assim que seu pai a forçasse a voltar para seu meio. Apesar de os muçulmanos não poderem mais contar com sua proteção como um grupo, o rei cristão havia convidado Ramla para ir como "princesa dos coraixitas" e ficar hospedada num palácio reservado para dignitários estrangeiros.

Ramla sentou-se ao lado do Profeta, e pude ver sua semelhança com o pai. Com olhos glaciais que brilhavam com dignidade e autoridade, ela revelava a aura de uma rainha, embora usasse modestas túnicas brancas, seus cabelos castanho-claros cobertos com um lenço azul. Vi a forma sedutora como olhava para o Mensageiro, que agora era um viúvo, e minhas faces queimaram de ciúme. Eu não sabia por que me sentia tão possessiva em relação ao Profeta, mas as últimas palavras de Khadija dirigidas a mim ainda ecoavam em meu coração. Ela me pedira para tomar conta de seu marido, e eu achava que deixá-lo cair nas garras de Ramla não era o que ela tinha em mente.

Claro, meu sobrinho, você conhece bem o caráter daquela que esteve entre nós nos últimos anos, e até agora tenho dificuldade de escrever seu nome sem que minha mão trema de fúria. O que ela me fez, num momento de profunda tristeza, pode ser perdoado pelo Deus Todo-Poderoso, mas meu coração humano não permite que eu lhe estenda essa clemência.

Naqueles dias iniciais, eu não percebia quão profunda era sua crueldade. Porém, assim que pus os olhos em Ramla, senti por ela uma antipatia visceral. Havia algo naquela mulher que me fazia achá-la perigosa, muito mais do que os inimigos declarados, como o pai dela ou sua conivente madrasta, Hind. Com um olhar, ela media as pessoas, como se as avaliasse e calculasse seu valor, e eu não sabia com qual propósito. Ainda assim, ela era atraente, e eu via como fazia o Mensageiro rir com suas histórias mundanas das viagens que fizera às cortes do Iêmen e da Pérsia como parte das negociações comerciais de Abu Sufyan. Eu a odiava.

Na verdade, eu a odiava por ser bonita e jovem, e ter seios desenvolvidos e firmes, diferentes dos meus, que eram apenas pequenos botões de flor, mal aparecendo em meu tórax. Sim, em minhas fantasias infantis eu imaginava que iria crescer e que um dia me casaria com o Mensageiro, como sonhavam todas as outras moças da comunidade dos fiéis, e ver Ramla, sentada ao lado do Profeta e de seu primo Uthman, me fez perceber a dura e fria realidade. Eu era uma criança, e ela, era mulher.

Quando sonhos são despedaçados, Abdallah, eles podem deixar grandes cicatrizes, que são sempre muito sensíveis ao toque.

Naquela noite, sentamos e ficamos atentos, enquanto o Mensageiro contava sua extraordinária viagem a Jerusalém. Como o anjo Gabriel viera a ele enquanto dormia próximo à Caaba, montado num cavalo alado, chamado Buraq. Juntos, voaram para Jerusalém, onde aterrissaram nas ruínas de um santuário judaico, o Templo de Salomão, que se chamava no Corão sagrado *Al-Masjid Al-Aqsa* — o Mais Remoto Santuário. Lá, entre as pedras desmoronadas da outra Casa de Deus, irmã da Caaba, o Profeta havia orado com os espíritos de Abraão, Moisés e Jesus.

Então ele revelou um segredo que juramos guardar dos ímpios, que não eram dignos da Verdade Suprema. De uma pedra que se encontrava no local do Templo de Salomão, o Mensageiro ascendeu aos céus e viajou pelos vastos domínios do Paraíso até chegar diante do Trono de Deus. O Profeta nunca antes afirmara ter falado diretamente com Alá, disse apenas que se comunicara com ele, pelos últimos dez anos, por intermédio dos anjos. Mas naquela noite, ele havia chegado ao lugar mais distante da Criação, junto ao limite da árvore de lótus, além do qual nem mesmo Gabriel poderia ascender. E lá, fora do tempo e do espaço, onde não havia luz nem escuridão, Maomé falou com seu Senhor.

Ouvimos extasiados, e muitos choraram enquanto ele descrevia as glórias do Paraíso, os rios de leite e mel, o vinho que não entorpecia os sentidos. As árvores perfeitas que proviam sombras e frutos eternos, cujo aroma era suficiente para saciar a fome dos seres humanos por toda a eternidade. E havia jovens, como pérolas brilhantes, que serviam aos residentes do Paraíso a comida e a bebida que desejassem, e *houris*, belas virgens, cujo toque fazia os homens esquecerem todos os prazeres terrenos que conheciam.

Quando essas maravilhosas criaturas foram mencionadas, vi a expressão de contrariedade de muitas mulheres. Imaginar seus companheiros na outra vida passeando com essas beldades perfeitas não era bem a ideia de paraíso que elas tinham. Porém, o Mensageiro nos explicou carinhosamente que todas as fiéis, ao entrarem no Paraíso, se tornariam, elas próprias, *houris*, e não existiria ciúme nem solidão na eternidade. Os homens e as mulheres desfrutariam da companhia uns dos outros, e o êxtase de seus corpos seria tal que faria a união física dos casais neste mundo parecer um prazer breve e efêmero, como aquele proporcionado pelo toque de uma pena.

A Viagem Noturna dera ao Profeta esperança e fé renovadas. Agora que ele vira as maravilhas do domínio espiritual, a luta cotidiana da vida na Terra não mais o assustava. Porém, mais importante ainda para a comunidade, Deus enviara o Mensageiro de volta dos céus com novas regras para nossa vida diária.

Em primeiro lugar, o ritual de orações e prostração que vínhamos realizando casualmente pelos últimos dez anos passou a ser organizado e transformado em prática diária. Cinco vezes ao dia — antes do nascer do sol, pela manhã e à tarde, após o pôr do sol e na escuridão da noite — os muçulmanos deveriam prestar reverência a Deus numa veneração formal. E talvez mais surpreendente ainda, Deus determinara que nos voltássemos para a cidade sagrada de Jerusalém quando orássemos. Estávamos acostumados a nos voltar para a Caaba, embora o Mensageiro nunca tenha ordenado isso, e agora havíamos sido orientados a ficar de frente para o norte, para uma cidade que a maioria de nós nunca visitara e conhecia apenas através de mitos e lendas. O Mensageiro, no entanto, foi claro. Jerusalém era o lar dos Profetas, e ele era o último dessa linhagem. De má vontade, obedecemos.

Ele nos fez uma lista de novos mandamentos, que recebera nos céus. Deveríamos jejuar trinta dias durante o ramadã, que era o mês sagrado no qual a Revelação tivera início, dez anos antes. Isso significava que não podíamos comer, beber, nem ter relações sexuais do nascente ao poente. Vi o ar de espanto geral quando foi mencionado que até o sexo seria proibido durante o mês de jejum, mas o Profeta sorriu gentilmente, lembrando-nos de que as relações sexuais eram uma bênção de Deus, assim como a comida e a água, e que controlar nossa concupiscência purificaria nossas almas e nos permitiria ter relações com um significado e uma intensidade mais profundos quando cessasse o jejum.

Por fim, deveríamos fazer doações, ou *zakat*, aos pobres. Até aquele dia, havíamos sido incentivados, mas não forçados a partilhar nossa riqueza com os menos favorecidos. Agora, porém, um quarenta avos da riqueza de cada um dos fiéis pertencia oficialmente a Deus e à comunidade, e deveria ser doado livremente para alimentar e vestir os necessitados. Olhei de relance para Ramla para ver como essa mulher orgulhosa, criada na mais rica família de Meca, reagiria ao ser forçada a doar parte de sua fortuna anualmente, mas ela era toda sorrisos e graça, o que me irritou ainda mais.

Esses eram os Pilares do islamismo, anunciou o Mensageiro, ordenados por Deus de Seu Trono. Junto ao testemunho de fé de que há apenas um Deus e que Maomé é Seu Mensageiro, eles serviriam como testes formais do comprometimento básico de um muçulmano com a sua fé.

O Mensageiro fez uma pausa, e depois acrescentou que havia um último Pilar, obrigatório apenas para aqueles que tivessem meios suficientes para fazer a jornada e fossem saudáveis o bastante para cumprir o requerido: O Pilar da Peregrinação à cidade sagrada de Meca, que cada muçulmano que tivesse condições deveria realizar uma vez na vida.

Nós todos nos entreolhamos, confusos.

Finalmente, Umar falou.

— Mas, Mensageiro de Deus, nós todos vivemos em Meca — disse ele com sua maneira direta habitual. — A Caaba sagrada é no final da rua. Por que precisaríamos viajar para realizar a Peregrinação, quando fazemos isso facilmente todos os anos?

Vi um estranho olhar de tristeza no semblante do Mensageiro.

— Poderá não ser tão fácil nos anos vindouros, meu amigo. — E com isso levantou-se, e soubemos que a audiência estava encerrada.

Quando a multidão agitada deixou o recinto, vi o Mensageiro sorrir para Ramla e falar com ela em voz baixa. Um gesto de intimidade. Meu estômago revirou de dor.

Para minha surpresa, o Profeta olhou para mim do outro lado da sala e seus olhos brilharam. Em seguida, acenou para que meu pai se aproximasse.

Abu Bakr fez um gesto para minha irmã, Asma, e para mim.
— Vão para casa. Eu vou logo em seguida, *insha-Allah*.
Fiz o que ele mandou, e ao sair percebi que Asma não estava mais a meu lado. Olhei e vi que ela estava no portão da casa do Mensageiro, falando com o primo dele, Zubayr. O belo jovem inclinou-se e sussurrou algo ao ouvido dela, que riu, ruborizando.
Eu sorri ao vê-los juntos, e voltei para casa sozinha.

## 21

Naquela noite, depois que Asma chegou tarde e foi severamente repreendida por Umm Ruman pelo comportamento impróprio, fiquei num canto da sala de estar, brincando com meus bonecos preferidos, duas figuras bem feinhas, feitas de pano e retalhos de túnicas, que eu denominara Akil e Akila.

Eu fazia o casamento do boneco e da boneca, minha brincadeira preferida, mas em minha mente, em vez de bonecos, eu via minha querida irmã finalmente casando-se com o rapaz que ela amava secretamente há anos. Seu pai, Zubayr, era considerado um grande partido pelas moças da cidade, e eu nunca realmente acreditei que Asma tivesse a chance de conquistá-lo. Mas o Mensageiro disse que Deus segura os corações dos homens entre dois dedos, e os vira para o lado que Ele quiser. Era óbvio que finalmente Deus havia virado o coração de Zubayr para a sua mãe, Abdallah.

Ouvi a porta abrir e vi Abu Bakr chegar. Eu me levantei para recebê-lo, mas ele olhou para mim com um olhar intenso.

— Vá para o seu quarto, filhinha.

Havia algo em seu tom de voz que me assustou, e não consegui me mover.

— Mas, pai...

— Vá — disse ele ríspido. — Preciso falar com sua mãe.

De alguma forma, eu sabia que aquilo que o preocupava dizia respeito a mim. Forcei a memória para me lembrar de todas as coisas erradas que fizera recentemente e me perguntava qual delas teria criado esse problema.

Pensando em meus pecados infantis, me virei, fui para meu quarto e fechei a porta. Mas, em vez de brincar com meus bonecos na cama, coloquei o ouvido na porta e fiquei escutando. Ouvi vozes abafadas e fiz um esforço para entender o que diziam. Finalmente, decidi arriscar e entreabri a porta, o suficiente para escutar a conversa de meus pais com clareza. Contraí os músculos da face quando a madeira chiou em contato com o chão de mármore, e tive receio de eles perceberem que eu ouvia às escondidas.

— Qual é o problema? — A voz de minha mãe era baixa, porém cheia de preocupação.

— Não é problema algum — respondeu meu pai. — Eu... só preciso de um instante.

Ouvi minha mãe servir um copo de água para ele. Logo depois ele falou, e suas palavras revelavam medo e surpresa ao mesmo tempo.

— O Profeta teve um sonho — disse ele em voz baixa.

— Eu sei. Ele contou sobre a Viagem Noturna — replicou minha mãe.

— Não. Esse já faz vários dias — observou Abu Bakr. — Somente depois de sua visão durante a Viagem Noturna ele resolveu que já era hora de me contar.

Meu pai sempre fora respeitado como intérprete de sonhos, mesmo nos dias anteriores à Revelação. Ele era como o profeta José, um homem que fora dotado de uma compreensão tão grande do coração humano que conseguia ler com facilidade os símbolos ocultos na mente.

— O anjo Gabriel apareceu para ele carregando um embrulho de seda verde — disse Abu Bakr devagar. — Quando o Profeta perguntou o que estava dentro do embrulho, o anjo disse: — Sua mulher. — E em seguida o Profeta abriu a seda e viu uma menina.

Abu Bakr parou. Por um momento, vi a imagem de Ramla enrolada na seda de Gabriel, e tive ânsia de vômito. Aquela linda e astuta filha de Abu Sufyan estaria em breve na cama do Mensageiro de Deus. Meu coração disparou de indignação.

Porém quando meu pai falou, meu coração parou.

— Ele viu Aisha.

Pelos próximos minutos, não ouvi mais nada. Era como se eu tivesse ficado surda de tal forma que até mesmo o tormento dos condenados ao inferno teria passado despercebido aos meus ouvidos.

Quando voltei ao mundo, os sons vieram com uma velocidade que me impedia a compreensão.

— O que vamos fazer? — A voz de minha mãe era aguda, como uma ovelha balindo ao ver a faca do sacrifício.

— Nós obedecemos a Deus — disse ele simplesmente.

Ouvi minha mãe bater com algum objeto sobre a mesa e a porta balançou com a vibração.

— Mas Aisha... ela está prometida a Jubayr ibn Mutim!

Isso para mim era novidade.

Eu estivera com Jubayr algumas vezes, mas quase nem me lembrava de como ele era. Eu sabia que era primo da detestável Hind, e ouvira rumores de que ele estava pensando em se converter depois que Ramla abraçou a nova fé. Aparentemente, eu estava sendo usada como meio de negociação por meu pai para atrair esse poderoso nobre coraixita para nossa fé. Meu coração, que um minuto antes havia ido às alturas ao saber que eu era a escolhida para ser a esposa do Mensageiro, naquele momento afundou de ódio e desespero ao pensar que minha própria família podia dispor da minha vida de maneira tão descuidada.

— O pai de Jubayr sempre se opôs ao casamento e se sentirá aliviado quando anularmos o pedido — disse Abu Bakr de forma trivial, como se estivesse discutindo o preço de cebolas no mercado. — Se Jubayr estiver destinado ao islã, Deus lhe determinará uma esposa virtuosa, tenho certeza.

O sangue me ferveu nas veias infantis. Em momento nenhum nessa discussão alguém mencionou meu nome nem se preocupou com o que eu poderia achar de tudo isso.

Ouvi o ruído da saia de minha mãe andando pela sala, um hábito seu sempre que estava nervosa ou insegura.

— Ela é tão novinha... — objetou Umm Ruman, mas meu pai a interrompeu.

— Não é mais nova do que a maioria das noivas hoje em dia — disse Abu Bakr simplesmente. — O casamento não será consumado enquanto as regras não começarem.

Houve um longo silêncio, durante o qual a única coisa que ouvi foram as batidas do meu coração.

Quando minha mãe falou de novo, percebi muita preocupação em sua voz.

— Ela vai se tornar a Mãe dos Fiéis, um papel que só coube a Khadija. Como uma criança pode tomar o lugar dela?

— O Mensageiro entende a fragilidade infantil de Aisha — disse Abu Bakr. — Ele também vai se casar com uma mulher mais velha e mais madura, que sabe como cuidar de uma casa.

Imaginei Ramla e senti um frio no estômago. Como eu poderia conviver com a filha de Abu Sufyan, sendo ela a outra esposa? Era muito mais bonita do que eu, mais velha, e sabia como agradar um homem. O Mensageiro ficaria cansado de mim e me deixaria de lado por uma mulher que sempre estaria mais próxima dele.

— Quem? — perguntou minha mãe, com a curiosidade de uma bisbilhoteira.

Meu pai ficou em silêncio, e eu fiz uma oração: *Por favor, não deixe que seja Ramla.*

— Sawda bint Zama — disse ele, por fim.

Eu caí de costas com um estrondo e por um instante fiquei convencida de que meus pais tinham me ouvido e sabiam que eu estava espionando. Mas eles não foram ao meu quarto, e eu fiquei em estado de choque, absorvendo a informação.

Depois disso, mordi minha mão para não rir.

Deus havia escutado minha oração.

Sawda bint Zama era uma mulher doce, porém idosa, uma viúva de riqueza considerável, como fora Khadija. Ela era excelente cozinheira e seria um bem inestimável na casa do Mensageiro. Porém, era velha, seu corpo já desgastado. Se eu fosse realmente me casar com o Profeta, pelo menos não precisaria competir com ela na cama. Mesmo na minha tenra idade, eu sabia que os homens gostam de mulheres jovens e bonitas, que possam lhes dar prazer e conceber filhos. Maomé era o Mensageiro de Deus, mas, nesse aspecto, era um homem como outro qualquer, e eu quase bati palmas de alegria sabendo que eu podia lhe proporcionar prazeres que Sawda não tinha como dar.

Quando voltei para a abertura da porta e prestei atenção, ouvi meu pai falar.

— Na noite em que Aisha nasceu, percebi que ela era especial — disse ele pensativo. — Quando o Profeta me contou sua visão, eu soube que o destino dela estava se cumprindo.

Minha mãe suspirou alto.

— Tudo vai mudar. — Havia resignação em sua voz, e eu soube que ela havia aceitado o desígnio de Alá.

— Tudo precisa mudar — replicou meu pai. — Com a morte de Khadija, os muçulmanos ficaram desesperados, caminhando como homens mortos. Aisha é uma fonte de vida. Ela vai ressuscitá-los.

Minha mãe ficou em silêncio por um instante, absorta em reflexões.

— A parteira disse que nossa filha traria morte.

— Vida e morte estão ligadas por um poder além de nossa compreensão. O poder da transformação — filosofou Abu Bakr. — Aisha carrega esse poder. Ela é a espada da transformação. Algumas coisas devem morrer para que outras nasçam. Esse é seu direito inato.

Nos anos seguintes, quando minha mão brandiu essa espada e a morte recaiu sobre a *Ummah*, eu me perguntei se meu pai não teria tido seus próprios vislumbres proféticos.

— Estou com medo — disse minha mãe, simplesmente.

Ouvi meu pai, o exemplo de fortaleza em nossa casa, admitir algo que eu jamais teria imaginado.

— Eu também, meu amor. Eu também.

Fechei a porta e fui me deitar. Minha mente estava quase tão acelerada quanto meu coração.

Deus me escolhera para casar com o Mensageiro.

Soava risível, mas de certa forma parecia correto. Como se alguma parte de minha alma sempre soubesse que essa era a razão da minha existência. Peguei minhas bonecas e as coloquei de lado, com a dor da perda que surge quando um período da vida termina e outro se inicia.

Mesmo assim, eu não sabia onde me encontrava na jornada da vida, nem quem eu viria a ser no caminho no qual fora colocada.

Senti-me presa entre dois mundos. Não era mais uma criança, mas ainda não era mulher.

No entanto, em breve, seria a Mãe dos Fiéis.

## 22

Numa noite, vários meses depois de saber que eu era a prometida do Mensageiro de Deus, meu pai me tirou da cama e mandou que eu me vestisse rapidamente. Minha mãe e minha irmã ainda dormiam, e Abu Bakr me disse para não fazer barulho para não acordá-las. Tínhamos um compromisso naquela noite, e seria melhor que elas não soubessem.

Confusa e um pouco intrigada, coloquei um manto de lã sobre minha túnica de algodão. Prendi os cabelos com um lenço amarelo, mas meu pai me fez tirá-lo e substituí-lo por um preto, que não refletiria a luz da lua, e assim minha presença não atrairia atenção. Saímos na ponta dos pés, passando pelo quarto de minha mãe, de onde escutei seu ronco regular.

Senti uma certa emoção ao sairmos no frio da noite. Eu sabia que todo esse segredo tinha a ver com minha nova condição, e estava ansiosa por descobrir o mistério.

Meu pai, de manto azul-escuro, a boca coberta por uma tira solta de seu turbante marrom, me conduziu pelas ruas vazias de Meca. Normalmente havia alguns cidadãos em catres do lado de fora das casas. Era costume durante os meses de verão, quando a brisa fresca ajudava a diminuir o calor, que tornava o sono insuportável. Aquela noite estava singularmente fria e todos estavam dentro de casa.

Eu via o vapor sair pela minha respiração, e o frio só piorou quando deixamos a cidade e nos dirigimos aos montes iluminados pelo luar. Comecei a sentir um pouco de medo. O que seria aquilo? Para onde meu pai estava me levando na calada da noite? Por um instante, tive a terrível visão de Abraão levando seu filho para o deserto a fim de sacrificá-lo a Deus. Eu adorava Alá e amava meu pai, mas achava que não me submeteria à faca de livre vontade, como fizera Isaac.

Agora que estávamos distantes de Meca e não havia ninguém que pudesse nos escutar, ousei falar.

— Para onde estamos indo?

Meu pai hesitou, como se considerasse se deveria revelar seu verdadeiro propósito.

— Para Aqaba — disse finalmente, e me puxou, apressando-me pelo caminho pedregoso.

Aqaba? Isso não fazia sentido. Era uma área estéril, na base de um vulcão, onde caravanas paravam para que seus camelos descansassem antes de enfrentarem a última subida dos montes e chegarem ao coração de Meca.

— Mas lá só tem pedra e areia! — De repente não gostei nem um pouco daquele mistério.

— Outras coisas acontecerão hoje — replicou meu pai. Apesar do meu bombardeio de perguntas, ele não disse mais nada.

Subimos o último monte que determinava o limite oficial da cidade sagrada. Meu pai parou no topo e olhou para o vale de Mina abaixo. Vi um reflexo de fogueira à distância, iluminando um aglomerado de tendas, onde devia haver uns mil peregrinos. Aquelas eram pessoas que não tinham condições de se hospedar dentro da cidade de Meca e acampavam fora, enquanto realizavam os ritos de Peregrinação.

Começamos a descer, e eu quase escorreguei. Meu pai me segurou com a mão firme, e vi uma chuva de pedras pequenas resvalarem encosta abaixo. Quando finalmente conseguimos chegar à base do rochedo, me virei em direção às tendas no horizonte, supondo ser aquele nosso destino. Meu pai, porém, me puxou de volta pela mão. Ele começou a atravessar a base do monte, afastando-se do acampamento iluminado até chegarmos a um lugar sombreado entre dois montes e circundado por enormes rochas.

A Lua estava por trás dos morros, e não havia claridade nenhuma nessa parte escarpada do deserto. Estava um breu, quase impenetrável, mesmo depois de meus olhos terem se acostumado à escuridão.

À medida que nos dirigíamos a esse vazio, mais escuro do que uma caverna, finalmente vi delinearem-se figuras humanas à frente, e ouvi o murmúrio suave de vozes.

De repente, escutei um ruído de metal, e vislumbrei o reflexo de uma lâmina em meio a escuridão. Meu pai parou imediatamente, enquanto uma enorme pedra se movia. Então vi que não era uma pedra, e sim um homem gigantesco — Hamza, o tio do Profeta.

— Quem está aí? — rosnou ele, e percebi que o golpe de espada seria dado sem nenhuma hesitação caso ele não gostasse da resposta.

— Devagar, Hamza. Sou eu.

Hamza se inclinou para a frente até enxergar meu pai. Assentiu com a cabeça, mas em seguida seus olhos abriram-se quando me viu ao lado dele.

— Você trouxe essa criança? — perguntou ele, incrédulo. O que quer que estivesse acontecendo ali naquela noite obviamente não era lugar para uma menina pequena. Uma conclusão a que eu mesma já havia chegado.

— Ela não é como as outras crianças, fato que você conhece bem — respondeu meu pai, um sinal de orgulho na voz. — É apropriado que esteja presente ao lado do Mensageiro hoje.

O valente Hamza franziu o cenho, mas abriu caminho.

Meu pai me conduziu em direção às vozes, e vi um círculo de homens desconhecidos, junto com algumas mulheres que também não reconheci. O Mensageiro de Deus falava com voz bem baixa a esses estranhos. Quando nos viu, deu um largo sorriso, mas continuou a conversar com as pessoas no grupo.

Puxei meu pai pela manga.

— Quem são esses homens?

Ele se inclinou para me falar ao ouvido.

— Homens das tribos de Aws e Khazraj em Yathrib.

De todas as possíveis respostas, essa era uma que eu não esperava. Yathrib era um oásis, a dez dias de distância de camelo, ao norte de Meca. Tinha a bênção de dispor de uma fonte de água fresca e de possuir tamareiras em abundância, uma parada regular para os comerciantes que seguiam para os mercados da Síria e da Pérsia.

Entretanto, apesar de sua posição estratégica, a cidade não conseguira conquistar o nível de prosperidade de Meca, que não tinha agricultura, mas gozava do benefício da paz. Yathrib servia de advertência para o povo da Arábia. Dividida entre dois clãs rivais, os Aws e os Khazraj, a cidade fora consumida por um século de disputas familiares sangrentas, cujas origens tinham sido esquecidas há muito tempo. Inúmeras tribos judaicas viviam nas vizinhanças e haviam sobrevivido ao permanente estado de guerra, mudando estrategicamente suas alianças sempre que se fazia necessário manter o equilíbrio do poder. Eu conhecia pouco sobre a política em Yathrib, mas sabia que os homens de Aws e Khazraj odiavam-se, e não conseguia entender o que esses inimigos ferrenhos estavam fazendo nesse lugar, reunindo-se com o Mensageiro no meio da noite.

— O que eles querem? — perguntei, minha curiosidade reacendendo à medida que a apreensão diminuía.

Meu pai olhou para o Mensageiro com um olhar cordial.

— Um árbitro.

De repente tudo começou a fazer sentido.

O Mensageiro terminou a conversa com esses estrangeiros e acenou com a mão direita para que Abu Bakr se unisse a ele. Caminhei rápido ao lado de meu pai, quase tropeçando numa pedra no caminho, que rolou sob minhas sandálias.

Quando entrei na roda de pessoas próximas ao Profeta, vi seu tio Abbas falando animado com os visitantes.

— Por que ele está aqui? — sussurrei. — Ele não é muçulmano. — Abbas era conhecido por simpatizar com o sobrinho, porém, como Abu Talib, não havia abraçado formalmente o novo Caminho e nunca fora incluído nas deliberações secretas de nossa comunidade.

— Não. — Meu pai concordou. — Mas ele ama o sobrinho e fará o que for preciso para protegê-lo.

Abbas olhou para o Mensageiro, que fez um sinal positivo com a cabeça, e o soberano coraixita se dirigiu ao pequeno grupo ali reunido.

— Povo de Yathrib! — disse ele, sua voz ecoando no local fechado. — Vocês sabem a estima que temos por Maomé, e que temos lhe dado proteção contra seus inimigos. Mas ele decidiu se voltar para vocês e se unir a vocês. Então se acharem que podem manter sua promessa e protegê-lo, essa responsabilidade passará às suas mãos. Mas se acharem que vão traí-lo e deixar de cumprir com suas obrigações, então é melhor deixá-lo agora.

Eu não entendi completamente o que ele dizia, mas as palavras *ele decidiu se voltar para vocês* me atingiram no estômago. Será que o Profeta iria nos abandonar?

Um chefe dos Khazraj, um homem magro com uma verruga proeminente na face esquerda, deu um passo à frente. Depois vim a saber que seu nome era Bara.

— Estamos prontos, Mensageiro de Deus — disse Bara solenemente. — O que nos diz?

O Mensageiro levantou as mãos. Quando falou, era como se um leão rugisse na escuridão.

— Eu faço esse pacto com vocês com a condição de me garantirem a mesma fidelidade e proteção que conferem a suas mulheres e filhos.

Maomé, que a paz e as bênçãos de Deus estejam com ele, abaixou então a mão esquerda e estendeu a direita. Bara deu um passo à frente e pegou sua mão, a cabeça baixa em sinal de humildade.

— Por Ele, que o enviou com a verdade, nós o protegeremos como você o protege — disse Bara, sua voz embargada pela emoção. — Portanto, aceite nossa promessa de fidelidade, ó Mensageiro de Deus!

Enquanto observávamos, um por um, os homens deram um passo à frente, apertaram a mão direita do Profeta e assumiram o mesmo compromisso. Então meu pai ergueu uma tigela de prata que estava aos pés do Mensageiro. Vi que estava cheia de água limpa. Maomé pôs a mão direita na tigela, e as mulheres de Yathrib aproximaram-se, colocando seus dedos na outra extremidade do recipiente, a água unindo-os, um ato simbólico através do qual o Profeta aceitava a fidelidade das mulheres ao mesmo tempo que respeitava sua dignidade.

Enquanto as mulheres faziam o mesmo juramento, eu me virei para meu pai, confusa.

— O que isso significa?

A resposta dele mudou minha vida. Assim como a história do mundo.

— Significa, minha querida, que estamos deixando Meca.

# 23

A despeito dos maiores esforços para mantermos nossos planos secretos, o fluxo regular de muçulmanos deixando a cidade logo se tornou evidente. Foi convocada uma assembleia de emergência para os mais velhos, e os homens reuniram-se na sala de estar de Abu Sufyan. Os chefes de tribos haviam sido chamados às pressas quando se espalharam rumores do êxodo silencioso dos seguidores de Maomé. Normalmente eles teriam se reunido na Casa da Assembleia, elevada sobre pilares, mas até mesmo o centro de poder de Meca estava infestado pela rebelião que se espalhava, e não era mais um lugar seguro para questões de Estado. Era por isso, mais do que qualquer outro motivo, que Abu Sufyan odiava Maomé. Seu obstinado movimento forçara os líderes tribais a deliberar em segredo como criminosos, por medo de incitar conflitos maiores. Para Abu Sufyan, era um mundo triste — e perigoso — aquele no qual os reis se escondiam de seus próprios súditos feito roedores. Era uma situação que não podia continuar.

Abu Sufyan voltou sua atenção para um homem alto, de barba bem aparada, com uma cicatriz sob o olho esquerdo desfigurando suas feições, que, sem aquela marca, seriam perfeitas: Khalid ibn al-Waleed, o guerreiro mais forte entre os coraixitas e capitão de seus exércitos. Khalid fora incumbido de organizar patrulhas noturnas para impedir os muçulmanos de deixarem a cidade, mas seus esforços haviam obviamente falhado.

— Como isso pode ter acontecido? — rosnou Abu Sufyan. — Onde estavam as sentinelas?

Khalid deu um passo à frente. Sua túnica era preta, como o breu, e prata, e seu cinto de couro, enfeitado com dezenas de esmeraldas — supostamente uma para cada homem que matara em batalha.

— Meus homens estavam posicionados do lado oeste para evitar a fuga pelo mar — disse Khalid, sem qualquer sinal de desculpa em sua voz orgulhosa. — Mas os refugiados escaparam pelo norte.

Abu Sufyan arqueou as sobrancelhas. Havia apenas um lugar para onde ele imaginava que eles poderiam ter ido. Mas não fazia sentido.

— Para Yathrib?

Khalid deu de ombros, mas seus olhos castanhos sugeriam que essa também era sua suspeita.

— Há rumores de que estejam procurando Maomé para servir de árbitro em suas disputas infindáveis — disse Abu Lahab, levantando-se com certa dificuldade das almofadas roxas que haviam sido esmagadas por seu imenso traseiro.

Abu Sufyan refletiu sobre isso. Era um desenrolar surpreendente. Porém, possivelmente, muito bem-vindo. Os Aws e os Khazraj engalfinhavam-se fazia um século. Talvez os deuses tivessem lhes dado um grande presente. Maomé eventualmente se tornaria uma vítima do ódio fratricida desses povos e as mãos dos coraixitas não se manchariam com seu sangue.

— Muito bom. Deixe que eles tomem conta desse agitador — disse Abu Sufyan.

Houve um murmúrio de concordância entre os nobres, e Abu Sufyan viu em seus rostos cansados a mesma luz de esperança que acabara de lhe acender o coração. Talvez esse pesadelo tivesse finalmente terminado.

— Deixar Maomé ir para Yathrib é um erro. — Hind escolheu esse momento para falar, e os olhares de alívio desapareceram na sala.

— Por quê, minha querida? — perguntou Abu Sufyan, ocultando sua irritação.

Hind levantou-se, ignorando o marido e dirigindo sua resposta aos chefes de tribos. Ele a viu caminhando entre eles como um guepardo, acendendo as paixões daqueles homens como fizera na noite em que atraíra Umar para sua teia.

— Os homens de Yathrib há muito tempo olham para esta cidade com inveja — disse ela, de forma fria e calculista. — Eles podem usar a religião de Maomé como um grito de guerra para nos atacar.

Abu Sufyan bufou, tentando readquirir sua autoridade.

— É improvável — retrucou ele. — Meca sempre teve boas relações com as tribos judaicas de Yathrib, que se beneficiam da guerra perpétua entre os Aws e os Khazraj. Os judeus nunca vão permitir que eles se reconciliem.

Entretanto, Hind, como sempre, abalou sua confiança.

— E se os judeus abraçarem a crença dele? — escarneceu ela. — A nova fé é bastante semelhante à religião deles, e Maomé se diz um profeta, como foi Moisés para os judeus. Vocês se arriscariam a atrair a ira deles sobre nós também?

Abu Sufyan tentou encontrar uma resposta, mas dessa vez ficou mudo. Nunca prestara muita atenção à teologia de Maomé. Já era suficiente o fato de esse Deus Único suprimir as múltiplas divindades dos árabes, o que levaria ao fim das Peregrinações e da prosperidade de Meca. Isso era tudo o que lhe preocupava. Mas naquele momento, pensando sobre o que Hind dissera, ele ficou furioso ao descobrir que a mulher tinha razão. Os judeus também adoravam um Deus Único e estavam à espera de um profeta que lhes trouxesse a vitória sobre as nações. Se fossem atraídos pelas ilusões de Maomé, uma nova guerra mais devastadora poderia ser deflagrada na Arábia.

O grotescamente obeso Abu Lahab disse em voz alta o que Abu Sufyan estava pensando, mas era orgulhoso demais para admitir.

— Sua mulher tem razão — disse ele. — Deixar Maomé escapar é muito perigoso. Aqui em Meca, ainda temos algum controle sobre seu veneno. Mas uma vez fora de nossa vigilância, suas palavras se espalharão como areia levada pelo vento.

— Nós já passamos por isso antes — disse Abu Sufyan. — Mesmo que Maomé seja morto, os homens do seu clã se sentirão forçados, por uma questão de honra, a vingá-lo. Umar estava disposto a enfrentar as adagas dos Bani Hashim. Mas quem entre nós está disposto a sacrificar a vida para silenciar esse homem?

Ao olhar para aqueles homens perplexos, Abu Sufyan percebeu que não havia nenhum Umar entre eles. Até o bravo Khalid não estava disposto a se submeter à ira dos fanáticos de Maomé.

Ele ergueu a vista e viu Hind analisando todos os rostos. As faces dela enrubesceram quando chegou à mesma conclusão. Qualquer que tenha sido o poder que seu corpo exercera sobre o coração de Umar, ali, entre aqueles homens velhos e cansados, ele não surtira efeito. Ela não tinha nenhum amante, não que Abu Sufyan soubesse. E se tivesse ido para a cama com algum dos chefes de tribos, seu charme havia claramente se mostrado um fraco atrativo.

Hind, de repente, aproximou-se de Khalid e arrancou da bainha sua adaga adornada com joias. Ergueu-a e deixou a lâmina brilhar sob a forte luz do sol. Sua pose era a de uma deusa da guerra de um antigo poema árabe, e surtiu o efeito desejado.

— Vocês, homens, são uns tolos! Por que enviam um único assassino para matar esse herege? Se um homem de cada um dos clãs mais importantes dos coraixitas se envolver nessa tarefa, vocês todos dividirão a culpa pelo sangue derramado. Existe alguém entre os Bani Hashim que possa enfrentar todos os coraixitas?

Ela olhou diretamente para Abu Lahab.

— Lamentavelmente, a tarefa seria grande demais até mesmo para o mais ávido defensor de Maomé em meu clã — disse ele com um suspiro exagerado. — Eu seria obrigado a aceitar uma indenização para encerrar o assunto.

Abu Sufyan olhou para o sorriso triunfante da esposa e abanou a cabeça, surpreso com a elegância simples de seu plano, e ao mesmo tempo exasperado por ter sido uma mulher a propô-lo. Talvez ele devesse se afastar e deixar Meca ser governada por essa rainha implacável, em lugar do círculo de velhos tolos e impotentes.

Abu Jahl bateu palmas, demonstrando seu apoio, seus olhos dirigidos a Hind em sinal de aprovação.

— Então está resolvido — disse ele, sorrindo de satisfação. — Nós nos uniremos e mataremos Maomé. E essa loucura finalmente chegará ao fim.

— Que assim seja — disse Abu Sufyan, levantando-se para lembrar a todos que era ele, e não sua mulher, quem tomava as decisões em Meca.

— Quando vamos agir? — perguntou Abu Lahab, seus dedos gordos entrelaçados de empolgação ao pensar na iminente morte de seu sobrinho.

— Hoje à noite — disse Hind. — A lua nova proporcionará a proteção da escuridão para os assassinos.

— Obscuridade para ações obscuras — disse Abu Sufyan desanimado. — Eu nunca pensei que nós, os governantes de Meca, seríamos forçados a nos esconder na sombra, como ladrões, em nossa própria cidade.

Hind se aproximou do marido e passou a mão na perna dele. Apesar de um grande esforço para se conter, seu membro endureceu. Ela retirou do cinto dele a algibeira de couro ornada com tachinhas e colocou nas próprias mãos 12 dirrãs de ouro. Em seguida, com um talento inato para o drama, Hind virou-se e atirou o ouro em cima dos chefes de tribos. Ela sorriu com desprezo quando os poderosos homens ajoelharam-se para apanhar as valiosas moedas. Era um momento simples que revelava tudo, como pretendia Hind. Pois, como Maomé, os nobres de Meca tinham apenas um deus, e eles se inclinaram diante dele.

— Não tenha medo, marido — disse ela numa voz suave, reservada somente para ele. — Assim que Maomé morrer, vamos poder voltar a roubar abertamente à luz do dia.

Era o tom provocante que Hind usava apenas na cama, e de repente Abu Sufyan teve de lutar para controlar o desejo de jogá-la no chão e se apossar dela como um cachorro. O senhor de Meca olhou para ela com desejo e desespero. Os chefes de tribos veneravam um deus do ouro. E ele, uma deusa do fogo.

Os assassinos reuniram-se do lado de fora da casa de Maomé, seus mantos pretos fundindo-se às sombras lançadas pelas poucas estrelas que estavam no céu encoberto. Khalid, o general de Meca, agachou-se ao lado de seu velho amigo Amr ibn al-As e do belo e arrogante irmão de Hind, Waleed ibn Utbah. Eles viram as luzes piscando no segundo andar, nos cômodos da família, e escutaram, vindo de dentro, o som distinto das vozes líricas das mulheres. O pesado portão de ferro, normalmente deixado aberto, havia sido trancado com uma corrente, uma precaução que os muçulmanos passaram a tomar em suas casas desde a morte de Abu Talib.

Waleed sugeriu que eles escalassem o muro e pegassem Maomé de surpresa. Amr ficou escandalizado com a sugestão, lembrando a Waleed que havia mulheres lá dentro. Waleed ridicularizou o senso de decoro de Amr, mas Khalid o fez calar a boca.

— Amr está certo — disse o guerreiro, seus olhos vivos prestando atenção a tudo de uma só vez, enquanto ele desenvolvia uma estratégia de ataque. — Os seguidores de Maomé vão defendê-lo até a morte. Se machucarmos uma das mulheres, a honra dos coraixitas será manchada, e até Abu Lahab será incapaz de conter o fogo da vingança entre os membros de seu clã.

Waleed abanou a cabeça, demonstrando não estar convencido.

— Maomé sai diariamente antes do nascer do sol para orar — continuou Khalid. — Ele usa o poço na área externa da casa para as abluções. — O general de Meca fez um sinal com a cabeça indicando um antigo círculo de pedras no fundo da propriedade.

— Nós o mataremos no momento em que ele sair — disse Amr com um sorriso, satisfeito por manterem o decoro, até mesmo durante um assassinato.

Khalid deitou-se sobre as pedras frias do chão e desacelerou a respiração. Ele precisava preservar sua energia para o momento em que a porta se abrisse. Fechou os olhos, e o tempo passou em silêncio. O mundo parecia sumir. Então, ele pôs-se subitamente de pé. O firmamento ao leste clareava, anunciando o deus Sol. Khalid olhou para os outros e viu que tinham os olhos fechados também. Ele conteve uma maldição. Em todos aqueles anos como sentinela, nunca adormecera enquanto espreitava um campo inimigo. Seus olhos imediatamente dirigiram-se ao portão, que, para seu alívio, ainda estava trancado. A menos que Maomé tivesse escalado o muro como Waleed sugerira, ele ainda estava dentro da casa.

Bruscamente acordou seus camaradas, cobrindo-lhes a boca para que não gritassem com o susto. Os minutos voavam à medida que a tensão aumentava, mas não havia sinal de movimento. Quando um galo cantou alto, em algum lugar da cidade, Khalid percebeu que o plano dera errado.

— Já esperamos demais — disse Waleed, deslocando-se para a frente agachado, sua espada refletindo a luz vermelha dos primeiros raios da manhã.

Dessa vez, Khalid não fez objeção.

— Está bem. Faça o que for preciso — disse ele, levantando-se do chão. — Poupe as mulheres e as crianças, se puder. Mas não deixe que nada o impeça de chegar a Maomé.

Eles saíram da sombra das árvores como gatos pretos. Khalid subiu no muro externo com dificuldade e pulou para o quintal da casa de Maomé, os outros o seguindo. Pularam com cuidado entre os arbustos bem-cuidados e correram para a entrada principal.

Ao contrário do portão, a porta de madeira estava aberta. Khalid empurrou-a devagar, esperando que o característico rangido não despertasse as mulheres lá dentro. Ninguém os deteve. A casa parecia quase abandonada, e os três homens moviam-se devagar pelo interior modestamente mobiliado, seus pés descalços envoltos em pele de cabra para abafar-lhes os passos sobre o frio chão de mármore. Khalid subiu a escada em caracol à procura de qualquer sinal do inimigo no andar superior. Ele seguia à frente dos outros dois em direção à pesada porta esculpida de palmeira, na parte leste do corredor. Aquele era o quarto de Maomé, e muito provavelmente o lugar onde o encontrariam. Quando Amr e Waleed se postaram em lados opostos da porta, Khalid acenou com a cabeça. Ergueu sua espada e chutou com tanta força que arrancou as dobradiças. Os três homens irromperam quarto adentro. O recinto estava vazio, exceto por um colchão de plumas de ganso, o único mobiliário de valor que Khalid viu naquela casa cavernosa. Alguém estava na cama, coberto com o manto verde de Hadramaute no qual Maomé era frequentemente visto quando pregava nas ruas de Meca.

Lá estava ele, o homem que causara tal *fitna*, tamanho caos na Arábia nos últimos dez anos. Em segundos, tudo estaria acabado, e os senhores de Meca poderiam começar o processo de restabelecer a ordem.

Khalid se inclinou, observando o manto subir e descer com regularidade, enquanto a pessoa que estava naquela cama dormindo dava seu último suspiro. Obviamente Maomé estava num sono tão profundo, talvez sob o encanto de suas ditas revelações, que até o estrondo da porta se quebrando não conseguiu acordá-lo.

A tarefa ia ser fácil.

Fácil demais.

Khalid sentiu o estômago revirar quando a verdade atingiu sua alma de guerreiro. Ele abaixou a espada, preparado para mandar seus homens recuarem. Entretanto, antes que Khalid pudesse impedi-lo, Waleed se aproximou, a espada em punho.

— Em nome dos deuses! — Waleed jogou longe o manto, sua espada já pronta para o ataque... quando diante dele surgiu o jovem Ali, deitado na cama, olhando para Waleed com aqueles olhos verdes estranhos e assustadores.

O semblante de Waleed paralisou-se com o choque. Em seguida se contraiu de ódio. Ele ergueu a arma para matar Ali, quando Amr se lançou contra o impetuoso jovem.

— Não! — Amr conseguiu desviar o golpe de Waleed para a direita e a espada atingiu o colchão, de onde escapou uma nuvem de penas, que brilhavam no ar matinal.

Eles haviam sido enganados, Maomé fugira, e os assassinos haviam falhado. Waleed olhou para Amr agradecido, e seu amigo fez um sinal positivo de cabeça, a respiração acelerada por causa do esforço repentino. Se Waleed tivesse assassinado Ali enquanto este estava desarmado, a promessa de Abu Lahab de aceitar dinheiro pelo derramamento de sangue, em indenização pela morte de um homem do seu clã, não poderia ser honrada. Khalid teria de passar o resto da vida esperando pela retaliação que inevitavelmente viria dos homens do Bani Hashim.

— Vamos embora — ordenou Khalid.

— Mas Maomé...

— Ele não está aqui, seu tolo! — Khalid olhou para Ali com um respeito pouco amistoso. O rapaz arriscara a vida por seu primo Maomé. Também era conhecido por manejar uma espada como se fosse um terceiro braço. Esse jovem teria sido uma aquisição valiosa para o exército de Khalid.

Ali acenou com a cabeça para Khalid, como se lesse seus pensamentos. As *kahinas*, feiticeiras nômades do deserto, às vezes diziam que Ali possuía uma segunda visão que lhe permitia enxergar os corações dos homens. Elas até vendiam amuletos de bronze para proteger os pensamentos contra aquele jovem estranho. Khalid sempre rira dessa superstição, mas, ao perscrutar aqueles olhos misteriosos, sentiu um arrepio estranho. Ao conduzir os homens para fora do quarto, Khalid viu Ali de olhos fixos em Waleed, que quase o matara momentos antes.

— Da próxima vez que nos encontrarmos — disse Ali, com voz suave — eu terei uma espada em punho. E você vai morrer.

Waleed começou a rir, mas o olhar penetrante de Ali lhe cortou o som da garganta. O orgulhoso filho de Utbah, irmão da poderosa Hind, subitamente pareceu confuso e inseguro. O tom não era de ameaça ou desafio. A voz de Ali espelhava uma bondade inexplicável, como se ele tivesse lido o livro de suas vidas e visto como seria o fim de Waleed, e o estivesse preparando com benevolência para o inevitável.

De repente, Khalid desejou encontrar uma das velhas e enrugadas *kahinas*. Estava pronto para dar sua fortuna em troca de um amuleto que o protegesse contra aquele jovem assustador, cujos olhos penetravam outro mundo.

## 24

Meu pai ajoelhou-se para orar dentro da caverna no monte Thawr. Fazia três noites que estava ali com o Mensageiro, que havia se juntado a ele no ponto de encontro, nos montes fora de Meca, nas primeiras horas da manhã, depois de escapar dos assassinos. Quando perguntou ao Profeta como ele conseguira fugir do grupo de assassinos que haviam cercado sua casa, Maomé simplesmente sorriu de forma enigmática e louvou a Deus. Juntos eles haviam saído pelo deserto montados em camelos para o sul, na direção oposta à estrada para Yathrib, onde supunham que os coraixitas procurariam por eles.

Nos últimos dois dias, minha irmã Asma saíra discretamente no meio da noite para levar água e suprimentos para os refugiados escondidos na caverna. Ela trouxera consigo um pequeno rebanho de ovelhas para cobrir suas pegadas, como fizera meu pai para esconder os rastros dos camelos que os levaram ao monte Thawr. Asma era também portadora dos últimos rumores de Meca, que estava em polvorosa com o desaparecimento do Mensageiro.

Abu Bakr de início ficou preocupado com que o simples estratagema deles não funcionasse, mas, depois de três dias sem nenhum acontecimento extraordinário, ele agradeceu a Alá por os coraixitas tê-los subestimado. Ele abaixou a cabeça, levando-a à terra fria, voltado para Jerusalém ao norte, e uma parte de sua alma se alegrou por estar também voltado para a Caaba. Não questionara o Profeta quando ele determinou que todos se voltassem para *Al-Quds*, como os muçulmanos chamavam a cidade sagrada no centro da Palestina, porém, como todos os árabes, Abu Bakr mantinha o Santuário em primeiro lugar em seu coração.

Ele encerrou sua prostração e virou-se para a direita e para a esquerda, entoando bênçãos suaves aos anjos da guarda que acompanhavam todos os homens. Em seguida, levantou-se e procurou pelo Profeta, que desaparecera na escuridão da caverna para meditar. *Dhikr*, como o Mensageiro chamava, Evocação de Deus. Porém antes que seus olhos conseguissem se ajustar a uma escuridão maior, ele escutou vozes de homens, e seu coração pulsou na garganta.

Movendo-se furtivamente, apoiou-se num pilar grosso de estalagmite, e aproximou-se lentamente da entrada da caverna. Ele não espiou pelo feixe de luz que entrava pela pequena abertura que dava passagem àquele lugar, mas apenas ficou próximo o suficiente para colocar o ouvido na terra cinzenta e captar as vibrações.

Passos aproximavam-se. Pancadas de botas pesadas contra a rocha. Ele escutou vozes que aumentavam quando aquelas pessoas chegavam à extremidade da pedra, logo abaixo da caverna. Orou desesperado para que as vozes fossem de Umar, Hamza ou Ali, mas um eco estrondoso acabou com suas esperanças. Era uma voz majestosa, masculina e tingida de crueldade. Uma voz que só podia pertencer a um único homem.

Khalid ibn al-Waleed os encontrara. Logo eles estariam mortos.

Apesar do interior frio da caverna, Abu Bakr sentiu gotas de suor escorrendo-lhe pela face. Depois do que haviam feito, depois do que haviam sacrificado, seria assim que tudo terminaria?

O Mensageiro sempre dissera que Deus não precisava dos homens para realizar seu plano. Se eles errassem e fossem mortos naquele dia, o islã continuaria. A adoração ao Deus Único era o destino da humanidade, quer eles vivessem para ver sua religião espalhar-se por toda a Arábia, quer não.

Abu Bakr não tinha medo de morrer. Mas sentia grande tristeza de ver seu amigo, que sacrificara riqueza, conforto e posição a fim de assumir o ingrato peso da profecia para um povo bárbaro, ter um fim tão desonroso.

Quando as passadas soaram a uma distância de não mais de 7 metros, Abu Bakr dirigiu-se depressa para o interior da caverna. Quase gritou de susto ao se deparar com o Mensageiro, que, ao mesmo tempo, emergia do fundo, e os dois quase colidiram. Maomé, que a paz e as bênçãos de Deus estejam com ele, viu que Abu Bakr tremia e segurou-o pelos ombros para acalmá-lo.

Mesmo na escuridão que os encobria, Abu Bakr pôde ver o brilho nos olhos do Profeta.

— Ó Mensageiro de Deus — sussurrou ele com premência. — Eles nos acharam! Estamos perdidos!

O Profeta ficou imóvel por um instante, seus dedos apertando os ombros de Abu Bakr. Por um segundo, meu pai pensou que ele estava entrando no Transe da Revelação, e em silêncio agradeceu a Deus. O Mensageiro perderia toda a consciência do mundo quando entrasse nesse estado místico, e, se estivesse destinado a morrer naquele lugar, Abu Bakr esperava que fosse durante sua comunhão extática com o Senhor.

— Não se aflija, porque, verdadeiramente, Deus está conosco — disse Maomé com voz serena.

O coração de Abu Bakr se despedaçou. O Mensageiro não entendera o que estava acontecendo.

— Mas... mas somos apenas dois homens desarmados. Estamos encurralados!

O Profeta aproximou-se um pouco mais e sussurrou ao ouvido de meu pai.

— Somos apenas dois, mas e se Deus for o terceiro?

A serenidade em sua voz, a confiança e entrega absolutas em suas palavras, era como a luz da alvorada após uma noite tempestuosa. De repente, o medo de meu pai desapareceu, como um homem que desperta de um pesadelo e esquece o mundo de sonhos que segundos antes tomara como realidade.

Abu Bakr virou-se e ficou de frente para a entrada, quando as vozes de Khalid e Amr ibn al-As ecoaram no limiar da caverna. Ele estava pronto para o julgamento de Deus.

## 25

rastreador, um beduíno coberto de fuligem chamado Fawad, apontou para a abertura da caverna agitado.

— Eles estão lá dentro!

Pelas últimas sete horas, Fawad conduzira esses aristocratas de Meca pela parte sul do deserto à procura de seu poeta louco. Embora sua presa tenha feito bastante esforço para encobrir seu rastro, fora, no mínimo, um esforço amadorístico. Os moradores da cidade poderiam ter sido iludidos pelas pegadas das ovelhas, porém os olhos treinados de Fawad imediatamente viram a marca própria dos cascos dos camelos sob aquela camada superficial.

Ele seguira as marcas denunciadoras até o sopé do monte Thawr, um pico vulcânico negro formado por uma mistura de rochedos escarpados. Estudara a cinza escura sobre as pedras e rapidamente percebera o desalinhamento das camadas, causado por mãos que tentavam encontrar um ponto de apoio, por botas de couro que haviam chutado pequenas pedras para o lado para facilitar a subida.

Se esse Maomé era um profeta ou não, isso Fawad não sabia, mas ele definitivamente não era um especialista em fuga. Qualquer criança da tribo dos Bani Duwasri, de sua tribo, teria sido capaz de encontrá-lo antes do pôr do sol.

O beduíno notou que a trilha levava à abertura de uma pequena caverna inserida num platô. Aquele era o fim de sua jornada. Os homens de Meca lhe haviam prometido cem dirrãs de ouro se ele conseguisse localizar o renegado. Uma soma dessas era mais do que Fawad já imaginara. Ele esperava que os refugiados ainda estivessem dentro da caverna (não vira rastros na direção oposta que sugerissem o contrário), e os mecanos poderiam executá-los sem dificuldade. Porém se Maomé e seus companheiros estivessem armados e ocorresse uma luta, Fawad já vira quatro lugares entre as pedras onde poderia se esconder até a questão ter sido definitivamente resolvida. Ele olhou para a algibeira de couro no cinto ornado com joias de Khalid e prestou bastante atenção para pegar o que conseguisse, caso acontecesse o improvável e Khalid não sobrevivesse ao embate.

Khalid e Amr aproximaram-se da caverna, suas espadas refletindo o sol da tarde. Porém, em vez de se abaixarem e entrarem, Khalid girou, seu rosto contorcido pela fúria, sua espada apontando de forma ameaçadora para Fawad.

— Seu idiota! — gritou ele. — Como eles podem estar aí dentro?

Amr virou-se para encará-lo também, e seu semblante amigável estava rubro de ódio.

— Ninguém esteve aqui faz meses, se é que esteve algum dia!

Fawad não compreendia o que estavam dizendo. Obviamente não haviam notado os rastros que indicavam a presença humana nos últimos dias. Ele deu um passo à frente, de olho nas armas, que naquele momento apontavam para ele.

E então ele viu o que os outros tinham visto, e empalideceu.

— Eu não entendo — disse ele, em pânico diante da prova irrefutável de seu engano.

Khalid cuspiu nos pés de Fawad e começou a descer do platô. Apesar da raiva, matar aquele beduíno servil e patético seria indigno.

— Já perdemos tempo demais — rugiu Khalid. — Vamos voltar e nos juntar aos grupos que estão seguindo em direção ao norte.

---

ABU BAKR OLHOU PARA a entrada da caverna quando as vozes dos homens ficaram mais distantes e desapareceram na descida do monte.

Perplexo, virou-se para o Mensageiro.

— Eles estão indo embora. Não entendo.

Abu Bakr intuiu mais do que de fato viu o Mensageiro sorrindo na escuridão, sem dar uma resposta.

A curiosidade finalmente superou a hesitação, e meu pai subiu para a abertura da caverna e olhou para fora, seus olhos piscando rapidamente sob o efeito da repentina intensidade da luz. Quando por fim conseguiu enxergar, ficou boquiaberto e deixou escapar um som através dos lábios queimados.

O Mensageiro o seguiu e colocou uma mão sobre seu ombro. Abu Bakr voltou-se para fitá-lo, sua expressão de total perplexidade. O Mensageiro sorriu, seus dentes brilhando sob o reflexo dos raios quentes do sol.

Então citou um verso do Corão.

— Glorificado seja Deus, que, quando decreta algo, simplesmente diz: *Kun fa yakun*.

— Seja... e é.

# 26

Cruzei as mãos sobre os ombros para amenizar o frio severo do monte Thawr. O xale de lã que eu enrolara no peito não era suficiente para me proteger do vento gelado ao caminharmos cerca de 700 metros acima das dunas de areia. Eu já havia atravessado os montes que circundavam Meca, porém nunca um rochedo assim tão íngreme e certamente não no meio da noite. Ao ver Asma andando com muita dificuldade a meu lado sem reclamar, o saco de provisões sobre os ombros magros, eu me perguntava como ela conseguira fazer essa penosa viagem nas três últimas noites. Eu me oferecera para ir, claro, mas minha mãe me proibira. Na noite anterior, no entanto, Asma havia retornado parecendo ainda mais exausta do que de costume, suas mãos esfoladas e sangrando de escalar montes pedregosos e escarpados, e informara que o Mensageiro mandara me buscar. Fiquei tão empolgada ao ver que estava sendo incluída no Grande Segredo, e que poderia me juntar a meu pai em seu esconderijo, que dei saltos e bati palmas.

Naquele momento, entretanto, eu não batia palmas e estava arrependida do meu entusiasmo anterior. Minhas mãos ardiam do atrito com a corda que prendia o fardo que eu carregava nas costas. Dentro do saco de pano havia carnes secas cuidadosamente embrulhadas em pele de ovelha, bem como vários cantis de resistente pele de camelo, que armazenavam água suficiente para nossa hidratação na torturante jornada rumo ao norte.

Ao escalar uma pedra escorregadia, a Lua desapareceu por trás de uma nuvem e eu tropecei. De repente, a corda me escapuliu da mão, escoriando a pele delicada de minha palma. Gritei com a sensação de ardência. Nesse momento, vi horrorizada o saco de mantimentos arrebentar-se de encontro à pedra, as preciosas provisões espalhadas no chão, no escuro. Sem pensar, pulei de onde estava e tentei segurar o embrulho antes que desaparecesse na encosta da montanha.

Então senti o chão escapar de mim, e me vi caindo, resvalando encosta abaixo para um túmulo encoberto pela escuridão...

— Aisha! — Escutei minha irmã gritar apavorada enquanto eu caía, e sua voz parecia muito distante. Fiquei imaginando, de uma forma estranha e desapegada, se a morte seria dolorosa ou se a menina prometida ao Mensageiro de Deus teria direito ao alívio de seu sofrimento, assim como entrar suavemente num sono, enquanto a terra reivindicava uma de suas crianças geniosas.

— Segure firme! — A voz de Asma soava próxima e mais clara, e por um segundo me perguntei se ela havia pulado atrás de mim. Nesse instante a luz surgiu por trás das nuvens e percebi que me agarrara a um pé de cardo, seus espinhos enfiados em minhas mãos, mas não sentia nenhuma dor. Eu estava ainda num estado onírico de incredulidade, que desapareceu imediatamente quando olhei para baixo, para as extremidades pontiagudas do rochedo que circundavam a base da montanha, centenas de metros abaixo.

Nesse momento, senti a terrível picada dos espinhos na mão, e meu coração explodiu num fogo desesperador. De alguma forma eu conseguira me segurar aos galhos do cardo, e logo depois senti mãos fortes me puxando para cima, livrando-me do precipício, até que caí na pedra dura, que nunca foi tão confortável sob meus pés. Agradecida, olhei para o rosto de Asma, mas a boca de minha irmã estava contraída, e seu olhar frio. Percebi depois que ela fazia um grande esforço para controlar o medo, porém fiquei magoada quando vi seu queixo proeminente, o que revelava sua raiva.

— Está maluca? — perguntou ela, apontando para o restante dos suprimentos que eu arriscara a vida para salvar. Sob a forte luz da Lua, vi que a maior parte das provisões estava espalhada ao alcance da mão. Aparentemente eu fora a única coisa que, na confusão, acabara pendurada na borda do precipício.

— Só queria ajudar! — disse, mas me senti muito idiota e diminuída.

Asma inspirou com desdém.

— Você não vai alcançar o Paraíso se matando.

Há muitas noites em que penso que teria sido melhor que eu tivesse despencado daquele monte e caído como uma boneca de pano nas pedras abaixo. Há inúmeras outras pessoas que, sem dúvida, desejariam o mesmo. No entanto, esse não foi o desígnio de Deus. Eu ainda teria um papel a desempenhar na história de nossa fé, e espero que algumas das minhas contribuições tenham sido de proveito para nosso povo, apesar de toda a dor e toda a perda que eu desencadearia nos anos vindouros.

Asma levantou-se e limpou a poeira preta das mãos. Rasgou uma tira de pano da sua túnica e a amarrou em torno de minhas mãos que sangravam, antes de se virar para apanhar os suprimentos do chão. Ela se mexia com cuidado, testando cada passo, enquanto recolhia as provisões.

Eu a vi franzir o cenho quando olhou para os cantis e os vários pacotes de comida. Seus olhos dirigiram-se para a corda arrebentada que eu usara para fechar o saco, e ela suspirou.

— Eu não vou poder carregar tudo isso sem uma corda.

Olhei instintivamente para as pantalonas azuis dela.

— Use o cinto de sua calça — eu disse, depois de um instante de hesitação.

Asma me lançou um olhar duro, e senti o rubor em minha face. Mas em seguida ela começou a soltar a tira de corda que lhe servia de cinto e rasgou-a ao meio. Pegou a parte solta, amarrou todos os suprimentos, e depois prendeu as calças na blusa com um lindo broche cor-de-rosa que seu querido Zubayr lhe dera.

Fazendo um sinal afirmativo com a cabeça que significava "Vamos embora", minha irmã pegou os dois sacos, o meu e o dela, e continuou a difícil caminhada montanha acima. Suas calças arriaram um pouco e corriam o risco de cair, e Asma xingava enquanto era forçada a ajustá-las de vez em quando ao escalarmos as pedras até o topo.

A despeito de tudo que tínhamos passado (ou talvez por causa disso), não consegui controlar minha tendência compulsiva para provocar minha irmã. Quando as pantalonas de Asma arriaram e suas nádegas ficaram de fora, ela tentou com esforço cobri-las de novo. Sua expressão foi de raiva ao me ver rindo.

— Não fique parada aí, me ajude! — rosnou Asma.

— Se Zubayr estivesse aqui, tenho certeza de que ajudaria — eu disse, e dei uma piscadela.

Asma me lançou um olhar fulminante, mas a vi enrubescer ao imaginar a situação. Ela puxou as calças para cobrir as nádegas expostas e continuou subindo a montanha com a dignidade que ainda lhe restava.

Finalmente, chegamos a um platô próximo ao pico. Estávamos diante de uma face cônica do rochedo, de 7 metros de altura; observei então enquanto Asma procurava pela abertura da caverna. Ela parou, parecendo confusa.

— Eu pensei que você soubesse onde era — disse. De repente, me perguntei se aquela seria a montanha correta, e não um dos outros picos semelhantes que circundavam o Thawr. Pensar em subir outros tantos mil e poucos metros no escuro era mais do que assustador.

— Eu sei — retorquiu Asma, um tanto insegura. — Era para ser bem ali.

Asma desceu, parou diante de uma fenda na rocha e ficou em frente à entrada do que parecia uma pequena caverna, suficiente apenas para um homem entrar abaixado.

Porém, era evidente que aquela não era a abertura correta. A entrada estava coberta com uma pesada teia de aranha, e em sua base havia um pequeno ninho. Dois pombos despertaram quando nos aproximamos, e voaram aterrorizados.

Não era possível haver ninguém ali dentro. A teia teria sido rompida por alguém que tentasse entrar, e o ninho, destruído.

— Aqui não pode ser — eu disse.

Asma se inclinou para a frente, confusa. Ela estava olhando para a teia... quando de repente, de dentro da caverna, surgiu uma mão e empurrou a teia para o lado!

Não sei quem gritou mais alto, eu ou minha irmã. Os gritos do susto ecoaram pelo topo da montanha e abalaram as pedras à nossa volta. Se os perseguidores coraixitas estivessem por perto, nós teríamos sido facilmente descobertas.

Surpreendi-me, quando meu pai saiu da caverna, sorrindo.

— Por que demoraram tanto? — perguntou.

Olhamos para ele como se fosse um fantasma na noite. Nós duas corremos para ver quem chegava primeiro aos seus braços ainda fortes, apesar da idade.

O Mensageiro de Deus surgiu de dentro da caverna, seus olhos em mim, e senti um rubor na face. Eu quase não o vira desde que lhe fora prometida, e senti um novo rubor em sua presença.

Abu Bakr me beijou na testa e abraçou Asma. Em seguida, baixou a vista, arqueando as sobrancelhas ao ver as pantalonas de minha irmã caindo.

— O que houve com suas calças? — perguntou ele, um tanto escandalizado.

— Não me pergunte — disse ela com os dentes trincados.

Asma entregou a meu pai o saco de suprimentos, e ele arregalou os olhos quando viu que uma parte deles havia sido amarrada com um pedaço do cinto de Asma.

Houve um momento de silêncio. Depois fiquei atônita ao ouvir o Mensageiro gargalhar. Ele jogou a cabeça para trás, a boca aberta, sem conter o riso. O profeta sorria com frequência, mas raramente eu o via entregar-se com tanto entusiasmo ao humor. Sua risada vinha de dentro e era contagiosa, então logo estávamos todos rindo juntos.

O Mensageiro finalmente recobrou a compostura e então olhou para nós duas com um brilho nos olhos.

— Bem-vindas, filhas de Abu Bakr — disse ele, como se nos convidasse a entrar num magnífico palácio e não num buraco em uma montanha rochosa.

— Nessa noite momentosa, quando o próprio islã recebe nova vida, vocês nasceram de novo. E por isso, eu lhes darei novos nomes.

O Profeta virou-se para meu pai.

— O próprio Deus escolheu esse nome para você, Abu Bakr, *As-Siddiq*, e foi revelado no Corão — disse ele, calorosamente. — De hoje em diante, você também vai ser conhecido como O Segundo na Caverna.

Vi lágrimas aflorarem aos olhos de meu pai. Alguns anos mais tarde, ele me diria que sua maior honra foi ter passado aqueles dias ao lado do Mensageiro na caverna, e ter sido reconhecido pelo próprio Senhor do Universo como o único companheiro de Maomé quando suas vidas estavam verdadeiramente em risco.

O Mensageiro voltou-se para Asma e pegou o embrulho que estava amarrado com seu cinto. Vi um sorriso brincalhão nos lábios do Mensageiro.

— E você, Asma, será para sempre chamada Aquela dos Dois Cintos — disse ele, e eu vi o rosto de minha irmã tomado pelo rubor, tímida com a atenção do Profeta.

Eu fora amaldiçoada com a impaciência, e naquela época tinha também a impetuosidade da infância. Bati o pé por ter sido deixada de fora da cerimônia de nomeação.

— E eu? — perguntei de forma destemida, ignorando a expressão preocupada no rosto de meu pai.

O Mensageiro inclinou-se em minha direção e alisou meu rosto, rubro pelo esforço e pelo frio.

— E você será minha *Humayra*, A Pequena das Faces Rosadas.

Ouvi Asma rir e lhe lancei um olhar que teria derretido aço. O Mensageiro riu de novo, e todos riram também, inclusive eu, um pouco depois.

Quando a risada cessou, eu finalmente fiz uma pergunta séria, que me perseguia desde a noite em Aqaba.

— Vamos realmente abandonar nossas casas?

O sorriso desapareceu do rosto do Mensageiro, e vi uma tristeza indescritível tomar seu lugar. Ele virou-se e dirigiu o olhar para além do topo da montanha, para o vale de Meca, as luzes da cidade cintilando como estrelas a centenas de metros de nós. À luz da lua, achei ter visto o reflexo de lágrimas em suas faces.

Meu pai colocou uma mão carinhosa em meu ombro e me fez virar para permitir ao Mensageiro um momento particular de tristeza pela perda da cidade que ele amava. Uma cidade que o rejeitara e o forçara ao exílio.

— Vamos ter novos lares em breve, minha pequena — disse Abu Bakr, para me confortar.

Em seguida ergueu a cabeça e olhou em direção ao nordeste, além das luzes de Meca, para um horizonte encoberto por nuvens, de um azul-turquesa que brilhava com os primeiros raios da manhã.

# 27

Montada no camelo, a expressão do meu rosto era de desconforto. Minhas pernas estavam doloridas por sentar durante vários dias nas costas duras do animal, e minhas coxas, em carne viva do atrito com a sela. A viagem, que começara dez dias antes, quando minha mãe partiu para encontrar Abu Bakr em Yathrib, mostrara ser menos uma aventura e mais uma provação exaustiva à medida que seguíamos o antigo caminho das caravanas rumo ao norte.

Meu fascínio inicial pelas extensas dunas de areia havia se transformado em tédio quando a monotonia do deserto começou a nos afetar. O cheiro limpo e fresco da areia havia muito fora tomado pelo odor fétido dos animais que nos carregavam, e pensei com repugnância que nunca mais conseguiria tirar das minhas roupas o fedor de excremento dos camelos.

Até mesmo a agitação e o suspense que cercaram a partida do Mensageiro nos foram negados, pois os coraixitas não fizeram esforço algum para nos intimidar ou bloquear nossa passagem para Yathrib. Agora que os muçulmanos haviam se estabelecido no oásis, não fazia sentido para eles antagonizar Yathrib, ameaçando as mulheres e as crianças que saíam para se juntar aos seus entes queridos. Então, minha mãe, minha irmã e eu havíamos partido para nos juntarmos à nossa família no exílio, meu primo Talha nos servindo de guia e protetor.

Fiz de novo uma expressão de sofrimento quando atravessamos outra descomunal duna de areia, e depois nos deparamos com mais terra plana em direção ao horizonte. Eu nunca percebera quão vasto era o oceano de deserto, e me perguntava se não seria infindável. Se Yathrib não seria apenas uma lenda contada às crianças, como as cidades perdidas dos *djins*, que, dizia-se, governavam as terras ermas de Néjede, a leste.

— Odeio esse lugar — eu disse, fungando de forma exagerada. — Ainda falta muito?

— Paciência, mocinha. Yathrib é logo depois daqueles montes — disse Talha, com um sorriso.

Eu devia ter deixado passar, mas minha barriga revirava por conta de uma terrível diarreia, que me deixara rabugenta.

— Você disse isso três montes atrás — retruquei, com ressentimento. — E também sete montes antes deles.

Talha riu.

— Esqueci que você tem a memória de um falcão caçador — disse ele, e fez uma reverência para mostrar que minha repreensão era bem merecida.

Consegui dar um sorriso. Talha sempre soube como melhorar meu humor. Ele era como um irmão mais velho para mim, e quando Asma me provocava dizendo que um dia nós dois ainda nos casaríamos, eu sempre me sentia envergonhada. Ele era apenas um irmão. Antes de eu ser prometida ao Mensageiro, Asma ria e dizia que eu podia ver Talha como um irmão, mas ele com toda a certeza não me via como irmã. Eu nunca a levei a sério. Analisando a terrível direção que nossas vidas iriam tomar e a lealdade que Talha me demonstrou quando o conduzi pelo vale da escuridão, às vezes me pergunto se minha irmã viu mais do que eu gostaria que ela visse.

Olhei para o horizonte e tentei imaginar um mundo além desse grande vazio. Um mundo de cidades grandiosas com torres e ruas pavimentadas, jardins e fontes. Um mundo onde as mulheres usavam vestidos soltos longos e os homens cavalgavam magníficos garanhões e levavam flores para cortejar belas moças. Era um mundo pacífico, um mundo onde os muçulmanos podiam andar pelas ruas sem medo de serem importunados, roubados e espancados. A crua brutalidade de Meca não tinha lugar no meu mundo imaginário, e eu não sabia se nosso lar seria algo parecido com isso.

— Vamos ter segurança lá? Em Yathrib, quer dizer — perguntei ao meu primo, que montava a meu lado.

Talha deu de ombros.

— O máximo de segurança que se pode ter nesse mundo em transformação.

As palavras dele despertaram em mim um pensamento estranho. A pergunta que eu era jovem demais para entender era a pergunta mais antiga da espécie humana, talvez a primeira feita por nossos pais Adão e Eva quando foram expulsos do Paraíso.

— Por que as coisas precisam mudar?

Um ar reflexivo se revelou no fino rosto barbado de Talha.

— Eu não sei, Aisha. Mas algumas vezes a mudança é para melhor.

Eu não sabia se acreditava naquilo, nem podia dizer se o próprio Talha acreditava

— Sinto falta de casa — eu disse, simplesmente.

Talha desviou o olhar com tristeza.

— Eu também. Mas vamos construir um novo lar em Yathrib.

— Vamos ter que ficar muito tempo?

— Sim, é bem provável — respondeu ele com firmeza. — Mas a cidade é muito bonita, tem água abundante e árvores grandes. Você vai poder brincar na sombra. Um dia, seus filhos farão o mesmo.

Contraí o rosto.

— Eu nunca vou ter filhos — observei de forma provocativa, sabendo muito bem que meus pais esperavam que eu desse rapidamente um filho ao Mensageiro logo que estivéssemos casados.

Talha me lançou um olhar estranho, mais intrigado do que reprovador.

— Por que diz isso?

Dei de ombros, lembrando dos partos que ajudara minha mãe a fazer. Os gritos das mulheres eram aterrorizantes, o sangue e o muco presentes na hora do nascimento me enojavam.

— É doloroso demais. Criança dá muito trabalho. Como você pode correr livremente se tiver filhos agarrados à sua saia? Eu nunca vou ter filhos, se depender de mim — eu disse, com a audácia infantil. Eu sempre me pergunto se Deus ouviu minhas palavras naquele dia e decidiu me conceder esse desejo impulsivo, do qual me arrependi quando cresci, e meu útero permaneceu estéril.

Talha me deu um sorriso carinhoso.

— Seu marido pode ter uma opinião diferente.

Eu sabia que muita gente já suspeitava de meu compromisso com o Mensageiro, mas era para ser um segredo por certo tempo, e resolvi não admitir o que Talha obviamente já sabia.

— Então eu não vou me casar nunca — retruquei, jogando a cabeça para trás, deixando meus cabelos ruivos voarem ao vento.

— Entendo — disse Talha entrando em meu jogo. — E o que você vai fazer da vida como solteirona?

Abri os braços amplamente enquanto abarcava um sonho que mesmo então eu sabia ser impossível.

— Vou viajar pelo mundo. Quero voar como um pássaro e conhecer todas as nações sob as estrelas. Os jardins da Síria. Os rios do Iraque. As ruas da Pérsia, cobertas de ouro e rubis. E talvez até mesmo a China onde, dizem, o Sol nasce.

Quando olhei para Talha, vi seus olhos brilharem com uma tristeza que não entendi. Percebi Asma montada a meu lado, sem sorrir, seus olhos nos observando com atenção. De repente senti uma fisgada de culpa, como se eu tivesse feito algo errado, mas não entendia por quê.

Talha viu o olhar sério de Asma e ruborizou.

— Espero que seus desejos se tornem realidade, mocinha — disse ele simplesmente, e em seguida saiu na frente, subindo um monte e desaparecendo.

Eu queria segui-lo para perguntar o que eu havia feito de errado, quando ouvi a voz de Asma, cortante como uma adaga no ar.

— Pare — disse ela, de forma brusca.

— Parar o quê? — Eu me virei para encará-la, desafiadora.

— Pare de torturar Talha. Você está prometida ao Mensageiro. Nunca esqueça disso.

Eu estava a ponto de retorquir com raiva quando escutei um grito. Era Talha, que voltava em disparada em nossa direção, apontando para o horizonte, empolgado.

Esporeamos nossos camelos por aquela vasta extensão de terra até chegarmos ao topo das dunas e podermos ver o que se encontrava ao longe.

Meu coração se enlevou quando o vi pela primeira vez. Um vale cor de esmeralda, com maravilhosas plantações em meio a um círculo de montes vulcânicos, escurecidos por sol e lava, as majestosas palmeiras oscilando ao vento como se nos saudassem.

Havia o brilho da água que eu vira tantas vezes nos últimos dias, mas dessa vez não era uma miragem. A imensidão do deserto deu lugar a uma estrada pavimentada que circundava as paredes de pedras amarelas de uma fortaleza austera, um edifício imponente que, depois eu viria a saber, pertencia aos judeus do Bani Qurayza.

Uma multidão de homens e mulheres, vestidos em leves *abayas* brancas, caminhava pela estrada em nossa direção, carregando cestos de tâmaras e jarras de água fresca. As lágrimas me vieram aos olhos quando vi o Mensageiro de Deus liderando o grupo de boas-vindas, meu pai à sua direita.

Após dias de caminhada pelas infernais terras desérticas que abrigavam apenas cobras e escorpiões, nós emergíamos do fogo e encontrávamos o paraíso. Com o coração pleno de alegria, corri com meu camelo encosta abaixo em direção a Yathrib, meu novo lar.

# 28
## Yathrib −622 d.C.

O dia em que minhas regras se iniciaram foi também o dia em que Yathrib recebeu seu novo nome — *Madinat-un-Nabi*, Cidade do Profeta, ou simplesmente Medina. Nos últimos meses, o Mensageiro provara ser um árbitro justo, e havia resolvido as disputas diárias entre os homens das tribos de uma maneira que deixou ambos os lados sentindo-se respeitados. Sua crescente reputação como um homem de honra havia atraído um número cada vez maior de pessoas para sua mensagem sobre a Unidade de Deus e a fraternidade dos homens, e a maior parte da cidade abraçara o islã antes do primeiro inverno. O Profeta conquistara o respeito da população pela vida modesta que escolhera, em contraste com os chefes de tribos como Abdallah ibn Ubayy, que sempre ostentara sua riqueza e seu poder para manter o povo admirado e dócil.

Quando os muçulmanos decidiram construir uma *Masjid* — casa de oração —, o Mensageiro se reuniu aos trabalhadores mais pobres, independentemente de suas tribos ou de seus ancestrais, e colocou os alicerces com suas próprias mãos. Essa rejeição da diferença entre classes e da afiliação tribal tocou o coração dos cidadãos de Yathrib, que viram em Maomé uma oportunidade para encerrar séculos de divisão que levavam apenas ao derramamento de sangue e à tristeza. Quando a construção da *Masjid* estava terminada, o Mensageiro declinou as ofertas de seus seguidores fervorosos de construir um palácio para ele, montando apenas uma casinha de pedras de um cômodo na área externa da *Masjid*, onde morava com a idosa Sawda, tendo como única peça de mobília uma esteira no chão para dormir.

Seu exemplo pessoal de austeridade e humildade foi mais significativo para divulgar o islã do que teriam sido cem pregadores, e naquele dia, quando a cidade foi renomeada em sua honra por um conselho de cidadãos, ficou claro para todos que o Mensageiro não era apenas um árbitro, mas também, para todos os propósitos, o inquestionável líder do oásis. Eu era jovem demais para entender que Ibn Ubayy, soberano dos Khazraj, e outros rivais não estavam satisfeitos com o curso dos acontecimentos, porém isso logo ficaria evidente, mesmo para aqueles que não tinham nenhum conhecimento de política.

Naqueles primeiros dias, morei com meu pai num casebre que não era em nada comparável à esplêndida casa que tínhamos abandonado em Meca. Mas aquela mansão, havia muito tempo, transformara-se numa prisão para mim, e eu estava muito feliz de poder correr e brincar livremente em nosso pequeníssimo jardim, sem medo de ser importunada por mecanos raivosos que guardavam rancor contra nossa fé.

Foi quando, certa tarde, minha vida mudou. Eu estava correndo com uma nova amiga, Leila, pelo pequeno jardim que minha mãe fizera em nosso terreno. Leila era filha de uma viúva, cuja herança fora restabelecida pelo Mensageiro depois que os parentes de seu pai tentaram negar-lhe sua reivindicação a um poço na periferia da cidade. Sem acesso ao poço, que eles alugavam para as caravanas comerciais que passavam pela cidade, sua mãe não possuiria nenhuma fonte de renda e provavelmente teria sido forçada a se prostituir, uma profissão exploradora (e prevalente) que o Mensageiro esforçava-se para eliminar.

A distância, eu ouvia a doce e melodiosa voz de Bilal, o escravo africano que meu pai libertara depois que fora torturado por seu dono, Umayya, por renunciar aos deuses pagãos. Ele estava em pé no telhado da *Masjid* repetindo em voz alta as palavras encantadoras do *Azan*, o chamado muçulmano para a oração:

*Deus é o Maior. Deus é o Maior.*
*Testemunho que não há divindade além de Deus.*
*Testemunho que Maomé é o Mensageiro de Deus.*
*Vinde para a oração. Vinde para a salvação.*
*Deus é o Maior.*
*Não há divindade além de Deus.*

Ao brincar de pique com Leila, correndo entre as duas palmeiras que marcavam o limite da pequena propriedade de meu pai, ri com a alegria destemida que somente uma criança que não tem preocupações pode sentir. Às vezes, acho que aquele foi o último momento de minha vida em que fui totalmente inocente e despreocupada, e há alguns dias, mesmo agora, em que retorno para aquela pequena faixa de terra, as palmeiras há muito tempo eliminadas, e me entrego a recordações.

Senti dores na barriga o dia todo e pensei que podia ter sido o assado de carneiro da noite anterior que não havia caído bem. No entanto, quando corri pelo terreno, sentindo nos pés a sensação agradável da grama pequenina, o toque dos jacintos e crisântemos que floresciam ali nos meus tornozelos, esqueci meu desconforto na alegria ilimitada de estar viva.

Eu era mais rápida do que Leila, mais rápida do que quase todos que eu conhecia, e a pobre menina resfolegava exausta ao tentar desesperadamente segurar minha saia. Eu virava para o lado e escapava rindo de sua tentativas de me pegar, com uma agilidade que teria deixado um guepardo orgulhoso. Leila, porém, era persistente e me seguia com vigor renovado, quando enganchou o pé num galho e caiu, arranhando o joelho no chão quente e fértil.

— Você está bem? — perguntei, enquanto corria para ajudá-la.

Leila chorava como se seu pé tivesse sido amputado, e eu a examinei para ver a extensão do ferimento. Pelo que vi, ela havia apenas arranhado o joelho, sem sequer ter se cortado.

— Deixe de bobagem — eu disse, aborrecida com seu drama desnecessário.
— Você não está nem sangrando.

Leila fungou e enxugou as lágrimas, e nesse momento eu a vi olhando fixamente para mim em estado de choque.

— Mas você está.

Com essas três palavras, encerrava-se a minha infância.

Olhei para baixo, para onde ela apontava, e fiquei paralisada. Meu vestido se levantou quando me sentei na grama, e um fio escuro de sangue escorria por minha coxa.

---

Os DIAS QUE SE seguiram passaram-se sem grandes acontecimentos, e eu me recusava a aceitar que qualquer coisa havia mudado. Eu escutava meus pais sussurrando ansiosos, tarde da noite, mas dessa vez não tive curiosidade de saber o que diziam. Talvez porque no meu íntimo eu soubesse que a vida que eu conhecera até então encerrava-se. Agora eu era uma mulher, e estava prometida a um homem. Seria apenas uma questão de tempo até que as duas realidades conduzissem a uma conclusão inevitável, mas eu não estava disposta a enfrentá-la. Continuei brincando com Leila e com meus bonecos e teimosamente me recusava a usar o véu que as mulheres muçulmanas adultas usavam para cobrir seus cabelos em sinal de modéstia. Minha mãe decidiu não me forçar, permitindo que eu tivesse mais alguns dias para fingir ser ainda uma criança.

Claro, na verdade eu ainda era uma criança. Aos 9 anos, eu menstruara um ano ou dois antes da maioria das meninas, o que talvez fosse esperado, pois meus seios começaram a despontar com força alguns meses antes. Meu coração, no entanto, ainda era de criança. E meus pais esforçaram-se bastante para me deixar permanecer aquela menina sorridente e alegre, que os fazia rir quando a idade já começava a lhes pesar.

Porém, tudo chega a um fim. Podemos lutar contra essa verdade e ser consumidos pela tristeza, ou podemos nos entregar e nos deixar levar para esse novo mundo para o qual o curso da vida nos conduz. Entrega foi o que eu aprendi desde os primeiros dias de vida, pois esse era o significado do próprio islã — a aceitação dos Desígnios de Deus.

Eu estava brincando na gangorra com Leila quando chegou a hora.

— Aisha! Venha cá! — minha mãe me chamou uma tarde.

Notei sua voz embargada, a emoção contida. Naquele instante, percebi o que estava acontecendo e me resignei. Desci da gangorra e beijei Leila, os olhos rasos de lágrimas, como se lhe desse adeus para sempre, e então saí andando de cabeça baixa e entrei em casa.

## 29

Minha mãe e Asma lavaram meu rosto com água limpa do poço que haviam apanhado num pote de ferro. Elas me fizeram tirar a roupa de brincar e me puseram um vestido novo de listras brancas e vermelhas, que disseram ter sido importado da pequena ilha do reino de Bahren, a leste. Esse seria meu vestido de noiva. Eu me casaria naquela noite com o Mensageiro de Deus. Na tenra idade de 9 anos, eu estava prestes a me tornar a Mãe dos Fiéis, um status a ser reverenciado neste mundo e no próximo. Contudo, me senti pequena e indigna, despreparada para a responsabilidade diante de mim.

Minha mente acelerou-se com perguntas para as quais eu não tinha resposta. Como iria ser a esposa, em qualquer sentido da palavra, de um homem mais de quarenta anos mais velho que eu, cujas filhas eram também mais velhas? Como eu, que sabia recitar apenas alguns versos do Corão de cor, iria servir de líder espiritual ou de mentora dos muçulmanos? Lembro da conversa de meus pais, há alguns anos, quando ele disse que, numa visão, Gabriel havia anunciado meu casamento com o Profeta. Era claro que o anjo cometera um engano! Pelos últimos três anos, eu havia deixado essa história do sonho do Mensageiro me encher de vaidade e orgulho, mas agora eu queria apenas ser esquecida e ignorada.

Quando minha mãe fechou meu vestido em torno do pescoço, era como se estivesse colocando uma mortalha sobre mim. Ela me beijou na testa e sorriu, e eu quis sorrir de volta, mas não lembrava como.

Meu pai entrou, usando um manto amarelo longo e um turbante. Seus ombros estavam mais caídos do que de costume, e ele puxava, nervoso, a barba rala, que havia sido tingida de vermelho com hena. Abu Bakr olhou para mim, no meu vestido de listras, véu cor de açafrão cobrindo meus cabelos, e eu vi lágrimas encherem seus olhos.

Ele estendeu a mão. Eu segurei sua palma, senti a aspereza familiar dos calos, que estalaram quando ele apertou meus dedos. Meu pai não disse nada, nem eu. Saímos de mãos dadas, seguidos por Umm Ruman e Asma, e caminhamos pelas ruas suavemente pavimentadas de Medina. Eu sentia o perfume de jasmim no ar, sensual e agradável. Isso, porém, não me aliviou o medo, o mesmo de todas as virgens na noite do casamento. Eu aprendera as coisas da vida observando os vira-latas nas ruas de Meca e sempre achara que o fato de homens e mulheres fazerem a mesma coisa era ao mesmo tempo engraçado e repulsivo. Eu ouvira dizer que a primeira noite era dolorosa para as mulheres, e de repente temi o que me aguardava. Queria voltar correndo para a segurança de minha cama e pedir a minha mãe que cantasse uma canção de ninar.

Enquanto caminhávamos pelas ruas, vi olhos voltados para mim, de todas as direções. Mulheres usando aventais saíam de suas casas para bisbilhotar, e homens em túnicas coloridas olhavam para mim e depois cochichavam uns com os outros, talvez admitindo que a nova esposa do Mensageiro era de fato tão bonita quanto diziam. Notei que seus olhos nunca se dirigiam à simples Asma, e senti compaixão por ela. Em meu coração, fiz uma prece para que Zubayr emigrasse para Medina e a pedisse em casamento, para que as velhas matronas parassem de mexericar. O fato de que eu era dez anos mais nova do que Asma e estava me casando com o homem mais respeitável da cidade, enquanto ela continuava sozinha, contando com um amor que poderia nunca se concretizar, alimentava ainda mais comentários maliciosos. A injustiça de as mulheres serem julgadas por seus traços físicos e não por seu caráter nunca me ofendera tanto como naquele momento.

Mas meus pensamentos pararam bem como a minha respiração, quando nos encontramos diante da *Masjid*. Era mais um recinto aberto do que um prédio propriamente dito, com paredes feitas de argila e troncos de palmeiras.

O sol desaparecera uma hora antes, e a cerimônia de veneração, *Maghrib*, havia terminado; por isso, o local de oração estava vazio, exceto por alguns devotos, homens e mulheres, que permaneciam ajoelhados orando. Sua devoção e concentração em Alá eram tão grandes que eles não notaram quando os convidados do casamento entraram.

Vi a pequena casa de tijolos de Sawda, que fora construída na parte sudeste do pátio, e então prendi o fôlego quando notei que outra construção de tijolos havia sido levantada às pressas, ao lado; uma estrutura que eu não vira uma semana antes, quando fui com meu pai para as orações coletivas da sexta-feira. Supus que aquela deveria ser minha nova casa, e percebi com tristeza que, como a modesta residência de Sawda, a construção era composta de um único cômodo, não muito maior do que meu quarto em Meca.

Vi a luz oscilante de velas vindo lá de dentro, e meu coração batia forte quando meu pai me levou ao lugar que seria meu novo lar. Quando nos aproximávamos, notei pela primeira vez que um grupo de mulheres estava reunido do lado de fora, esposas e filhas dos companheiros mais próximos ao Profeta dentre os *Muhajirun* (os imigrantes de Meca) e os *Ansar* (aqueles que lhes prestavam ajuda e proteção em Medina).

— Para o bem e a felicidade... que todos estejam bem! — disseram elas em voz alta e com alegria. Entrei com meu pai e vi que o Mensageiro estava sentado sobre uma pequena pele macia de ovelha, que percebi, com certa ansiedade, ser a nossa cama. Seus olhos escuros brilhavam com aquele fogo estranho e imediatamente baixei a vista, sentindo a face ruborizar com o calor das emoções.

As mulheres que vieram nos felicitar me enfeitaram com pequenos adornos — uma pulseira fina de coral, um broche de marfim para meus cabelos, um anel de prata com uma pequena pedra azulada que devia ser uma ametista ou uma safira.

Quando elas terminaram, levaram-me para o lado do Profeta e me colocaram sobre a pele de ovelha, o único mobiliário dentro daquele cômodo. O Mensageiro sorriu para mim gentilmente e depois abriu a mão. Nela eu vi um colar feito de pedras de ônix. Meus olhos assustados devem ter brilhado de surpresa quando vi as belas pedras negras com pintas brancas e douradas, porque todos na sala riram como se a tensão tivesse sido aliviada.

O Mensageiro colocou o colar no meu pescoço, que era, até mesmo na minha tenra idade, longo e elegante. Ele se atrapalhou por um segundo antes de finalmente conseguir fechá-lo. Por um instante achei que ele devia estar tão nervoso quanto eu, mas claro que isso era ridículo. Ele era um adulto, já se casara duas vezes, tinha quatro filhas com idade suficiente para lhe dar netos.

Quando o Mensageiro soltou minha mão, ela foi atraída como um ímã para o colar, meu primeiro presente de Maomé como marido e amante. Nos anos vindouros, eu prezaria aquele colar acima de tudo o mais que eu possuía, e essa devoção me levaria ao escândalo e à tristeza. É estranho pensar agora como um objeto tão pequeno pôde mudar a vida de uma menina. Mas aquele colar tinha um terrível destino, que mudaria não somente minha vida, como também a história do mundo.

Ninguém, contudo, podia ter previsto isso, exceto talvez o Profeta, e eu com frequência me perguntava se ele sabia da destruição que seria desencadeada por aquele pequeno presente. O colar que começou como uma bênção, um símbolo de amor, terminaria como uma maldição e um prenúncio de morte.

O Mensageiro ergueu uma pequena tigela de madeira cheia de leite coado, a nata e a gordura tendo sido cuidadosamente removidas. Ele tomou um gole e depois, olhando nos meus olhos, ofereceu-o a mim. Quando nossos olhares se encontraram, senti algo que minha mente infantil não conseguiu entender, mas que agora sei que era o desejo. Meu corpo ficou quente e senti o estômago agitado, como se cheio de borboletas. Baixei a vista, envergonhada e intrigada por aquela nova e estranha sensação, e recusei a tigela com um movimento de cabeça.

O Mensageiro, contudo, levou-a a meus lábios e falou com carinho.

— Beba, *Humayra*.

Havia algo na maneira como me chamou pelo apelido que fez as borboletas mexerem-se de novo. Senti o suor escorrendo pelo pescoço até os ombros.

Olhei para ele de novo, e ele fez um sinal positivo com a cabeça. Eu me inclinei para a frente e toquei com os lábios a borda da tigela, deixando o leite gelado descer pela minha garganta. Meu coração acelerou-se quando fiz isso, e não era mais por medo.

Quando terminei de beber minha porção, passei a tigela para minha irmã, que estava ao meu lado. Asma deu um gole e passou-a para minha mãe, e em seguida a tigela foi circulando entre os presentes. Ao retornar para a mão do Mensageiro, fiquei surpresa, porque ela não parecia conter menos líquido do que quando começamos a beber. Porém, afastei aquele pensamento, considerando-o uma fantasia da minha mente agitada.

A cerimônia se encerrou, e eu passei então a ser a esposa de Maomé. Eu me tornara o que o anjo havia prometido, e o que todas as moças que eu conhecia secretamente desejavam ser.

Eu era a Mãe dos Fiéis.

Meu pai levantou-se. Beijou a mão do Profeta e depois colocou seus lábios cálidos em minha testa.

— Que Alá abençoe as duas pessoas que eu mais amo neste mundo — disse ele. E em seguida virou-se para sair, como também fizeram as mulheres.

A porta simples de palmeira foi fechada e nós fomos deixados sozinhos. O Mensageiro sorriu para mim e segurou minha mão. Notei que, apesar do calor persistente da noite, sua mão estava extraordinariamente fria, como se resfriada por alguma brisa misteriosa. Senti a palpitação ritmada de seu pulso. Seu ritmo suave me acalmou, e as batidas no meu peito aos poucos diminuíram de intensidade, como se partilhássemos um único coração, uma única respiração.

Olhei dentro de seus olhos de ébano, mais escuros do que a meia-noite, e vi meu próprio reflexo naqueles lagos insondáveis. No entanto, não era a imagem que eu via refletida diariamente no espelho. Eu parecia mais velha, mais sábia, meu corpo de menina desabrochara num corpo de mulher. Meus cabelos não eram mais vermelhos como o sol poente, mas castanho-avermelhados, como as brasas de um fogo em extinção. Porém, eu não sorria. Havia orgulho e uma raiva justificada em meus olhos dourados que eu não conseguia entender. Vi-me envelhecer, meus cabelos grisalhos, meu rosto enrugado, contudo, ainda de uma magnífica beleza. Meus olhos pareciam até mais velhos, agora cheios de arrependimento e vergonha. De repente, a visão se transformou, e eu me tornei algo diferente, tanto humano como angelical, meu corpo ao mesmo tempo jovem e ancião, meus cabelos e ossos da face brilhando à luz da Lua, que parecia emanar do meu interior. Ao ver refletida em seus olhos essa mulher transcendental, esse espírito além do tempo e do espaço, percebi que não havia mais raiva nem tristeza.

Apenas amor.

A visão desapareceu, e eu estava sozinha com o Mensageiro. Ele olhava para mim de forma estranha, e por um instante me perguntei se ele vira o que eu vi. Ele, porém, não disse nada, e simplesmente passou as mãos pela minha face, desfrutando a delicada maciez de minha pele, que nenhum outro homem jamais tocara.

Ele se aproximou ainda mais de mim e sussurrou com carinho.

— Não tenha medo.

Eu olhei dentro daqueles misteriosos olhos negros e respondi com sinceridade.

— Não estou com medo.

Ele sorriu calorosamente e me pegou em seus braços.

Aceitei seu abraço e me entreguei à maravilhosa sensualidade de seu corpo contra o meu.

Não havia medo. Não havia dor.

Havia apenas luz.

## Livro Dois

# O nascimento de uma cidade

# 1
# Meca – 623 d.C

Os muçulmanos haviam fugido de Meca, mas nossos inimigos não nos davam descanso.
O estabelecimento de uma comunidade muçulmana independente, fora do controle das oligarquias árabes, era uma ameaça ainda maior do que a presença de fiéis na cidade sagrada. Em Medina, estávamos estrategicamente situados de forma a bloquear as rotas de caravanas para o norte. Os muçulmanos haviam deixado de ser a plebe perseguida para ser um poder organizado com capacidade para interromper a força vital do comércio em Meca. Percebendo que o confronto entre nossas comunidades seria inevitável, Abu Sufyan decidiu tomar medidas preventivas.

Aconteceu então que, um dia, Umm al-Fadl, a bela esposa do tio de Maomé, Abbas, estava em frente a sua casa, observando perplexa a cena que se desenrolava diante de seus olhos. Um grupo de homens, faces cobertas com panos e lenços sujos, arrombava as portas cerradas dos refugiados muçulmanos. As casas de seus parentes e amigos haviam sido trancadas quando eles fugiram para Medina, e as propriedades estavam sob a proteção do clã de seu marido, até que eles retornassem e as retomassem.

Ela observava com uma crescente indignação os ladrões violarem descaradamente a honra dos Bani Hashim, em plena luz do dia. Os bandidos derrubavam as portas a chutes, quebravam janelas que haviam sido reforçadas com tábuas feitas da casca de pés de acácia, e jogavam os produtos de seus saques criminosos na rua. Tudo que seus familiares possuíam — tapetes, espelhos, mesas, cadeiras, até mesmo utensílios de cozinha — estava sendo roubado e colocado em carroças de burros.

Umm al-Fadl viu os homens do seu clã parados ali, cabisbaixos de vergonha, enquanto os ladrões, de espada em punho, pilhavam em liberdade. Ela não podia permitir que aquilo continuasse. Com a garganta sufocada por ódio e terror, deu um passo à frente, bloqueando o caminho de um bandido especialmente asqueroso. As faces dele estavam marcadas por cicatrizes que o identificavam como ladrão, punição provavelmente recebida em Taif ou em uma das cidades do sul.

— Pare com isso! O que está fazendo aí? — Ela lançou um olhar de relance, na esperança de que os homens assustados de seu clã mantivessem um pouco da honra masculina para protegê-la caso o assaltante voltasse sua violência contra ela.

O ladrão marcado, hálito fétido de cebola e vinho barato, olhou para ela por um instante, e em seguida riu desrespeitosamente, prosseguindo com seu roubo. Colocou uma poltrona de seda em sua carroça e virou-se para retornar a uma das casas que seus companheiros saqueavam, quando Umm al-Fadl saiu correndo e bloqueou a porta. Seus olhos castanhos o desafiaram a tocá-la, a esposa de um dos mais respeitados membros dos coraixitas. Irritado, o bandido passou a mão pela cicatriz e depois decidiu não se arriscar a provocar um conflito familiar em nome da honra.

— Os objetos dos hereges vão ser vendidos no mercado — disse ele, revelando dentes quebrados e escurecidos.

— Com ordem de quem? — perguntou ela, como uma professora que repreende um aluno malcriado.

O ladrão lançou um olhar para o exaltado grupo de curiosos e depois falou, alto o suficiente para que todos escutassem.

— Abu Sufyan.

Umm al-Fadl sentiu o sangue fugir-lhe da face. Se Abu Sufyan agia com tamanha impunidade, então seu clã corria sério perigo. Com a fuga dos muçulmanos mais influentes, seu marido não teria apoio para proteger a comunidade caso Abu Sufyan decidisse se vingar dos que haviam permanecido na cidade. Começaria o assalto às propriedades dos refugiados. E terminaria com a expulsão de seu povo. Ou pior.

— Essas casas são propriedades dos Bani Hashim — disse ela, sua indignação intensificada pelo medo. — Abu Sufyan não tem autoridade sobre nosso clã.

Ouviu então atrás de si uma voz familiar maliciosa, que ela odiava.

— Mas eu tenho.

Umm al-Fadl virou-se e viu o rosto desprezível de Abu Lahab.

Seu cunhado, o chefe dos Bani Hashim, sempre a enojara com seus comentários grosseiros e olhares sugestivos para seus seios, que se mantinham bonitos e firmes apesar da aproximação da meia-idade. A traição de Abu Lahab a seu próprio sobrinho Maomé, que Abbas amava e que sempre fora carinhoso com ela, selara seu ódio.

— Continue seu trabalho — disse ele, em seu tom estridente, quase afeminado.

— Como pode deixar isso acontecer? — perguntou, indignada, embora seu coração soubesse a resposta. — Esses objetos pertencem aos homens de seu próprio clã!

Abu Lahab deu de ombros. O odor fétido de seu suor era insuportável, e ela sentiu ânsias de vômito.

— Os homens que renunciaram aos deuses e abandonaram nossa nobre cidade como desprezíveis criminosos não têm clã — disse Abu Lahab em voz alta, certificando-se de que os presentes ouviam suas justificativas. — Tudo o que possuem pertence agora a Meca, e será vendido para promover o comércio.

Umm al-Fadl mordeu o lábio com força, tentando conter a compulsão de estrangulá-lo em plena rua. Sentiu o gosto de sangue na boca, como o ferro quente queimando-lhe a língua. Ela, então, virou-se para o grupo ali reunido, batendo no peito num gesto antigo de luto.

— Foi a isso que você se reduziu, Abu Lahab? Aceitar o furto e o roubo como forma de comércio?

Houve murmúrios de vergonha entre os homens, e ela viu muitos rapazes do clã dirigirem olhares de reprovação a seu líder abertamente.

A expressão de Abu Lahab inspirava perigo. Ele de súbito a segurou pelo braço e empurrou-a contra o muro de pedra da casa.

— Você devia ter mais respeito aos mais velhos, mulher de meu irmão — disse ele, um lampejo vermelho em seus olhos minúsculos.

Umm al-Fadl sentiu a pele encrespar-se quando ele a tocou, e afastou a mão pegajosa do homem com repugnância.

— Um homem precisa merecer respeito, irmão de meu marido — disse ela, com a máxima dignidade possível. — Isso se conquista pela honra, coisa que você há muito tempo trocou pelo poder.

Abu Lahab piscou os olhos de forma estranha, enquanto sua língua entrava e saía da boca como a de uma cobra faminta.

— Já que você está tão preocupada com questões de negócio e comércio, posso propor uma transação para saldar as dívidas dos homens obstinados de nosso clã?

Ela não gostou do rumo que a conversa estava tomando. Ninguém jamais negociara com Abu Lahab e saíra no lucro. Umm al-Fadl sabia que precisava manter o controle da conversa e dos termos de qualquer negociação, se quisesse ajudar seus familiares.

— Abbas pagará um resgate pelos pertences deles — disse ela, com mais segurança do que sentia. Seu marido era rico, porém nem ele teria recursos suficientes para comprar de volta todos os bens roubados pelo valor de mercado.

Abu Lahab sorriu.

— Não é do meu irmão que eu quero receber pagamento.

Ele passou os dedos gordos, engordurados e suados, pelos cabelos dela. Inclinou-se sobre a cunhada, e ela sentiu a tumescência do seu membro pressionado contra o algodão fino de sua túnica.

Ela o esbofeteou, descarregando anos de indignação por meio daquela mão.

Abu Lahab deu um passo atrás, atônito. Suas faces lívidas queimavam de surpresa e vergonha, enquanto o grupo de curiosos comentava com murmúrios a audácia daquela mulher. O líder de um clã era o esteio da estrutura social de Meca, e bater em um deles em público acarretaria muitas consequências. Nenhuma delas era boa.

Abu Lahab apertou os olhos de tal forma que ela não conseguia mais ver suas pupilas. Em seguida a atingiu também, esbofeteando-a com tal força que ela rodopiou e bateu a cabeça contra a pedra do parapeito da janela que estava atrás de seu ombro direito.

O mundo sumiu por um instante, e ela sentiu a ardência de agulhadas dentro do crânio. Umm al-Fadl levou a mão à testa, que pulsava da pancada. Quando olhou para a mão, viu que estava ensanguentada.

Abu Lahab deu um sorriso perverso ao ver o ferimento da cunhada.

— Ah, acho que não vamos concordar quanto aos termos da negociação. Pena.

Com isso, o verme gigantesco virou-se e afastou-se, acenando distraído para os ladrões que contratara para que continuassem seu trabalho.

Umm al-Fadl olhou para ele com olhos embaçados de dor.

— Abu Lahab!

O chefe de tribo virou-se para ela, sobrancelha arqueada num ar de desprezo.

— Todas as dívidas precisam ser saldadas, irmão de meu marido — disse ela, friamente. — Lembre-se disso. Todas as dívidas.

Abu Lahab deu um riso arrogante. Porém quando viu o olhar sombrio de Umm al-Fadl, o sorriso desapareceu de seu rosto, e foi embora depressa.

# 2
## Medina – 624 d.C

Eu brincava com um cavalo de madeira sentada no chão da minha casinha. O brinquedo pertencera a minha irmã, Asma, desde a infância, parte da coleção de pequenos animais de fazenda que meu pai comprara para ela numa viagem de negócios a Sanaa, dois anos antes da Revelação. Quando meu pai abraçou o islã e destruiu os ídolos de nossa casa, ele decidiu lançar na lareira os bichinhos feitos de madeira de sândalo. Asma sentou-se do lado de fora chorando a perda de seus brinquedos para a nova fé, e, ao vê-la naquele estado, o Mensageiro disse a Abu Bakr para devolvê-los à filha. Bonecos e brinquedos não eram ídolos que representassem falsos deuses, e sim uma mera diversão que alegrava as crianças.

Nos anos seguintes, quando os fiéis fanáticos começaram a condenar todas as formas de imagens como idolatria, eu abanei a cabeça decepcionada, e me lembrei da nobre sabedoria de meu marido, que sempre pregara uma religião moderada. A resistência obstinada ao bom-senso de alguns muçulmanos e sua obsessão em seguir a lei ao pé da letra, ignorando seu espírito, sempre foram um veneno para nossa comunidade. Agora que o Mensageiro não está mais vivo para coibir essa tolice, temo que o dogmatismo e o extremismo só piorem com o tempo.

No entanto, naqueles dias, com a aprovação tolerante e paciente do Mensageiro, eu ainda brincava com meus brinquedos, e fazia isso sem preocupação. Minhas amigas, Leila, Munira e Reem, me visitaram nesse dia, e passamos a manhã rindo e provocando umas à outra, como sempre fazíamos antes de eu me casar com o Profeta. Nós quatro brincávamos no chão frio, cada uma tentando alcançar o bichinho da outra numa corrida simulada, quando surgiu uma sombra à porta.

Ergui a vista e vi o Mensageiro ali, observando-nos, um sorriso alegre no rosto. As outras meninas deram gritinhos de vergonha e tentaram sair correndo, passando por ele, porém ele lhes bloqueou a passagem com suas pernas fortes.

— O que estão fazendo?

As meninas ruborizaram e deram terríveis desculpas, mas notei que ele não estava zangado.

— Estamos brincando — respondi quase sem fôlego. Minhas amigas me davam breves e merecidas tréguas de minhas sérias responsabilidades no meu novo papel na comunidade. Faziam-me sentir a criança que eu era, ainda uma mulher casada e Mãe dos Fiéis.

O Mensageiro inclinou-se para ver o que eu tinha em mãos. Seus olhos se fixaram no cavalinho, e ele sorriu, talvez lembrando de como tinha feito Asma bater palmas de alegria quando salvou o brinquedo dela do fogo.

Pegou o bichinho na mão e o examinou, como se admirasse o delicado trabalho de arte iemenita que dera origem àquela pequena figura tão próxima do real.

— Estão brincando de quê? — perguntou ele simplesmente.

Apanhei os outros animais de fazenda espalhados pelo chão — vacas, camelos, um carneirinho que fora coberto com uma camada fina de lã verdadeira — e mostrei-os, orgulhosa, ao meu marido.

— A brincadeira se chama "os cavalos de Salomão" — respondi.

O sorriso do Mensageiro fez meu coração disparar, e uma agitação familiar no estômago me lembrou que eu era uma mulher e não uma criança, não importava o quanto quisesse achar o contrário.

O Profeta percebeu a expressão em meus olhos, que sempre surgia com o despertar do desejo, e piscou para mim de forma divertida. Depois fez um sinal às outras meninas, que tremiam num dos cantos, para se aproximarem.

— Salomão é meu irmão — disse ele, se abaixando e pegando um dos cavalinhos, pintado de branco. — Venham, eu vou brincar com vocês.

Minhas amigas olharam para ele, perplexas. O Mensageiro de Deus queria brincar com elas?

Em seguida, o Profeta colocou seu cavalo branco ao lado do meu pequeno corcel negro. E, de joelhos, saiu atravessando a sala, desafiando-me a alcançá-lo. Eu ri e engatinhei também, meu cavalo movendo-se rápido para ultrapassar o dele.

As meninas nos fitavam sem acreditar. Mas, em seguida, riram e entraram na brincadeira. Logo o corcel do Mensageiro estava sendo perseguido por um bando de pequenos animais, os cavalos de Salomão galopando em busca da vitória.

Ganhei do Profeta ao chegar primeiro do outro lado de nosso pequeno cômodo, que ainda tinha a pele de ovelha no chão e mais uma pequena bandeja de madeira que nos servia de mesa de jantar. Fiz meu corcel pular sobre a bandeja como se estivesse voando, como os cavalos alados do Paraíso, e corri em direção à porta.

Parei de repente quando percebi estar bloqueada por uma pessoa gigantesca, cujo corpo impedia a entrada da luz do sol. Mesmo antes de meus olhos se ajustarem para que eu identificasse aquele rosto, eu sabia que só podia ser Umar ibn al-Khattab. Ele ficou parado à porta, braços cruzados sobre o enorme tórax, olhando-nos brincar com o Mensageiro, seu rosto contraído em desaprovação.

Minhas amigas gritaram e correram em direção à porta novamente. Umar afastou-se para o lado e as deixou passar correndo, amedrontadas. Eu me levantei do chão às pressas e fui para o canto da sala, onde havia largado meu véu. Quando Umar se abaixou para falar com o Profeta, que continuava de joelhos no chão segurando o brinquedo, rapidamente cobri meus cabelos avermelhados com o lenço azul-escuro.

— Ó Mensageiro de Deus, precisamos de seu conselho — disse ele, e a gravidade de sua voz causou uma mudança no semblante de meu marido. Ele era outra vez o líder de uma comunidade desesperada, que vinha enfrentando doenças e fome desde que procurou refúgio no oásis. Vi de imediato o peso do mundo cair sobre seus ombros, e de repente entendi por que o Mensageiro havia gostado tanto de brincar com crianças inocentes. Num mundo em que diariamente a mortalha pairava sobre seu povo, em que qualquer erro que cometesse poderia destruir a frágil paz que mantínhamos a um altíssimo custo, as crianças o faziam esquecer o fardo da liderança por alguns maravilhosos instantes.

O Mensageiro saiu para o pátio da casa com um ar grave. Sentei-me à porta aberta, olhando para o campo empoeirado e cercado de muros que servia tanto de casa de veneração como de local para assembleias da comunidade nascente de fiéis. Um grupo de eminentes muçulmanos estava ali reunido, e eu podia sentir a nuvem de tensão que se encontrava em suspensão sobre a *jamaat*.

Quando o Mensageiro sentou-se em círculo com seus seguidores, Umar falou da crise em curso.

— Recebemos notícias preocupantes de Meca — disse ele. — Os mecanos roubaram os bens dos *Muhajirun* e os venderam no mercado.

Houve um murmúrio de revolta diante da notícia, até que o poderoso Hamza ergueu a mão, pedindo silêncio.

— Eles usaram os lucros para comprar produtos em Damasco — disse ele, com sua voz estrondosa, vibrando nos troncos das palmeiras que serviam de esteio para os muros. — A caravana volta da Síria em 15 dias.

Furioso, Umar puxava os fios da barba espessa.

— Os mecanos estão engordando às nossas custas, enquanto os fiéis lutam para encontrar comida suficiente para pôr fim à dor que sentem no estômago!

O Mensageiro olhou para os homens, fitando cada um deles por um longo tempo, como se lesse o livro secreto de seus corações.

— E qual é o conselho que esperam? — perguntou ele sem se alterar.

Umar levantou-se e começou a andar em círculos, a raiva nervosa em suas articulações precisando ser liberada.

— Vamos reaver o que pertence ao nosso povo! — disse ele. — A caravana é nossa por direito. Precisamos tomá-la!

Fiquei observando da porta de casa, enquanto os homens balançavam a cabeça e elevavam a voz em concordância.

Mas então vi Uthman, o belo genro do Profeta, levantar-se, seu semblante preocupado e triste.

— Os mecanos não vão entregar a mercadoria sem lutar — disse ele gentilmente. — Estamos prontos para declarar guerra?

Ali, que estava aos pés do Mensageiro, levantou-se e encarou Uthman.

— Não é uma questão de estar pronto — disse ele, seus misteriosos olhos verdes insondáveis como sempre. — Todos os homens aqui estão dispostos a lutar e morrer por Deus e por Seu Mensageiro. Mas não podemos fazer isso sem a permissão de nosso Senhor.

Com isso, Ali olhou para o Mensageiro. Os olhos de meu marido cruzaram-se com os dele e depois voltaram-se para as próprias mãos, sem dar resposta.

Abu Bakr tocou o ombro do Profeta. Quando falou, sua voz era calma e firme.

— Pelos últimos 14 anos, não reagimos, enfrentamos cada uma das provocações com paciência e moderação — disse meu pai. — No entanto, nosso controle só tornou os idólatras mais destemidos. Eles nos expulsaram de nossas casas. Agora tentam nos privar de meios de sobrevivência. Não procuramos a guerra. Mas ela se apresenta diante de nós.

O Mensageiro olhou nos olhos de seu amigo por um longo tempo. Depois voltou-se para Hamza.

— O que tem a dizer, tio?

Hamza ergueu uma tigela pesada e a depositou no colo do Mensageiro.

— Há um tempo para a paz. E um tempo para a guerra.

Quando viu que o Profeta não daria resposta, Hamza ajoelhou-se à sua frente e colocou suas mãos nas dele.

— Eu sei que detesta derramamento de sangue. Mas se não reagirmos com firmeza agora, os mecanos verão isso como fraqueza. Seus exércitos em breve estarão às portas de Medina. Está na hora de lutar.

Meu marido finalmente levantou-se.

— Vou pedir orientação a Deus em oração.

E sem mais nenhuma palavra, o Profeta abandonou aquele grupo ali reunido e voltou para casa, fechando a porta depois que entrei e o segui.

Vi o conflito espelhado em seu rosto e aquilo despedaçou meu coração. Maomé, que a paz e as bênçãos de Deus estejam com ele, não era um homem violento. Eu nunca o vira bater em ninguém, e sua raiva raramente era expressada, podendo ser notada apenas pela forma como contraía seu belo rosto. Ele me disse uma vez que, quando criança, fora ridicularizado por outros meninos por se recusar a brigar com eles na rua. Seu temperamento dócil não tinha vez no deserto árido, onde os homens aprendiam que crueldade e masculinidade eram a mesma coisa. Maomé viveu por mais de cinquenta anos segundo um código pacífico que a cada dia se tornava mais difícil de manter.

O influxo de refugiados esvaziara os recursos de Medina de forma crítica, e uma colheita fraca de tâmaras piorara a sorte dos recém-chegados. A comida era valiosa como o ouro, e sem outros recursos a fome dizimaria os seguidores de Maomé. Homens, mulheres e crianças que haviam perdido tudo por terem acreditado nele. Pessoas que o haviam seguido pelas terras áridas do deserto e estavam agora enfrentando a certeza de uma morte lenta e dolorosa à medida que a fome se instaurava.

Interceptar a caravana dos homens de Meca e confiscar sua mercadoria seriam uma forma de aliviar nossas necessidades imediatas, comprando com o dinheiro obtido comida e remédios dos comerciantes vindos de fora. Isso, no entanto, nos deixaria expostos à retaliação. E o Mensageiro sabia que, uma vez que os tambores de guerra retumbassem, eles ecoariam por toda a eternidade.

Meu amado esposo deitou-se em nossa cama de pele de ovelha, os olhos fechados enquanto refletia sobre que caminho tomar. Não fazer nada e observar seu povo morrer em paz e com dignidade, a fé no Deus Único natimorta e enterrada nas areias da fome e da doença, ou desembainhar a espada e deixar fluir um córrego de sangue que um dia poderia se tornar uma enchente violenta? Não havia resposta fácil, e não invejei a escolha que tinha diante de si.

Sem saber o que fazer, me aproximei dele e coloquei meus braços em torno de seu peito. Pressionei meus pequenos seios contra seu tórax, na esperança de que o desabrochar de meu corpo de mulher lhe trouxesse algum conforto e paz.

Meu marido ficou mais quieto quando o sono se apoderou dele. Meus próprios olhos ficaram pesados e comecei a devanear. Quando entrei na estranha terra sombria dos sonhos, escutei o retumbar de cascos enquanto os cavalos de Salomão atravessavam a terra, e percebi que avançavam para a guerra.

# 3

Acordei no meio da noite, com o Mensageiro tremendo violentamente em seu sono. Seu rosto estava banhado em suor, embora a noite estivesse fria, e temi que tivesse sido acometido de febre intermitente. Cada vez mais aflita, eu o sacudia, mas ele não reagia.

Então, sem aviso prévio, seus olhos abriram-se, e os vi brilhar com o terrível fogo da Revelação. Sua boca movia-se, e ouvi aquela estranha Voz, que era dele sem ser dele, sair dos lábios de Maomé. E ele repetiu as Palavras de Deus que mudariam para sempre o curso da história.

*Combatei pela causa de Deus aqueles que vos combatem,*
*Porém não pratiqueis agressão.*
*Porque Deus não estima os agressores.*

Meus olhos encheram-se de lágrimas. A escolha fora feita, e a pureza simples do islã seria agora tingida para sempre com a cor vermelha do sangue.

---

NA MANHÃ SEGUINTE, EU estava atrás do Mensageiro, com a esposa mais velha, minha irmã Sawda, quando ele anunciou o desígnio de Deus para um grupo reunido no pátio da *Masjid*.

— Atenção! — disse o Mensageiro, a espada erguida em sua mão pela primeira vez em minha lembrança. — Deus revelou estas palavras em Seu Livro:

*Matai-os onde quer que os encontreis e expulsai-os de onde vos expulsaram,*
*porque a perseguição é mais grave do que o homicídio.*
*Não os combateis nas cercanias da Mesquita Sagrada,*
*A menos que vos ataquem.*
*Mas, se ali vos combaterem, matai-os.*
*Tal será o castigo dos incrédulos.*
*Porém, se desistirem, sabei que Deus é Indulgente, Misericordiosíssimo.*
*E combatei-os até terminar a perseguição e prevalecer a religião de Deus.*
*Porém, se desistirem, não haverá mais hostilidades, senão contra os iníquos.*

Vi o olhar de empolgação nos rostos dos devotos, que murmuravam com alegria por Alá ter lhes dado permissão para lutar contra seus perseguidores. Esses versos foram repetidos e passados entre eles, embora eu tenha notado que as palavras que recomendavam indulgência não haviam sido mencionadas tão prontamente por alguns fiéis quanto aquelas que aconselhavam ação militar.

Esse fato foi observado por Uthman, que abanou a cabeça ao ver a fúria espelhada nos olhos de alguns dos homens mais jovens. Ali, que se encontrava a seu lado, viu os gestos de Uthman de desaprovação e lhe lançou um olhar severo.

— Por que você não se alegra com o mandamento de Deus?

Sua voz soou na *Masjid* e de repente a atenção de todos voltou-se para Uthman.

— Eu me regozijo com as palavras de Deus, mas sinto tristeza por essa *Ummah* — disse o homem de coração bondoso. — Temo que uma vez que o sangue seja derramado pelos fiéis, ele flua sem cessar.

O Mensageiro fitou-o nos olhos, e percebi a tristeza em seu olhar, como se, em seu coração, meu marido temesse o mesmo desfecho.

Porém as palavras de Uthman de branda reprovação foram vistas por alguns dos rapazes impetuosos como traição.

— Você é um velho covarde — disse um jovem de cabelos castanhos que não tinha mais de 13 anos. — O único sangue que você tem medo de derramar é o seu. Que Medina seja um dia lavada com ele!

As palavras do rapaz provocaram risadas entre certas pessoas do grupo, e alguns dos amigos do jovem cuspiram na barra da rica túnica azul de Uthman. A bela filha do Profeta, Ruqayya, pôs a mão protetora no braço do marido, enquanto a zombaria se transformava em vaias ameaçadoras. Ela estivera doente durante vários dias com a febre intermitente. Suas faces normalmente rosadas estavam pálidas, e círculos escuros lhe roubavam a beleza dos olhos. Porém, vi na firmeza de seu semblante o ar desafiador dirigido àqueles que insultassem seu marido ou duvidassem de sua lealdade.

No súbito acesso de ódio daquela turba, pela primeira vez na vida, ainda carente de experiência, vi a possibilidade de os muçulmanos voltarem-se contra si mesmos. E o pensamento de que a sede de sangue que fora despertada para defender nossa comunidade pudesse um dia vir a destruí-la me provocou um frio no estômago. Ali parada, meu coração batendo de justa indignação contra aqueles baderneiros, jamais poderia imaginar que seria eu a pessoa destinada a abrir as comportas da morte sobre nós.

Vi a face de Maomé escurecer, e ele de repente se deslocou com sua típica agilidade, para aproximar-se de Uthman. Ele segurou a mão direita do genro e guardou a espada que instantes antes empunhara. O Mensageiro ergueu a bainha de couro vermelho para que todos vissem.

— Saibam que Deus tem uma espada que permanece guardada na bainha pelo tempo que Uthman viver — disse o Mensageiro com ar grave. — Se ele for morto, então a espada será empunhada e não guardada até o Dia do Juízo.

Suas poderosas palavras imediatamente silenciaram o grupo, e vi os olhos de Uthman encherem-se de lágrimas. Aquele homem gentil, que entre os coraixitas era o único que compartilhava com meu marido a repulsa pelo derramamento de sangue, ficou abalado por ser a causa do tumulto entre os membros da comunidade. Vendo a raiva nos olhos do Mensageiro e a tristeza nos de Uthman, os fiéis sentiram vergonha e começaram a se dispersar.

Quando o grupo debandou, meus olhos recaíram sobre os rapazes. Aqueles jovens desordeiros, que haviam sido repreendidos pelo Mensageiro no passado por sua indisciplina, fitavam Uthman com um ódio indisfarçável. Um frio me subiu pela espinha. Uma premonição de algo terrível que estava para acontecer.

Orei com fervor a Alá para que os preparativos que fazíamos para a guerra se tornassem desnecessários. O Mensageiro estava enviando um grupo de ataque para a periferia de Medina. Quando a caravana síria passasse nas imediações, os homens, montados em cavalos, a cercariam e desarmariam os guardas, levando a mercadoria de volta para Medina. Se isso fosse conseguido sem perdas de vida, talvez líderes mais sábios viessem a prevalecer em Meca. Os mecanos sabiam que haviam nos roubado e que estávamos recuperando o que era nosso, portanto, seria possível que considerassem a questão encerrada honrosamente. Desde que nenhum sangue fosse derramado no confronto, havia esperança de que a guerra fosse evitada e a espada permanecesse para sempre na bainha.

Ergui os olhos aos céus e vi nuvens que prenunciavam uma tempestade no horizonte. Um frio no estômago me dizia que minhas orações não seriam atendidas.

# 4
## As fontes de Badr – 17 de março, 624 d.C.

No final veio a guerra, com a aterradora certeza da morte. Não poderia ser evitada assim como não se podem evitar os anjos que chegam na hora designada para reclamar nossa alma. Como a força inexorável da morte, a guerra trouxe tanto um fim como um início para nosso povo.

A caravana com os bens em ouro e as especiarias vindas de Jerusalém e Damasco havia sido um ardil para nos tirar de casa e nos lançar no campo de batalha. Abu Sufyan seguira nos mínimos detalhes a estratégia cuidadosamente planejada por Hind. Em vez de passar pelos montes negros de Medina, seguindo a rota normal do comércio, ele havia ordenado que a caravana seguisse a estrada ao longo da costa do grande mar que separava a Arábia do Egito e da Abissínia.

Assim, enquanto o Mensageiro determinava que um grupo pequeno de trezentos homens aguardasse a caravana nas imediações de Medina, um exército de mil mecanos fortemente armados marchava para o norte para nos emboscar.

Enfrentaríamos nosso destino numa faixa de terra rochosa a sudoeste, chamada Badr. Era um ponto de parada regular para os comerciantes que se dirigiam ao Iêmen, uma vez que ali havia fontes confiáveis de água limpa, que poderiam suprir uma caravana desse bem mais precioso. O Mensageiro partiu com seu grupo de ataque, equipado apenas para um pequeno combate, lamentavelmente despreparado para o que nos aguardava. Estávamos acompanhados por um comboio de setenta camelos e três cavalos, e eu seguia atrás de meu marido, na garupa de seu camelo predileto, uma fêmea avermelhada chamada Qaswa. Embora isso pudesse parecer estranho para as mulheres de Bizâncio e Pérsia, acostumadas a se esconderem por trás de paredes perfumadas enquanto seus maridos arriscavam a vida, as mulheres árabes regularmente acompanhavam seus guerreiros para inspirá-los e fazê-los lembrar a razão de sua luta. Era uma tradição que o Mensageiro respeitava, e, como consequência, eu seria testemunha de muitas batalhas nos anos vindouros. Talvez essa confortável familiaridade com o coração da guerra me faria ir longe demais no Dia da Infâmia, que estava ainda décadas à frente.

Fizemos a travessia pela passagem entre as montanhas do nordeste até chegarmos ao vale de Badr. O lugar era quase todo cercado por montes, e havia apenas três acessos de entrada e saída para aquela área rica em nascentes — a rota que havíamos tomado, uma passagem que conduzia ao noroeste em direção à estrada síria, onde aguardamos a caravana, e um caminho ao sul, voltado para Meca. O vale em si era surpreendentemente agradável, com folhagens verdejantes que recebiam água da abundante quantidade de fontes. O Mensageiro montou acampamento próximo à estrada de Medina, e os homens construíram uma cisterna por meio da qual podiam ter fácil acesso à água das nascentes. Uma pequena estação de comando foi montada, colocando-se diversas estacas feitas com troncos de palmeiras, as quais formavam um círculo, e depois cobrindo-se o topo com um tecido grosso preto para protegê-la do sol escaldante. Nesse lugar o Profeta realizava reuniões estratégicas com seus generais, enquanto eu olhava para o norte, meu coração acelerado na angustiante expectativa da antecipação do campo de batalha.

Estávamos eufóricos. As nascentes vieram parar em nossas mãos com facilidade, e logo o mesmo aconteceria com a caravana. Entretanto, fomos informados por duas sentinelas que havíamos enviado para verificar o progresso da caravana de que Abu Sufyan havia desviado seu comboio, e o entusiasmo transformou-se em frustração. O Mensageiro estava preparado para desmontar acampamento e voltar para casa, quando a batida regular de tambores ecoou do lado sul.

A emboscada havia sido descoberta, e os exércitos de Meca estavam à nossa porta.

Logo a passagem sul foi invadida por guerreiros em armaduras brilhantes, agitando desafiadoras bandeiras vermelhas e azuis. Seus gritos de guerra e zombaria de nossa insignificante força militar ressoaram pelo vale, e uma terrível inquietação tomou conta de nós.

Fiquei ao lado do Profeta, que se retirou para a estação de comando logo ao ver a expedição de Meca. Ele ajoelhou-se no chão numa oração silenciosa, seus olhos fechados e sua testa contraída enquanto tentava comunicar-se com os anjos e buscar orientação. Meu pai ficou atrás, uma pesada espada de folha larga em punho, pronto para defender o Mensageiro caso os mecanos furassem a linha de defesa que estava naquele momento sendo formada em torno do posto de comando.

Ao proteger meus olhos do sol reluzente, avistei o exército mecano que se aproximava, e meu coração quase saiu pela boca. Eles nos excediam em número, embora a névoa que encobria a passagem sul tornasse difícil determinar quantos eram exatamente. Eu supunha que Meca tivesse uma vantagem de dois para um (mais tarde descobri que era de três para um), e não valia a pena sequer calcular as chances de vitória contra esse inimigo numericamente superior e mais bem-armado.

Um pensamento triste se apoderou de mim. Depois do que eu passara no meu pouco tempo de vida, aos 11 anos, tudo poderia chegar ao fim ali, antes do pôr do sol. Apesar de nem mesmo os pagãos aprovarem o assassinato de mulheres e crianças (eu era tanto um quanto outro), eu conseguia sentir a sede de sangue do outro lado do vale — cruel, selvagem, irracional. Quando o fogo da guerra era aceso no coração dos homens, mulheres e crianças poderiam morrer, e morreriam, como sempre ocorrera na História, e eu não tinha nenhuma garantia de clemência. Entretanto, talvez a morte ao lado de meu marido e de meu pai fosse melhor do que ser capturada e levada de volta para Meca como escrava.

Nesse instante, escutei um grito vindo das fileiras inimigas. Olhei para o vale e vi três homens afastando-se das forças mecanas e atravessando sem medo a planície rochosa entre os acampamentos. Reconheci-os de imediato como três dos mais proeminentes líderes de Meca. Utbah, o pai de Hind, conduzia o irmão, Shaybah, e o filho, Waleed, suas espadas brilhando sob a claridade de um céu límpido. Esse era um antigo ritual de guerra sobre o qual eu ouvira falar, mas que nunca presenciara. Antes de as tribos árabes começarem a luta, elas sempre enviavam seus guerreiros mais ameaçadores para se enfrentarem num duelo de honra. Os mecanos tinham enviado Utbah, cujos olhos amarelo-esverdeados eram tão semelhantes aos da filha que eu me perguntava se a própria Hind não estaria ali, disfarçada de homem.

Quando Utbah se aproximou do meio do campo entre os exércitos, ele examinou as fileiras de muçulmanos usando velhas armaduras de couro e carregando espadas e lanças enferrujadas, e não conteve o riso. Cuspiu no chão à sua frente, como se desafiar homens desse baixo calibre fosse um insulto a sua honra. Então seus olhos recaíram sobre um jovem que estava ao lado de Hamza na linha de frente, e o riso de escárnio de Utbah logo se transformou num ar de perplexidade por conta do choque.

Foi então que percebi que o jovem alto e magro para quem ele tinha olhado era Abu Huzayfa, seu filho. Como a filha de Abu Sufyan, Ramla, o filho de Utbah, Abu Huzayfa, havia passado para o lado dos muçulmanos, aumentando a inimizade entre Maomé e os chefes tribais, que o acusavam de seduzir seus filhos com feitiçaria. Percebi o ar de preocupação no rosto de meu marido ao ver pai e filho frente a frente na linha de batalha, e notei que o Mensageiro jamais teria permitido que Abu Huzayfa fizesse parte do grupo de ataque se soubesse que esse seria o desfecho.

Porém, nesse momento, Utbah readquiriu a compostura, uma máscara de ferro encobrindo suas violentas emoções. Ele ergueu a espada agressivamente e repetiu as tradicionais palavras de desafio.

— Maomé! Aqui estão os leões coraixitas — bradou Utbah. — Envie homens dignos para nos enfrentar, ou se rendam em humilhação.

Para meu horror, vi Abu Huzayfa desembainhar a espada e dar um passo à frente, pronto para duelar com seu próprio pai até a morte. E então Hamza, percebendo a expressão grave no rosto de meu marido, colocou um braço no ombro do rapaz para contê-lo.

— Não, você não.

Abu Huzayfa recuou, deixando cair a própria máscara de audácia, e vi uma profunda tristeza em seus olhos.

Percebi certo movimento a meu lado quando o Profeta se levantou e escolheu os guerreiros que defenderiam os muçulmanos. Fitou os semblantes ansiosos de seus soldados, e em seguida tomou uma decisão que eu sabia que iria partir seu coração. Os melhores homens para enfrentar o desafio de Utbah eram aqueles que tinham seu próprio sangue. Ele apontou para três de seus mais queridos familiares — seu primo Ubayda ibn Harith, seu tio Hamza e Ali, o rapaz que tinha como filho. Senti as lágrimas me queimarem os olhos. Eu não conseguia imaginar quão difícil era enviar as pessoas que ele mais amava para enfrentar a possibilidade da morte diante de seus próprios olhos.

Os três escolhidos da *Ahl al-Bayt*, a família do Profeta, caminharam orgulhosos até o campo de batalha para enfrentar seus adversários. Hamza trocara seu arco por uma espada de folha larga, e Ubayda ergueu um sabre com uma joia incrustada no punho, que brilhava em suas mãos.

Em seguida, Ali desembainhou sua espada, e ouvi uma respiração entrecortada, que logo percebi, com surpresa, ter vindo de mim mesma. Ele levantou uma arma diferente de todas as que eu jamais vira. Dois gumes, na verdade, porque a espada se dividia em duas, como se afinasse na ponta, parecendo a língua bifurcada de uma serpente. O punho da arma era feito de prata polida, e filigranas de ouro haviam sido gravadas nas duas lâminas, que tinham um brilho preto que sugeria terem sido forjadas não de aço, mas de outro metal que eu desconhecia. Mais tarde eu viria a saber que aquela espada era denominada *Dhul Fiqar*, e pertencia ao próprio Mensageiro. Nos anos que se seguiram, sempre que eu lhe perguntava onde havia adquirido lâmina tão excepcional e magnificente, ele simplesmente sorria e mudava de assunto.

Ali fez um rápido movimento com o pulso, e *Dhul Fiqar* cortou o ar, fazendo um zunido incomum que aumentou seu mistério. Ele se adiantou para enfrentar os adversários, e vi seu olhar se fixar em Waleed — um dos homens que tentara assassinar o Profeta na noite em que ele fugiu de Meca. Os dois trocaram olhares estranhos, e me lembrei do que Ali dissera naquela noite, e da promessa que fizera a Waleed, que da próxima vez em que se encontrassem o irmão de Hind morreria.

Uma sombra recaiu sobre o campo de batalha, e ao olhar para cima vi uma nuvem pesada encobrindo o sol. O que era peculiar, uma vez que o céu estivera totalmente limpo momentos antes.

Houve um instante de silêncio profundo, como se a própria história prendesse a respiração. Em seguida, com um grito de fúria, Utbah lançou-se sobre os homens que haviam aceitado seu desafio. Ubayda fez menção de interceptá-lo, e suas espadas se encontraram com um terrível estampido. Então Hamza atacou Shaybah, e Ali enfrentou o jovem Waleed.

Faíscas voavam enquanto os três homens se digladiavam, e seus movimentos eram de uma beleza assustadora. Apesar da idade e do peso, Hamza esquivava-se e movimentava-se como um jovem, e Ubayda golpeava a espada de Utbah com tanta fúria que fiquei surpresa que não rachasse com os golpes.

Meus olhos voaram em direção a Ali, que parecia se mover numa velocidade diferente dos outros. Era como se o tempo à sua volta tivesse desacelerado; os movimentos de sua espada eram elegantes e belos, como os de um peixe nadando em um riacho sereno. Waleed pareceu confuso à primeira investida de Ali, como se também percebesse algo diferente em seu adversário. Vi os olhares de consternação dos homens de ambos os lados ao verem Ali lutar de dentro do estranho mundo de sonhos que apenas ele parecia habitar.

Então achei que o sol havia saído de trás das nuvens, quando *Dhul Fiqar* começou a resplandecer e cintilar, a lâmina brilhando com o mesmo fulgor de uma tocha na mão de Ali. Porém logo percebi, com certa perplexidade, que o campo ainda estava encoberto pela sombra, e eu não sabia explicar a estranha luz que emanava da espada.

Waleed também viu a cena, e o choque o deixou boquiaberto. Naquele instante, Ali ergueu a espada e, com a beleza de uma águia que se arremessa para cima de sua presa, lançou a espada no pescoço de Waleed. Com um único golpe, a cabeça do rapaz foi direto ao chão, e o sangue jorrou como um vulcão em erupção do pescoço cortado. O corpo sem cabeça de Waleed permaneceu de pé, paralisado, como que incrédulo, e em seguida tombou para o lado.

A profecia de Ali havia finalmente se realizado.

Ouvi um gemido abafado e vi que Abu Huzayfa estava lutando para manter a compostura ao ver o irmão decapitado. Nesse momento, a nuvem que havia inesperadamente encoberto o sol evaporou de forma igualmente misteriosa, e o campo resplandeceu outra vez. Vi o rosto de Utbah lívido ao ver a cabeça do filho a poucos metros de distância, e, em seguida, com o terrível grito de um homem que não deseja mais viver, lançou-se contra Ubayda.

Logo em seguida, vi Hamza golpear o ombro de Shaybah. A espada de folha larga de Hamza atravessou músculos e ossos, decepando o braço com que Shaybah carregava a espada, e o guerreiro coraixita morreu em meio a uma torrente de sangue e convulsões.

Utbah estava agora sozinho contra os três homens, e ainda assim continuava a lutar como se tivesse o apoio de um exército. Havia uma loucura em seus olhos que lhe dava uma ferocidade que eu jamais vira num campo de batalha. Ubayda, o primo do Profeta, caiu de costas sob o impacto dos golpes furiosos de Utbah e então deu um rápido chute, atingindo o chefe de tribo mecano por trás do tornozelo. Utbah desequilibrou-se e caiu.

Mas ao cair, girou sua terrível espada e decepou a perna de Ubayda acima do joelho. Ubayda gritava de dor, enquanto um rio de sangue irrompia de seu coto, e eu escutei um som de profunda tristeza sair da garganta de Maomé.

Utbah conseguiu levantar-se e ir em direção a Ubayda, pronto para desfechar o golpe mortal. Ergueu sua espada no alto... e, do outro lado do campo de batalha, Ali lançou *Dhul Fiqar*. A espada girou no ar como um disco, voando com uma precisão perfeita, e as lâminas duplas atingiram o braço com o qual Utbah segurava sua espada, decepando-lhe a mão na altura do pulso.

Utbah não gritou, não parecia sentir dor alguma. Permaneceu desarmado e sozinho, seus olhos brilhando enquanto fitavam o corpo decapitado do filho amado. Hamza precipitou-se sobre ele e cravou-lhe no peito a poderosa espada de folha larga, que atravessou o seu tórax e saiu pelas costas, como uma faca cortando manteiga.

Utbah ficou ali, empalado pelo coração. Eu o vi dirigir o olhar ao outro lado do campo para o filho que sobrevivera, seu filho traidor, que preferira Maomé a ele. Abu Huzayfa ficou paralisado de horror ao encarar nos olhos o pai moribundo.

Nesse instante, Utbah fez algo que eu jamais esquecerei, talvez nem sequer entenderei. Ele sorriu para Abu Huzayfa e fez um gesto positivo com a cabeça, como se tivesse orgulho do filho. Com um tremor final, caiu de joelhos e retornou ao Deus que ele negara.

O silêncio reinou no campo enquanto os mecanos horrorizados enviavam sentinelas para recolher os corpos de seus guerreiros mortos. Hamza e Ali levantaram Ubayda, que nadava numa poça do próprio sangue, mas de alguma forma conseguia sobreviver. Eles carregaram o homem de sua família para o posto de comando do Mensageiro, e colocaram sua cabeça no colo de meu marido. Meu pai imediatamente ajoelhou-se e tentou colocar ataduras no corte para estancar o sangramento, mas todos nós sabíamos que Ubayda havia perdido sangue demais e que os esforços seriam em vão.

Uma sombra recaiu sobre nós, e vi Abu Huzayfa ali ao lado, olhando para os homens que haviam assassinado seu pai, seu tio e seu irmão. Ele levou a mão ao cinto, em direção a sua espada. Senti um grito de aviso me subir à garganta... porém, nesse instante, Abu Huzayfa pegou um cantil de pele de lobo que estava preso a sua bainha. Em seguida, ajoelhou-se e pôs um pouco de água nos lábios de Ubayda, dando-lhe um último gole antes que fosse levado pelos anjos.

Ubayda bebeu água e tossiu sangue. Olhou para Abu Huzayfa agradecido, e achei ter visto em seus olhos uma súplica por perdão. Abu Huzayfa não sorriu de volta, mas fez um gesto positivo com a cabeça, e lentamente afastou-se para lamentar sua dor sozinho.

Ubayda virou-se para o primo Maomé, a quem seguira para enfrentar a própria morte.

— Eu... eu não sou um mártir...?

Vi lágrimas brilhando nos olhos negros de meu marido.

— É, sim, sem sombra de dúvida.

Diante disso, Ubayda sorriu e deu seu último suspiro.

O Profeta fechou os olhos de Ubayda e depois levantou-se para enfrentar o exército de Meca. O ritual de desafio se completara.

A Batalha de Badr estava prestes a começar.

# 5

Olhei para o outro lado do campo, para o gigantesco exército que estava a postos, pronto para vingar as mortes de seus heróis. O cheiro pungente de sangue recendia no ar, e eu senti o gosto do suor e do medo que cobria o vale como a nuvem que havia aparecido durante o confronto.

Avistei uma figura alta e vistosa surgir entre as linhas de guerreiros mecanos, e meu sangue gelou. Abu Jahl caminhou com dignidade e ficou ao lado da poça de sangue que marcava a queda de Utbah. Dirigiu o olhar ao longe para o posto de comando, e em seguida bateu palmas com desdém.

O Profeta enfrentou seu olhar sem dizer palavra. Nesse instante, vi o olhar de Abu Jahl dirigir-se a mim, e seus lábios sensuais abrirem-se num sorriso. Envolvi meus seios com o véu, e ele sorriu ainda mais diante do meu constrangimento, como um lobo que descobrira a ovelha mais frágil do rebanho. De repente visualizei uma imagem terrível do que aconteceria se nossos homens fossem derrotados e eu fosse levada para a tenda de Abu Jahl como escrava. A lembrança de como suas mãos de unhas embelezadas haviam dilacerado o útero de Sumaya sem hesitar me deixou assombrada.

— Parece que se unir a meninas bonitas não tirou de vocês, muçulmanos, a valentia — disse Abu Jahl, com um cumprimento exagerado. — Mas três contra três é um confronto equilibrado. Será que a sua frágil gangue está pronta para enfrentar a força de mil? Vocês todos vão morrer antes do pôr do sol.

O Mensageiro inclinou-se até o chão. Confusa, observei seus dedos tocarem o solo sob as minhas sandálias. Ele pegou um punhado de pedras alaranjadas e depois fechou a mão em torno delas.

Meu marido levantou-se em seguida e deu um passo à frente, até ficar também sozinho no campo de batalha, olhos fixos em Abu Jahl, a uma distância de apenas 7 metros.

— Por Ele, em cujas mãos está a alma de Maomé — proferiu —, nenhum homem será morto hoje, lutando na firme esperança de sua recompensa, avançando, jamais recuando, sem que Deus o faça entrar imediatamente no Paraíso.

Suas palavras reverberaram por toda a planície, como se as pedras falassem. Vi as linhas de frente de nosso grupo de ataque avançar em formação perfeita por trás do Profeta, cabeças erguidas, armas em punho. O contraste entre eles e os soldados inimigos, desorganizados e desleixados, era gritante. Nesse instante, entendi por que o Profeta havia insistido para que homens e mulheres se alinhassem em fileiras retas perfeitas todas as sextas-feiras para as orações coletivas. A disciplina e a unidade que haviam praticado durante os últimos anos eram agora algo quase automático. Os muçulmanos não eram trezentos indivíduos enfrentando mil. Eram um corpo gigantesco que se movia e agia em uníssono. Enquanto eu observava a disciplina marcial que apresentavam, senti a esperança alentadora em meu coração de que poderíamos sobreviver ao confronto.

O Mensageiro deu um passo à frente e ergueu o punho fechado como se segurasse um dardo invisível. Abu Jahl recuou com cautela, percebendo que alguma coisa estava para acontecer. Seus olhos concentraram-se nos arqueiros muçulmanos, cujas flechas mortais estavam todas dirigidas a ele.

Nesse instante, o vento soprou forte e começou a uivar como um chacal. A súbita rajada revolveu as areias, criando nuvens de poeira que subiam da terra rochosa.

Em seguida, vi Maomé, que a paz e as bênçãos de Deus estejam com ele, agitar seu punho e em seguida lançar as pedras que havia apanhado embaixo de meus pés em direção ao exército dos coraixitas. As pequenas pedras voaram pela planície como mil lanças arremessadas para precipitar a morte.

— Desfiguradas sejam essas faces! — As palavras do Mensageiro soaram com autoridade, e fiquei petrificada quando reconheci a Voz que, durante a Revelação, saía com veemência de seus pulmões.

O inferno se instituiu. Os muçulmanos investiram diretamente contra o exército de Meca, ao mesmo tempo que a força do vento lançava uma nuvem de areia em cima dos coraixitas. Ouvi gritos de ódio e de triunfo quando nossos soldados atravessaram o campo e surpreenderam o inimigo. Os mecanos defenderam-se desesperadamente, mas seus esforços foram dificultados pela súbita tempestade de areia que descera sobre eles, vinda de todos os lados.

Forcei a vista para ver o que acontecia, mas o turbilhão de poeira tornou isso quase impossível. Eu ouvia o choque dos metais e os gritos de dor dos feridos. De repente, o ar seco recendia um terrível cheiro de sangue, de sangue coagulado e fezes, os três odores que os homens exalam na sua hora final, num mundo cruel que os sujeita a esse destino. Minha boca ardia de sede, e eu sentia o gosto quente do sal trazido pelo vento que vinha em direção aos meus pulmões. Caí para trás, tossindo e lutando para respirar. A terra sob mim estava fria e úmida, como se eu já estivesse presa dentro de um túmulo.

A loucura da batalha sempre prega peças na mente, e enquanto eu cambaleava, procurando refúgio do vento cortante, pensei ouvir o som de cavalos ressoando à minha volta. Como tínhamos trazido apenas três, e os coraixitas tinham dúzias em seu campo, senti uma onda de pânico ao olhar ao redor, procurando algum sinal dos cavaleiros inimigos apressados em prenunciar a morte.

Entretanto, os relinchos e os galopes que eu ouvia pareciam ir em direção aos coraixitas, e não vindo deles. Confusa, ergui a vista. Por um instante, a nuvem de poeira se dissipou, e achei ter visto homens vestidos de branco em velozes e poderosos corcéis, atravessando as areias e esmagando os mecanos numa investida implacável.

O que quer que eu tenha visto, se uma ilusão causada pelo vento ou um exército fantasma que descera dos céus, Abu Jahl pareceu ver também. Eu o vi sozinho, em meio ao caos, olhando à sua volta sem acreditar, enquanto perdia seus homens naquele massacre. Ele então caiu de joelhos em meio ao turbilhão de areia e ergueu as mãos para os céus, pedindo a intervenção de seus deuses.

— Allat! Al-Uzza! Manat! Filhas de Deus, ajudem-nos! — gritava ele em desespero. — Hubal, senhor de Meca, derrote seus inimigos!

Achei então ter visto o vento mudar e no meio dele escutei uma risada fria, aterradora. A areia voava ao nosso redor, e parecia que estávamos sozinhos no centro de um turbilhão que girava em direção aos céus. Lutei para permanecer de pé, enquanto a terra e o ar se transformavam em uma duna fluida.

Ao cair de joelhos e tentar proteger o rosto da areia escaldante, vi algo de que nunca esquecerei. Abu Jahl estava ajoelhado, as mãos em frente ao rosto, a boca contorcida pelo horror. E então, saindo de uma parede de areia, enxerguei um vulto, que surgia com uma túnica branca e dourada.

Era Sumaya.

O fantasma ergueu o braço e estendeu-o para o homem que acabara com sua vida. Mas não vi raiva nem amargura em seu semblante. Apenas uma compaixão infinita que abalou meu coração.

Se foi o produto de minha mente extremamente agitada ou uma visão da vida após a morte, talvez eu nunca venha a saber. Porém, Abu Jahl encolheu-se, como se também tivesse visto alguma coisa no véu de poeira. Escutei-o gritar e golpear o vulto fantasmagórico com a espada.

Sumaya, se era realmente ela, abaixou a mão com tristeza e desapareceu no turbilhão etéreo do qual havia emergido. As areias se dividiram quando os soldados muçulmanos de carne e osso, não aquelas alucinações do vento, atacaram Abu Jahl e o decapitaram.

Vi a cabeça voar para o alto, carregada pelo vento misterioso, e aterrissar a meus pés. Olhei para baixo, para a face de Abu Jahl, seus lábios grossos contraídos de medo, e em seguida vi um braço estendido segurando os restos sinistros por um tufo de cabelos grisalhos.

Era o Mensageiro de Deus, que erguia a cabeça decepada de seu pior inimigo, o sangue ainda escorrendo pelos tendões cortados do pescoço.

Retraí-me horrorizada diante da visão do homem que eu amava segurando aquele troféu macabro. Logo em seguida, o Mensageiro virou-se para mim, e vi que não estava exultante pela desgraça de seu inimigo. Em vez disso, parecia triste.

— Ele já foi meu amigo um dia. — Foi tudo o que disse. Nesse momento, percebi o verdadeiro fardo que ele carregava.

A ventania parou e pude ver que os muçulmanos haviam rompido as defesas mecanas. O campo do inimigo fora desarticulado, e os pagãos estavam desorganizados.

O Mensageiro voltou-se para o lado sul do vale e ergueu a cabeça de Abu Jahl para que todos a vissem.

— Vejam o inimigo de Deus!

A visão do crânio de Abu Jahl decepado alegrou os muçulmanos e fez com que os mecanos batessem em retirada. Fiquei observando nossos inimigos, munidos das mais finas armas e armaduras novas e brilhantes, fugirem pela passagem do sul, deixando o campo de Badr coberto de corpos.

---

Toda vitória tem um preço.

Naquela noite retornamos a Medina, os homens mais jovens gabando-se alegres de sua proeza, enquanto os mais maduros agradeciam a Deus por Sua ajuda miraculosa no campo de batalha. Havíamos matado ao menos setenta dos mais proeminentes líderes coraixitas, "os melhores pedaços do fígado de Meca", como o Mensageiro os chamava. Fora Abu Jahl e Utbah, o dia vira a morte de Umayya pelas mãos de seu antigo escravo Bilal, que ele um dia havia torturado na praça pública de Meca. O gentil africano, cuja linda voz nos convocava para as orações, vingara a si próprio no campo de batalha, empalando seu antigo senhor com a ponta da lança.

Além dos poderosos soberanos que foram mortos, capturamos ao menos cinquenta nobres da mais alta linhagem da cidade, que foram então amarrados como escravos comuns e arrastados de volta para o oásis. Alguns seriam resgatados mediante pagamento nas semanas seguintes. Outros seriam executados por crimes antigos. Em um único dia, praticamente, toda a liderança de Meca fora morta ou capturada.

Estávamos tontos de alegria, tomados pelo sentimento de que Deus estava realmente ao nosso lado. Enquanto os homens cantavam canções de vitória, ignorei a modéstia e me juntei a eles. Apenas o Mensageiro permaneceu em silêncio, pensativo, embora tenha finalmente sorrido quando entramos nas ruas de Medina e fomos recebidos com alegria pelo povo.

Os prisioneiros foram levados para um alojamento temporário em cocheiras e celeiros, uma vez que a cidade ainda não tinha prisões. Aqueles que seriam poupados da execução receberiam mais tarde permissão para viver com alguma dignidade nas casas de famílias muçulmanas, até que seus familiares os resgatassem. O Mensageiro deixara bem claro que os prisioneiros de guerra eram convidados, e teriam de ser tratados com a tradicional hospitalidade árabe até seu destino ser determinado.

O Profeta conduziu os radiantes guerreiros à *Masjid*, onde planejava fazer um sermão para marcar essa ocasião momentosa. Mas ao aproximar-se do pátio, eu o vi parar subitamente e pôr a mão sobre o coração.

Por um instante, temi que estivesse doente ou ferido da batalha. Porém, em seguida, ele permaneceu ereto, e virou-se, seu rosto cheio de tristeza mais do que de dor física. Vi um homem sozinho à porta de uma casa imponente próxima à *Masjid*. Era o gentil Uthman, que fora dispensado da batalha para cuidar de Ruqayya, cuja febre retornara.

Vi lágrimas brilhando nas faces de Uthman e tive um terrível pressentimento.

— O que aconteceu? — perguntou o Mensageiro, com a voz embargada.

Uthman baixou a cabeça, a respiração entrecortada de tristeza.

— Sua filha Ruqayya... ela ficou muito doente... e... e... sinto muito...

Percebi então que meu marido perdeu o equilíbrio, como se suas pernas estivessem fraquejando. Segurei-o por trás, mas eu era pequena demais para mantê-lo de pé. Umar viu o que acontecia e pegou o Mensageiro pelos ombros para evitar que caísse.

Um grito repentino se fez ouvir dentro da casa. As portas abriram-se e vi Fatima sair. Mais rápido do que meus olhos conseguiram acompanhar, ela se jogou nos braços do Mensageiro, em prantos, com gritos de dor tão profunda que meu sangue gelou nas veias.

Havia algo de tão visceral naqueles gritos que me senti arrastada para um outro mundo. Um domínio primordial, onde a ideia de tristeza nasce na mente de Deus. Seus gritos espalhavam-se como fogo na mata, e de repente todas as mulheres na cidade compartilhavam sua dor, batendo no peito e chorando pela filha do Profeta.

Ruqayya, a mais bela mulher que eu havia conhecido, estava morta.

Enquanto o Profeta abraçava Fatima, eu olhava para ela com espanto e medo. Os misteriosos sons que saíam de sua garganta tinham um poder diferente de todos os que eu jamais escutara.

Era como se o mundo todo chorasse quando Fatima chorava.

# 6

Muawiya, o filho de Abu Sufyan, observava o exército de Meca derrotado entrar taciturno na cidade. Os homens pareciam mais confusos do que humilhados, incapazes de entender o que acontecera no campo de batalha de Badr. Os soldados exaustos, desidratados pela longa caminhada no deserto, precipitaram-se ao poço de Zamzam. Eles ignoraram os olhares acusatórios das mulheres, que haviam tomado conhecimento de sua derrota devastadora nas mãos de um pequeno e patético grupo.

Em estado de choque, o pai de Muawiya olhava para os companheiros derrotados. Abu Sufyan olhou para daquela multidão, que cheirava a sangue e urina, à procura dos outros líderes da Assembleia. Mas não viu sinal dos importantes nobres que haviam controlado a cidade por décadas.

— Onde está Abu al-Hakam? — perguntou ele, em voz alta, pelo homem que os muçulmanos chamavam de Abu Jahl.

Um rapaz, que Muawiya reconhecia como um prateiro chamado Nawaf bin Talal, apareceu, com a ajuda de muletas improvisadas com palmeira. Seu pé direito havia sido esfacelado por uma lança e tinha uma cor verde e feia, quase requerendo amputação.

— Morto. — Foi tudo que Nawaf disse ao parar para se recostar num poste de madeira usado para amarrar camelos.

Muawiya arqueou as sobrancelhas. Esse era um desenrolar importante. Abu Jahl havia sido, durante muito tempo, o rival de seu pai pelo controle do conselho. Com ele fora do caminho, haveria poucos obstáculos para que Abu Sufyan assumisse o controle total de Meca. Talvez, pensou ele, com um leve sorriso, seu sonho de criança de se tornar o rei dos árabes ainda fosse realizável.

Muawiya sentiu o ar esfriar à sua volta, como sempre acontecia quando sua mãe aparecia. Hind ouvira as notícias da derrota dos mecanos e viera para descarregar seu ódio pessoalmente nos incompetentes que haviam arruinado seu plano tão bem idealizado.

Ela cuspiu nos soldados feridos e cansados e elevou a voz de tal forma que fez ressoar as paredes de pedra da cidade antiga.

— Talvez da próxima vez devêssemos enviar as mulheres de Meca para lutar, obviamente não há homens entre vocês!

Nawaf contorceu o rosto cansado e deu um passo à frente, apesar da óbvia agonia do calcanhar esmagado. Então fez algo que ninguém jamais ousara fazer.

Ele cuspiu no rosto de Hind.

— Segure a língua, mulher, pois está falando mal de seu próprio pai.

Hind parou, boquiaberta. Uma bola de muco escorreu em sua face como uma lágrima amarela. Muawiya nunca a vira tão assustada. Todo o sangue desapareceu de seu rosto, fazendo sua pele morena ficar esverdeada, não muito diferente do pé gangrenado de Nawaf.

— Meu pai... não... — Ela colocou a mão no peito como se pressionasse o coração para ele continuar batendo.

— Não só seu pai, Utbah. — Nawaf desdenhou. — Mas também seu irmão Waleed e seu tio Shaybah.

Os olhos de Hind desapareceram das órbitas, e ela caiu no chão gritando como uma louca. Rasgou as roupas com as unhas, que se assemelhavam a garras, e jogou areia nos cabelos, tamanha a dor que sentia.

— Quem fez isso? Quem matou meu pai?

Nawaf pegou suas muletas e saiu cambaleando, sem dúvida à procura de um cirurgião que fizesse o lastimável trabalho que seria necessário para salvar-lhe a vida. Ele voltou-se e mencionou um nome, como um homem que lançasse restos de comida a um cão.

— Hamza.

O rosto de Hind mudou de verde para vermelho vivo a medida que sua fúria aumentava. Ela começou a enfiar as unhas na própria face, fazendo-a sangrar.

Muawiya viu o fascínio do povo, que demonstrava atração e repulsa pelo drama de sua mãe, e decidiu que seria um bom momento para anunciar o que precisava ser dito em público há muito tempo.

— Precisamos encerrar isso antes que morram outros bondosos coraixitas. Está na hora de uma trégua com Maomé — proclamou Muawiya, sua voz jovem ressoando pelas ruas. Ele viu o olhar de advertência no rosto do pai, mas o ignorou. Para realizar seu destino como líder da nação árabe, teria de chegar a um acordo com o homem que fazia o difícil trabalho de unir as tribos do deserto para ele.

Houve aclamações de aprovação do povo, mas suas palavras eram como uma agulha quente nas feridas de Hind.

— Não! — gritou ela, mais demônio do que mulher. — Não haverá acordo!

Em seguida, levantou-se e saiu apressada em direção ao Santuário. Rasgou então sua túnica, expondo os seios redondos e perfeitos aos ídolos. Passou as mãos sangrando por todo o corpo, de forma sensual.

— Escutem, filhos de Meca! — gritou Hind numa voz que não parecia humana. — Os mártires de Badr serão vingados! O inimigo será esmagado sob nossos pés. Se não tiverem coragem, então suas mulheres marcharão sem vocês! Arrancaremos seus olhos das órbitas! Deceparemos suas orelhas e as usaremos em colares! Comeremos sua carne! Seus corações! Seus fígados! Quem entre vocês é homem suficiente para se unir a nós?

Seu brado gutural e sua paixão insana deixaram em ebulição o sangue dos mecanos. Desesperado, Muawiya observou a multidão fugir do seu lado e cercá-la, girando e dançando no frenesi que ela despertara. Logo homens e mulheres cantavam com ela, hipnotizados por seu fascínio.

Muawiya abanou a cabeça, admirado e assustado diante da habilidade da mãe de capturar a mente das massas. Elas eram como moscas presas numa teia brilhante, enquanto ela rastejava com firmeza em sua direção, a fim de devorar suas almas. Ele voltou-se para Abu Sufyan, que, com a morte de Abu Jahl, acabara de receber as chaves de Meca e, no entanto, parecia ainda mais velho e insignificante.

— Veja, pai, como uma mulher rouba seu trono — disse Muawiya, com desdém. — Mas não tenha medo, um dia eu vou readquirir a honra da Casa dos Omíadas.

E com isso, o rapaz deixou o local calado, a mente agitada, pensando em como virar o curso dos acontecimentos em seu favor.

# 7

Ao mesmo tempo que nossos inimigos conspiravam contra nós em Meca, uma nova ameaça surgia a nossa porta. A vitória dos muçulmanos em Badr mudara o mapa político da península. A *Ummah* deixara de ser uma comunidade pequena e insignificante e passara a ser uma força digna de respeito, não somente dos árabes, mas também dos judeus.

Yathrib era o antigo lar de três tribos judaicas — a Bani Qaynuqa, a Bani Nadir e a Bani Qurayza. No início, os judeus haviam aceitado a chegada do Mensageiro com cautela como o novo árbitro. Maomé era claramente um homem comprometido em estabelecer a justiça e a ordem no oásis, e encerrar as guerras tribais, que não só lançavam árabes contra árabes, mas às vezes também judeus contra judeus. O Mensageiro havia redigido um tratado de defesa mútua por meio do qual as tribos judaicas e árabes se uniriam contra qualquer agressor, mas ambas seriam livres para seguir sua religião.

No entanto, foi exatamente a questão religiosa que logo motivou o conflito. Meu marido afirmava ser um profeta da linhagem de Moisés e dos mensageiros judeus. Ele ordenou que orássemos voltados para Jerusalém e até mesmo que jejuássemos no Dia do Perdão, que os judeus chamavam de Yom Kippur e que nós conhecíamos como Ashura. Todavia, os judeus haviam deixado bem claro que ele não podia ser um profeta de seu Deus, uma vez que apenas eles eram o Povo Escolhido. Os árabes, embora descendessem de Abraão por meio de seu primeiro filho, Ismael, não estavam incluídos na aliança com Deus. O Mensageiro ficara abalado e triste com a rejeição. Para ele, a mensagem de Deus era para toda a Humanidade. Como apenas uma tribo poderia ter acesso à Palavra de Deus? Contudo, os judeus mantinham-se firmes a suas antigas crenças e não se intimidavam em declarar Maomé um impostor. As relações entre nossas comunidades rapidamente esfriaram.

Porém, nem todos os judeus de Medina eram hostis. Um rabino conhecido como Husayn ibn Sallam respeitava o Mensageiro como um homem sincero, que buscava levar aos árabes uma religião melhor do que a idolatria bárbara na qual estavam imersos. Ibn Sallam trabalhava incansavelmente para construir pontes entre as duas crenças, sendo desdenhado por muitos de seu próprio clã. Sua demonstração pública de amizade com Maomé lhe custava caro, e o rabino ficou cada vez mais isolado de seus companheiros de fé.

Havia outra pessoa, entre os judeus, mais discreta, que apoiava o Mensageiro. Uma moça bonita chamada Safiya, filha de um chefe de tribo judeu, Huyayy ibn Akhtab, da tribo Bani Nadir. Assim que ela ouviu falar que havia chegado do sul um profeta afirmando trazer a Palavra de Deus para um povo rebelde, Safiya deixou-se levar pelo romantismo da ideia. Ela sempre gostou das histórias contadas por seu pai sobre Moisés confrontando o Faraó e conduzindo o povo de Deus à liberdade. De Elias enfrentando a arrogância de Jezebel e de seu fantoche israelita Acabe. Jeremias, Isaias e Ezequiel — todos mensageiros do Deus de Israel que haviam desafiado o poder com a simples força da verdade.

Desde criança, Safiya se imaginava vivendo naqueles dias, quando Deus falava aos homens e o mundo era renovado pelos heróis da fé. Ao crescer como filha de um líder tribal e político, ela observara as dificuldades de estabelecer uma ordem no deserto e as escolhas difíceis que seu amado pai, Huyayy, tinha de fazer para manter o povo em segurança em uma área tão erma. Safiya desejara intensamente que Deus enviasse outro profeta para aliviar a carga do pai. Para distinguir entre certo e errado com a espada da justiça de modo que as sombras da ambiguidade que pesavam sobre as almas dos homens desaparecessem sob os raios da lei divina.

Por isso, quando se espalhou no oásis que um profeta dizia palavras de poder que mudavam as almas dos homens, ela ficou maravilhada. Seria possível que suas orações tivessem sido atendidas, que ela realmente vivera para ver O Escolhido de Deus, o homem por quem seu povo esperava desde os dias em que as paredes do Templo caíram no esquecimento? No entanto, ela logo descobriu que seu povo não compartilhava do seu entusiasmo, e que seu pai em particular considerava a ascensão desse profeta árabe uma ameaça à sobrevivência dos judeus.

Safiya guardava o fascínio por Maomé em seu coração. Ela se mantinha sabiamente em silêncio quando ouvia seu pai ridicularizar o homem, denegrindo a reputação desse árabe iletrado que declarava receber inspiração divina. Mais ainda, durante os últimos dois anos, o poder desse árabe iletrado só crescera, e seu pai não mais o considerava um louco. O movimento de Maomé não podia mais ser desprezado como um culto despropositado. O mundo estava mudando à sua volta, e o crescente poder de Maomé havia se tornado motivo de alarme para as tribos judaicas.

Certa noite, Safiya viu três homens se encontrarem em sua casa, tentando entender um mundo que não mais reconheciam. Seu pai havia convidado Kab, o chefe da tribo judaica Bani Qurayza e seu aliado árabe Ibn Ubayy para o que se tornara uma reunião semanal a fim de discutir a transformação do quadro político em Medina. Os três chefes, entretanto, sentaram-se em torno da elegante mesa de cedro de Huyayy por quase uma hora sem dizer palavra, cada um perdido em seus próprios pensamentos sobre a extraordinária vitória muçulmana em Badr e o que ela significava para o oásis. Safiya lhes serviu bolo de mel, mas ele ficou intocado. Sem conseguir mais tolerar o silêncio, ela finalmente decidiu falar.

— Por que você não se alegra, pai? — perguntou casualmente, porém ciente de que o assunto não era uma questão trivial. — Seus aliados foram vitoriosos contra os idólatras.

Huyayy lançou-lhe um olhar duro.

— Esses homens coraixitas eram meus conhecidos há muitos anos — respondeu ele. — Podiam ser idólatras, mas eram honestos nos negócios. Não fico contente com a sua morte.

O chefe de tribo Ibn Ubayy pegou seu copo de vinho e deu um gole demorado. Parecia calmo, mas a raiva fervia em seu íntimo.

— A vitória de Maomé convenceu esses muçulmanos de que Deus está realmente ao lado deles — disse ele, com um tom de incredulidade.

Safiya hesitou. Ela sabia que estava forçando a própria sorte, mas precisava dizer o que estava em seu coração.

— Talvez esteja — ela ousou dizer. — O rabino Ibn Sallam diz...

Huyayy derrubou seu copo de vinho, e uma mancha roxa espalhou-se rapidamente pela toalha de mesa bege.

— Não venha me citar esse velho tolo! — Como muitos outros, Huyayy ficava desconcertado diante da mente aberta do rabino, que se dispunha a testar os limites da tradição e da escritura judaicas.

Safiya se encolheu, como se tivesse sido esbofeteada. Magoada, sentiu o calor lhe subir ao rosto. Seu pai mudara muito depois da chegada de Maomé a Medina. Normalmente animado e bondoso, tornara-se bastante pensativo e ríspido. Ela culpava o traiçoeiro Ibn Ubayy por envenenar-lhe a mente com conspirações e temores.

Quando se virou para sair, a cabeça erguida de orgulho, ficou surpresa ao sentir a mão forte do pai segurar seu pulso.

— Perdoe-me, filha — disse ele, com delicadeza. — O mundo está mudando tão rapidamente. Eu me sinto perdido.

Essa foi a primeira coisa sincera que ele lhe dizia em meses.

— É mesmo para se sentir perdido — disse Ibn Ubayy com um olhar solidário. — O equilíbrio de poder mudou de forma perigosa. Os muçulmanos ficaram destemidos com a vitória em Badr. Eles consideram um verdadeiro milagre que um grupo tão pequeno tenha derrotado um exército poderoso.

Kab, o chefe de tribo dos Bani Qurayza, riu ironicamente.

— Milagre? Bobagem. Os mecanos estavam confiantes demais e pouco preparados. Não há milagre na arrogância e no mau planejamento.

— Seja como for, a vitória de Maomé elevará sua posição entre as tribos da Arábia — explicitou Ibn Ubayy. — Ele provou que Yathrib é uma ameaça fenomenal às rotas de caravana do norte. Logo as tribos enviarão mensageiros em busca de alianças a fim de proteger seu comércio. E onde isso deixará seu povo, meu amigo?

— Onde sempre deixou — respondeu Huyayy com amargura. — De fora.

Safiya tinha convicção de que esse árabe procurava usar seu povo para satisfazer as próprias ambições, não importava quais pudessem ser as consequências para os judeus. Ela não tinha a menor intenção de deixar que ele fizesse esse jogo com seu pai.

— Não se precipite em julgamentos, pai — apressou-se em dizer, ignorando o olhar fulminante de Ibn Ubayy. — Maomé manteve sua parte do acordo. Enquanto nos mantivermos firmes na trégua, prosperaremos no comércio que essas novas alianças garantirão para Yathrib.

Ibn Ubayy ficou de pé e aproximou-se dela. Safiya instintivamente deu um passo para trás. O chefe Khazraj se colocou entre ela e Huyayy, seus olhos fixos nos da moça.

— Você tem um bom coração, minha querida, mas, ah, é uma flor rara e preciosa — disse ele com um pesar afetado. — A verdade é que os corações da maioria dos homens não são como o seu. São repletos de ganância e inveja. Mesmo que seu povo prospere sob o domínio de Maomé, o que acha que vai acontecer? Os muçulmanos se ressentirão da habilidade que têm para negociar. Dirão que vocês estão roubando o que é deles, acumulando riquezas que pertencem à comunidade deles.

Ele estava, sem dúvida, tocando exatamente no nervo exposto na memória de seu povo. A história era cheia desse tipo de traição, e Ibn Ubayy sabia com precisão o impacto que suas palavras calculadas causariam. Para piorar, seu antigo aliado, Kab, o líder dos Bani Qurayza, concordou de imediato com um aceno de cabeça.

— É o que sempre acontece com nosso povo, Safiya — disse ele, soando como um tio sábio que argumenta com uma criança teimosa. — Desde os dias de Jacó e seus filhos, o mundo se ressente de nossa tribo por sua maestria no comércio. Sempre que prosperamos, as nações conspiram para subtrair de nós.

— Você está certo em examinar a história, meu amigo — continuou Ibn Ubayy. — Essa não é a primeira vez que surge um impostor, reivindicando falar em nome do seu Deus. E o que seus rabinos dizem que deve ser feito quando um falso profeta aparece em seu meio?

Kab começou a entender a direção tomada pelo argumento do amigo árabe. Chegou mais perto de Huyayy, que parecia cansado do peso da conversa.

— Ele deve ser combatido. Suas mentiras devem ser desmascaradas diante do povo.

Ibn Ubayy pegou uma cadeira de forro de veludo e sentou-se ao lado de Huyayy. Com Kab à direita e o árabe à esquerda, Safiya achou que seu pai parecia um ratinho preso entre as garras de um pássaro poderoso.

— Siga a sabedoria dos seus antepassados, Huyayy — disse Ibn Ubayy, seus olhos queimando com o fogo da intriga. — Maomé se diz um profeta como Moisés, aquele que deu as leis. No entanto, não sabe ler nem escrever. Só conhece a Torá pelo que ouviu da boca dos outros. Fragmentos de histórias malcompreendidas e mal-interpretadas. Sua reivindicação de poder se baseia no que ele diz serem revelações divinas. Desafie Maomé quanto ao conhecimento das escrituras, mostre que o Corão dele difere da sua Torá. Abale a credibilidade de sua profecia, e você o derrotará de uma maneira que nenhum exército conseguiria. Essa é a única forma de proteger o seu povo dessa nova religião que tenta lhe roubar a posição de direito como o Povo Escolhido.

Safiya sabia que o que Ibn Ubayy propunha era muito mais perigoso do que qualquer confronto com espadas. Os homens podiam lutar por terra, por água ou por mulheres e, ainda assim, a paz poderia ser conseguida, pois o que estava em jogo era tangível, racional. Mas se Ibn Ubayy convencesse seu pai a declarar guerra ideológica aos muçulmanos, se eles tentassem insultar ou denegrir a fé de seus vizinhos, então não seria possível a reconciliação.

Se havia uma coisa que Safiya aprendera ao discutir a Torá com seu povo, fora que lutar por ideias intangíveis era um propósito vão para ambos os lados do conflito. As opiniões se empederniam, o conflito tornava-se uma questão de crenças nebulosas e fantasmas não poderiam jamais ser satisfeitos, não importava quanto sangue fosse derramado. Se os judeus se permitissem cair nessa armadilha, estariam agindo como uma gazela incitando um leão adormecido.

— Pai, não escute o que ele diz! — protestou, jogando-se aos pés de Huyayy e segurando seus joelhos. — Essa não é a maneira de agir do nosso povo! Os judeus não ridicularizam as crenças dos outros! Deixe que tenham a religião deles e nós, a nossa. Ou nos arriscamos a trazer a guerra até nós.

Huyayy olhou para a filha, e ela viu como ele estava cansado. Suas olheiras estavam tão fortes que ele parecia uma coruja. Ele passou a mão pelos cabelos claros dela como fazia quando ela era criança.

— A guerra já está sobre nós, minha filha — disse ele com carinho. — Os coraixitas foram os primeiros a cair. Nós seremos os próximos. A menos que o fogo da religião de Maomé seja apagado, ele consumirá o mundo todo... e também o nosso povo.

Safiya olhou para o pai com súplica, mas ele levantou-se e afastou-a gentilmente. O líder judaico virou-se para seus convidados com um olhar severo de determinação.

— Chegou a hora de mostrar ao mundo que esse árabe que diz falar em nome do Deus de Moisés é um mentiroso — declarou.

Ibn Ubayy e Kab sorriam com satisfação. Haviam finalmente delineado um plano que, acreditavam, poderia destruir o trono que Maomé vinha construindo para si nos últimos dois anos.

Os três homens viraram-se para ir ao jardim e continuar a conversa. Safiya ficou para trás, o coração pesado. Não adiantaria segui-los, pois não havia tido sucesso na discussão. Observou seu pai passar pela porta talhada em carvalho e entrar no jardim bem tratado. Teve a imagem vívida em seu coração de Huyayy entrando na cova de um leão, de onde jamais voltaria.

# 8

Sentei ao lado do Mensageiro no pátio da *Masjid*, para escutar junto aos fiéis a maravilhosa história de Moisés e do Faraó. Ele era um extraordinário contador de histórias, gesticulava com as mãos enquanto trazia para seus adeptos uma imagem vívida do antigo profeta e seu confronto com o rei do Egito. Todos os olhos voltaram-se para Maomé quando ele recitou as recém-reveladas palavras do Livro.

*Moisés disse: Ó Faraó, sou o mensageiro do Senhor do Universo.*
*Justo é que eu não diga, a respeito de Deus, mais doeu a verdade.*
*Sem dúvida que vos trago uma evidência do vosso Senhor.*
*Respondeu-lhe: Se de fato trazes um sinal, mostra no-lo, se estiveres certo.*
*Então Moisés jogou o seu cajado, e eis que este se converteu numa autêntica serpente.*
*E mostrou a mão, e eis que era de um fulgor branco para os espectadores.*

Os devotos não contiveram um suspiro de admiração diante das imagens impressionantes. À medida que as palavras do Corão saíam dos lábios do Mensageiro nos magníficos versos em árabe, a serpente e a mão branca pareciam tão claras que praticamente as víamos com nossos próprios olhos.

Ouvi alguém tossir alto por trás dos devotos. Levantei a vista e vi Huyayy, o chefe de tribo dos Bani Nadir, próximo à entrada da *Masjid*. Tinha em mãos o que parecia ser um pergaminho, envolto em veludo azul, mas não reconheci a escrita gravada em ouro, em alto-relevo, no invólucro.

Houve murmúrios de surpresa com a presença inesperada de Huyayy. O Mensageiro havia convidado os judeus para ouvir suas pregações fazia muito tempo, mas eles se recusavam com polidez, dizendo que Maomé não precisava lhes ensinar o que já sabiam. Mas de repente o líder de uma das tribos mais poderosas viera numa sexta-feira, quando a *Masjid* estava repleta de fiéis reunidos para ouvir o sermão semanal do Mensageiro.

— Desculpe, mas posso fazer uma pergunta? — A voz de Huyayy era educada, mas seu tom não me agradou.

Voltei-me para meu marido, que olhava para o visitante com precaução antes de concordar.

— Quem foi que você disse que jogou o cajado diante do Faraó?

O Profeta enfrentou o olhar desafiador do homem com tranquilidade.

— Não fui eu que disse, apenas recito as palavras de Deus — respondeu o Mensageiro. — Deus diz no Corão sagrado que foi Moisés quem jogou o cajado.

Huyayy fez um trejeito no rosto, como se estivesse um pouco confuso.

— Interessante. Mas a Torá diz que foi Arão quem jogou o cajado enquanto Moisés observava.

Houve um murmúrio de surpresa no grupo. Era uma diferença tão pequena que não dei importância ao que ele dizia — a questão principal não era se havia sido Moisés ou Arão quem jogara o cajado, mas o desafio do Faraó aos sinais claros de Deus. Entretanto, alguns devotos mais simples, incapazes de entender as sutilezas da poesia, acharam essa aparente discrepância perturbadora.

Percebendo que esse desafio havia surtido o efeito desejado em pelo menos alguns fiéis, Huyayy aproximou-se do Mensageiro e segurou no alto o pergaminho envolto em veludo. Beijou o documento com reverência antes de remover o invólucro e abriu-o numa página que achei estar escrita em hebraico.

— Talvez você possa nos mostrar em que lugar na Torá Sagrada está escrito que Moisés jogou o cajado.

Senti o Mensageiro empertigar-se ao meu lado.

— Eu não sei ler — disse ele. Essa era uma questão que durante certo tempo fora motivo de vergonha para ele, mas que no islã passara a ser um sinal claro da bênção de Deus. Que um homem iletrado pudesse de repente recitar tão belas palavras poéticas era uma prova para muitos muçulmanos da missão divinamente inspirada de Maomé! E agora Huyayy usava esse passado de analfabetismo como uma arma para ridicularizar a Revelação.

— Ah, sim, eu esqueci. Peço desculpas — disse ele, sem demonstrar nenhum arrependimento em seu tom. — Mas se me permite, tenho mais uma pergunta.

Vi os olhos negros do Mensageiro começarem a se fechar de irritação.

— Pergunte, e se Deus tiver me revelado, responderei.

Huyayy olhava para os homens e mulheres sentados no chão da *Masjid* enquanto falava.

— Quantos sinais Deus enviou ao Faraó para que deixasse os Filhos de Israel partirem?

Aquela pergunta era fácil. Até uma criança como eu que não era muito versada em teologia escutara a história de Moisés um número suficiente de vezes para saber a resposta.

— O Corão sagrado diz que foram nove — respondeu o Profeta com dignidade.

Huyayy fez um ar exagerado de surpresa, seus lábios escuros repuxados deixando expostos os dentes amarelos.

— É mesmo? Mas a Torá diz que foram dez pragas. Talvez Deus tenha se esquecido de uma quando Ele falou com você.

Naquele momento percebi que os presentes ficaram realmente perturbados. Houve um murmúrio entre as pessoas que se perguntavam como o Mensageiro de Deus podia cometer um erro desses. Até um homem iletrado sabia contar, sussurraram.

— Mais uma pergunta, se me...

Eu já não aguentava mais aquele visitante, que não fora convidado, insultando meu marido. Fiquei de pé de um salto e gritei a plenos pulmões.

— Não, não pode! Você só está tentando ridicularizar o Mensageiro!

Huyayy olhou para mim com um ar de satisfação, e seu olhar de desprezo fez meu coração bater forte de raiva.

— Eu não sabia que a esposa-criança falava pelo Profeta. Não era assim nos dias de Moisés.

Senti uma mão fria no meu braço. O Mensageiro abanou a cabeça devagar, e fiquei envergonhada. Voltei a meu lugar rapidamente, desejando não ser vista, ser esquecida.

O Mensageiro voltou a atenção para Huyayy. Falou com tranquilidade, mas notei que uma veia na sua têmpora começava a latejar.

— Pergunte e responderei, se Deus tiver me revelado.

Huyayy deu um passo à frente, seus olhos brilhando como um falcão diante da presa.

— Quem foi Hamã?

O Mensageiro olhou para seus seguidores, que o observavam com ansiedade, suplicando com o olhar que ele respondesse ao arrogante interlocutor.

— Ele era o conselheiro do Faraó — disse o Mensageiro, repetindo os versos da Revelação que recebera alguns meses antes. — Hamã construiu uma torre de tijolos para que o rei pudesse ver se o Deus de Moisés vivia no Paraíso.

Huyayy sorriu de forma triunfante.

— Ah, estou confuso. O único Hamã que eu conheço nos livros de meu povo é o da lenda de Ester. Ele era o conselheiro do rei da Pérsia, Assuero, muitos séculos depois do Faraó. E a única torre que eu conheço como a que você descreveu é a Torre de Babel, construída nos dias em que toda a humanidade falava uma só língua. Mas isso aconteceu centenas de anos antes de Moisés.

Huyayy voltou sua atenção para a multidão, com um ar de piedade.

— Certamente, se fosse o Mensageiro de Deus, você saberia o que foi revelado aos profetas que vieram antes de você.

Percebi um clima de raiva e confusão espalhar-se entre os devotos. Era como o estrondo que precede um terremoto. Algumas pessoas olhavam para o Profeta com uma desconfiança recém-descoberta, como Huyayy pretendia. Mas a maioria encarava raivosa aquele judeu que aparecera ali para ridicularizar suas crenças mais preciosas.

No silêncio pesado que se seguiu, ouvi o farfalhar de túnicas, e o Profeta ficou de pé. Seus olhos brilhavam como fogo, e de repente senti medo. Eu nunca o vira tão enfurecido.

— Eu sou de fato o Mensageiro de Deus, como foram meus irmãos, os profetas Moisés, Davi e Salomão antes de mim. — Sua voz era suave, porém havia mais perigo em seu tom do que em qualquer grito de fúria.

Huyayy deu um sorriso, com sua doentia e branda falsidade.

— Você sabe, isso realmente me confunde. Pois os livros de meu povo dizem que Davi era um rei, não um profeta. E Salomão... bem, os livros dizem que ele era um réprobo, que adorava ídolos e tinha parte com os espíritos do mal.

Eu nunca ouvira isso. O Salomão das histórias do Mensageiro era sempre um homem de grande sabedoria e piedade.

— Se seus livros dizem isso, então eles mentem — retorquiu Maomé de forma ríspida, como se alguém houvesse denegrido a reputação de suas filhas. — Salomão era um sincero servo de Deus.

— Mas como pode ser? — Huyayy replicou, com um floreio retórico que me deixou enfurecida. — Você afirma que o seu Corão e nossa Torá vêm do mesmo Deus. É óbvio que eles não poderiam se contradizer, se assim fosse.

Olhei para o Mensageiro e o vi esforçar-se para responder. Estava acostumado a defender seu dom de profetizar contra as acusações dos árabes pagãos, que rejeitavam suas palavras como meras fábulas poéticas. Porém, ninguém havia examinado com minúcia as histórias do Corão para mostrar em que pontos diferiam do que estava escrito no Livro dos judeus — cujo Deus o Mensageiro afirmava tê-lo enviado. De repente percebi que a artimanha de Huyayy era uma grave ameaça não somente à credibilidade do Profeta, mas a todo o fundamento de nossa fé.

Os ensinamentos do Profeta nos tiraram os antigos deuses, e não podíamos jamais voltar a eles, assim como um adulto não pode mais voltar a ser criança. Porém, naquele momento, de um só golpe, Huyayy havia ameaçado nos tomar também o Deus Único por quem havíamos sofrido durante tantos anos. Ele era como um ladrão que rouba tudo que um homem possui e depois retorna numa noite para levar também sua vida. Se o Mensageiro não era quem reivindicava ser, nós estávamos em pior situação do que os árabes pagãos, que ainda acreditavam em algo, mesmo que fosse nada mais do que um sonho envolto em pedras e pedaços de madeira esculpida.

Sem Alá, tudo o que nos restava era o desespero e o vazio. Huyayy queria tirar o próprio significado de nossas vidas.

Vi o Profeta ficar absolutamente imóvel. Seu corpo começou a agitar-se violentamente, ao começarem os familiares tremores. Fiquei de pé de um salto, quando ele caiu no chão com uma terrível convulsão. O suor ensopou-lhe o rosto e o pescoço. Empurrei para o lado os homens à sua volta e joguei minha capa sobre meu marido, enquanto ele tremia violentamente.

— Afastem-se! — gritei com toda a minha autoridade de Mãe dos Fiéis, e o grupo que ameaçava circundá-lo, comprometendo seu precioso fluxo de ar, obedeceu. Pelo canto do olho, vi Huyayy abanar a cabeça, divertindo-se, como se acabasse de ver um macaco realizando uma proeza inteligente.

Os tremores do Mensageiro diminuíram e logo depois cessaram por completo. Seus olhos se abriram e vi paz e tranquilidade em seu semblante. Maomé levantou-se devagar, e ouviram-se murmúrios de alívio de seus adeptos. Ele virou-se para Huyayy, a confusão acalmada, a confiança irradiando em seu belo rosto.

— Vejam o que Deus me revelou — disse ele e em seguida recitou novos versos do Corão com fluência e harmonia.

*E também há aqueles que, com suas línguas, deturpam os versículos do Livro,*
*Para que penseis que ao Livro pertencem, quando isso não é verdade.*
*E dizem: Estes versículos emanam de Deus, quando não emanam de Deus.*
*Dizem mentiras a respeito de Deus, conscientemente.*

Huyayy olhou para ele com espanto, como se exigindo uma explicação para essas palavras estranhas.

— Que tolices são essas? — perguntou, porém percebi um sinal de insegurança em sua voz.

— Deus me revelou um grande segredo que seus antepassados esconderam da humanidade durante séculos — respondeu o Profeta, sua voz elevada para todos ouvirem. — As palavras que você diz terem sido reveladas a Moisés na Torá foram mudadas. Seus sacerdotes e rabinos corromperam o Livro, distorcendo os verdadeiros ensinamentos dos profetas. Foi por isso que Ele enviou o Corão sagrado agora, para tirar a humanidade da escuridão e conduzi-la para a luz.

Houve um momento de extremo silêncio, como a tranquilidade da noite antes do amanhecer. A *Masjid* explodiu numa grande agitação à medida que os muçulmanos repetiam, entusiasmados, as palavras do Profeta, e debatiam seu significado.

Vi o ar de desconfiança desaparecer, a confusão ser substituída por gritos de *subhan-Allah* — Glória a Deus.

Huyayy ficou desconcertado. Nesse único golpe, o Mensageiro destruíra todo o seu argumento e, na verdade, invertera-o. De repente, as sutis diferenças entre o Livro dos judeus e o Corão deixavam de ser uma prova de simulação por parte de Maomé. Em vez disso, eram prova de que os judeus haviam continuado sua tradição de se rebelarem contra seus profetas, e haviam até mesmo alterado as próprias escrituras da maneira que queriam. Sua incapacidade de manter a própria religião os despojara de sua pretensa reivindicação de serem os Escolhidos de Deus, e Alá enviara sua mensagem a outro povo, que não estava preso a uma rede de mentiras. A afirmação de Maomé de que recebia as profecias foi fortalecida pelas distinções entre sua fé e a de seus predecessores, que haviam corrompido a Palavra de Deus.

Huyayy tentara destruir nossa religião. No entanto, lhe dera nova vida. O islamismo não era mais uma crença nova, destinada a se aproveitar do passado de outro povo. Agora se estabelecia como uma restauração da antiga verdade, a religião original de Abraão e Moisés, corrompida ao longo dos séculos. Huyayy tentara mostrar que o islamismo divergia do judaísmo, e o Profeta mostrara que era o judaísmo que divergia do islamismo. O povo de Huyayy nunca mais seria visto por seus vizinhos árabes como mestres sábios a quem os muçulmanos deveriam se submeter, e sim como hereges que haviam quebrado seu pacto com Deus.

Vi a raiva estampada no rosto de Huyayy quando seu estratagema não vingou. Assim que a multidão se virou para escarnecê-lo, ele endireitou os ombros e deixou a *Masjid* antes que as regras de hospitalidade fossem esquecidas.

Olhei para o Profeta, que sorria feito criança. A Revelação o livrara de ter de mostrar deferência aos judeus, e o islamismo poderia então se espalhar com a força de sua própria autenticidade. As amarras do passado haviam sido removidas. Em vez de ser a Lua, brilhando sob o reflexo do Povo do Livro, o islamismo passava a ser o sol. Poderia espalhar a luz com seu próprio fogo e apagar as outras estrelas, as religiões anteriores que haviam buscado iluminar os corações dos homens.

---

ALGUMAS SEMANAS DEPOIS, SE deu a separação final de nossos irmãos judeus. O Mensageiro recebeu uma Revelação de que os fiéis não deveriam mais se virar para Jerusalém em suas orações diárias. Em vez disso, deveríamos nos ajoelhar voltados para a Caaba, em Meca, a Casa construída por Abraão, centenas de anos antes de o Templo de Salomão ser erguido. Essa foi uma mudança bem-recebida, pois nossos corações sempre pertenceram ao Santuário.

O *mihrab*, o pequeno nicho de madeira de palmeiras que apontava para Jerusalém, onde eram realizadas as orações, foi fechado com tábuas. Um novo *mihrab* foi escavado, voltado para o sul. Quando os muçulmanos se curvaram em direção a Meca pela primeira vez depois de anos, percebi o anseio coletivo em suas almas pela cidade que havíamos perdido.

Ao encostar a cabeça na terra fria, me veio um pensamento que, eu sabia, também devia estar nos corações daqueles a meu lado. Agora que o centro do islamismo era Meca, não podíamos deixar os pagãos controlarem o Santuário.

Meca havia feito o favor de trazer a guerra à nossa porta, e talvez tivesse chegado a hora de retribuí-lo.

# 9

Umm al-Fadl, a mulher de Abbas, abaixou-se para pegar um balde de água no poço sagrado de Zamzam. Passou o recipiente de madeira para Abu Rafi, um escravo liberto que vinha discretamente lhe ensinando a religião islâmica. Após a derrota de Badr, um número cada vez maior de pessoas em Meca mostrava interesse em saber mais sobre essa estranha fé, que podia fazer com que trezentos homens fossem vitoriosos contra mil. Da mesma forma que seu marido, que era tio de Maomé, ela demorara um pouco a desistir das tradições de seus ancestrais, mas as mortes da elite dirigente de Meca em Badr haviam abalado seu respeito obstinado pelos costumes antigos.

Quando Umm al-Fadl jogou outro balde nas águas escuras do poço, ela ouviu vozes familiares aproximando-se. Abu Sufyan, que passara a ser o governante incontestado de Meca, conversava num tom ansioso com Abu Lahab, o cunhado que ela tanto odiava.

— Nossas caravanas não estarão mais seguras nas viagens para o norte, mesmo ao longo da costa — disse Abu Lahab, de forma austera. — As forças de Maomé estão controlando as passagens, e prometeram confiscar todas as mercadorias mecanas a caminho da Síria.

— Devemos então seguir pelo leste, atravessando o Néjede — replicou Abu Sufyan, apanhando uma jarra de cobre para jogar no poço.

— O Néjede é uma terra estéril, com poucos poços! — comentou Abu Lahab. — Até nossos camelos mais resistentes correriam o risco de morrer naquela terra.

Abu Sufyan encheu sua jarra e em seguida bebeu um longo gole.

— Parece que seu sobrinho nos encurralou — disse ele, depois de uma pausa. — Enquanto Medina bloquear o norte, nosso comércio com os bizantinos e os persas ficará paralisado.

Abu Lahab aproximou-se mais dele, abaixando a voz de forma conspiratória.

— Sua mulher tem razão. Devemos vingar Badr. Devemos destruir Maomé de uma vez por todas.

Abu Sufyan contraiu a boca ao ouvir o nome de Hind, mas fez um movimento com a cabeça, assentindo.

— Concordo. Assim que o inverno acabar, atacaremos Medina — disse ele, sabendo que, de fato, não tinha escolha. — Convocaremos os nossos melhores homens e organizaremos todos os nossos aliados. Espero que seja suficiente.

Abu Lahab exalou forte pelo nariz com arrogância.

— O que você quer dizer com "espero"?

Abu Sufyan deu de ombros.

— Maomé é um sobrevivente. Estamos tentando derrotá-lo há quase 15 anos. Entretanto a cada dia ele se fortalece mais.

Abu Lahab apertou mais os olhos.

— Bom, o reino dele está chegando ao fim. Nossos homens o destruirão!

Abu Sufyan olhou para aquele homem gordo, que mais parecia uma lesma, um homem que jamais segurara uma arma, e abanou a cabeça. Abu Lahab era exatamente o tipo de líder que ele desprezava. Sem a disposição de arriscar a própria vida, mas perfeitamente satisfeito em enviar jovens para a morte.

— Nosso povo tem medo dele — afirmou. — O que aconteceu em Badr deixou marcas profundas nas mentes dos soldados. Eles acreditam que Maomé é um feiticeiro que pode controlar o vento. Que tem exércitos de *djins* sob seu comando.

Abu Lahab riu, um som repulsivo, desprovido de humor.

— Não venha me dizer que você acredita nessa tolice.

Abu Sufyan voltou-se para a Caaba. Durante muitos anos achou que estivera preso num pesadelo, mas uma voz interior lhe dizia que era hora de acordar e encarar o mundo.

— Eu não sei mais em que acreditar — suspirou. — Homens que sempre considerei sensatos voltaram de Badr chorando apavorados com os *djins*, que eles dizem ter lutado ao lado dos muçulmanos. Guerreiros montados em cavalos brancos que emergiam do vento.

Sem se deixar notar, Umm al-Fadl escutava a conversa, fingindo estar concentrada na tarefa de encher de água seus recipientes. Mas ficou de orelha em pé quando ouviu aquilo. Olhou para Abu Rafi, que estava em silêncio a seu lado, ignorado por aqueles nobres, como todos os trabalhadores de classe inferior. Mas o escravo escancarou os olhos diante da estranha história, e falou antes que Umm al-Fadl pudesse impedi-lo.

— Não eram *djins*! Eram anjos!

Os chefes de tribo viraram-se e perceberam então o pequeno homem de rosto bexiguento. Abu Sufyan riu e lhe virou as costas. Não iria se rebaixar dirigindo-se a um escravo liberto, que valia menos que os excrementos das mulas que sujavam as ruas de Meca.

Abu Lahab, porém, ficou enfurecido com a audácia do estranho.

— Você! Você é um deles!

Umm al-Fadl tentou conter Abu Rafi, puxando-o pelo braço para evitar um confronto. Mas ele afastou-a.

— É verdade! Eu sou um muçulmano e não tenho mais medo de confessar. Não quando os próprios anjos desceram dos céus para ajudar o Profeta.

O rosto de Abu Lahab ficou roxo, e ele parecia uma uva inchada, pronta a explodir.

— Vamos ver se os anjos descerão em sua ajuda!

Em seguida, pegou uma pedra afiada e atirou-a ao rosto de Abu Rafi, arrancando-lhe os dentes da frente. Abu Rafi caiu no chão de dor, mas Abu Lahab não havia terminado. Continuou a agredi-lo a golpes até que as feições do homem se transformassem numa massa ensanguentada.

Umm al-Fadl observava aquela crueldade desenfreada com um ódio crescente.

— Pare com isso! Você vai matar esse homem!

Abu Lahab lançou um olhar de deboche à cunhada. Cravou-lhe os olhos na curva dos seios, como sempre fazia.

— E daí? Eu sou o chefe do clã! Eu determino quem vive ou morre entre os Bani Hashim.

Umm al-Fadl virou-se para Abu Sufyan, a súplica espelhada em seu rosto. Porém, o líder dos coraixitas simplesmente lhe deu as costas com desdém. Abu Lahab chutou Abu Rafi nos testículos, e ela viu o pobre homem chorar como um bebê.

Foi quando alguma coisa se rompeu dentro dela, como um cadeado enferrujado que mantinha uma porta velha fechada. Como as águas do Zamzam, algo borbulhou em seu interior, algo muito frio e muito antigo.

Ela apanhou uma estaca que estava caída no chão.

— Abu Lahab! — gritou num tom que ela própria desconhecia. — Diga-me. Quando você morrer, quem vai ser o chefe do clã?

O cunhado olhou para ela, surpreso.

— O quê?

E então a força enfurecida dentro dela tomou posse de seu braço. Umm al-Fadl ergueu a estaca e golpeou com uma fúria aterradora a cabeça de Abu Lahab.

Houve um som como o de um melão caindo do carrinho de um vendedor e espatifando-se no calçamento da rua. O crânio de Abu Lahab quebrou-se, e uma torrente de sangue irrompeu de seu cérebro cinza exposto.

Abu Lahab caiu de costas contra o poço, seus olhos pequenos abertos pelo choque, enquanto o sangue e a massa cinzenta escorriam-lhe pelo ferimento e pelo rosto gordo.

Ele conseguiu virar a cabeça e olhar para Umm al-Fadl, que ainda segurava a estaca. A mão dela tremia, mas, quando falou, sua voz era clara como as águas das fontes do Iêmen.

— Nossa dívida foi saldada.

Umm al-Fadl deitou a estaca no chão e virou as costas para o homem agonizante. Queria fugir, mas uma multidão se formou à sua volta, olhando para ela em estado de choque. Em seguida, um grito pavoroso soou pela esplanada em torno do Santuário.

Uma mulher de cabelos grisalhos sujos e um rosto murcho como pera seca surgiu no meio da multidão e correu para o lado de Abu Lahab.

Era Umm Jamil, sua esposa, que tinha uma reputação de crueldade mesquinha que, em comparação, fazia Abu Lahab parecer um diplomata. Ela gritava de dor e batia com fúria nos seios caídos, pelo marido que sangrava.

— Quem fez isso? — perguntou aos berros.

Umm al-Fadl viu seu marido, Abbas, abrir caminho em sua direção. Ele olhou para o irmão ferido, o chefe de seu clã, e depois para ela. Não havia como fugir da responsabilidade pelo que sua mulher havia feito.

— Fui eu — respondeu ela, com calma e dignidade.

Umm Jamil lançou-se contra ela como um morcego, as unhas em formato de garras tentando arrancar-lhe os olhos das órbitas.

Irmão de Umm Jamil, Abu Sufyan afastou-a de Umm al-Fadl e segurou-a com força, enquanto ela gritava impropérios numa linguagem tão ofensiva que nem os bêbados teriam coragem de usar.

— Se meu marido morrer, eu arranco sua cabeça!

Umm al-Fadl virou-se para Abbas.

— Se seu marido morrer, eu creio que o meu destino estará nas mãos do novo chefe dos Bani Hashim.

Abbas ficou abalado com as palavras dela. Mas sua mulher persistiu, segurando a mão dele e apertando-a suavemente.

— O que você diz, marido? Vai me matar? Ou o pagamento pelo sangue derramado satisfará a honra do clã?

Abbas soltou a mão dela, como se estivesse em brasas.

— Vocês mulheres são loucas.

Ele abanou a cabeça e deixou o local, parecendo querer ignorar toda situação. Umm al-Fadl sorriu para a bruxa de forma triunfante.

— Acredito que cem camelos liquidarão a dívida. Você não concorda?

Umm Jamil cuspiu no rosto dela.

— Eu amaldiçoo você e todos os filhos de seu ventre!

Umm al-Fadl limpou a saliva em sua manga. Olhou pela última vez para o agonizante Abu Lahab e para mulher dele, com um olhar frio de desprezo.

Lembrou-se de algo que Maomé dissera, anos antes. Naquele momento, sua resistência desapareceu, e ela aceitou a verdade da nova religião trazida por seu sobrinho.

— Não há ninguém mais maldito do que aqueles que são amaldiçoados pelo próprio Deus — disse Umm al-Fadl.

Em seguida, recitou um verso do Corão, que fora revelado muitos anos antes, quando Abu Lahab liderou a perseguição a Maomé. Um verso que ela escutara seu sobrinho recitar no dia em que, durante as preces, Umm Jamil jogou nele um monte de espinhos que tinha nas mãos. Um verso que de alguma forma lhe voltou à lembrança, como se tivesse sido impresso em seu coração.

*Que pereça o poder de Abu Lahab e que ele pereça também!*
*De nada lhe valerão os seus bens, nem tudo quanto lucrou.*
*Entrará no fogo flamífero,*
*Bem como sua mulher, a portadora de lenha,*
*Que levará no pescoço uma corda de esparto.*

Ela viu o rosto de Umm Jamil perder a cor, quando a mulher encarquilhada também se lembrou dos versos que desconsiderara tantos anos antes.

Umm al-Fadl saiu do Santuário calmamente, deixando Umm Jamil refletir sobre a terrível profecia que reaparecia para persegui-la.

A mulher idosa parecia de repente uma criança perdida, olhando à sua volta, confusa. Viu as pessoas encarando-a e se afastando. Umm Jamil sentiu algo acontecendo, e o frio lhe subiu pelos braços e pernas. Em seguida, olhou para as mãos e viu pústulas vermelhas espalhando-se pelo corpo, como uma erupção incontrolável.

Virou-se para o irmão, que olhava para ela, atônito. Em seguida, tocou no próprio rosto e sentiu as bolhas que se espalhavam entre as inúmeras rugas, que haviam lhe roubado a beleza já fazia muito tempo.

Umm Jamil sabia o que significavam essas pústulas. Já as tinha visto antes, quando criança. Eram as marcas da mesma doença que destruiu o exército invasor de Abraha, o rei iemenita que trouxera um elefante para bloquear o acesso à Caaba. Naquele mesmo ano nascera seu sobrinho Maomé.

Era a peste.

Ela viu horrorizada a mesma erupção de bolhas no rosto ensopado de sangue de Abu Lahab. Ele também estava sendo consumido vivo pela doença monstruosa que sempre aparecia sem aviso e podia matar uma cidade inteira num só dia.

— Me ajudem... nos ajudem... — Sua voz soava distante e fraca.

Entretanto, a multidão viu os sinais da peste, e a esplanada rapidamente se esvaziou.

Apenas Abu Sufyan ficou, sozinho ao lado do poço Zamzam, olhando horrorizado para a irmã.

Ela lhe estendeu a mão, procurando um abraço reconfortante. Exatamente como quando eram crianças e ele a abraçava quando ela machucava os joelhos, e a dor desaparecia.

Abu Sufyan, no entanto, afastou-se, as lágrimas escorrendo-lhe pela face.

— Desculpe.

Ela sentiu como se uma espada quente lhe cortasse o pescoço.

— Não... meu irmão... por favor não me abandone... eu preciso de você...

Mas ele foi embora.

Umm Jamil ficou sozinha ao lado do marido agonizante, as pústulas espalhando-se por seu corpo como formigas. Em seguida, caiu de joelhos e gritou. Seu terrível lamento ressoou por toda a cidade, levando seu horror através do vale de Meca.

Porém, seus gritos logo cessaram, e o eco desapareceu com o vento, esquecido para sempre.

## 10

Uma noite, quando o Mensageiro ficou fora até tarde numa reunião com os líderes tribais na casa de Uthman, saí de minha pequena casa, que começava a parecer uma cela de prisão. Cobri os cabelos com um véu escuro de lã, joguei um manto de pele de camelo dourada sobre mim e fui para a rua, deixando o pátio da *Masjid* pelo portão norte. Eu morava em Medina há mais de dois anos, porém raramente saía sozinha, e havia várias pequenas avenidas e ruas que eu ainda não havia explorado. Não estava especialmente nervosa, uma vez que as avenidas do oásis eram patrulhadas por um grande número de guardas beduínos. Os recém-chegados haviam percebido que as areias estavam mudando a favor de Maomé e tinham prometido lealdade ao homem que trazia a ordem, pelo menos para os vales do norte da península. Ao mesmo tempo que Meca e as cidades ao sul sofriam uma redução no comércio, as terras em torno de Medina floresciam.

Enquanto caminhava pelas ruas, achei maravilhoso me sentir protegida. Nasci numa época de perseguições, e minhas primeiras lembranças eram de morte e sofrimento. Porém, desde nossa vitória em Badr, a tempestade se acalmara, e me sentia livre como uma águia voando num céu sem ameaças.

Estava admirando os arcos delicados de uma casa que ficava nas cercanias do oásis, onde as estradas pavimentadas juntavam-se à areia, quando um grupo de rapazes me viu ali sozinha. Eles assoviaram desrespeitosamente e fizeram várias propostas indecentes. Ofendida por aquela vulgaridade, me virei para repreendê-los, e meu rosto foi iluminado pela lua cheia. De imediato, o atrevimento deles se transformou em vergonha e medo ao me reconhecerem. Eles estavam desrespeitando a Mãe dos Fiéis, e arriscavam atrair a cólera de Deus para si!

Os jovens rapidamente curvaram-se, pedindo perdão. Sorri, exultante com meu poder, e os adverti a não fazerem mais aquilo com nenhuma moça, do contrário seriam severamente punidos. Fui vaga o suficiente para deixá-los entregues à própria imaginação.

Os rapazes foram embora às pressas, o terror estampado no olhar, e eu ri. Fiquei sozinha mais uma vez, fechei os olhos e deixei o vento cálido acariciar minha pele. Abri-os alguns minutos depois e olhei para o norte, através de uma brecha nos montes que permitia uma visão clara da linha do horizonte. Havia um mundo inteiro que eu esperava poder conhecer algum dia. Cidades mágicas como Jerusalém e Damasco, onde os antigos profetas viveram. Ou mesmo ir além, até o conhecido império bizantino. Constantinopla, a maior cidade da terra, cujas ruas, dizia-se, eram todas pavimentadas em prata, e onde as igrejas eram tão grandes quanto as montanhas. Ou talvez ainda mais distante, até as ruínas de uma cidade chamada Roma, que fora um dia a capital do mundo, mas que havia sido saqueada e esquecida. Se conseguisse chegar tão longe, então eu, é claro, iria querer seguir adiante, para as terras onde dizem que o sol nunca brilha e o mundo é iluminado apenas pelas estrelas.

Era um sonho lindo, e em meu coração de menina eu talvez acreditasse que pudesse ser realizado. Eu, que havia nascido com o desejo de conhecer o mundo e com a sede de aventuras, conhecera apenas duas cidades em toda minha vida, ambas cercadas de dunas de areia e policiadas por abutres e lobos. Desejava ver rios caudalosos e árvores que cobrissem a terra com vida. Contemplar as montanhas cobertas de gelo, onde as próprias nuvens caíssem como chuva. E tudo me parecia possível. Jamais poderia ter imaginado que passaria a maior parte da vida confinada não somente nessa cidade pequena, mas também entre as paredes mínimas da minha casa. Se eu soubesse o que estava para acontecer, talvez tivesse continuado a caminhar naquela noite pelo deserto, seguindo as estrelas cadentes em direção ao mundo maravilhoso além do horizonte. Um mundo que estaria para sempre fora dos limites de meu destino.

Um grito repentino me despertou daquele devaneio. Afastei uma mecha de cabelo que bloqueava meu ouvido e escutei com atenção. Lá estava outra vez. Era o som claro de um choro. De um homem chorando com profunda tristeza.

Olhei à minha volta para ver de onde vinha. A única construção por perto era uma pequena cavalariça, próxima à extremidade do oásis. Quando me aproximei da construção de barro, o som ficou mais claro. Meu coração acelerou-se. Alguém estava ferido, talvez houvesse caído e machucado. Deus deve ter me mandado aqui hoje para ajudar essa pobre alma.

Aproximei-me da cavalariça e empurrei as pesadas portas de madeira, que haviam sido trancadas por fora. Eu era ingênua demais para me perguntar por que alguém estaria dentro de uma cocheira trancada por fora, mas devo ter pensado que a pobre criatura ficara presa lá dentro e se ferira ao tentar sair.

A porta se abriu com um rangido longo, e o choro parou no mesmo instante. Esperei meus olhos se ajustarem à escuridão, e depois entrei com cuidado. Era uma construção velha, sustentada por estacas de palmeira. Havia baias abertas para cavalos, o chão coberto de grama fresca, mas não vi nenhum animal por perto. Comecei a me perguntar se havia imaginado o som, quando de súbito vi um movimento contra uma das paredes. Meu coração bateu forte e dei um grito.

Eu o vi. Um homem num estado lastimável estava encurvado como uma bola dentro da baia, seu rosto ferido e coberto de sangue coagulado. À medida que a luz da Lua facilitava minha visão, notei que suas mãos estavam atadas com uma corda grossa e presas a um poste.

Ele me fitou com um olhar amedrontado.

— Me ajude...

Eu nunca vira algo assim. Alguém havia espancado o pobre homem e o abandonado ali para morrer. Entrei com cuidado, meus olhos atentos para qualquer sinal de ratos ou outras criaturas desagradáveis nos cantos.

— Quem é você?

O homem respondeu, com uma voz rouca.

— Meu nome é Salim ibn Qusay... Eu fui preso aqui contra a minha vontade... por favor, me ajude...

Então vi melhor seu rosto. Era um rapaz, de uns 20 anos apenas, e tinha olhos brilhantes que pareciam cintilar como os de um gato no escuro.

— Como isso aconteceu?

Salim abaixou a cabeça.

— Eu estava viajando pelo deserto... — disse ele, devagar. — Um comerciante de Taif... Havia uma moça na caravana... Yasmeen... eu me apaixonei por ela... Vim para Medina para propor casamento... mas ela tinha sido prometida a outro... Quando o pai dela nos descobriu juntos, me amarrou e me deixou aqui para morrer... Por favor... me ajude...

Senti uma raiva súbita diante dessa história. A despeito dos grandes esforços do Mensageiro para erradicar essa prática, tais "mortes em defesa da honra" ainda eram bastante comuns. A ideia de que alguém tinha o direito de assassinar um ser humano pelo crime de estar apaixonado me causava repulsa.

Com um súbito desejo por justiça e a ingenuidade de uma adolescente que queria desempenhar um papel heroico nessa trágica história de amor, enfiei minhas unhas compridas no nó que o atava. Depois de um esforço valente de alguns minutos, as pontas dos meus dedos ficaram em carne viva, porém, finalmente, consegui afrouxar as amarras. Por fim, a corda soltou-se e as mãos de Salim se libertaram... e se enroscaram em meu pescoço!

Tentei gritar, mas as mãos dele se moveram com rapidez para fechar minha boca.

— Vocês, mocinhas, sempre apreciam uma história de amor. — Seus lamentos haviam desaparecido e sua voz expressava ameaça.

Lutei quando ele me empurrou contra a parede. A luz da lua, que entrou por uma fenda no teto, iluminou meu rosto pela segunda vez naquela noite.

Os olhos de Salim piscaram ao me reconhecer.

— Você... você é a esposa-menina do feiticeiro...

Porém em vez de cair de joelhos e me suplicar perdão como os rapazes haviam feito, ele deu um sorriso malicioso.

— Bem, então eu vou realmente gostar disso.

Quando ele se inclinou sobre mim, senti o cheiro de vinho em seu hálito e o odor doentio da excitação que o cobria como uma nuvem de moscas.

Ele me jogou no chão e em seguida segurou minhas pantalonas. Meu coração disparou com a terrível antecipação de uma violação.

Então foi como se algo tomasse posse do meu corpo. Eu mal completara 12 anos e tinha metade do tamanho dele, mas um fogo acendeu dentro de minhas veias, dando-me uma força que eu não imaginava existir dentro de mim.

Mordi sua mão, e meus dentes arrancaram um pedaço da carne de seus dedos. Ele gritou, afastando-se de mim, e então dei um chute forte em seus testículos. Salim se dobrou de dor. As batidas do meu coração latejavam fortemente em meus ouvidos, e corri. Porém ao passar pelo rapaz, ele estendeu a perna e tropecei. Caí com o rosto na lama da cavalariça. Meus olhos encheram-se de lágrimas. Senti suas mãos frias em torno de meus tornozelos, enquanto ele me arrastava de volta para dentro da baia.

Gritei com tal intensidade que senti como se meus pulmões estivessem voando para fora do meu peito para escapar da terrível sina que aguardava o resto do meu corpo.

Foi quando ouvi vozes. Homens gritando do lado de fora! Quando o ritmo regular de passos se acelerou em direção à cavalariça, Salim largou meus tornozelos. Senti uma corrente de ar passar por mim quando ele fugiu noite adentro.

Minha visão ficou turva e não vi mais nada.

## 11

Pisquei várias vezes quando a luz do Sol recaiu sobre minhas pálpebras. Quando as abri, vi uma névoa brilhante, que aos poucos entrou em foco. Uma figura se moveu na minha frente, e, de forma instintiva, recuei aterrorizada. Mas então suas feições fortes e viris ficaram nítidas, e me engasguei de emoção.

Era a face gentil do Mensageiro sorrindo para mim. Ele inclinou-se e alisou meus cabelos.

— Você está bem, *Humayra*?

Consegui fazer um gesto afirmativo com a cabeça, e então olhei em torno da cavalariça, que parecera cavernosa durante a noite anterior, mas que era muito mais simples com a luz do dia.

— O homem... Salim... onde está ele?

Uma sombra caiu sobre nós, então vi meu pai, sua expressão aliviada.

— Era um ladrão — disse Abu Bakr. — Pegamos esse homem roubando no mercado. Esse criminoso ia ser punido amanhã de acordo com a lei de Deus, mas alguém o ajudou a fugir.

De repente, me senti a maior tola na face da terra.

— Não foi alguém, pai. Fui eu.

O Mensageiro me fitou atônito.

— O quê? — perguntaram os dois homens em uníssono.

Minha nuca começou a queimar de vergonha.

— Ele me contou uma história... sobre uma moça que ele amava... e o pai dela estava mantendo os dois separados... Fiquei com pena... Aí soltei as mãos dele...

De repente vi uma nuvem escura encobrir o rosto de meu marido. Seu sorriso desapareceu e havia raiva em seus olhos.

— Que Alá corte a sua mão!

Fiquei perplexa por um instante, incapaz de processar aquela fúria. Em seguida, meus olhos encheram-se de lágrimas. O Profeta nunca ficara zangado comigo antes, e senti como se alguém tivesse lançado uma flecha ardente em meu estômago.

O Mensageiro viu minha dor, mas isso não acalmou sua raiva. Ele me deu as costas, e vi que havia um grupo de homens à porta da cavalariça, mantendo uma distância respeitosa daquele drama familiar.

— Organizem um grupo de busca — disse ele, energicamente. — Devemos encontrá-lo antes que machuque mais alguém!

Os homens assentiram e desapareceram. Meu marido voltou-se uma última vez para mim, mas não vi perdão em seu olhar. Depois saiu porta afora e foi embora.

Eu tremia violentamente de mágoa e me virei para meu pai em busca de seu apoio. Mas ele parecia estar em estado de choque, do mesmo modo que eu ficara com o ódio incomum de Maomé, e afastou-se de mim como se eu fosse um demônio, não sua filha.

Meu pai me deixou sozinha no chão frio da cavalariça. Olhei atônita para as paredes cinzentas à minha volta, que pareciam fechar-se, enterrando-me viva com minha vergonha.

Lembrei-me então da maldição de meu marido e levantei as mãos para examiná-las, esperando pelo julgamento de Deus, que, eu sabia, viria a qualquer momento.

---

Eu AINDA ESTAVA SENTADA ali, da mesma maneira, horas depois, quando ouvi o som de homens se aproximando. O criminoso Salim passou por mim, arrastado sem cerimônia, e foi jogado de volta à cela de onde eu o libertara.

Meu pai estava ao lado dos guardas, enquanto eles seguravam o prisioneiro que lutava para se soltar.

— Amarrem-no duplamente e coloquem um guarda armado à porta — disse Abu Bakr fatigado. — Ele vai ser julgado em praça pública depois das preces do meio-dia, e eu gostaria que ele, de fato, estivesse presente ao julgamento.

Os homens amarraram os braços e as pernas de Salim e amordaçaram-no, por medida de segurança.

Vi tudo isso brevemente, mas meu foco permanecia nas palmas de minhas mãos.

Senti, mais do que vi, o Mensageiro entrar, pois o ar quente da manhã de repente esfriou, como sempre acontecia em sua presença. Ele olhou para mim sentada e imóvel, olhos fixos em minhas mãos, numa terrível expectativa.

— Qual é o seu problema? Está possuída por um *djim*?

Não me virei para ele. A única coisa que eu conseguia fazer era olhar para as minhas mãos, pálidas e exangues.

— Estou esperando para ver qual mão Alá vai cortar.

Ouvi o Mensageiro suspirar de surpresa quando percebeu que eu havia tomado suas palavras coléricas ao pé da letra. Nesse instante, ele se abaixou e segurou minhas mãos. Apertou-as com força, e vi lágrimas em seus olhos.

Ficamos ali sentados, marido e mulher, olhando um para o outro. Nenhuma palavra foi dita. Nenhuma era necessária.

Ele soltou minhas mãos e levantou as suas em súplica.

— Ó Alá, Senhor Clemente e Misericordioso, perdoe-me por amaldiçoar essa criança. Abençoe-a e a todas as pessoas a quem eu tenha amaldiçoado.

Em seguida, ele me levantou e me conduziu para fora da cavalariça, seus dedos entrelaçados aos meus. Quando passamos por Salim, amarrado e vigiado por homens com espadas, vi um sinal de súplica por clemência nos olhos do rapaz.

Meu coração, porém, não era tão grande quanto o de meu marido, e eu não tinha perdão para oferecer.

---

SALIM FOI PUNIDO NAQUELA tarde por seus crimes. Em frente a um grupo de testemunhas, foi arrastado por Umar, que o amarrou de pernas e braços abertos a postes de ferro que haviam sido fincados na terra escura do oásis. Assisti sem emoção Umar erguer sua espada e cortar fora as mãos de Salim por roubo. Ele gritou de dor, um som que me teria feito cobrir os ouvidos e esconder o rosto de horror e compaixão no dia anterior. Porém, a menina que saiu da cavalariça naquela manhã não era a mesma que ali entrara. Eu o vi contorcer-se como um peixe fora da água, o sangue espirrando num forte jato de seus pulsos cortados. Umar ergueu a espada novamente e decapitou Salim como punição por ter atacado a Mãe dos Fiéis.

Os gritos pararam instantaneamente, e fez-se silêncio na praça pública. Olhei ao meu redor e vi homens de cabeça baixa em oração silenciosa, e mulheres com os rostos cobertos de lágrimas. Eles estavam abalados com a severidade da punição. Porém, a partir daquele momento, não havia dúvida na mente das pessoas de qual seria o preço por quebrar a paz, conquistada com tanto esforço, em Medina. Não haveria um retrocesso aos dias de anarquia. A lei chegara à Arábia, e os crimes trariam consequências.

Dei uma última olhada nos restos sinistros do homem que se aproveitara da minha inocência, que tentara deitar sobre mim como um porco na lama. Em seguida, me virei e deixei o local em silêncio.

# 12

Algumas semanas depois, eu passeava pelo mercado central de Medina com minha amiga Huda. Ela tinha 16 anos, e era quase tão alta quanto um homem, com pernas que pareciam se estender ao céu. Huda era tudo o que eu desejava ser, mundana e sofisticada. Regularmente ia com o pai a missões comerciais em Persépolis, e conhecia as últimas novidades da moda usada por todas as lindas mulheres do leste.

O bazar era um dos meus lugares prediletos na cidade. Era cheio de vida e havia sempre algum comerciante novo vendendo algum item raro, do qual eu ouvira falar apenas em histórias de viajantes cosmopolitas, como Huda. As bancas tinham de tudo, desde laranjas e romãs trazidas por mar do Egito a especiarias coloridas vindas do Oriente, que exalavam um aroma doce e azedo ao mesmo tempo. Às vezes havia animais de estimação à venda, e me lembro de como fiquei encantada quando vi uma jaula cheia de gatos listrados, que, depois vim a saber, eram filhotes de tigre. Porém, meu setor preferido do bazar era a fila de mesas que exibiam joias — anéis de prata, brincos de safira e colares de jade, que os comerciantes diziam vir da mítica região da China, onde o sol nasce.

Passamos pelo labirinto de cores das bancas de joias, comentando em voz baixa as belas peças e rindo feito como crianças até chegarmos a uma mesa, cujo dono era um judeu da tribo Bani Qaynuqa. Eles eram ourives e exímios artífices, e havia rumores de que seus desenhos exclusivos eram procurados por clientes que chegavam a vir do extremo norte, como a Babilônia.

Meus olhos recaíram sobre uma extraordinária pulseira feita em ouro prensado e gravada com imagens vívidas de pombas voando. Esmeraldas ornamentavam suas asas abertas.

Experimentei-a sob o olhar atento do vendedor idoso, admirando a beleza da pulseira em contraste com a minha pele. Coube perfeitamente em meu pequeno pulso, como se tivesse sido feita para mim.

— Ficou linda em você — disse Huda, entusiasmada. — Você deveria comprar.

Senti uma ponta de desejo, mas sabia ser impossível. Retirei a pulseira e a devolvi ao dono da loja.

— Não tenho dinheiro suficiente.

Huda olhou para mim como se eu fosse louca.

— Mas seu marido é o Mensageiro de Deus! Certamente é o homem mais rico de Medina. Ele não recolhe um quinto de todo o saque dos assaltos aos mecanos?

Esse era o costume árabe. O chefe tribal recebia um quinto de toda a pilhagem adquirida em confiscos ou operações militares. Com os muçulmanos adotando uma política de pressão econômica contra Meca, meu marido tinha direito a uma enorme riqueza, vinda da apreensão feita nas caravanas. Huda tinha razão. Eu deveria ser a mulher mais rica do oásis.

— Ele distribui tudo aos pobres — expliquei. — As Pessoas do Banco.

As Pessoas do Banco eram um grupo de pedintes medinenses que se sentava regularmente perto de um banco de pedra, num canto do pátio da *Masjid*. Todos os que iam até lá recebiam comida e objetos apreendidos para redistribuição pelo Mensageiro. Sua filha, Fatima, às vezes passava horas sob o sol, atendendo a longas filas formadas todos os dias após a oração da manhã, a *Fajr*. Eu em geral via as mesmas pessoas, algumas delas homens fortes, que deveriam estar trabalhando em vez de mendigando, e reclamara disso ao Mensageiro, dizendo que eles eram maus elementos que se aproveitavam da sua generosidade. Porém, ele apenas sorria, e dizia que mesmo esses homens serviam a um propósito. Quando o fitei sem entender, ele explicou. "Eles nos ensinam a dar sem esperar nada em troca. Essa é a verdadeira compaixão."

Eu balancei a cabeça sem acreditar, da mesma forma que Huda balançou a dela naquele momento ao saber que o Mensageiro era tão pobre quanto no dia em que chegara de Meca, apesar da enorme riqueza que passava por suas mãos todos os dias.

— Os profetas dos judeus eram ricos — observou ela. — Por que o Profeta dos árabes tem que ser pobre?

Eu ri.

— Talvez os judeus tenham se dado bem porque são os Escolhidos. — Foi um comentário idiota de uma menina nova demais para entender o poder das palavras. Rimos da minha piada tola e continuamos olhando as bancas de joias.

No entanto, quando nos afastamos da banca do ourives judeu, nossas palavras permaneceram no ar. Um rapaz chamado Yacub, sobrinho irascível do comerciante idoso, nos escutou e ficou irritado. Ele deve ter me reconhecido como a Mãe dos Fiéis e adicionou meu comentário à ladainha de ofensas que os judeus de Medina atribuíam a meu marido. A unificação do oásis pelo Mensageiro e suas incursões militares bem-sucedidas haviam despertado o temor nos judeus de que Maomé logo se voltaria contra eles.

Se aprendi alguma coisa na vida, querido Abdallah, foi que o medo é o pior inimigo da alma de um homem. Pois o que quer que seja que temamos vem rapidamente em nossa direção como uma flecha, através dos campos do tempo.

Ao sairmos da banca e voltarmos nossa atenção para outro lugar, Yacub retirou um broche de ouro de lá e, num movimento rápido, prendeu a saia longa de Huda a um poste de madeira quando ela passava por perto. No momento em que Huda atravessou para a banca seguinte, o tecido fino se rasgou, e a saia dela caiu até os tornozelos, expondo sua condição de mulher para as pessoas que estavam ali fazendo compras.

Ouvi a roupa se rasgando e o grito apavorado de Huda. Eu me virei e encontrei a pobre moça tentando desesperadamente cobrir o corpo exposto, as lágrimas escorrendo-lhe pelas faces ao ver os homens do mercado gracejando excitados.

Agindo mais rápido do que conseguia pensar, arranquei o véu da cabeça e o amarrei em torno da cintura da minha amiga em lágrimas. De repente, todas as atenções se desviaram de Huda e se concentraram em mim. Meus cabelos ruivos brilhavam ao sol, e senti um pavor ao perceber que os estranhos olhavam com desejo para os meus cachos expostos. Era uma violação vergonhosa da honra de uma mulher, mas não tão vergonhosa como a que Huda sofria. Ergui a cabeça com dignidade e enfrentei os olhares dos homens curiosos com desafio.

— Olhem para nós, se quiserem, seus tolos! O pecado está em vocês!

Minhas palavras os envergonharam, e os homens rapidamente desviaram a vista. Eu me abaixei para apanhar os pedaços da saia de Huda e vi o broche de ouro que fora o responsável por toda aquela situação vergonhosa.

Levantei a vista e percebi que Yacub olhava para mim, furioso.

— Acho que é nossa vez de rir, sua meretriz.

Uma sombra caiu sobre nós, e vi um jovem muçulmano chamado Muzaffar ao nosso lado. Ele não olhou para mim, mas percebi que estendera o braço direito segurando um manto. Rapidamente peguei-o da mão dele e cobri meus cabelos de novo.

Muzaffar desafiou o judeu, seu rosto vermelho de ódio.

— Como se atreve a falar assim com a moça? Ela é a Mãe dos Fiéis!

Yacub riu com sarcasmo. Ele viu outros rapazes de sua tribo observando seu confronto com o muçulmano e sentiu que sua virilidade era seriamente desafiada.

— Vocês árabes chamam suas crianças de mães. — Ele deu um riso escarnecedor. — Não é de admirar que não distingam suas cabeças de seus traseiros! Apesar de que, em relação a traseiros, o dela certamente é bem bonito. Talvez da próxima vez consigamos vê-lo, não só o da amiga.

Mais rápido do que meus olhos conseguiram acompanhar, Muzaffar puxou uma faca pequena e cortou o pescoço de Yacub com a habilidade de um açougueiro. O rapaz caiu de bruços, seu rosto congelado num sorriso mortal. O sangue da ferida aberta em seu pescoço espalhou-se pela bela joia de ouro que seu tio levara muitos meses para construir com tanto carinho.

Gritei horrorizada, mas meu grito foi abafado pelos brados dos judeus que correram para vingar o companheiro morto. Eles jogaram Muzaffar ao chão, espancaram-no e chutaram-no até o momento em que ouvi o repulsivo estalo de seu crânio se estilhaçando.

O mercado virou um pandemônio quando muçulmanos e judeus se confrontaram com justa indignação. Quando escapei da confusão com Huda, meu coração se apertou ao perceber que um novo e tenebroso dia se iniciava para nós.

O primeiro sangue entre os filhos de Isaac e Ismael havia sido derramado. E me surgiu na mente uma visão tenebrosa de que as gotas da morte logo se transformariam numa enxurrada.

## 13

*A* paz de Medina havia sido rompida em sua essência, e a retaliação foi rápida. Um exército de mil homens circundou o distrito murado da parte sudoeste que abrigava a tribo judaica.

Nos dias que se seguiram à briga violenta no mercado, o Mensageiro enviou Ali para negociar o pagamento pelo sangue derramado e pôr fim às tensões entre muçulmanos e judeus. Cada um dos lados havia perdido um homem na luta, e, de acordo com os termos do tratado, a questão teria de ser submetida a Maomé para julgamento. Porém, os judeus da tribo Bani Qaynuqa enviaram Ali de volta, dizendo que consideravam a aliança anulada depois da morte de um de seus homens por um muçulmano.

As tensões aumentaram quando os judeus se isolaram por trás de suas muralhas, e havia rumores de que os chefes Qaynuqa enviaram mensagens urgentes a Abdallah ibn Ubayy, o líder traiçoeiro dos Khazraj. Os judeus supostamente poderiam dispor de setecentos homens para sua defesa. Se os Khazraj pudessem fazer o mesmo, então talvez, juntos, eles conseguissem tomar o oásis do feiticeiro.

Entretanto, se essa oferta foi realmente feita, Ibn Ubayy a negou. Apesar de termos ouvido rumores de que teria prazer em incitar os judeus a fazer o trabalho sujo de antagonizar Maomé, Ibn Ubayy não era o tipo de homem que estivesse disposto a arriscar a própria vida por um ajuste de contas.

Então chegou o dia em que os Bani Qaynuqa ficaram sem apoio, sozinhos. O Mensageiro considerou sua renúncia ao tratado um ato de guerra e cercou a fortaleza deles. Os muçulmanos bloquearam as estradas que levavam às tribos judaicas irmãs, os Bani Nadir e os Bani Qurayza, e a fortaleza ficou desprovida de poços. Em pouco tempo, os Bani Qaynuqa ficariam sem água, e precisariam lutar ou se entregar.

Eu observava como o Profeta andava entre os soldados muçulmanos que cercavam os portões da fortaleza judaica. Ele usava uma armadura brilhante feita de anéis de aço concêntricos, e seu elmo cobria a maior parte do rosto. Seus olhos negros reluziam por trás da viseira de aço.

Um aríete fora construído para derrubar as pesadas portas de madeira que protegiam os Qaynuqa. Era uma estaca longa, feita de uma série de troncos de palmeiras amarrados juntos e reforçados com placas de aço. Trinta muçulmanos, os mais fortes, reuniram esforços para golpear os portões até que eles caíram, e a fortaleza foi ocupada. Os soldados haviam recebido ordens de matar todos os homens que estivessem armados, mas poupar mulheres e crianças.

Quando os tambores soaram, anunciando aos Bani Qaynuqa seu fim próximo, vi um homem vestido em túnicas vermelhas longas dirigir-se ao Mensageiro. Era Ibn Ubayy, que fora negociar em nome dos judeus que ele se recusara a defender com armas.

Ele passou por Umar e Hamza, que lhe lançaram um olhar hostil, e foi em direção ao Profeta, aproximando-se por trás enquanto ele inspecionava seus homens.

— Maomé, trate bem meus aliados.

O Mensageiro olhou para Ibn Ubayy rapidamente, e em seguida continuou revistando a companhia, sua presença inspirando coragem aos guerreiros.

Porém, Ibn Ubayy era persistente. Seguiu o Profeta e gritou para que todos ouvissem.

— Maomé! Tenha piedade de meus aliados!

O Mensageiro fingiu não escutá-lo, embora seus gritos fossem capazes até de despertar os mortos no *Jannat al-Baqi*, o cemitério fora de Medina.

Frustrado, Ibn Ubayy aproximou-se por trás do Mensageiro e lhe segurou pela gola da armadura.

— Escute!

No mesmo instante, diversas espadas foram empunhadas e apontadas para o pescoço. Ainda assim, ele continuou a segurar firme. O Profeta virou-se para encará-lo, e um silêncio tão profundo se fez no local que tudo o que ouvi foram as batidas do meu coração.

— Largue-me. — Havia mais ameaça nessas duas palavras do que qualquer outra afronta poderia ter apresentado.

Contudo, Ibn Ubayy, apesar de todos os seus defeitos, não podia ser chamado de covarde. Mesmo sentindo a ponta das espadas contra o pescoço e as costas, recusou-se a largar a armadura do Profeta.

— Por Deus, não solto até que prometa que vai tratá-los bem — disse ele, e vi em seu rosto o que parecia ser sofrimento verdadeiro. — Os Bani Qaynuqa têm quatrocentos homens sem armadura e trezentos com uma couraça. Não é um grande exército, mas durante todos os anos anteriores à sua chegada em Medina, aqueles homens foram a minha única proteção contra os inimigos. Este árabe vive porque aqueles judeus o protegeram.

Ele parou de falar, e seus olhos brilharam de dor. Se estava fingindo, era um excelente ator.

— Setecentos homens que me mantiveram vivo antes de você trazer a paz ao oásis — continuou ele, com a voz embargada. — Você vai dizimá-los em uma manhã?

O Mensageiro olhou para ele. Não consegui ver seu rosto através da viseira do elmo, mas percebi a tensão em seus ombros ser liberada quando a súplica de Ibn Ubayy tocou seu coração.

Quando ele falou, sua voz era firme, porém cheia de compaixão.

— Eu lhe entrego a vida deles. — Foi tudo o que disse.

Ibn Ubayy soltou sua mão, e o Mensageiro se distanciou. O árabe ficou alguns instantes fitando o homem que lhe roubara a coroa, que passara a governar Medina enquanto ele era deixado de fora. Não sei o que pensava, mas parecia abalado e confuso. Finalmente, virou-se em direção aos portões da fortaleza e foi comunicar a boa notícia aos seus antigos aliados.

# 14

afiya ficou à beira da estrada do deserto, observando seus familiares da tribo Bani Qaynuqa abandonarem suas casas e deixarem a cidade para sempre. Eles colocavam seus tapetes e pequenas peças do mobiliário no lombo de centenas de camelos e burros, junto a todos os objetos domésticos que conseguiram carregar — utensílios, seus escritos, panelas e tachos pequenos. Pacotes pesados contendo comida para a viagem através do deserto, inclusive provisões de tâmaras, azeitonas e carne seca. Os olhos dela fixaram-se num menino pequeno montado numa mula, chorando porque queria ficar. A mãe dele o acalmava e lhe dizia para olhar sempre adiante, nunca para trás.

Estava acontecendo outra vez, pensou Safiya com amargura, exatamente como seu pai temia. O mundo estava sempre mudando, porém uma coisa permanecia a mesma — os judeus eram sempre expulsos de suas casas. Ela sentiu um súbito rancor contra Maomé, e desejou alimentar essa raiva até que ela consumisse seu coração. No entanto, não conseguia silenciar a voz dentro de si que dizia que seu povo não era de todo inocente nessa questão. Se tivesse escutado vozes mais sábias, como as dela mesma, teria acolhido os muçulmanos e se tornado seus aliados, para juntos trazerem a paz e a prosperidade para a Arábia. Seus próprios temores e os séculos de perda e traição, contudo, os haviam condicionado a resistir a mudanças. Eles tentaram ir contra a nova ordem e inevitavelmente fizeram recair a ira sobre si mesmos.

Com lágrimas nos olhos, ela virou-se para o rabino de idade avançada, Husayn ibn Sallam, ele próprio um membro da tribo Qaynuqa, mas que havia recebido permissão expressa para permanecer, devido a sua relação cordial com Maomé.

— O que vai acontecer com eles? — perguntou ela, suavemente.

Ibn Sallam assoou o nariz na manga. Seus olhos estavam vermelhos, porém secos, e ela percebeu que não lhe restavam mais lágrimas.

— Eles vão rumo ao norte, para a Síria — respondeu o rabino, com tranquilidade. — Nosso povo ainda tem alguns assentamentos que sobreviveram ao regime bizantino. Eles encontrarão refúgio lá.

— Mas você vai ficar. — Não era uma pergunta, nem tampouco havia sinal de censura em sua voz, entretanto o rabino vacilou, como se tivesse sido atingido.

— Eu tenho que ficar.

Ela não esperava uma resposta como essa.

— Não entendo.

Ibn Sallam deu um suspiro profundo.

— As areias do tempo estão mudando, mas eu temo que nosso povo não veja isso — disse ele, como se tivesse lido os pensamentos da moça. — Os Bani Qaynuqa deixaram que o orgulho os impedisse de enxergar a nova realidade. Eu vou ficar e aconselhar os Bani Nadir e os Bani Qurayza a seguir o fluxo da história, não a se voltar contra ele.

Safiya observou a enorme fila de judeus passar por fora dos montes de Meca em direção a um destino desconhecido ao norte.

— Você realmente acha que nosso povo arriscaria outro confronto com Maomé? — perguntou ela, sem ânimo. Não lhe restavam forças para testemunhar esse êxodo outra vez. — Por que seríamos tão tolos?

O rabino sorriu com tristeza.

— Nosso povo se orgulha muito da queda de Masada — disse ele, referindo-se à fortaleza onde judeus fanáticos mataram-se e a suas famílias em vez de se entregarem às hordas romanas. — Eu temo que nossos corações secretamente desejem reviver isso. Sacrificar-se com uma morte gloriosa contra um inimigo invisível.

Ibn Sallam desviou os olhos da dolorosa visão de sua tribo desaparecendo para sempre nas areias do tempo.

— Que Deus nos proteja da insensatez de nossos próprios sonhos!

Com isso, ele foi embora, cabisbaixo. Safiya ouviu o canto fúnebre de uma antiga oração hebraica em seus lábios, uma melodia que comemorava a trágica destruição do templo no Tishá BeAv.

Safiya não desviou o olhar até o último camelo deixar os limites da cidade, levando um povo orgulhoso para longe de tudo o que conhecia. Ela olhou para as muralhas amarelas da fortaleza que abrigara os Bani Qaynuqa durante centenas de anos. Sabia que, quando caísse a noite, o local abandonado seria saqueado, e as casas vazias logo seriam ocupadas por famílias muçulmanas. Dentro de poucos meses, todos os traços da antiga tribo judaica estariam perdidos e esquecidos.

Voltou para casa devagar, perguntando-se quanto tempo passaria até que ela também fosse forçada a olhar para o futuro, mesmo quando seu coração gritava como uma criança para voltar, para se prender ao passado que era intangível como uma miragem.

Sua mãe lhe dissera antes de morrer que o lar é onde está o coração. O coração de Safiya fora feito do pó de Medina e merecia voltar ao pó de onde nascera.

Safiya fez uma prece silenciosa a Deus, a Elohim, a Alá, ou como quer que Ele preferisse ser chamado:
*Mesmo que queira me levar desta cidade, permita que um dia eu volte. Não importa para onde as brisas da história soprem, permita que elas guiem o barco do meu destino para casa. Senhor do Universo, Rei dos Céus, deixe-me morrer onde eu vivi. Amém.*

## 15

Enquanto os muçulmanos e os judeus quase entravam em guerra em Medina, o exército mecano se reagrupava sob o olhar vigilante de Hind. A história acompanha os feitos dos homens, porém frequentemente ignora as mulheres que influenciam acontecimentos relevantes, para o bem ou para o mal. Está na hora, Abdallah, de revelar mais sobre a rainha de Meca. Muitos sabem de seus terríveis crimes, porém poucos entendem a mulher que os perpetrou. Não é fácil descer a profundezas tão obscuras. No entanto, já encontrei vestígios desse lado negro dentro de mim mesma, então talvez por isso eu possa falar de Hind.

Desde a derrota em Badr, Hind havia estimulado os soldados mecanos a realizar exercícios regulares para aperfeiçoar suas habilidades. Uma segunda derrota seria inadmissível, e Hind jurava que o homem que voltasse para casa cabisbaixo, portando a bandeira da derrota, seria estraçalhado pelas mulheres antes de entrar nos limites sagrados da cidade.

Não que ela considerasse Meca sagrada. Hind já deixara de acreditar na força divina, fosse ela singular ou plural, há muito tempo. A última vez que fizera uma oração foi aos 6 anos de idade. Sua mãe estava à beira da morte com uma doença terrivelmente devastadora, e Hind acompanhara com tristeza seu belo rosto definhar até só restarem pele e osso. Na noite em que o pai dela, Utbah, lhe disse que sua mãe estava deixando esse mundo, ela correu para a Caaba. Roubou a chave sagrada do escritório do pai, quebrando o antigo tabu, e entrou no recinto, prostrando-se diante do ídolo vermelho de Hubal. A menina ficara naquela posição até o nascer do sol, a testa contra o chão de mármore frio da Casa. Durante esse tempo, Hind fez orações a todos os deuses, cujos ícones se encontravam no Santuário, implorando às divindades que não deixassem sua mãe morrer. Ela suplicara às filhas de Deus, Allat, Uzza e Manat. À deusa fenícia Astarte. A Nergal, o rancoroso deus da guerra. Ao deus do sol, Shamsash. A Abgal, o padroeiro dos condutores de camelos. A Munaf, a deusa da fertilidade. A Aglibol, o deus palmireno da lua crescente. A Wadd, o deus para quem as serpentes eram animais sagrados. A Qaum, o deus nabateu, protetor das caravanas. Até mesmo a Isaf e Naila, os amantes que profanaram a Caaba com sua luxúria desenfreada.

E, por fim, depois que nomeou todos os deuses que conhecia e não obteve resposta, suplicou a Alá, o Deus Superior, que criou o céu e a terra antes de se retirar para Seu trono além das estrelas. Certamente Aquele que criara os deuses, que iniciara a vida e a morte, certamente Ele poderia salvar sua mãe.

Porém, quando o Sol despontou, Hind sentiu a mão suave do pai, levantando-a de sua posição de reverência. Sua mãe havia morrido durante o sono, ele disse.

Hind não chorou. Foi para casa e brincou com suas bonecas, aparentemente aceitando a notícia trágica com a dignidade estoica que se exigia numa casa nobre dos coraixitas.

No entanto, as lágrimas que ela não derramou permaneceram presas em seu âmago, corroendo-lhe o coração como um verme a um cadáver. A dor dentro de seu peito se transformou num veneno que destruiu sua alma, consumindo-a ao longo dos anos até que dentro dela só restou rancor.

Os deuses a haviam abandonado. Em troca, ela os abandonou. Uma troca justa, afinal.

Em sua vida, Hind nunca dera atenção ao culto idiota de seu povo, que continuava a se iludir com a ideia de que havia uma ordem superior por trás da existência. Hind aprendera na noite em que a mãe morreu que não havia sentido, não havia propósito em existir. O amor era uma ilusão, um ardil doloroso de um cosmos insensível. A alegria, um momento fugaz, levado pelo vento. A única coisa real era o corpo, pois só ele sentia prazer e dor. Ela concluiu que o propósito da vida, se havia algum, era aumentar o prazer e abrandar a dor.

Portanto, sua vida tornara-se uma busca incessante de êxtase, de estender a capacidade do corpo de vivenciar o prazer no limite. Ela se cercava de entretenimento para despertar os sentidos. Da música mais harmoniosa para lhe deleitar os ouvidos. Das roupas mais macias para acariciar sua pele. Ela experimentava todos os vinhos e carnes exóticas. Passava a vida explorando os prazeres proibidos da carne, tanto com homens quanto com mulheres, e com muitos parceiros, frequentemente ao mesmo tempo. Ela fizera um juramento de que, se houvesse algum prazer a ser extraído da vida, ela o experimentaria por completo antes que a escuridão a levasse e ela não se lembrasse de mais nada.

Os deuses de Meca não desempenhavam nenhum papel em sua vida, exceto como fonte de renda para sustentar seu estilo de vida sensual. Se houvesse nela alguma parte que ainda acreditava neles depois que sua mãe morreu, ela desaparecera dois anos mais tarde quando seu pai convidou um andarilho *kahin*, um adivinho que dizia se comunicar com os deuses, para ficar em sua casa e abençoar a família com seus poderes. O homem entrara sorrateiramente em seu quarto numa noite, nu, a não ser por um amuleto de ouro na forma de cobras entrelaçadas, o símbolo de seu espírito sagrado. Na mão, o *kahin* tinha um ídolo em marfim de algum deus da fertilidade iemenita, cujo nome ela jamais aprendera. Ele lhe dissera para não contar a ninguém sobre o que iria acontecer, pois era um rito sagrado, e uma maldição recairia sobre ela se contasse a alguém os mistérios do deus.

Exausto de seus "ritos sagrados", o homem adormeceu a seu lado. A menina de 8 anos de idade levantou-se da cama e se arrastou até a cozinha, ignorando o fluxo de sangue que lhe escorria pela perna. Sem dizer uma palavra, pegou o cutelo mais amolado que conseguiu achar, voltou para o quarto e cortou o pescoço do *kahin* sem hesitar. Colocou então o ídolo iemenita sob os pés descalços e esmagou-o, ignorando os fragmentos de mármore que lhe feriam a pele. Em seguida, Hind pegou o amuleto do *kahin*, o símbolo de seu poder, colocou-o no próprio pulso e voltou para a cama, caindo num sono sem sonhos ao lado do cadáver.

O pai dela encontrou o corpo nu do "homem sagrado" no quarto dela no dia seguinte e enterrou-o sem alarde no quintal. Utbah nunca falou sobre o assunto com Hind, porém nenhum outro *kahin* foi convidado a ficar na casa deles.

Depois desse incidente, ela nunca mais deu atenção aos deuses nem aos que se diziam seus porta-vozes.

Até Maomé, o comerciante de classe inferior que ficara rico ao se casar com uma mulher bem mais velha e abastada, decidir entrar no negócio da profecia. Suas palavras eram belas e poéticas, e os tolos de Meca logo se prontificaram a lhe entregar não somente sua riqueza, como também a própria vida. Em vez de abraçarem a única verdade da vida, a busca ao prazer, eles adotaram seus ensinamentos austeros, abrindo mão das coisas boas e vivendo por aí de estômago vazio, exaltando um Deus imaginário.

Essa nova religião era mais sofisticada em seus ensinamentos do que as tolices em que seu povo acreditava, e era exatamente isso que irritava Hind ainda mais. Era uma história tão bem contada que até homens inteligentes como Umar, homens que ela admirara e com quem desfrutara prazeres, renunciaram à vida para abraçar a morte. O islamismo era exatamente o tipo de ilusão que os homens desejavam, com suas promessas de vida eterna e justiça cósmica, quando nada disso era verdadeiro.

Hind detestava Maomé por dar falsas esperanças ao povo — uma esperança que fazia do forte um fraco e garantia que os homens trocassem os prazeres do momento por uma promessa de recompensa ilusória para além do túmulo. Hind fizera de sua missão na vida destruir essa ilusão, desmascarar a mentira, para que homens e mulheres pudessem ser livres para abraçar o mundo como era, não como desejavam que fosse.

Desde a morte do pai em Badr, Hind vinha sendo consumida pela vingança. Ela frequentemente acompanhava o marido nos exercícios de treinamento militar no deserto, fora de Meca. Seus olhos varreram o campo à procura de um guerreiro, alguém que de fato desfechasse um golpe e revelasse Maomé como o impostor que era.

Ela observou o marido dar ordens aos homens, estimulando-os a praticar a luta com espadas e o arremesso de lanças.

— Treinem com afinco, filhos de Meca! O dia da desforra está chegando.

Os homens respondiam às ordens de Abu Sufyan acelerando seus movimentos, esperando agradar aquele que, para todos os efeitos, era seu rei. Hind considerara livrar-se do marido depois do desastre de Badr, fazer sua morte parecer acidental. Entretanto, percebeu naquele momento que havia agido com inteligência ao se conter. Viu que Abu Sufyan tinha o respeito dos soldados e ainda lhe era útil. Mas, sabia que ele estava velho e que ela precisaria de um corpo mais jovem para satisfazer seus interesses e sua busca pelo prazer.

Então, inesperadamente, ela o avistou.

Os olhos de Hind recaíram sobre um escravo abissínio alto. Ele era negro como a noite e se movia como uma pantera. Na mão, o escravo segurava um dardo potente, entalhado segundo as tradições de seu povo, que era mestre na arte do arremesso de lanças. Ele avançava com ímpeto por entre um grupo de defensores, passando pelos homens como uma cobra se enredando no junco.

Os olhos do escravo concentraram-se no alvo, um poste de madeira que fora erguido no meio de um campo pedregoso. Ele apoiou o dardo no ombro e, com elegância, arremessou a arma cerca de 30 metros através do campo. O dardo foi parar diretamente no centro do poste, atravessando-o.

Hind sentiu o coração dilatar, assim como a região entre suas pernas. Caminhou em direção ao escravo e sentiu seu desejo se intensificar quando a pele do homem brilhante de suor e seu perfume almiscarado inundaram-lhe os sentidos.

— Como se chama? — perguntou ela.

— Wahsi — respondeu ele, recobrando o fôlego. — Eu pertenço a Jubayr ibn Mutim.

Hind sorriu. Jubayr era seu primo, e ela o conhecia bem. Houve uma época em que Hind temera que ele desertasse para o lado dos muçulmanos depois que soube que Abu Bakr, o principal bajulador de Maomé, prometera a ele a filha, Aisha. Porém, o lascivo Maomé decidira levar a criança para sua própria cama, e Jubayr permaneceu leal a Meca.

Ela aproximou-se mais ainda de Wahsi, colocou uma das mãos em seu braço forte, quase tão grosso como uma árvore.

— Você conhece Hamza ibn Abd al-Muttalib?

Ela pronunciou com dificuldade o nome do assassino de seu pai.

Wahsi pareceu constrangido.

— Conheço — respondeu ele, em seguida hesitou. — Ele sempre foi muito gentil comigo e com Bilal.

Hind franziu o cenho. Bilal, o escravo que se tornara o principal *muezzin* de Maomé, havia matado seu ex-dono, Umayya, em Badr. O vínculo entre escravos na cidade era tão estreito como o elo entre irmãos, e era bem possível que a lealdade de Wahsi tivesse sido corrompida por esse elo. Ela teria de avaliar até onde realmente ia essa afinidade.

— Você considera Hamza um amigo?

Wahsi parou, medindo as palavras.

— Até onde um escravo e um homem livre podem ser amigos, eu diria que sim.

Isso era decepcionante, mas não um obstáculo intransponível.

— Diga-me, Wahsi, que valor tem a sua liberdade?

Wahsi deu um passo atrás, seus olhos examinando Hind com cuidado.

— Não entendi.

Hind aproximou-se dele novamente. Dessa vez, ela deixou que sua mão tocasse o peito nu do rapaz. Ela fechou os olhos e sentiu o ritmo forte e regular das batidas do coração de Wahsi em contato com seus dedos.

— Conquistar a sua liberdade é algo pelo qual arriscaria a vida?

— É — respondeu ele, sem hesitar.

Ela abriu os olhos e olhou fundo nas pupilas negras do escravo.

— Você mataria por isso?

Ele semicerrou os olhos, mas não desviou o olhar.

— Mataria.

Hind sorriu e acariciou a pele dele. Os músculos do abdome de Wahsi eram firmes e bem definidos. Ela sentiu suas coxas umedecerem, e o odor de sua excitação exalou-se entre eles.

— Claro. Mas a sua liberdade é tão preciosa que você mataria um amigo por ela?

Wahsi hesitou por um momento. Em seguida, ergueu os ombros com orgulho.

— Se esse for o preço pela chave das minhas correntes, a resposta é sim.

Hind apertou o braço dele, enfiou a unha em sua pele, tirando-lhe sangue. Wahsi permaneceu impassível quando ela levou o dedo à boca e chupou a gota do fluido da vida.

— Eu vou falar com meu primo Jubayr — disse ela com voz rouca. — Ele lhe concederá uma licença hoje. Venha à minha casa à noite. Temos muito o que discutir.

---

E ASSIM HIND ENCONTROU, enfim, um guerreiro para sua vingança. Uma vingança que se revelaria muito mais tenebrosa do que qualquer um de nós poderia ter imaginado.

Você pode se perguntar, querido Abdallah, por que me detenho em detalhes no papel dela nesses acontecimentos. Hind era um monstro, você dirá, indigna de ser registrada nos anais da nossa fé. Talvez você tenha razão. Seus crimes alcançaram uma justa condenação na história. Ela foi, de fato, cruel, vingativa e manipuladora. No entanto, foi muito mais do que isso. Forte. Orgulhosa. Apaixonada. Uma mulher que se recusou a permitir que o mundo a conquistasse. Uma mulher que poderia ter feito o bem, se a ferida em seu coração tivesse sido curada com o bálsamo do amor. Apesar de odiar lembrar-me dela, tenho compaixão da criança que ainda vivia ali. Uma menina ajoelhada, suplicando aos céus que intercedessem por sua mãe. Uma súplica que teve como resposta apenas o silêncio.

## 16

O Mensageiro recostou a cabeça em meu colo, como sempre fazia quando tinha dificuldade para relaxar depois de um longo dia, e eu estendi as pernas em nosso colchão de pele de ovelha. Passei os dedos pelos cachos pretos que começavam a mostrar algumas mechas grisalhas. Ele dirigiu a mim um olhar familiar, e percebi que me desejava. O Mensageiro andara tão cansado nas semanas anteriores que raramente fazíamos amor. O fardo esmagador da vida diária como profeta e estadista o cansava de tal modo que era difícil até dar conta de suas necessidades de homem. Todos os minutos de suas horas de vigília eram gastos ensinando, julgando disputas, reforçando as novas leis que Deus revelara no Corão, ou conduzindo os ataques às caravanas de Meca. O Mensageiro chegava em casa exausto e adormecia em meus braços quase imediatamente.

Eu sentia falta de nossas noites de intimidade, do calor extraordinário de seu corpo entrelaçado ao meu. Desejava lhe dar um filho. Estávamos casados já fazia quase três anos e minhas regras continuavam firmes. Todas as noites eu fazia preces ao Senhor para acelerar meu ventre, porém minhas súplicas não eram atendidas.

Eu me mexi devagar para apagar a única vela que adornava o recinto, uma vez que meu marido era excessivamente modesto e compartilhava nossas intimidades somente no escuro. Mas ouvi uma batida furiosa na porta e a voz estrondosa de Umar chamando o Mensageiro. Meu marido suspirou e pude perceber seu desejo esfriando. Naquele instante, tive vontade de agarrar Umar pela barba e dar-lhe uns tapas, mas em vez disso fui para um canto da sala, cobrindo meus cabelos, amuada, enquanto o Profeta abria a porta e mandava o gigante desvairado entrar.

— Ó Mensageiro de Deus, a honra de minha casa foi jogada na lama! — disse ele, de forma dramática.

— O que houve? — O tom do Mensageiro era bem-educado, mas demonstrava cansaço.

Umar me viu no canto, observando-o furiosa. O gigante de repente se sentiu pouco à vontade e baixou a vista sem dizer mais nada.

Meu marido virou-se para mim com um sorriso amável.

— Aisha, por favor, nos deixe sozinhos.

Aborrecida, fiz um aceno de concordância e me dirigi ao pátio. O Mensageiro fechou a porta quando saí. Sem conter a curiosidade, que em mim é tanto um dom quanto uma maldição, encostei o ouvido na porta, feita de tábuas finas de palmeiras, e escutei a conversa entre meu marido e um de seus mais confiáveis conselheiros.

— Como você sabe, minha filha Hafsa é viúva — disse Umar, falando rapidamente. — Eu procurei Uthman ibn Affan e lhe fiz uma oferta digna para ele se casar com ela. Ele recusou!

Eu ri. Claro que Uthman recusaria. Hafsa era uma moça bonita, mas tinha um temperamento explosivo, como o pai, e nenhum homem que prezasse sua paz de espírito a aceitaria.

— Uthman ainda está de luto por Ruqayya — observou o Mensageiro diplomaticamente. — Não se ofenda com isso.

Ele não disse a Umar o que me contara em particular, sobre sua intenção de casar Umm Kulthum, uma de suas filhas mais novas, com Uthman. Essa informação poderia não ser bem recebida por Umar.

— Que seja, mas eu sofri uma segunda humilhação — continuou Umar. — Fui falar com Abu Bakr e lhe ofereci a mão de Hafsa, e ele também recusou! Eu achei que ele era meu melhor amigo, mas me fez passar essa vergonha.

Tentei não rir. A ideia de meu pai, já idoso, casar-se com uma moça turbulenta de 20 anos era extremamente cômica. Ele teria um infarto na noite do casamento, não pela paixão de Hafsa, mas por suas incessantes reclamações.

— O amor de Abu Bakr por Umm Ruman é profundo. Ele não partilharia seu coração com outra mulher. — Meu marido, como sempre, sabia escolher as palavras exatas ditas.

— Seja como for, estou arruinado! — disse Umar, o pânico refletido na voz. — Nesse exato momento os mexeriqueiros estão espalhando histórias vis por toda Medina. Rumores de que Hafsa foi recusada pelos homens mais importantes do islã, porque tem um gênio difícil e é má! Como podem dizer uma coisa absurda dessas?

Morri de rir e tive de morder a mão para não revelar que escutava às escondidas.

— É melhor ignorar as calúnias de pessoas mal informadas — disse, com brandura, o Mensageiro. — Elas terão de prestar contas a Alá. Os mexeriqueiros e os caluniadores comerão a carne de seus irmãos mortos no Dia do Juízo.

Era uma imagem vívida, mas que não tranquilizou Umar.

— Não posso esperar até o Dia do Juízo, Mensageiro de Deus! A honra da minha filha foi manchada hoje! Nenhum homem se casará com ela se souber que Uthman e Abu Bakr a rejeitaram!

— Tenha fé, Umar. — Percebi o cansaço na voz do Mensageiro em seu esforço de apaziguar Umar, mas este ficava cada vez mais agitado.

— Eu tenho fé em Deus, mas não na obstinada crueldade humana — retrucou Umar, sua voz trêmula. — Nos dias anteriores ao islã, eu teria desafiado Uthman e Abu Bakr a um duelo. Mas agora eles são meus irmãos e não vou derramar o seu sangue. Portanto, não tenho escolha.

— Não tem escolha? — Notei então um tom de alarme na voz de Maomé.

— Tenho que deixar Medina e levar Hafsa comigo — explicou Umar. — Preciso ir a algum lugar onde ela possa escapar da vergonha e reconstruir sua vida.

Umar parou um instante e depois percebi uma nova empolgação em sua voz.

— Ó Mensageiro de Deus, me mande como seu representante aos infiéis! Para a Síria ou a Pérsia. Me confira a missão de divulgar a Palavra de Deus nessas terras estrangeiras!

Escutei meu marido bater de leve nos ombros de Umar num gesto de apoio.

— Chegará o dia em que você será enviado para essas terras, Umar, mas não como enviado. *Insha-Allah*, você irá como conquistador.

Se o Mensageiro queria levantar o ânimo de Umar com essa grande notícia, seus esforços foram frustrados.

— Então o que devo fazer? Não posso ficar em Medina enquanto a honra de minha família estiver manchada.

Houve um longo silêncio e, por fim, notei que a situação deixava de ser engraçada e passava a ser um problema preocupante para a comunidade. Umar era um líder poderoso, temido e respeitado, tanto pelos amigos como pelos inimigos. Se deixasse o oásis, isso criaria um vácuo de poder que encorajaria nossos inimigos a tomar decisões agressivas contra Medina. Eu sabia que meu marido estava pensando numa solução para desviar os pensamentos de Umar das dificuldades que a filha passava para arranjar um casamento e mantê-lo focado na proteção da cidade-estado que nascia.

— Agora eu preciso revelar a verdade — disse o Mensageiro por fim — Não julgue Uthman nem Abu Bakr severamente. Eles estavam obedecendo às minhas ordens.

Isso era inesperado. Inclinei-me mais ainda para escutar melhor, e a porta quase se abriu.

— Não entendo. — A voz de Umar parecia ao mesmo tempo confusa e magoada.

— Quando você falou com Uthman sobre a proposta, ele veio a mim e eu disse a ele para recusar. Abu Bakr fez o mesmo.

Umar estava obviamente chocado com essa revelação.

— Ó Mensageiro de Deus, por quê?

Fiquei ansiosa para ouvir a resposta. Era o lado estadista de meu marido que falava naquele momento, e eu ficava sempre fascinada com sua habilidade de tomar decisões sábias que beneficiavam a todos.

— É porque Hafsa é especial. Ela foi escolhida para um propósito maior.

De repente, não gostei do rumo da conversa.

Escutei Umar ficar de pé, suas enormes pernas estalando como os portões de uma fortaleza gigantesca.

— Você está dizendo... ?

Imediatamente meu coração disparou, e quase corri para dentro de casa para impedir meu marido de terminar aquela conversa. Mas não consegui mover as pernas.

— Sim. É meu desejo casar com Hafsa e torná-la uma Mãe dos Fiéis. Se o pai dela permitir.

O sangue fugiu do meu rosto. Fiquei tonta e senti o gosto de bile na boca.

— Alá seja louvado! — exclamou Umar, empolgado. — Eu lhe daria a minha filha e qualquer outra coisa que pedisse!

Escutei o farfalhar de túnicas quando Umar abraçou o Mensageiro, um abraço que teria esmagado um homem mais fraco. Os dois continuaram a falar, porém não me interessei mais em escutar.

Meu coração disparou de ciúmes. O Mensageiro me amava! Como poderia se casar com outra mulher, mesmo por manobra política? De repente, tive a visão de meu amado Maomé abraçando apaixonadamente a bela Hafsa, e senti o ódio consumir minha alma.

Dei meia-volta e saí do pátio correndo para a casa de minha mãe, onde passei o resto da noite chorando em seus braços.

# 17

Observei, angustiada, um grupo de trabalhadores construindo outro cômodo pequeno de pedra, ao norte de minha casa, no pátio da *Masjid*. Os homens trabalhavam com pressa, uma vez que o casamento do Profeta com Hafsa estava marcado para a próxima semana, e eles queriam terminar a tempo de a argamassa de barro secar. Ninguém queria ser responsável por deixar o Mensageiro de Deus passar sua noite de núpcias num quarto que cheirasse a um poço de betume depois de uma enchente.

Olhei para aquele quarto e imaginei novamente meu marido nos braços de outra mulher, e tive a sensação de garras geladas apertando minha garganta. Naquele momento, como se lesse meus pensamentos, a orgulhosa Hafsa entrou no pátio, tirando suas elegantes sandálias de tiras e indo apressada inspecionar seu novo lar.

Fiquei por trás de minha porta, na esperança de que ela não me visse. A última coisa que eu queria era trocar amabilidades com aquela moça bonita de cabelos pretos cacheados, que em breve compartilharia a cama do Mensageiro.

Porém Hafsa estava tão concentrada em seus próprios interesses que provavelmente não teria me notado mesmo que eu tivesse ficado nua diante dela. Seus olhos escancaram-se quando viu o estado caótico da sua futura moradia, e começou a repreender os pobres trabalhadores.

— Que serviço porco é esse! — gritou ela, com voz grossa que se assemelhava muito à do pai. — Não, não quero uma janela que dê para o muro de trás! Eu vou ser uma Mãe dos Fiéis! Minha janela precisa estar voltada para o pátio!

Os trabalhadores humilhados aguentaram aquela reclamação malcriada com cansaço e resignação. Hafsa não era tão alta quanto Umar, mas tinha os ombros largos e masculinizados, que tornavam o parentesco entre pai e filha inegável. Seus olhos eram castanho-claros, e sua pele era morena e perfeita. Era dotada de curvas e quadris largos, e de repente me dei conta, com pavor, que seu corpo era mais adequado para conceber uma criança do que a minha frágil estrutura física. Se ela desse um filho ao Profeta antes de mim, provavelmente se tornaria a primeira esposa, e meu domínio sobre o coração de Maomé ficaria tão frágil como uma tranca enferrujada que se despedaça sob a ação do vento forte.

— Não tenha medo, Aisha — soou a meu lado uma voz suave. — Você será sempre a predileta dele.

Era minha irmã, a esposa mais velha, Sawda, que interpretara meu olhar com a sabedoria de uma mulher que se lembra da insensatez da juventude.

Sorri para ela agradecida, mas um pensamento pouco generoso me cruzou a mente. O rosto dela era coberto de rugas, seus seios, caídos, e suas regras haviam secado fazia tempo. Era fácil para ela falar com tanta certeza, pois compartilhava a cama do Mensageiro sem paixão e jamais poderia lhe dar um filho. A posição de Sawda na casa não seria afetada caso Hafsa conquistasse o coração de Maomé.

Foi um pensamento sórdido, cruel e maldoso, e tentei, sem muito sucesso, afastá-lo da mente.

— Que tipo de madeira é essa? — gritou Hafsa, e meus pensamentos desviaram-se sob a força de seus gritos. Levantei a vista e vi que ela estava aos berros com o mestre de obras, um homem corpulento, quase tão alto quanto o pai dela. — Você quer que o telhado caia em cima do Mensageiro quando ele estiver na cama?

O mestre de obras musculoso pareceu querer dar uma resposta rude a essa moça de 20 anos que agia como se fosse a rainha da Arábia. Porém, mordeu o lábio e se conteve. Nesse instante, o Mensageiro entrou no pátio, e o homem lhe lançou um olhar de quem suplica uma intervenção.

Meu marido aproximou-se de Hafsa. Vi que ele respirou fundo, como se tomasse coragem para a luta. Mas antes de conseguir acalmar a noiva, seus olhos recaíram sobre mim, ali ao lado da porta de minha pequena casa, e ele sorriu com ternura. Meu coração quase explodiu, e tive de me conter para não correr e me lançar em seus braços, dizendo que eu era a única que poderia realmente lhe trazer felicidade. Contudo, algo na maneira como seus olhos brilharam me indicava que eu não precisava dizer isso. Ele já sabia.

---

O MENSAGEIRO CASOU-SE COM Hafsa numa cerimônia grandiosa, para a qual todos os líderes de Medina foram convidados, inclusive os chefes de tribo judeus. Estes, porém, enviaram presentes de ouro e especiarias, mas não compareceram.

Observar o Mensageiro unir-se a Hafsa diante de um grupo de nobres honrados e a noiva com um vestido longo de seda vermelha me deu uma grande tristeza. Eu me dei conta de minha própria insignificância. Meu casamento fora um acontecimento extremamente modesto, e me senti roubada da pompa e circunstância a que teve direito a filha de Umar.

Num murmúrio, reclamei com minha mãe, que me lançou um olhar sério de reprovação.

— Esse é um casamento político para satisfazer Umar e manter os muçulmanos unidos — sussurrou apressadamente Umm Ruman. — Mas seu casamento foi ordenado por Deus e refletiu o sentimento do Mensageiro, não suas obrigações de líder. Fique agradecida.

É claro que minha mãe tinha razão. Porém, naquele momento, eu não queria saber disso. Levantei-me indignada e saí abruptamente. Deixei o pavilhão colorido que fora montado no mercado, passei por uma fila de pedintes que aparecera no local em busca de um óbolo por parte do Mensageiro naquela ocasião importante. Levei meu véu ao peito na esperança de me aquecer do frio que sentia, apesar do calor seco da noite.

Saí do bazar, caminhando sem propósito e sem destino. Parei de repente ao ver uma moça recostada num muro quebrado, olhando tranquilamente para as estrelas.

Era a filha do Profeta, Fatima. Percebi naquele momento que não a vira dentro do pavilhão com suas irmãs, Zaynab e Umm Kulthum, e me perguntei por que ela não estava na comemoração do casamento do pai. Pensei então que o fato de ela ser dois anos mais velha do que a nova esposa, Hafsa, e ainda não ter nenhum pretendente devia ser um enorme peso.

Fatima parecia perdida num devaneio e não reagiu à aproximação de passos. Eu devia ter dado meia-volta e a deixado sozinha com seus pensamentos, mas me senti atraída para junto dela naquela noite por razões que não sabia expressar. Fatima sempre fora tão etérea que parecia mais um espírito do que uma criatura de carne e osso, e havia algo nela que me incomodava. No entanto, era a filha predileta de meu marido, e talvez eu me sentisse próxima a ela por ser a esposa predileta — posição que eu esperava, com toda a intensidade, manter depois que o Mensageiro passasse a noite com sua nova esposa. Além de ser mais velha e possuir um corpo mais maduro, Hafsa já fora casada, e era supostamente experiente na arte do amor. A esse pensamento, meu estômago embrulhou, e procurei afastá-lo do meu coração ao me aproximar de Fatima.

A moça olhou para mim com um sorriso espectral, e depois voltou sua atenção para as estrelas. A Via Láctea parecia uma rota de caravanas atravessando os céus, e notei que sua atenção se voltava para a constelação de *Al-Jabbar*, o Gigante, bastante visível no céu escuro. Olhei pelo canto do olho para as três estrelas que formavam seu cinturão e vislumbrei as pequenas luzes que formavam sua bainha. Entretanto, sempre que eu fixava a vista sobre elas, as estrelas desapareciam, como *djins* no deserto.

O silêncio entre nós duas se tornou desconfortável, e procurei algum assunto com o qual pudesse começar uma conversa.

— Então... você ainda acha que nunca vai se casar? — Senti um leve tremor ao dizer essas palavras, mas era tarde demais para retirá-las.

Fatima olhou para mim e vi seus olhos negros entrarem em foco, como se me reconhecesse pela primeira vez.

— Não. Na verdade, vou me casar em breve, *insha-Allah*.

Isso era novidade para mim.

— Então você escolheu alguém? — Tentei sem sucesso disfarçar o tom de incredulidade.

Fatima deu de ombros e olhou de volta para as estrelas.

— Não. Ele foi escolhido para mim.

Aquilo era realmente uma surpresa. Fiquei decepcionada ao pensar que o Mensageiro não havia me confiado os planos que tinha para sua filha querida. Fiquei pensando se ele teria dito a Sawda. Ou pior ainda, a Hafsa.

— Por seu pai? — perguntei, com uma voz que pareceu o chiado de um rato.

— Não. Por Deus.

E com essas palavras estranhas, a moça misteriosa deu um sorriso triste e olhou de volta para os céus. Baixei a vista e olhei para minhas mãos por um instante, refletindo sobre aquelas palavras. Quando me voltei para lhe perguntar o que queria dizer com aquilo, senti um arrepio na nuca. A rua estava vazia. Fatima havia desaparecido.

## 18

O Mensageiro consumou seu casamento naquela noite com Hafsa, e ela vocalizou bem sua satisfação. Cobri meus ouvidos com um travesseiro de couro grosso, mas os gritos guturais dela atravessaram as paredes finas entre nossas casas, aumentando ainda mais meu tormento.

Alguns dias depois, quando eu ainda estava muito sensível ao acréscimo dessa moça vivaz ao harém, realizou-se um segundo casamento. Fatima ia se casar com Ali, o que de certa forma parecia correto. Ambos eram estranhos, criaturas misteriosas, e essa união parecia quase obra do destino.

A cerimônia não foi tão grandiosa como as núpcias de Hafsa, mas o acontecimento se deu com grande nobreza. O casamento foi de uma solenidade inexplicável, como se aquele acontecimento fosse algo muito importante na história do mundo, e não uma mera união de dois pobres desajustados que tiveram sorte de se encontrar.

O Mensageiro ficou sério e silencioso quando Ali e Fatima sentaram-se à sua frente. O noivo usava uma túnica preta simples, seus olhos verdes brilhando num intenso contraste. Fatima trajava um vestido longo vermelho, seu rosto completamente coberto por um véu fino. Apenas algumas pessoas mais íntimas foram convidadas, o núcleo da família de Maomé — suas esposas e filhas, Uthman, o genro viúvo, e os dois sogros do Mensageiro, Abu Bakr e Umar. Fiquei bastante feliz ao ver Talha e minha irmã Asma, que não desviava os olhos de Zubayr. Ele havia enfim emigrado para Medina com a promessa de casar-se com ela e pôr fim ao seu estado de solteirona.

Ali e Fatima assinaram o registro nupcial, e todos os presentes levantaram as mãos para recitar a *Fatiha*, como era de praxe. Normalmente a cerimônia se completava com uma súplica, mas o Profeta fez algo incomum naquela noite, algo que nunca vi antes nem depois.

O Mensageiro de Deus ergueu uma tigela pequena, entalhada em madeira de acácia, e encheu-a da água limpa de uma jarra de barro. Em seguida, colocou um pouco do líquido na boca e cuspiu de volta na tigela; a água pareceu cintilar, como se ele tivesse jogado diamantes lá dentro. Então Maomé pegou a água e aspergiu sobre Ali e Fatima, e um estranho brilho pareceu emanar do casal. Por fim, meu marido pegou um pequeno frasco de vidro de azeite de oliva e colocou nele os dedos antes de ungir a testa de Ali. Depois, colocou os dedos por baixo do véu da filha e repetiu o gesto com ela. Era como se os tivesse sagrado rei e rainha, como os profetas de Israel, segundo se dizia, faziam com os soberanos num passado longínquo.

— Que Deus os abençoe e aos seus descendentes! — disse ele, com uma expressão que de certa forma conseguia combinar alegria e tristeza de uma só vez.

A cerimônia toda pareceu adequadamente etérea para aquele enigmático casal, e fiquei feliz quando o Profeta levantou-se e os beijou, sinalizando que havíamos retornado ao mundo que eu conhecia e entendia.

As mulheres seguraram a mão de Fatima e, com as tradicionais risadinhas e olhares astutos, conduziram-na ao quarto, onde um colchão de pele de ovelha semelhante ao meu havia sido colocado no chão de pedras.

Ao ajustar o véu de Fatima, que havia se deslocado de forma esquisita enquanto a conduzíamos, vi que seus olhos estavam cheios de lágrimas e sua boca era uma linha rígida.

— Sorria! — eu disse com um largo sorriso, na esperança de ajudá-la a afastar aquela inexplicável tristeza. — Essa é a noite mais importante na vida de uma mulher.

Fatima olhou para mim como se me visse, realmente me visse, pela primeira vez. E então disse palavras que eu jamais esperaria.

— Eu gostaria de ser como você, Aisha.

— Por quê? — perguntei, com uma surpresa sincera.

— Você vive a vida livremente, abraça cada momento — disse ela com suavidade. — Você não fica perturbada com o passado. Nem se preocupa com o futuro.

Era um comentário estranho vindo de uma moça estranha, e respondi da melhor maneira que pude.

— Meu pai diz que o passado é como um sonho do qual despertamos. Por que olhar para trás? O futuro é como uma miragem no deserto. Corremos atrás dela, e ela continua fugindo de nós.

Fiquei surpresa com minhas próprias palavras, que tinham um ar poético que eu desconhecia em mim.

Fatima sorriu com tristeza, e havia algo de trágico em seu olhar que partiu meu coração.

— No entanto, às vezes a miragem corre atrás de nós — observou ela. — E então vemos que não é feita de água, mas de areia fervente, levando com o vento tudo que amamos.

Olhei para ela confusa, até mesmo assustada. Depois as mulheres me mandaram sair e Ali entrou no quarto, seus olhos verdes tão distantes e imperscrutáveis como sempre.

## 19
## Monte Uhud – 23 de março, 625 d.C.

Chegara enfim o dia do acerto de contas, e a guerra bateu à nossa porta. Os habitantes de Meca ali estavam para vingar os mortos em Badr e destruir Medina. Era o primeiro dia da primavera, e os pardais cantavam nas palmeiras, enquanto nossos soldados marchavam para defender o oásis dos invasores. Abu Sufyan conduzia um batalhão de 3 mil homens e trezentos cavalos, enquanto nós havíamos conseguido juntar apenas setecentos muçulmanos, e mais trezentos membros de tribos, aliados ao sombrio Ibn Ubayy. Apesar da extraordinária superioridade de nossos adversários, os muçulmanos estavam confiantes. Afinal, tínhamos testemunhado o milagre de Badr, onde derrotamos um exército três vezes maior que o nosso.

Além disso, tínhamos recebido um sinal especial de graça nos dias que antecederam a batalha. A filha do Mensageiro, Fatima, dera à luz um filho, um menino rechonchudo e risonho, chamado Hasan. Os filhos que o Profeta teve com Khadija haviam morrido muitos anos antes e Hasan era agora o único herdeiro homem do Mensageiro de Deus. Seu nascimento ocorrera após uma gravidez difícil, durante a qual Fatima havia passado semanas presa à cama. As mulheres idosas de Medina haviam começado a sussurrar com tristeza que a filha do Profeta não era forte o suficiente para levar a gravidez até o final, e meu marido se mostrava desanimado e desesperançado nos dias que precederam o parto.

No entanto, como se Deus houvesse decidido que a pobre moça sofrera o suficiente, as dores de Fatima desapareceram, e, com facilidade, ela deu à luz um menino forte, de cabelos cacheados. O parto bem-sucedido do herdeiro do Profeta representou um sinal claro de esperança para nossa *Ummah*. Nenhuma das Mães dera ao Mensageiro um filho, um fato que era a fonte da minha maior tristeza pessoal. Porém, me senti reconfortada ao saber que, se Hasan conseguisse superar os difíceis dias da desmama, quando a maioria das crianças sucumbia às agruras do deserto, ele carregaria o sangue sagrado do Mensageiro e garantiria a sobrevivência da família de Maomé. O fato de Hasan ser filho de Ali instantaneamente levou o estranho jovem a uma posição de proeminência ainda maior na comunidade, realidade que deixou perplexa a geração mais velha entre os muçulmanos.

Todas as rivalidades, contudo, haviam sido deixadas de lado, pois os inimigos batiam aos portões do oásis. Os dois exércitos se encontraram num vale, logo depois de um monte vulcânico escarpado, chamado Uhud, onde o Mensageiro instalou um acampamento e esperou pelos reforços de Ibn Ubayy. Fiquei ao lado de meu marido enquanto ele examinava do alto a planície abaixo. As tropas de Meca eram como besouros brilhantes, suas armaduras reluzindo desafiadoras em nossa direção. Com meus olhos de falcão, vi a cavalaria sendo conduzida por um homem poderoso, de feições esculturais, que reconheci como o grande Khalid ibn al-Waleed. Ele ergueu a viseira de seu elmo e examinou o campo de batalha, seus olhos escrutinando as curvas da montanha à procura de pontos fracos em nossas defesas.

Quando abaixei o olhar para o acampamento mecano, com suas bandeiras vermelhas, roxas e azuis colorindo o vale morto, me recordei de uma cena semelhante que eu presenciara um ano antes. Mas agora o inimigo havia triplicado sua força e era motivado pela vingança, não pelo orgulho.

Se eles fossem bem-sucedidos, todos nós morreríamos. Se falhassem, voltariam novamente no ano seguinte, com um exército superior e uma sede de vingança ainda maior. Era como se cada uma das vitórias conquistadas pelos muçulmanos nos colocasse num campo de batalha novo e ainda mais perigoso

Suspirei desanimada e apoiei uma das mãos no braço de meu marido, mais para me reconfortar do que a ele.

— Será que um dia haverá paz, meu amor?

— Sim. No Paraíso — respondeu ele, melancólico. — Este mundo nasceu na guerra, e um dia perecerá nela.

Seus dedos apertaram os meus, e pude sentir seus calos, fruto dos muitos meses de trabalho braçal necessários para construir muros e fortalecer as defesas de Medina. Maomé poderia ter se dispensado da tarefa de assentar os tijolos, por ser o comandante do oásis, mas meu marido tinha consciência do poder de um líder que se juntava a seus homens nas tarefas cotidianas. Isso criava um vínculo de confiança e lealdade, cujo verdadeiro valor só poderia ser provado num dia como aquele.

Escutei o som regular de pedras sendo esmagadas sob botas pesadas que subiam a montanha. Olhei e vi Umar, seu corpo volumoso coberto pela armadura, vindo às pressas. Seu rosto estava contorcido de raiva.

— Fomos traídos! Ibn Ubayy recolheu seus homens, e eles voltaram!

Com um ar sério, meu marido fez um sinal de quem havia entendido. Talvez tivesse previsto essa possibilidade. Ibn Ubayy achava que confrontar as forças de Meca seria suicídio, e sugeriu que nos escondêssemos em nossas casas. Medina, com suas ruas sinuosas e repletas de palmeiras, não seria facilmente tomada, a menos que os mecanos se dispusessem a lutar rua a rua, casa a casa.

Porém, o Mensageiro chegara à conclusão de que permitir aos habitantes de Meca cruzar os limites da cidade, onde eles poderiam desencadear o caos por um longo período de tempo queimando nossas plantações e envenenando nossos poços, era perigoso demais. Os muçulmanos teriam de evitar os avanços das tropas mecanas ali, naquele lugar. Aparentemente, Ibn Ubayy não concordara, e preferiu nos abandonar no exato momento em que a necessidade batia à nossa porta.

— Alá nos protegerá desde que permaneçamos unidos — disse o Mensageiro calmamente, mas percebi certa ansiedade em sua voz. Mesmo que os anjos viessem em nosso socorro como haviam feito em Badr, setecentos homens contra 3 mil não teriam muita chance. Se quiséssemos deter o ataque inimigo, não haveria margem para o menor desvio em nossa estratégia.

O súbito estrondo de cascos ecoou no vale abaixo, e vi Khalid conduzir seus cavaleiros em direção a uma passagem mínima na base do monte. O Profeta ergueu o pulso direito, e Talha segurou uma bandeira preta, agitando-a. O sinal foi visto por um grupo de arqueiros que se encontrava escondido no cume, a leste de nossa posição, e uma chuva de flechas de repente caiu sobre a cavalaria mecana. Os cavalos empinaram-se assustados, e Khalid fez seus homens retrocederem, seus olhos varrendo a encosta até localizarem a origem dos projéteis. A cavalaria não recuou para o campo das tropas de Meca, mas manteve a posição fora do alcance das flechas.

O Mensageiro levantou-se e gritou para o outro lado do monte, sua voz ecoando em direção aos arqueiros.

— Mantenham suas posições — disse em voz alta. — Vocês são a vanguarda dos muçulmanos. Não abaixem seus arcos até que eu ordene!

Os arqueiros assentiram com um gesto de cabeça, e senti uma ponta de esperança. Enquanto permanecessem em posição, Khalid não conseguiria atravessar a passagem e atacar nossas tropas pela retaguarda. Os muçulmanos tinham a vantagem de estar no alto, o que, de certa forma, reduzia a superioridade numérica dos mecanos.

O rufar dos tambores fez meus olhos voltarem-se para o acampamento inimigo. Uma figura se adiantou, e reconheci o turbante vermelho e dourado.

— Ó homens de Aws e Khazraj! — exclamou Abu Sufyan. — Abandonem o campo agora e deixem meu primo por minha conta. Assim que matarmos esse desordeiro, Meca sairá de suas terras. Não estamos em luta contra vocês.

Talvez sua oferta tivesse surtido efeito três anos antes, quando os habitantes de Medina ainda se viam como membros de uma tribo ou de outra. Entretanto, desde a nossa chegada, eu ouvia falar cada vez menos nos clãs antigos, uma vez que os cidadãos começavam a pensar em si mesmos, em primeiro lugar, como muçulmanos. Como se tivessem lido meus pensamentos, os líderes dos Aws e dos Khazraj responderam ao desafio de Abu Sufyan com um rufar uniforme dos tambores de guerra.

— Então, que assim seja. — Abu Sufyan fez um gesto com a cabeça como se já esperasse essa resposta. Quando o líder de Meca voltou-se de novo para seu povo, ouvi o chacoalhar de pandeiros, e uma voz sensual familiar se destacou no acampamento, provocando um calafrio na minha espinha.

Era Hind, liderando um grupo de mulheres numa dança em torno dos soldados. Elas usavam túnicas ajustadas ao corpo e saias mais curtas, que expunham brevemente suas coxas quando giravam e cantavam, despertando a concupiscência nos homens. Esse fogo que logo alimentaria um furor violento.

— Avancem e abraçaremos vocês, e tapetes macios serão abertos — cantavam elas em vozes guturais, como amantes gritando no auge da paixão. — Mas recuem e os deixaremos. Deixaremos vocês e jamais os amaremos.

Eram versos antigos, cantados por mulheres de todas as gerações, incitando seus homens à batalha. Eu via o poder daquelas palavras. Os soldados mecanos golpearam os escudos com suas espadas e mostraram os dentes como lobos enquanto Hind os excitava e os levava ao frenesi.

Ao observar Hind, eu sentia um misto de fascínio e repulsa pelo poder que ela exercia. Havia nela algo belamente feminino e ao mesmo tempo uma crueldade selvagem. Eu queria fugir dela, mas também aprender todos os terríveis segredos que detinha, os segredos do poder que as mulheres exercem sobre os homens.

Quando Hind agachou-se e girou ao som das batidas dos pandeiros das mulheres, vi Hamza dar um passo à frente para observá-la. Nesse instante, Hind o avistou, reconheceu a pluma de avestruz que ele sempre usava com orgulho no seu elmo, e mostrou os dentes num gesto que tanto podia ser um sorriso como um rosnado. Ou os dois ao mesmo tempo, se possível.

— Essa mulher é um demônio — disse Hamza, seus olhos fixos nos movimentos sensuais de sua dança. Bilal ficou ao lado dele, perscrutando a linha de frente das forças inimigas.

— Eles trouxeram até mesmo os escravos hoje — disse ele, claramente decepcionado. — Estou vendo meu amigo Wahsi.

Hamza pôs uma mão afável no ombro daquele homem mais baixo do que ele.

— Não há amigos no campo de batalha, Bilal — comentou, sem hesitar, mas percebi um tom de compaixão em sua voz. — Se ficar diante dele no auge da guerra, faça o que tem que fazer.

Bilal assentiu, com um ar triste. Cessou, então, o rufar dos tambores. As mulheres fugiram das linhas de frente e desapareceram no acampamento das tropas de Meca. Foi então que a verdadeira dança da morte começou. Como em Badr, os mecanos enviaram à frente um guerreiro, um homem jovem que não reconheci, e que seguiu pelo campo orgulhoso e confiante, menosprezando os adversários. Ele ergueu sua poderosa espada e girou-a como os engolidores de fogo africanos que eu vira numa apresentação, quando uma caravana vinda da Abissínia parou em Meca alguns anos antes. Foi um espetáculo marcante, cujo objetivo era zombar e, ao mesmo tempo, aterrorizar.

O profeta enviou Ali, que caminhou para o campo de batalha, sua espada de dois gumes, *Dhul Fiqar*, brilhando sob a luz do sol. Sem nenhuma palavra nem encenação, Ali atacou o adversário e, com um só golpe, rompeu o peitoral do guerreiro mecano. O homem caiu morto, o sorriso provocador ainda em seus lábios. Ouvi um grito terrível, e um outro homem, que muito se assemelhava ao guerreiro de rosto fino, seguiu velozmente para o campo de batalha. O segundo guerreiro, muito provavelmente irmão do primeiro, correu atrás de Ali, que estava de costas para o agressor. Então, Hamza dirigiu-se com rapidez à planície e golpeou o rapaz até a morte com sua aterrorizante espada de dois gumes, antes que ele apunhalasse Ali pelas costas.

O silêncio recaiu sobre o campo de batalha, enquanto ambos os lados testemunhavam, em estado de choque, aquele duelo que não durou mais de meio minuto. Era uma situação tão similar à que eu presenciara em Badr que tive aquela sensação estranha que às vezes surge quando o véu do tempo se emaranha, e o passado e o presente passam a ser um só. Os mecanos devem ter sentido o mesmo, pois a visão de seus mais temidos guerreiros tombados novamente como se fossem crianças desarmadas provocou uma onda de ódio e medo por todo o campo inimigo.

Em seguida, sem nenhuma cerimônia, os guerreiros de Meca avançaram.

Dessa vez, nenhuma nuvem de poeira surgiu para bloquear minha visão da batalha, nem tampouco vi cavaleiros fantasmas vindo em nossa ajuda. O que presenciei lá embaixo foi primitivo e brutal, e ficaria gravado em minha memória para sempre.

Os mecanos voaram para cima de nossos homens com uma selvageria desenfreada. Suas espadas refletiam sob a luz do sol o vermelho das pedras vulcânicas, e logo as antigas pedras seriam salpicadas por um vermelho mais escuro. O choque das lâminas contra os escudos era ensurdecedor, como se mil trovoadas soassem na base do monte Uhud. Os trovões reverberavam com tal intensidade que tapei os ouvidos com punhos bem fechados.

Onda após onda, eles avançavam sobre nós como um oceano de metal inundando o vale com a morte. Ainda assim, os muçulmanos resistiram com bravura. Contávamos com a proteção do monte, e enquanto nossas linhas de frente erguiam seus escudos para se protegerem do massacre, aqueles que ficavam na retaguarda arremessavam lanças e flechas nos agressores.

Eu escutava gritos por todos os lados — gritos de dor e de triunfo, e também o pranto dos moribundos. Para minha surpresa, muitos entre os fatalmente feridos, que poucos instantes antes lutavam com uma ferocidade animal, pareciam agora criancinhas chorando e chamando por suas mães, diante do horror da morte. Foi esse lamento desesperado que me chocou mais do que qualquer outra coisa que presenciei naquele dia, e de repente a cortina da glória foi removida. A guerra se apresentava agora com toda a sua feiura. Quando o cheiro de sangue e de entranhas chegou até mim, desviei o olhar, tentando esconder as lágrimas que me subiam aos olhos. Lágrimas por um inimigo que não teria escrúpulos em retalhar meu corpo caso escapasse da morte e furasse nossas defesas. Aquilo não fazia sentido, e senti vergonha, aversão e horror, tudo ao mesmo tempo.

Apesar de meus esforços para esconder meus sentimentos conflitantes, o Mensageiro viu a tristeza em meu rosto e fez um gesto compreensivo. Ele entendia.

Eu me forcei a olhar, a encarar aquele massacre atroz que se desenrolava a 15 metros de distância. Vi Hamza furar as linhas de frente, sua pluma de avestruz salpicada de sujeira e restos humanos enquanto ele ceifava vidas com a destreza de um fazendeiro usando sua foice na colheita de grãos.

De repente, o posicionamento defensivo dos muçulmanos se transformou em ataque. Com Hamza na liderança, nossos guerreiros começaram a avançar, forçando os mecanos a recuarem e voltarem de forma desordenada a seu acampamento. A súbita mudança de posição serviu para aumentar a coragem de nossa tropa e a confusão do inimigo, e logo os muçulmanos invadiram em massa o campo de batalha, enquanto os mecanos tentavam desesperadamente conter nosso avanço. Ouvi gritos de alegria quando as forças inimigas foram contidas, e a vantagem passou para o lado dos seguidores de Maomé. A despeito dos meus sentimentos conflitantes diante do terrível massacre, me dirigi aos guerreiros, assim como fizera Hind ao incentivar sua tropa à luta.

— A vitória está ao alcance de vocês, meus filhos! — gritei, sem saber e sem me importar se eles me ouviam em meio ao fragor da batalha. Como uma criança de 12 anos, sempre me sentia mal ao me dirigir a homens adultos como meus filhos. Mas, de alguma forma, parecia adequado naquele momento. Vi Talha olhar para mim e piscar o olho, e abri um sorriso que o fez ruborizar.

Nesse momento, vi o Mensageiro se empertigar. Pensei que talvez eu tivesse cometido um erro ao me dirigir às tropas como fizera Hind, mas quando fixei o olhar em meu marido, percebi que ele não prestava atenção em mim. Seus olhos estavam voltados para o campo de batalha, observando os muçulmanos aproximarem-se do acampamento mecano na outra extremidade do vale.

Forcei a vista para identificar a razão de sua preocupação. Enquanto os exércitos lutavam como formigas enfurecidas no vale abaixo, vi uma figura que se distinguia no meio daquele caos. Alto, negro e sem armadura, o homem se movia como um pássaro, avançando em meio àquela loucura sem combater. Era o escravo Wahsi, que deixara Bilal consternado, e vi que a única arma que tinha era um dardo comprido, que ele manejava como se fosse um terceiro braço.

No campo de batalha, Hamza avançava sobre seus adversários como um tornado vivo. Ele cortou fora a cabeça de um desafortunado guerreiro, e em seguida virou-se e decepou o braço de um outro que tentara apunhalá-lo pelas costas. Por onde quer que Hamza passasse, surgiam gritos de dor que logo silenciavam.

Então o tio do Profeta parou em meio a um golpe de sua espada, a cabeça erguida como se tivesse ouvido algo diferente naquela terrível mistura de ruídos. Voltou-se subitamente para a esquerda e, por um instante, os guerreiros à sua volta abriram caminho, como as águas sob o comando do cajado de Moisés. Do outro lado da abertura que se formou no campo, a menos de 9 metros de distância, encontrava-se Wahsi.

Nesse instante, Wahsi lançou seu dardo, que, num voo, atravessou a planície mais rapidamente do que meus olhos conseguiram acompanhar. Num momento a arma estava em poder do escravo negro. No outro, ela transpassava o abdome de Hamza, atravessando-lhe as costas.

Escutei o soluço do Mensageiro a meu lado, mas não consegui olhar para ele. Estava paralisada diante da visão daquele guerreiro vigoroso, ali de pé, com dignidade absoluta, enquanto um rio de sangue escoava por seu ferimento. Então, o homem gigantesco despencou, e meu coração caiu com ele.

Um silêncio sepulcral pareceu tomar conta do campo de batalha, enquanto soldados de ambos os lados olhavam atônitos o corpo de Hamza. Nesse momento, ouvi algo que fez meu sangue gelar. Era a risada aterradora de Hind, que parecia ecoar em cada uma das pedras do vale.

Mas foi uma risada rapidamente interrompida. Pois a visão de seu comandante morto no campo de batalha deixou os muçulmanos enfurecidos. Os muçulmanos avançaram com paixão renovada como se Hamza na morte tivesse dado a cada um dos homens presentes parte de seu coração de leão. Houve uma exaltação aterradora. As tropas de Meca foram incapazes de se defender daquela fúria, e vi as linhas de frente de nosso ataque penetrarem e dominarem o cerne do acampamento mecano, ceifando vidas assim como as crianças esmagam moscas.

— Recuem! — O grito de desespero e humilhação de Abu Sufyan ressoou pelo vale da mesma forma que a sede de sangue de Hind ecoara minutos antes. Vi os escudos dos mecanos quebrarem-se e os poderosos guerreiros fugirem em busca de um caminho seguro que lhes facilitasse a fuga.

Olhei para o Mensageiro, cujas faces estavam banhadas em lágrimas. Hamza era seu tio, mas ambos tinham a mesma idade, e seus laços sempre foram fraternais. Hamza ajudara a preencher o espaço vazio no coração de um garoto cujos pais o haviam deixado órfão e sem nenhum outro irmão. Segurei a mão de meu marido e apertei-a, e ele se mostrou agradecido.

Os muçulmanos venceram a batalha de Uhud, assim como acontecera em Badr. Porém, Maomé, pessoalmente, sempre pagava um preço muito alto, o preço de sangue que Deus exigia dele e de sua família. Primeiro fora Ruqayya e agora, Hamza. Para um homem que odiava lutar e cuja mensagem sempre fora de paz, era como se o cosmos procurasse garantir que seu coração nunca endurecesse diante do horror da guerra. Muitos reis consideravam seus soldados prescindíveis, suas mortes no campo de batalha tão insignificantes quanto um formigueiro esmagado pela roda de uma carruagem. Para o Mensageiro de Deus, entretanto, a guerra era sempre pessoal, e o custo teria de ser pago por aqueles que lhe eram mais queridos.

Apesar de tudo, a vitória fora extraordinária, o que fez Badr parecer um conflito menor. Agora a lenda dos muçulmanos se espalharia pelo deserto, e um número maior de tribos se aliaria a nós. Uma vitória dessa magnitude mudaria a história da Arábia para sempre. Talvez não demorasse até que os muçulmanos cercassem Meca e libertassem o Santuário. A guerra então se encerraria e toda a Arábia se tornaria muçulmana.

Tentei pensar como um homem, forçando minha razão a dominar minha profunda desolação. Eu dizia a mim mesma que havia sido um triunfo que valera o terrível custo. Naquele mesmo dia, no entanto, tomei conhecimento de que a vitória só seria conquistada depois que o último homem abandonasse o campo de batalha.

## 20

Os arqueiros posicionados no cume leste do monte Uhud observavam maravilhados os muçulmanos destruírem o acampamento mecano, reduzindo os altivos pavilhões a destroços e confiscando as armas e o ouro abandonados pelos pagãos em fuga. Os homens aplaudiram quando escutaram os últimos estrondos da batalha.

Um jovem arqueiro chamado Madani largou sua arma e começou a descer a encosta, gritando e gesticulando para seus colegas.

— Vamos, senão perdemos nossa parte dos despojos!

Com uma alegria incontida, os outros arqueiros começaram a seguir o jovem desfiladeiro abaixo. Porém, seu comandante, um homem baixo da tribo dos Aws, Safi, que conseguia acertar um coelho a 30 metros de distância, fez um sinal para que seus homens parassem.

— Mantenham suas posições! O Mensageiro não nos liberou ainda!

— Não é necessário! A guerra acabou! — A voz de Madani foi seguida da aclamação dos amigos, e eles desabalaram pela encosta em direção ao acampamento mecano que fora tomado.

Safi olhou para eles, desesperado. Voltou-se em seguida para a base do Profeta, do outro lado do monte, e viu que o Mensageiro estava de pé, com uma expressão de alarme.

— Não! Voltem! — A voz do Profeta ressoou através do monte. Os cavaleiros, sob o comando de Khalid, surgiram das sombras na base da montanha e galoparam como raios em direção ao local que lhes permitiria atacar os muçulmanos por trás.

Safi caiu de joelhos, o horror, a vergonha e a culpa consumindo-o por sua incapacidade de manter a disciplina. Montado, Khalid estava logo atrás do pobre Madani, cujo riso juvenil foi silenciado com um golpe da poderosa lâmina do guerreiro. Os outros arqueiros que haviam saído de formação, ou foram mortos ou haviam fugido aterrorizados ao avistarem a cavalaria mecana, cuja fúria fora desencadeada contra o exército muçulmano por sua falta de visão.

---

Pus as mãos sobre a boca, horrorizada ao ver a tropa montada de Khalid surgir numa nuvem de poeira vermelha e atacar os nossos homens por trás. Houve gritos confusos, que rapidamente se transformaram em gemidos de agonia, enquanto Khalid habilmente dava cabo dos surpresos muçulmanos. Senti o chão sob meus pés tremer quando os homens que estavam ao redor do Mensageiro desceram a encosta do Uhud às pressas para socorrer os companheiros que haviam tombado. Porém, naquele momento, já estavam encurralados entre o exército mecano ao sul e a cavalaria que os perseguia ao norte, como moluscos presos entre as pinças devastadoras de um caranguejo gigante.

Numa questão de segundos tudo mudara. Uma vitória garantida começava a parecer uma derrota assustadora.

Percebi então uma nuvem de poeira vindo em nossa direção, e vi que parte da cavalaria abandonara o ataque de retaguarda ao notar que o acampamento-base do Profeta estava relativamente desprotegido. Meu coração quase veio à boca quando vi um grupo de guerreiros dirigindo-se a nós, lanças em punho.

Os poucos muçulmanos que permaneceram no acampamento incluíam mulheres que haviam acompanhado seus maridos até o campo de batalha e corriam o risco de serem postas no cerne do conflito. Talha ficou de pé de um salto para nos proteger, assim como meu velho pai. Havia meia dúzia de homens, mas eles rapidamente formaram um círculo em torno do Mensageiro. Vi as mulheres pegarem os arcos que haviam sido deixados de lado e atacarem a cavalaria que se aproximava. A inesperada chuva de flechas daquelas mulheres corajosas surpreendeu os agressores, que diminuíram o passo de seu ataque.

Mas retardar o ritmo da cavalaria era como tentar barrar um rio caudaloso. Um dos cavaleiros atravessou com bravura a onda de flechas e se aproximou do acampamento. Ergueu a espada em desafio, e o sol iluminou um rosto familiar. Meu coração parou de bater por um momento.

Era meu irmão Abdal Kaaba, o filho mais velho de meu pai, que rejeitara o islã e a família. Agora nos enfrentava com um ódio mortal nos olhos.

— Quem tem a coragem de me enfrentar? — vociferou ele. O sol lhe ofuscava os olhos, e eu não tinha certeza se ele havia reconhecido as pessoas que estava ameaçando, pessoas de seu próprio sangue. Vi meu pai caminhar mais rapidamente do que eu imaginei possível para um homem de sua idade. Abu Bakr desembainhou a espada e seguiu disposto a enfrentar o filho num duelo mortal. Senti vontade de gritar para encerrar aquele pesadelo, para acordar em minha pequena casa e ver que todos esses horrores eram apenas parte de minha imaginação febril.

Quando meu pai se adiantou, vi Abdal Kaaba olhar para ele e imediatamente reconhecê-lo. O choque repentino se refletiu em seu rosto, tão semelhante ao de Abu Bakr que era como se um espírito tivesse emergido do fundo de um espelho para enfrentar a luta. Mas uma sombra cobriu o rosto de meu irmão, e seu choque foi substituído por uma máscara de aço. Se a sina de pai e filho era lutar até a morte numa batalha implacável, então que assim fosse.

Nesse momento, meu marido levantou-se e colocou o braço sobre Abu Bakr, para contê-lo.

— Ponha sua espada na bainha — disse ele com suavidade. — Volte para seu lugar e nos dê o prazer de sua companhia.

As palavras do Mensageiro afetaram o coração de meu pai. Ele abaixou a arma e caiu de joelhos, como se os tendões de suas pernas tivessem de repente sido rompidos. Vi lágrimas escorrerem por sua face e olhei para meu irmão do lado oposto do monte, perguntando-me se ele avançaria e nos mataria.

Abdal Kaaba olhou para meu pai, que chorava, e em seguida para mim. Depois, praguejou contra nós em voz alta e deu meia-volta, abandonando a galope aquela loucura, como se possuído por um *djim* voador. Mas ao mesmo tempo que ele se afastava, outros avançavam, e a pequena tropa de defensores se preparou para enfrentá-los. Ao olhar para os rostos petrificados de nosso pequeno círculo, fiz uma oração silenciosa a Deus, dizendo-Lhe que, se eu morresse naquele dia, ficaria agradecida por receber a visita da morte ao lado de pessoas tão admiráveis.

Junto ao sempre fiel Talha, Zubayr, o marido recém-casado de minha irmã, ocupou uma posição de destaque no círculo, com uma espada em cada mão. Ele era o único homem que eu conhecia que usava as duas mãos igualmente bem e adquirira a rara habilidade de brandir duas espadas ao mesmo tempo. Quando um segundo homem galopou em direção a nosso acampamento, Zubayr começou a girar como um turbilhão. Com a graça de um dançarino, brandiu a arma com a mão direita e golpeou no peito o corcel que se aproximava. O poderoso animal, estrebuchando de dor, lançou para o alto seu cavaleiro, e enquanto o atônito soldado caía, Zubayr continuava seu giro, sua mão esquerda fazendo uma suave trajetória em arco no ar, decepando o pescoço do homem. O sangue jorrava pela jugular aberta, e logo em seguida o guerreiro de Meca morria ao lado de seu cavalo.

Ali então se encaminhou para o lado de Zubayr, *Dhul Fiqar* brilhando com aquela luz inexplicável, e os dois lutaram lado a lado, eliminando todos os mecanos insensatos que tentassem subir o monte da morte. Eles faziam um par prodigioso, primos que se moviam e agiam como irmãos gêmeos que conseguem ler os pensamentos um do outro. Havia uma simetria na forma como os corpos de Ali e Zubayr se deslocavam, como se fossem duas asas de uma gigantesca borboleta que se agitava com extraordinária beleza. Eu nunca vira dois homens em tão perfeita harmonia, e o elo de amor e sangue que fazia seus corações baterem junto me deslumbrava.

Arrependo-me de muitas coisas na vida, querido Abdallah, mas de nada me arrependo mais do que da adaga que cravei em seus corações nos anos que se seguiram. Seu pai era um dos poucos amigos de Ali, e o veneno que eu viria a semear nesse campo puro de amor traria frutos melhores para nossa nação. Talvez Deus me perdoe. Mas não sei como posso me perdoar.

Naquele dia, a confiança não era uma questão de fé, amizade, ou parentesco. Era uma questão de vida e morte. Meu coração, que se elevara ao ver Zubayr e Ali protegerem nosso flanco norte contra o ataque inimigo, de repente afundou quando vi um grupo de homens abandonar seus cavalos e escalar a encosta rochosa da pedra para nos atacar pelas costas.

Gritei e apontei para a onda de soldados mecanos, suas espadas presas entre os dentes enquanto se agarravam à rocha na subida. Talha no mesmo instante veio para meu lado e, quando percebeu a nova ameaça, lançou-se contra os guerreiros.

Presenciei horrorizada três pagãos lançarem-se contra meu querido primo, que naquele momento era o único escudo que protegia o Mensageiro da morte certa. Talha lutou com loucura em seus olhos, uma ferocidade diferente de tudo que já vi. Ele aplicava golpes e mais golpes, mesmo após as lâminas inimigas dilacerarem sua armadura, deixando cortes vermelhos profundos.

Ainda assim, Talha permaneceu firme. Ele girou e atacou, decepando o braço de um agressor, enfiando sua espada no peito de outro. A espada ficou presa no peito do moribundo, e ele não conseguiu arrancá-la a tempo de evitar um golpe do último sobrevivente, que o atingiu pelas costas, provocando um jorro violento de sangue. Tomada pelo horror, vi Talha oscilar e parecer prestes a tombar. Então, de alguma maneira ele encontrou forças para erguer uma perna e chutar seu adversário no abdome. O homem gritou e despencou da pedra, caindo cerca de 15 metros com um ruído estrondoso.

Talha cambaleou de volta até o Mensageiro, que olhava para ele assustado. Não sei como conseguiu caminhar. Sua armadura foi estraçalhada, e o sangue escorria por uma dúzia de ferimentos. Ele sorriu para o Mensageiro, e em seguida seus olhos recaíram sobre mim. Não sei como, mas Talha conseguiu piscar. Em seguida, desabou.

— Cuide de seu primo! — disse o Profeta, e fui imediatamente para o lado dele. Examinei seu pescoço e senti uma veia pulsar fraca, ainda com vida. Meu pai se inclinou sobre Talha, abriu o cantil de couro de camelo e jogou o conteúdo sobre seus ferimentos. Rasguei tiras de pano de minha túnica de algodão e comecei a atar seus inúmeros cortes.

Talha protegera nossa retaguarda, mas os homens de Khalid subiam o monte em massa, ao norte. Era uma tropa grande demais, até mesmo para Ali e Zubayr conseguirem deter, e diversos homens montados atravessaram o desfiladeiro em nossa direção. Vi então duas mulheres, Nusayba e Umm Sulaym, que já vinham atirando flechas contra os atacantes, colocarem os arcos no chão e apanharem espadas. Essas donas de casa gordas, sem treino algum na arte da guerra, avançaram em direção aos soldados, empunhando as espadas e gritando com um ódio aterrador. Estupefatos, os homens de Meca pararam de repente ao verem aquelas mulheres enlouquecidas. Sua hesitação foi fatal, pois Nusayba enfiou sua espada no pescoço de um corcel, que lançou o cavaleiro no penhasco, enquanto Umm Sulaym decepava a perna de outro. Quando o soldado caiu no chão em estado de choque, Nusayba o degolou.

Mas nem mesmo essas destemidas defensoras conseguiram deter toda a tropa. Vi um guerreiro a cavalo, cujo nome mais tarde vim saber que era Ibn Qamia, passar por Ali e Zubayr, cada um deles ocupado em lutar contra dois cavaleiros, e disparar como um trovão em direção às mulheres, que se viram forçadas a saltar para o lado quando o cavalo de batalha quase as pisoteou até a morte.

Ibn Qamia viu o Mensageiro sentado no solo rochoso, e deu um grito de congelar o sangue. Meus olhos escancararam-se quando percebi que não havia ninguém para nos defender dessa nova onda de morte.

Vi meu velho pai pegar sua espada e correr atrás do corcel enfurecido. Mas Ibn Qamia desferiu um golpe violento no rosto de Abu Bakr com a parte plana de sua espada, e o derrubou no chão. Gritei por meu pai, as lágrimas me embaçando a vista. Ibn Qamia estava quase em cima de nós quando o Mensageiro levantou-se, enfrentando a morte com uma coragem inexistente nos homens comuns. Vi a espada de Ibn Qamia brilhar sob a luz do sol escaldante quando ele a brandiu num grande arco, com o propósito de decepar a cabeça de Maomé.

— Não! — gritei tão alto que com certeza minha voz fez vibrar os próprios portões do inferno.

Nesse instante, senti um movimento a meu lado, e antes até de eu entender o que se passava, os olhos de Talha abriram-se e ele ficou de pé de um salto, sua mão esquerda erguida para bloquear a afiada lâmina.

Testemunhei sem acreditar a espada ser enfiada na palma da mão de Talha, dilacerando-lhe os dedos como se fossem feitos de barro. Ao cortar a mão de meu primo ao meio, o movimento perfeito de Ibn Qamia se alterou, e o arco da espada fez uma curva mais alta. Em vez de atingir o Mensageiro no pescoço, a lâmina cortou mais acima e chocou-se com seu elmo de aço.

O sangue jorrou da face de meu marido, e ele caiu como um boneco jogado ao chão por uma criança temperamental. O Mensageiro de Deus ficou inerte a meus pés, seu belo rosto desfigurado pelo corte e pelo metal.

Ibn Qamia olhou para baixo, perplexo com seu feito. Ele fizera o que os maiores guerreiros coraixitas não conseguiram fazer nos últimos 15 anos. Com os olhos escancarados diante da promessa de glória, ele ergueu a espada e gritou do topo do monte, sua voz ressoando pelo vale como o som de um trompete.

— Maomé está morto! Maomé está morto!

## 21

Escutei os gritos de alegria dos soldados de Meca e o terrível pranto do nosso povo quando se espalhou por todo o vale o refrão "Maomé está morto". Quando Ibn Qamia partiu triunfante em seu cavalo, olhei paralisada para o Mensageiro. Se ele estivesse realmente morto, eu preferia subir até o topo do Uhud e me jogar no abismo mais profundo.

Foi quando vi o impossível. Ele piscou, e em seguida abriu os olhos e me fitou, confuso.

— *Humayra...*

De repente, eu estava voando, meu coração rompendo as barreiras do tempo e do espaço, assim como fizera Maomé na sagrada Viagem Noturna. Com a visão embaçada pelas lágrimas, me levantei, coloquei as mãos curvadas ao redor da boca e repeti em altos brados para o vale abaixo.

— Maomé está vivo!

A princípio minhas palavras ecoaram e se perderam em meio à loucura em que se encontrava o campo de batalha. Depois ouvi o som regular de um grito que ressoava ao redor do monte Uhud.

— Maomé está vivo! Maomé está vivo!

A terra começou a reluzir com o brilho das armaduras quando nossos guerreiros sobreviventes, revigorados por uma nova esperança, desafiaram os mecanos e subiram a encosta do monte.

Enquanto os soldados muçulmanos retornavam para a segurança do território alto, eu me ajoelhei ao lado do Mensageiro e vi que seu elmo despedaçado absorvera a maior parte do golpe. Meu marido havia perdido dois dentes e bastante sangue, mas sobreviveria, apenas com uma cicatriz na face facilmente ocultada sob a farta barba preta ondulada.

Escutei em seguida os relinchos de cavalos e vi que o perigo ainda não havia passado. Os homens de Khalid reagrupavam-se e subiriam a encosta para uma nova investida, e teríamos de conseguir manter o Profeta a salvo.

Ali e Zubayr haviam retornado para o lado dele, e o auxiliaram a ficar de pé. Juntos, conseguimos ajudar meu marido a escalar o monte para um ponto mais alto. Zubayr viu um pouco acima a abertura de uma gruta que serviria de abrigo para o Mensageiro e o protegeria contra potenciais assassinos até que nosso exército readquirisse o controle do Uhud. Ali subiu primeiro e estendeu a mão para o Mensageiro. Mas a dor deixara o Profeta desorientado e ele não conseguia vencer os obstáculos da encosta íngreme para alcançar o patamar superior. Vi que procurava desesperadamente um ponto de apoio para as mãos quando começou a desfalecer.

E então, apesar de tudo que fizera e sofrera, o pobre Talha de alguma maneira conseguiu colocar o Mensageiro nas costas e fazer aquela subida abrupta até o ressalto superior da pedra. Eu não conseguia sequer imaginar a dor que deve ter sentido na mão estraçalhada ao escalar o monte carregando o Profeta, e um grande amor por Talha me inundou o coração, um elo que o deixaria mais próximo a mim do que um irmão.

Com o Mensageiro a salvo, pude voltar minha atenção ao vale abaixo. A batalha terminara. A vitória muçulmana fora revertida, e ambos os lados foram deixados banhados em sangue e exaustos. O último de nossos sobreviventes subira o monte com dificuldade, e os soldados de Meca bateram em retirada ao perceberem que seria inútil continuar aquela batalha.

Meu coração disparou dentro do peito e precisei me obrigar a controlar a respiração antes de desmaiar. Eu presenciara muito horror naquele dia e não conseguia imaginar que algum mal ainda pudesse envenenar meus olhos.

Mas Hind logo me mostraria que o poço das trevas era insondável.

## 22

O campo de batalha exalava um fedor de cadáveres, como se os corpos estivessem em deterioração há uma semana. A cinza vulcânica preta estava misturada ao odor de intestinos expostos, corações perfurados e massa cinzenta emborrachada e viscosa. Era um cheiro que permaneceria em minhas narinas durante semanas. Penetraria meus pesadelos e me faria acordar no meio da noite para vomitar.

Enquanto eu olhava com tristeza para aqueles homens jovens e idosos que sofreram mortes repulsivas no campo abaixo, o céu escureceu. O sol foi encoberto por uma revoada enorme de abutres, e o som de suas asas batendo agitadas ao sobrevoarem o vale me provocou arrepios.

Quando olhei para o campo de batalha, tentando identificar vítimas que eu conhecera por nome, percebi vislumbres de cores, e vi Hind conduzindo, por entre os cadáveres, seu grupo de dançarinas com roupas coloridas.

Observei, com medo e fascínio, Hind caminhar entre os mortos, examinando friamente dejetos, entranhas e caixas torácicas expostas até achar o que procurava.

Hamza. O homem que matara seu pai ainda estava caído de lado, o dardo cravado em seu estômago. Ela ajoelhou-se como se verificasse se ele estava realmente morto, o que era risível, uma vez que ele jazia ali fazia horas, com a arma transpassada no corpo. Em seguida, Hind falou, com uma voz fria que soou tão sem vida como os homens cujos restos mortais encontravam-se espalhados pelo chão, sob suas delicadas sandálias douradas.

— Então aqui jaz o grande Hamza — disse ela, peçonhenta como uma naja, sua voz ecoando pelo vale. — Diziam que você tinha o coração de uma águia e o fígado de um leão. Vamos ver se isso é verdade.

Hind apanhou uma faca suja de sangue entre as muitas armas abandonadas no calor da batalha. Para meu horror, ela abriu o corpo de Hamza, cortando-o pelo lado. Enfiou as próprias mãos nuas no corpo do homem, como um açougueiro que extrai gordura de uma perna de cordeiro. Em seguida, arrancou-lhe o fígado.

Meu estômago revolveu violentamente de nojo quando vi Hind erguer o fígado de Hamza para que os homens de ambos os lados o enxergassem. Em seguida, o colocou na boca e comeu, e o sangue do tio querido de Maomé escorreu por seus lábios. Ela o mastigou e engoliu, e depois teve uma violenta ânsia de vômito. Hind dobrou o corpo enquanto expelia uma parte da carne humana que consumira diante de todos.

Seu esforço para vomitar logo se transformou numa risada enlouquecida, e ela seguiu decepando o nariz e as orelhas de Hamza.

Ouvi gemidos e gritos de pavor vindos de ambos os campos. Os árabes pagãos respeitavam tabus rigorosos quanto a desfigurar os corpos de seus inimigos, e o que Hind fazia ia além até mesmo das restrições morais que sua religião primitiva impunha àquelas almas. Ela parecia inteiramente alheia à repugnância de seu próprio povo, e começou a oscilar como uma pipa ao vento.

Com o sangue humano ainda escorrendo pelos seus lábios grossos, Hind começou a dançar e cantar em volta do corpo mutilado de seu inimigo. Rasgou a túnica e espalhou o sangue de Hamza sobre seus peitos. Vi os contornos de seus enormes seios quando ela retirou seus colares de ouro.

— Ó beldades de Meca, arranquem suas joias! Renunciem ao ouro e às pérolas! Pois não há maior riqueza do que a carne de nossos inimigos!

Com essas palavras, Hind girou triunfante em torno do cadáver de Hamza. Sua loucura contaminou as outras mulheres como uma doença. De repente, elas também se lançaram sobre os corpos de nossos mártires, cortando-lhes fora narizes e orelhas. Seguindo o lúgubre exemplo de Hind, amarraram seus troféus sangrentos com barbantes e usaram os restos humanos como joias.

Com seus novos prêmios, começaram a rodopiar e deslizar, os olhos revirados de tal forma que deixavam à vista apenas a parte branca. Sua dança era primitiva e sexual.

Embora eu quisesse fechar os olhos, era impossível não olhar. Eu parecia estar assistindo a um ritual tenebroso e antigo, anterior à memória humana. A pureza absoluta daquela maldade era ao mesmo tempo revoltante e hipnotizadora, e meu coração começou a bater forte. Era como se Hind tivesse despertado uma parte negra da alma sepultada tão profundamente que, a um simples toque, desencadeia uma força transformadora que vai além da vida e da morte. Era ao mesmo tempo aterrador e fascinante, e me senti arrastada pelo redemoinho de sua loucura.

Abu Sufyan surgiu montado ao lado de sua esposa, e o feitiço foi quebrado. Ele olhou para a dança obscena da esposa com total aversão.

— Chega! Isso é indigno de nós!

Hind parou de girar e agachou-se no chão, como um lobo pronto para atacar. Em seguida, passou as mãos lambuzadas do sangue de Hamza pelo rosto até suas faces ficarem manchadas de restos humanos.

Abu Sufyan lhe deu as costas, sem poder compreender a que ponto sua mulher havia decaído. Galopou para a base do Uhud e gritou para nós.

— Na guerra, cada um tem sua vez, meus amigos, e hoje foi nosso dia — disse ele com voz estrondosa. — Glória a Hubal e aos deuses de Meca! Os mortos de Badr foram vingados. Agora estamos quites.

Vi Umar surgir dentre os sobreviventes reunidos no monte. Com Hamza morto, ele agora era o mais temido e reverenciado de nossos guerreiros.

— Deus é excelso, supremo em Sua majestade! Nós não somos iguais, nossos mortos estão no Paraíso, e os seus estão no inferno!

Abu Sufyan olhou para Umar, e depois abanou a cabeça como se nunca tivesse sido capaz de entender essa tribo estranha que, a seu modo, era tão louca quanto sua mulher. Cavalgou de volta ao acampamento para iniciar os preparativos para a longa viagem de volta ao lar.

O campo de batalha ficou vazio, exceto pelos cadáveres profanados. Sem poder tolerar aquela visão, voltei minha atenção para Abu Sufyan, que liderava suas tropas para fora do desfiladeiro, e vi as diferentes bandeiras e estandartes das tribos. Reconheci os símbolos dos clãs de Meca, como o lobo dos Makhzum e a águia dos Bani Abd ad-Dar. Mas outras flâmulas pertenciam a tribos rivais, que tinham poucos vínculos de amizade com Meca, desde a cobra de duas cabeças de Taif até os carneiros de chifres dos beduínos do Néjede. Esses antigos adversários haviam se unido para derrotar um inimigo comum — Maomé.

De súbito me ocorreu que Abu Sufyan havia reunido com êxito as tribos árabes antagônicas do sul, ao mesmo tempo que Maomé tentava unificar as do norte. A Arábia estava a caminho de se tornar uma única nação, e seu caráter seria determinado pelas alianças que conquistasse a supremacia naquele conflito implacável.

Nesse instante, percebi por que lutávamos. O islã era uma luz bruxuleante e solitária numa terra desértica coberta de escuridão. Se Hind e sua gente vencessem essa luta, a barbárie prevaleceria e eventualmente se espalharia para além das fronteiras da Arábia como uma praga. Nosso povo se tornaria uma maldição viva para a humanidade, uma nação doente em seu âmago, e levaria o mundo a uma desordem da qual jamais retornaria.

Havíamos sido derrotados em Uhud, e agora as tribos pagãs nos veriam como fracos. Elas se prepariam para lançar-se sobre nós como hienas sobre uma ovelha ferida. Se sucumbíssemos à sua força combinada, a luz da esperança desapareceria nas areias, e algo até mais monstruoso surgiria em seguida. Ou a Arábia se uniria sob nossa bandeira, ou lutaria sob o véu de Hind. E as nações crédulas ao nosso redor, destruídas por séculos de guerra e corrupção, ou se rejuvenesceriam pela mensagem do islã ou cairiam vítimas do poder unificado de uma horda bárbara voltada para a destruição.

Compreendi então que o que estava por trás da luta pela Arábia não era a sobrevivência de uma nova religião. Era a sobrevivência da própria civilização.

*Livro Três*

# O nascimento de uma nação

# 1
## Medina – 625 d.C.

Enterramos os mortos mutilados nas encostas do monte Uhud e retornamos a Medina, onde as notícias de nossas perdas deflagraram ondas de pânico na população. Logo ouviram-se clamores questionando por que Deus nos abandonara no campo de batalha, ao contrário do que aconteceu em Badr, quando Ele enviara anjos em nosso auxílio. Em seguida, esses clamores tornaram-se mais altos e alguns passaram a questionar se a primeira vitória não teria sido produto da sorte e não de intervenção divina.

As críticas foram silenciadas pela revelação de versos do Corão que punham a culpa de nossa derrota diretamente sobre nossas costas. Se os arqueiros não tivessem se deixado levar pela cobiça, nem abandonado seus postos, a vitória teria sido garantida. Não podíamos culpar Deus por nossas faltas. Era uma lição importante, e as pessoas começaram a ver a batalha de Uhud como um sinal divino, de que Sua graça fora concedida aos muçulmanos não pelo que eram, mas pela forma como agiam. Esse ponto logo se tornou uma maneira de nos diferenciar de nossos vizinhos judeus que cada vez mais nos antagonizavam. O Profeta nos advertiu de que alguns judeus — embora nem todos, ele fez questão de ressaltar — consideravam-se merecedores das bênçãos de Deus como direito inato, como se elas não tivessem relação alguma com suas obrigações morais, e isso os levara à queda através da história. O islã viera para eliminar o princípio do direito tribal e substituí-lo pela responsabilidade moral de cada indivíduo.

Os judeus não se dignaram responder a essa nova acusação, mas seus líderes deixaram claro que a humilhação de Maomé em Uhud deveria servir de advertência: o futuro do oásis não era tão claro como os muçulmanos gostariam de acreditar que fosse. E eles tinham razão.

Foi a percepção de nossa posição precária após a derrota que forçou o Mensageiro a convocar um concílio secreto de seus companheiros mais íntimos. Alguns dos membros mais influentes de nossa comunidade se reuniram em minha pequena casa, com guardas dispostos no pátio da *Masjid* para evitar a presença de curiosos.

Meu pai puxava a barba, que começava a passar de grisalha a branca como as nuvens.

— Agora que os mecanos sentiram o gosto da vitória, acham que somos fracos — disse o Mensageiro, com ar austero. — Não demorará até que ataquem Medina novamente, com uma força maior.

Umar concordou com um resmungo.

— Precisamos fazer novas alianças entre as tribos árabes se quisermos organizar uma defesa — complementou, deixando de mencionar o fato óbvio de que, caso Abu Sufyan invadisse Medina, não poderíamos garantir que nossos vizinhos judeus se disporiam a manter de pé sua parte do tratado.

Ali inclinou-se para a frente.

— A tribo beduína Bani Amir está bem armada, e eles não gostam de Meca.

Franzi a testa diante da menção dessa tribo desconhecida, e então me lembrei de que os Bani Amir eram pastores que sempre traziam seus rebanhos para pastar em Medina durante a primavera. Sua lã era de boa qualidade, com pelos espessos, com os quais eram feitos excelentes cobertores para os meses frios de inverno, e seu velo recebia boa apreciação no mercado. Eles haviam permanecido neutros em nosso conflito com Meca, mas, sem sombra de dúvida, tinham interesse econômico na prosperidade do oásis.

Uthman concordou com a sugestão de Ali.

— Eu conheço o chefe da tribo, Abu Bara. Ele é um homem digno e seria um aliado vantajoso.

Meu pai tossiu, como sempre fazia quando precisava fazer um comentário indelicado.

— Eu ouvi dizer que a liderança de Abu Bara está ameaçada — comentou, escolhendo as palavras com cuidado. — Há rumores de que o sobrinho Husam está tentando depor o tio.

Uthman franziu o cenho. Sua natureza simples e franca não lhe permitia entender as nuances complexas de tal luta de poder. Um fato que causaria muito sofrimento à *Ummah* nos anos vindouros.

— Husam tem muitos amigos em Meca — reconheceu, com certa dificuldade. — Se vier a assumir o controle dos Bani Amir e se aliar a Abu Sufyan, enfrentaremos um inimigo colossal.

Umar bateu com a mão no joelho.

— Então é óbvio que precisamos unir sua tribo aos muçulmanos — disse ele, com sua intensidade costumeira. — Se conseguirmos firmar laços de sangue e casamento entre nós, estabeleceremos uma aliança.

Houve um longo silêncio enquanto os conselheiros do Mensageiro consideravam suas opções. Um casamento com a finalidade de estabelecer tratados entre os povos fazia parte de uma longa e honrada tradição na Arábia. Mas ficavam as perguntas: quem entre os notoriamente independentes Bani Amir estaria disposto a uma união matrimonial com os muçulmanos, e quem eles aceitariam para formar uma aliança que justificasse o risco que os beduínos correriam nas guerras de Medina?

Então Ali falou, sua voz soando como um sino na sala pequena.

— Zaynab, a filha de Khuzayma, é membro dos Bani Amir.

Umar arqueou as sobrancelhas espessas.

— A viúva de Ubayda?

Ali assentiu. Nesse momento, me veio à memória o corajoso Ubayda na planície de Badr, sua perna decepada por Utbah, pouco antes de morrer. Ele fora o primeiro muçulmano a ser morto em batalha, e havia expirado com a cabeça no colo do Profeta. Eu conhecia de vista sua jovem viúva, Zaynab bint Khuzayma. Era uma alma tranquila, que passava a maior parte do tempo ajudando Fatima a alimentar o Povo do Banco ou distribuindo donativos aos necessitados. Eu ouvira uma vez o Mensageiro se referir a ela, com admiração, como "a Mãe dos Pobres".

Zaynab era uma mulher frágil, cujo corpo era mal-alimentado e franzino, e eu achava difícil imaginar que essa senhora sem graça e fantasmagórica encontrasse um pretendente com facilidade. Ao olhar para os semblantes vagos dos outros homens, percebi que alimentavam pensamentos semelhantes.

Ali virou-se para o Profeta, que permaneceu extraordinariamente silencioso durante toda aquela discussão. Meu marido parecia exausto, e eu sabia que ele ainda lamentava a perda de Hamza e dos mortos de Uhud.

— Zaynab é prima do chefe dos Bani Amir e pode fazer o coração dele se voltar a nosso favor — disse Ali. Em seguida, acrescentou palavras que imediatamente abalaram meu mundo. — Se o Mensageiro se casasse com ela, essa união criaria um laço forte entre os muçulmanos e os beduínos.

Senti a raiva me subir pelas entranhas.

— Você é bem rápido em oferecer a mão de meu marido em casamento!

Ali olhou para mim com aqueles olhos verdes insondáveis. Se a veemência de minha reação o afetou, ele não deixou transparecer.

— Não tive a intenção de ofender — observou ele, simplesmente. — Mas o Mensageiro é o líder da nossa comunidade. Para os beduínos, seria necessário um casamento entre os líderes das tribos para selar uma aliança.

Recostei-me amuada, os braços cruzados no peito em sinal de rebeldia. Claro que o que Ali dissera fazia todo o sentido do ponto de vista prático. Mas eu não estava com disposição para praticidades. Por interesses políticos do Mensageiro, eu já havia sido forçada a tolerar mais uma irmã na família, uma esposa jovem. E agora deveria aceitar outra mulher na cama de Maomé por uma questão de política de Estado.

O Mensageiro não olhou para mim. Permaneceu quieto, considerando a sugestão de Ali. Quando falou, havia um tom calmo e resoluto em sua voz, que eu não ouvia desde a tragédia em Uhud.

— Zaynab bint Khuzayma é uma boa mulher — disse meu marido. — É atenciosa com os pobres. E é a primeira viúva de Badr. Não conheço nenhuma mais digna de se tornar uma Mãe dos Fiéis.

Meu coração despencou quando o Mensageiro voltou-se para Ali.

— Envie a ela meu pedido. Se ela aceitar, convide Abu Bara para o casamento e façamos um pacto com a sua tribo.

Ali concordou com um gesto e levantou-se para sair. Não pude evitar lançar-lhe um olhar furioso quando deixou a sala. Seu olhar cruzou com o meu, e por um segundo percebi uma desaprovação gélida ali. Senti uma raiva súbita de seu julgamento, e também um pouco de vergonha pelo meu ciúme. Mas quando Ali partiu, meu orgulho ferido ganhou a batalha, e mordi o lábio com fúria até tirar sangue.

## 2

O Mensageiro casou-se com Zaynab bint Khuzayma 15 dias depois, e uma quarta casa foi construída, a mais nova, ao norte da casinha de pedra de Hafsa. Abu Bara, o líder dos Bani Amir, assistiu ao casamento de sua prima e declarou publicamente que a tribo beduína tinha agora laços de sangue com Medina. A aliança fora formada com sucesso, e o casamento político do Mensageiro permitira superar a fragilidade resultante da humilhação de Uhud.

Foi uma aliança testada quase imediatamente. O ambicioso sobrinho de Abu Bara tentou destruir o pacto, liderando uma turma de renegados de sua tribo num ataque a um grupo de caça muçulmano, que se encontrava no território dos Bani Amir. Os sobreviventes do ataque esconderam-se no deserto e vingaram-se em inocentes pastores, que não haviam participado do complô.

O perigoso ciclo de retaliações havia começado, e o Profeta, sabiamente, para aliviar a tensão com os beduínos, ofereceu pagar uma vultosa soma para resolver as exigências das famílias enlutadas. O valor exigido — mil dirrãs de ouro — era substancial e exigia uma soma considerável do *Bayt al-Mal*, o tesouro muçulmano. O Profeta, então, enviou Ali à procura do apoio financeiro das tribos judaicas, com base no nosso antigo tratado.

Quando escutei isso, abanei a cabeça, sem acreditar.

— Os judeus já esqueceram nosso pacto faz tempo — comentei um dia em meu quarto, enquanto comíamos cordeiro assado numa tigela de madeira.

A mão do Mensageiro roçou a minha de leve quando ele pegou uma porção, e senti seus dedos frios ao lado dos meus. Ele escolheu a carne macia da paleta e mordeu um pedaço, apreciando seu delicado sabor.

— Se nossos amigos se esqueceram do pacto, então talvez seja hora de lembrar-lhes — replicou Maomé, como se discutisse uma pequena conta a ser paga no mercado.

No entanto, eu sabia que não era tão simples assim. Sangue havia sido derramado, e uma das tribos judaicas fora exilada. Pressionar o restante dos judeus a pagar uma dívida de sangue entre muçulmanos e beduínos causaria ainda mais tensão nas relações entre as duas comunidades.

Em seguida, olhei para os olhos negros brilhantes do Mensageiro e percebi que ele sabia disso. Esse seria um teste do poder de Medina após o desfecho de Uhud. Se os judeus deixassem de honrar o tratado, não haveria mais dúvida em relação a sua lealdade. Com Meca certamente conspirando para atiçar o fogo que fora aceso em Uhud, não podíamos ter vizinhos cujas intenções fossem hostis. As fortalezas judaicas protegiam as rotas nos montes que conduziam à cidade. Sua deslealdade seria desastrosa, caso as forças de Abu Sufyan marchassem novamente morro acima em direção ao coração de Medina.

Não havia mais tempo para incertezas — precisávamos saber qual era a nossa verdadeira situação política. Um acordo de sangue seria um meio inócuo para realizar o teste. Se as tribos judaicas se recusassem a cumprir sua parte do tratado, o Mensageiro teria razão de sobra para expulsá-las do oásis.

Era um estratagema altamente engenhoso. Se os judeus saldassem as dívidas com os Bani Amir, seriam pressionados a assumir todos os compromissos futuros do tratado por um terceiro grupo armado. Caso se recusassem a pagar, os Bani Amir e os muçulmanos aliariam forças e eliminariam a ameaça que apresentavam à entrada de Medina. Percebi que o Mensageiro sairia ganhando de qualquer forma.

Vi o Profeta sorrir como se lesse os meus pensamentos. Enquanto ele continuava a comer com apetite, me senti aliviada de ser sua esposa e não sua inimiga.

---

Três dias depois, eu caminhava sozinha pelo mercado. Meu marido fora convidado a um jantar na casa de Huyayy ibn Akhtab, o líder da tribo judaica Bani Nadir. A solicitação de auxílio financeiro feita aos judeus para saldar a dívida de sangue com os beduínos havia sido recebida com surpreendente boa vontade. Huyayy mandou avisar que desejava iniciar uma nova era nas relações entre os dois povos. Afinal, veneravam o mesmo Deus, e ambas as comunidades tinham interesse na segurança e prosperidade do oásis. Assim, ele se ofereceu para dar um banquete de reconciliação, no qual o Mensageiro seria seu convidado de honra.

O Profeta havia saído com alguns de seus companheiros para participar do encontro. Em sua ausência, decidi ir até o mercado e ver quais produtos novos haviam chegado na caravana matinal. Ao andar pelas ruas calçadas da cidade, fiquei encantada com as mudanças ocorridas nos últimos anos. Medina fora uma cidadezinha suja e malcuidada, com ruas repletas de lixo e excrementos de camelos. As mulheres não podiam andar sozinhas por medo de serem incomodadas, ou coisa pior, por homens embriagados. O cheiro forte de *khamr* espalhava-se por toda a cidade, como uma nuvem alcoolizada.

Agora as pedras haviam sido caiadas, e as paredes em ruínas, reconstruídas. As mulheres e as crianças passaram a andar livremente, embora a imposição do véu muçulmano ainda fosse motivo de protesto por parte de algumas moças bonitas, acostumadas a desfilar seus magníficos cachos como meio de conquistar um marido.

A mudança mais notável, no entanto, fora a proibição dos vinhos. Inicialmente, os muçulmanos tinham permissão para beber, embora o Mensageiro jamais tivesse tocado em bebidas fortes que entorpecessem os sentidos. Mas quando as orações coletivas foram institucionalizadas na *Masjid*, alguns incidentes com fiéis que apareciam bêbados e perturbavam o serviço religioso tornaram-se cada vez mais problemáticos. Por fim, depois que uma briga entre jovens embriagados quase se transformou numa verdadeira batalha entre velhos inimigos dos Aws e Khazraj, o Mensageiro recebeu uma Revelação proibindo terminantemente o consumo de álcool. Alguns dos companheiros do Profeta expressaram a preocupação de não conseguir fazer cumprir essa proibição, uma vez que vinho e *khamr*, tradicionalmente, faziam parte da cultura árabe. Entretanto, quando Ali recitou os novos versos no mercado, logo as ruas ficaram banhadas em vinho à medida que os cidadãos esvaziavam seus cantis. Foi um testemunho extraordinário de como a fé havia transformado aquelas pessoas profundamente — embora eu imaginasse que ainda houvesse algumas garrafas de vinho sendo consumidas em segredo todas as noites pelos menos devotos.

Contudo, a lei e a ordem haviam sido alcançadas, e os comerciantes que chegavam de toda a península saíam de Medina com a sensação de novas possibilidades. Talvez o povo da Arábia não precisasse viver como animais selvagens, lutando de forma grosseira pela sobrevivência no deserto. Talvez ele pudesse construir cidades e estradas e estabelecer tribunais que resolvessem disputas sem derramamento de sangue. Medina tornava-se um modelo para a nova Arábia, e os ensinamentos de Maomé, que conduziam à paz e à segurança, já se espalhavam como tempestade de areia por todo o deserto além dos montes.

Eu caminhava entre as bancas do mercado naquele dia me sentindo bem mais feliz do que há algum tempo. O céu estava azul, límpido, sem uma única nuvem à vista. O ar era cálido e cheio de vida. Apesar dos horrores que eu presenciara em Uhud, a vida seguia seu curso. Uma vez que os judeus haviam renovado nosso pacto, um outro ataque de Meca era improvável. O doce cheiro de paz estava no ar.

Parei diante de um vendedor de tecidos e vi um lindo rolo de seda amarela. Passei os dedos pelo pano, sentindo o prazer de sua maciez na pele. O vendedor, um homem idoso grisalho e caolho, inclinou-se para a frente de forma conspiratória.

— O tecido mais fino da Índia — sussurrou ele, referindo-se a uma terra mítica que diziam estar ao sul da, ainda mais mágica, China. Uma terra de cores vibrantes e especiarias que não eram encontradas em nenhum outro lugar.

Uma terra onde tigres e macacos andavam pelas ruas, e exércitos lutavam com a ajuda de elefantes. Uma terra conhecida por ter tantos deuses que fazia os ídolos da Caaba parecerem estrelinhas perdidas na Via Láctea.

Tudo asneira, claro. Eu duvidava que esse fabuloso domínio existisse além da imaginação febril de contadores de histórias ao redor da fogueira. De qualquer forma, sempre que um comerciante mencionava a Índia, era certeza se estar diante de um problema. Os mercadores sempre diziam que seus produtos haviam sido importados de lá quando queriam cobrar preços exorbitantes.

Exatamente como esperado, o vendedor abriu um largo sorriso, revelando uma selva de dentes quebrados e enegrecidos.

— Apenas vinte dirrãs de ouro — disse, depois de olhar à sua volta para ter certeza de que ninguém escutara a magnífica pechincha que ele oferecia à moça bonita em frente a ele.

Suprimi um sorriso diante daquele velho embuste.

— Estou só olhando. Obrigada.

Vi a expressão do comerciante de seda mudar. Ele me reconhecera. De repente, sua perícia habitual de ator desapareceu, e vi medo e espanto em seus olhos.

— Você... você é a Mãe dos Fiéis... Por favor, leve este de presente...

Ele me entregou a peça de seda respeitosamente, suas mãos encarquilhadas tremendo, e de forma repentina era eu que me sentia a embusteira.

— Meu marido não me permitiria receber nada de graça. — Apressei-me em dizer. De repente, me arrependi de ter ido ali sozinha.

Vi lágrimas nos olhos do velho.

— Então leve o tecido em troca de uma oração — disse ele, sua voz revelando grande emoção. — Minha filha Halima está doente, está com a febre que se espalha por aqui. Por favor, faça uma oração por ela. Eu sei que Deus atende aos pedidos da Mãe dos Fiéis.

Senti pena daquele homem bondoso. Ele olhou para mim com os olhos de uma criança, acreditando piamente que eu podia fazer alguma coisa por ele. Eu, que não era atendida nem em minhas próprias fervorosas orações. Estava casada com o Profeta havia quase quatro anos e meu útero permanecia estéril. Orava todas as noites já há um ano para que Deus desse a meu corpo uma vida nova. Não obtivera resposta.

— Vou pedir ao meu marido para orar por ela — eu disse suavemente. — *Insha-Allah* ela ficará curada.

O rosto do comerciante se iluminou num sorriso de pura alegria. Ele ajoelhou-se e deu glórias a Alá em voz tão alta que as pessoas no mercado pararam o que faziam para olhar.

Senti meu rosto ruborizar. Desejei paz àquele homem idoso, e fui embora rapidamente.

Esbarrei numa mulher alta, cuja face estava quase completamente coberta por um véu preto. Tudo o que via eram seus olhos cinzentos, que me transpassaram como uma flecha.

— Uma esmola para uma pobre mulher...

Ela estendeu a mão, e vi que seus dedos tinham unhas bem tratadas e não eram ásperos nem calosos como os dos outros pedintes da cidade. Mesmo assim, havia algo na intensidade de seu olhar que sugeria que ela carregava mais pesar do que todas as mulheres e crianças que iam ao Banco todos os dias em busca de comida.

Peguei minha pequena bolsa de couro e retirei algumas moedas de prata. Ao colocá-las na mão estendida da mulher, ela a segurou com uma força assustadora.

— Me solte! — De repente senti medo, embora soubesse que se gritasse, todo o mercado correria para socorrer a Mãe dos Fiéis. Mas algo na maneira terrível como ela olhava dentro dos meus olhos me encheu de um temor maior do que as ameaças violentas de todos os inimigos.

A mulher inclinou-se mais sobre mim e senti o aroma de água de rosas. Apesar de estar vestida com trapos, sua pele tinha o perfume inconfundível do luxo.

— Seu marido corre perigo.

Meu coração parou de bater por um instante e, em seguida, para compensar, disparou forte.

— O que está dizendo? — Tive de elevar a voz acima das batidas de meu coração para escutar minhas próprias palavras.

— Os Bani Nadir planejam matá-lo fora dos muros da fortaleza deles — disse ela em voz baixa, seus olhos cinzentos brilhando com as lágrimas. — Salve-o. Ou a guerra recairá sobre nós, e Medina será inundada de sangue.

Senti a cor sumir de minhas faces. A mulher me soltou e logo minhas pernas se moveram, embora eu não tivesse feito nenhum esforço para isso. De repente, comecei a correr para longe daquela mulher estranha, das bancas de azeitonas, especiarias e joias e das ruas calçadas de Medina em direção ao bosque de palmeiras que ficava entre o oásis e as poderosas muralhas dos judeus.

Não olhei para trás. Se o tivesse feito, teria visto a mulher de preto abaixar a cabeça de vergonha antes de retirar o véu.

Teria reconhecido a beleza fria e majestosa de uma moça que eu vira em algumas ocasiões, quando o Mensageiro se reunira formalmente com os chefes de tribo judeus.

Uma moça chamada Safiya, que acabara de trair seu próprio povo.

## 3

Desembestei pelo bosque de palmeiras, piscando sem parar por causa dos grãos de poeira trazidos pelo vento, os quais entravam em meus olhos dourados. O sol acabara de se pôr, e a escuridão descia rapidamente sobre o bosque. Consegui subir por uma trilha, e de repente avistei os sinistros muros dos Bani Nadir bloqueando a minha passagem.

Senti alívio ao reconhecer o tom gentil da voz de meu marido em oração. Ele recitava uma sura do Corão que fora recentemente revelada, um belo verso poético, cujo objetivo era afastar o mal.

*Dize: Amparo-me no Senhor da Alvorada;*
*Do mal de quem por Ele foi criado.*
*Do mal da tenebrosa noite, quando se estende.*
*Do mal dos que praticam ciências ocultas.*
*Do mal do invejoso, quando inveja!*

Meus olhos ajustaram-se à pouca luminosidade, e vi o Mensageiro conduzindo as orações *Maghrib* na base de uma das torres do muro. Suspirei aliviada por ele estar a salvo. De repente me senti uma idiota. Eu não tinha ideia de quem era a mulher do véu, e ainda assim tomei suas palavras como verdade. Sentindo minhas faces ruborizarem de vergonha e dei meia-volta para ir embora.

Foi então que escutei algo. Um som que vinha de cima. Quando ergui a vista, meus olhos de falcão avistaram o antigo torreão bem ao alto, e vi o nítido contorno de figuras empurrando com força uma pedra para baixo.

Uma pequena chuva de cascalhos caiu pelo lado da torre, e nesse instante compreendi. Horrorizada, esbugalhei os olhos e corri para o outro lado do caminho, lançando-me em direção ao Profeta como uma flecha.

— Não! É uma armadilha!

E então me choquei contra meu marido com tamanha força que o derrubei para o lado em meio a suas orações. O Profeta caiu de costas, e seus seguidores imediatamente interromperam o ritual e correram em sua defesa.

Nesse instante, com um forte estrondo, houve uma avalanche de blocos de pedras maiores do que a minha cabeça, vindas da torre, enquanto o torreão se despedaçava e ruía por terra. As enormes e pesadas pedras caíram exatamente no lugar em que o Mensageiro estivera e o teriam soterrado na queda se Deus não tivesse me usado para empurrá-lo, afastando-o.

Ouvi uma confusão de gritos enquanto os companheiros do Mensageiro o seguravam, arrastando-o para longe do muro e levando-o para a segurança do jardim. Os homens refugiaram-se sob uma palmeira frondosa e formaram um círculo protetor à sua volta. Eles tinham vindo desarmados para o banquete, mas vi tal fúria em seus olhares que eu sabia que enfrentariam qualquer possível agressor usando dedos e dentes se fosse necessário.

Olhei para meu marido, que parecia em estado de choque. Vi o tremor familiar tomando conta de seus ossos e percebi que recebia uma Revelação. Em seguida, ele se acalmou e abriu os olhos.

O Mensageiro virou-se para mim surpreso, depois para seus seguidores, e finalmente para o monte de pedras pontiagudas que cobriam o espaço onde ele estivera momentos antes. Piscou rapidamente enquanto voltava à consciência.

— Gabriel apareceu a mim enquanto eu fazia as orações e disse que minha vida estava em perigo... mas que Deus me protegeria...

Ele passou a mão pela minha face, que estava coberta de poeira.

— Obrigado — agradeceu ele, com carinho. De repente percebi que eu tremia tanto quanto ele durante seus transes místicos, e cruzei os braços à minha frente tentando conter o tremor.

Escutei passos aproximando-se e vi o rosto de meu marido ficar sombrio. O sorriso desapareceu e foi substituído por uma expressão tão assustadora que rapidamente desviei o olhar.

Huyayy, o líder dos Bani Nadir, veio correndo para o nosso lado.

— Meus amigos! Vocês estão bem? — perguntou ele, com uma polidez que não lhe parecia natural. — Que acidente terrível! Vou mandar nossos pedreiros fortificarem o muro para que uma coisa dessas não volte a acontecer.

Era um ardil tão óbvio que olhei para Huyayy surpresa. Percebi por trás de sua afirmação de inocência um misto de desespero e medo. Aquele poderoso estadista, comerciante renomado pela sua influência no mundo dos negócios, rebaixara-se a ponto de usar esse esquema rudimentar, que por fim se mostrou ineficaz, para eliminar o Profeta.

O Mensageiro olhou para ele com piedade e, ao mesmo tempo, desprezo.

— Você não precisa reconstruir seu muro — disse ele, num tom gélido.

— Não compreendo — afirmou Huyayy, ainda fingindo inocência.

Meu marido deu um passo à frente com dignidade e segurou a lapela ricamente bordada de Huyayy.

— Os Bani Nadir romperam o Tratado de Medina com sua traição. Sua terra vai ser confiscada.

A máscara servil de Huyayy caiu, e ele contraiu o rosto com um ofensivo ar de desprezo.

— Você não tem homens suficientes para forçar os Bani Nadir a abandonar suas casas.

O Mensageiro não se mexeu. Seus olhos mantiveram-se fixos no olhar venenoso de seu adversário.

— No momento em que os Bani Amir souberem da sua intenção de matar um convidado sob pretexto de protegê-lo, eles passarão para o lado de Medina — disse ele, com a força de uma certeza absoluta. — Seus aliados entre os beduínos farão o mesmo. Por Deus, vocês vão abandonar suas casas. Quer vivos ou mortos, a escolha é sua.

E, com isso, o Mensageiro soltou Huyayy e seguiu seu caminho de volta à segurança de Medina. Os homens imediatamente o seguiram, mas eu demorei mais um segundo. Encarei Huyayy, que de repente pareceu perdido, como se não conseguisse entender como a jornada de sua vida o conduzira àquele momento.

Vi tristeza em seus olhos cinzentos, e senti um calafrio descendo pela minha espinha quando lembrei da mulher de véu com olhos idênticos que havia traído os Bani Nadir. Em seguida, corri para me juntar ao meu marido, toda a tragédia de Huyayy ibn Akhtab impressa em meu coração.

---

Poucos dias depois, encontrava-me nas cercanias do oásis, observando os judeus da tribo Bani Nadir deixarem seus lares e se prepararem para a longa viagem rumo ao norte. Dizia-se que iriam se refugiar em Khaybar, uma fortaleza judaica nos limites do território bizantino. Enquanto eu observava os homens carregarem seus bens em camelos e mulas, meu olhar recaiu sobre uma moça de cabelos claros, montada sozinha num cavalo. Nossos olhares se cruzaram e imediatamente reconheci aqueles olhos cinzentos, que brilhavam com lágrimas.

Fiz um gesto de cabeça para Safiya em sinal de gratidão, mas ela desviou a vista. Logo depois, a filha de Huyayy ibn Akhtab virou-se e seguiu pelo deserto. O segredo que partilhávamos seria um peso que a perseguiria pelo resto da vida.

## 4

Permaneci do lado de fora do quarto onde Fatima sofria as agonias do parto, com gritos que ressoavam além da frágil porta de palmeira. A meu lado, o Mensageiro segurava no colo seu pequeno neto, Hasan. Meu marido estava mais pálido do que de costume e seus olhos estavam vermelhos pela falta de sono. Desde que sua filha começara o trabalho de parto, três noites antes, ele permanecera em vigília na pequena casa de Fatima. Cada uma de suas esposas se alternava, passando horas junto a ele, e eu acabara de chegar para liberar a idosa Sawda, que abanava a cabeça, cansada, à medida que os gritos de Fatima se intensificavam.

— Ela está sofrendo muito — disse minha irmã, a esposa mais velha de Maomé, em voz baixa. — Eu não entendo.

Lancei um olhar a meu marido, que apertava o neto contra o colo, como se temesse que algum *djim* do mal aparecesse e o levasse para as profundezas do inferno. O menino tinha agora 2 anos de idade, e suas feições eram extremamente parecidas com as do Mensageiro, embora seus olhos fossem castanho-claros e seus cabelos cacheados tivessem mechas douradas. Hasan olhou para nós, suas avós, com um sorriso plácido, como se não ouvisse os gritos de partir o coração que vinham da sala adjacente. Sempre me impressionava ver como era uma criança risonha. Na verdade, não me lembrava de tê-lo ouvido chorar, e ele parecia achar cada momento de sua tenra vida uma fonte de grandes alegrias e maravilhas. A "criança milagre", assim o chamava o povo de Medina, o menino que deveria ter morrido no útero mal-alimentado e diminuto de Fatima.

A mãe de Hasan sofrera muito durante as últimas semanas de sua primeira gravidez e precisou permanecer de cama, exigindo atenção constante das outras mulheres da casa. Quando nós, as mulheres da *Ahl al-Bayt*, soubemos que ela esperava um segundo filho, trabalhamos incansavelmente a fim de preparar uma casa e uma cama confortáveis para a filha do Profeta. Esperávamos outra gravidez difícil, que exigiria longas noites a seu lado. Porém dessa vez foi diferente. Fatima não mostrara sinais de desconforto nas semanas e dias que antecederam o parto, e ficamos felizes por nossos temores não se concretizarem.

Entretanto, no momento em que sua bolsa estourou, Fatima sofreu dores atrozes. Seus gritos assustadores me gelaram até os ossos, e pela primeira vez dei graças por nunca ter concebido um filho.

Meu marido viu a mim e a Sawda observando-o, e falou, depois de ter ficado calado durante horas.

— A dor que ela sente não é dela mesma. É do filho.

Olhei para ele confusa, incapaz de entender o que isso poderia significar. Porém, percebi que não devia estar surpresa. Nada a respeito de Fatima fazia sentido para mim.

O Mensageiro voltou a atenção para seu genro Ali, que estava sentado no chão, de pernas cruzadas, a cabeça apoiada entre as mãos. Meu marido colocou uma mão sobre os ombros do rapaz tentando consolá-lo, enquanto os gritos de Fatima continuavam incessantes. Era estranho ver aquele guerreiro vigoroso encurvado, como se o sofrimento de sua esposa lhe fosse mais doloroso do que qualquer ferimento que suportara em Badr ou Uhud. De repente, vi com certa surpresa que Ali amava Fatima verdadeiramente. Não havia pensado nisso antes. Talvez eu tivesse pressuposto que aquele casamento era apenas uma união política com o propósito de aproximar o rapaz de Maomé, seu primo e mentor.

No entanto, ao olhar para os ombros caídos de Ali, seu corpo trêmulo com a dor contida, enfim compreendi que o elo entre ele e Fatima era mais profundo do que eu podia imaginar. Ambos eram pessoas desajustadas, que não conseguiam se adaptar a esse mundo cruel, e que haviam encontrado conforto um no outro. E se Fatima não sobrevivesse ao parto, Ali iria sentir-se verdadeiramente sozinho. Com poucos amigos ou simpatizantes além do próprio Mensageiro, ele mergulharia num deserto de solidão que faria as paisagens ermas de Néjede parecerem vicejantes. Pela primeira vez na vida, senti pena dele.

Então, sem aviso, os gritos vindos do cômodo onde ocorria o parto cessaram abruptamente, seguidos de um terrível silêncio, mais assustador do que todas as horas de agonia que o precederam.

Ali ergueu a cabeça, e seus olhos cruzaram-se com os do Mensageiro. Vi os dois homens trocarem um olhar de profunda tristeza, e meus olhos encheram-se de lágrimas. O Profeta havia perdido outra filha. Fatima, sua filha mais amada, a mais modesta e simples de todas, e a quem, no entanto, ele demonstrava tanta dedicação que beirava a reverência. Desde a morte de Khadija, Fatima fora a rocha que o mantivera firme em meio às ondas devastadoras de seu destino. Embora eu soubesse ser sua esposa predileta, Fatima tinha um lugar em seu coração que eu jamais alcançaria. E agora ela se fora.

Caminhava em direção ao meu marido para consolá-lo quando, para minha absoluta surpresa, ouvi o choro de um bebê. O Mensageiro e Ali viraram-se para a porta do quarto de Fatima, que nesse instante foi aberta, revelando uma parteira já idosa, Malika, de pé à entrada, seu avental coberto de sangue.

Malika parecia ter envelhecido uns dez anos na última hora, tal era a expressão de seu rosto. Vi, então, com espanto, que apesar de seu ar de exaustão, Fatima estava em sua cama, viva, e segurava o bebê enrolado num cueiro verde.

— Bênçãos à *Ahl al-Bayt* — falou Malika com uma voz tão tensa e esgotada quanto a de um guerreiro que volta do campo de batalha. — O Mensageiro tem mais um neto.

Como se nadasse sob águas profundas, meu marido entrou devagar no quarto, seguido de Ali. Sawda e eu hesitamos, mas depois acompanhamos os homens, mantendo uma distância respeitosa, enquanto eles se inclinavam sobre Fatima e olhavam em silêncio para o recém-nascido.

Quando entrei no quarto onde ocorrera o parto, me vi mergulhando num sonho. Minha visão oscilava como uma vela em dia de tempestade, e eu sentia um frio estranho, embora o ar da noite estivesse inesperadamente quente.

Admirada, observei em silêncio o Profeta se inclinar sobre o bebê. Seu neto mais velho, Hasan, permanecia firme em seus braços, e o garoto risonho riu encantado ao ver seu irmãozinho mais novo. O Mensageiro aproximou Hasan do bebê, e o menino deu um beijo na testa do recém-nascido. Em seguida, meu marido entregou Hasan ao pai e pegou nos braços o outro neto.

Vi então o rostinho da criança e percebi com espanto que seus olhos já estavam abertos e voltados para o Mensageiro com uma intensidade surpreendente. O Profeta fitou o bebê nos olhos, que eram tão negros quanto os seus.

Em seguida, recitou uma oração no ouvido direito da criança antes de passá-lo para Ali, que repetiu a oração no ouvido esquerdo do filho.

Foi um milagre Fatima e o bebê terem sobrevivido. E uma bênção o Profeta ter tido um novo neto, que garantiria a continuação de sua linhagem. Mas não houve alegria. Olhei ao redor do quarto, confusa ao ver a expressão solene nos rostos dos homens e as lágrimas de nítida tristeza nas faces pálidas de Fatima.

Senti como se presenciasse um funeral em vez de um nascimento, e por fim me virei para Ali, incapaz de conter minha inquietação.

— Por que não está sorrindo? Você ganhou um filho!

Ali olhou para mim com aqueles olhos verdes misteriosos. Como sempre, senti como se olhasse além de mim, para um outro lugar, um outro tempo.

— Meu coração sorri, mas meus lábios não conseguem. Ele carrega um peso que eu não desejaria a nenhum outro homem.

Em seguida, Ali olhou para o filho, e fiquei abalada ao ver uma lágrima lhe escorrer pelo rosto. Durante todos aqueles anos em que o conhecera, nunca vira aquele estranho rapaz chorar, exceto em oração.

Abalada, me voltei para Fatima, que me encarava como se me visse pela primeira vez.

— Que nome vai dar a ele? — perguntei, com um sorriso forçado, tentando dar uma impressão de normalidade àquela situação que parecia não pertencer a este mundo.

Fatima abriu a boca, mas demorou até consegui emitir qualquer som. Quando por fim falou, sua voz era como um sussurro levado pelo vento.

— Ele já recebeu um nome.

Fatima virou-se para seu pai. Meu marido ficou ao lado de Ali, alisando os cabelos negros e espessos do neto com o dedo indicador. Seus olhos brilhavam, mas não vi sinal de lágrimas. Era como se uma luz tivesse sido acesa em sua alma, uma que eu tinha visto apenas durante seus dolorosos momentos de Revelação.

— Husayn — disse o Mensageiro de Deus. — O nome dele é Husayn.

Olhei para os três, Maomé, Fatima e Ali, e para os dois meninos, Hasan e Husayn, e de repente me senti uma intrusa. Eu era a esposa predileta do Mensageiro, a amada do harém, e ainda assim, naquele momento, me sentia uma estranha. Meu coração doeu ao perceber que jamais seria capaz de entender o elo que unia aqueles cinco, nem tampouco fazer parte dele. Aquele era um mundo que eu só poderia apreciar de longe, um território no qual eu não poderia pisar, porque o oceano que nos dividia era maior do que o espaço entre os céus e a terra.

Eu me virei e vi que Sawda e a parteira já haviam ido embora, sabiamente deixando aquele momento de intimidade para as pessoas em cujas veias corria o sangue do Mensageiro. Percebi com tristeza que, embora eu compartilhasse a cama de Maomé, não poderia compartilhar seu sangue. Eu também não pertencia àquele momento.

Sem mais palavra, saí do quarto, deixando o inquietante mundo dos sonhos da *Ahl al-Bayt*, e me encaminhei aliviada às familiares ruas do oásis.

# 5

Muawiya observava com um olhar frio seu pai receber várias tribos aliadas para uma reunião. A Casa da Assembleia havia sido decorada com cortinas esvoaçantes de várias cores — azul, esmeralda, turquesa e violeta — cada uma representando um dos grandes clãs presentes ao encontro. Era um grupo heterogêneo, que incluía os rudes beduínos da tribo Ghatafan, que pastavam suas ovelhas ao norte do inimigo em Medina, e seus antigos inimigos, os orgulhosos Bani Sulaym, que haviam cultivado o campo de lava vulcânica ao leste. Interessado, Muawiya percebeu que a única coisa que unificava essas tribos heterogêneas e competidoras era seu ódio ao constante acúmulo de poder de Maomé. O refugiado de Meca estava, de fato, conseguindo unificar a Arábia, e não apenas da sua maneira.

A Casa transformara-se num intenso burburinho, todos falando alto sobre a virada preocupante dos acontecimentos. As conquistas diplomáticas de Maomé, que antes estavam restritas às tribos do norte da península, haviam recentemente se expandido para o sul. Ele formara uma aliança inesperada com os Yamama, uma tribo que controlava as rotas de grãos vindos do sul. Os líderes tribais haviam adotado a fé renegada e se juntaram a Maomé no boicote a Meca, negando às tribos pagãs trigo e cevada. Sem nenhum aviso, um dos mais importantes fornecedores de alimentos da Arábia aliara-se ao inimigo, e a ameaça de fome à população de Meca e a seus aliados era bem real. Foi esse acontecimento chocante que forçou Abu Sufyan a reunir os chefes das tribos do sul na esperança de unificá-los num golpe final contra o perigo representado por Medina.

Abu Sufyan bateu palmas altas com força para chamar a atenção de todos, e uma cortina de silêncio recaiu sobre o grupo de chefes tribais. Muawiya analisou os semblantes dos homens e viu raiva e medo em seus olhos. Eram pessoas desesperadas, prontas para medidas drásticas, e seu pai contava com isso para unir os homens cujos antepassados eram inimigos entre si, e cujas tribos lutavam umas contras as outras havia séculos.

— A situação ao norte se tornou intolerável — disse Abu Sufyan, sem preâmbulos. — A aliança de Maomé com os beduínos restringiu todo o nosso comércio com a Síria e a Pérsia. E agora Yamama se deixou enfeitiçar por ele, e o inimigo fez a fome bater às nossas portas.

Hind deu um passo à frente. Ela vestia uma túnica de fina seda vermelha, que ondulava de forma sedutora. Muawiya viu alguns homens sussurrarem, sem dúvida falando sobre a loucura dela em Uhud, que se tornara a infâmia de Meca. Mas não havia sinal daquele demônio insano, louco por carne humana, e ela caminhava com sua graça costumeira. Quando falou, sua voz era firme e calma, embora Muawiya percebesse uma certa ansiedade nos olhos da mãe.

— O futuro de toda a Arábia está em jogo — disse. — Viveremos como homens e mulheres livres, ou como escravos de Maomé e das vozes que existem apenas na cabeça dele.

As palavras de Hind iniciaram um intenso murmúrio de aprovação vindo dos nobres. Acima daquele ruído, elevou-se outra voz. Muawiya ergueu o olhar e viu que era seu amigo, o eterno diplomata Amr ibn al-As.

— Mas já tentamos uma ação militar antes, com pouquíssimo sucesso — comentou ele, com a voz suave de sempre. — Não seria a hora de tentar um acordo?

Muawiya sorriu aliviado. Amr tinha o respeito de muitos dos líderes tribais. Se conseguisse convencer os presentes a ver a realidade da situação em que se encontravam, talvez o fogo daquela insensatez pudesse ser extinto antes de sair de controle.

Todos os olhos se voltaram para Abu Sufyan, aguardando uma resposta dele. O homem idoso hesitou e em seguida lançou um olhar duro a Hind.

— Qualquer chance de acordo que pudesse haver ficou para trás — disse ele, com um tom de arrependimento verdadeiro. — O barbarismo perpetrado contra os mortos de Uhud por nossas mulheres inflamou a fúria dos muçulmanos.

Hind virou-se para encará-lo, sobrancelha erguida em desafio.

— Não coloque a culpa nas mulheres do fracasso de vocês, homens — ela disse, com um sorriso ameaçador.

Muawiya viu seu pai retrair-se um pouco e abanou a cabeça. Após todos aqueles anos, Abu Sufyan permanecia sob o domínio dessa mulher louca. O homem mais poderoso de Meca fora escravizado pela corrente que ela amarrara em seu coração. Muawiya prometeu a si mesmo nunca deixar que isso lhe acontecesse.

— De qualquer forma, a Arábia se encontra numa encruzilhada — observou Abu Sufyan, com um suspiro profundo. — Fomos informados de que Maomé está enviando emissários a outras tribos do sul, pedindo que se unam a Yamama contra nós. Se ele formar outras alianças ao sul, as rotas de nosso comércio com o Iêmen ficarão ameaçadas. Sem comida e sem comércio, Meca morrerá.

Suas palavras tinham o propósito de silenciar a dissensão de Amr, mas o filho de Al-As era persistente.

— Mesmo sem aliados no sul, Maomé está bem protegido em Medina — disse Amr devagar, como se explicasse uma questão complexa a uma criança. — Não temos homens suficientes para desafiá-lo.

Suas últimas palavras tinham o propósito de provocar, e surtiram esse efeito. Na melhor das hipóteses, os árabes poderiam reunir 4 ou 5 mil homens. Com os novos aliados de Maomé, as duas forças no campo de batalha se equiparariam. Se a sorte de Maomé prevalecesse, essa seria a derrota de Meca.

Muawiya viu sua mãe sorrir. Ela fez um sinal para um de seus empregados, um garoto de 13 anos, que abriu uma pequena porta que conduzia a uma antecâmara. Surgiu ali uma figura misteriosa, sua face encoberta por um manto escuro.

Muawiya ficou alarmado. O homem alto caminhou para o meio da sala, pondo-se entre Abu Sufyan e Hind, e retirou seu capuz de forma dramática.

Era Huyayy ibn Akhtab, o judeu exilado de Medina.

— Os filhos da tribo Nadir estão do seu lado — disse ele, com voz estrondosa.

A sala foi imediatamente tomada por um burburinho de choque, de empolgação, de incredulidade. Muawiya não conteve a irritação. Teve raiva de sua mãe por ela subir as apostas daquele jogo mortal contra Maomé quando as tribos deveriam se encaminhar para um acordo. Revoltou-se contra si mesmo por não ter previsto isso, por não ter um plano que combatesse a estratégia de Hind.

Abu Sufyan ergueu as mãos e elevou a voz acima daquela balbúrdia.

— Silêncio! Vamos dar as boas-vindas ao nosso irmão com a dignidade de Meca — exclamou ele, e o grupo calou-se no mesmo instante. Muawiya se perguntou se o pai estaria a par do plano de Hind de recrutar o apoio dos judeus da Bani Nadir, mas o olhar de inquietação em seu rosto sugeria que estava tão surpreso com aquele acontecimento quanto os outros chefes tribais.

Huyayy pigarreou. Quando falou, foi com magnífica fluência, o tom naturalmente sedutor de um político experiente.

— Meus amigos, nos últimos anos eu vivi próximo a esse Maomé — disse, medindo as palavras, porém com os olhos inflamados de paixão. — Eu vi sua feitiçaria de perto. Ele afirma ser um profeta do meu Deus. Mas digo a vocês com convicção que é um impostor e um mentiroso. Nem sequer sabe o que está escrito nos livros sagrados de Moisés, e contradiz a Palavra de Deus com suas mentiras. Um homem como esse é considerado um falso profeta na Torá, e merece morrer. Por isso, meus irmãos da Bani Nadir estão a seu lado. Juntos podemos tirar Yathrib das mãos desse bruxo e restabelecer a paz na Arábia.

Suas palavras foram recebidas com aplausos entusiasmados. Muawiya praguejou em voz baixa. Huyayy era um tolo que havia sido manobrado por Maomé. E agora eles esperavam seguir sua liderança para acabar com Maomé? Aquilo era loucura, e ao ver à sua volta as expressões de esperança dos líderes, Muawiya percebeu que estavam todos loucos. Homens velhos ansiosos por conter o fluxo do tempo, eles prendiam-se ao santuário de suas lembranças em vez de enfrentar a verdade do mundo como é hoje. Hind e Huyayy acalentavam falsas esperanças, e o resultado seria devastador para toda a Arábia.

Muawiya lançou o olhar para Amr, que abanou a cabeça em sinal de frustração, como se pensasse o mesmo. Em seguida, uma voz profunda ecoou na imponente casa, e Muawiya voltou-se naquela direção.

Era Khalid ibn al-Waleed, o maior dos generais de Meca e o arquiteto da única vitória contra Maomé em Uhud.

— Então vamos acabar com tudo isso de uma vez por todas — declarou ele solenemente. — Vamos enviar uma força jamais vista nas areias da Arábia contra Medina. Se Maomé é um falso profeta, como você está dizendo, nós triunfaremos. Se ele for vitorioso, então os céus terão conferido um julgamento que não poderá ser refutado. De qualquer forma, que esta seja a batalha final entre nós.

Suas palavras foram recebidas com gritos de aprovação pelos fatigados líderes tribais. Quando o grupo se aproximou e rodeou Huyayy, os nobres disputando para lhe oferecer hospitalidade durante sua estada em Meca, Muawiya deu meia-volta e saiu da Casa da Assembleia em sinal de reprovação.

Ficou do lado de fora, contemplando o límpido céu noturno. A luz vermelha de Marte, *Al-Mareek*, piscava no céu acima dele como uma vespa ameaçadora. Era adequado que o planeta da guerra governasse o firmamento naquela noite. Com os judeus e os árabes pagãos unidos, os violentos conflitos com Maomé sofreriam nova escalada até chegarem à guerra, que destruiria a península. Não que Muawiya temesse a guerra. O conflito era parte necessária de um mundo onde a própria sobrevivência era uma batalha diária. O que ele não tolerava era uma guerra conduzida sob a tola compulsão da emoção e da húbris, duas bandeiras que sempre levavam à derrota. Um verdadeiro guerreiro mantinha a serenidade, via o campo de batalha como de fato era, não como queria que fosse. Avançava quando a oportunidade se fazia presente e recuava no momento em que isso fosse a coisa certa a fazer. Não havia glória na morte negligente de um guerreiro. Ou de uma civilização.

Ele sentiu uma figura mover-se a seu lado, e ao virar-se viu Amr. Muawiya cumprimentou-o com um gesto, e depois voltou-se para as estrelas. Ascendendo a linha do horizonte ao leste encontrava-se o nobre planeta que ele mais amava — *Zuhal*, o planeta que os romanos chamavam de Saturno. Era o planeta do destino, e as *kahinas* anunciaram que esse astro brilhara sobre ele, Huwiya, na hora de seu nascimento. Foi assim que ele nasceu com um propósito. Muawiya sempre soube que nascera para liderar seu povo, para conduzir essas tribos bárbaras e iletradas à grandeza. Porém, se sua mãe viesse a destruir a Arábia com aquela perseguição fanática ao único homem que a estava unificando, então seu destino seria inviabilizado.

Muawiya percebeu naquele momento que havia chegado a hora de romper com sua família, seu povo. A única maneira de salvá-los era distanciando-se de sua loucura. Apenas quando eles tivessem se destruído um homem como ele poderia agir para construir algo novo a partir das ruínas.

— Devemos nos preparar — disse ele com voz calma. Em parte a Amr. Em parte a si mesmo.

— Para a vitória? — Amr ainda alimentava a vã esperança das massas, embora sua natureza diplomática preferisse a conciliação à conquista.

— Não. — A voz de Muawiya foi ríspida. — Para a derrota.

Amr ficou a seu lado por um longo tempo antes de falar novamente.

— Khalid nunca foi derrotado em batalha — disse calmamente, como se tentasse convencer a si próprio de que ainda havia esperança para a sobrevivência do mundo que ele conhecia.

Muawiya ficou de frente para ele, seus olhos de águia penetrando a alma do outro homem.

— Khalid nunca foi derrotado por homens. Mas estamos enfrentando algo maior do que qualquer homem.

Amr inspirou com força, a surpresa refletida em seus olhos.

— Aquele Deus invisível?

Muawiya sorriu.

— A História. Eu já li muitas narrativas sobre o passado para saber quando o fim de uma era está se aproximando. Meu pai está seguindo um caminho que nos levará à extinção. Devemos ser a vanguarda do futuro. Se Meca for derrotada, como acredito que será, precisamos garantir para seus líderes um papel na nova ordem.

Amr abaixou a cabeça, percebendo a verdade das palavras de Muawiya. O fim estava chegando, e precisavam se preparar.

— O que propõe?

Muawiya pensou por um instante, deixando a mente rápida que herdara da mãe tecer seus fios. Então percebeu que a resposta estava mais próxima do que havia esperado.

— Maomé está fazendo alianças por matrimônio — disse Muawiya, sua voz se elevando de empolgação. — Minha irmã Ramla é uma de suas seguidoras, vive no exílio na Abissínia. Se casar com Maomé, então a Casa dos Omíades poderá sobreviver ao que está por vir.

Um sorriso atravessou o belo rosto de Amr.

— Eu me ofereço como intermediário, se for a vontade de Alá. — Amr já estivera na Abissínia, numa tentativa frustrada de convencer o Negus a entregar os refugiados muçulmanos. Ele conhecia bem o país, havia estabelecido relações proveitosas com os comerciantes de lá e poderia levar uma mensagem a Ramla sem alertar os outros mecanos dos planos de Muawiya.

Muawiya pôs um braço amigável sobre o ombro de Amr e sorriu de forma maliciosa.

— Você invocou Alá, e não os outros deuses — disse ele.

Amr abriu um largo sorriso.

## 6

Eu tricotava num canto de minha pequena sala quando o filho adotivo do Mensageiro, Zayd, entrou. Era um dia radiante de inverno, o sol penetrava pela janela e aquecia o ar frio. Eu estava de ótimo humor, uma vez que aquela noite seria o meu turno com o Mensageiro. Meu marido seguia uma norma rígida, passando cada noite com uma esposa para garantir que todas fossem tratadas do mesmo modo, como exigia o sagrado Corão. Assim, à medida que o harém crescia com regularidade, meu limitado tempo junto ao Profeta tornava-se mais precioso. Havia agora cinco mulheres a quem fora concedido o título de Mãe dos Fiéis: a idosa Sawda, eu, a impetuosa Hafsa, a quieta e espectral Zaynab bint Khuzayma e, mais recentemente, Umm Salama bint Abu Umayya. Essa última adição à casa era outra viúva de guerra que o Mensageiro desposara por compaixão. O marido de Umm Salama, Abdallah ibn Abdal Asad, morrera em Uhud, deixando três filhos e uma esposa grávida sem meios para se sustentar. O Mensageiro casara-se com Umm Salama ao final dos quatro meses e dez dias de seu *iddat*, o período de luto, e logo após o casamento ela deu à luz Durra, o filho do marido martirizado.

Quando tomei conhecimento da intenção do Profeta de casar-se com Umm Salama, senti muito ciúme. Era uma mulher de extraordinária beleza, olhos brilhantes e sorriso gentil. Tinha também idade para conceber, e eu não conseguira dar um herdeiro a meu marido. Embora com certo ressentimento, eu a aceitara após o casamento, pois era difícil não apreciar sua personalidade paciente e agradável. Diferentemente de Hafsa, que disputava comigo para dar um filho a Maomé, Umm Salama já tinha muitos filhos do casamento anterior e não parecia muito ansiosa por mais crianças. Assim a vida continuou como era nos meses anteriores na casa do Profeta, o ciúme entre as esposas mantido sob controle.

Sentei ao lado de meu marido, tricotando um cachecol de lã para ele, para mantê-lo aquecido nas orações matinais. O Mensageiro ocupava-se com seu próprio trabalho manual, usando agulha e linha para consertar as tiras de couro rasgadas de suas sandálias. Eu não conhecia nenhum outro homem que se interessasse pelas tarefas de casa, como consertar sapatos ou remendar roupas velhas. Sem dúvida isso não correspondia aos ideais masculinos de seus seguidores, que ficavam perplexos com seu estranho gosto por aquelas atividades que eles dispensavam como trabalhos reservados às mulheres. Mas o Profeta parecia mais à vontade na quietude do ambiente familiar do que na arrogante competição do campo de batalha. Ao observá-lo costurar seus calçados com tranquilidade, seus olhos negros concentrados e voltados inteiramente para a tarefa que tinha em mãos, percebi como deve ter sido difícil para um menino de temperamento plácido crescer num mundo onde a agressão e a crueldade eram sinais de masculinidade. Nesse instante me ocorreu que a óbvia preferência do Mensageiro pela companhia das mulheres tinha menos a ver com o desejo sexual do que com o conforto inato trazido pela natureza feminina.

Entretanto, em breve eu seria lembrada de que, por mais gentil e protetora que fosse sua alma, seu corpo ainda pertencia a um homem, com todas as necessidades e desejos carnais.

Enquanto seguíamos tranquilos com nosso trabalho, uma sombra surgiu à porta, e vi que o filho adotivo do Profeta, Zayd ibn Haritha, chegara. Ele era alto e magro, os cabelos escassos e o rosto castigado de forma brutal pelos anos de trabalho sob o Sol. Seus olhos, sempre tristes, pareciam especialmente angustiados.

O Mensageiro percebeu o ar de preocupação em seu rosto e virou-se de frente para ele, enquanto deixou as sandálias caírem no chão com um forte ruído.

— O que o traz aqui, meu filho? — Ao ouvir o Mensageiro falar, percebi um tom estranho em sua voz, que em outros homens eu teria identificado como um sinal de vergonha. Isso, porém, não fazia o menor sentido vindo do Escolhido por Deus, o homem mais perfeito da criação.

Zayd ajoelhou-se ao lado do Profeta, de quem fora escravo antes de ser liberto e aceito na família. Ele abaixou a cabeça, sem olhar nos olhos de seu pai adotivo.

— Minha mulher me contou o que houve entre vocês dois.

Meu coração parou por um instante.

— O que aconteceu? — Senti o cachecol escapar dos meus dedos. A esposa de Zayd, Zaynab bint Jahsh, era prima do Mensageiro e uma das mulheres mais belas que eu já vira, seu corpo escultural se tornando cada vez mais elegante com a idade. Sempre achei estranho ela ser casada com o homem mais feio que eu conhecia. O Mensageiro conhecera Zaynab ainda menina, e sempre me sentia aliviada por ele a tratar como irmã mais nova; ele era o único homem que não gaguejava nem fazia papel de bobo em sua presença.

O Mensageiro olhou para mim e detectei certa intranquilidade em seu olhar. Notei, então, que algo mudara.

— Não foi nada — apressou-se em dizer. — O assunto está encerrado.

Suas palavras não silenciaram o alarme que havia disparado em meu coração.

— Conte-me — insisti.

O Mensageiro permaneceu em silêncio. Zayd foi quem falou. O Profeta fora visitá-lo alguns dias antes, à noite, porém Zayd havia saído. Zaynab ouviu a batida na porta e pensou que fosse seu marido. Correu para abri-la, esquecendo de cobrir a cabeça com um manto. Estava elegantemente vestida, seus cabelos voluptuosos soltos abaixo da cintura. Porém, quando abriu a porta, ficou perplexa ao ver o Mensageiro. Ele foi tomado de surpresa por sua beleza e rapidamente deixou o lugar. Mas ela achou tê-lo ouvido dizer: "Bendito seja Deus, Senhor dos corações."

Meu coração despencou. Eu sabia que meu marido sempre gostara de Zaynab. Tê-la visto radiantemente ornamentada poderia ter inspirado seu amor?

Zayd ergueu a vista e notei que a emoção que eu sentia não era em nada comparada ao tormento do pobre homem. Todos sabiam que Zayd e Zaynab eram infelizes no casamento. Ela era de uma família rica e orgulhosa, enquanto Zayd era escravo liberto, um pária em Meca. A união deles se dera depois que o Mensageiro pediu a Zaynab para casar-se com Zayd, como exemplo para os outros muçulmanos de que a piedade era mais importante num relacionamento do que a classe social. Zaynab sempre fora ardentemente fiel ao Profeta e aquiescera a seu pedido. Todas as mulheres da casa sabiam que Zaynab era apaixonada por meu marido. Entretanto, o Mensageiro nunca expressara nenhum interesse por ela, que se resignara ao destino de casar-se com o pobre Zayd. Porém, agora, se o coração do Profeta havia sofrido uma transformação, eu sabia que Zaynab procuraria escapar de sua união sem amor e se unir a Maomé.

— Ó Mensageiro, o meu amor por você é maior do que pela minha família — disse Zayd. — Entre você e meu pai, escolhi você.

Lembrei-me da história de como o jovem Zayd, que fora raptado por traficantes de escravos quando menino, havia encontrado refúgio na casa de Maomé e Khadija. O casal o tratara com grande amor e respeito, e ele se tornara, para todos os efeitos, um filho para eles, depois que perderam os seus meninos ainda bebês. Quando o pai do garoto finalmente o encontrou, depois de anos procurando-o pelas cidades do deserto, Zayd se recusou a voltar para sua própria família e escolheu viver com Maomé como escravo. Meu marido ficou tão emocionado com a devoção do menino que o libertou e o levou para a Caaba, adotando-o formalmente. Foi um acontecimento significativo, pois na sociedade árabe considerava-se que um filho adotado compartilhava um laço místico que o tornava igual a um filho legítimo. A partir de então, Zayd deixou a posição inferior de escravo e passou a ser herdeiro de uma das famílias mais influentes de Meca.

Percebi, preocupada, que para todos os fins Zayd era filho do Profeta. Qualquer rumor que houvesse de impropriedade entre Maomé e a mulher de seu filho adotivo seria considerado um crime de incesto pelo povo. A posição de meu marido como Mensageiro de Deus e exemplo moral da comunidade seria questionada, e a base de nossa fé desmoronaria.

O Profeta deve ter tido os mesmos pensamentos, porque desviou a vista, incapaz de encarar Zayd. Porém, seu filho adotivo inclinou-se para a frente e segurou a mão do Profeta, até que ele, por fim, enfrentou o olhar de súplica de Zayd.

— Se for seu desejo, então eu me divorcio hoje, e você fica livre para casar com ela — disse, fazendo mais um sacrifício em nome do homem a quem amava mais do que a si próprio.

Isso, no entanto, seria loucura. Meu coração disparou e me levantei, enfrentando Zayd de punhos cerrados.

— O que está dizendo? O Profeta é seu pai! É proibido a um pai casar-se com uma mulher com quem seu filho tenha se deitado!

Minha voz tremia, e eu não tinha certeza se minha raiva vinha do horror à violação de um tabu ou da ideia de meu marido nos braços da radiante Zaynab.

Zayd olhou para mim indignado.

— Essa é uma prática dos ignorantes — retrucou ele, com rispidez. — O Mensageiro e eu não temos o mesmo sangue.

Senti meu ódio aumentar.

— Não é assim que os beduínos verão isso. Eles vão acusar o Mensageiro de incesto, e nossa aliança será rompida.

Olhei para meu marido, que enfrentou meu olhar. Eu nunca vira tanta vergonha em seus olhos, e de repente me senti perdida.

— Fique com sua esposa, Zayd — disse meu marido calmamente. — E cuide de seu dever para com Deus.

Zayd levantou-se e abanou a cabeça.

— Zaynab não me ama — disse ele, e percebi uma dor profunda em sua voz. — Sempre que me deito com ela, sei que ela preferia que fosse você ao lado dela. Isso eu não suporto.

Ele olhou para mim por um instante e depois voltou a atenção para o Profeta.

— Vou me divorciar dela — disse, com um tom decidido na voz. — O destino de Zaynab vai ficar nas mãos de Deus e de Seu Mensageiro.

O Profeta ficou de pé, uma expressão de alarme no rosto. Caminhou para evitar que Zayd saísse. Mas este simplesmente segurou a mão do Mensageiro e beijou-a com grande amor, lágrimas escorrendo-lhe pelas faces marcadas. Em seguida, virou-se e partiu.

O Mensageiro ficou paralisado por um longo tempo. Eu nunca o vira tão confuso. Por fim, voltou-se para mim, a vergonha estampada em seu rosto. Parecia uma criança em busca do perdão da mãe. Eu, porém, não consegui enfrentar seu olhar, e no mesmo instante saí correndo para a casa de Hafsa para descarregar o ódio e o ciúme que ameaçavam me enlouquecer.

## 7

Poucos dias depois, meu marido convocou seus seguidores para uma reunião a fim de explicar os terríveis rumores que se espalhavam por Medina sobre a situação no seio de sua família. Centenas de pessoas se reuniram no pátio da *Masjid*, e outras dezenas estavam do lado de fora, ansiosas por ouvir explicações sobre o estranho drama entre o Mensageiro de Deus, seu filho e nora.

Enquanto as outras esposas ficaram ao lado do Profeta em sinal de apoio, eu permaneci à entrada da minha casa, observando o desenrolar dos acontecimentos, bastante zangada.

O Profeta olhou para mim ansioso, e percebi que esperava que eu tomasse meu lugar ao lado de Sawda e Hafsa, porém cruzei os braços e ergui o queixo em sinal de desafio. Ele então voltou sua atenção para o confuso grupo de fiéis ali reunidos. Havia um certo clima no ar, como o prenúncio de uma tempestade, e tive consciência de que aquele incidente com Zaynab era a maior das ameaças à credibilidade de meu marido desde o dia em que o chefe judeu Huyayy tentara ridicularizar seu conhecimento das antigas escrituras. Havia sussurros sobre a paixão do Profeta pela nora e as terríveis implicações para a verdade da Revelação. Como poderia Deus enviar um homem capaz de transgredir um dos mais antigos tabus árabes?

O Mensageiro ergueu a mão. De súbito o burburinho cessou e deu lugar a tamanho silêncio que tudo o que eu escutava eram as batidas fortes do meu coração.

— Hoje recebi uma Revelação do meu Senhor — declarou o Mensageiro numa voz que parecia ecoar pelos muros de barro e pelas ruas calçadas do oásis. Ele hesitou, e aquela era a primeira vez que eu via sua dificuldade em transmitir a Palavra de Deus. Vi suas faces pálidas ruborizarem e percebi que estava envergonhado como uma noiva na noite do casamento.

Em seguida, Maomé respirou fundo e recitou o mandamento de Deus:

*Recorda-te de quando disseste àquele que Deus agraciou*
*E tu favoreceste:*
*Permanece com tua esposa*
*E teme a Deus!*
*Ocultando em teu coração o que Deus ia revelar.*
*Temes, acaso, mais as pessoas, sabendo que*
*Deus é mais digno de que O temas?*
*Porém, quando Zayd resolveu dissolver o seu casamento com a necessária (formalidade),*
*Permitimos que tu a desposasses,*
*A fim de que os fiéis não tivessem inconvenientes*
*Em contrair matrimônio com as esposas de seus filhos adotivos,*
*Sempre que estes decidissem separar-se com a necessária (formalidade);*
*E fica sabendo que o mandamento de Deus deve ser cumprido.*

Ouvi as recém-reveladas palavras do Corão sagrado. Recuei como se tivesse sido atingida no estômago. Alá anulara o mais antigo dos tabus árabes, o que tornava os filhos de sangue e os filhos adotivos iguais aos olhos dos homens.

Olhei para o grupo, incerta de qual seria sua reação. Se as pessoas rejeitassem o mandamento, o Profeta perderia sua posição no oásis. Ele seria proclamado um aproveitador inescrupuloso, que legislava de modo a acabar com os valores antigos para satisfazer os desejos da própria carne. Se o povo de Medina condenasse essa extraordinária mudança na definição de família, tudo que tínhamos conquistado na última década se dissolveria instantaneamente. Abu Sufyan não precisaria atacar o oásis para matar Maomé. Os moradores do oásis fariam isso por ele.

Houve um murmúrio de descrédito vindo de alguns. Todos os olhos fixaram-se em Zayd, que permaneceu quieto em seu lugar, com a vista baixa. Durante anos ele se orgulhara de ser o único filho adotivo de Maomé. Agora sua herança fora invalidada pelo próprio Deus. Se Zayd aceitasse isso, ele não seria mais o "filho do Mensageiro". Passaria a ser apenas mais um homem libertado, um antigo escravo sem dinheiro e sem posição na sociedade. Não teria mais mulher e família. Meu coração se voltou para o do homem pobre, feio e infeliz. Naquele exato momento, tudo que Zayd tinha, tudo que ele podia reivindicar como seu neste mundo lhe fora tomado.

Zayd ergueu a cabeça, e fiquei espantada ao ver um largo e genuíno sorriso em seu rosto marcado. Ele caiu de joelhos, e lágrimas de alegria desciam-lhe pelas faces, fazendo os tufos de barba preta brilharem.

Ele ergueu as mãos em súplica, e sua voz ressoou pelo pátio.

— Glória a Deus, que honra esse indigno escravo mencionando-o em Seu Livro Sagrado!

Em seguida, Zayd se prostrou no solo, sua testa pressionada com força contra o chão de pedra da *Masjid*. Percebi então que Zayd tinha razão. Alá mencionara seu nome no sagrado Corão, uma honra que não fora concedida a nenhum outro muçulmano. Até meu pai fora mencionado como "O Segundo na Caverna" — nenhuma menção ao nome Abu Bakr se encontrava em parte alguma do texto. E quando olhei para o homem ajoelhado, que chorava dando glórias a seu Criador, enquanto sua face era pressionada contra a terra em sinal de humildade, percebi que o antigo escravo recebera algo maior do que tudo o que dele fora subtraído.

A Zayd ibn Haritha fora concedida a imortalidade. Muito tempo depois de morto, após seus ossos virarem poeira, seu nome seria recitado por milhões de fiéis com admiração e reverência sempre que lessem o Corão sagrado.

Enquanto eu observava a entrega total de Zayd à vontade de Deus, a exultante aceitação de seu destino, uma onda de vergonha e tristeza espalhava-se por todo o grupo de fiéis que havia questionado a integridade do Mensageiro. Em seguida, um por um, todos se prostraram em obediência ao mandamento de Deus.

A tensão que se apoderara de meu coração dissipara-se como o orvalho exposto ao sol nascente. A crise acabara. O povo de Medina havia sido testado, e fora aprovado.

Nesse instante, meus olhos recaíram sobre a beleza ofuscante de Zaynab bint Jahsh, a fonte de toda aquela loucura. Notei que ficara discretamente à sombra, seu rosto encoberto por um véu de seda preto, que foi levantado quando ficou claro que a comunidade não se lançaria contra ela. Embora seus cabelos permanecessem ocultos sob um lenço escuro, seus traços perfeitos, cílios curvos, lábios grossos e convidativos resplandeciam. Zaynab caminhou orgulhosa em direção ao Profeta e ficou a seu lado direito, junto a Sawda. Logo me recriminei por permanecer distante e ceder meu lugar àquela mulher. Zaynab voltou o rosto para o Profeta e sorriu para ele, seus dentes branquíssimos reluzindo ao sol. E o fogo do ódio que fora aceso em meu coração inflamou-se novamente.

Zaynab me viu olhando para ela, e achei ter visto seus lábios se contraírem num sorriso vitorioso. Ela vencera. Eu já não era a joia mais preciosa do harém. Zaynab seria a mulher mais bonita da família, e o Mensageiro logo experimentaria sua carne e ficaria saciado. E diferentemente de todos os outros casamentos, sua união com Zaynab fora movida pelo coração. O Mensageiro a desejara por ela mesma, não por uma aliança política ou ato de caridade. Ele ansiava pelo corpo e a alma de Zaynab, assim como desejara a mim.

Meu coração acelerou, desesperado, e quase não escutei a voz de meu pai quando ele se dirigiu educadamente a meu marido.

— Posso ser uma das testemunha na sua cerimônia de casamento com Zaynab?

Lancei um olhar raivoso a Abu Bakr, apesar de saber que ele estava sendo diplomático. Meu pai sabia muito bem que Zaynab poderia facilmente tornar-se a nova predileta do Profeta e que, em consequência, sua posição de conselheiro íntimo de Maomé poderia ser tomada. Abu Bakr tentava mostrar ao Mensageiro que era um amigo que o apoiava, mesmo tendo de suportar certo constrangimento familiar. Era um gesto sábio e generoso. Mas naquele momento me senti tão sozinha que não pude tolerar ver meu próprio pai aceitar aquela intrusa belíssima e abençoar a união entre ela e meu marido.

O Mensageiro pôs uma mão gentil sobre o ombro de meu pai, que estava ainda mais encurvado com a idade e o peso da vida dos últimos anos.

— Não vai haver cerimônia, meu amigo — observou Maomé. — O casamento já foi realizado no céu, com anjos como testemunhas.

Depois disso, vi Zaynab abrir um largo sorriso. Ela não precisaria sequer esperar pelas formalidades de um casamento. Podia levar o Mensageiro para a cama imediatamente e consumar a união naquela mesma noite.

Senti meu rosto queimar, e minhas faces ficaram mais inflamadas do que o tom avermelhado de meus cabelos. Então meus pés pareceram mover-se contra minha vontade, e eu não mais me escondia à porta da minha casa, mas sim me encontrava no centro do pátio lotado, em frente a meu marido, o Mensageiro de Deus.

— O seu Senhor é rápido em atender os seus desejos! — gritei, enfrentando-o.

O Profeta deu um passo atrás como se eu o tivesse esbofeteado. Vi Zaynab inclinar a cabeça num gesto de desdém, e captei um olhar reprovador de meu pai. De repente, notei que todos os olhos na *Masjid* estavam fixos em mim, e me senti a pessoa mais idiota da terra.

De alguma maneira consegui manter a cabeça erguida com dignidade. Sem nenhuma outra palavra, disparei para dentro de casa, batendo a porta e deixando do lado de fora aquele mundo cruel.

Nesse momento minhas pernas fraquejaram. Caí no chão e vomitei. Meu corpo tremia violentamente, e me arrastei para um canto da sala. Comecei a chorar pela injustiça da vida e pelas crueldades da condição feminina.

# 8

O deserto ressoava com o estrondo de cascos à medida que o exército de Meca marchava firme em direção a Medina para o confronto final. Eram 4 mil homens, vestidos com as mais finas armaduras da Abissínia, acompanhados de trezentos soldados a cavalo e 1.500 guerreiros montados em camelos.

Em um uádi ao sul do oásis, a quatro dias de distância, eles se uniram a seus novos aliados, os exilados da tribo Bani Nadir. Huyayy ibn Akhtab conduzia um contingente de infantaria de 2.700 homens e uma tropa de cavalaria de trezentos soldados. Juntos, eles seriam a força mais poderosa já vista na Arábia.

À medida que o gigantesco conjunto de tropas seguia em direção ao norte, uma figura oculta por trás de um antigo monte de lava observava seus passos com cuidado. O observador muçulmano, membro de uma tribo aliada, a Bani Khuza'a, calculou rapidamente a extensão do exército invasor e se arrastou de volta a seu cavalo, que havia sido amarrado à entrada de uma velha caverna escavada no mar de areia.

Repetindo em silêncio uma oração a Alá para lhe garantir a velocidade de um falcão, o observador montou em seu cavalo e disparou de volta a Medina. Se continuasse por três dias sem dormir, ele talvez chegasse a tempo de avisar seu povo. Só esperava que o animal sobrevivesse àquele passo impiedoso. Mas se fosse obrigado a completar a viagem a pé, o faria. O observador sabia que os soldados dirigiam-se ameaçadoramente ao oásis, que sequer suspeitava do ataque, e, se falhasse em sua missão, a *Ummah* seria consumida nas mandíbulas do ódio do invasor.

---

O CONSELHO DE GUERRA reuniu-se no pátio da *Masjid*. Eu caminhava entre os homens preocupados, carregando um balde de água para ajudá-los a saciar a sede ou molhar suas testas, aliviando o efeito do sol inclemente. O Mensageiro sentou-se ao lado do *mihrab*, o nicho do lado sul que apontava para Meca, determinando a direção das preces. Sua fronte estava contraída, e seus ombros, curvados. Seus olhos negros fitavam a terra preta a seus pés, onde seus seguidores haviam desenhado um mapa grosseiro de Medina e dos montes que a circundavam.

Umar acabara de explicar que a melhor estratégia seria remover as mulheres e as crianças para as diversas cavernas nos campos vulcânicos, enquanto os homens se entrincheirariam dentro das casas e se prepariam para um combate mano a mano nas ruas. Não houve menção a sair da cidade para um confronto com o inimigo, como havíamos feito em Uhud. O observador, antes de morrer de esgotamento e insolação, nos dera uma estimativa preocupante do tamanho do exército invasor. Mesmo com nossos aliados beduínos ao norte, eles teriam uma vantagem de dois para um. Embora Ali tivesse absoluta certeza de que poderíamos superar aquela diferença — já havíamos conseguido isso em Badr e mesmo em Uhud, até os arqueiros nos traírem —, havia outro problema.

Os Bani Qurayza, a última das tribos judaicas em Medina, nos perseguiriam se decidíssemos sair para os montes e enfrentar os invasores. Embora os judeus tivessem se recusado a participar dos conflitos anteriores, apesar de nosso tratado exigir que se unissem a nós na defesa do oásis, não havia nenhuma garantia de que permaneceriam neutros dessa vez. Segundo o corajoso observador, os judeus da tribo Bani Nadir haviam se juntado ao exército de Abu Sufyan, e era improvável que os Qurayza cruzassem os braços ao verem membros da comunidade judaica lutar contra os muçulmanos. Se nos arriscássemos a sair para o campo de batalha, estaríamos sujeitos a um ataque pela retaguarda.

O único plano que fazia sentido era o de Umar. Mas eu via que meu marido não gostara da ideia de transformar as ruas da cidade de Medina num campo de batalha. Ele trabalhara durante cinco anos para trazer paz e ordem ao caótico assentamento e a perspectiva de sangue lavando as ruas de pedra era muito difícil de aceitar. Porém, sem nenhuma outra opção, ele havia anunciado aos fiéis ali reunidos sua intenção de atrair os mecanos para as ruas sinuosas do oásis, forçar suas tropas a se dividir e se espalhar, e transformar as casas em armadilhas mortais. Seria uma carnificina, mas a guerra era funesta, não importando como fosse executada.

Houve um grande silêncio enquanto os homens se entreolhavam assustados. Esta seria a última batalha. Ou o exército de Meca seria aniquilado nas ruas, ou os muçulmanos seriam massacrados. E se nossos homens fossem derrotados, as mulheres e as crianças de Medina seriam perseguidas nos montes vizinhos e capturadas ou mortas. Não haveria clemência por parte dos mecanos, não depois de tantos anos de conflitos implacáveis. Depois de testemunhar o barbarismo canibalesco de Hind, os muçulmanos tremiam ao pensar no que aconteceria aos sobreviventes abandonados às mãos do inimigo.

Ouvi uma tosse nervosa quando um homem de fora do círculo central dos conselheiros do Profeta pigarreou. Era Salman, um persa que havia sido escravo de um dos judeus da Bani Qurayza. Depois que aderiu ao islã, o Mensageiro comprou sua liberdade e o estrangeiro passou a viver entre os árabes como um de nós. Salman era baixo e magro, tinha olhos azuis e as belas feições esculturais de seu povo. Quando falou, foi com uma voz lírica, que fazia as palavras soarem como música. Seu sotaque persa era de uma beleza inesquecível.

— Ó Mensageiro de Deus, a sua estratégia foi revelada por Deus, ou é apenas uma opinião pessoal?

Umar franziu a testa e ficou vermelho.

— Como se atreve a questionar o Mensageiro?

O Profeta colocou uma mão sobre o sólido ombro de seu genro.

— Vá com calma, Umar — disse ele com um sorriso paciente, e em seguida voltou a atenção para o homem liberto. — É uma questão de opinião. Você tem alguma outra sugestão, Salman?

Salman hesitou e depois penetrou o círculo de auxiliares íntimos do Mensageiro. Umar lhe lançou um olhar furioso, mas o persa o ignorou. Ele inclinou-se para examinar o mapa do oásis desenhado no solo e passou um dedo delicado sobre a barba cuidada com perfeição.

Salman levou os dedos ao solo e riscou várias linhas profundas representando a face norte da cidade. As linhas se conectavam e formavam um arco que circundava as passagens vulneráveis nas quais o exército de Meca melhor se posicionaria para invadir Medina. Salman terminou sua tarefa e ergueu um olhar nervoso para meu marido.

— Na minha terra natal, cavávamos uma trincheira ao redor de nossas cidades para protegê-las do cerco — disse Salman. — Se for a vontade de Deus e de Seu Mensageiro, talvez uma estratégia semelhante servisse para defender Medina.

Olhei para baixo, por cima do ombro de meu cunhado Zubayr, e logo compreendi o que o persa dizia. Eu ainda não era uma estrategista militar — meus dias à frente dos exércitos ainda estavam muito distantes — mas via bem como um fosso nos intervalos que Salman sugeria poderia funcionar.

Os homens se entreolharam surpresos, mas não disseram nada, talvez porque não queriam ser os primeiros a apoiar esse inusitado estratagema. Finalmente, Umar falou, sua voz áspera ressoando por todo o pátio.

— Uma trincheira suficientemente grande para conter um exército? Nunca ouvi falar numa coisa dessas — disse ele, deixando transparecer um respeito relutante.

Meu marido fitou os olhos nervosos de Salman e sorriu calorosamente, segurando a mão do persa.

— Nem os mecanos.

# 9

Os Confederados, como os contingentes mecanos e judeus unificados se denominavam, fizeram sua abordagem final a Medina depois de atravessarem ondas de dunas de areia escurecida. O tamanho do exército aumentara para 10 mil, uma vez que os beduínos descontentes foram recrutados para juntar-se ao behemoth que marchava em direção ao pretensioso oásis que lançara o mundo em desordem.

Fazia vinte dias desde que as forças árabes e judaicas haviam se unido no deserto, e a marcha firme naquelas terras desoladas fora exaustiva para o exército. Os cantis começavam a secar, e a primeira visão da linha de palmeiras na fronteira sul de Medina fora bem-vinda. Os homens atacaram as fontes de água nas imediações da cidade e ficaram surpresos ao encontrá-las totalmente desprotegidas. Alegraram-se e consideraram sua fácil captura das passagens sulistas como um sinal dos deuses de sua vitória iminente.

No entanto, seu comandante, Khalid ibn al-Waleed, estava preocupado. Montado em seu poderoso corcel negro, contemplava o horizonte, além das faixas de lava que serviam de fronteira defensiva natural de Medina ao sul. Não se mexeu, nem mesmo quando Huyayy ibn Akhtab, o líder das tropas judaicas, trotou a seu lado, sorrindo.

— Sorria, meu amigo! A vitória está em nossas mãos. — Huyayy olhou além das pedras escuras que conduziam a sua terra natal perdida e respirou profundamente o ar salgado do oásis. — Logo meu povo reivindicará seus lares. E o seu povo recobrará sua honra.

Khalid virou-se enfim para olhá-lo de frente, seus olhos ardendo fortemente.

— Onde está o pelotão de frente de Maomé? Estamos quase em Medina e não há sinal de um único cavaleiro.

O chefe dos Bani Nadir deu de ombros, sem permitir que o obstinado árabe estragasse seu júbilo.

— É provável que tenham se refugiado dentro da cidade, como fizeram meus antepassados em Masada — disse Huyayy, embora não o atraísse a ideia de comparar seus nobres guerreiros ancestrais com aquele impostor oportunista e seus fanáticos iletrados.

Porém a referência não dizia nada a Khalid, que lhe lançou um olhar vazio.

— Eles mantiveram todo o exército romano a distância durante anos — explicou Huyayy, orgulhoso. — Quando os centuriões finalmente derrubaram os muros, descobriram que todos os judeus haviam se suicidado para não se entregarem.

Os olhos do chefe de tribo reluziram de orgulho ao lembrar-se do nobre sacrifício, da coragem de seu povo diante da impossibilidade de resistência.

Porém, se o judeu via honra em sua história, o árabe achava-a pouco louvável. Khalid cuspiu no chão em sinal de desprezo.

— Os árabes não são suicidas como seus ancestrais — disse ele rispidamente. — Orgulham-se de sua bravura. Eles virão ao nosso encontro e lutarão.

Huyayy mordeu a língua para não dizer algo que destruísse a aliança tão dificilmente conquistada.

— Se esses árabes são tão corajosos, então onde estão? — Huyayy tentou disfarçar o veneno que havia em suas palavras, mas não foi inteiramente bem-sucedido.

Khalid abanou a cabeça.

— Isso é o que está me preocupando.

Antes que Huyayy respondesse, ouviram-se gritos à frente. Khalid esporeou seu cavalo bruscamente e avançou pelas linhas de frente do exército em marcha. Huyayy o seguiu com rapidez e viu um grupo de batedores confederados no topo de um monte de lava, de onde eles avistavam o coração do oásis.

Quando Huyayy alcançou o rochedo, seu coração quase parou.

Uma enorme trincheira havia sido escavada do outro lado da passagem norte que conduzia a Medina. De onde estava, Huyayy calculou ter uns 10 metros de largura e talvez uns 30 e poucos metros de profundidade. O fosso cavernoso cercava os limites da cidade ao oeste e desaparecia no emaranhado de palmeiras e montes rochosos ao sul.

Ele nunca vira uma coisa daquelas, e não havia meios de atravessar aquela barreira.

Ainda abalado, Huyayy ouviu o galopar de cascos e viu o líder de Meca, Abu Sufyan, aproximar-se deles. O homem idoso respirou fundo quando percebeu a surpreendente tática defensiva.

— O que é isso? — perguntou, sua voz um misto de fúria e desespero.

Em seguida, Huyayy ficou perplexo ao ouvir o som de uma risada. Virou-se e viu a cabeça de Khalid jogada para trás em profundo deleite.

— Trabalho de um gênio — disse o general, sem nenhum sinal de amargura.

Como uma criança correndo atrás de um brinquedo novo, Khalid desceu as dunas cobertas de cinza em direção à borda do fosso. O exército confederado o seguiu, embora os rostos dos soldados espelhassem confusão ao avistarem a barreira.

Quando Huyayy chicoteou seu cavalo para segui-los, percebeu que a trincheira não era o único obstáculo diante deles. Todo o exército muçulmano, totalizando uns 3 mil homens, encontrava-se no extremo oposto do fosso, arcos apontados para as forças invasoras, lanças em punho, prontas a serem arremessadas contra os adversários do outro lado da linha divisória.

Avistaram então Maomé, peito nu e coberto de suor e poeira, e compreenderam que o líder herege tinha estado entre os trabalhadores que escavaram a terra, no que parecia ter sido um exercício extenuante, que durara vários dias. Apesar do ódio que sentia por ele, Huyayy foi forçado a admirar sua disposição de sujar as mãos junto a seus homens. Tais líderes sempre inspiravam a lealdade das tropas, e Huyayy sabia que elas lutariam até morrer por Maomé, caso os mecanos, de alguma forma, rompessem suas defesas.

Maomé saudou os invasores com um largo sorriso e abriu os braços num gesto de boas-vindas desafiador. Khalid observava do outro lado da trincheira e sorriu, cumprimentando seu inimigo em reconhecimento ao plano bem-concebido. Quaisquer que fossem as diferenças de fé religiosa que os separavam, o código de honra entre guerreiros ainda prevalecia.

Khalid então virou-se e fez um sinal para seus melhores cavaleiros. Sem nenhuma palavra, a cavalaria avançou, sabendo exatamente o que o general mecano esperava deles.

Uma dúzia dos mais velozes cavalos de guerra desabalou pelas terras do deserto e saltou por sobre a trincheira. Uma chuva de flechas disparou em sua direção, e os cavalos foram atingidos em pleno ar. Os relinchos aterradores dos animais cessaram de forma abrupta quando caíram no fosso abaixo. A maioria dos soldados quebrou o pescoço na queda, porém aqueles que de alguma forma conseguiram sobreviver foram imediatamente atingidos por uma segunda saraivada de flechas, ao tentarem escapar de suas montarias abatidas.

Khalid ergueu a mão para impedir que outros homens tentassem saltar o fosso em nome da honra. Como general experiente, ele sabia que o estratagema, uma vez malogrado, seria uma perda de vidas e recursos sem resultado. Os cavalos simplesmente não conseguiriam saltar aquela distância e chegar do outro lado em segurança, e se por milagre um ou dois alcançassem o objetivo, seus cavaleiros estariam sozinhos e cercados por inimigos bem armados.

Ele examinou bem a trincheira e seus adversários. Khalid poderia fazer seus homens descerem aquela depressão com cordas, porém os muçulmanos tinham a vantagem de se encontrar em terreno mais elevado. Eliminariam os soldados com facilidade antes de eles conseguirem subir ao topo. Muitas vidas seriam perdidas, com pouquíssima chance de sucesso.

— O que faremos? — Era a voz de desespero de Abu Sufyan, cujo aspecto era o de um homem velho demais e sem forças suficientes para levar os homens ao triunfo. Tudo o que Khalid sentia por aquele homem, que se intitulara o rei de Meca e que subira ao poder unicamente por sua atitude covarde evitando ir à batalha em Badr, onde seus concorrentes ao poder foram mortos, era desprezo. Já havia rumores de que Khalid deveria despachar o velho tolo e tomar seu lugar na Casa da Assembleia.

Entretanto, Khalid ibn al-Waleed era um guerreiro, não um rei. Sentia-se realizado e feliz no calor do campo de batalha, entre os homens bravos que amava, não na boa vida de um governante cercado de burocratas e bajuladores. Khalid não tinha interesse em tornar-se rei, mas sabia que precisavam de um naquele momento. Eram os reis e os chefes de tribos que declaravam as guerras nas quais homens como ele gostavam de lutar. Nos últimos anos, porém, andara cada vez mais insatisfeito com os líderes de Meca, que demonstravam covardia e avareza e governavam por meio de propinas e de medo, sem nenhum senso de honra.

Ele dirigiu o olhar para além das frentes inimigas, contemplando Maomé novamente, e percebeu que seu inimigo tinha todas as qualidades que faltavam a seus aliados. Era nobre e corajoso e conseguiria inspirar os homens a sacrificar a própria vida. Ao olhar para o homem que fora denunciado como um rebelde pelos nobres de Meca, Khalid passou a se perguntar como seria a vida conduzindo exércitos sob o comando de Maomé.

Entretanto, antes de poder prosseguir naquela linha de pensamento, escutou o zurro insistente de Abu Sufyan em seu ouvido, exigindo uma solução para aquele inesperado problema.

Khalid suspirou fortemente e dirigiu a atenção para os campos de grãos que ficavam além dos limites da trincheira e para as oliveiras que floresciam com a chegada da primavera. Os muçulmanos haviam feito a escavação sabiamente de forma circular, o mais próximo possível da cidade, demarcando a área que precisava ser defendida. Entretanto, tinham sido forçados a se isolar de suas próprias plantações.

Khalid sabia o que deveria ser feito. E um lado seu lamentava que precisasse ser feito dessa maneira.

Virou-se para Abu Sufyan e seu aliado judeu Huyayy.

— Esperar. A fome se encarregará de fazer o que espadas e lanças não conseguem.

## 10

O cerco já persistia por dez dias, e nossos suprimentos de comida reduziam-se drasticamente. Eu passava várias horas do dia nas linhas de frente, levando água para os soldados que protegiam a trincheira com bravura. Os mecanos permaneciam incansáveis em seus esforços para encontrar uma forma de contornar o obstáculo, e não podíamos abandonar nossos postos nem por um minuto. Nas primeiras noites, os guerreiros de Khalid tentaram aproveitar-se da escuridão para descer o fosso. Porém os olhos alertas de Zubayr perceberam sombras movimentando-se e uma saraivada de flechas e lanças rapidamente eliminou os intrusos. Se não tivesse sido pela vigília incansável de seu pai, Abdallah, alguns assassinos teriam conseguido penetrar em Medina e destroçar a cidade.

No quarto dia, os observadores mecanos localizaram uma pequena falha em nossas defesas. A trincheira terminava num charco arborizado a sudoeste, onde as barreiras naturais de árvores e montes rochosos tornavam impossível a penetração da cavalaria. Alguns homens intrépidos, conduzidos por Ikrimah, o filho de Abu Jahl, e Amr Abdal Wudd, atravessaram o pântano a nado e conseguiram passar despercebidos por nossas sentinelas. O grupo estava pronto para entrar nos confins da cidade, onde planejava atear fogo e provocar o caos geral, quando Ali os confrontou nos limites de Medina. Ali e Abdal Wudd enfrentaram-se num duelo curto, porém brutal, que se encerrou quando a resplandecente *Dhul Fiqar* dividiu ao meio a cabeça do espião mecano. O covarde Ikrimah e seus homens fugiram de volta pelo pântano, esquivando-se da chuva de projéteis lançada sobre eles quando foi dado o alarme.

No sexto dia, uma cortina de fumaça encobriu o horizonte. Abu Sufyan ordenara a queima das plantações que circundavam o oásis, e presenciei com lágrimas nos olhos as terras verdejantes à nossa volta serem consumidas. Havíamos colhido a maior parte das tâmaras e dos grãos de trigo e cevada nas semanas anteriores ao ataque, porém, com a destruição das árvores, que eram a força vital de Medina, nossas chances de sobrevivência a longo prazo eram drasticamente reduzidas.

Entretanto, naquelas circunstâncias, poucos de nós estávamos preocupados com o que aconteceria a longo prazo. Deveríamos nos manter vivos dia após dia. Com o comércio interrompido por completo pelo cerco, não tínhamos como repor as reservas de alimentos que logo seriam consumidas. Embora o Mensageiro houvesse instituído o racionamento, as mulheres e as crianças recebendo porções duas vezes maiores do que os homens, simplesmente não havia o suficiente para servir a todos.

Foi então que, na décima noite da batalha, fui com as outras Mães de casa em casa verificar as necessidades das famílias que haviam sido retiradas do *front*. Foi uma noite difícil, pois, em cada lar que visitávamos, encontrávamos pessoas doentes ou à beira da morte. As mulheres suplicavam ajuda para seus filhos, pedindo-me para comunicar o sofrimento de seus entes queridos ao Mensageiro, e me imploravam um milagre para salvar suas vidas. Tive vontade de fugir, de me esconder em algum lugar, longe daqueles olhares desesperados, das mãos esqueléticas que se estendiam para tocar em mim, como se meu corpo transmitisse algum tipo de *baraka*, bênção miraculosa, que aliviasse o martírio.

Eu sorria gentilmente para elas e dizia palavras de conforto e esperança, como cabia a uma Mãe dos Fiéis. Porém, apesar de toda a imponência de minha posição espiritual, eu tinha apenas 14 anos, e o peso do mundo me esmagava.

Ao sair de uma casinha de pedra, superlotada com mulheres e crianças, deixei a brisa fresca do oásis soprar em meu rosto e senti uma ardência quando o ar entrou em contato com a umidade da minha face. Esta última casa fora a pior. Diversas famílias amontoadas num espaço adequado para no máximo três pessoas, quase sem espaço para respirar, e menos ainda para andar. A casa pertencia a um carpinteiro, cuja mulher havia recentemente dado à luz uma filha. O homem fora ferido por uma flecha no ombro enquanto protegia a trincheira e retornara ao lar para curar o ferimento. No entanto, as condições insalubres dos minúsculos aposentos geraram uma infecção, e o cheiro fétido da morte pairava sobre ele. Pensei com certo pesar que o martírio do marceneiro serviria ao menos para abrir espaço dentro daquele casebre. Talvez, quando ele fosse enterrado, algumas crianças pudessem se mover o suficiente para evitar a febre letal que acometera duas delas, que choravam ininterruptamente há horas.

Era um pensamento cruel, mas eu estava cansada e com fome. Tinha raiva da vida. E talvez, embora não admitisse em voz alta, tivesse raiva de Deus por permitir que aquilo acontecesse.

Ao conduzir as outras Mães que estavam ali comigo para fora da casa, minha cabeça mergulhada na fúria e no desespero, ouvi Umm Salama, a viúva gentil, falar.

— Devíamos dizer ao Mensageiro. — Sua voz denotava tristeza pelas tragédias que havíamos testemunhado naquela noite.

Dirigi a ela meu olhar e abanei a cabeça de forma severa.

— Ele já tem muito com o que se preocupar.

O Mensageiro não abandonara seu posto na trincheira desde que o primeiro soldado mecano aparecera a cavalo. Desde então sobrevivia com apenas duas horas de sono diárias, e os efeitos do cerco espelhavam-se em seu rosto. Sua barba preta sedosa começava a revelar alguns fios grisalhos, e novas linhas apareceram sob os olhos negros. Era como se esse homem perpetuamente jovem tivesse envelhecido da noite para o dia.

Sawda, a esposa gorducha e mais velha, enxugou as lágrimas dos olhos.

— Mas as crianças estão morrendo de fome. Não vai demorar muito até que *Jannat al-Baqi* leve todas elas — disse, referindo-se ao cemitério nas imediações do oásis.

— Ele não pode fazer nada — retruquei, de repente sentindo-me extremamente protetora em relação a meu marido. A última coisa de que ele precisava naquele momento era ser perturbado pelas esposas com questões que não tinha como controlar. O Mensageiro sabia muito bem do sofrimento de sua comunidade. Fornecer detalhes desoladores sobre a fome e a doença serviria apenas para despedaçar seu coração generoso, tornando ainda mais difícil o combate àquele inimigo implacável.

Vi minha rival mais jovem, Hafsa, dar de ombros, como se minhas palavras não a tivessem convencido.

— Talvez ele possa negociar uma trégua — disse, de forma ríspida. — Ou talvez uma rendição com dignidade...

Esbofeteei-a.

Hafsa se retraiu como se eu a tivesse esfaqueado. Mas o corte de uma lâmina teria sido menos doloroso do que o olhar fulminante que lhe lancei.

— A fome está à nossa porta e você querendo que ela nos devore!

O rosto de Hafsa adquiriu um tom vermelho vivo, aceso pelo ódio. Era um legado de seu pai. Empertiguei-me para um golpe retaliatório e fiz uma prece para que a escuridão da noite impedisse que as Mães dos Fiéis fossem vistas brigando como cão e gato no meio da rua.

Entretanto, Hafsa me surpreendeu. A filha de Umar ibn Al-Khattab respirou fundo e se acalmou. Parecendo fazer um esforço extraordinário, mordeu o lábio e falou com voz tranquila e segura.

— Você tem razão. Eu não devia ter dito isso.

Naquele instante, Hafsa passou de assustadora rival no harém a uma mulher que eu começava a respeitar. Na verdade, à medida que nossa amizade se aprofundou ao longo dos anos, frequentemente ríamos de termos nos tornado amigas, porque fui a única pessoa que a enfrentou.

Naquela noite, porém, não havia motivo para risos. Os abutres estavam à espreita nos limites de Medina, à espera de nossa morte, vítimas da fome e da doença. Nos dez dias seguintes, realizariam seu desejo. Caso o Mensageiro não conseguisse afastar aqueles homens de nossa porta, seríamos arruinados. E para ter alguma esperança, ele precisava contar com o apoio de seus entes queridos nos momentos mais tenebrosos.

Dirigi-me às outras esposas. Quando falei, foi com a voz de uma mulher forte, não de uma criança. Meu corpo era infantil, mas minha alma já tinha a idade de várias vidas somadas.

— Não somos como as outras mulheres, que podem se dar ao luxo de importunar os maridos com dúvidas e medos — disse, de maneira solene. — Somos o último bastião do Mensageiro contra esse mundo louco e cruel. Vocês acham que Khadija alguma vez pediu a ele que se rendesse, quando Meca inteira estava atrás de sua cabeça?

Essa última parte foi a mais difícil para mim. Embora eu já partilhasse a cama do Mensageiro havia cinco anos, embora eu tivesse sido proclamada a mais amada e respeitada de suas mulheres, nunca fora capaz de tomar o lugar de

Khadija, a primeira pessoa a acreditar nele e a apoiá-lo. Houve momentos em que eu o percebia irrequieto a meu lado na cama. E o ouvia sussurrar o nome dela, as lágrimas escorrendo-lhe pelos olhos adormecidos à medida que a dor da perda o consumia de forma inconsciente. Qualquer que fosse o tempo que eu permanecesse com ele, independentemente do número de filhos que eu viesse a lhe dar, o Mensageiro jamais seria de fato meu.

Hafsa abaixou a cabeça e vi seu último resquício de orgulho desaparecer.

— Eu fui uma tola. Desculpe — soluçou ela.

A radiante Zaynab bint Jahsh pôs uma mão sobre o ombro de Hafsa para confortá-la.

— Não se desculpe. Eu também pensei a mesma coisa.

Zaynab me lançou um olhar de reprovação, seus olhos desafiando-me a bater em seu rosto como eu fizera a Hafsa. Havia tal força em sua expressão, tal nobreza inata, que de repente me senti uma criança outra vez, minha pretensão ao poder dissipando-se no ar da noite.

A bondosa Sawda veio para meu lado, talvez percebendo que minha bravata fosse apenas um disfarce para a melancolia e a incerteza que velavam meu coração.

— Mas o que vamos fazer? — perguntou com carinho. Era estranho; aquela mulher que já tinha mais de 60 anos buscava o conselho de uma adolescente. Mas o mundo estava de cabeça para baixo, e somente aqueles que conseguissem enfrentar as estranhas veredas daquele pesadelo sobreviveriam.

— Daremos nosso apoio ao Mensageiro — respondi, recobrando minha autoconfiança com renovado vigor. — E se o nosso destino é morrer ao seu lado, quer por meio de uma flecha, quer pela fome, faremos isso com dignidade e um sorriso nos lábios.

Ergui a mão direita de Sawda como se em juramento. Hafsa colocou a mão dela sobre a minha. Após um instante de hesitação, Zaynab fez o mesmo.

— Somos as Mães dos Fiéis — proclamei, articulando cada uma das palavras de nosso título com grande nobreza. — Aos olhos de Deus e dos homens, nada menos é esperado de nós.

As mulheres sorriram com esperanças renovadas, e até mesmo Zaynab me lançou um olhar agradecido. Retribui-lhe com um sorriso e esperei que seus olhos penetrantes não vissem as terríveis correntes de medo que me agrilhoavam o coração.

# 11

Os portões pretos da fortaleza emitiam uma luz tênue ao luar. Eles haviam resistido por dezenas de gerações, protegendo seus habitantes dos lobos que rondavam os montes vulcânicos, quer essas bestas fossem os originais caninos ou homens mortais.

Um único homem os guardava naquela noite, seus olhos escuros contemplando além dos morros em direção a um mundo que ele não mais reconhecia. Kab ibn Asad, o chefe da tribo Bani Qurayza, avistou nuvens de fumaça que se elevavam ao norte, onde se encontrava um exército disposto a destruir a cidade que fora um dia chamada Yathrib. Seus irmãos entre os Bani Nadir haviam retornado para reivindicar seus lares e trouxeram com eles milhares de guerreiros árabes que apoiavam sua causa. Não restava dúvidas de que eles haviam sido temporariamente bloqueados pela engenhosa trincheira dos muçulmanos, porém Kab sabia que chegaria o momento em que a barreira de nada adiantaria, e a vingança seria alcançada.

Quase 15 dias haviam se passado desde que o exército de libertadores ficara detido nos portões de Medina, porém essa demora tinha servido a um propósito. Os muçulmanos estavam como animais enjaulados, famintos e exaustos, privados do necessário para a sobrevivência por seu próprio orgulho. Eram frutas maduras, prontas para serem colhidas. Depois que seus espiões confirmaram a extensão da fome e a fragilidade das tropas muçulmanas, Kab enviou um falcão especialmente treinado ao acampamento de Huyayy, seu parente e líder dos exilados Bani Nadir. Em suas garras mortais, o pássaro carregava uma pequena mensagem escrita em hebreu, língua que nenhum de seus inimigos entenderia caso a ave fosse capturada ou morta. Porém o poderoso falcão retornou incólume, com uma mensagem escrita em hebreu que continha a resposta que Kab esperava.

Era por isso que estava ali sozinho naquela noite, protegido pelos muros da fortaleza. Ele fazia o mesmo que havia feito durante muitos meses. Observar e esperar.

E então ele viu. Um breve movimento próximo aos montes de lava preta que circundavam a passagem sul. Kab fixou a vista, mas não enxergou nada na escuridão. Por um instante, pensou ter imaginado aquilo, sua mente ansiosa vendo o que esperava ver. Mas logo ouviu pisadas regulares contra as pedras frias, e duas pequenas sombras surgiram da enorme sombra negra da encosta do morro.

Kab não fez nenhum movimento enquanto os homens encapotados aproximavam-se. Ergueu a vista para os muros acima. Os arqueiros estavam escondidos nos torreões, prontos para agir mediante seu sinal. Se sua mensagem tivesse de fato sido interceptada pelos homens de Maomé, e esses dois fossem assassinos enviados para ajustar contas, a questão seria resolvida com rapidez.

Os homens encapuzados pararam a 3 metros de distância do chefe de tribo. E então o mais baixo falou, sua voz sonora e bem familiar.

— Você pode dizer a seus homens para se desarmarem — Huyayy ibn Akhtab disse. — A menos que queiram fazer o trabalho do inimigo.

Kab sorriu e ergueu a mão esquerda. Embora não tenha havido nenhum som vindo dos torrões acima, ele sabia que seus homens haviam abaixado as armas. Nesse instante, virou-se e cumprimentou os recém-chegados.

Huyayy removeu seu manto e abraçou Kab cordialmente. O chefe da tribo Bani Nadir fez um sinal com a cabeça para seu companheiro, que retirou o capuz, revelando os traços envelhecidos, porém ainda majestosos, do senhor mecano Abu Sufyan.

O árabe cumprimentou o judeu com um sorriso sardônico.

— Que novo mundo é esse em que velhos amigos precisam de um esquema conspiratório para se encontrar! — observou Abu Sufyan.

Kab tomou a mão de Abu Sufyan e conduziu-o em direção aos poderosos portões da fortaleza, que se abriram com um rangido forte.

— Então está na hora de trazer o antigo mundo de volta.

---

Era quase alvorada quando os portões de ferro abriram-se com um estrondoso ruído outra vez. Os três homens vinham de uma noite de negociações que não fora como Kab havia esperado. Sua oferta para trabalhar com os Confederados fora bem recebida, porém Abu Sufyan resolvera pôr todo o risco nos ombros dos Bani Qurayza. O líder árabe pediu aos judeus que pegassem Maomé de surpresa e realizassem o ataque pela retaguarda. Logo que os guerreiros Qurayza iniciassem a destruição no oásis, forçando os adversários a deixar suas posições na trincheira, os Confederados atravessariam a barreira e iriam em socorro de Kab.

Era uma tática que colocava em risco os Bani Qurayza, restando-lhes apenas a pálida esperança de que os Confederados fossem capazes de interferir antes que a lâmina do algoz descesse sobre eles.

Kab ficara extremamente frustrado com o estratagema. Esperara tantos meses, orando com paciência para se livrar do feiticeiro que sequestrara seu lar... Porém, agora, quando a resposta surgira, ela carregava um preço alto demais.

Seu ponto de vista, no entanto, não era compartilhado pelos mais experientes de sua tribo. Ávidos por confrontar Maomé e obter a vingança pelas humilhações que os judeus haviam sofrido durante os últimos cinco anos, as brilhantes mentes Qurayza haviam abraçado esse plano temerário. Kab fora silenciado durante o conselho de guerra por homens idosos que sonhavam com a vitória, mas que não enfrentariam, eles próprios, o campo de batalha.

Entretanto, Kab havia conseguido uma concessão de seus aliados. Os árabes deveriam mandar uma dúzia de seus mais ilustres líderes à fortaleza dos Bani Qurayza como "convidados" durante os confrontos. O retorno seguro desses reféns exigiria que os mecanos se empenhassem em encerrar o cerco de forma definitiva. Se os coraixitas não fossem rapidamente em socorro dos Qurayza, eles arriscariam perder seus próprios homens no afã de vingarem-se de Maomé.

Abu Sufyan concordara com relutância e oferecera os filhos dos líderes mecanos que haviam sido mortos em Badr e em Uhud, o mais notável deles, Ikrimah ibn Abu Jahl. Kab expressou desagrado ao ouvir o nome. Ikrimah era tão cruel quanto seu falecido pai, porém lhe faltavam o fascínio e as habilidades diplomáticas para ser um líder como Abu Jahl. Kab estava curioso em saber se alguém viria em seu socorro quando as chamas do caos fossem inflamadas. Com polidez, perguntara a Abu Sufyan onde se encontrava seu próprio filho, o carismático Muawiya. À simples menção do rapaz, a expressão de Abu Sufyan se fechou, e ele não disse mais nada. Kab sabiamente encerrou o assunto.

Quando os três homens deixaram o recinto, Abu Sufyan virou-se para encarar Kab fitando-o nos olhos.

— Está tudo entendido? — perguntou, num tom que sugeria não estar muito convencido do apoio de Kab, após aquela reunião pouco amistosa.

Kab sentiu uma súbita fúria. Inclinou-se em direção a Abu Sufyan e falou devagar, para garantir que o árabe entenderia o que estava sendo exigido dos Qurayza.

— Se meu povo não cumprir o pacto, estará liquidado. E se alguns dos homens de Maomé sobreviverem ao nosso ataque, eles se vingarão de nós.

Huyayy colocou um braço ao redor de Kab e separou os dois homens.

— Então não deixaremos nenhum deles vivo.

Kab voltou-se para seu velho amigo. Ficara muito feliz de vê-lo apenas umas horas antes. Mas agora começava a arrepender-se de ter recebido o chefe da tribo Bani Nadir dentro da fortaleza.

— Você parece muito seguro de si, Huyayy — disse ele, rispidamente. — Considerando que sua própria teia caiu sobre você, eu imaginaria que fosse mais cauteloso em tecer novas.

Huyayy recuou como se tivesse sido atingido. Olhou para Kab como se não o reconhecesse.

— Há um tempo para cautela e um tempo para a iniciativa — disse Huyayy friamente, seus olhos apertando-se. — Essa é a nossa última chance, Kab. E a sua também. Se Maomé derrotar o cerco, ele se fortalecerá. Encontrará um pretexto para expulsar os Qurayza e depois declarará guerra a Khaybar. Os judeus da Arábia desaparecerão nas areias da história.

Kab deu um passo para trás e deixou a raiva passar até acalmar-se novamente. Os dois estavam do mesmo lado. Ambos tentavam salvar seu povo da extinção. Era verdade que o plano dos Confederados colocava sua tribo em risco de aniquilação imediata. Porém, também era verdade que, se os libertadores fossem derrotados, de qualquer forma os Qurayza viriam a ser destruídos, à medida que o movimento de Maomé conquistasse a supremacia.

A escolha que Kab tinha diante de si era devastadora e cruel, como os ermos da Arábia, que ele amava de todo o coração. De uma maneira ou de outra, os Bani Qurayza corriam o risco da derrota. Porém, se seu povo tinha de enfrentar a morte, seria mais digno enfrentá-la lutando ao lado de seus companheiros judeus.

— Eu fico do lado de nosso povo — disse Kab após um instante de dolorosa reflexão. — Mas vocês não devem se atrasar. Os portões se abrirão amanhã à noite quando a lua nova lançar seu véu sobre a terra. Se não estiverem prontos então, eles se fecharão para vocês para sempre.

Abu Sufyan assentiu com um gesto, satisfeito por Kab ter mantido sua parte no acordo.

— Vamos estar prontos.

Os dois homens então vestiram seus mantos e desapareceram na escuridão, tentando alcançar o acampamento antes que a aurora invadisse as trevas e revelasse a presença deles.

Eles não precisavam ter se apressado, pois já haviam sido detectados. Logo que Kab retornou à fortaleza e os poderosos portões se fecharam com um estrondo funesto, uma figura pequena, de túnica negra como a noite, levantou-se de um esconderijo nas fendas dos montes de lava e apressou-se em direção ao oásis.

## 12

Cheguei perto da corpulenta dona de casa e lhe entreguei uma adaga.
— Fique com isso — eu disse com toda a autoridade que consegui reunir.
A mulher hesitou, e eu a segurei pelo pulso e coloquei o punho da arma em sua mão.
— Não é um pedido.
— Por quê? — perguntou ela, a voz trêmula de medo.
Eu havia passado toda a manhã nesse ritual e estava cansada da pergunta. Estive a ponto de responder com rispidez, porém olhei para a mulher e de repente senti compaixão por ela. Não devia ter mais de 30 anos, mas os anos de trabalho duro sob o sol escaldante haviam deixado sua pele murcha como um figo seco, e seus cabelos foram tingidos com hena vermelha para encobrir os primeiros fios brancos. Ela não estava preparada para o que estava por vir. Nenhuma de nós estava.
— O Mensageiro afirma que devemos estar prontas para a luta nas ruas — respondi, com um esforço consciente para ser gentil. — Todos os muçulmanos, homens ou mulheres, que conseguirem levantar uma arma devem fazer isso quando a hora chegar.
A mulher amedrontada — Nuriya era seu nome — olhou de perto para a arma na mão trêmula. Ouvi um ruído em sua saia e ao baixar a vista vi uma criancinha, um menino de 2 anos, talvez, agarrado a ela e encarando-me de olhos arregalados. As bochechas da criança eram fundas e sua barriga distendida, sinais de que a fome chegara a sua casa com uma fúria devastadora.
Nuriya abaixou a arma e olhou para mim com olhos mortos.
— Então chegou o fim.
Estendi o braço e tomei em minhas mãos seus dedos magros, pressionando-os com delicadeza.

— Só Deus sabe.

O medo tomara conta do oásis desde que nossos espiões retornaram com a notícia de que nossos inimigos haviam se reunido secretamente com nossos supostos aliados, os Bani Qurayza. O Mensageiro não sabia qual era o plano, entretanto uma coisa era certa: a última das tribos judaicas havia renunciado a seu pacto conosco e estava disposta a ajudar os Confederados. Precisávamos nos preparar para o pior.

Nuriya começou a chorar e a orar desesperadamente pedindo a Alá pela salvação de seus filhos. Tentou aproximar-se de mim, como se procurasse consolo, porém dei-lhe as costas, pronta para continuar minha ronda. Minha cesta de palha estava pesada e repleta de armas pequenas — facas, flechas, tudo que pôde ser cedido pelos defensores da trincheira a fim de munir suas famílias. Eu ainda tinha duas dúzias de casas para visitar antes do pôr do sol e não dispunha de tempo para continuar acalmando aquela mulher.

O choro de um recém-nascido vindo de dentro da casa me fez parar. Pelo pranto desesperado, percebi que o bebê não devia ter mais de uma semana de vida. Meu coração ficou aflito, e me perguntei se o destino daquela pobre criança seria entrar no mundo apenas para deixá-lo de novo em poucos dias, num caos de chamas e destruição. Era uma sina injusta, e senti um súbito ódio dos mecanos, da arrogância e da crueldade dos homens, da desumanidade da vida nessas terras ermas e miseráveis.

Olhei para Nuriya e vi o terror e a incerteza espelhados em seu rosto. E o ódio que eu sentia crescer dentro de mim foi de repente liberado em cima daquela pobre mulher encurvada.

— Pare com isso! Pare de chorar!

Nuriya ergueu a vista para mim, surpresa e magoada.

Inclinei-me em sua direção, meu coração pulsando nos ouvidos.

— Escute — eu disse, com muita seriedade. — Seus filhos não vão ser salvos pelos seus lamentos! Eles precisam que você seja forte e fria como um homem. Se o inimigo bater à sua porta, não deixe que a fraqueza de seu coração cause a sua destruição. Eles não vão ter piedade de você. Não tenha piedade deles também.

A frieza da minha voz atravessou a sua dor, e suas lágrimas cessaram. Vi uma máscara de pedra surgir naquele rosto enrugado no momento em que Nuriya abandonou a dona de casa frágil que fora até então e assumiu a guerreira que está dentro do coração de todas as mulheres, a guerreira que é libertada quando a vida dos filhos está em jogo.

Nuriya enxugou as lágrimas e concordou com um simples gesto, agarrando a adaga como um leão que fecha as mandíbulas no pescoço de sua presa.

Com um cumprimento, parti. Ao achar um abrigo num recanto de um beco abandonado, apoiei no chão minha cesta e caí de joelhos. Meu corpo tremia violentamente enquanto as emoções que eu vinha suprimindo durante toda a manhã entraram em erupção como um vulcão. Vomitei e enterrei o rosto entre as mãos, deixando as lágrimas que eu proibira Nuriya de verter inundarem minhas faces.

Uma nuvem escura encobriu o sol, e o mundo pareceu extremamente negro, sem nenhum sinal ou esperança de luz.

A sombra da morte pairava sobre Medina. A guerra logo cobriria as ruas com sangue. E eu não via como escapar da destruição final que meu povo, de certa forma, conseguira evitar até aquele dia. O fim estava próximo, e eu me entreguei ao desespero, fechando os olhos e esquecendo de tudo. Meu dever. Minha família. Minha vida. Eu só queria adormecer e não acordar de novo.

Deixar a escuridão me levar para o vazio eterno.

Foi quando ouvi uma voz suave. Quer fosse em meus ouvidos, quer em meu coração, nunca vou saber.

*Deus conduz da escuridão à luz, Humayra.*

O choque me fez abrir os olhos. Era a voz de meu marido, nítida e audível, como se ele estivesse na minha frente. Só que não havia ninguém ali, exceto um gato cinzento que me espiava do topo de um monte de lixo, seus olhos amarelos e misteriosos.

A sombra que encobria a cidade começou a se dissipar. Ergui a vista e vi pequenos raios de luz penetrando pelas nuvens ameaçadoras. À medida que cada um dos raios rompia a escuridão, abrindo caminho para outro feixe de luz surgir das trevas, a nuvem começou a se desintegrar e se dispersar até que o disco dourado do Sol se manifestou em toda sua glória.

Percebi naquele instante que o sol era um fogo composto de um número infinito de minúsculas centelhas, cada uma desempenhando seu papel, de gerar a luz que afastava a escuridão. Até mesmo o menor e mais insignificante dos raios tinha sua função na dança celestial.

Levantei e apanhei meu suprimento de armas. O povo de Medina precisava de mim. Mesmo que tudo estivesse destinado a terminar sob o aço duro das lâminas do inimigo, eu desempenharia meu papel até o fim.

# 13

Kab encontrava-se do lado de fora do portão sul de sua fortaleza quando a tempestade de areia se desencadeou ao seu redor. O turbilhão subiu de repente, uma hora antes do pôr do sol, levantando uma parede de terra que se lançou contra o oásis, como uma onda num mar revolto. Ao cair da tarde, o vento devastador piorou, e as estrelas foram encobertas pela fúria das fortes rajadas que sopravam no deserto. Foram necessários dez homens para enfrentar a força dos ventos, equivalente a mil aríetes, e abrir os pesados portões que protegiam a fortaleza. Kab conseguira entrar naquele caos, seu corpo e rosto cobertos por um manto de lã pesado. Ainda assim, partículas mínimas de areia penetravam por sua capa protetora e o aguilhoavam como mil vespas enfurecidas.

O chefe dos Bani Qurayza permaneceu junto aos portões por quase três horas, enfrentando o vento implacável, seus olhos queimando, enquanto tentava enxergar através do redemoinho algum sinal da esperada delegação dos líderes mecanos. Era uma vã esperança, sem dúvida, uma vez que nenhum homem conseguiria atravessar aquelas areias revoltas com sucesso na escuridão noturna. As tochas que Kab ordenara que fossem acesas nas muralhas da fortaleza como um farol haviam se apagado em segundos, e era impossível acendê-las novamente em meio àquela tempestade devastadora. Se algum coraixita tivesse enfrentado a viagem pelo sul, era quase certo que tivesse perecido, seus pulmões obstruídos pela areia, e seu corpo retalhado por uma chuva de pedras minúsculas. Era provável que seus cadáveres ficassem perdidos para sempre nas dunas, que serviriam de túmulos anônimos por toda a eternidade.

Kab abaixou a cabeça. Ele falhara. Aquela noite seria sua única chance para o ataque. Seus espiões o haviam alertado sobre os preparativos defensivos dos muçulmanos naquele dia. De alguma forma, Maomé soubera dos planos secretos dos Qurayza com os Confederados e começara a armar os cidadãos de Medina, preparando-se para a invasão. Os mais idosos dos Bani Qurayza haviam feito deliberações emergenciais naquela tarde e concordaram — contrariando as ideias de Kab — em dar início ao ataque naquela noite, mesmo se os coraixitas não enviassem os reféns que garantiriam seu apoio durante o caos que se instalaria.

Mas o vento passara de uma suave brisa de primavera a uma tempestade violenta, e o mundo mergulhara na escuridão quando o sol ainda tocava o horizonte. A ofensiva tornara-se impossível, e o pequeno espaço de tempo que os Qurayza tinham antes de as defesas muçulmanas serem erguidas havia desaparecido. Mesmo que amanhecesse um dia límpido, Maomé já teria transferido um número suficiente de guerreiros da trincheira para o reduto dos judeus, e transformaria a investida inicial numa batalha intensa, em lugar de uma vitória fácil. Com as forças mecanas provavelmente desorganizadas por causa da tempestade de areia, não haveria intervenção dos Confederados para reverter a situação a favor do povo de Kab.

A batalha estava perdida antes de começar, mas as consequências se prolongariam.

Kab finalmente deu meia-volta e passou ao interior das muralhas protetoras da fortaleza.

— Fechem os portões — disse ele aos homens exaustos que haviam enfrentado a areia e o vento e mantido a passagem aberta durante várias horas. Eles obedeceram com prontidão, suas faces cobertas de poeira expressando alívio por Kab ter finalmente percebido a realidade.

No momento em que as portas se fecharam com um ruído estrondoso, Kab divisou um pequeno vulto indo em sua direção, usando uma túnica. Mesmo na escuridão, enxergou o cacho de cabelo ruivo e descobriu imediatamente quem viera recebê-lo. Era Najma, sua sobrinha querida, que ao longo dos anos tornara-se uma filha para ele. A moça o envolveu numa manta macia e o conduziu pela mão para casa.

---

KAB SENTOU-SE AO LADO da lareira de pedra, tomando um copo de leite de cabra morno que Najma preparara para ele. Olhou para a parede ao fundo, cheia de rachaduras que se sobressaíam nos fortes tijolos de barro. Najma insistira durante anos para que ele retocasse o cômodo que servia ao tio de escritório pessoal, porém Kab nunca a escutara.

O aposento era uma das construções originais do assentamento judeu e fora levantado fazia mais de trezentos anos, quando os antepassados de Kab descobriram o oásis após uma viagem mortal pelas areias da Arábia. O pequeno cômodo havia abrigado famílias inteiras, antes de sucessivas gerações adicionarem outros 12 cômodos e transformarem a modesta residência do chefe tribal numa propriedade suntuosa. Os outros aposentos eram elegantemente decorados com ladrilhos de mármore e mobiliados num estilo que condizia com a prosperidade de seu povo, mas aquele quarto central, com as paredes simples e um piso rústico de pedras, permanecia como era nos dias em que o primeiro judeu encontrou refúgio em Yathrib.

Esse quarto fora a semente a partir da qual a grande fortaleza que os protegia se expandira. Kab considerou apropriado passar aquela noite, na qual o destino de seu povo fora selado, naquele lugar.

Najma viu a tristeza em seus olhos e, com carinho, colocou uma das mãos sobre o braço do tio.

— Logo que a tempestade passar, podemos começar os preparativos para a liberação — disse ela com um sorriso esperançoso. — Então você poderá reivindicar o oásis para o nosso povo, e vamos ter paz.

Kab ergueu a vista, fitou os olhos escuros da sobrinha e viu neles a confiança absoluta de uma criança, embora Najma fosse uma mulher adulta cortejada por vários pretendentes. Sentiu uma ponta de tristeza ao pensar que poderia não ter a chance de vê-la casada. Confrontado com a inocência e a crença infundada da sobrinha em sua sabedoria e capacidade de liderança, Kab de repente se sentiu muito pequeno e sozinho. Uma parte de sua alma queria deixá-la crer que as coisas terminariam bem para seu povo, que sua grande sagacidade transformaria esse pequeno revés numa vitória fácil.

Mas não podia fazer isso. Najma precisava estar preparada para o que viria.

— Não vai haver liberação, minha querida — disse ele, e as palavras queimaram sua garganta mais do que a areia escaldante que ele inalara durante a noite. — O cerco fracassou.

As sobrancelhas de Najma contraíram-se como sempre ocorria quando ela estava confusa.

— Então aguardemos a nossa hora — observou ela, tentando, como de hábito, encontrar um raio de luz em meio às sombras. — Deus nos concederá outro dia.

Kab vacilou. Em seguida, tomou a pequena mão dela nas suas e a apertou.

— Não. Não haverá outros dias.

Ela sentou-se a seu lado, olhando para Kab hesitante.

— Eu não entendo. — Foi tudo o que disse. Kab sentiu seu coração despedaçar-se ao olhar para os olhos arregalados e cheios de incredulidade da sobrinha.

— Os suprimentos de água e comida estão se tornando escassos para nossos aliados. A tempestade destruirá o restante. Eles não têm escolha; terão de abandonar o acampamento. E assim que os Confederados forem embora, Maomé nos atacará.

Ele viu a cor sumir das faces rosadas de Najma. Ela puxou a mão segura pelo tio como se tivesse sido queimada por uma chama.

— Você não pode ter certeza disso — retrucou com ímpeto.

— É o que eu faria na posição dele — observou Kab suavemente.

Najma levantou-se e deu as costas ao tio. Kab olhou em outra direção, incapaz de suportar a tristeza que ela sentia diante da revelação de que ele conduzira seu povo ao infortúnio.

Depois de um longo tempo, no qual o único som era o dos ventos uivantes do lado de fora, Najma voltou-se para o tio novamente. Porém em vez de tristeza e recriminação, seus olhos brilhavam com uma intensidade que ele jamais vira.

— Então eu fico do seu lado, como Ester ficou ao lado de Mardoqueu enfrentando Amã — declarou ela.

As lágrimas subiram aos olhos de Kab. Ele levantou-se de sua cadeira esculpida em cedro e colocou os braços em torno da bela moça, mais valiosa para ele do que todas as riquezas da Arábia.

— Eu decepcionei você — disse ele com a voz trêmula.

Porém Najma envolveu seus largos ombros, dando-lhe um abraço apertado.

— Você nunca me decepcionará, tio — disse ela suavemente. — Onde há amor, só pode haver vitória.

Os dois ficaram juntos, abraçados, enquanto os ventos tempestuosos ecoavam como batidas de tambores de guerra cada vez mais próximos.

## 14

O cerco encerrara-se, e o exército dos Confederados, derrotado, abandonou o oásis. A tempestade de areia havia devastado sua base, matando homens e animais, e enterrado seus preciosos suprimentos de alimento sob dunas gigantescas. Os cavalos dispararam assim que viram a nuvem negra atravessando o horizonte, dizimando as tropas da cavalaria mecana. Foi uma derrota final humilhante para as forças coraixitas e seus aliados. Apesar das súplicas desesperadas de Huyayy, Abu Sufyan havia ordenado a retirada, a decepção e o cansaço estampados em cada linha de seu rosto envelhecido.

Maomé vencera novamente. Porém, dessa vez, a vitória havia sido de amplo alcance. A derrota dos exércitos unificados de árabes e judeus para expulsá-lo de Medina havia solidificado seu domínio no norte da península. O comércio com a Síria e a Pérsia passava então totalmente para as mãos dos muçulmanos, e todo o futuro econômico da Arábia dependeria de acordos com a nova cidade-estado. A nação muçulmana sobrevivera a seguidos ataques violentos e se mostrara um poder duradouro, que mudaria o curso da história na região.

Restava apenas uma ameaça à dominação total de Maomé nas terras do norte, e seu povo rapidamente agiu para eliminá-la.

Vi o exército muçulmano cercar a fortaleza dos Bani Qurayza. No momento em que nossos observadores confirmaram o recuo dos coraixitas, meu marido ordenou que toda a força defensiva abandonasse a trincheira e se reagrupasse nas proximidades da fortaleza do inimigo. Ali havia se dirigido aos grandes portões da cidadela e desafiado os líderes Qurayza a aparecer e explicar sua traição. As palavras do rapaz foram recebidas com uma explosão de flechas, vindas de arqueiros escondidos por trás dos muros. Ali se esquivou dos projéteis e voltou-se para os homens às suas costas. O poderoso aríete que havia sido preparado para os Qaynuqa anos antes foi trazido para ser usado contra seus irmãos, os únicos judeus sobreviventes que ainda residiam no oásis.

Doze soldados protegidos por armaduras seguraram o poderoso tronco feito de madeira de palmeira e reforçado com aço. Em seguida, avançaram, lançando-o com uma força extraordinária contra os gigantescos portões. A estrutura de ferro se abalou, mas não cedeu.

Quando os homens recuavam, preparando-se para aplicar um segundo golpe, várias pedras foram lançadas sobre suas cabeças, e diversos soldados caíram no chão, o sangue escorrendo pelos elmos destroçados. Ergui a vista e fui tomada de surpresa pelo que vi. Minha respiração parou por um segundo, enquanto eu parecia me ver refletida num espelho bizarro. Uma moça, mais ou menos da minha idade, de cabelos ruivos brilhantes como os meus, de um torreão logo acima do portão, apanhava pedras grandes demais para seu delicado tamanho e as lançava para baixo.

A um sinal de Ali, os arqueiros muçulmanos de imediato a puseram sob sua mira. A moça abaixou-se por trás da proteção das muralhas de pedra no momento em que uma saraivada de flechas foi lançada em sua direção, como uma chuva de trajetória invertida. Houve um longo silêncio. Logo a moça ergueu rapidamente a cabeça acima da fortificação, por tempo suficiente apenas para jogar uma enorme pedra sobre um dos soldados. O sangue jorrou quando a cabeça do homem explodiu como uma uva esmigalhada, e ele caiu sem nenhum outro movimento.

A moça se desviou de uma nova torrente de flechas disparada contra ela. Porém, quando os projéteis cessaram, escutei sua voz infantil, rindo e escarnecendo de todos.

Minha reação foi abanar a cabeça diante da capacidade de recuperação da jovem.

Ali aproximou-se e encheu um copo feito de pedra no balde que eu segurava. Bebeu a água e passou o copo entre os homens mais próximos a nós. Fiquei surpresa ao vê-los beber sofregamente naquele pequeno recipiente e depois passá-lo para os outros, como se o copo permanecesse cheio.

Ali olhou para a moça no alto, que continuava a jogar pedras, protegida pela muralha. Nossos arqueiros haviam decidido não desperdiçar mais suas flechas com ela, e vários homens portando escudos haviam se deslocado para proteger as tropas ao pé do muro de seu contínuo ataque.

— Ela é corajosa — comentei.

Nesse momento, Ali fixou seus olhos verdes etéreos nos meus, e me senti pouco à vontade, como geralmente ocorria em sua presença.

— É verdade. Ela é corajosa. Mas é também imprudente. — Ele parou e olhou para mim como se visse algo em meus olhos que até eu mesma desconhecia. — Quando uma mulher luta, ela remove o manto de honra que a protege. Lembre-se disso, jovem Mãe.

Senti um frio na espinha enquanto Ali voltava a atenção para seus soldados. Era como se suas palavras carregassem uma estranha premonição. Por um instante, senti o véu do tempo ser retirado e tive uma visão.

Uma imagem vívida e aterradora de mim no deserto, circundada por mil cadáveres banhados num mar de sangue.

Coloquei o balde no chão e saí correndo de volta para o oásis. De repente desejei estar muito longe do campo de batalha, longe do cheiro de sangue e da névoa nauseante de medo e ódio que pairava sobre o oásis. Eu queria voltar a ser criança e me ocupar apenas de brincar de boneca e escovar os cabelos macios de minha mãe.

Corri até encontrar refúgio em minha pequena casa, na *Masjid*, longe dos estrondos funestos do aríete, do zunido das flechas lançadas no ar seco do deserto. Porém, não era longe o suficiente para fugir do meu destino.

Há momentos em que me pergunto por que não continuei correndo sem jamais parar. Pois é quando paramos um instante para respirar em meio à luta da vida, quando baixamos nossa guarda e nos permitimos um segundo para nos regozijar com uma falsa sensação de segurança, que nossa terrível sina finalmente nos alcança.

## 15

Os Bani Qurayza resistiram por 25 dias. Porém, à medida que seus suprimentos de água e comida se reduziam e a peste que assolara os muçulmanos durante o cerco da trincheira migrava para o reduto dos judeus, a única alternativa para o povo de Kab era se entregar e contar com a misericórdia do Mensageiro.

Meu marido, no entanto, não estava disposto a perdoar. Durante todos os anos em que mantive contato com ele, nunca vira tamanho ódio em seus olhos como no dia em que tomou conhecimento da traição dos Qurayza. Se Deus não houvesse intervindo com a tempestade de areia que destruiu os planos da tribo judaica, os Qurayza teriam nos atacado pela retaguarda enquanto nos defendíamos, na trincheira, da invasão dos Confederados. Nossas mulheres e crianças seriam as primeiras vítimas, pois os lares onde estavam abrigadas eram a primeira linha de ataque quando os portões da fortaleza fossem abertos.

O Mensageiro sabia que os Qurayza haviam planejado a aniquilação total de seus seguidores, e a traição deles não podia ficar sem retaliação. Maomé demonstrara clemência com outras tribos judaicas, poupando suas vidas e permitindo que abandonassem o oásis em segurança. Eles, porém, haviam retribuído aliando-se a seus inimigos. Se tivesse concedido aos Qurayza a mesma sorte da expulsão, eles inevitavelmente se juntariam a seu povo na cidadela de Khaybar, ao norte, onde, naquele mesmo instante, Huyayy planejava reconquistar as terras perdidas, a despeito do fracasso da invasão dos Confederados. Toda a Arábia veria a maneira como estávamos lidando com os Qurayza, agora que haviam caído em nossas mãos. E a misericórdia seria vista apenas como uma fraqueza a ser explorada por nossos inimigos.

Quando os portões gastos por fim se abriram, vi os residentes exaustos da fortaleza judaica entregarem-se cabisbaixos. Primeiro surgiram os homens, armaduras removidas e braços erguidos para mostrar que não portavam armas. Havia pelo menos setecentos deles, e percebi em seus olhos uma chama de hostilidade mesmo quando Ali, Talha e Zubayr os levaram para o lado e prenderam-lhes as mãos com cordas fortes. Tremi ao pensar que aqueles teriam sido nossos algozes se as areias não tivessem se rebelado num turbilhão.

Depois que saiu o último homem, surgiram as mulheres e as crianças. Os olhos das mulheres refletiam dor e ódio ao verem seus homens amarrados como escravos, porém vi também certo alívio em muitos daqueles rostos. Seus filhos haviam sido privados de comida durante vários dias e muitos estavam cansados demais até para chorar. Porém, agora que o fim chegara, pelo menos poderiam encontrar uma forma de alimentá-los.

Eu rapidamente levei as outras Mães para o lado delas, carregando tigelas de tâmaras e figos e baldes de água. As mulheres judias hesitaram ao nos ver, porém, diante da comida, as crianças correram em nossa direção, mãos estendidas, desesperadas. As lágrimas me subiram aos olhos quando vi aqueles rostos magros e lábios rachados. Elas eram as inocentes vítimas da guerra, pequenas demais para entender as divergências políticas e teológicas que levaram àquele momento inominável e para se preocupar com aqueles conflitos. À aproximação das crianças, vi aquelas mães nos olharem agradecidas por darmos água a seus filhos e colocarmos pequenas porções de comida em suas mãos.

Foi uma cena de partir o coração, e fiquei emocionada. Fui até uma mulher da tribo Qurayza que não devia ser mais velha do que minha mãe, seus cabelos escuros com mechas grisalhas, e a abracei. Naquele momento, não éramos nem muçulmanas nem judias, nem amigas nem inimigas. Éramos apenas mulheres presas num mundo maior do que nós mesmas, e nos abraçamos, chorando em nossa tristeza diante da tragédia da vida naqueles ermos violentos.

Vi então uma mulher sair da fortaleza para juntar-se às outras, e me soltei do abraço, meus olhos arregalados de preocupação. Era a moça ruiva que nos desafiara obstinadamente nos primeiros dias do cerco. Ela caminhava devagar, como se num sonho, o fogo em seus olhos agora extinto pela fome e pela exaustão. Se aquela moça, cujo nome era Najma, tivesse sido mais discreta e ocultado o rosto por trás do véu durante o ataque, era possível que tivesse passado despercebida entre as outras refugiadas.

Porém, seus cabelos de fogo, assim como os meus, reluziam como um farol no grupo, e de imediato ela foi cercada por diversos soldados muçulmanos. Corri para o seu lado quando vi Ali aproximar-se segurando uma corda.

— O que está fazendo? — gritei, ao ver Ali amarrar as mãos da moça.

— Ela vai se juntar aos homens — respondeu ele, de forma direta.

— Eles vão matá-la — eu disse. Não estava certa disso, mas percebi que os muçulmanos não seriam clementes. Qualquer que fosse a punição que coubesse aos guerreiros Qurayza, eu achava que aquela moça suscetível não deveria sofrer.

Ali deu de ombros, como se tratasse de um assunto tão trivial como o clima.

— Se ela quer lutar como um homem, então deve querer morrer como um — retrucou ele. Pelo olhar que me lançou, percebi que, de certa forma, suas palavras não se referiam apenas à moça judia.

Eu tremia de raiva e sentia-me impotente ao ver Ali conduzir a moça para o meio dos prisioneiros. Najma não apresentou resistência e o acompanhou como um carneiro que segue pacientemente para o abate. Mas então, imediatamente antes de desaparecer em meio aos homens capturados, a moça ergueu os olhos e me encarou. Não vi tristeza nem raiva em seu rosto pelo destino que lhe fora reservado. Apenas confusão, como se estivesse perdida num mundo estranho que não mais reconhecia.

Por um terrível momento, entendi o que ela sentia.

## 16

Naquela noite, acompanhei meu marido ao celeiro, onde os homens estavam presos. Abu Bakr e Umar juntaram-se a nós, além de um homem da tribo Aws, que reconheci ser Sa'd ibn Muadh; ele sentia dores ao caminhar e tinha uma atadura grossa, manchada de sangue, em torno da barriga. Sa'd fora ferido por uma flecha durante o ataque dos Confederados, e dizia-se que estava à beira da morte. Por que saíra da cama para nos acompanhar, isso era um mistério. Porém vi pelo ar sério do Mensageiro que minha natureza comumente questionadora não seria bem-vinda naquela noite.

Não sabia por que fora chamada para acompanhá-los, mas algo me dizia que Ali mencionara ao Profeta minha compaixão pela moça judia, a única mulher feita prisioneira. Eu senti que os Qurayza seriam julgados naquela noite, e que meu marido queria que eu estivesse presente. Se não para aprovar, então, talvez, para entender o que estava acontecendo.

Quando entramos no celeiro, que passara a ser uma prisão, vi os homens judeus de pé orando, circundados por centenas de guardas armados. Seus braços ainda estavam amarrados, mas suas pernas haviam sido soltas para que pudessem oscilar, para a frente e para trás, enquanto o rabino ancião do assentamento, Husayn ibn Sallam, conduzia-os na recitação dos versos hebraicos. As orações dos judeus soavam de forma muito similar às nossas, mas ao mesmo tempo nos eram muito estranhas.

O Mensageiro permaneceu em posição de respeito, observando os homens rezarem. Vi então a moça Najma, sozinha num dos cantos, seus cabelos ruivos cobertos por um véu. Ela não se juntou aos outros na oração, mantinha o olhar fixo à sua frente, sem pestanejar.

No momento em que o rabino terminou suas invocações, um manto de silêncio recaiu sobre as pessoas ali reunidas, e todos voltaram-se para o homem que decidiria seu destino. Um homem alto e magro, de olhos escuros, que permanecera ao lado de Ibn Sallam, deu então um passo à frente, a cabeça erguida orgulhosamente, e dirigiu-se ao Mensageiro de Deus.

Meu marido encarou-o por um longo tempo. Quando falou, foi com uma voz profunda. Suas palavras ecoaram pelo vasto celeiro que armazenara nossos suprimentos de trigo e cevada antes de serem consumidos durante o cerco e a fome.

— Kab ibn Asad — disse meu marido, e o homem cumprimentou-o com um leve movimento de cabeça. — Você determinou minha sentença contra o seu povo.

— Sim — admitiu Kab, com grande dignidade.

O Mensageiro deu um passo à frente, seus olhos negros brilhando sob a luz da tocha.

— Sua traição quase trouxe a desgraça da morte às ruas de Medina — disse Maomé. — Se não fosse pela intervenção divina, você certamente teria eliminado todos nós.

Kab olhou para seu adversário sem pestanejar.

— É verdade — disse ele. Era o simples reconhecimento de um fato, sem culpa ou vergonha.

O Mensageiro franziu o cenho, e percebi um indício da indignação que ele demonstrara logo que soube do acordo entre os Qurayza e os Confederados.

— Não cabe a mim julgá-los — disse meu marido, surpreendendo-me. — Minha raiva é tamanha que temo não ser imparcial.

Kab fez um gesto de compreensão, sem esboçar nenhuma emoção.

— Eu entendo.

O Mensageiro então voltou-se para o ferido Sa'd, que estava recostado num poste de madeira, a mão em cima da atadura. Notei que a mancha de sangue espalhara-se, e toda a faixa de tecido estava ensanguentada.

— Você concorda em dar a sentença, Sa'd ibn Muadh? — perguntou o Profeta.

Kab voltou-se para Sa'd. Lembrei-me de que os dois haviam sido amigos, e que Sa'd servira de intermediário entre os muçulmanos e os judeus nos últimos anos. Porém, se Sa'd retinha algum resquício dessa amizade, eu não o via em seus olhos castanhos, que ardiam de ódio diante daquela traição.

— Sa'd sempre foi amigo dos Qurayza. Confio na imparcialidade dele — disse Kab. Porém, eu sabia que ele também tinha convicção de que a cortesia que existia entre eles havia sido apagada para sempre pelas agruras da guerra.

Sa'd deu um passo à frente, contorcendo-se de dor pelo ferimento mortal. Aproximou-se tanto de Kab que seus narizes quase se tocaram. Kab não moveu um músculo quando Sa'd encarou-o e falou.

— Vocês não são muçulmanos e, portanto, não estão sujeitos às leis que Deus revelou no Corão sagrado — disse ele, com a voz trêmula de raiva. — Só posso julgá-los à luz de suas próprias leis. Está entendido?

Kab fez que sim, sem desviar o olhar de Sa'd.

— Sim. — Foi tudo o que disse.

Sa'd recuou e virou-se para o velho rabino. Ibn Sallam fora o único membro da tribo exilada Qaynuqa que recebera permissão para ficar em Medina, uma vez que sempre respeitara as crenças muçulmanas e nunca questionara o fato de Maomé se declarar um profeta. O sábio idoso permanecera no oásis como guia espiritual das tribos judaicas remanescentes, até a Bani Nadir ser expulsa e restar apenas a Qurayza.

— Diga, rabino, qual a punição recomendada por Moisés para a tribo que rompe um tratado e declara guerra a seus vizinhos?

Era uma pergunta simples, feita num tom respeitoso, porém vi a cor sumir das faces enrugadas de Ibn Sallam.

— O texto é antigo — respondeu o rabino vagarosamente, como se escolhesse cada palavra com cuidado. — As palavras referem-se a um tempo muito antigo.

Sa'd ibn Muadh voltou-se para o chefe de tribo judeu.

— Você crê, Kab, que a Torá é a Palavra de Deus?

Kab deu um leve sorriso, percebendo a intenção de Sa'd.

— Creio.

Em seguida, Sa'd falou bem alto, para que suas palavras ecoassem por todo o celeiro.

— As palavras de Deus não mudam de um dia para o outro — prosseguiu ele. — O que foi revelado a Moisés no passado serve hoje de testemunho contra vocês.

Kab fez que sim.

— Assim seja, então.

Sa'd olhou para o rabino e lhe apontou um dedo.

— Ibn Sallam, o que a Torá diz sobre o destino de uma tribo que declara guerra a seus vizinhos?

Ibn Sallam hesitou. Olhou para Kab, que lhe fez um sinal afirmativo com a cabeça. O rabino ancião desenrolou o pergaminho sagrado da Torá, que havia usado para fazer as orações, e o leu em voz alta, com um tremor de tristeza na voz grave.

— No Devarim, que os gregos chamam de Deuteronômio, no capítulo vinte, versículos 10 a 14, o Senhor diz: "Quando te aproximares para combater uma cidade oferecer-lhe-ás primeiramente a paz. Se ela concordar e te abrir suas portas, toda a população te pagará tributo e te servirá. Se te recusar e começar a guerra contra ti, tu a cercarás, e quando o Senhor, teu Deus ta houver entregue nas mãos, passarás a fio de espada todos os varões que nela houver. Só tomarás para ti as mulheres, as crianças, os rebanhos e tudo o que encontrar na cidade, e viverás dos despojos dos teus inimigos que o Senhor teu Deus tiver dado."

Senti um calafrio ao ouvir essas palavras, e percebi que o destino dos Qurayza fora selado. Eles foram condenados por suas próprias escrituras a sofrer a sina que seus antepassados haviam destinado a seus inimigos um milênio antes. Os homens seriam todos mortos, e as mulheres e as crianças viveriam como escravas na terra que um dia estivera sob seu domínio.

Sa'd fez um aceno de cabeça e fitou Kab nos olhos.

— São palavras do seu Livro — disse ele.

Kab não reagiu diante da sentença cruel, mas apenas fez um sinal de resignação, como se não esperasse nada diferente.

Quando demos meia-volta para sair, ouvi o rabino conduzir junto aos prisioneiros um cântico comovente que não entendi, mas cuja entonação, monótona e triste, não precisava ser traduzida. Lancei um último olhar a Najma, que mantinha o olhar fixo à sua frente, como se presa em seu próprio sonho, e depois deixei o local.

Retornamos ao centro da cidade em silêncio. Quando chegamos à *Masjid*, o Mensageiro abraçou Sa'd e lhe agradeceu a sentença magnificamente pronunciada. O moribundo fez um simples gesto de cabeça, e meu pai e Umar carregaram-no de volta para a cama. Ao ver sua pele macilenta e amarelada, não tive dúvida de que não viveria o suficiente para ver a pena dos Qurayza executada.

Naquela noite, me deitei ao lado de meu marido, de costas para ele em vez de aconchegada a seu peito, como de costume.

— Você está zangada comigo — disse ele com suavidade.

Hesitei, sem ter certeza dos meus próprios sentimentos.

— Não — respondi depois de um certo tempo. — Eles teriam nos massacrado, se tivessem conseguido atacar. Se os deixássemos partir, como fizemos com os Qaynuqa e os Nadir, eles voltariam para nos matar. A sentença é cruel, mas eles não podem reclamar. Os Qurayza foram punidos de acordo com sua própria tradição.

O Mensageiro tomou minha mão na dele.

— Não exatamente.

Olhei para ele confusa. Em seus olhos escuros não vi mais raiva, e sim uma profunda tristeza.

— O rabino leu a seção errada do Livro, como eu pedi que fizesse.

Meus olhos se esbugalharam.

— Não entendo.

O Mensageiro apertou meus dedos e senti a emoção profunda que ele tentava suprimir.

— A lei de Moisés que o rabino leu era uma punição apenas para as tribos distantes que lutaram contra os Filhos de Israel. Não era a punição para uma tribo vizinha.

Olhei para meu marido, sem ter certeza do que ele revelaria.

— Qual teria sido a punição na Torá para uma tribo vizinha?

O Profeta olhou para mim e vi linhas de grande tristeza em seus olhos.

— O rabino leu para mim os versículos que se seguiam — disse ele. — O Livro diz que nas cidades próximas, a sentença é matar tudo que respira.

Fiquei abalada e trêmula com aquele horror. Poderia o Deus de Moisés, o Deus de amor e justiça que nós venerávamos como Alá, ser tão cruel a ponto de ordenar aos Filhos de Israel o extermínio de mulheres e crianças?

Era um código bárbaro para um mundo bárbaro, e comecei a entender por que Deus havia enviado um novo profeta para os seres humanos. Um novo Livro que procurasse restringir e controlar a loucura da guerra pela primeira vez. Em um mundo em que a cobiça e a sede de poder eram suficientes para justificar o derramamento de sangue, o Corão sagrado dizia: *"Combatei, pela causa de Deus, aqueles que vos combate; porém, não pratiqueis agressão."* Em um mundo onde soldados violavam e matavam inocentes na batalha, sem culpa, a Revelação havia estabelecido regras que evitavam a ocorrência de tais atrocidades. Pelas leis do islã, mulheres e crianças não podiam ser mortas, e a proteção era estendida aos idosos, bem como aos sacerdotes e monges do Povo do Livro.

Alá havia até mesmo proibido a destruição de árvores e a contaminação de fontes de água, táticas amplamente empregadas pelas nações ditas civilizadas como a bizantina e a persa. O Mensageiro não nos permitia usar o fogo como arma, pois somente Deus tinha o direito de punir Sua Criação com o fogo do inferno. Flechas inflamadas nos teriam ajudado a destruir as casas dos Qurayza e a acabar com o cerco, porém o Profeta rejeitava o horror de queimar pessoas vivas em suas casas, mesmo que fosse uma prática de guerra aceita no mundo inteiro.

Havíamos demonstrado moderação, mas num mundo onde a morte pairava sobre as areias como uma nuvem escura, o derramamento de sangue era inevitável. Olhei para meu marido e, pela dor espelhada em seu rosto, notei que sofria com o massacre iminente. Ele fizera o necessário para salvar sua comunidade da extinção, e a morte dos guerreiros Qurayza serviria de exemplo às tribos vizinhas, assinalando que a traição seria punida. Uma vez eliminados os Qurayza, outros chefes de tribo perceberiam que seria melhor fazer parte da aliança. Um Estado estava nascendo do caos, e o preço pago para estabelecer a ordem era alto.

Recostei-me ao Mensageiro e mergulhei meu rosto em seu peito, deixando que as suaves batidas de seu coração me acalmassem e me conduzissem a um mundo de sonhos no qual não houvesse nem mortes, nem sangue, nem lágrimas. Um mundo no qual somente o amor acabasse com a tirania e salvasse os fracos da destruição e da crueldade dos mais fortes. Um mundo onde não houvesse guerra, e os homens pudessem deitar suas espadas e viver sem medo do ataque dos vizinhos.

Um mundo que só existia em sonhos.

## 17

Uma sepultura comum fora escavada na área do mercado, com 3 metros de largura e 30 metros de profundidade. Parecia uma miniatura da poderosa trincheira que protegera a cidade dos invasores. O que era adequado, embora macabro. Os homens que haviam nos traído seriam enterrados num fosso similar àquele da defesa que tentaram destruir.

Os prisioneiros foram trazidos em grupos pequenos, começando pelos líderes tribais cuja intriga havia causado aquele desastre para seu povo. Em seguida vieram aqueles que haviam sido identificados como participantes ativos da batalha contra os muçulmanos durante o cerco da fortaleza judaica.

Acompanhei Najma, a única mulher, entre os setecentos homens, condenada à morte. Tentei me convencer de que a moça que parecia tanto comigo não era inocente. Ela escolhera participar da batalha e havia ferido vários bons soldados muçulmanos, matado um homem que deixara a mulher e três filhos. Mesmo assim, em meu íntimo, eu sabia que estava lutando em defesa de sua própria comunidade. Com o espírito inflamado que me era peculiar, eu achava que teria feito a mesma coisa se a situação tivesse sido inversa.

Conduzi Najma para fora do celeiro, segurando, a contragosto, a corda que a prendia pelo pulso. Eu estava preparada para lágrimas e gritos de ódio, preparada para tudo, menos para o que vi. A moça manteve a calma enquanto seguia pelas ruas calçadas do oásis em direção ao local que em breve seria seu túmulo.

Ao nos aproximarmos da área do mercado, onde se encontravam reunidas as pessoas que queriam ver a justiça ser feita contra aqueles que haviam cometido traição em meio a uma guerra, Najma abriu um largo sorriso e começou a rir e acenar para os observadores atônitos. Ao verem a moça caminhar alegremente para a morte, as pessoas desviaram o olhar, e vi algumas mulheres enxugarem as lágrimas.

Najma virou-se para mim e percebi em seus olhos um desvario assustador. Era como se algum *djim* a tivesse possuído e enterrado sua mente sob o véu da loucura para que permanecesse alheia durante os assustadores momentos que se seguiriam.

Ela sorriu para mim abertamente e lançou um olhar para minha túnica amarela, a barra decorada com um brocado de flores nas cores vermelho e verde.

— Seu vestido é lindo. É do Iêmen?

Era, mas não encontrei palavras para responder. Seu delírio me assustava e confundia, e de repente desejei estar longe dali.

Najma deu de ombros diante de meu olhar vazio.

— Eu estava planejando mandar buscar um vestido no Iêmen — disse ela com uma voz estridente. — Para meu casamento, algum dia. Bom. Agora não preciso mais.

Senti um aperto na garganta e me forcei a falar.

— Desculpe — murmurei.

Najma riu como se eu tivesse contado a piada mais engraçada.

— Não seja tola — retrucou ela. Najma parou um instante e olhou para mim mais de perto. — Você é casada com Maomé, não é?

Assenti.

Najma sorriu e continuou a andar. Quando os ornamentos coloridos e as graciosas barracas do mercado despontaram, ela começou a saltitar, puxando-me para a frente com sua dança estranha.

No momento em que chegamos ao local onde a cova havia sido escavada, ela parou e virou-se para mim.

— Ele lhe trata bem? Seu marido, quero dizer.

Meus olhos embaçaram-se de lágrimas.

— Muito — consegui responder num sussurro.

Najma bateu palmas meio sem jeito, as amarras em seus pulsos impedindo-a de expressar sua alegria.

— Maravilha! Quantos filhos vocês têm?

Fiz um gesto negativo com a cabeça.

— Nenhum.

Najma ficou de queixo caído, num ar de genuína compaixão.

— Que pena! — disse ela, inclinando-se em minha direção, solidária. — Você daria uma boa mãe. Mas tenho certeza de que em breve vai ter um filho. Aí vai poder cantar para ele uma canção de ninar. A minha mãe costumava cantar esta aqui para mim à noite.

A pobre moça começou a cantar uns versos tranquilos e repetitivos sobre um azulão que constrói seu ninho à luz da lua porque gosta de trabalhar sob a abóbada celeste coberta de estrelas.

Ela continuou a cantar mesmo quando entramos na praça central, onde a enorme cova fora aberta. Vi o primeiro grupo de três homens escolhidos para a morte ser conduzido à sepultura. Seus semblantes demonstravam estoicismo, porém percebi o terror em seus olhos ao se defrontarem com Ali, Talha e Zubayr, seus algozes.

Os homens não protestaram quando exigiram que eles se ajoelhassem diante do fosso e abaixassem a cabeça sobre a tumba escura. Talha e Zubayr empunharam suas espadas, e vi Ali erguer a resplandecente *Dhul Fiqar*.

Os três homens brandiram suas lâminas e deceparam as cabeças dos traidores com um ruído repulsivo. Os corpos decapitados contraíram-se, e o sangue jorrou dos pescoços decepados. Em seguida, os cadáveres tombaram para a frente e desapareceram na escuridão da sepultura.

Presenciei, repugnada e fascinada, outros três homens serem trazidos para julgamento. Najma continuara cantando, inabalável, quando as primeiras execuções foram realizadas, mas nesse instante parou subitamente, e a vi olhando para um dos homens que estava sendo conduzido ao fosso. Reconheci-o como Kab, o líder Qurayza, que eu sabia ser seu tio.

Por um instante, a nuvem de loucura desapareceu de seus olhos e vi a verdadeira face da moça cuja vida chegava ao fim. Horror e sofrimento abalaram seus belos traços quando ela viu seu querido tio ajoelhar-se diante da cova.

Enquanto os outros dois homens faziam suas preces em voz alta ao Deus de Moisés, Kab dirigiu o olhar para a sobrinha que iria presenciar sua morte.

— Perdoe-me, minha doce menina — disse ele. Então abaixou o pescoço na beira do fosso e fechou os olhos.

Ali deu um passo à frente e, com um rápido golpe, Kab ibn Asad foi decapitado, e seu corpo rolou pela cova, indo juntar-se aos cadáveres lá embaixo.

Escutei um terrível som vindo de Najma, que fez meu sangue congelar. Não era um grito, nem um lamento de tristeza, mas um riso violento e insano.

— Olhem para eles! Caem como bonecos jogados para o outro lado da sala por uma criança malvada! Que estupidez!

Seu riso ficou ainda mais enlouquecido quando Ali se aproximou dela, sua lâmina de dois gumes ainda pingando o sangue de seu tio.

O primo do Profeta inclinou-se ao lado dela, olhou-a nos olhos, e eu vi uma bondade que me pareceu totalmente estranha.

— Não vai doer. Eu prometo — disse ele com suavidade.

Najma jogou a cabeça para trás numa risada estridente, seus cabelos ruivos voando ao vento.

— Ah, garoto idiota. Você não vai me machucar! Ninguém vai me machucar!

E caminhou em direção à cova. Eu imediatamente dei um passo à frente e segurei-a pela mão, apertando-a.

Najma voltou-se e olhou para mim. Nossos olhares se cruzaram por um instante que pareceu uma eternidade. Duas moças, inimigas pelo destino, mas que partilhavam o laço comum de jovens arrastadas para algo maior do que elas próprias: o terrível e irrefreável curso torrencial da História, que destrói todos os sonhos e esperanças que ofereçam resistência a seu poderoso fluxo.

Quando a loucura, que paradoxalmente a mantivera sã nesses momentos finais, retornou, ela piscou para mim.

Najma riu e saiu saltitante em direção à borda da sepultura. Seu riso aumentou quando se ajoelhou e olhou para o fosso abaixo onde seus entes queridos agora se encontravam. Ouvi suas risadas ficarem mais intensas e agudas, e depois disso não escutei mais nada, nem o vento uivante, nem o murmúrio regular da multidão que se apresentava para saciar a sede de sangue. Nem mesmo meu próprio coração, que eu sentia bater.

A risada de Najma se acelerou, vibrando com mais rapidez até soar como o grito primordial das profundezas do próprio inferno.

E então Ali brandiu *Dhul Fiqar*, e o riso de Najma cessou abruptamente.

Um silêncio ainda mais aterrador do que a loucura dos clamores da moça tomou conta do campo de execução. Dei as costas e fugi, incapaz de continuar assistindo àquela cena. Saí correndo pelas ruas de Medina, o terrível silêncio me envolvendo como um pesado manto.

Corri para a casa de minha mãe, sem coragem de retornar à minha. Tive receio de meu marido ler meus pensamentos e se divorciar de mim pelas blasfêmias que me afligiam a alma. Eu tremia de raiva. Raiva da crueldade da vida, raiva do orgulho dos homens, que dividia tribos e nações. Raiva de Deus, que nos dera o livre-arbítrio e permitia que nos destruíssemos por nossa própria estupidez.

Mentalmente, revi repetidas vezes a lâmina de Ali incidir sobre o pescoço da moça tola e traiçoeira, e senti um súbito ódio por aquele homem que conseguia realizar uma tarefa macabra com tamanha tranquilidade. Muitos se perguntam sobre meus desentendimentos com o genro do Mensageiro, discórdia que um dia custaria a vida de milhares de homens e mergulharia nossa nação numa guerra civil. Embora a maior desavença entre nós ainda estivesse por vir, olhei para trás e percebi que meus sentimentos por Ali, naquele dia, passaram de uma contida admiração para uma aversão silenciosa, uma chama mínima em meu coração que um dia seria alimentada até virar um fogo que consumiria a *Ummah*.

O que eu presenciara naquele dia nas proximidades do mercado me deixara mais assustada do que o corte de qualquer lâmina terrena. De todas as coisas terríveis por que passei na vida, meu querido Abdallah, nenhuma me deixou marcas mais profundas do que o riso de Najma. Às vezes acho que o escuto de novo, ecoando através do tempo e do espaço, cheio de desespero e loucura, implorando uma chance para viver e amar, casar e ter filhos, cantar cantigas de ninar para criancinhas que nunca viriam a existir.

O brado perdido de uma moça que cometera o terrível e imperdoável erro de desafiar o curso da História.

# 18

Os Bani Qurayza haviam sido destruídos, e o Mensageiro de Deus era agora o incontestável governante de Medina. Sua vitória, como era esperado, levou à chegada de delegações de toda a Arábia. Os líderes tribais procuraram fazer aliança com o Estado muçulmano em ascensão por meio de laços comerciais e familiares. Chegaram enviados do norte e do sul. E, para minha surpresa, recebemos uma delegação da própria cidade de Meca, casa de nosso maior inimigo.

Senti uma fúria me invadir o coração ao olhar para Ramla, a bela filha de Abu Sufyan, que chegara afinal para tornar realidade meus pesadelos de criança. Haviam se passado sete anos, mas ela continuava bem, e embora houvesse linhas de expressão em torno de seus olhos, suas faces permaneciam rosadas, e sua pele, macia e perfeita. Eu acreditava ter me livrado de Ramla depois que o Mensageiro promoveu o casamento dela com seu primo Ubaydallah ibn Jahsh, irmão de minha rival, Zaynab. Ramla ficara visivelmente frustrada por Maomé não se ter deixado levar por seus encantos após a morte de Khadija, e reagira de forma mordaz à notícia de que eu seria sua esposa. Talvez ao percebê-la magoada, o Profeta sabiamente a enviara, junto ao marido, para uma comunidade de refugiados na Abissínia, onde permaneceu em segurança durante os anos difíceis de conflitos.

Contudo, ela havia voltado, e vinha disposta a reivindicar a posição que sempre desejara e a qual achava ter direito. Ela seria a mais nova Mãe dos Fiéis. Seu marido, Ubaydallah, revelara-se incompetente e tolo, e trocara o islamismo pela fé cristã durante sua permanência na corte do Negus. Pela lei de Deus, Ramla não podia permanecer casada com um apóstata, e seu divórcio a deixara, e a sua filha, Habiba, na incerteza, morando numa terra estrangeira sem recursos econômicos nem proteção.

O Mensageiro fora informado de sua situação difícil por meio da mais improvável das fontes — o irmão dela, Muawiya, que enviara o amigo Amr ibn al-As numa missão secreta ao oásis logo depois da Batalha da Trincheira. O Profeta concordara imediatamente em assumir a responsabilidade por Ramla e sua filha, e o próprio Muawiya a trouxera a Medina para o casamento.

Estávamos na mansão de Uthman ibn Affan, o amável genro do Profeta, quando o Mensageiro recebeu os filhos de seu maior inimigo. Notei que muitos dos Companheiros olhavam para Muawiya com desconfiança quando ele se encaminhou para beijar a mão de meu marido. Ele ainda era uma criança na última vez que o vira, e havia mudado muito. A permanente melancolia que o acompanhava na infância fora substituída por uma energia e uma vivacidade sedutoras.

Enquanto o salão era organizado para a cerimônia de casamento e os empregados de Uthman, vestidos de branco, se deslocavam de um lado para o outro com cestas de tâmaras e potes de mel, Muawiya andava com descontração entre homens que podiam ser considerados seus inimigos. Ele tinha uma sutileza natural e uma graça de movimentos que sensibilizava a todos, e pude perceber que sua conduta sociável, calorosa e encantadora dissipara a nuvem inicial de suspeita que pairava sobre o ambiente. Até mesmo Umar parecia impressionado com a coragem de Muawiya ao vir sozinho para o oásis, sem o séquito de guarda-costas que se esperaria para a proteção do rapaz que, para todos os efeitos, era o herdeiro do trono de Meca.

Como filho de Abu Sufyan, Muawiya tinha consciência de ser um potencial refém. No entanto movia-se entre nós com a tranquilidade confiante de um convidado e não de um inimigo declarado. Ele falava com cada um dos homens como um velho amigo, não como adversário, e até parabenizou a geração mais velha de muçulmanos por sua brilhante estratégia de defesa, que impedira a invasão dos exércitos de Meca.

O gênio diplomático de Muawiya me impressionou. Poucos minutos depois de chegar ao oásis, já conquistara muitos de seus detratores com palavras doces e elogios cuidadosamente calculados. Observar Muawiya cativar seus adversários era como observar um mestre espadachim em ação — cada golpe era executado com beleza e num tempo perfeito.

Ramla, por sua vez, não tinha nada a temer, pois conquistara a confiança da comunidade há muito tempo, embora não a minha. Muitos achavam que sua conversão fora algum tipo de tática concebida por Abu Sufyan para se infiltrar entre os muçulmanos. Porém, havia informações vindas da Abissínia de que ela, ao longo dos anos, mostrara comprometimento com a nova fé e provara ser uma habilidosa mediadora dos muçulmanos, defendendo seus interesses no exterior, na corte do Negus. Nem mesmo eu duvidava da sinceridade de suas convicções religiosas, mas detestava o jeito ávido como olhava para meu marido, como se ele fosse um prêmio que lhe era devido havia tempo. Nossos olhos se cruzaram, ela ergueu uma sobrancelha com ar de desafio e eu franzi o cenho. Ramla seria uma verdadeira rival no harém, pois aliava beleza a uma mente brilhante e mortal, e eu sabia que não podia perdê-la de vista. Nesse instante, vi o Mensageiro olhar para mim com um ar divertido como se lesse meus pensamentos.

Meu marido deu um sorriso intencional e depois virou-se para seu jovem convidado, que acabara de saudar todos os Companheiros, sarando velhas feridas e estabelecendo novas alianças. Muawiya virou-se para o Mensageiro e baixou a cabeça num gesto de respeito.

— É uma honra saber que a minha irmã encontrou um partido tão nobre — disse ele com uma bela voz, profunda e viril.

O Mensageiro tomou a mão do jovem na sua e apertou-a com firmeza.

— Que este casamento seja o primeiro passo para encerrar uma longa inimizade entre o seu clã e o meu! — declarou.

Enquanto o Profeta seguia para ficar ao lado de sua mais recente noiva, que trajava um vestido azul-escuro e um véu de listras vermelhas que lhe cobria os cabelos negros, Muawiya ergueu uma tigela de leite de cabra em celebração das núpcias e depois bebeu com um lento floreio.

Uma sombra o encobriu, e ao erguer a vista ele viu a forma gigantesca de Umar ibn al-Khattab, o homem que, antes de sua deserção, fora a maior esperança de Meca para destruir Maomé.

— Seu pai deve ter ficado com raiva de você por ter vindo — disse Umar, olhando o convidado de perto, dentro de seus olhos, como se perscrutasse algum sinal de embuste ou conspiração.

— Ele ficou lívido — disse Muawiya, com um largo e malicioso sorriso. — Mas sou senhor da minha própria vontade. Reconheço que os caminhos antigos estão com os dias contados. Os coraixitas devem se ajustar à nova realidade ou desaparecerão em sua irrelevância.

Uthman, nosso bondoso anfitrião, aproximou-se do jovem e pôs um braço carinhoso em torno dele. Muawiya era um primo distante, e Uthman sempre fora próximo a ele quando criança, antes de as divergências de fé dividirem o clã de Umayya.

— Você sempre teve visão — disse Uthman, cordialmente. — O rio do mundo está mudando seu curso, e somente os sábios antecipam sua nova direção.

Vi Ali aproximar-se. Ele, dentre todos os Companheiros, permanecera distante, apesar dos persistentes esforços de Muawiya para conquistá-lo.

— Uma coisa é prever o curso de um rio — disse Ali com voz suave. — Outra é antever o destino da própria alma.

O silêncio recaiu sobre o recinto, e de repente senti a tensão, que havia sido aliviada durante a última meia hora, se reinstalar como um vento gelado. Ali e Muawiya encaravam-se no centro do salão, sem dizer palavra. Embora estivessem a poucos metros um do outro, parecia haver entre os dois um abismo maior do que a distância entre o Oriente e o Ocidente. Entre o céu e a terra. Ali pertencia a outros domínios, um pássaro estranho voando sobre a humanidade, observando, mas sem realmente participar deste mundo. Muawiya era seu oposto, um homem senhor do mundo, que tinha pouco interesse na etérea terra de sonhos que Ali chamava de lar.

Nesse instante, vi o Mensageiro colocar-se entre eles, usando a diplomacia para evitar um confronto entre os inflamados jovens que viesse a arruinar a cerimônia de casamento.

Ao ver meu marido interpor-se entre os dois, sorrindo com benevolência ao pôr as mãos sobre os ombros dos rapazes, percebi que havia um outro significado naquela cena. Maomé se colocava entre aqueles dois polos como nenhum outro homem conseguiria. Ele era tanto um residente dos etéreos domínios espirituais como um mestre do plano terreno, e somente ele sabia superar o hiato entre essas realidades opostas. Nos anos vindouros, depois de o Mensageiro retornar a seu Senhor, o elo precário que ele formara entre esses planos se quebraria, e a história do islã passaria a ser uma guerra entre o corpo e a alma.

Muawiya, então, afastou-se de Ali, e o feitiço se dissolveu. O príncipe mecano sorriu com entusiasmo para o Mensageiro e falou alto, como se quisesse que todos no salão o escutassem. Foi desnecessário, pois se fez um silêncio absoluto nesse momento e suas palavras teriam ressoado em todos os cantos mesmo que fossem apenas sussurros.

— O destino de minha alma, eu deixo a critério de meu Criador — disse Muawiya com dignidade. — Mas uma coisa eu sei. Antes de você, ó Maomé, ninguém entre nosso povo jamais idealizou um mundo diferente daquele vivenciado durante séculos. Um mundo de barbárie, crueldade e morte. Mas você abriu os olhos dessas pessoas e fez com que se unissem. Transformou tribos guerreiras em uma nação. Não conheço nenhum homem que pudesse ter feito isso sem a ajuda de Deus.

Para espanto de todos, Muawiya estendeu a mão direita em sinal de submissão, e o Profeta segurou-a. Muawiya ajoelhou-se e beijou a mão do Mensageiro. Em seguida, pronunciou as palavras que mudariam tudo.

— Eu dou testemunho de que existe apenas um único Deus, e de que Maomé é o Seu Mensageiro.

Uma grande comoção tomou conta do recinto. Surpresa, incredulidade e júbilo eram mesclados num clima de celebração inebriante. O filho de Abu

Sufyan, herdeiro de nosso maior inimigo, havia abraçado o islã, e nesse instante, as duas forças que haviam destruído a península reconciliavam-se. Senti meu coração disparar de contentamento. Assim que as tribos soubessem da conversão de Muawiya, os últimos vestígios de apoio a Meca desapareceriam, e a guerra se encerraria.

Esse era o pensamento em todas as mentes, exceto talvez na de Ali, que mantinha seus olhos inescrutáveis fixos em Muawiya. Mas o rapaz ignorou aquele olhar e manteve a atenção voltada para o Profeta.

— Se for do seu agrado, ó Mensageiro de Deus, eu gostaria de ficar aqui e apoiar a sua causa — disse ele. O que era, sem dúvida, necessário. Se Muawiya se estabelecesse em Medina, seus extraordinários dons políticos e sua ampla rede de aliados ajudariam a instaurar a ordem no Estado nascente. Com sua hábil orientação, poderíamos juntar as tribos recalcitrantes e então declarar a batalha final contra Meca. Havíamos tantas vezes nos escondido, aterrorizados em nossas casas ao sermos atacados pelos exércitos da Arábia, que parecia justo que Hind e seus seguidores sofressem o mesmo agora.

O Mensageiro de Deus, porém, disse algo totalmente inesperado.

— Não. Volte para o seu pai e não conta a ninguém sobre sua fé — disse ele, e a alegria na sala cessou de repente.

Muawiya contraiu o cenho.

— Eu não entendo — disse ele, tão surpreso quanto nós. — Estou disposto a derramar o sangue dos homens de meu pai para que você triunfe.

— Você vai preparar o caminho — disse o Mensageiro gentilmente. — Está chegando o dia, *insha-Allah*, em que nos encontraremos em Meca. Mas não vai haver derramamento de sangue.

Muawiya pareceu confuso, mas abaixou a cabeça em sinal de aceitação. Vi seu primo Uthman lançar um olhar agradecido ao Profeta. A destruição das forças mecanas significaria a aniquilação do próprio clã de Uthman, e o homem nobre e gentil estava claramente satisfeito com o fato de o Profeta querer achar outra maneira de retomar a cidade.

Um murmurinho irrompeu na sala, com os Companheiros e suas esposas falando animadamente, tentando interpretar as palavras do Profeta. Uthman levantou-se e bateu palmas para encerrar o súbito tumulto.

— Venham, vamos banquetear, meus amigos, pois temos muito o que celebrar hoje.

# 19

Reunimo-nos no espaçoso salão de jantar de Uthman. As paredes eram recobertas de delicados ladrilhos florais de cerâmica, que se dizia terem sido importados diretamente de Constantinopla, e o teto em arco era mantido suspenso por fortes pilares de mármore. Era um salão suntuoso para banquetes, que faria os reis da Pérsia sentirem-se à vontade. Fiquei curiosa a respeito da grande fortuna de Uthman.

Apesar de a maior parte do oásis permanecer afundada na pobreza, a riqueza parecia derramar-se sobre ele, onde quer que fosse. O Profeta dera a Uthman o título de *Al-Ghani*, que significava "o generoso", e ele estava sempre pronto a partilhar seus vastos bens com aqueles que precisassem de ajuda. Porém independentemente do quanto ele distribuía, mais dinheiro parecia vir em sua direção, e seus cofres sempre transbordavam. Eu conhecia uma lenda sobre um rei grego cujo toque tinha o poder de fazer tudo virar ouro, e brincava dizendo que Uthman era o Midas de nosso povo.

Para o casamento do Profeta com uma mulher de seu clã, Uthman dera um dos banquetes mais extravagantes que eu já vira. O próprio Mensageiro pareceu desconfortável com a exibição de tamanha riqueza — as baixelas de prata repletas de uvas vermelhas suculentas, bandejas cheias de pães frescos saídos do forno na hora, delicadas passas em pratos decorados com flores frescas do deserto, suas minúsculas folhas espiralando-se em direção às pétalas. Ensopado de bode temperado com açafrão e ricos sais. Bolos recheados de mel e recobertos por uma substância açucarada que fora trazida da Pérsia. E uma quantidade igualmente farta de cordeiro assado, fatiado, cuja carne era tão macia que dava água na boca.

Os Companheiros, muitos dos quais só conheciam pão velho e carne de segunda, olhavam para o banquete, admirados, e alguns lançavam um olhar de inveja a Uthman, que estava ao lado da bela Umm Kulthum, a filha do Profeta, com quem se casara após a morte de Ruqayya. Era como se aquele gentil pacifista tivesse tudo o que eles gostariam de ter, e, no entanto, ele permanecia em tal estado de beatitude que parecia alheio à própria sorte. Nos anos vindouros, o sentimento de rancor que eu percebia em alguns dos homens mais jovens se agravaria, e toda aquela opulência de Uthman viria seguida de um preço a ser pago por toda uma civilização.

Eu passava entre os fiéis carregando bandejas de frango condimentado, iguaria altamente apreciada, uma vez que raramente se encontravam aves naqueles ermos. Os animais foram trazidos principalmente da Síria. Então vi Ramla olhando para o Mensageiro com seus olhos delicados e percebi que meu marido estava apaixonado.

Imaginá-lo passar a noite com ela, explorando a arte do amor com aquela mulher cosmopolita e sofisticada, me deixou enjoada. Senti um súbito ciúme e me virei para o homem ao meu lado, o gigantesco Umar, que avidamente desossava com as mãos os pedaços de frango.

— Para que tanto trabalho, Umar? Come inteiro mesmo! — eu disse, com voz bastante provocadora. Ele olhou para mim surpreso, e depois caiu na risada. Eu passei pelos homens na grande mesa de cedro, provocando-os alegremente por seus maus modos e a rudeza típica do deserto. Porém, acompanhava minhas palavras grosseiras com um sorriso coquete, uma piscada de meus olhos dourados, e eles reagiam como todos os homens aos flertes de uma bela mulher. Com interesse, deleite e um desejo sutil.

Logo me tornei o centro das atenções no banquete ao trocar piadas com Talha ou zombar das histórias sobre as aventuras e conquistas de Zubayr quando jovem, antes de minha irmã, Asma, transformá-lo num gatinho domesticado. Vi Ramla olhando para mim, irritada por ter-lhe roubado a atenção no dia do seu casamento, e sorri da minha pequena vitória sobre minha rival.

Enquanto eu passava entre os homens com minhas brincadeiras infantis, percebi, de soslaio, o olhar sério de meu marido sobre mim. Eu sabia que o deixara com ciúmes, algo que eu nunca tentara antes, mas no meu íntimo me regozijava em saber que ainda balançava seu coração. No momento em que tivesse Ramla em seus braços naquela noite, parte de sua mente seria consumida pela lembrança de minha pequena encenação, pela demonstração de que eu ainda era a mais nova e mais desejada de suas mulheres aos olhos do mundo.

Eu era uma garota tola de 15 anos, e não dei nenhuma importância a minha conduta, assim como não dava às sessões diárias de mexerico que tinha com as outras Mães. Não podia imaginar que meu joguinho teria consequências tão sérias, que meus flertes tolos mudariam minha vida tão drasticamente. Não conseguia prever que a liberdade que eu tanto prezara desde o nascimento logo terminaria por trás dos muros de uma prisão, construída por minha própria insensatez.

## 20

Talha se deixou envolver pela agitação do mercado, pelos gritos dos comerciantes e pelas risadas das crianças. Sentia-se desanimado, e uma caminhada pelo bazar lhe fez bem. Embora houvesse muito entusiasmo entre os fiéis naqueles dias, Talha conseguia enxergar longe o suficiente para perceber que os esforços do Mensageiro para transformar os árabes em uma nação não encerrariam os conflitos, pelo contrário, os disseminariam. Seus inimigos não seriam apenas alguns milhares de habitantes do deserto armados precariamente. Seriam as legiões da Pérsia e de Bizâncio, impérios que haviam dominado a arte da guerra ao longo de séculos de derramamento de sangue.

O terrível dia do conflito imperial aproximava-se com rapidez, e os muçulmanos precisariam dos melhores e mais brilhantes homens da nação árabe para manterem-se firmes. Homens como o assustador general Umar ibn al-Khattab e agora o ilustre político Muawiya. O papel que esses grandes líderes desempenhariam na guerra iminente era claro.

Mas o seu papel não estava claro.

Talha, com sua mão para sempre deformada pela espada que havia sido direcionada ao Mensageiro, não era mais um guerreiro destro, como seu amigo Zubayr. Não era um estadista respeitado, como seu primo Abu Bakr, nem um comerciante rico como Uthman, que, sozinho, poderia financiar toda uma campanha militar.

Era um pobre aleijado que mal conseguia pôr comida na mesa para a esposa, Hummanah, e o filho pequeno, Muhammad. Sua esposa era uma mulher delicada e amável, e nunca reclamava. Mas ele se sentia um fracassado. Um dos primeiros mecanos a abraçar o islã ainda jovem, Talha fora o único naquele círculo íntimo que não conseguira transformar a pobreza dos anos iniciais em prosperidade, em Medina. Aquela perpétua luta o impedira de ser mais útil à causa e de propor casamento a uma moça antes de ela ser escolhida para um destino maior.

Apesar de ele nunca ter declarado publicamente, todos os muçulmanos sabiam de seus sentimentos por mim. Talha havia tentado se aproximar de Abu Bakr para lhe pedir a minha mão quando atingi a idade apropriada. Porém, meu pai relutou em conceder a mão de sua preciosa filha a um jovem cujos esforços de trabalho nunca o haviam elevado a uma situação acima da pobreza. Em seu lugar, meu pai me prometera a Jubayr ibn Mutim, na esperança de atrair o influente aristocrata mecano para o islã.

Talha ficara extremamente decepcionado, mas acreditava que a lealdade de Jubayr aos antigos costumes o impediria de realizar tal união. E estava certo. Porém quando meu contrato de casamento com Jubayr foi por fim anulado, Talha ficou espantado ao saber que isso acontecera porque eu havia sido prometida a um marido com quem ele jamais poderia competir, nem mesmo se tivesse toda a riqueza da Arábia. A partir daí, ele fechou para sempre essa porta em seu coração. Talha respeitava o Mensageiro, e aceitou os desígnios de Deus, sacrificando um amor pelo outro.

Talha tentava afastar os pensamentos do passado. Porém, o mundo não lhe permitia.

— A filha de Abu Bakr estava linda ontem à noite — disse uma voz grave.

Talha virou-se e viu dois comerciantes a seu lado. Eles examinavam uma remessa de produtos de couro que chegara recentemente de Taif como contrabando, desafiando a proibição mecana do comércio com Maomé.

Talha olhou para aquelas duas figuras, que conversavam de forma bem despreocupada, um membro da tribo Khazraj, ricamente vestido, chamado Sameer, e seu amigo Murtaza, beduíno da tribo Tayy, do leste. Eram homens que negociavam com Uthman ibn Affan, e haviam sido convidados para o casamento do Profeta com Ramla na noite anterior.

— O Mensageiro é mesmo um homem de sorte — disse Sameer, piscando um olho para seu colega.

— Ela é a moça mais bonita que já vi — respondeu Murtaza com um riso malicioso e lascivo. — É verdade que ainda era virgem na noite do casamento?

Talha sentiu o coração explodir de raiva. Aproximou-se de forma violenta dos homens, interpondo-se entre os dois, seus olhos faiscando.

— Que falta de vergonha é essa? Ela é sua Mãe.

Sameer, que trajava uma túnica de lã desbotada e calças empoeiradas, olhou para Talha, com ar de deboche e a habitual crueldade dos homens ricos.

— Somente enquanto for casada com o Mensageiro — retrucou.

Murtaza aproximou-se mais de Talha, seu rosto queimado de sol cheirando a óleo e *qat*, a folha iemenita que fazia os homens sonharem acordados.

— E se o Profeta morrer ou se divorciar dela? — zombou Murtaza. — O que vai acontecer com aquela flor delicada?

O coração de Talha disparou. E logo falou, antes de conseguir se conter.

— Eu me caso com ela, nem que seja somente para proteger sua honra de escórias como você!

Talha congelou, horrorizado por ter revelado em voz alta seu mais obscuro e íntimo desejo, que jamais deveria ter sido expresso neste mundo ou no próximo.

— Parece que você tem uma queda por essa moça bonita que chama de mãe — disse Murtaza.

O beduíno najdi pôs um braço em torno de Talha numa falsa camaradagem.

— Não tenha vergonha, garoto — acrescentou ele, com perversidade. — Se um filho tivesse uma mãe igual àquela, ele seria perdoado se de vez em quando lhe passasse um pensamento sujo pela cabeça.

Como se movido por uma força superior a ele mesmo, Talha avançou para cima de Murtaza com seu punho cerrado e lhe acertou um golpe brutal nos dentes. O beduíno, espantado, recuou, o sangue escorrendo-lhe pela boca.

Talha ficou paralisado, sem conseguir se mover, apesar da dor lancinante que sentia na mão aleijada. Sameer jogou-se em cima dele, esmurrando-o e chutando-o até deixá-lo no chão. Talha parou de lutar e absorveu os socos do comerciante enraivecido sem gritar, da mesma maneira que procedera anos antes, quando Umar espancou-o no Santuário. Ouviu suas costelas quebrarem-se com a pancada, a dor quase tão intensa quanto a que sentia na mão deformada.

Talha não se moveu, não respirou. Deixou Sameer esmagá-lo contra o solo. Seus olhos embaçaram-se, e a escuridão o envolveu como um manto suave, protegendo-o no sono da inconsciência. Se aquilo era a morte, ele não podia imaginar nenhum fim mais feliz do que morrer defendendo a honra da Mãe dos Fiéis.

## 21

Sentei-me nervosa em minha pequena casa, que parecia menor do que era realmente, uma vez que todas as esposas estavam ali reunidas por ordem do Mensageiro. O harém crescera prodigiosamente nos últimos anos e agora incluía seis mulheres — Sawda, eu, Hafsa, Zaynab bint Jahsh,

Umm Salama e Ramla, a adição mais recente. A outra Zaynab, a filha de Khuzayma que o Profeta havia desposado a fim de fazer uma aliança com os Bani Amir, falecera havia poucos meses. Fora uma grande perda para as classes mais baixas de Medina; por seus incansáveis esforços em prol dos pobres e indigentes, ela passara a ser chamada de "Mãe dos Pobres".

Quando olho para trás percebo que, de certa forma, Zaynab bint Khuzayma foi a mais afortunada de todas nós, pois deixou este mundo muito antes das terríveis adversidades e sofrimentos que iriam assolar a *Ummah* muçulmana. E, o que talvez seja mais pungente ainda, deixou este mundo depois de viver uma vida plena e livre de restrições indevidas ou limitações. A simples normalidade de sua existência diária, o prazer de caminhar em público sob a intensa luz do sol, logo se tornaria um luxo para nós — mais um desastre forjado por minha alma apaixonada e voluntariosa.

O ambiente era pesado, como a fumaça de um forno largado aceso durante muito tempo. O fogo contido por trás dos olhares frios das outras esposas estava a ponto de explodir.

Nenhuma delas olhava para mim, exceto Hafsa, cujo olhar furioso sintetizava os sentimentos de todas de forma sucinta. Meu espetáculo de flertes no casamento de Ramla deixara toda a família envergonhada e trouxera a violência para as ruas de Medina. O pobre infeliz Talha fora espancado até perder os sentidos, defendendo minha honra da conversa grosseira dos comerciantes, e a briga resultante deu origem a uma luta violenta quando surgiram Companheiros revoltados que se apressaram em vingá-lo. Embora ninguém tenha sido morto, o tumulto fora um terrível lembrete da fragilidade da paz no oásis.

O que aconteceria depois não estava claro. Porém, não restavam dúvidas de que haveria consequências, e a breve convocação de todas as Mães pelo Profeta sugeria que todas elas de alguma forma pagariam por minha tolice.

Desviei a vista do olhar acusador de Hafsa e encarei o teto de folhas de palmeiras, onde dormia uma mariposa cinzenta entre as folhagens. De repente, desejei ser aquela mariposa, escondida nas sombras e ignorada pelo mundo, mas livre para voar para longe ao menor impulso.

Nesse momento, a porta se abriu, e o Mensageiro de Deus entrou na sala. Ele olhou para as Mães e cumprimentou cada uma delas com um gesto, sem sorrir. Porém quando seus olhos incidiram sobre mim, ele simplesmente piscou e desviou o olhar sem nenhuma saudação. Meu coração se despedaçou como um espelho ao cair do topo de uma árvore.

O Profeta fechou a porta ao entrar e sentou-se no chão de pernas cruzadas. Respirou fundo e suspirou, exausto. Mas ainda sem dizer nada.

Passaram-se alguns instantes e o Mensageiro nada fez para amenizar nossa crescente ansiedade. Simplesmente permaneceu ali, olhando para nós com uma paciência extrema que, de certa forma, era mais assustadora do que qualquer explosão de raiva que tivesse.

Minha boca estava extremamente seca, como se eu tivesse ingerido um quilo de sal. E meu marido continuava calado.

Não consegui suportar mais. Arriscando acender o raro fogo de sua ira, forcei-me a falar.

— Talha está bem? — Minha voz rouca, como se eu não falasse há anos, minha língua sem a habitual fluência.

Senti todos os olhos sobre mim. As outras Mães me lançaram olhares fulminantes, mas não lhes retribuí a crueldade, e concentrei minha atenção apenas no homem que tinha meu destino em suas mãos.

O Mensageiro olhou para o outro lado da parede por um longo tempo antes de finalmente se voltar para mim. Preparei-me para uma explosão. Talvez até esperasse um acesso de raiva, uma irrupção de paixão que demonstrasse que ainda gostava de mim.

No entanto, quando por fim me fitou, não havia punição em seu olhar, nem chamas de fúria.

— Talha vai se recuperar em breve — disse Maomé com suavidade. — Mas as feridas na *Ummah* vão demorar mais a cicatrizar.

Ele suspirou novamente, um som mesclado de exaustão. Vi então pequenas linhas em torno de seus olhos escuros, e percebi que ele não vinha dormindo bem. No mesmo instante me arrependi de ter lhe causado problemas além de todas as responsabilidades que ele já tinha.

— Trabalhei durante tanto tempo para criar um elo familiar entre esse povo belicoso — disse ele, olhos fixos em mim. — E basta um pequeno incidente para dividi-los.

A sala escureceu ao subirem-me lágrimas aos olhos.

— Desculpe, não tive a intenção...

— Não teve a intenção, mas o dano foi causado assim mesmo — disse ele de forma abrupta, e me senti esbofeteada. O Mensageiro era sempre muito cortês, e considerava interromper as pessoas a pior das faltas. Ter me interrompido assim de forma tão brusca, ainda mais na presença das outras esposas, minhas rivais, revelou o quanto eu havia decaído em sua estima. Senti um aperto doloroso na garganta quando o pensamento de que ele se divorciaria de mim passou em meu coração.

Outra voz soou no recinto, o tom gentil e maternal de Umm Salama.

— Somos suas esposas neste mundo e no próximo — disse ela com firmeza.
— O que deseja que façamos, ó Mensageiro de Deus?

Ela escolhera as palavras com cuidado, e ao fazer isso tirava dos meus ombros o peso da responsabilidade pelos eventos do dia e o colocava diretamente nas Mães, como um grupo. Olhei para ela do outro lado da sala, meus olhos repletos de gratidão por sua decisão de dar um fim à minha solidão.

O Profeta hesitou, e quando falou, foi com a inexorável autoridade do líder de uma nação, não com o tom gentil de um patriarca de família.

— Deus me revelou estas palavras — disse ele e meu sangue acelerou. Tivera uma Revelação para resolver o caos que eu criara, e o pensamento de que o próprio Deus iria interferir nesse assunto terreno me deixou apavorada.

O Mensageiro de Deus começou a recitar as palavras líricas enviadas à terra do céu, e esqueci tudo exceto a beleza cativante de sua voz:

*Ó esposas do Profeta, vós não sois como as outras mulheres.*
*Se sois tementes a Deus, não sejais insinuantes na conversação,*
*Para evitardes a cobiça daquele que possui morbidez no coração,*
*E falai o que é justo*
*E permanecei tranquilas em vossos lares, não façais exibições,*
*Como as da época da idolatria.*

O Mensageiro parou e esperou que as palavras sagradas fossem assimiladas. Pisquei os olhos e senti um súbito alívio. O mandamento não exigia muito, e por certo a palavra de Deus não deveria ser interpretada literalmente. O Mensageiro dizia com frequência que havia muito de simbólico no Corão sagrado, e que uma adesão dogmaticamente literal à lei solaparia o propósito de Deus. O mandamento para permanecer em casa, trancada naquela salinha de paredes de argila, enquanto o mundo fervia a meu redor, não podia ser uma regra rígida a ser seguida com fervor. Devia ser uma admoestação para restringir o tipo de conduta social imprópria que levasse ao escândalo e à violência, como aquela que meu comportamento tolo na cerimônia de casamento causara.

Porém, quando fitei o Profeta, a seriedade em seu olhar congelou o sorriso que começava a se formar em meus lábios. Havia ainda algo sombrio entre nós, e eu mais uma vez fiquei assustada.

— Vocês só devem sair de casa se necessário. É para o seu próprio bem, e para o bem da *Ummah* — disse ele, e senti o fôlego me faltar. O Mensageiro estava determinado a fazer cumprir o mandamento. A partir de então, deveríamos permanecer em casa como prisioneiras.

— Ainda há mais — disse ele, com severidade. — Deus mandou um mandamento para os fiéis também.

Ele respirou fundo e em seguida recitou os seguintes versos:

*Quando perguntardes alguma coisa às esposas deles, fazei isso por trás de uma cortina.*
*E se isso será mais puro para os vossos corações e para os delas*
*Não vos é dado molestar o Mensageiro de Deus*
*Nem jamais desposar as suas esposas, depois dele,*
*Porque isso seria grave ante Deus.*

O Mensageiro parou, e nos entreolhamos confusas, sem entender o que estava sendo exigido de nós. Eu compreendia a proibição de casar com outro homem depois do Profeta — as rivalidades e divisões que surgiriam em nome da honra de tomar a mão de uma rainha do império destruiriam a nação. Porém a ideia de que só poderíamos falar com homens protegidas por uma cortina era espantosa para as mulheres árabes, acostumadas a viver ao ar livre. Todas nós queríamos acreditar que havíamos entendido mal os versos. Uma coisa era permanecer dentro de casa por necessidade, porém nos privar assim da convivência com outros fiéis, nossos camaradas, era incompreensível. Certamente essa regra seria interpretada de forma mais liberal.

O Mensageiro, entretanto, pôs logo um fim a nossas esperanças.

— De agora em diante, vocês não poderão falar com nenhum homem que não seja *mahrem* exceto através de um véu ou cortina — disse ele com firmeza, seus olhos cravados nos meus, e senti meu coração despencar.

*Mahrem* referia-se a qualquer homem com quem fôssemos proibidas de casar pela lei do incesto. Nossos irmãos, filhos, pais, tios e sobrinhos eram de nosso sangue, e não havia possibilidade de relações sexuais com eles. Porém todos os outros homens, inclusive amigos como Talha, estavam fora dessa classificação, e agora não podíamos mais falar com nenhum deles a não ser por trás de uma barreira. Era uma mudança espantosa e extrema, para a qual eu não estava preparada, e não conseguia imaginar como obedeceria ao mandamento de Deus.

O Mensageiro levantou-se para ir embora, e nós todas o observávamos como se estivéssemos num sonho. Quando ele abriu a porta, vi de relance o mundo lá fora, a agitação na *Masjid* e nas ruas de Medina, e de repente meus olhos encheram-se de lágrimas quando afinal entendi que não poderia mais me aventurar pelo mundo como fizera durante toda minha vida, livre e orgulhosa.

De agora em diante, minha vida se transformaria numa prisão, até mesmo quando não estivesse confinada em minha pequena casa, cujas paredes de barro pareciam fechar-se sobre mim. Pois onde quer que eu me aventurasse ao sol, meu rosto estaria sempre oculto por trás de um véu. As grades de minha prisão me acompanhariam para todos os lugares e eram inquebráveis, confeccionadas com os mais finos fios de algodão, mais resistentes do que o mais poderoso dos aços bizantinos.

## 22

Os meses seguintes foram os mais difíceis da minha juventude. Acostumada a ter liberdade de movimento no oásis, a ser reverenciada e ter prioridade onde quer que fosse como Mãe dos Fiéis, logo me senti enclausurada nos limites de meu minúsculo quarto. A pequena janela que dava para o pátio da *Masjid* estava coberta com uma cortina preta grossa feita de lã rústica, e um manto semelhante bloqueava a soleira de minha porta. Não que importasse. Logo que o mandamento do véu foi revelado, os homens de Medina passaram a evitar minha companhia por completo, temerosos de atrair a ira de Deus sobre suas cabeças. Se as paredes de minha casa fossem derrubadas e eu me expusesse ao ar livre, nem um homem cego se atreveria a se aproximar de mim.

As próprias mulheres de Medina sentiam-se pouco à vontade em minha companhia, e eu recebia poucas visitas além da de minha irmã, Asma, e de minha mãe. As outras esposas, igualmente confinadas por trás do véu, culpavam-me por sua sorte. Até Hafsa, com quem eu fizera uma aliança amigável contra nossa bela rival Zaynab bint Jahsh, andava contrariada e quase não falava mais comigo.

Eu passava meus dias de solidão lendo o Corão sagrado, que não era mais escrito secretamente em folhas de palmeiras ou em ossos de cabra, mas que passara a ser preservado em folhas de pergaminho forte trazido pelos comerciantes egípcios. Consolava-me com as histórias dos profetas que haviam sofrido grandes tribulações durante suas missões sagradas, de homens como Moisés, que fora forçado a deixar para trás a vida de príncipe e fugir pelo deserto, onde escutaria a Voz de Deus. Ou de meu antepassado Ismael, que fora expulso do conforto da casa de Abraão e enviado para os áridos ermos da Arábia a fim de fundar uma nova nação que renovaria o pacto de Deus com o homem. Essas histórias de exílio e redenção sempre foram de grande significado para os muçulmanos, que viam nas dolorosas viagens do passado um eco de suas próprias vidas. Mas elas começaram a ter um significado maior para mim, pois passei a acalentar a esperança de que, assim como esse povo sagrado de Deus sofrera privações e perdas a serviço de uma causa superior, talvez meu próprio confinamento servisse para algum propósito além da punição por meus flertes pecaminosos.

Naquelas semanas difíceis, o Mensageiro continuou a seguir sua política de alternância de noites, passando uma com cada esposa. Embora tivesse ficado visivelmente irritado com minha conduta, no momento em que o mandamento de Deus foi dado, o Profeta foi conciliador, reconhecendo que qualquer atitude mais rigorosa só serviria para agravar nossas feridas. Eu esperava ansiosa por estarmos juntos uma vez por semana, e o inundava com perguntas sobre a vida fora das paredes de minha prisão, sobre os negócios de Estado em Medina, e sobre a guerra em curso com Meca. O Profeta parecia surpreso e até muito satisfeito com meu interesse por questões políticas, algo que raramente discutia com as outras esposas, e, em minha presença, conseguia aliviar a carga de suas obrigações diárias como estadista. Portanto, apesar de estar ressentida com as novas limitações impostas à minha vida, descobri que o relacionamento com meu marido na verdade melhorara depois do uso do véu.

Nossas horas de conversa eram meu único alívio da monotonia, e percebi que nossa união se aprofundou, ficou mais íntima, mesmo quando as exigências do mundo lhe pesavam mais sobre os ombros. Durante os últimos anos, à medida que seu harém crescia e todas as belas mulheres de Medina disputavam para se tornarem uma das Mães, eu temera estar perdendo a importância para o Profeta. No entanto, ironicamente, minha existência enjaulada reacendeu o amor entre nós, e os rumores de que eu perdera o lugar de primeira consorte do Mensageiro foram substituídos por sussurros de inveja do poder inabalável que eu exercia sobre seu coração.

Certo dia, Maomé aproximou-se de mim e me perguntou se eu o acompanharia em uma expedição ao deserto, a oeste do oásis. Seus espiões haviam descoberto que uma das tribos beduínas, a Bani Mustaliq, havia feito um pacto com os mecanos e planejava um ataque às caravanas muçulmanas que voltavam da Síria pela costa. O Profeta decidira que o melhor plano de ação seria realizar um ataque surpresa contra a tribo. Os muçulmanos não podiam mais se acovardar numa postura defensiva. Após o risco de extermínio que havíamos sofrido durante a invasão mecana, precisávamos assumir a ofensiva ao primeiro sinal de que nossos inimigos se reagrupavam. Logo, o exército muçulmano se adiantaria e derrotaria os Bani Mustaliq, antes que conseguissem preparar seu ataque. E o Mensageiro queria que eu o acompanhasse na expedição.

Senti tanta felicidade que meus olhos encheram-se de lágrimas. Aquele seria o primeiro dia em semanas que eu deixaria o confinamento e veria o mundo novamente. Embora tivesse de usar o véu completo, escondendo meu rosto da humanidade, pelo menos poderia andar outra vez à luz do sol e respirar o ar almiscarado do deserto. E o mais importante: eu teria várias noites sozinha com o Mensageiro.

Saltitei como uma criança, batendo palmas, e meu marido sorriu diante do meu entusiasmo. Percebi a chama de desejo no brilho de seus olhos, e meu coração bateu rápido. Fui correndo até o baú de acácia no canto da sala, onde guardava meus poucos pertences, e tirei de lá um manto escuro e um véu que se tornariam minha prisão fora da prisão. O manto era feito de algodão grosso e cobria todo o meu corpo, como a sombra negra de um eclipse. Uma túnica ampla, desenhada especificamente para que não aparecesse nenhuma de minhas delicadas curvas. Era como uma mortalha para um corpo vivo; foi assim que me senti nos dias solitários do mês anterior. Porém, vesti-o com orgulho e empolgação, como se fosse um vestido de casamento deslumbrante, feito de seda e ouro. E de certa forma era. Pois naquela noite eu teria a chance de me unir ao Mensageiro outra vez para, com beijos incessantes, convencê-lo de que ele era o único homem que eu amaria.

Coloquei o pesado manto que seria minha proteção contra o mundo, e estava pronta para fechar o baú quando vi algo brilhando ao lado, embaixo de um lindo par de pulseiras de bronze e um pente de coral que meu pai me dera quando chegamos ao oásis. Era o colar de ônix, o presente de casamento do Mensageiro.

Abaixei-me, peguei o colar e coloquei-o em torno de meu pescoço delgado. A lembrança me fez sorrir por trás do véu negro, o *niqab*. Apenas meus olhos dourados se sobressaíam no algodão macio. O Profeta me deu a mão antes de abrir a porta. Pisquei por um segundo, cega pela ferocidade da luz do dia, que passara a ser tão pouco familiar.

Mas respirei fundo e saí para o mundo do qual havia sido banida. O pátio da *Masjid* estava repleto de fiéis, que se voltaram surpresos ao me ver surgir. Alguns rapidamente desviaram o olhar, enquanto outros pareciam fascinados com a massa preta pesada que um dia fora uma linda moça. Uma moça cujo rosto familiar nenhum deles voltaria a ver enquanto vivesse.

O Mensageiro me conduziu, abrindo caminho entre a multidão de fiéis que sempre se reunia em torno dele, esperando tocar sua mão ou a barra de sua túnica e absorver a *baraka*, a bênção divina que emanava de seu corpo.

Enquanto meu marido me levava pelas ruas de Medina, que me pareciam tão desconhecidas agora, imaginei estranhamente que a desorientação que eu sentia seria semelhante à confusão de uma alma ressurrecta do túmulo que caminhasse em direção ao terrível Trono do Juízo de Deus.

Era uma impressão que se mostraria muito mais adequada do que eu jamais poderia imaginar.

# 23

A investida contra os Bani Mustaliq foi um sucesso retumbante. Os membros da tribo beduína foram tomados de assalto, totalmente despreparados, e seu grupo de ataque não era páreo para os mil guerreiros muçulmanos bem armados que investiram contra seu acampamento ao raiar do dia.

Testemunhei toda a batalha montada em meu camelo fêmea, um animal forte que eu apelidara de Asiya em homenagem à esposa do Faraó, que havia abraçado em segredo a religião de Moisés. Eu estava num palanquim fortemente protegido, a *howdah*, que fora construído com o fim específico de proteger qualquer uma das esposas do Profeta que o acompanhasse numa expedição militar. Através da cortina de anéis de aço, observei secretamente o coração do deserto escaldante, o local onde as tropas do Mensageiro atacaram os beduínos traiçoeiros. A luta demorou cerca de uma hora, e os Bani Mustaliq capitularam depois que seu líder, Al-Harith, foi decapitado pela espada de um Companheiro chamado Thabit ibn Qays.

Vi com cruel satisfação quando os combatentes beduínos, desesperados, abaixaram as armas e caíram de joelhos, rendendo-se prostrados. O Mensageiro caminhou para o campo de batalha e aproximou-se de um homem, um guerreiro de tez escura e dentes quebrados. Pegou-o pelo braço, para que ficasse de pé.

— Não se prostre diante dos homens — disse ele a seu adversário derrotado.
— Incline-se apenas diante de Deus.

O soldado inimigo olhou para ele com gratidão, e eu sabia que os Bani Mustaliq logo seriam trazidos para nossa causa. Eles eram um clã de mercenários. Deixavam-se levar facilmente, e o ataque surpresa pelas tropas de Medina provara que o clima na Arábia havia mudado de forma permanente. Com sabedoria, o Profeta lhes mostrara que seu futuro dependia de nós, e não de Meca. A perda de uns vinte guerreiros foi um golpe para eles, mas se tivessem cometido o erro de servir como defensores da causa de Abu Sufyan, teriam perdido muitos mais.

Quando Umar e Ali começaram o processo de reunir em filas os homens derrotados e amarrá-los com cordas sólidas, ouvi um grito de dor, e vi uma mulher idosa surgir do acampamento empoeirado, cujas tendas serviam de abrigo para seu povo. Seu rosto era enrugado por anos de luta contra a vida cruel do deserto. Porém, andava com uma velocidade surpreendente para a idade, e atravessou a areia ensanguentada em direção ao cadáver decapitado de Al-Harith. Por seus gemidos lancinantes, percebi que era a mulher do chefe da tribo, e me compadeci dela.

Uma outra mulher, uma jovem de cerca de 20 anos, saiu do pavilhão de cores vibrantes que certamente teria sido a moradia de Al-Harith, e correu para junto da mulher idosa. A moça desviou a vista do líder morto, mas não gritou. Em vez disso, abraçou a mulher, confortando-a e sussurrando-lhe ao ouvido com carinho até que a velha senhora parou de tremer e desabou em seus braços, resignada com a perda que atingira sua tribo naquela manhã.

Vi os homens olhando para a jovem, de cabelos castanhos soltos com mechas douradas, a pele morena combinando com a cor escura de seus olhos. Ela era muito atraente, e percebi que os guerreiros muçulmanos logo a disputariam como prisioneira de guerra.

A jovem percebeu aqueles olhares sobre ela e manteve-se ereta, jogando a cabeça para trás numa atitude desafiadora.

— Eu sou Juwayriya, filha de Al-Harith, que vocês mataram — disse ela sem o menor sinal de medo. — Essa é minha mãe e a mãe de todo o meu clã. Cuidem dela e de todos os seus com dignidade se temem a Alá.

As palavras dela foram escolhidas com brilhantismo, e surtiram o efeito desejado. Os homens concupiscentes desviaram o olhar, envergonhados de sua própria grosseria, e, do meu assento protegido, abri um sorriso. A moça tinha presença de espírito.

Mas então vi meu marido observando-a atentamente com um sorriso, e o meu logo desapareceu.

---

Acampamos perto das tendas dos Bani Mustaliq durante dois dias, durante os quais os espólios foram divididos entre a tropa. A tribo vinha assaltando caravanas com sucesso durante anos, e o produto de seus roubos lhes trouxera uma riqueza considerável, que logo seria dividida entre os conquistadores. Um quinto dos espólios iria para o Mensageiro, inclusive o estoque de pedras raras — opalas, esmeraldas e safiras, cuja beleza ofuscante fez meu coração parar. Toquei as joias com um ávido suspiro, sabendo que seriam em breve distribuídas entre os necessitados, e que a casa do Profeta permaneceria tão pobre quanto antes.

A questão mais delicada a ser resolvida foi o destino dos cativos da tribo, em especial da orgulhosa Juwayriya. Surgiram discussões sobre quem havia mostrado maior bravura e destreza no campo de batalha para reivindicar e merecer uma jovem escrava de tão rara beleza, a filha do líder. Os rivais voltaram-se para Umar, que fora designado pelo Mensageiro como juiz de todas as disputas relacionadas à divisão dos espólios. O gigante de expressão séria escutava impaciente cada um dos homens, interrompendo quando considerava já ter ouvido o suficiente, e então tomou sua decisão sem hesitar. A moça pertencia a Thabit, o homem que havia matado pessoalmente o líder dos Bani Mustaliq, seu pai.

Embora os outros pretendentes tivessem ficado desapontados, nenhum teve coragem de reclamar do julgamento diante do poderoso Umar, e a questão fora decidida diante de todos.

De todos, menos da própria Juwayriya. Quando foi informada de seu destino, ela exigiu a plenos pulmões falar com o próprio Mensageiro de Deus. Sua teimosa insistência fez até seus captores acovardarem-se, e logo depois acompanhei o Profeta à tenda dos escravos, onde ela e as outras mulheres haviam sido abrigadas.

Logo que entramos, a princesa altiva e exigente se transformou numa escrava humilde, cabeça baixa, lágrimas inundando-lhe as faces como se tivessem sido planejadas. Ela implorou ao Mensageiro que a salvasse de seu destino desonroso. Era a filha de um dos chefes de tribo da Arábia, a princesa de seu povo. Seria o auge da degradação e da vergonha para a família que ela se tornasse propriedade e objeto sexual de um soldado raso do exército muçulmano.

Observei-a através do tecido pesado de meu véu, sentindo inveja de seu impressionante desempenho. Juwayriya alternava entre a lamentação digna e a histeria emocional em sua súplica, e percebi que meu marido ficou tocado com sua argumentação. Senti a familiar aguilhoada de ciúme quando o Mensageiro concordou em livrá-la de seu cativeiro casando-se com ela — sob a condição de ela servir de voz conciliatória para persuadir o restante de sua tribo a fazer um tratado com Medina.

Juwayriya aceitou prontamente a proposta, e eu sacudi a cabeça pensando no dia estranho que tivera aquela moça. Acordara pela manhã como uma princesa beduína. Ao meio-dia, passara a ser cativa e escrava. E ao pôr do sol se tornara uma Mãe dos Fiéis, uma das rainhas da Arábia.

Naquela noite, ao me deitar sozinha em minha tenda enquanto o Profeta desfrutava os encantos de sua nova esposa, passei os dedos por meu colar de ônix, deixando toda a fúria e inveja saírem do meu coração e penetrarem naquelas contas escuras. Por mais que eu tentasse, jamais seria o centro da vida de Maomé. Ele era grande demais para uma única mulher, e a missão de sua vida era maior do que o chamado da união marital.

Eu desejava desesperadamente ser a mais importante de suas esposas, a única que chegasse a substituir Khadija em suas lembranças, porém sabia que isso não aconteceria. Eu teria de me contentar em ser a primeira de um círculo de consortes em expansão, um nome perdido entre muitos nos anais da História.

Senti meu coração irado gritar diante da injustiça de minha vida. Eu era a estrela mais brilhante no firmamento de mulheres árabes, contudo, estava sendo enterrada como um diamante numa duna de areia, minha delicada beleza oculta do mundo, minha mente aguda incapaz de brilhar à luz do sol. Eu era mais do que apenas uma moça de 15 anos, envolta num véu negro e dormindo numa esteira dura no deserto. Mas o mundo nunca me veria como tal. Eu era uma rainha que jamais poderia reivindicar sua coroa.

Fiz um juramento silencioso de que, entre todas as esposas do Mensageiro, eu seria aquela sobre quem o mundo falaria em mil anos. Aquela cujo nome estaria na boca de homens e mulheres quando todas as outras tivessem sido esquecidas.

Era um juramento assustador, e que não deveria ter sido feito. Pois o Senhor atendeu à minha oração sombria naquela noite, mas não da forma como eu esperava ou desejava.

## 24

A manhã que mudou minha vida, bem como a história do mundo, não teve nada de especial. Acordei ao raiar do dia, ao som da bela voz de Bilal chamando os fiéis para as orações. Tive um sono inquieto, tão atormentado por sonhos que logo me levantei da esteira de palha e saí. Fiz minhas abluções com a água de um balde, discretamente deixado à porta da minha tenda por um soldado.

Deixei a água fria calmamente escorrer por meus dedos e depois lavei o sono dos olhos e molhei os cabelos e os pés de acordo com o ritual de *wudhu* — o mínimo de ablução que geralmente se realizava antes das orações. Somente após a relação sexual era necessário tomar um *ghusl*, banho completo, no qual cada parte do corpo precisava ser limpa antes de se estar pronto para venerar o Senhor do Universo. O pensamento de que o Mensageiro, é claro, teria de realizar o *ghusl* depois de passar a noite com sua nova esposa cruzou minha mente, e senti pontadas de ciúme apertarem meu peito.

Quando apareci com o véu, e coberta da cabeça aos pés, como agora se exigia de mim, vi o Profeta reunindo os homens em filas voltadas para o sul, de frente para a Caaba Sagrada. Ele sorriu quando viu meu vulto preto, mas desviei o olhar, sem conseguir enfrentá-lo. Vi do canto do olho que seu sorriso aumentou apenas um pouco, como se estivesse se divertindo com minha visível irritação diante de seu casamento com Juwayriya, e tive de morder a língua para evitar dizer algo que fosse indigno de uma Mãe dos Fiéis.

Depois de realizarmos o *Fajr*, antes que o disco do sol sequer tivesse surgido no horizonte, os homens começaram a desmontar nosso acampamento para a viagem de volta. Saí para pensar sozinha, mantendo-me distante de Juwayriya, apesar de seus olhares em minha direção. Ela agora usava um véu roxo que combinava com sua ampla túnica, e mesmo em seu vestido modesto transparecia grande sensualidade. Era mais alta do que eu, seu busto era arredondado e firme, e suas coxas eram bem-feitas — uma moça claramente capaz de dar filhos ao Profeta.

Eu fervilhava de raiva ao imaginar que Juwayriya seria a nova esperança da comunidade, uma vez que eu não conseguira gerar um filho, apesar dos seis anos nos quais partilhávamos a mesma cama. Espalhavam-se mexericos cruéis de que eu era estéril, mas minhas regras vinham todos os meses sem falhar. Era verdade que agora o Profeta passava apenas uma noite por semana comigo e, consequentemente, minhas chances de concepção haviam sido reduzidas. Havia, claro, esperanças de que meu ventre desse fruto nos anos vindouros. Entretanto, em meu íntimo eu começava a acreditar que não era a vontade de Deus que eu tivesse um filho do Profeta. O único pensamento que me causava mais tristeza era de que Deus escolhesse uma das minhas rivais para essa honra.

Ao ficar sozinha num canto do acampamento, pensando em meu destino, senti o árido ar do deserto de repente esfriar à minha volta, embora nenhum vento soprasse em minhas vestes. Ergui os olhos e vi o Mensageiro de Deus a meu lado, aquele sorriso exasperador em seus lábios.

— Venha, vamos apostar corrida — disse ele estendendo a mão para mim.

Encarei-o tomada de surpresa e então senti minha raiva evaporar sob o calor do seu olhar. No início de nosso casamento, quando eu tinha ainda corpo e coração de criança, o Profeta sempre participava dessas brincadeiras comigo. Ele gostava particularmente de apostar corrida, uma vez que eu, com minha excepcional velocidade, era a única pessoa que conseguia ganhar dele.

Era um convite carinhoso, uma lembrança de épocas passadas, quando éramos apenas nós dois, antes de seu harém estar repleto de belas mulheres cujos encantos se equiparavam aos meus. Segurei a mão dele e levantei, seguindo o Mensageiro, que abria caminho entre a multidão atarefada que desmontava as tendas e soltava os camelos para a viagem. Vi Juwayriya ao lado de sua mãe viúva, nos observando como um falcão, e sorri por trás de meu véu negro.

Meu marido me conduziu a um morro pequeno onde um arbusto de espirradeira se mantinha firme, desafiando a aridez daquelas terras, seus brotos cor-de-rosa e amarelos reluzentes sob a luz da manhã. Vi enquanto olhava para a paisagem até localizar um marco, um cacto próximo à saliência de um rochedo, próximo do qual havia um desfiladeiro.

— Ali — ele disse, apontando para nossa linha de chegada. — Não vá cair no precipício. Os anjos podem não pegar você a tempo!

Apertei os olhos, encarando-o, e ele deu uma boa risada. O Profeta esperou com um sorriso animado enquanto eu dobrava a barra da minha túnica até os tornozelos para evitar tropeçar — não havia homens nas imediações, e ele não fez objeção. Depois tirei as sandálias e deixei a areia grossa acariciar meus pés como fazia quando criança.

Vi o rosto do Mensageiro mudar, e a expressão provocadora abandonar seus olhos, substituída por um afeto genuíno. De repente, percebi que ele também sentia falta dos dias em que o mundo era simples, em que apenas alguns poucos desafiavam o poder. Agora havíamos nos tornado o poder em si, e as coisas não eram mais tão simples.

O Mensageiro olhou para a frente, inclinado-se em preparação. Sem contar até três, ele simplesmente disse:

— Já!

E a corrida começou.

Corri desabaladamente, passando por ele com o vigor da juventude, meus pés descalços rápidos como um raio. O ar quente batendo em meu rosto, pressionando o tecido pesado do véu contra minha boca. Ao forçar ao máximo todos os tendões de minhas pernas, meu coração disparou. Eu via o cacto cada vez mais perto, ao mesmo tempo que o deserto vazio parecia ter parado, e por um instante tive a impressão de que eu estava no mesmo lugar, e a planta vinha em minha direção.

Não vi sinal de meu marido a meu lado e me perguntei se ele havia mesmo deixado sua posição. Senti, nesse instante, um vento frio à minha direita, e o Mensageiro de Deus me ultrapassou como um raio, seus cabelos negros esvoaçantes, os tufos da barba agitados pela risada vigorosa.

Ele então chegou ao cacto, virou-se triunfante para mim e me viu chegar um segundo depois. Ambos nos jogamos no chão, sem fôlego, rindo com uma alegria que nenhum de nós expressava havia meses. A alegria de estarmos juntos, unidos pelo destino, aquele homem grandioso e esta menina, o mais improvável dos casais.

Ele me abraçou, e senti as batidas ritmadas e alentadoras de seu coração. Percebi, naquele momento, que, independentemente do número de mulheres que partilhassem sua cama, eu permaneceria especial. Eu jamais substituiria Khadija, seu primeiro amor. Mas seria, sem sombra de dúvida, seu último. Afinal, o que mais uma mulher poderia desejar de um homem?

Depois de recuperarmos o fôlego, abaixei a saia, e de mãos dadas voltamos para o acampamento, que já estava então quase totalmente desmontado. Minha tenda fora removida, e me dirigi agradecida a Asiya, meu camelo fêmea, enquanto meu marido juntava-se a seus homens e ajudava-os a completar os preparativos para a viagem.

Acomodei-me em meu assento protegido e coloquei uma mão sobre o coração, sentindo as maravilhosas palpitações do amor renovado. Nesse momento, notei que havia algo errado. Meu colar de ônix, que deveria estar no pescoço, desaparecera. Rapidamente procurei-o por todo o palanquim, mas o pequeno compartimento estava vazio. Desci com cuidado e olhei em torno do animal, mas tudo o que vi foi a areia amarela e as pedrinhas alaranjadas. As gemas pretas especiais teriam se destacado ao sol, mas não havia sinal delas.

E então lembrei. A última vez que senti o colar no peito foi durante a corrida, as pedras pontiagudas pressionando minha pele delicada enquanto eu corria em direção ao cacto. Elas deviam ter caído próximo à pedra onde nos reclinamos depois que o Mensageiro me venceu.

Amaldiçoei o fecho defeituoso que sempre me dera problemas e comecei a me distanciar do acampamento à procura do meu presente de casamento. O colar de ônix fora o primeiro presente que o Mensageiro me dera, e sempre que o sentia em volta do pescoço, eu me lembrava da noite especial em que me tornei uma mulher. Eu gostava dele acima de todos os meus poucos pertences, e não estava disposta a deixar que desaparecesse nas areias para sempre por mero descuido.

Subi o monte e logo perdi o acampamento de vista. Meus olhos vasculharam o chão ao refazer o caminho, mas não havia sinal do colar. Frustrada, olhei na base do cacto, mas não o achava. Com obstinação, cruzei o caminho repetidas vezes, chutando as pedras para o lado e desfazendo um formigueiro à procura de meu presente. Fiquei agitada ao extremo e me perguntei como diria ao meu amor que seu presente especial estava perdido para sempre.

Foi quando o vi. Parcialmente enterrado sob um montinho de areia, uma pedra negra piscou para mim, seus pontos brancos brilhando sob o sol causticante. Sorri contente e agradeci a Alá por ter me ajudado a encontrá-lo. Com agilidade, apanhei-o do chão e o limpei. Segurei-o firme na palma da mão em vez de colocá-lo de volta ao pescoço e arriscar perdê-lo outra vez. Ergui a vista para o céu e vi que o sol estava a pino. Empalideci — quanto tempo eu havia passado ali sozinha no deserto? Horas? Amaldiçoei minha própria loucura. Os muçulmanos já deveriam estar a caminho de Medina, mas minha pequena excursão atrasara todo um exército. Era provável que os observadores estivessem agitados à minha procura, e todo o acampamento estaria abalado com meu desaparecimento. Com o coração disparado, corri de volta ao morro e desci, ensaiando mentalmente mil desculpas por ter atrasado toda a expedição.

Mas eu congelei quando avistei o local do acampamento.

A área estava deserta. Não havia um único ser humano ou animal de todo aquele contingente armado. Fiquei ali em estado de choque, minha respiração presa na garganta. Eles haviam partido. Os muçulmanos haviam levantado acampamento e partido, me deixando para trás.

Olhei à minha volta desesperada e gritei pedindo ajuda. Porém não havia sinal de soldados retardatários, e a única resposta era o grito zombeteiro do meu próprio eco.

Minha vista embaçou quando me vi abandonada no deserto vazio, onde nenhum ser humano conseguiria sobreviver sozinho por mais de algumas horas. Meus olhos encheram-se de lágrimas e senti seu gosto salgado e amargo na língua. O pensamento insano de que a única água que eu beberia de novo seria a que saísse de dentro de mim me veio à mente.

Sentei desesperada, o colar caiu de minha mão sobre a terra seca que logo seria meu túmulo. Olhei furiosa para as simples pedras de ônix, cuja procura custara minha vida. E logo senti o sangue me fugir do rosto.

O colar caíra de tal forma que as contas encurvaram-se, desenhando um sorriso cruel e escarnecedor. O vento então soprou, e pensei ter ouvido uma risada horrenda, bestial, ecoando à minha volta.

# 25

Caminhei sozinha pelo deserto durante horas, seguindo as pegadas dos camelos para o leste, em direção a Medina. Os dromedários moviam-se como falcões pelas areias em movimento, e o exército já estaria quase de volta ao oásis. Se eu seguisse aquele caminho, conseguiria chegar em casa a pé dentro de seis dias. O que era, claro, seis dias a mais do que eu conseguiria sobreviver sem comida e sem água. Contudo, algo me fazia seguir adiante, uma esperança angustiante de que minha ausência da caravana fosse notada e um grupo de busca fosse enviado. Porém quando o sol baixou no horizonte, minhas esperanças começaram a se reduzir. E quando o último raio de luz desapareceu no céu, elas se extinguiram completamente.

Uma escuridão tão intensa recaiu sobre o deserto que nem mesmo o mar de estrelas que havia sobre mim conseguia clarear meu caminho. O vento escaldante e impiedoso do dia estava agora parado e de um frio mortal. Deitei sobre a areia grossa e me abracei apertando bem os braços, na esperança de manter meu corpo aquecido o suficiente para sobreviver até o nascer do sol. Porém, meus dentes batiam sem parar, e um calafrio me atravessou as veias.

O mundo ficava ainda mais escuro, e até as estrelas desapareceram de vista. Minha cabeça começou a rodar e minha respiração desacelerou reduzindo-se a um mero sussurro. As batidas de meu coração se enfraqueciam, e não me restavam forças para lutar.

Eu me senti cair num abismo que não tinha fundo, e por fim me entreguei ao vazio.

---

ACORDEI SOBRESSALTADA AO SOM de tambores pulsando a distância. O mundo permanecia negro a meu redor e, quando olhei para o céu, não vi nenhuma estrela. Por um instante, fiquei confusa. Teria morrido? Seria isso a *barzhakh*, a barreira entre os mundos, onde as almas aguardavam o Dia da Ressurreição? Olhei ao redor, alarmada, esperando que as formas aterradoras de Munkar e Nakir, os anjos da morte de feições negras e olhos azuis penetrantes, aparecessem a qualquer momento e começassem o interrogatório solene feito à alma no túmulo. Dizia-se que os anjos faziam três perguntas: "Quem é o seu Senhor? Quem é o seu Profeta? Qual é a sua religião?" Aqueles que respondessem corretamente — "Alá, Maomé e islamismo" — teriam a paz garantida em seus túmulos até o dia do Juízo Final. E aqueles que não dessem as respostas corretas sofreriam tormentos que prenunciavam os horrores do Inferno.

Cruzei os braços apertados sobre o tórax, esperando e observando, as palavras sagradas da *Fatiha* brotando de meus lábios rachados. Mas nenhum anjo apareceu. O rufar dos tambores aumentava de volume, e então um brilho vermelho surgiu no horizonte. Não era, no entanto, o brilho acolhedor do raiar do dia. Era algo diferente, pois o céu permanecia negro exceto pelo halo que pulsava além dos montes.

Havia algo tão atraente quanto aterrador naquela luz. Ela me sinalizava e me atraía em sua direção. Mas algo em meu coração dizia para eu ficar onde estava, evitar a luz misteriosa e todos os segredos que ela oferecia. Lutei comigo mesma, porém minha curiosidade se mostrou maior e caminhei em direção àquele brilho estranho.

Subi uma duna alta, lutando contra a areia macia sob meus pés, que ameaçava me puxar para trás. Porém, finalmente consegui chegar ao topo do monte e olhar para baixo, para a fonte da luz. Meus olhos arregalaram-se quando vi uma fogueira ardente a distância, chamas bruxuleantes que me convidavam na esperança de um resgate.

Comecei a correr, com alegria no coração. Deus escutara minhas preces e o perigo passara. Onde havia fogo, havia pessoas. Devia ter hesitado, me perguntado quem estaria ali no meio da noite, se era amigo ou inimigo. Uma moça bonita no deserto seria presa fácil para os beduínos, que não respeitavam leis, somente a ânsia do desejo. Mas uma parte de meu coração me convenceu de que eu estaria a salvo no momento em que me reconhecessem. Até mesmo um bandido consideraria mais valioso pedir um resgate pela esposa do homem mais poderoso da Arábia do que apossar-se de sua virtude.

À medida que eu corria em direção ao fogo, os tambores soavam mais alto. Enxerguei vultos andando em torno da luz e desacelerei o passo, a prudência enfim se reafirmando em mim. Aproximei-me devagar da pira ardente até conseguir ter uma visão mais clara daquelas pessoas e decidir se seria realmente sensato me revelar.

Congelei quando vi quem eram. Era um grupo de mulheres que pareciam bem familiares, de túnicas vermelhas e douradas, seus tornozelos retinindo enquanto dançavam em torno do fogo. Eram conduzidas por uma figura alta, cujo rosto estava coberto por um véu, que tocava um pandeiro com ardor. As estranhas mulheres oscilavam e rodopiavam ao redor da fogueira, seus corpos balançando num êxtase que teria me deixado ruborizada se eu não estivesse tão desorientada. O que elas faziam no meio da noite, dançando e se contorcendo como se estivessem fazendo amor com espíritos invisíveis? Meu sangue gelou e de repente me arrependi de ter seguido a luz.

Estava prestes a descer a duna e me esconder daquelas figuras estranhas e tentadoras quando vi a mulher de rosto velado, que conduzia a dança, erguer o braço. Um bracelete dourado refletia o fogo intenso, e percebi uma forma distinta — duas cobras enroscadas uma na outra, e, no ponto em que suas mandíbulas se encontravam, um rubi brilhante reluzia desafiador.

Perdi o fôlego ao perceber quem ela era.

Hind. A esposa insana de Abu Sufyan, que comera a carne dos mártires.

Quis correr, mas minhas pernas estavam presas ao solo. Nesse instante, vi um clarão luminoso acima de mim e ouvi o ribombar de trovões. Percebi que a razão pela qual eu não conseguia enxergar as estrelas era que os céus estavam encobertos por nuvens pesadas e tempestuosas. O relâmpago clareou novamente, e se iniciou uma chuva torrencial que se precipitava em fúria, inundando a terra à minha volta.

Senti gotas duras baterem em meu rosto, como pequenas pedras, e abri a boca, desesperada por água depois de horas caminhando no deserto. Porém, a água da chuva tinha um gosto diferente, salgado e repugnante, e vomitei violentamente. Dezenas de terríveis relâmpagos riscaram o céu, iluminando-o, e por um instante vi com nitidez o mundo ao meu redor.

As gotas de chuva não eram claras, e sim de um vermelho vivo.

A chuva era de sangue.

Enquanto meu coração disparava horrorizado, a torrente profana atingiu a fogueira. Mas em vez de as chamas se extinguirem, era como se elas fossem alimentadas com óleo, e o fogo ardia mais alto e mais brilhante, deixando o vale claro como o dia.

Foi quando vi algo que jamais esquecerei. A meu redor, o solo estava coberto dos cadáveres de uma batalha. Homens em armaduras, seus coletes furados por dezenas de flechas, pernas e braços desmembrados e jogados para o lado como lixo. O terrível mau cheiro de carne em putrefação tomou conta de mim, e eu queria gritar, porém não conseguia emitir um som sequer.

Vi, horrorizada, Hind parar sua dança e voltar-se em minha direção. Ela podia me ver à luz do fogo ardente, e de repente deu uma risada maligna de congelar o sangue. As outras mulheres, que então reconheci como as mesmas loucas que haviam dançado sobre o corpo morto de Hamza, apontaram para mim rindo de forma debochada.

Hind veio a meu encontro, e vi que o pandeiro que ela antes carregava se transformara numa espada poderosa, a lâmina curva e cruelmente denteada. Nesse instante, o terror sobrepujou o choque, e comecei a correr. Mas para todos os lados que eu me virava, era bloqueada por um mar de cadáveres, e minha única saída era pisar em cima dos corpos, sentindo a sensação doentia de meus pés enterrando-se em suas carnes apodrecidas.

Escutei as risadas de Hind aproximarem-se, mas não me atrevi a olhar para trás. Precisava fugir dali, para bem longe daquela loucura. Todas as orações que eu conhecia me vinham aos lábios, mas ainda assim o pesadelo continuou, minhas súplicas encontrando eco apenas no ribombar dos trovões.

Então minhas sandálias ficaram presas na boca aberta de um soldado morto, cujo crânio eu tentara saltar, e tropecei, caindo de rosto no chão. Desesperada, tentei me mover, soltar meu pé dos dentes do pobre homem cujo corpo eu, involuntariamente, havia profanado. Consegui liberar meu pé da mandíbula do desditoso soldado e fugir, me arrastando, trêmula de indignação. No momento em que me levantava, houve um relâmpago, e enxerguei com clareza o rosto do infeliz.

Era o rosto de seu pai, o marido de minha irmã, Zubayr ibn al-Awwam.

Aterrorizada, arregalei os olhos e não consegui me mover. Zubayr jazia no solo, e vi que sua cabeça fora separada do corpo. Em cada uma das mãos, ele segurava uma espada, assim como fizera no dia fatídico em que protegera nossas vidas em Uhud.

Eu queria gritar, mas era como se minha língua tivesse sido arrancada da boca.

Vi uma figura deitada ao lado dele, o peito atravessado por uma dúzia de flechas, os olhos virados para cima de forma acusadora.

Era meu doce primo Talha, o único homem que me amava mais do que a si mesmo, e que quase morrera lutando contra aqueles que tentaram macular minha honra.

As lágrimas brotaram de meus olhos, e senti uma tontura. Naquele momento assustador, surgiu Hind, ao lado dos corpos de dois dos meus amigos mais queridos e íntimos, rindo de forma desdenhosa. Lancei-me contra ela, atacando seu rosto velado com meus dedos. Ela pareceu surpresa com meu ataque e ergueu a espada para me golpear. De alguma forma, encontrei forças para chutá-la na barriga, e ela se dobrou de dor, deixando cair sua espada. Eu de imediato a apanhei, e a arma pareceu surpreendentemente leve e natural em minha mão. Numa fração de segundo eu estava de pé em cima da rainha mecana caída no chão, com a espada em seu pescoço.

A terrível imagem de Talha e Zubayr mortos diante de mim queimava meus olhos, e ergui a espada, pronta para atacar.

— Você fez isso a eles! — eu gritei.

Foi quando Hind pronunciou as palavras que me assombram até hoje.

— Não. Você fez isso.

Não entendi o que ela quis dizer, e não dei importância a ela. Berrando com um ódio selvagem, meu coração gritando por vingança, lancei a lâmina e arranquei a cabeça de Hind de seu corpo sensual.

Quando seu crânio decapitado rolou no chão, o véu caiu.

Horrorizada, deixei cair a espada.

Pois olhava meu próprio rosto.

## 26

Gritei com tal intensidade que despertei do pesadelo, o grito ainda em meus lábios, meus olhos piscando de tamanha confusão. Não havia campo de batalha, nem mar de corpos. Meu querido Talha e Zubayr, seu pai, não eram vistos em lugar nenhum, tampouco a imagem repulsiva de Hind — ou seria a minha?

Estava sozinha no lugar onde caíra horas antes, no meio do deserto vazio, na companhia apenas de lagartos e escorpiões. Por um instante, uma onda de alívio atravessou minhas veias, e repeti uma oração silenciosa, agradecendo a Alá por aquela visão ter sido apenas um sonho, uma ilusão resultante da gravidade da minha situação.

Meu alívio logo cessou, e a percepção da dificuldade em que encontrava me veio como um chute no estômago. Eu estava sozinha e perdida no deserto, e não bebera uma gota de água desde o início da tarde do dia anterior. Minha cabeça latejava e o mundo rodava à minha frente enquanto eu tentava ficar de pé. Eu não sobreviveria nem mais um dia ali daquele jeito, e quando os grupos de busca vindos de Medina me encontrassem, eu seria um corpo dessecado, parcialmente consumido pelas areias e pelos insetos ferozes que se escondiam nas sombras daqueles ermos.

Virei a cabeça e vi o brilho vermelho no horizonte ao leste. Pelo menos o sol sairia em pouco tempo, e o ar gélido cederia a sua fúria impiedosa. Abracei meu próprio corpo, tentando aquecer meus ossos enquanto o vento batia em mim por todos os lados, como uma mãe zangada repreendendo um filho rebelde. Eu não tinha escolha senão caminhar em direção ao sol, esperando, contra todas as possibilidades, que a caravana tivesse retornado à minha procura durante a escuridão e que eu logo chegaria a minha casa de novo, a meu quarto pequeno, mas confortável, no pátio da *Masjid*. Como eu desejara escapar daquele minúsculo cômodo como se fosse uma prisão! E naquele momento eu daria minha alma por uma oportunidade de dormir dentro de suas paredes fortes, livre do vento, da chuva e do calor escaldante do sol. Durante as piores horas de meu confinamento, eu sonhara em fugir para a amplidão do deserto, deixar as areias acariciarem meus pés descalços e o ar soprar meus cabelos expostos. No entanto, naquele momento, eu odiava aquela vastidão, aquele vazio, uma masmorra muito pior do que qualquer outra construída pelo homem.

Ao seguir em frente aos tropeções, lembranças de minha família me vieram à mente. Minha bela mãe entoando com suavidade uma cantiga de ninar para mim enquanto eu adormecia em seus braços. Meu pai, encurvado e apreensivo, mas sempre sorrindo para mim com olhos brilhantes que conheciam apenas a bondade. Minha irmã, Asma, cuja simplicidade, energia e serena dignidade a tornavam mais bela do que todas as moças caprichosas, cujo brilho se perdia com o tempo. Enquanto eu tossia a poeira de meus pulmões exauridos, recitava preces silenciosas para que eles não sofressem por mim durante muito tempo. Suas vidas eram difíceis o suficiente sem o peso da dor e da amargura da perda.

Então o disco vermelho do sol despontou no horizonte, e eu pisquei surpresa. Avistei uma silhueta contra o fogo celeste, um homem num camelo, cavalgando com regularidade em minha direção. Nenhuma caravana, nenhum contingente de soldados que em geral constituiriam um grupo de busca de uma pessoa tão venerável como uma Mãe dos Fiéis. Apenas um homem, movendo-se com firmeza em minha direção.

Olhei à volta, mas não havia onde me esconder na vastidão do deserto. De repente, como que por instinto, tomei a iniciativa. Peguei uma pedra pontiaguda, cujas bordas afiadas pareciam capazes de cortar a carne até o osso. Depois, puxei o véu que eu havia amarrado na cintura e às pressas cobri meu rosto.

O sol então ficou mais alto, possibilitando-me enxergar a face do homem, e o reconheci. Era um jovem de 20 anos chamado Safwan que várias vezes fora à *Masjid* para ajudar Fatima, a filha do Profeta, a distribuir comida ao Povo do

Banco. Ele não era rico nem tinha posição social, mas seus belos traços sempre faziam minhas amigas dar risadinhas em sua presença. Safwan era fonte de muitas fantasias entre as mulheres de Medina, embora fosse muito piedoso e parecesse não perceber os pensamentos ardentes que inspirava.

Agora ele estava ali no deserto, e estávamos sozinhos.

À medida que o sol iluminava o mundo a nossa volta, Safwan parou seu camelo e dirigiu o olhar àquela pequena figura parada inexplicavelmente no meio da planície desértica. Vi-o piscar os olhos diversas vezes, como se tentasse se convencer de que eu não era uma miragem, ou uma visão destorcida de sua mente.

Em seguida, vi seus olhos escuros recaírem sobre meu colar de ônix, o maldito objeto que me levara àquele lugar desgraçado e me deixara entre a vida e a morte. Nesse momento, vi o rapaz empalidecer.

— *Inna lillahi wan inna ilayhi rajioon.* — Ele recitou a prece do Corão que é repetida quando o homem se encontra diante de uma adversidade ou de uma situação que não sabe como resolver. — *Em verdade pertencemos a Deus, e a Ele retornaremos.*

Cravei nele a vista, sem piscar, totalmente incapaz de falar. Safwan desceu de seu camelo e se aproximou de mim devagar, uma mão no punho de sua adaga.

— Você é... você é a esposa do Mensageiro? Ou um *djim* que surgiu para me desviar do caminho? — Havia temor e surpresa em sua voz, e percebi que ele não fora enviado em minha procura. De alguma forma, pela estranha mão do destino, aquele guerreiro solitário vagava pelo deserto e chegara a mim num momento de extrema necessidade. Se havia alguma pequena parte de meu coração que questionava a existência de Deus, ela desapareceu para sempre naquele momento singular, naquelas terras desoladas.

Minha vista se embaçou quando lágrimas de felicidade inundaram meus olhos.

— Eu não sou nenhum *djim* — consegui responder com voz embargada. — Por favor... me ajude.

## 27

Eu despertara de um pesadelo, mas me vi em outro. Poucas horas depois de meu retorno milagroso a Medina, as adagas da inveja foram erguidas contra mim. O Mensageiro enviou grupos de busca quando descobriu que eu não estava em meu *howdah*. Porém quando o povo de Medina me viu retornando na companhia de Safwan, rumores maledicentes sobre o tempo que passei sozinha com o atraente soldado espalharam-se como fogo nos arbustos. Sussurros nervosos transformaram-se em conversas livres no mercado, e todos falavam que eu arranjara um pretexto para me atrasar e ter um encontro amoroso com meu jovem amante. Embora eu estivesse mais uma vez encerrada em minha casa, as intrigas eram tão intensas que me deixaram perplexa quando chegaram aos meus ouvidos.

O Mensageiro de Deus reagiu de forma rápida, chamando os fiéis para um *jamaat* na *Masjid*, onde declarou sua rejeição àqueles rumores, que aparentemente haviam sido fomentados por Abdallah ibn Ubayy e seu grupo de insatisfeitos entre os Khazraj. O encontro se transformou numa discussão acalorada quando participantes da tribo rival, Aws, acusaram abertamente Ibn Ubayy de caluniar a Mãe dos Fiéis, e houve um momento de tensão quando o antigo ódio entre os clãs pareceu ter sido reacendido. Aquela situação poderia levar à guerra declarada e, ao ver o ânimo alterado do grupo, o Mensageiro pediu calma e perdão. Em seguida dispersou os participantes. Mas as feridas reabertas entre as tribos não sararam com facilidade, nem a acusação contra mim desapareceu com a defesa do Profeta.

À medida que as línguas malévolas continuavam a espalhar o veneno, até o coração confiante de meu marido deixou de ser imune a mentiras. Ele não me visitava mais nos dias determinados, e percebi desgostosa que as sementes da dúvida começavam a germinar em sua mente.

Eu chorava em minha pequena casa; as paredes de barro que eu odiara como as de uma prisão passaram a ser minha única proteção contra os grupos que se reuniam diariamente no pátio para desdenhar minha honra. Minha mãe estava do meu lado, segurando uma das minhas mãos e escovando meus cabelos como fazia quando eu era criança, muito tempo atrás. Eu estava agradecida por sua presença consoladora, mas sua incapacidade de me olhar nos olhos me perturbava. A suposição de que ela, em seu íntimo, também duvidasse de minha integridade era mais dolorosa do que eu podia suportar.

A porta abriu-se e, ao erguer a vista, vi meu pai entrar. Ele parecia ter envelhecido uns dez anos nos últimos dias, e seus cabelos grisalhos estavam quase brancos.

Quis me levantar e correr para seus braços, mas havia uma nuvem sombria em seu rosto. Percebi então, horrorizada, que seu olhar não era de solidariedade, mas de rancor, como se eu, de alguma forma, fosse culpada por aquela calúnia. Senti novas lágrimas me subirem aos olhos.

— O que aconteceu? — perguntou ele com suavidade, olhando para minha mãe e não para mim. Porém me apressei em falar, recusando-me a deixar que outros discutissem minha situação como se eu não estivesse presente.

— O Mensageiro me pediu para ficar com vocês até ele decidir o que fazer — eu disse, tentando evitar que a dor debilitasse minha voz.

Minha mãe alisou minha mão e olhou para o teto.

— Não tenha medo. Isso logo vai passar — disse. Sua voz soava distante, como se estivesse falando sozinha, não comigo. Depois voltou-se para meu pai, que ainda evitava meu olhar. — Você é uma moça bonita, mulher de um homem poderoso. Essas pessoas que estão falando mal de você estão cheias de inveja.

Suas palavras eram de consolo, mas eu percebia uma sombra de dúvida em sua voz e podia vê-la olhando para Abu Bakr, como se precisasse de apoio. Porém, ele simplesmente baixou a vista sem dizer nada.

— Mas o que eu devo fazer? — perguntei em agonia, numa súplica para que eles deixassem de lado sua hesitação e salvassem a filha daquele suplício. — E se o Mensageiro se divorciar de mim? E se eu for julgada por adultério? A pena é a morte!

O horror de minhas palavras pareceu quebrar o gelo entre nós, e vi o primeiro sinal de compaixão no rosto cansado de meu pai.

— Não tenha medo, minha filha — disse ele, finalmente, deixando a entrada da casa e sentando-se a meu lado. — Ele é o Profeta de Deus. Se você for inocente...

Fiquei lívida, e logo em seguida, num ímpeto de raiva, o sangue me subiu de volta ao rosto, queimando minha pele.

— *Se* eu for inocente?

— Eu só quis dizer...

Ergui-me de um salto e me afastei dele.

— Eu sei o que você quis dizer! Você não acredita em mim!

Meu pai tentou segurar minha mão, mas eu a empurrei como se ele fosse um leproso.

— Eu não disse isso — observou num tom humilde, tentando desfazer o mal causado por suas palavras negligentes. Mas era tarde demais.

— Você não precisa dizer nada! — respondi furiosa. — Eu vejo nos seus olhos!

Minha mãe tentou intervir. Respirou fundo e por fim olhou para mim diretamente.

— Aisha, você é uma moça jovem que já passou por tantas provações — disse ela, com carinho, e vi que estava sendo cuidadosa com as palavras. — Você tem muita vivacidade e ama a vida, e o peso da responsabilidade em seus ombros é maior do que qualquer moça de sua idade pode suportar. — Ela hesitou, e depois pronunciou as palavras que partiriam meu coração ao meio. — Sei que o véu deixou você se sentindo sozinha e presa. É perfeitamente compreensível procurar uma escapadela, mesmo que apenas por uma noite...

Senti meu coração parar, e por um segundo o mundo girou ao meu redor. Eu afundava e não havia ninguém para me salvar. Nem mesmo minha mãe, que de forma intencional empurrava ainda mais minha cabeça nas águas rançosas da vergonha e do escândalo.

Ouvi minha voz, mas não era eu quem falava. Uma voz diferente de todas que já saíram da minha garganta ecoou naquela sala. Era grave, ríspida, como a de um homem, ressoando com força e terror.

— Saiam daqui!

Minha mãe ficou boquiaberta, sem poder acreditar, e seus olhos se arregalaram em seu rosto ainda gracioso.

— Não fale assim comigo! Eu sou sua mãe! — Havia mais temor do que raiva em sua voz, como se não reconhecesse aquele estranho *djim* que se apossara de sua preciosa filha.

Ainda assim a voz, que eu não conseguia controlar, não silenciou.

— Não! Eu sou sua Mãe! — Escutei a voz dizer. — Eu sou a Mãe dos Fiéis! Sou a Escolhida, trazida pelo próprio Gabriel para o Mensageiro de Deus! Você me deve obediência assim como deve a meu marido! Agora saiam daqui!

Os olhos luminosos de minha mãe encheram-se de lágrimas e não senti pena dela. Tudo o que eu sentia era revolta e uma justa indignação.

Minha mãe pareceu querer retrucar. Vi sua mão trêmula, como se precisasse de um último fio de determinação para se conter e não me esbofetear.

Meu pai levantou-se e tocou em seu ombro, abanando a cabeça. Toda a fúria de minha mãe caiu por terra e, como se uma comporta tivesse sido aberta, a torrente de tristeza presa em seu interior foi liberada. Ela chorou violentamente, o rosto enterrado nas mãos, o corpo tremendo com tal ímpeto que achei que seus ossos fossem se quebrar.

Olhei para ela em sua tristeza e lhe dei as costas, preferindo a visão da parede lisa à daqueles que eram sangue do meu sangue e haviam me traído. Ouvi o farfalhar da túnica de Abu Bakr ao levantar-se e ajudar minha mãe a ficar de pé. Seus passos ecoaram friamente no assoalho de pedra e depois escutei a porta fechar-se quando saíram.

Eu estava sozinha. Mais sozinha do que jamais estivera. Embora a luz do sol penetrasse pelas frestas da pele de ovelha que cobria minha janela, senti como se uma cortina de escuridão recaísse sobre minha vida. Uma escuridão tão pesada que até as sombras do túmulo pareciam acesas como tochas de esperança.

Sem ter mais o que fazer, caí de joelhos e comecei a orar.

Naquele silêncio solitário, em que o único som era o doloroso tremor de meu coração, escutei uma voz dentro de mim. Era gentil e suave, como o sussurro de uma brisa de primavera, e recitava os versos do Corão sagrado.

*Deus é o Protetor dos fiéis; é Quem os retira das trevas e os transporta para a luz...*

## 28

Sentei-me junto de minha criada, Burayra, enquanto ela me contava o que havia escutado do lado de fora da casa de Zaynab. Ela era um dos poucos membros da casa que ficaram ao meu lado quando se espalhou o escândalo, e eu a considerava minha única amiga verdadeira, num período que se tornava o mais negro de minha vida. Seus braços gordos eram macios como almofadas, e eu me recostava neles e chorava todas as noites, enquanto aguardava notícias de meu destino. Eu dependia do consolo incessante de Burayra para não me entregar ao desespero. Porém, naquela noite, seu rosto rechonchudo se revelou abatido com o peso das palavras que ela me trazia.

— Zaynab bint Jahsh falou em seu favor ao Mensageiro — disse ela. Aquela notícia muito me surpreendeu.

— Zaynab? — Era difícil acreditar que minha maior rival me defendera. E de repente me senti extremamente pequena e desprezível por todos os pensamentos sombrios que alimentara contra ela e pela mágoa que havia sentido durante todos aqueles anos. — Então eu estava muito errada em relação a ela Que Alá a abençoe!

Mais tarde, viria a saber que quando os rumores de infidelidade se intensificaram e a propagação do escândalo se transformou numa nuvem fétida que pairava sobre os lares sagrados, algumas amigas de Zaynab a estimularam a se alegrar. A filha de Abu Bakr, sua principal rival no harém, logo estaria arruinada pela espada da vergonha, e Zaynab se tornaria a esposa principal, a mais reverenciada das Mães aos olhos da comunidade. Minha queda seria o catalisador que elevaria o esplendor de Zaynab aos olhos de Deus e dos homens, e ela rapidamente preencheria o vazio no coração traído e dilacerado de seu marido.

Tal era a agitada conversa entre as outras mulheres de posição em Medina, mulheres de famílias nobres e poderosas que respeitavam a rica Zaynab como uma delas, da mesma forma que me desprezavam como uma ambiciosa que surgira do nada. Para aquelas mulheres, eu havia finalmente recebido minha merecida punição, e elas esperavam ansiosas o ato final desse drama sórdido, um desenlace que terminaria com a minha desgraça e meu afastamento da família do Mensageiro. O fato de que eu poderia acabar sob um monte de pedras no deserto, a antiga punição para as adúlteras, não parecia preocupar aquelas mexeriqueiras maliciosas. Elas estavam ocupadas demais desfrutando do escândalo para considerar que a vida de uma jovem estava em risco.

Talvez, não muito tempo antes, Zaynab tivesse feito o mesmo e se regozijado com minha queda. A humilhação de uma mulher cujos jogos infantis haviam imposto o véu a todas elas, retirando Zaynab e as outras esposas, suas irmãs, do mundo para sempre. Ela deveria ter ficado contente com a minha difícil situação, por considerar aquela uma punição adequada para uma vida de direitos e distinção imerecida como a única esposa do Mensageiro que se casara virgem.

No entanto, agora que sua rival estava no centro de um redemoinho que com toda a probabilidade a consumiria, Zaynab não demonstrava alegria. Ela não gostava de mim, isso era verdade, e o domínio que eu exercia sobre o coração de Maomé seria sempre motivo de ciúme para ela. Em seu íntimo, entretanto, ela sabia que eu era inocente daquela calúnia. Apesar de todos os meus defeitos, minha arrogância e meu temperamento explosivo, Zaynab sabia que eu era fascinada pelo Mensageiro de Deus e não sucumbiria voluntariamente aos encantos de nenhum homem, nem mesmo um jovem forte e viril como Safwan. Não, aos olhos de Zaynab, eu não era culpada de adultério. Idiotice, sim. Imaturidade, sim. Mas ela sabia que eu jamais seria infiel a Maomé, que eu não conseguiria sê-lo, assim como a lua não pode se recusar a seguir o sol.

Foi então que Zaynab bint Jahsh, minha maior adversária na conquista do coração do Mensageiro, tomou uma decisão que deixaria suas amigas atônitas, mas que ela achava ser a coisa certa a fazer.

Escutei com atenção Burayra partilhar comigo o que escutara.

---

— Ó MENSAGEIRO DE DEUS, posso falar? — Zaynab sentara-se ao lado do Profeta por um certo tempo antes de ter coragem de se pronunciar.

O Profeta olhou para ela com olhos cansados. Fazia quase meia hora que ele e Ali estavam lado a lado sem dizer nada. Zaynab havia observado os dois, que pareciam mais pai e filho do que primos e se entreolhavam como se estivessem comunicando-se sem palavras. Para qualquer pessoa de fora da família sagrada, o silêncio persistente pareceria estranho. No entanto, aqueles do círculo familiar íntimo já sabiam que o relacionamento de Maomé e Ali era especial. As regras normais de conduta social não pareciam existir entre os dois, como se eles fossem uma única pessoa, parte um do outro, de alguma forma misteriosa que estava além da compreensão de meros mortais.

— Fale, filha de Jahsh, pois quero ouvir seu conselho — disse o Profeta com carinho.

Zaynab hesitou, temerosa de estar se metendo em questões que estavam perigosamente fora de sua competência. Mas ao ver a dor nos olhos do marido, ela sabia o que deveria fazer.

— Aisha e eu nunca fomos muito amigas, por várias razões que não importam mais — disse ela, a princípio com cuidado, como se cada palavra fosse um passo adiante no campo de batalha. E então as palavras de súbito jorraram de seus lábios, como se um poder maior tivesse tomado conta de sua alma e falasse por seu intermédio. — Mas isso eu posso garantir. Ela ama você, e somente você. É uma paixão tão violenta que, às vezes, ela é consumida pelo ciúme, para sofrimento de suas outras esposas. Mas é essa mesma paixão que torna impossível acreditar nas coisas de que tem sido acusada.

Ela parou, o medo quase impedindo-a de respirar. O Profeta olhou para Zaynab, e ela viu gratidão em seus olhos.

— Obrigado, Zaynab.

Ele falou como um paciente agradecendo a um médico por um unguento extremamente necessário. Suas palavras haviam reduzido sua dor, seu isolamento. Mas ela percebeu que o tormento da dúvida ainda afligia seu coração.

— Mesmo que eu acredite em Aisha, o escândalo ameaça consumir a *Ummah* como um fogo incontrolável — disse o Mensageiro de Deus com um suspiro. — Eu não sei o que fazer.

O olhar de Zaynab dirigiu-se a Ali, que abaixou a vista por um longo tempo antes de erguer a cabeça e falar.

— Há muitas mulheres além dela — disse Ali com um ar gentil.

Zaynab viu o profeta se empertigar como se tivesse sido picado por um inseto, e então seus olhos negros encheram-se de lágrimas. O Mensageiro olhou para seu primo mais jovem, que se retraiu diante daquele olhar, como se pedisse desculpas. Mesmo assim, Ali não retirou suas palavras.

Nos anos que se seguiram, Zaynab não esqueceria essa simples conversa entre os dois homens. Umas poucas palavras trocadas entre membros de uma família ao lidar com um escândalo embaraçoso, palavras que teriam tido pouco impacto depois daquele momento se houvessem sido proferidas por outros homens, com destinos mais modestos.

O conselho de Ali era bem-intencionado, ela sabia. Sua sugestão de que Maomé deveria se divorciar de Aisha provavelmente fora sussurrada entre muitos outros Companheiros. Eram palavras pronunciadas por amor a Maomé e pelo desejo de proteger a honra de sua família. Porém, palavras são como centelhas, e aquelas alimentariam a chama que mudaria o curso da História para sempre.

---

Fiquei atordoada quando Burayra me contou que Ali o aconselhara a se divorciar de mim. O primo do Profeta havia me traído. O homem que era mais próximo do coração de meu marido tentara usar sua poderosa influência para me ver excluída do Povo da Casa, jogada fora no deserto, como um leproso. Ele me julgava culpada, sem nenhuma prova, e havia ficado do lado dos homens e mulheres maldosos que espalhavam mentiras para me destruir.

Senti meu coração disparar, e o sangue subiu tão rápido à minha cabeça que eu oscilei como se tivesse sido esbofeteada. Naquele momento, todos os complexos sentimentos que eu alimentara em relação àquele jovem estranho e misterioso transformaram-se numa única emoção.

Ódio.

— Ali... — pronunciei seu nome em voz alta com dificuldade, minha voz tremendo com uma raiva tão fervente que chegou a queimar minha língua. Fiz um juramento que mudaria tudo. O curso de minha vida e o próprio destino do islã se transformaram diante das palavras que explodiram de meus lábios como uma enchente violenta, destruindo tudo em seu caminho.

— Por Deus, eu o farei se rebaixar até o chão... vou arrancá-lo de seu lugar de honra, nem que essa seja a última coisa que eu faça na vida.

Vi o olhar aterrorizado no rosto de Burayra e não me importei. Ela olhou para mim como se não me reconhecesse, e tinha razão. Pois naquele momento, Aisha bint Abu Bakr, a moça frívola, de cabeça quente, que amava a vida, morreu. Renasci como uma mulher de gelo, cujo coração frio batia com apenas um propósito.

## 29

Depois que eu soube que o Profeta havia sido aconselhado por seus aliados mais próximos a se divorciar de mim, abandonei minha casa e voltei a morar com minha mãe. Não que eu me sentisse mais segura ou mais aceita lá. Pelo contrário, as dúvidas de meus pais eram como garras que dilaceravam meu coração, e era difícil para mim encará-los. Mas eu não podia continuar a viver no seio da família do Mensageiro, dormir na cama que um dia havíamos compartilhado, enquanto houvesse uma nuvem de suspeita pairando sobre mim. Se nossos laços de matrimônio fossem desfeitos — ou pior, se eu fosse julgada por adultério —, eu não queria enfrentar a indignidade de ser tirada à força de minha própria casa. Portanto, coloquei meu véu e saí de livre vontade um dia pela manhã, tendo Burayra como minha única proteção contra os olhares acusadores da população ao andar pelas ruas calçadas de Medina.

Minha mãe me cedeu um pequeno quarto no fundo de sua casinha de pedra, um pouco maior do que a cela que fora minha casa na *Masjid*. Ela tentou me consolar, mas dispensei suas tentativas estranhas de reconciliação e me mantive isolada. Passava os dias em oração, ajoelhada diante de Deus, pedindo a Ele para remover aquela calúnia que havia sido lançada contra meu nome. E todas as noites eu dormia sozinha na cama pequena e dura, o colchão feito de nós de fibra de palmeira que me cortavam a pele sempre que eu me revirava durante os milhares de pesadelos que eu tinha. Porém por mais horríveis que meus sonhos fossem, os rostos de *djins* e demônios me rondando à noite, eu preferia a loucura de um sono perturbado ao que me aguardava quando eu acordasse.

Permaneci naquele quarto durante seis dias, saindo apenas para usar o precário banheiro que se localizava nos fundo da casa. Minha mãe tentou me convencer a me juntar à família para as refeições, mas eu simplesmente pegava alguns pedaços de carne e tigelas de mingau de trigo e levava para o meu quarto, onde comia sozinha. Passados dois dias, ela parou de me chamar para as refeições e apenas deixava a comida à porta.

No sétimo dia, ouvi uma batida na porta e a voz de meu pai pedindo que deixasse entrar, porque trazia um visitante. O Mensageiro de Deus havia finalmente chegado para falar comigo. Percebi pelo tom de voz grave de meu pai que ele temia o pior.

Eu estava entorpecida da dor incessante das últimas semanas e não sentia nada no coração quando fui receber meu marido. Sem raiva e sem medo. Sem desespero. Até o amor que sempre nos unira estava escondido tão profundamente no vazio de meu coração que eu não conseguia encontrá-lo. Eu era um cadáver, sem vida e sem sentimentos, uma árvore morta, cujos galhos agitavam-se sob um vento frio.

Abri a porta e vi o Mensageiro de Deus, seu rosto tenso e solene, olhando para mim. Saudei-o com um gesto mecânico de paz e depois sentei-me no colchão duro. Olhei fixo à frente, pronta para qualquer julgamento que ele houvesse trazido.

O Profeta entrou, seguido de meus pais, que pareciam mais assustados do que eu jamais os vira. Mesmo durante a fuga tensa de Medina, seus rostos pareceram calmos, sua conduta firme e despreocupada. No entanto, naquele momento, pareciam estar prestes a perder tudo o que tinham. Eu teria me sentido grata por demonstrarem temor por meu futuro, um sinal de seu amor por mim a despeito das dúvidas e apreensões acerca de meu caráter. Porém, meu coração era como o gelo do inverno sobre as folhas de palmeira, violento e implacável.

Meu marido sentou-se a meu lado e me fitou por um longo tempo. Seus olhos escuros eram impenetráveis, tom rosado normalmente encontrado em seu rosto desaparecera, deixando-o pálido como um fantasma.

Quando por fim falou, quase não reconheci sua voz, pois seu tom melodioso fora substituído por uma rouquidão, como se ele não falasse havia anos.

— Ó Aisha. Eu ouvi essas coisas sobre você, e se for inocente, certamente Deus declarará sua inocência — disse ele, medindo cada palavra com cuidado. — E se você tiver errado, então peça perdão a Deus e se arrependa diante d'Ele. Se um servo se confessa a Deus e se arrepende verdadeiramente, Deus é misericordioso para com ele.

E foi assim. O Mensageiro de Deus estava sentado a meu lado, perguntando-me se eu, de fato, o traíra com Safwan no deserto. Após todos aqueles anos juntos, depois de tudo por que havíamos passado, ele ainda não confiava em mim. Suas palavras me atingiram, e de repente uma emoção contida foi liberada. As lágrimas me encheram os olhos e escorreram pela face, mas não fiz nenhum esforço para enxugá-las. Meus olhos estavam por demais embaçados, como se eu tivesse sido jogada num rio de olhos abertos, e por um instante pensei que ficaria cega, como o profeta Jacó, cuja tristeza pela perda do filho José lhe tirou a visão.

Virei o rosto em direção a meu pai, que estava à porta.

— Responda ao Mensageiro por mim. — Supliquei a Abu Bakr que intercedesse a meu favor e me salvasse da desgraça final.

Mas meu pai abaixou a cabeça.

— Eu não sei o que dizer.

Através das lágrimas, pude ver a figura de minha mãe ao lado dele, braços cruzados sobre o peito num sinal de profunda tristeza.

— Mãe... por favor... diga a ele...

Porém Umm Ruman virou o rosto, soluçando.

Olhei para meus pais e percebi que estava realmente sozinha neste mundo. Algo estranho aconteceu. Senti um calor espalhar-se por meu peito, um fogo que se acendera em meu coração. A chama de dignidade e honra, sobre a qual eu tinha direito inato.

Enxuguei as lágrimas e me levantei, a cabeça erguida.

— Eu sei que deram ouvidos ao que dizem por aí, que isso deixou uma marca em suas almas e que vocês acreditam neles — eu disse com orgulho, meus olhos passando dos meus pais a meu marido. — Se eu disser a vocês que sou inocente... e Deus sabe que sou inocente... vocês não vão acreditar em mim. Mas se eu confessar algo de que, Deus sabe, não sou culpada, então vão acreditar em mim.

Lembrei-me de novo do profeta Jacó e de sua resposta quando confrontado com a mentira de que um lobo havia comido seu filho.

— Portanto, vou falar como falou o pai de José. *É melhor ser paciente, e a Deus é que peço ajuda contra o que dizem.*

Com isso, me virei, dando-lhes as costas, e me deitei na cama dura, encolhida como um feto no útero, meus braços em torno de meus ombros num abraço que ninguém mais me daria.

Escutei o Mensageiro de Deus mexer-se, e então senti a cama vibrar violentamente. Era uma sensação que reconheci de imediato, tendo-a experimentado muitas vezes, quando ele se deitava a meu lado.

Era a convulsão da Revelação.

Senti quando ele escorregou da cama e ouvi uma pancada quando caiu no chão. Apesar da raiva, apesar de meus sentimentos de perda e traição, me virei para ver se ele estava bem. O Profeta caíra de lado e o vi curvado, tremendo, os joelhos elevados até o peito. O suor lhe escorria pela face, embora o ar estivesse muito frio, e era possível ver o vapor de seu hálito.

Abu Bakr e Umm Ruman foram imediatamente para o lado dele, mas não havia nada que pudessem fazer a não ser olhar admirados, enquanto a comunhão divina ocorria diante de seus olhos. O tremor do Mensageiro diminuiu de intensidade e por fim parou. Seus olhos se abriram. Ele olhou em volta, desorientado, como em geral ficava depois de uma Revelação, e me viu na cama. Seu rosto se abriu num largo sorriso.

O Mensageiro lutou para ficar de pé, e meus pais o ajudaram a se firmar. Então ele riu, o primeiro som de alegria que eu ouvia de seus lábios em semanas.

— Ó Aisha, glória a Deus, porque ele a declarou inocente!

As palavras me atingiram na boca do estômago. O mundo girou à minha volta e de repente achei que ia desmaiar.

Meus pais olharam para o Profeta com olhos escancarados e se abraçaram de alegria. Vi o alívio em seus rostos, mas não me mexi. Minhas pernas pareciam mortas, e meu coração batia tão alto que eu senti meus ossos tremerem.

Minha mãe olhou para mim com um largo sorriso e depois abaixou-se para beijar minha testa. Mesmo assim, permaneci quieta, olhando para os três sem dizer uma palavra.

— Levante-se e agradeça ao Mensageiro de Deus! — disse minha mãe, com um misto de alegria e reprovação na voz.

Senti então meu rosto inflamar-se, e todo o veneno das semanas anteriores foi lançado nas minhas veias. Fiquei de pé e joguei os cabelos para trás em desafio.

— Não! — gritei num tom mortal que nem eu mesma reconheci. — Eu não vou me levantar para ir até ele, e vou dar graças somente a Deus!

Deus acreditara em mim, embora o mundo todo tenha se voltado contra mim, inclusive os do meu próprio sangue. Inclusive o homem que eu amava. Se não fosse pela intervenção do Criador dos céus e da terra nessa triste situação, eu teria passado a vida e possivelmente enfrentado a morte sob a sombra de uma mentira.

Dei meia-volta e saí correndo do quarto, na esperança de escapar de todos aqueles que não creram em mim e de reverenciar Aquele que me escutara. O único em quem eu podia confiar incondicionalmente, o único que importava. Um Ser cuja face se encontrava onde quer que eu olhasse e ao mesmo tempo em lugar nenhum. Um Deus cujas palavras eu lia diariamente, mas cuja voz nunca ouvira.

Percebi naquele dia que Maomé era exatamente o que dizia ser — um homem e nada mais. Eu o amara com tamanha ferocidade juvenil que o transformara em ídolo, em ícone de perfeição imaculado, quando na verdade ele era de carne e osso como todos nós, tinha as mesmas dúvidas e os mesmos temores que flagelavam os corações dos outros mortais. Eu sabia que, quando o fogo de minha raiva cessasse, meu amor por meu marido retornaria, como sempre ocorre entre as almas que são unidas. Mas seria um amor saudável, de duas pessoas aprendendo a viver juntas num mundo imperfeito, não de uma suplicante amedrontada que se curva diante de um anjo.

Seria um amor humano dali em diante, sem a mácula da idolatria, um pecado que fora eliminado de meu coração por meio do escândalo e da injustiça. O mito do romance juvenil, de uma união que era uma rosa sem espinhos, estava perdido para sempre em mim e, fora substituído por uma visão firme e honesta da vida e das dificuldades de viver e amar num mundo desintegrado.

Quando olho para minha existência nessas horas finais, percebo que, naquele momento, eu de fato me transformei de menina em mulher.

―――・●・―――

VOLTEI PARA MINHA CASA naquela tarde, e foi espalhada a notícia de minha divina defesa. Deus não somente me libertara da falsa acusação, Ele havia imposto uma nova lei no Corão sagrado que exigia que qualquer um que acusasse uma mulher de adultério deveria apresentar quatro testemunhas oculares do ato. E se as quatro testemunhas não se apresentassem, então o denunciante deveria levar oitenta chibatadas por manchar a honra de uma mulher inocente.

Porém, logo após a minha reabilitação, o Profeta insistiu para que eu perdoasse os boateiros e assim acabasse com a rixa que ameaçava dividir a nação. Concordei, e uma multidão de homens e mulheres contritos veio até minha porta, chorando e suplicando meu perdão, que eu prontamente o dei. A questão foi encerrada, e eu não desejava espalhar mais veneno nas feridas da comunidade.

No entanto, quando o último suplicante apareceu, meu coração havia exaurido sua generosidade. Ali chegou à porta de minha casa e pediu meu perdão gentilmente.

Olhei para meu acusador através de meu véu espesso. Seus gestos humildes de arrependimento eram sinceros. Mesmo assim, suas desculpas não surtiram nenhum efeito para reduzir o ódio que me queimava as entranhas. Ali, de todas as pessoas, tinha o poder de influenciar o coração de meu marido para o bem ou para o mal, e havia escolhido usar aquele poder contra mim.

Ao olhar para Ali, penitente, de cabeça baixa, senti como se garras me apertassem a garganta, e o gosto repulsivo de bile me subiu à boca. Sem reagir a suas repetidas súplicas de perdão, fiquei de pé e fechei a porta na sua cara.

## 30

Khalid ibn al-Waleed, o general das forças mecanas, olhava surpreso a aproximação de um enorme grupo de inimigos. Mas eles não vestiam armaduras nem portavam armas poderosas de guerra. Usavam apenas o *ihram*, a veste branca de linho dos peregrinos que vinham visitar o Santuário no coração da Arábia. Os homens de Medina trajavam uma roupa de duas peças, um pano em torno dos quadris e outro drapeado atravessado no peito sobre um dos ombros, enquanto as mulheres muçulmanas usavam túnicas amplas e lenços na cabeça.

Khalid estava montado em seu poderoso corcel, os olhos fixos no mar de 1.400 muçulmanos desarmados e sem defesa marchando em direção à cidade sagrada, de onde seus líderes haviam sido expulsos quase uma década antes. Ouviu os clamores emotivos da antiga evocação durante as Peregrinações: *La-*

*bayk, Allahumma, labayk!* "Eis-me aqui, ó Deus, eis-me aqui!" E até seu coração, que tinha muito pouco espaço para sentimentos, foi tocado.

Porém, embora suas emoções possam ter sido abrandadas por aquela extraordinária visão, seu dever de guerreiro permaneceu intacto. Khalid estalou a língua e esporeou seu cavalo, avançando em direção à multidão de devotos que se aproximava.

Os líderes mecanos haviam acabado de receber a informação da chegada dos muçulmanos, e a cidade entrara num frenesi. Era um infeliz testemunho da queda do prestígio de Meca, desde o fracasso da batalha da Trincheira, o fato de nenhuma das tribos beduínas ter se preocupado em avisar com antecedência a Abu Sufyan e a seus camaradas sobre a aproximação da caravana de peregrinos de Medina. Talvez seus espiões posicionados nos montes vizinhos não vissem perigo na chegada de devotos desarmados a Meca, mas Khalid se perguntava se o mesmo silêncio não teria sido mantido no caso da chegada de Maomé com missão de guerra.

Maomé. Khalid abanou a cabeça em admiração. O homem havia provado ser não somente um mestre inspirador e um líder político, mas também um general competente e um estrategista militar brilhante. Aquela mais recente e inesperada tática de enviar seu povo para se juntar à Peregrinação como as outras tribos árabes era um brilhante estratagema, um golpe de mestre no auge do jogo. Ao ir ao encontro de seus inimigos, Khalid sabia que havia muito pouco a ser feito para bloqueá-los. Os peregrinos eram protegidos pelos antigos tabus de seu povo, e ele não podia fazer nada contra eles sem incitar a ira dos poucos remanescentes aliados a Meca.

O que, era óbvio, Maomé sabia. Ele estava enviando uma força suficientemente grande para invadir e ocupar a cidade, porém, um grupo desarmado não inspirava à retaliação. Maomé, em essência, prenderia Meca com uma amarra de paz, e não havia nada que Abu Sufyan e os respeitáveis senhores da cidade pudessem fazer.

Quando Khalid seguiu morro acima, escutou o barulho ensurdecedor de cavalos atrás de si e sentiu o cheiro do suor de seus homens que galopavam em defesa do comandante. Duzentos homens da melhor cavalaria de Meca puseram-se atrás dele num instante, e a poeira de sua aproximação provavelmente já devia ter sido percebida no horizonte pelos peregrinos que se aproximavam. Ainda assim, a multidão não desacelerou o passo, e os muçulmanos caminhavam rumo à cidade sagrada da qual haviam sido banidos.

À medida que a legião de cavaleiros avançava em direção aos pacíficos invasores, Khalid adiantava-se até chegar a uma distância da qual pudesse ser ouvido pelos homens das linhas de frente. Reconheceu Umar ibn al-Khattab, o feroz guerreiro que abandonara seu povo pela nova fé, e então esporeou seu cavalo para perto daquela figura gigantesca.

Umar deve tê-lo visto de cima das dunas, como também deve ter avistado a onda de cavalos mecanos se aproximando. Porém, circunspecto, continuou olhando para a frente, entoando o cântico dos peregrinos em tom ainda mais alto, enquanto o ruído da cavalaria ecoava mais próximo ao grupo.

Khalid foi direto a ele e gritou.

— Eu fui enviado pelos senhores de Meca para dizer que vocês não são bem-vindos aqui. Voltem para sua terra e não perturbem a Peregrinação.

Umar por fim olhou para ele, mas não havia medo em seus olhos, apenas um leve desprezo, como se estivesse sendo ameaçado pelos latidos de um cão raivoso. Em passos largos, continuou a caminhar, e passou por Khalid como se não reconhecesse o soldado mais aclamado de sua nação.

Khalid empinou seu cavalo, que ergueu as patas de forma desafiadora diante de Umar. Um único golpe das pernas daquele poderoso corcel poderia facilmente matar um homem. Entretanto, Umar continuou a ignorá-lo e levantou ainda mais a voz em oração.

Khalid olhava enquanto o grupo de muçulmanos passava à sua volta como se fosse um rio caudaloso e ele uma simples pedra que não conseguia impedir seu fluxo. Sentiu uma onda de respeito profundo pelos hereges que haviam virado seu mundo de cabeça para baixo.

O guerreiro puxou as rédeas, e seu cavalo seguiu no meio da multidão. Ao se voltar para o morro, viu que seus homens esperavam no topo. Eles admiravam, estupefatos, o confiante progresso do grupo, e embora cada homem estivesse armado com um arco e flechas que poderiam facilmente dizimar seus inimigos, seus homens não se mexeram para impedir os muçulmanos.

Quando Khalid alcançou as linhas de frente das então impotentes forças de defesa mecanas, viu seu velho amigo Amr ibn al-As à frente. Khalid percebeu nos olhos de Amr o mesmo respeito que sentia, e sabia que podia dividir seus pensamentos mais íntimos com seu camarada.

— Esses homens são mais corajosos em seus trapos do que mil soldados protegidos por armaduras e espadas — disse Khalid.

Amr manteve os olhos naquela multidão que caminhava em perfeito uníssono, sua marcha regular e quase cronometrada com precisão militar. Ele virou-se e fitou Khalid com um brilho em seu olhar.

— Imagine o que toda essa coragem conseguiria realizar se eles estivessem protegidos por armaduras e espadas — completou Amr.

Khalid sorriu quando percebeu no que Amr pensava. E, por um segundo, ele não se sentiu mais como um fraco líder que guiou Meca numa guerra perdida contra um inimigo mais esperto. Seu coração inchou de inesperado orgulho por seu parente Maomé ter conseguido unir uma multidão de árabes maltrapilhos e desorganizados, com eles tão fortes. Era uma ambição que o próprio Khalid sempre alimentara, juntar as tribos bárbaras do deserto numa nação digna de enfrentar os poderosos exércitos dos impérios vizinhos. De colocar sob controle o sangue bélico e feroz de seu povo por meio de uma disciplina militar que lhes faltava fazia séculos. Porém, ele havia abandonado a ideia como um sonho vazio da juventude, uma tarefa monumental que estava além da capacidade de qualquer homem.

Qualquer homem, exceto Maomé.

Ao olhar para baixo, para aquela legião de homens que se aproximava com determinação, totalmente destemida, o guerreiro de Meca teve uma visão do futuro que fez seu coração disparar de empolgação.

— Eles conquistariam o mundo — afirmou, seu olhar maravilhado, como se um enigma de toda uma vida tivesse sido resolvido da forma mais inesperada.

Amr sorriu, concordando, e os dois homens conduziram a cavalaria mecana de volta aos estábulos, permitindo, pela primeira vez em décadas, que os muçulmanos se aproximassem da cidade sagrada sem serem perturbados.

# 31

*M*eu olhar atravessou o acampamento dos peregrinos nas proximidades de Hudaybiyya e se dirigiu aos montes distantes que contornavam as fronteiras formais de Meca. O Mensageiro ordenara que parássemos ali e esperássemos pela ação seguinte dos mecanos. Os cavaleiros de Khalid haviam ido embora, mas não havia garantias de que Abu Sufyan não enviaria uma nova tropa menos respeitosa dos antigos tabus da Peregrinação.

As horas passaram-se sem sinal de ataque, e a empolgação que sentimos com a longa viagem de volta a nossa terra natal deu lugar ao tédio e a uma crescente frustração. Muitos peregrinos começaram a implorar ao Profeta para continuar em direção à cidade, mas ele se manteve firme na convicção de que seria arriscado atravessar as fronteiras sem ter certeza de como Meca reagiria. Contudo, concordou em enviar seu genro Uthman, um nobre coraixita altamente respeitado, para falar com Abu Sufyan e obter garantias de segurança.

Uthman havia partido na noite anterior, e seu retorno era esperado antes do raiar do dia. Mas já era fim de tarde e havia um temor cada vez maior de que ele tivesse sido vítima da ira de Abu Sufyan. Com os rumores de que o gentil embaixador havia sido assassinado pelos senhores de Meca, o paciente estoicismo de meu marido foi abalado, e ele reuniu seus Companheiros mais próximos embaixo da sombra de uma *ghaf*, árvore de folhas acinzentadas, que brilhava sob o sol forte. Ele parecia estar profundamente agitado diante da possibilidade da execução de Uthman, e logo me lembrei de seu aviso aos jovens de Medina de que a morte de Uthman brandiria a poderosa espada da vingança de Deus sobre o mundo.

Os homens aproximavam-se de Maomé, um a um, e, segurando a mão direita do Mensageiro, prometiam lutar até a morte para vingar Uthman se ele, de fato, tivesse sido martirizado. Vi a firme determinação nos olhos deles e meu pulso acelerou ao pensar que nossa viagem pacífica estava a ponto de se transformar num terrível banho de sangue. Como os muçulmanos estavam desarmados, teriam de enfrentar o exército mecano apenas com as mãos e os pés. Diante desse drama, era provável que aqueles homens corajosos, que prometeram lealdade ao Profeta, morressem antes de sequer avistar a Caaba Sagrada que ansiavam por ver depois de tantos anos.

Então, depois que o último Companheiro fez seu juramento, tive uma estranha sensação. Era como se uma chuva suave caísse em torno de nós, embora o céu estivesse límpido. O calor escaldante do deserto desapareceu, substituído por um frescor agradável. No entanto, o sol ardia acima de nós e não havia vento algum. Era como se um manto de misteriosa tranquilidade houvesse caído sobre todos, e eu via nos rostos surpresos das outras pessoas que elas tinham a mesma sensação. O que quer que estivesse acontecendo, a tensão no acampamento desvanecera, substituída por um sentimento poderoso de paz, diferente de tudo que eu já sentira em minha vida.

Olhei para meu marido, confusa, e ele sorriu suavemente.

— Deus está satisfeito com os que fizeram esse juramento — disse ele, e sua voz era tão tranquilizadora quanto a nuvem invisível que caíra sobre nós. — Ele enviou Sua *Sakina* para nos abençoar.

*Sakina*. O Espírito da Paz e da Tranquilidade. Depois vim a saber que os judeus tinham uma palavra semelhante. *Shekhina* era como a chamavam, na língua dos hebreus, a face feminina de Deus, a Presença que um dia habitara o Templo de Salomão e que agora ocultara-se dos seres humanos. Se a experiência que tive foi igual àquela em que os judeus acreditam, não posso dizer. Porém, algo mágico aconteceu naquele momento, e toda a raiva e todo o medo nos abandonaram.

Foi então que olhei para a planície em direção a Meca, sem preocupação com o que poderia ocorrer em seguida, pois eu sabia que Deus estava conosco. O sol começou a se pôr no horizonte, o disco passava de um dourado incandescente a um ocre apagado; então eu vi.

Uma figura a cavalo pelos montes de Meca, agitando no alto a bandeira roxa de um emissário.

---

AGRUPAMO-NOS PARA RECEBER O embaixador dos coraixitas, um nobre de falas melífluas, chamado Suhayl ibn Amr. O Mensageiro saudou Suhayl de forma cortês, e depois de certificar-se da integridade física de Uthman e fazer um acordo sobre seu retorno seguro, ele propôs ao emissário o fim do impasse.

De um canto da tenda vi quando Suhayl ergueu a mão de unhas tratadas, cada um dos dedos exibindo um anel de pedras preciosas, e apresentou a proposta de Meca.

— Não oporemos resistência a que realizem os ritos da Peregrinação — disse ele calmamente. — Mas sua chegada foi inesperada e precisamos de tempo para acalmar o furor do povo. Então estaremos dispostos a deixar que realizem a *Hajj*... ano que vem.

Houve uma reação imediata de indignação por parte dos Companheiros. Nunca antes na história da Arábia um grupo de peregrinos fora impedido de visitar a Caaba e solicitado a retornar em outra ocasião.

O Profeta pareceu pronto a responder à proposta de Suhayl, quando o impulsivo Umar intrometeu-se na negociação com sua usual rudeza.

— Vocês não têm o direito de expulsar peregrinos pacíficos — gritou ele, o efeito pacificador da *Sakina* aparentemente esgotado. — Vamos entrar em Meca, e eu desafio vocês a nos impedir!

Meu marido ergueu a mão e virou-se para Umar, que estava sentado à sua direita.

— Calma, Umar — disse Maomé com tranquilidade, mas eu conhecia meu marido o suficiente para notar um tom de censura em sua voz. O Mensageiro voltou a atenção para Suhayl e sorriu.

— O filho de Al-Khattab tem razão. Nós estamos em nosso direito perante toda a Arábia. Mas somos homens razoáveis. O que você tem para nos oferecer em troca do nosso direito perdido?

Vi Umar e vários outros homens olharem para o Profeta espantados. Eles esperavam que o Mensageiro negociasse sua entrada na cidade sagrada, e não sua retirada.

Suhayl hesitou, como se tivesse dificuldade de pronunciar as palavras em voz alta.

— Um acordo — disse ele, e vi sua face se contrair, como se suas próprias palavras fossem tão azedas quanto um limão na sua língua.

Ouvi vários murmúrios de surpresa entre os homens que estavam ao lado do Profeta, porém ele próprio não expressou emoção alguma. Os muçulmanos estavam em guerra com os habitantes de Meca fazia tanto tempo que ninguém esperava um acordo entre nós. Havíamos sempre pressuposto que a vitória seria absoluta, com um lado destruindo o outro, assim como os Bani Qurayza haviam sido aniquilados por sua traição.

Meu marido aproximou-se um pouco mais, seu belo rosto impassível, impossível de ser interpretado.

— Quais são seus termos?

— Garantiremos uma trégua entre nós por dez anos, durante a qual nem nosso povo nem nossos aliados atacarão — apressou-se em dizer Suhayl, como se cada palavra fosse um carvão quente que ele precisasse expelir da boca. — A partir do próximo ano, vocês terão permissão para realizar a Peregrinação. Evacuaremos a cidade por três dias para que não haja... conflitos... entre nós.

Os Companheiros opinavam em voz alta acerca das condições apresentadas por Meca, mas Suhayl ergueu a mão e novamente fez-se silêncio.

— E mais uma coisa — disse Suhayl apologeticamente. — Se, durante esse período, algum dos seus seguidores quiser retornar e se submeter à autoridade de Meca, nós não seremos obrigados a mandá-lo de volta. Mas se algum homem deixar Meca contra nossa vontade e procurar asilo entre vocês... vocês terão de mandá-lo de volta para nós, mesmo que ele pertença a sua fé religiosa.

Houve um silêncio absoluto por um longo tempo. Então ouvi a risada de Umar, porém nela não havia humor. Furioso, aquele gigante puxava os fios de sua barba grisalha e parecia pronto a falar, quando viu o olhar sério de meu marido, que ordenava que ele ficasse em silêncio.

O Mensageiro permaneceu sentado, olhando para Suhayl por um longo tempo. Para surpresa de todos, inclinou-se para a frente e segurou a mão do emissário pagão.

— Eu aceito os seus termos.

Houve uma explosão imediata de vozes quando os Companheiros demonstraram seu espanto e desalento. Como o Profeta podia aceitar um acordo tão ostensivamente unilateral? A proposta mecana era um óbvio insulto, de tal forma que até mesmo um negociador inexperiente o teria visto como ponto de partida para uma discussão longa e complexa. No entanto, o Profeta havia aceitado os termos iniciais sem protestar.

O Mensageiro parecia inteiramente alheio à indignação de seus seguidores, e notei um estranho sorriso de triunfo em seus lábios quando olhou para Suhayl, que pareceu tão surpreso com sua aceitação quanto nós.

Umar ergueu-se, impondo-se sobre o Mensageiro. Ignorou Suhayl e despejou toda sua fúria em cima do homem a quem poucas horas antes havia jurado obediência, mesmo que isso significasse morte.

— Isto é um insulto! — esbravejou Umar para o Profeta, sua voz tão alta que todas as outras conversas foram interrompidas. — Não vamos aceitar a paz com esses idólatras assassinos!

Senti um aperto na garganta. Umar, o muçulmano mais fanaticamente fiel, afrontava o julgamento do Profeta. O Profeta olhou para ele com desaprovação e não disse nada, mas percebi uma veia pulsando em sua testa, o que sempre acontecia quando ficava com raiva. Meu pai, que se encontrava ao lado do Mensageiro, levantou-se e enfrentou o olhar de Umar. Quando falou, suas palavras foram simples, porém carregavam o peso de grande autoridade.

— Fique calado, Umar — disse Abu Bakr, e vi Umar recuar como se tivesse sido esbofeteado. O filho de Al-Khattab afastou-se do Mensageiro e de Abu Bakr e ficou sozinho num canto, como uma criança punida por mau comportamento.

Suhayl observava aquela cena com nítido fascínio. Depois que meu pai fez Umar calar-se, o emissário mecano pigarreou e retirou uma folha de pergaminho de dentro de sua fina túnica de seda.

Ele desenrolou o pergaminho, que estava em branco, e colocou-o aos pés do Mensageiro.

— Fui autorizado a redigir um documento de trégua — disse Suhayl, e percebi a ansiedade em sua voz. Ele claramente queria redigir os termos antes que o Mensageiro mudasse de ideia.

Meu marido lançou o olhar a Ali, que estava sozinho do outro lado, à entrada da grande tenda, empunhando *Dhul Fiqar*.

— Ali será meu escriba — disse o Profeta.

Eu ignorara a presença de Ali até aquele momento, e foi com desagrado que o vi se dirigir para o lado de meu marido. Suhayl ofereceu a Ali a pena de uma garça cinzenta, própria para escrita, e um pequeno frasco de argila contendo tinta.

Ali pegou o material e começou a anotar no pergaminho o que o Profeta ditava.

— *Bismillah Ar-Rahman Ar-Raheem*. "Em nome de Deus, o Clemente, o Misericordioso..."

Suhayl interrompeu com um pigarro.

— Desculpem, eu não sei quem é esse *Ar-Rahman* — disse num tom carregado de mofa. Era uma velha piada, uma vez que, nos primórdios da missão do Profeta, os mecanos alegavam que *Ar-Rahman*, um nome para Deus no Corão sagrado que significava "o Misericordioso", era na verdade o nome de algum professor oculto, judeu ou cristão, que supostamente passava para o Profeta os ensinamentos de seu Livro.

Percebi a tensão aumentar no recinto, mas Suhayl continuou, e parecia se regozijar em testar a paciência do Profeta.

— Nós preferiríamos o tradicional honorífico... *Bismik, Allahumma*, "Em Teu Nome, Ó Deus."

Naquele instante, vi Talha ficar de pé e erguer a mão desfigurada contra o emissário.

— Seu porco! Você está zombando das palavras sagradas do Próprio Deus!

O Profeta sorriu para Talha, mas seu olhar era férreo, e meu doce primo ruborizou e voltou a seu lugar. O Mensageiro então voltou-se para Ali.

— Escreva "Em Teu Nome, Ó Deus" — disse ele com suavidade.

Ali hesitou, mas obedeceu, seus dedos movendo-se rapidamente pela folha enquanto o Profeta prosseguia.

— Estes são os termos da trégua entre Maomé, o Mensageiro de Deus, e Suhayl, filho de Amr...

Suhayl deu uma risada contida, um som detestável que me deu vontade de esbofeteá-lo.

— Desculpe-me, mas se acreditássemos que você é o Mensageiro de Deus, não estaríamos nesta situação, estaríamos?

O Mensageiro olhou para ele, e esperei que sua paciência finalmente se esgotasse. Mas foi com surpresa que vi os olhos de meu marido brilharem, como se fosse uma criança brincando com um amigo malvado.

— Risque "Mensageiro de Deus" e substitua por "Maomé, filho de Abdallah" — disse o Profeta a Ali.

Ali olhou para ele, e vi os misteriosos olhos verdes do rapaz encherem-se de surpresa. Ele ergueu a pena e levou-a ao pergaminho, mas depois abaixou-a outra vez sem escrever nada.

— Eu... eu não posso.

Houve um murmúrio entre os presentes, alguns demonstrando incredulidade diante da incomum rebeldia de Ali contra seu primo mais velho, outros expressando seu orgulho por ele ter se recusado a ceder aos caprichos ofensivos de Suhayl.

O Profeta suspirou, exasperado, e olhou para os homens à sua volta, como se perscrutando suas almas para ver quem lhe daria apoio. Seus olhos recaíram sobre mim.

— Aisha, me mostre onde estão as palavras — pediu ele.

Notei que todos os olhos na tenda eram dirigidos a mim e, pela primeira vez, fiquei satisfeita de ter o rosto encoberto pelo véu negro. Eu não queria que os Companheiros vissem meu sorriso malicioso quando passei ao lado de Ali e me inclinei sobre o ombro do Profeta. Olhei para a página e vi onde Ali havia escrito o nome de meu marido e seu título de Mensageiro de Deus. Então apontei para as curvas simples do alfabeto árabe, indicando ao Profeta onde estava a expressão complicada.

O Mensageiro tomou a pena da mão de Ali e, sem hesitar, riscou sua designação sagrada. Tarefa completa, retornei ao meu lugar, mas meus olhos cruzaram-se com os de Ali, e desfrutei da pequena vitória sobre o homem que buscara minha queda.

Maomé entregou a pena de volta a Ali, que mordeu o lábio e escreveu por cima do título riscado "o filho de Abdallah"...

Pouco tempo depois, o tratado foi assinado, e Suhayl partiu para levar a notícia da capitulação do Profeta a seus mestres em Meca. Vi os semblantes taciturnos e decepcionados dos Companheiros, porém nenhum deles teve coragem de insistir na questão com meu marido.

Nenhum exceto Umar.

O Profeta sentiu o olhar de Umar sobre ele e virou-se para enfrentar o pai de Hafsa, o homem que fora considerado o mais leal de seus seguidores. Meu marido ergueu as sobrancelhas e esperou com paciência que ele explodisse.

No entanto, quando o gigante falou, não foi com revolta, mas com profunda confusão e desconfiança.

— Você é realmente o Mensageiro de Deus? — perguntou ele com calma, pergunta que era ofensiva por suas implicações. Ouvi diversos Companheiros suspirarem alto. Teria Umar perdido a fé? Teria o grande defensor do islã se tornado um apóstata?

O que quer que tenha passado pela mente do Profeta, ele apenas ergueu a cabeça com dignidade.

— Eu sou. — Foi tudo o que disse. Tudo que precisava dizer.

— Você nos prometeu a vitória! — Não havia mais agressividade em Umar e sua voz forte e indignada dera lugar ao lamento de uma criança frustrada.

O Profeta deu um passo à frente e gentilmente colocou a mão no braço de Umar.

— E a dei a vocês — respondeu ele com convicção. — Esse tratado será a maior vitória do islã.

Os ombros de Umar vergaram-se, e sua voz também perdeu a intensidade, transformando-se num mero sussurro.

— Mas você disse que Deus prometeu que participaríamos dos rituais de Peregrinação... — disse ele, em voz baixa.

O Profeta virou-se para meu pai, e Abu Bakr falou alto, como se quisesse que suas palavras fossem ouvidas por todos aqueles ali presentes que ainda tivessem dúvidas em seu íntimo, não apenas por Umar.

— Deus não prometeu que seria neste ano — disse Abu Bakr, e vi o povo abaixar a cabeça envergonhado, quando a voz pacificadora de meu pai extinguiu os últimos focos de rebelião em seus corações.

Quando as palavras de Abu Bakr entraram no coração de Umar, ele ajoelhou-se aos pés do Mensageiro e beijou sua mão direita, lágrimas escorrendo-lhe pela face.

— Perdoe-me, ó Mensageiro de Deus — suplicou ele, a voz trêmula de pesar.

Meu marido segurou a mão de Umar e ajudou-o a ficar de pé.

— Você está perdoado, meu amigo — disse ele enternecido. — Venham, vamos dar as boas-novas aos peregrinos. A guerra está encerrada. A paz finalmente chegou à Arábia.

Com essas palavras, as expressões de tristeza desvaneceram e foram substituídas por rostos radiantes e risos abertos. De repente, senti uma onda de alegria quando, por fim, entendi o que se passara ali. Havíamos feito um tratado com os mecanos. Um tratado de paz que encerraria a guerra que durara quase duas décadas. Não haveria mais batalhas hediondas, nem o grito atormentado de mães ao verem os corpos sem vida de seus filhos. Não haveria mais Hamzas assassinados no auge da vida, seus corpos mutilados e profanados. Nem Talhas que tivessem as mãos inutilizadas e fossem forçados a viver como aleijados, uma retribuição brutal por seus atos heroicos neste mundo. Meu coração se elevou ao pensar que uma trégua de dez anos poderia tornar-se permanente, e que a Arábia não mais seria amaldiçoada com a miséria do derramamento de sangue.

Mas eu estava errada, e logo descobriria que a paz que conquistamos naquela noite, como um gentil toque da divina *Sakina*, fora desfrutada por um instante apenas, e seria tão duradoura quanto o afago do vento.

## 32

Rumores sobre o tratado de paz de Maomé com os mecanos haviam chegado à fortaleza judaica em Khaybar, e Huyayy ficou furioso. Durante dias, ele falou mal da traição dos coraixitas. Os árabes eram cães de duas caras, rosnou ele, e haviam abandonado as promessas feitas a seus aliados na esperança de garantir alguma segurança temporária contra a crescente influência de Medina.

Safiya tentara acalmar o pai, mas ele se recusou a escutá-la. O Tratado de Hudaybiyya era a prova que Huyayy buscava da traição dos antigos aliados mecanos. Desde o fracasso do Cerco da Trincheira, ele ficara obcecado com a especulação de que Abu Sufyan o traíra e fizera um acordo secreto com os muçulmanos para se retirarem, abandonando seus compatriotas judeus da tribo Bani Qurayza para serem aniquilados. A moça sabia que a culpa que seu pai sentia pela destruição da última tribo judaica remanescente em Medina pesava muito em seu coração, e a única maneira de suportar aquela dor era encontrar alguém, além de si próprio, a quem responsabilizar pela tragédia.

Embora poucos entre seu povo partilhassem as cada vez mais elaboradas teorias de conspiração de Huyayy, não se podia negar que o tratado entre Maomé e seus inimigos pagãos havia alterado para sempre o equilíbrio de poder na península. E a nova realidade não favorecia o povo de Khaybar, o último assentamento judaico na Arábia. Sem o apoio dos mecanos, o pequeno enclave ficaria isolado e extremamente vulnerável à conquista pelo ambicioso profeta árabe.

E foi então que os líderes idosos de Khaybar deram ouvidos à mensagem do emissário bizantino. Donatus havia chegado mais cedo naquela manhã em Khaybar com um pequeno contingente de guardas sírios portando o selo de Heráclito, imperador de Constantinopla. Embora Heráclito não fosse amigo dos judeus, o pai de Safiya havia convencido as autoridades do assentamento a recebê-lo com honras, pois tinham um inimigo em comum.

Safiya olhou para o emissário bizantino com um misto de curiosidade e desprezo. Ele usava uma dalmática romana, veste de mangas compridas que cobria parcialmente sua túnica de listras reluzentes e calções ajustados abaixo dos joelhos. Um barrete frígio azul lhe revestia os cabelos castanhos longos, e pulseiras de ouro brilhavam em seus pulsos. Resumindo, Donatus parecia mais uma bela moça coberta de adornos do que um homem poderoso, e sua autoridade baseava-se no sangue aristocrático, e não em conquistas. Safiya não tinha paciência para homens fracos assim, principalmente depois que seu pai a obrigara a casar-se com Kinana, um nobre afetado de Khaybar, cujo toque ela considerava repulsivo.

Safiya escutou com atenção a explicação de Donatus sobre a forma como o imperador bizantino tomara conhecimento do novo poder ascendente em suas fronteiras do sul. Aparentemente, o próprio Maomé se comunicara com a corte imperial por meio de uma carta, convidando os romanos a aceitar seu Deus. Com essas inquietantes notícias, os participantes do conselho se envolveram em discussões acaloradas até que Huyayy pediu silêncio para que Donatus prosseguisse nos detalhes.

Segundo os agentes da inteligência bizantina, o profeta árabe havia também escrito para o imperador persa, Khusro, em Ctesifonte; este ficara tão perplexo com a audácia daquele chefe árabe iletrado que rasgou a carta em pedaços.

Embora os persas tivessem tratado a ideia de um poder ascendente na Arábia com escárnio, como algo que não lhes dizia respeito, os bizantinos ficaram bastante alarmados com a velocidade com que Maomé consolidara as tribos, e resolveram tomar uma atitude. Heráclito havia instruído seus generais a iniciar os preparativos para um ataque surpresa à península, antes que o ambicioso profeta-rei se tornasse um problema para as lucrativas rotas de comércio do império. E os bizantinos queriam a ajuda do povo de Khaybar para planejar a invasão.

— A fortaleza de vocês seria uma parada importante para o exército imperial — disse Donatus com um terrível sotaque árabe, sem dúvida aprendido com as pessoas que falavam os dialetos do deserto sírio.

Houve um momento de silêncio tenso, enquanto as autoridades judaicas consideravam as consequências da aliança proposta. Safiya viu que todos os olhares se dirigiram a Huyayy, respeitado pelos líderes judeus como o mais experiente e mais capacitado a lidar com Maomé e seu inconveniente movimento religioso. Como a rápida disseminação do islã era então o assunto principal entre as elites políticas, seu pai tornara-se o líder *de facto* da comunidade Khaybar, apesar de ser um refugiado que sobrevivera apenas devido à generosidade dos cidadãos locais.

Huyayy olhou para o embaixador bizantino com frieza, cenho franzido, absorto em pensamentos. A moça sabia que o pai estava satisfeito por ter encontrado um novo potencial aliado contra Maomé, mas sua inerente desconfiança dos gentios lhe sugeria cautela em aceitar a oferta do enviado.

— Perdoe-me se hesito, mas até hoje seu povo demonstrou pouco respeito pelo meu — disse Huyayy. — Vocês nos massacraram sob a mentira de que matamos o seu Cristo.

Houve um murmúrio de surpresa diante da rudeza de Huyayy, mas Safiya sabia que seu pai expressava em voz alta o que todos guardavam para si. A experiência dos judeus sob o domínio romano fora extremamente dolorosa, culminando na destruição de Jerusalém e na Diáspora, que expulsara seu povo da Palestina e os forçara a se espalhar pelo mundo. Séculos de História não podiam ser apagados da noite para o dia, quaisquer que fossem as necessidades políticas do momento.

Se o emissário bizantino ficou ofendido com a falta de diplomacia de Huyayy, não demonstrou tal sentimento, pois era bastante experiente em sua profissão. Donatus fez uma expressão de pesar e abaixou a cabeça diante dos líderes judeus.

— O que você diz infelizmente é verdade — disse ele, para surpresa de seu público. — Houve muitas injustiças sob o domínio de nossos antepassados. Homens cegos pela fé ou em busca de um bode expiatório fácil a ser culpado pelos problemas do império. Mas o grande Heráclito não é como aqueles homens, ele reverencia o povo judeu, pois não é verdade que o próprio Cristo era do seu sangue?

Aquela fora uma resposta calculada com perfeição, e Safiya notou que os homens de Khaybar ficaram à vontade com a contrição dissimulada do emissário. Claro que nenhum deles acreditou, sequer por um instante, que o enviado romano sentia-se culpado pelos crimes de seu povo, mas ele nitidamente precisava da ajuda dos judeus, e para isso usava a máscara de uma humildade calculada.

— Que garantias teríamos se nos aliássemos a seu imperador? — perguntou Huyayy.

— Uma vez que vocês tenham colaborado conosco para livrar a Arábia desse louco, serão nomeados vice-reis de Sua Majestade, com direito a governar a nova província em nome do imperador.

Safiya viu os olhos lacrimosos de seu marido, Kinana, iluminarem-se diante da oferta de domínio sobre os árabes, e seu desprezo por ele aumentou ainda mais.

Houve um murmúrio de empolgação diante das palavras do enviado, mas se Huyayy partilhava o sentimento de seu povo, era um estadista de tal magnitude que não deixou isso transparecer. O pai de Safiya, com ar grave, caminhou em direção ao enviado até chegar tão perto que beirava o desconforto. Donatus, é preciso admitir, não se retraiu diante daquele olhar destruidor, pelo contrário, o enfrentou de cabeça erguida.

— Seu imperador pode procurar outros para governar essas terras ermas — disse Huyayy, após uma pausa dramática. — O coração do meu povo pertence a outro lugar. A uma terra para onde não temos permissão de ir.

Safiya percebeu que Huyayy dava início a um jogo arriscado ali, mas era um jogo que poderia mudar a história de seu povo se seu pai vencesse. Pois havia, na verdade, uma única coisa pela qual todos os judeus ansiavam, e era algo que lhes fora negado por mais de quinhentos anos. A oportunidade de retornar a sua terra natal, cuja entrada lhes fora barrada desde os dias da revolta dos judeus contra os romanos, sob o comando de Simon Bar Kokhba, o falso Messias que conduzira seu povo à tragédia.

O enviado bizantino permaneceu inabalável, seu rosto, uma máscara controlada, impossível de ser interpretada. Por fim, falou:

— Eu fui autorizado pelo próprio imperador a garantir que, se seu povo unir forças a Bizâncio, ele revogará o banimento. Uma vez que esse rei árabe seja derrotado, seu povo ficará livre para emigrar para a Palestina.

Houve gritos de incredulidade e preces em voz alta a Deus, que mostrava a seu povo um meio de, afinal, encerrar a tragédia do exílio. Safiya foi tomada por emoções confusas. Um desejo intenso de ver seu povo retornar à Terra Santa, mesclado à tristeza de que o preço disso fosse a destruição de um homem cuja única ambição aparente era conduzir os gentios a Deus e a uma vida melhor.

Embora a empolgação fosse quase palpável naquele salão de muitos pilares, Huyayy permaneceu calmo e aparentemente impassível.

— E quanto a Jerusalém? — perguntou ele em voz alta, sua pergunta simples silenciando de imediato o grupo agitado.

Pela primeira vez, Donatus pareceu tomado de surpresa, como se não esperasse que os judeus continuassem a fazer exigências. Ele hesitou e depois abanou a cabeça.

— Sinto muito não poder lhes oferecer acesso total à cidade sagrada — disse ele, para desalento dos presentes. — Essa é ainda uma questão delicada para a Santa Igreja.

Huyayy encolheu os ombros e deu as costas ao embaixador.

— Então não temos acordo — disse, e começou a caminhar em direção à porta de bronze esculpida do recinto, como se a questão estivesse encerrada. Para surpresa de Safiya, os outros líderes de Khaybar levantaram-se e o seguiram. Um êxodo em massa que sinalizava o fracasso da diplomacia bizantina.

Donatus empalideceu, seus olhos escancarados de surpresa e certo temor. Safiya de repente sentiu pena do homenzinho afeminado, que certamente enfrentaria terríveis consequências se retornasse a Heráclito de mãos vazias. Porém, ela sabia que seu pai estava fazendo o que cabia a um político, usando todo o poder de barganha que considerava necessário para alcançar seus objetivos.

Quando os líderes de Khaybar aproximavam-se da saída, Donatus gritou para que esperassem.

— Eu acredito que posso convencer o imperador a fazer algumas concessões — disse ele, seu tom delicado substituído por uma agitação. — Uma peregrinação anual aos lugares sagrados. Mas isso é o máximo que consigo.

Huyayy parou e voltou-se para o enviado, seus olhos brilhando com renovado interesse. Donatus respirou fundo e readquiriu compostura.

— Se isso for inaceitável para vocês, então eu retorno a Sua Majestade com seu desapontamento — disse ele friamente. — Mas, por favor, tenham em mente que, quando os soldados de Bizâncio entrarem nesta terra, vocês não terão a proteção de um aliado.

Era uma ameaça evidente, e que exercia grande peso sobre cada um dos presentes. As legiões de Constantinopla atacariam, quer os judeus facilitassem seu caminho, quer não. Eles podiam ajudar Heráclito a eliminar a ameaça muçulmana ou, por sua vez, enfrentar o extermínio.

Safiya observou seu pai, que retornou e ficou diante de Donatus. Ele não parecia temer aquele homem que, com regularidade, se via na presença de reis, e cujas palavras significavam vida ou morte para seu povo. Qualquer que fosse o julgamento delas sobre as estratégias políticas do pai, ele não poderia jamais ser tachado de covarde.

Huyayy estendeu a mão para o embaixador bizantino.

— Diga ao seu imperador... que estamos de acordo.

---

Naquela noite, safiya teve um sonho intranquilo. Enquanto se debatia ao lado de Kinana em sua cama larga, feita de pinho esculpido, sonhou que caminhava pelas ruas calçadas de Khaybar, a cidade que se tornara seu lar desde a expulsão de sua tribo de Medina. Entretanto, em vez de casas de pedra pintadas em cores vivas, ela viu apenas ruínas fumegantes, os poderosos muros da cidadela ruindo e reduzindo-se a escombros. E, em lugar de crianças correndo e rindo pelas ruas, ela viu apenas cadáveres apodrecendo nos becos.

Safiya tentava correr, mas, para onde se virava, via apenas morte e devastação. O fedor de matéria em decomposição era insuportável, e seu estômago se revirava, nauseado. Por fim, em seu desalento, caiu de joelhos e elevou os olhos para os céus, suplicando a ajuda de um Deus que escolhera seu povo e cruelmente o abandonara.

A lua cheia brilhava no alto, e por um segundo Safiya olhou para ela confusa. A aparência que sempre distinguira em suas sombras havia mudado. Não era mais um perfil indistinto, seus traços eram claros e reconhecíveis.

Era o rosto de Maomé.

Enquanto Safiya olhava abalada, a lua despencou do céu, uma bola brilhante de pura luz que caiu sobre seu colo. E à medida que a luz etérea da órbita celeste a inundava, a dor desaparecia e seu sofrimento passava a ser uma lembrança distante.

Então Safiya escutou um ruído. O som de risos infantis.

Ela olhou através da luz e viu que a cidade retornara à vida. Os muros se mantinham fortes e firmes, e não havia cadáveres. Para onde quer que olhasse, via renascimento. As plantas floresciam, e o suave gotejar de água de uma fonte próxima enchia-a de esperança. Ela viu o burburinho de pessoas andando pelo mercado, aparentemente alheias à devastação que ocorrera há apenas poucos minutos.

À medida que a luz misteriosa brilhava a seu redor com mais intensidade, seu olhar recaiu sobre um grupo de crianças correndo, umas atrás das outras, cheias de alegria. Elas interromperam a brincadeira, olharam para Safiya e acenaram para ela com um sorriso nos lábios.

O mágico luar brilhou como mil sóis, e o mundo dissolveu-se em sua calorosa bênção.

## 33

*E*u observava da tenda de batalha do Mensageiro, que fora armada no alto dos montes de Khaybar, os muçulmanos fazerem seu ataque surpresa contra a fortaleza judaica. Havíamos sido avisados por espiões pertencentes às tribos beduínas vizinhas da intenção do exército bizantino de usar o oásis como ponto de partida para a invasão da península, e o Profeta fez planos imediatos para tomar a cidade antes que os romanos conseguissem enviar seus soldados.

Fui acompanhada por minha irmã Umm Salama, esposa de Maomé. Juntas, tínhamos a responsabilidade de cuidar dos feridos, e já havíamos passado a maior parte da manhã colocando ataduras nos ferimentos e aplicando unguento de folhas de beladona prensadas para aliviar a dor dos que agonizavam.

O exército muçulmano era uma força pequena, com pouco mais de 1.500 soldados e cem cavalos, porém homens e animais haviam sido especialmente escolhidos por sua velocidade e agilidade. Sabíamos que os guerreiros de Khaybar totalizavam cerca de 10 mil, e por isso a vitória seria conseguida não pela força bruta, mas pela astúcia e pela imprevisibilidade. O Mensageiro pretendia montar uma série de ataques ao oásis, que era protegido por três acampamentos murados, o que forçaria o inimigo a nos enfrentar em nossos termos. A esperança era de que nossa força, aparentemente insignificante, deixasse os judeus excessivamente confiantes, e que nossa tática de utilizar a surpresa e a agilidade os impedisse de conhecer nosso real plano de ataque. Meu marido inferiu que os defensores de Khaybar gastariam sua energia lutando em diversas pequenas frentes, em vez de se concentrarem num único campo de batalha, o que os desorientaria por tempo suficiente para nos dar uma vantagem e conseguirmos romper sua linha de defesa. Era a estratégia da abelha, zumbindo em torno da vítima por tempo suficiente para confundi-la, antes de aplicar sua ferroada.

Até aquele momento, estava funcionando. Ali ficara responsável pela tropa que cercara Khaybar, uma decisão controversa, que havia causado certa insatisfação entre os muçulmanos. Embora ninguém questionasse sua bravura militar, muitos achavam que incumbir um homem que não tinha sequer 30 anos de conduzir soldados mais velhos e experientes afetaria o moral da tropa. Houve vozes descontentes, afirmando que a batalha deveria ser conduzida por um estadista mais velho, do porte de Abu Bakr, porém meu pai apressou-se em silenciar as reclamações, assim como silenciou Umar em Hudaybiyya. Abu Bakr aceitara a liderança de Ali no campo de batalha sem questionar, e meu marido, diplomata nato como era, concedeu uma honra especial a sua família. O Mensageiro havia tomado um de meus mantos pretos e o transformou em bandeira de guerra, dando tanto a meu pai quanto a mim uma distinção especial aos olhos dos soldados. Ainda assim, os ruídos contra Ali não cessaram por completo, fato que me deu um prazer secreto.

Contudo, logo que as espadas foram empunhadas, cessaram as queixas, e os ataques sangrentos da guerra substituíram as reivindicações políticas. Ali conduziu a primeira invasão surpresa à fortaleza, e os muçulmanos avançaram até os muros da cidade antes de sermos recebidos por uma enxurrada de flechas. Os arqueiros de Khaybar eram os melhores de toda a Arábia, e cerca de cinquenta de nossos homens foram atingidos, forçando Ali a recuar enquanto milhares de defensores saíram em massa da fortaleza de Natat, nas cercanias do assentamento.

Após nossos avanços iniciais em campo, fomos forçados a nos retirar para os montes. Porém, a estratégia do Profeta estava funcionando. Os muçulmanos surgiriam de locais diferentes a cada hora, primeiro vindos do leste, depois do norte, em seguida do sudoeste, e atacariam as forças inimigas com altíssima velocidade antes de desaparecerem como fantasmas no deserto. Os soldados judeus ficavam frustrados ao extremo diante de nossa imprevisibilidade e eram forçados a dividir suas forças para patrulhar o interior, exatamente como o Profeta havia antecipado.

A batalha que cessava e recomeçava já durava seis dias, e podíamos ver que nossos adversários estavam ficando exaustos com os ataques intermitentes, seguidos de horas de esforços perdidos procurando-nos nas sombras. Tínhamos comida e água suficientes para manter nossas investidas provocadoras por pelo menos mais uma semana, mas eu sabia que não precisaríamos de tanto tempo. Na noite anterior, Umar ibn al-Khattab havia capturado um dos comandantes judeus num ataque surpresa, e o homem, para salvar sua vida, informou uma das fraquezas militares de seu povo. O castelo de Naim era um pequeno posto avançado a oeste do assentamento não tão bem vigiado quanto os outros postos de resistência. Aparentemente, lá estavam escondidas grandes quantidades de munição, que nos ajudariam a romper as muralhas e penetrar no coração do oásis.

Ali liderou um ataque surpresa a Naim naquela manhã, enquanto o restante do exército muçulmano distraía os filhos de Khaybar, enfrentando-os pelos muros do leste. A luta foi rápida e cruel. Ali duelou com o insigne soldado judeu Marhab à entrada do castelo, e como sempre ocorria em qualquer confronto com a resplandecente *Dhul Fiqar*, Ali decepou a cabeça do inimigo em poucos segundos. Zubayr juntara-se a Ali em campo e eliminara o igualmente famoso irmão de Marhab, Yasir, brandindo uma espada em cada uma das mãos, como somente Zubayr sabia fazer. A morte dos heróis judeus deixou o pequeno grupo de defensores do castelo perturbados, e os muçulmanos conseguiram abrir caminho pelos portões fortificados e atacar o posto.

Ali surgiu com um sorriso triunfante e retornou ao acampamento-base do Mensageiro, informando a meu marido que a investida contra Naim havia propiciado aos muçulmanos uma porta de fundos para a invasão do oásis. Porém mais importante ainda foi o fato de a informação passada pelo prisioneiro de

Umar ter sido precisa. Escondida dentro das salas de depósito, no subsolo, encontrava-se uma grande quantidade de armamento, que facilitaria nossos esforços de atacar à cidade. A arma mais importante deles era uma balista, uma pequena catapulta romana que os bizantinos haviam dado de presente a seus novos aliados. E havia dois testudos, cobertura feita com escudos sobrepostos, que os romanos transportavam até os muros para defenderem-se dos agressores. Numa virada irônica da sorte, esses dispositivos estrangeiros que haviam sido armazenados para serem usados contra os muçulmanos seriam agora utilizados contra nossos adversários para transpor suas muralhas.

Meu pai levantou-se para felicitar Ali pela vitória que mudara o curso da batalha, e assim fizeram todos os outros Companheiros. Ao observar os homens abraçarem e cumprimentarem o jovem herói, o Profeta abriu um sorriso como um pai que, enfim, via um filho malcompreendido receber as honras neste mundo.

Os olhos brilhantes de Ali recaíram sobre mim, e neles vi o desejo de reconciliação, de pôr um fim ao rancor entre nós, que éramos queridos pelo Mensageiro de Deus. Porém, mesmo que de forma relutante eu lhe prestasse respeito por sua bravura como guerreiro, não poderia jamais perdoá-lo por sua traição, que quase me custou o casamento e a vida.

Dei as costas a Ali e fui ajudar Umm Salama a confortar um jovem que havia perdido uma das mãos no cerco.

## 34

Safiya olhou com tristeza para o redemoinho de morte que um dia fora uma cidade. Os muçulmanos haviam atravessado as muralhas da cidade e levado a batalha para o interior do oásis. Pela segunda vez em uma semana, seu povo fora tomado de surpresa. A maior parte do exército judeu encontrava-se espalhado do lado de fora da fortaleza, numa caçada infrutífera a um adversário que se escondia diante de seus olhos.

Com a queda do posto avançado de defesa em Naim, a represa havia sido rompida, e a inundação de soldados árabes alcançara as ruas próximas à grandiosa Câmara do Conselho, onde, poucos dias antes, as autoridades judaicas haviam celebrado a nova aliança com Bizâncio. Ao mesmo tempo que os soldados de elite comandados por Ali dizimavam os poucos defensores judeus dentro da cidade sitiada, outras tropas muçulmanas permaneciam ocupadas, protegendo os poços e assumindo posição nas poderosas muralhas, de onde seus arqueiros ocupavam-se em atacar os atônitos guerreiros de Khaybar, que se viram emboscados fora da própria fortaleza. Foi uma virada humilhante, visto que os judeus tentavam desesperados voltar para suas casas agora ocupadas pelos árabes que eles perseguiam.

Safiya estava sobre o telhado da Câmara do Conselho, observando, de um parapeito de pedra, seu povo sair das casas e se entregar, suplicando clemência aos soldados de Maomé. No horizonte, via nuvens de fumaça negra sobre os poderosos castelos de Natat e Shiqq, e sabia que a guerra havia acabado. As fortalezas eram o orgulho do povo de Khaybar, capazes de resistir a qualquer ataque externo. Porém, ninguém havia pensado em se defender de ataques vindos de seu interior, e as defesas judaicas estavam então devastadas.

A moça dirigiu o olhar ao pai, que observava, em estado de choque, as ruínas da cidade que deveria ter se tornado a capital da nova província bizantina da Arábia. Os olhos cinzentos de Huyayy encheram-se de lágrimas diante da completa derrota de seu povo, que não podia mais ser negada. E ela sabia que o pai finalmente percebera ser o único culpado por aquele trágico desfecho.

Safiya deveria sentir pena dele. Deveria ter-lhe estendido a mão e o abraçado como uma filha desvelada, e prestado assistência num momento em que ele se via diante do fracasso do trabalho de uma vida. Porém, em seu coração não restava compaixão por Huyayy, um homem que, por teimosia, conduzira seu povo a um abismo. Ele se iludira ao supor que seria capaz de orquestrar a derrota de todos os seus inimigos, não somente conquistando a Arábia, mas também restabelecendo o direito inato dos judeus à Terra Santa.

Seu pai ajoelhou-se e começou a rezar com fervor, pedindo a Deus clemência para o povo judeu. Foi quando seu execrável marido, Kinana, pôs-se de joelhos ao lado dele, alisando-lhe os cabelos como uma mulher que conforta uma criança.

— Não se desespere — disse Kinana, com o sotaque que ela tanto detestava.
— Ainda existe esperança de vitória.

Safiya, por fim, explodiu.

— Não! — gritou ela, com tal ferocidade que Kinana se retraiu surpreso.
— Não vai haver vitória! Será que vocês, homens, não aprendem nunca? Nós

éramos os últimos judeus da Arábia, e vocês, com suas intrigas, trouxeram a nossa desgraça!

— Ninguém podia prever isso — disse Huyayy, desesperado, tentando esquivar-se da responsabilidade pelo desastre que causara.

Para Safiya, aquilo bastava. Ela segurou o pai pela túnica e ergueu-o para que a encarasse.

— Só um tolo não poderia prever isso! — disse ela, sem nenhuma tolerância com a autocomiseração em seu coração.

Kinana pôs uma mão fria no pulso dela e a afastou do velho pai.

— Como se atreve a falar com seu pai dessa forma? — rosnou ele, mostrando os dentes.

Safiya, entretanto, não se importava mais com o que ele, ou qualquer outra pessoa, achava. Se ela tivesse que morrer naquele dia, no dia em que Khaybar caiu nas mãos das forças invasoras, ela morreria com a verdade nos lábios. Não ligava mais para as consequências.

— Eu gostaria de ter dito isso há muitos anos! — exclamou ela, cuspindo aos pés de Kinana. — Então talvez meu pai tivesse escutado a voz da razão e nós não estivéssemos diante da extinção.

Seu marido deu um passo à frente, a mão erguida para esbofeteá-la, porém Huyayy o fez parar.

— Ela tem razão — admitiu o líder judeu, sua voz trêmula de vergonha. — Meu orgulho nos colocou nesta situação.

Kinana olhou para ele, perplexo.

— Ainda não acabou! — gritou ele, batendo o pé como uma criança malcriada. — Os soldados bizantinos logo vão chegar em nosso socorro.

Huyayy abanou a cabeça.

— Não. Levará semanas para Heráclito mobilizar seu exército. Mesmo se conseguíssemos expulsar os árabes para fora de nossos muros, nosso suprimento de comida e água acabaria bem antes das tropas chegarem.

Safiya viu que seu pai finalmente percebia a verdade. A chama do ódio que ela sentia se atenuou e logo extinguiu, restando-lhe apenas um vazio no coração. Raiva e tristeza haviam perdido o sentido. Tudo o que tinha a fazer era assumir seu dever, salvar o maior número de pessoas que conseguisse no pouco tempo que restava. Safiya avançou um pouco, pegou a mão de seu pai e olhou-o nos olhos para incentivá-lo a fazer o que precisava ser feito.

— Temos que negociar uma rendição — disse ela, e sua voz soou muito cansada e envelhecida.

Huyayy piscou os olhos à medida que a verdade das palavras dela começavam a ser assimiladas. Porém, enquanto seu pai enfrentava a realidade, seu maldito marido se deixava levar pela ilusão.

— Rendição? E sofrer o destino dos Bani Qurayza? Nunca! Nós vamos defender nossos lares até o último homem!

— E tenho certeza de que você vai viver o tempo suficiente para ser esse último homem, considerando o covarde que é!

O rosto de Kinana ficou roxo, mas ela o ignorou e manteve os olhos fixos no pai.

— Deixe que eu vá até os muçulmanos. Posso falar com Maomé. Ele vai me ouvir — ela disse.

Huyayy olhou para a filha, confuso. Ela então descreveu o sonho que tivera, a lua apoiada sobre o colo, trazendo a vida de volta ao oásis.

— É um sinal de Deus. Um presságio. — Ela hesitou e depois repetiu as palavras que haviam sido impressas em seu coração desde a noite da estranha visão. — É o meu destino.

Huyayy olhou para ela, atônito. Porém, antes que tivesse tempo de responder, Kinana agarrou-a pelos cabelos e empurrou o rosto da moça contra as pedras ásperas do parapeito. Safiya gritou de dor, e por um segundo o mundo girou à sua volta enquanto o sangue subia aos seus olhos.

— Sua vadia traiçoeira! — gritou ele, como um abutre. — Todo esse tempo que dormiu na minha cama, você ficou sonhando com aquela víbora do deserto! Vá para ele, então! Você não pertence mais ao nosso povo!

A dor lhe tomou os sentidos quando Kinana a puxou escada abaixo.

— Pai! — Ela conseguiu gritar. — Por favor! Me ajude!

Porém Huyayy ficou parado, parecendo sozinho e confuso enquanto o mundo que ele lutara tanto para criar desabava ao seu redor.

---

As portas fortemente protegidas da Câmara do Conselho foram abertas por um instante, e Safiya foi atirada, sem nenhuma cerimônia, no meio da rua, onde a batalha prosseguia com uma intensidade cruel. Espadas se chocavam com uma terrível brutalidade, enquanto os muçulmanos e seus adversários judeus lutavam casa a casa, mão a mão, para conquistar o controle do oásis.

Safiya gritou horrorizada quando um cavaleiro de turbante veio em sua direção, empunhando uma espada de um brilho misterioso que refletia mil sóis. Ela reconheceu a lendária lâmina de dois gumes da *Dhul Fiqar* e percebeu estar na presença do célebre Ali, o guerreiro que, sozinho, matara muitos dos mais odiados inimigos dos muçulmanos. O coração dela veio à garganta ao imaginar seu nome acrescentado ao longo e ilustre rol de mortos.

Mas a espada não desceu sobre sua cabeça. Em vez disso, Ali abaixou a arma e desmontou de seu corcel negro. Ele olhou para a moça sem nenhuma surpresa, como se já esperasse encontrá-la ali, no meio daquela avenida ensanguentada, enquanto o Anjo da Morte buscava suas vítimas em volta dela.

Ele lhe ofereceu uma das mãos, vestida com uma luva, e ajudou-a a ficar de pé.

— Não tenha medo, filha de Ibn Akhtab — disse, e ela se perguntou, perplexa, como ele sabia seu nome. — Fui enviado para lhe oferecer abrigo.

Safiya estava atônita demais para perguntar por quem ele fora enviado, quem poderia saber que ela estava ali, no meio daquela luta mortal, naquele exato momento. Porém, os homens de ambos os lados caíam a sua volta, numa carnificina caótica, ela decidiu que não era a hora de fazer perguntas.

Ao montar no cavalo de Ali, ela voltou o rosto suplicante para o nobre guerreiro, cujos olhos verdes pareciam brilhar com uma luz própria.

— Meu povo... por favor, tenha piedade do meu povo.

De um salto, Ali sentou-se na sela, à frente dela, deu partida no cavalo esporeando-o, e segundos depois uma lança caiu bem no local onde ele se encontrava.

— Somente Deus e o Mensageiro podem decidir o destino deles — disse Ali, aparentemente imperturbável pela loucura da morte ao redor dos dois. Ele parou e virou-se para ela. — Mas você pode interceder por eles junto ao Profeta.

Com essas palavras, Ali livrou Safiya do perigo e cruzou aquele caos de volta ao acampamento muçulmano. Ao atravessar as ruas devastadas, montada a cavalo com o homem que derrotara seu povo, Safiya deveria ter sentido uma turbulência de emoções — confusão, culpa, vergonha. Mas, ao contrário, ela estava serena, mesmo enquanto ao seu redor ouviam-se os lamentos dos mortos.

Era como se em seu íntimo ela já soubesse que esse dia chegaria. Que abandonaria seu pai e se juntaria ao homem que ele mais odiava. Era um destino que fora escrito no dia em que Maomé chegou a Yathrib, quando Safiya se recusou a condená-lo porque ele procurava lembrar aos filhos de Ismael do Deus de seu pai Abraão. Sua empatia para com o profeta árabe, que virara o mundo de cabeça para baixo, havia criado uma discórdia entre Safiya e sua família, entre ela e seu povo, um abismo que se tornara tão profundo que a fez deixar de se sentir parte daquela comunidade. Mas se não era mais judia, então o que ela era?

Essa questão era perturbadora e dolorosa, e não podia ser compartilhada com ninguém. Pois exigia uma resposta que Safiya não podia enfrentar sem cortar os laços finais entre ela e o único mundo que conhecia. Esse mundo agora estava morto, consumido pelo fogo do próprio orgulho. Sua família, seu lar e sua nação haviam desaparecido para sempre. Ela perdera tudo que lhe era querido, tudo exceto a verdade sobre quem ela realmente era.

Foi quando afinal se viu diante de Maomé, seus olhos negros fitando-a com profunda compaixão, e compreendeu o papel que lhe fora destinado na história das nações. A moça ajoelhou-se diante do homem que deveria ter sido seu inimigo e com tranquilidade repetiu as palavras que, há muito tempo, ela sabia, estarem impressas em seu coração.

— *Existe apenas um único Deus, e Maomé é Seu Mensageiro.*

## 35

*A* batalha se encerrou com a capitulação de Khaybar. A judia chamada Safiya serviu de mediadora entre o Profeta e o povo da cidade sitiada, convencendo estes últimos a depor as armas com a promessa de clemência para a população local.

Depois que o som do choque entre as espadas cessou, ajudei uma judia idosa a atravessar as ruas amontoadas de cadáveres e a conduzi aos pavilhões que haviam sido erguidos para os doentes e os feridos de ambos os lados. Ela me segurava com firmeza, seus dedos esqueléticos machucando a pele de meu pulso, e me agradeceu várias vezes. Perguntou se eu sabia o que havia acontecido com seu filho, um soldado jovem chamado Nusayb, que saíra de casa às pressas para enfrentar a primeira leva de invasores muçulmanos que conseguiu atravessar as muralhas. Gentilmente, eu disse que procuraria saber, e renovei a confiança dela dizendo que era provável que estivesse junto aos outros prisioneiros de guerra. Não tive coragem de dizer que nenhum dos soldados que haviam enfrentado Ali e sua tropa sobrevivera à primeira incursão.

Deixei a idosa aos cuidados de Umm Salama, que deu à mulher uma tigela com água e um prato pequeno com figos. O pavilhão exalava o odor mórbido dos feridos, um cheiro pungente que naqueles últimos dias me deixara repugnada, e me apressei em deixar o local. Envolta em meu manto para me proteger do frio da manhã, caminhei pelos becos devastados enquanto muçulmanos e judeus trabalhavam juntos para recolher os corpos que cobriam as ruas e transportá-los para serem enterrados num cemitério nas imediações do oásis.

Parei perto de um campo aberto onde os prisioneiros eram mantidos cativos, presos e cercados por centenas de soldados muçulmanos. Algumas rápidas perguntas confirmaram o que eu suspeitara — o filho da mulher idosa não estava entre eles e já devia ter sido enterrado nas covas coletivas, que transbordavam de corpos.

Olhei para o centro do campo e vi as novas covas que haviam sido escavadas, fossos como aqueles feitos nas imediações do mercado de Medina, onde os Bani Qurayza haviam sido enterrados. A trégua concedida pelo Profeta a Khaybar garantia a anistia apenas aos cidadãos. Os homens da tribo Bani Nadir que haviam se refugiado ali e incitara-os a declarar guerra contra os muçulmanos não receberam essas garantias. Eu podia ver pela expressão sombria nos rostos dos prisioneiros que eles sabiam que seu destino fora selado.

Ao me virar para deixar o local, vi meu marido aproximar-se com Ali, seguido pela judia Safiya, que ajudara a encerrar a luta. Ela não mudara desde a última vez que a vi: alta e elegante, de estrutura delicada e perfeita. Porém, seus olhos cinzentos estavam vermelhos das lágrimas que haviam derramado. Observei-a olhando para seu pai, Huyayy, que permanecia orgulhoso, demonstrando dignidade mesmo no cativeiro, e não consegui sequer imaginar a dor que ela devia estar sentindo ao vê-lo preso como um animal à venda no mercado.

Ali deu um passo à frente, seus cabelos pretos brilhando como a juba de um leão sob a luminosidade da manhã.

— Ó homens de Khaybar, o Mensageiro poupou as suas vidas por causa das súplicas daquela que vocês abandonaram — disse ele, olhando diretamente para Safiya. — O bom povo de Khaybar não é responsável pela traição de seus hóspedes, portanto, seus prisioneiros serão libertados. Vocês poderão manter suas terras em segurança mediante o pagamento de um tributo que será correspondente à metade de sua colheita anual.

Enquanto Ali falava, vi os soldados muçulmanos adiantarem-se e cortarem as amarras dos prisioneiros que haviam sido identificados como nativos da cidade. Os homens de Khaybar ficaram surpresos ao serem libertados, e muitos choraram e beijaram as mãos de seus captores.

Ali voltou-se para o restante dos prisioneiros, os homens exilados da tribo Bani Nadir, cuja conspiração os havia conduzido àquela terrível situação, da qual não havia mais escapatória.

— Mas seus irmãos entre os Bani Nadir quebraram todos os pactos e espalharam a discórdia pela terra — disse Ali enfaticamente. — Eles serão punidos. Esse é o mandamento de Deus e do Seu Mensageiro.

Olhei para Safiya e vi lágrimas escorrerem-lhe pela face pálida. Ela correu e abraçou Huyayy soluçando. Os soldados logo se adiantaram para puxá-la, mas um olhar sério do Mensageiro os fez parar. A moça ficou ali, abraçada ao pai condenado, e chorou em seu braços, até que Huyayy beijou-a na fronte e gentilmente afastou-a de si.

— Eu tentei salvá-lo... — escutei-a dizer entre soluços de dor.

Huyayy sorriu para ela carinhosamente, sem acusação ou recriminação em seu olhar.

— Eu sei...

Os homens de Ali deram um passo à frente, preparando-se para conduzir o chefe dos Bani Nadir para a cova que logo seria sua morada eterna.

Quando os soldados afastaram a moça gentilmente, Huyayy olhou para a filha. Percebi um arrependimento profundo em seu rosto envelhecido, o olhar de um homem que compreendera tarde demais que estivera errado sobre tudo o que de fato importava na vida. Ele olhou para o Mensageiro de Deus, seu rival e punidor, que afinal o sobrepujara após uma década de conflitos violentos.

— Eu estava lendo uma história na Torá, ontem à noite — disse Huyayy num tom reflexivo, sem nenhum sinal de malícia. — Sobre a morte de Abraão. Seus filhos Isaac e Ismael, inimigos durante vários anos, juntaram-se e o enterraram na gruta de Hebron.

O Mensageiro sorriu gentilmente diante da referência e fez um sinal afirmativo com a cabeça.

— Eu gostaria de considerar essa história uma profecia — disse Huyayy, um sorriso amável nos lábios, no final. — Talvez um dia nossas nações encontrem uma forma de, juntas, enterrarem o passado.

E com isso, Huyayy ibn Akhtab virou-se e ficou de joelhos à beira do fosso, enquanto Ali erguia *Dhul Fiqar*. O grito de tristeza de Safiya ressoou por todas as antigas pedras de Khaybar.

# 36

Safiya e o Mensageiro casaram-se alguns dias após a derrota de Khaybar. O Profeta me disse que era um ato de misericórdia com a moça que perdera toda a família para as espadas vingativas dos muçulmanos. Ao mesmo tempo, era também um casamento político, pois Safiya continuaria sendo um vínculo diplomático útil com o restante dos judeus da Arábia, à medida que o Estado muçulmano consolidava seu poder. Tudo o que ele disse era verdade, mas eu vi a forma como seus olhos negros olhavam enlevados para a pele perfeita de sua nova esposa, e o terrível demônio da inveja surgiu outra vez em minha alma.

Embora Safiya tivesse abraçado o islã, eu sempre me referia a ela como "a judia", e não deixava de fazer comentários sarcásticos em sua presença sobre sua ancestralidade e a duplicidade de seu povo. Quando ela reclamou com o Profeta das minhas observações denegridoras aos seus, ele lhe ensinou a responder dizendo que era filha de Aarão e sobrinha de Moisés, o que invariavelmente ela fazia com grande orgulho, aumentando ainda mais meus ciúmes.

A adição de Safiya ao harém aumentou nosso número para oito Mães, junto a Sawda, eu, Hafsa, Umm Salama, Zaynab bint Jahsh, Juwayriya e Ramla. Como eu disse antes, a bondosa Zaynab bint Khuzayma, a Mãe dos Pobres, morrera de febre, e sua influência pacificadora sobre os membros da casa fazia falta. A despeito do número de anos vivendo juntas, e apesar dos maiores esforços do Mensageiro para nos tratar da maneira mais justa possível, pequenas rivalidades ainda existiam. A explosiva Hafsa e a princesa beduína Juwayriya sempre se enfrentavam, como também a altiva Ramla e a simples e prática Umm Salama. Porém nem todas no harém estavam em pé de guerra. Eu fizera as pazes com Zaynab depois de seu apoio e consideração quando surgiram falsas acusações contra mim, e a bondosa Sawda, que mais parecia nossa avó, era amada por todas.

Nossas brigas eram por pequenas coisas — quem disse o quê, sobre quem, quem estava tomando muito tempo e atenção demais do Profeta. Quem tinha as roupas e joias mais bonitas, embora todas nós vivêssemos uma vida espartana e tivéssemos poucos adornos. Não rivalizávamos mais quanto a quem ia engravidar primeiro, uma vez que tínhamos secretamente perdido as esperanças de dar um herdeiro ao Profeta. Khadija lhe dera seis filhos, e os dois homens haviam morrido. Desde então, Deus não o abençoara com mais nenhum, embora ele fosse casado com várias mulheres jovens e férteis.

Havia rumores entre os fiéis de que Deus não queria que o Profeta tivesse um herdeiro homem. Muitos diziam que era porque a *Ummah* muçulmana não deveria ser governada por uma monarquia, como inevitavelmente ocorreria se o Profeta tivesse um filho, que seria designado a sucedê-lo como líder. Alguns especulavam que Deus já havia escolhido a linhagem masculina do Profeta, selecionando seu primo Ali, que dera dois netos a Maomé, Hasan e Husayn. Aqueles que compartilhavam esse ponto de vista eram uma pequena minoria, mas, nos anos vindouros, eles se tornariam uma voz poderosa, cuja mensagem dividiria nossa nação.

Porém, aqueles anos de discórdia e divisão quanto ao legado do Mensageiro ainda estavam distantes. Com a pacificação de Khaybar e o acordo com os mecanos, a paz chegara à península. Como o Mensageiro previra em Hudaybiyya, a trégua se mostrara uma vitória maior para o islã do que qualquer uma das batalhas que havíamos enfrentado na última década. Com as hostilidades encerradas, o comércio floresceu entre as tribos do norte e do sul, e os muçulmanos agora faziam a Peregrinação a Meca regularmente, onde podiam pregar o Deus único sem medo de represálias.

Foi nessa atmosfera de comércio pacífico e diálogo que a mensagem do islã começou a espalhar-se com rapidez por todo o deserto, e dizia-se que nos dois anos que se seguiram ao acordo de Hudaybiyya, mais pessoas abraçaram a nossa religião do que nas duas décadas anteriores ao tratado.

À medida que o poder do islã espalhou-se pela península, os mais sábios entre os coraixitas começaram a entender que os velhos tempos haviam mudado para sempre. Embora alguns dos mais velhos, como Abu Sufyan, se recusassem obstinadamente a unir-se ao movimento do Profeta, a geração mais nova de líderes percebeu que o futuro da Arábia estava em Medina, não em Meca. As rupturas na represa da unidade mecana transformaram-se numa inundação depois que dois dos mais proeminentes nobres da cidade sagrada desertaram. Khalid ibn al-Waleed, o comandante dos exércitos mecanos, e Amr ibn al-As, o diplomata mais respeitável da cidade, foram a Medina e juraram fidelidade a Deus e a Seu Profeta, e houve uma grande festa em comemoração a essas conversas.

Medina transformou-se numa metrópole de atividades intensas, onde os produtos de toda a região eram comercializados, e o pequeno oásis começou a se expandir e adquirir cada vez mais a aparência de capital de uma nação próspera. Nós, as Mães dos Fiéis, nos vimos extremamente ocupadas com o trabalho em prol do crescente Estado islâmico. Quer fosse organizando a distribuição de alimentos e medicamentos para os necessitados, quer ensinando outras mulheres e seus filhos os princípios morais de nossa fé religiosa, nossas horas foram tomadas pelas exigências cada vez maiores de nossa função como Mães. Não tínhamos mais tempo para nossas mesquinharias habituais, e a paz começou a reinar entre os membros da família do Profeta, assim como ocorria por toda a Arábia.

Tudo isso mudou com a chegada de uma moça escrava vinda do Egito.

Mariya era uma cristã da igreja copta, um presente ao Mensageiro de Deus dado por um governador egípcio com tino político para entender que Maomé estava a caminho do triunfo na vizinha Arábia. Era uma moça de beleza estonteante, seus cabelos pareciam um mar revolto de cachos castanhos, seus olhos amendoados e seios fartos. De fala macia, era majestosamente feminina, mais feminina do que qualquer outra mulher que eu conhecia.

No instante em que o Mensageiro de Deus viu Mariya, ele ficou fascinado, o que nos deixou desesperadas. Percebendo que ela seria alvo de ciúmes se fosse instalada junto às outras esposas, o Profeta mandou construir uma casa especial para ela nas imediações de Medina, onde ele viria a passar cada vez mais tempo, para nosso crescente alarme.

Foi então que as mulheres de Maomé juntaram-se e procuraram minha ajuda. Elas temiam que o amor dele por Mariya nos deixasse para trás, e me pediram para intervir, como aquela que ainda, teoricamente, permanecia a mais amada entre as esposas.

Numa noite, quando o Profeta relaxava a cabeça em meu colo depois de um longo dia lidando com questões de Estado, lancei meu ardil. Maomé olhou para mim com um sorriso nos lábios e alisou meus cabelos. Mas quando tentou me beijar, virei o rosto para o outro lado.

— Não. Por favor — eu disse, com uma rispidez intencional.

O Mensageiro sentou-se e olhou para mim com aqueles olhos negros brilhantes.

— Qual é o problema?

Virei de costas para ele e comecei a soluçar. Embora eu estivesse de fato interpretando de acordo com o meu plano, as lágrimas e a dor em meu coração eram reais.

— Você não gosta mais de mim!

O Mensageiro pôs uma das mãos sobre o meu ombro, e senti aquele frio estranho que sempre parecia emanar de sua presença.

— Como pode dizer uma coisa dessas? Entre todas as minhas esposas, você é a que eu mais amo.

Voltei-me para ele, as lágrimas ainda descendo por minhas faces.

— Suas esposas, talvez. Mas não entre as que sua mão direita possui.

Meu marido se empertigou, e vi seu sorriso bondoso desaparecer.

— Mariya me conforta — disse ele devagar, como se pesasse cada uma das palavras com o devido cuidado. — Mas ela não toma o seu lugar no meu coração. Ninguém toma.

Segurei suas mãos e apertei-as.

— Então prove.

O Profeta suspirou e de repente pareceu muito cansado.

— O que você quer que eu faça?

Inclinei-me mais em sua direção, meus olhos fixos nos dele.

— Deixe essa escrava! Prometa que não vai voltar a vê-la!

Surpreso, o Profeta piscou os olhos diante da audácia de meu pedido.

— *Humayra...* — começou ele, mas eu o interrompi retirando minha mão da dele, e afastando-me.

— Prometa, ou você nunca mais vai ter meu consentimento para me tocar de novo! Se quiser me abraçar, vai ter que ser pela força, e não por amor.

O Mensageiro pareceu perplexo, como se eu o tivesse esbofeteado. Em todos aqueles anos de casamento, eu nunca havia ameaçado privá-lo de nossas intimidades, mesmo depois de nossas brigas mais sérias. Mesmo depois de ele ter duvidado da minha fidelidade, não o puni negando-lhe meu abraço, e, pelo doce carinho de nossa união, começamos a recuperar o que os boatos haviam destroçado.

O Profeta olhou para mim com aqueles poderosos e insondáveis olhos, mas o encarei de forma desafiadora. Por um longo tempo, o único som que ouvi foi o canto rítmico dos grilos e o suave farfalhar das folhas de palmeiras ao vento.

Por fim, o Profeta falou, e pude perceber a frustração que tentava suprimir.

— Eu prometo — disse ele, porém notei um tom amargurado nessa promessa. — Não vou mais ver Mariya. Está feliz agora?

Senti um grande entusiasmo com minha pequena vitória e sorri como uma criança ao acabar de receber o brinquedo desejado. Mas quando me inclinei para beijar meu marido, foi sua vez de se esquivar.

— Foram as outras mulheres da casa que lhe pediram para fazer isso? — perguntou ele, e eu sabia que ele nos conhecia demais para ser enganado. Não respondi, mas ele pareceu encontrar a resposta que procurava na minha expressão de culpa.

O Mensageiro de Deus levantou-se e abanou a cabeça, e de repente tive uma estranha sensação na boca do estômago, a sensação de que minha vitória era uma miragem e que eu, na verdade, havia causado minha derrota e a das outras esposas, minhas companheiras.

— Vocês são como as mulheres que ameaçaram colocar José na cadeia se ele não se submetesse às exigências delas — disse o Profeta com um suspiro de desânimo, e senti certa humilhação ao ser comparada às mulheres pecadoras que haviam tentado seduzir o filho de Jacó.

Sem nenhuma outra palavra, o Mensageiro de Deus virou-se e saiu, fazendo-me sentir de repente muito sozinha e desamparada. Havia algo na maneira como ele fechou a porta, uma atitude firme em seu passo, que me fez achar que ele fora embora definitivamente e jamais voltaria.

Novas lágrimas encheram meus olhos, lágrimas de choque e perda, ao perceber que cometera um terrível erro.

## 37

O Mensageiro enviou um recado às Mães, por intermédio do irascível Umar. Ele não falaria com nenhuma de nós por um mês. Retirara-se para uma pequena tenda num dos cantos do pátio da *Masjid* e recusara nossas súplicas desesperadas pela reconciliação.

O mês seguinte foi um dos piores de toda minha vida. O Profeta manteve sua palavra e não se dirigiu a nenhuma de nós. Para agravar nossa punição, nos foi dito que Deus absolvera Seu Mensageiro da promessa apressada que fizera, e meu marido então passava as noites somente na companhia da moça escrava, Mariya. Como sempre, as outras esposas me culparam pela situação, embora, dessa vez, a responsabilidade recaísse sobre todas nós, por termos pressionado demais Maomé. Elas me evitavam como se eu tivesse uma doença contagiosa, e fiquei mais isolada do que nunca.

A única companhia que eu tinha, naqueles dias tenebrosos, era a de minha irmã, Asma, que quase sempre trazia você, Abdallah, para brincar num canto enquanto ela me confortava. Você ainda era uma criancinha, com menos de 5 anos, mas mesmo nessa tenra idade, demonstrava seriedade e sabedoria. Quando eu chorava, como com frequência fazia naquelas visitas, você invariavelmente colocava os brinquedos de lado, vinha para meu lado e apoiava a cabeça em meu colo até a suavidade de sua presença me acalmar. No fundo, eu sabia que jamais teria um filho, e nessas ocasiões você se tornava um filho para mim, elo que ainda sinto hoje, quase cinquenta anos depois. E é talvez por isso que abro meu coração para você agora, pois você sempre foi um bálsamo para a dor de sua tia, que o destino escolheu para ser abençoada e amaldiçoada.

O tempo perdeu todo o sentido durante aquelas semanas, mas mesmo assim eu ficava contando as horas para o fim do banimento e esperava que meu marido voltasse para nós. Entretanto, eu me apavorava ao pensar no que aconteceria depois. Será que ainda me amaria, ou será que Mariya havia tomado meu lugar em seu coração? Será que o fogo glorioso que um dia unira nossas almas seria reduzido a uma brasa, um reflexo pálido dos dias do passado?

Uma noite, quando eu estava sozinha em meu quarto, olhando para o manto surrado de meu marido, o cheiro almiscarado de sua pele ainda emanando do tecido, escutei o som de passos. A porta abriu-se, revelando a silhueta de um homem à entrada. Sobressaltada, peguei meu véu. Logo a figura entrou e vi que era o Mensageiro de Deus.

Por um instante, fiquei imóvel, convencida de que estava apenas sonhando acordada, de que Maomé era uma sombra fruto da minha imaginação. Ele me encarou por um instante, silencioso, e depois seu rosto abatido abriu-se num sorriso.

Fiquei de pé, meu coração disparado.

— Mas... só se passaram 29 dias... — Foi tudo o que consegui dizer.

O Profeta ergueu uma sobrancelha surpreso.

— Como é que sabe disso?

Aproximei-se dele, como uma gota de água impelida a seguir em direção ao oceano.

— Eu venho contando os dias. E as horas.

Então me dei conta de que aquele mês, *Rajab*, tinha 29 dias em vez de trinta, por causa do surgimento antecipado da lua nova. O Profeta havia esperado exatamente o tempo que prometera, nem um dia a menos. E escolhera vir a mim antes de todas as suas esposas.

O Mensageiro de Deus tomou minha mão na sua e apertou-a com força até eu sentir a pulsação regular do sangue em suas veias, no mesmo ritmo das batidas de meu coração.

— Aisha, Deus me revelou estas palavras — disse ele gentilmente, mas percebi certa rigidez ainda em seu olhar enquanto recitou os mais recentes versos do Corão.

*Ó Profeta, dize a tuas esposas:*
*Se ambicionardes a vida terrena e as suas ostentações,*
*Vinde! Prover-vos-ei e*
*Dar-vos-ei a liberdade, da melhor forma possível.*
*Outrossim, se preferirdes Deus, Seu Mensageiro*
*E a morada eterna,*
*Deus destinará, para as benfeitoras, dentre vós,*
*Uma magnífica recompensa.*

Escutei de cabeça baixa, enquanto Alá me oferecia dois caminhos: o mundano ou o da eternidade. O Deus que havia me livrado da desgraça, que havia salvado a minha honra quando até meu marido duvidou de mim, estava agora me alertando de que meu futuro com Maomé e os fiéis seria determinado pelo rumo que meu coração escolhesse naquele instante.

— Então, *Humayra*, qual dos dois você escolhe? — perguntou o Mensageiro num tom de voz que era um sussurro.

Lágrimas quentes escorreram por minhas faces, e fitei os olhos negros brilhantes de meu marido, sabendo que não havia escolha nessa questão.

— Escolho Deus e Seu Mensageiro, e a Morada Eterna — eu disse, trêmula, com uma dor que ameaçava partir meu coração ao meio.

O Profeta sorriu calorosamente. Ele me tomou em seus braços e me beijou, e as ondas da paixão logo nos conduziram para além do véu deste mundo cruel, para o eterno mistério entre um homem e uma mulher, e para a alegria infinita da união entre eles.

Uma semana mais tarde, soube que as regras da escrava Mariya haviam faltado pelo segundo mês consecutivo.

Ela esperava um filho de Maomé.

## 38

Sete meses depois, as mulheres se reuniram em torno de Mariya enquanto ela sofria as terríveis dores do parto. Eu segurei a mão dela, enquanto Hafsa secava o suor que lhe banhava os cachos macios. Umm Salama agachou-se na frente da cadeira de parto, estimulando a pobre moça a fazer mais força.

Todos os ciúmes que havíamos sentido — todas as mágoas que haviam se espalhado pela família do Mensageiro desde o instante em que soubemos que a escrava estava grávida — tudo finalmente fora esquecido nas longas horas que passamos ao lado dela desde o instante em que sua bolsa d'água estourou. A moça era frágil como um passarinho, e cada contração produzia gritos tão dolorosos que a frieza de nossos corações se derreteu em compaixão. Não era mais nossa rival pelo amor do Mensageiro, nem a usurpadora que chegara e se apossara da honra que era destinada às mulheres nobres e livres de nascença, que haviam compartilhado a cama de Maomé. Naquela noite, ela se tornara apenas uma moça assustada, sofrendo a agonia que era também a glória de uma mulher.

Fixei o olhar nos olhos suaves de Mariya, tão bondosos e perdidos como os de uma gazela no deserto, e tentei transmitir a sua alma a força indomável que fluía em minhas veias. Ela olhou para mim, confusa e amedrontada, mas vi uma luz no fundo de seus olhos que dizia que havíamos nos entendido, e percebi um sinal de gratidão em sua face pálida.

Mariya apertou minha mão com uma tal fúria que pensei que ela iria quebrar meus dedos, e deu um grito mais assustador do que os que eu ouvira de homens agonizantes no campo de batalha.

Em seguida, um novo grito difundiu-se pelo celeiro de pedra, que fora improvisado para servir de sala de parto. O maravilhoso, improvável e emocionante som de um bebê chorando.

Voltei-me admirada para Umm Salama, que estava de joelhos no chão, segurando a criança que era a esperança da nação. A gentil mulher, com um sorriso maternal, nos dirigiu o olhar com reverência, lágrimas grossas enchendo-lhe os olhos.
— Digam ao Mensageiro de Deus... que ele tem um filho...

---

Eu jamais vira tanta alegria em Medina. Nos dias que se seguiram, o tranquilo oásis foi transformado numa cidade de grandiosa festividade em comemoração ao nascimento do filho de Maomé, que recebeu o nome Ibrahim. Centenas de camelos, ovelhas e bois foram sacrificados pelos exultantes fiéis, e a carne distribuída entre os pobres. Os comerciantes reduziram drasticamente os preços no mercado e às vezes até distribuíam seus produtos como presentes. Os poetas apressaram-se em compor versos em honra do recém-nascido em cujo sangue se encontrava a esperança de toda a *Ummah*. Se o álcool não tivesse sido banido pelo Corão sagrado, as ruas teriam sido inundadas de cerveja e *khamr*, e suspeito de que alguns muçulmanos menos fervorosos estivessem brindando na privacidade de suas casas.

Foi um tempo glorioso, e a alegria foi partilhada por todos na casa do Profeta, incluindo as Mães. Nossa inveja fora substituída por um instinto protetor em relação a ela e ao bebê, que se tornara o filho de todas nós. Ainda me lembro da primeira vez que segurei Ibrahim no colo, depois de ele ter sido amamentado pela mãe e o Mensageiro ter chorado em cima de seus dedinhos. O Profeta o entregara a mim primeiro, procurando mostrar que eu ainda era a mais importante das esposas.

Carreguei nos braços aquele embrulhinho como se fosse uma joia preciosa e olhei em seu rosto. Os cabelos de Ibrahim eram castanhos e cacheados como os da mãe, mas seus olhos eram, sem sombra de dúvida, como os do pai, fitando-me, como pérolas negras repletas de sabedoria ancestral. Sua pele era mais macia do que a de uma pomba, e ele irradiava a frieza misteriosa que sempre circundava Maomé, mesmo nos dias mais quentes de verão. Aqueles olhos magnetizadores pareceram piscar para mim quando ele sorriu, e me apaixonei por Ibrahim naquele instante. Era um amor tão intenso e absoluto quanto o que eu sentia pelo Mensageiro, e jurei dar a minha vida para protegê-lo e a sua mãe, mesmo que todos os demônios do inferno fossem soltos em cima de nós.

No sétimo dia de vida de Ibrahim, o Mensageiro realizou a cerimônia do *aqiqa*, na qual o cabelo do bebê é cortado pela primeira vez e pesado, e seu peso em ouro é distribuído entre os pobres. A família do Profeta reuniu-se para celebrar esse marco inicial na vida da criança, e uma tenda com listras verdes e amarelas foi erguida do lado de fora da *Masjid*, onde os fiéis podiam visitar o belo menino, e os indigentes, receber os donativos.

As mulheres da família se reuniram numa seção fechada nos fundos, separadas da multidão agitada por uma cortina de lã. Junto às outras esposas, minhas irmãs, estavam as filhas de Maomé — Zaynab, com sua filhinha, Umama; Umm Kulthum, que não tinha filhos e se casara com Uthman após a morte de Ruqayya; e a favorita do Profeta, Fatima, com seus filhos, Hasan e Husayn. Todos nós reunimo-nos respeitosamente em torno de Mariya, como se ela fosse a rainha da nação, e disputávamos uma chance de segurar o bebê, o pequeno Escolhido, que era a luz da *Ummah*. Ouvi Hasan rir ao sair correndo atrás de seu irmãozinho, Husayn, por toda a sala, e, ao olhar para Fatima, vi que, pela primeira vez, ela não parecia estar triste nem distante, mas ria um riso aberto ao ver o irmãozinho olhar para ela com a confiança e a atenção que só os recém-nascidos imaculados pelo mundo possuem.

No início da gravidez de Mariya, espalharam-se rumores sugerindo que Fatima e Ali ficaram aborrecidos com a notícia de que o Profeta estava prestes a ter um herdeiro, tomando, assim, o lugar de seus próprios filhos como os únicos herdeiros da linhagem de Maomé. Porém, apesar de minha antipatia inabalável por Ali, eu tinha total convicção de que ele e sua mulher sentiam apenas felicidade pelo Mensageiro, e, ao ver a expressão sincera de alegria no rosto normalmente taciturno de Fatima, me convenci de que aqueles boatos eram maliciosos e sem fundamento.

A cortina se abriu e meu marido entrou no recinto das mulheres, seus olhos brilhando. Ele dirigiu-se a Mariya, beijou o recém-nascido na testa e depois sussurrou algo no ouvido da moça egípcia. Ela deu um riso malicioso e fez um sinal afirmativo com a cabeça no momento em que ele voltou a atenção para nós. Vi pela primeira vez que ele tinha nas mãos um lindo colar — um pingente de esmeralda numa corrente de prata.

— Em honra ao *aqiqa* de meu filho, hoje darei este colar à moça que mais amo — disse o Mensageiro, erguendo o pingente para todos verem.

Houve uma imediata agitação e eu de repente senti meu coração palpitar no peito. O Mensageiro olhou para mim por um breve instante e depois começou a caminhar devagar, passando por cada uma das esposas, balançando o colar próximo a seus rostos ansiosos.

Vi Hafsa virar-se para Zaynab e lhe falar ao ouvido. Sua voz era baixa demais e não podia ser ouvida, mas eu havia aprendido a arte de ler lábios durante os anos em que procurei me afastar — e, ainda assim, participar — das bisbilhotices do harém.

— Ele vai dar o colar à filha de Abu Bakr — disse Hafsa, e percebi a irritação nas belas feições de Zaynab quando a moça concordou com um gesto de cabeça.

Senti certo orgulho quando o Mensageiro passou por todas a esposas e se aproximou de mim. Por um instante, ele parou diante de Safiya e meu coração foi ao chão. Depois ele seguiu, vindo em minha direção, a última do círculo das Mães, e a judia ficou decepcionada.

Sorri triunfante e estendi a mão para receber a joia...

... mas o Mensageiro passou direto por mim! Envergonhada e confusa, o sangue me subiu ao rosto. Ele havia passado por todas as esposas, e o colar permanecera em suas mãos. Então se aproximou da pequena Umama, que estava sentada no colo de sua mãe, Zaynab. O Mensageiro inclinou-se e colocou o colar em volta do pescoço de sua neta, e depois beijou-lhes os lábios.

Resmungamos ao perceber que o Profeta havia pregado uma peça embaraçosa em todas nós, as mulheres da família, que vivíamos competindo de forma dramática para ocupar o primeiro lugar em seu coração.

O Profeta olhou para mim com um ar de divertimento. Cruzei os braços fingindo irritação, mas não pude evitar sorrir. Por fim, gargalhei, e logo todos se juntaram a mim.

Mas a alegria da tarde foi interrompida pelo som de um cachorro, latindo ferozmente não muito longe; vi o rosto do Profeta ficar sério. Ele começou a tremer e, ao notar gotas de suor em sua testa, fiquei em pé de um salto, supondo que eram os tremores da Revelação. Porém o Mensageiro não caiu no chão com as habituais convulsões, como frequentemente ocorria durante os momentos de êxtase espiritual. Permaneceu onde estava, seu olhar distante, como se enxergasse através das paredes de tecido da tenda e percebesse algo muito além dos confins do tempo e do espaço.

O momento passou, e o Profeta piscou com rapidez, examinando a sua volta como se tentasse lembrar-se de onde estava. Ele voltou-se para nós, seu olhar profundo dirigido fixamente a cada uma das esposas, seu belo rosto de repente tenso, revelando ansiedade. Sua vista então recaiu sobre mim e senti um frio estranho no coração.

— Ó Mensageiro de Deus, o que foi?

O Profeta continuou olhando para mim, como se seus olhos estivessem examinando minha alma.

— Os cães de Al-Haw'ab... eles latem com tanta ferocidade...

Al-Haw'ab era um vale ao nordeste, na rota das caravanas para o Iraque. Não entendi por que o Profeta estava mencionando aquele lugar remoto e desolado, mas havia alguma coisa em seu tom de voz que de repente me assustou. Olhei para as outras esposas, minhas irmãs, e vi que elas também estavam agitadas.

O Profeta desviou o olhar e virou-se para o outro lado da sala. Ele continuou a falar, mas consigo mesmo.

— Eles latem para o Anjo da Morte... que está cercando-a... há tanta morte...

Seguiu-se um terrível silêncio e a única coisa que eu ouvia era o latejar do sangue em meus ouvidos. A judia se levantou, seus olhos refletindo o terror que todas sentíamos.

— Quem é ela? Para quem os cães latem?

O Profeta saiu de seu devaneio e depois olhou para cada uma de nós, a tristeza impressa em sua face.

— Eu... eu não sei... mas sofro por ela...

O ar festivo se desvaneceu, substituído por um terrível sentimento de desgraça pairando sobre nós. O Mensageiro de Deus abanou a cabeça como se tentasse libertar-se da terrível visão que tomara conta de seu coração. Ele voltou-se para partir, mas logo parou, seus olhos de súbito focados em mim. Ele se inclinou mais para que somente eu pudesse ouvi-lo.

— Por favor, *Humayra* — disse ele suavemente. — Não permita que os cães latam para você.

Ele partiu, deixando-me com a sensação misteriosa de um presságio. De repente, joguei o véu no rosto e corri para fora. Quando deixei a tenda, saí em disparada de volta para a segurança de minha pequena casa e me senti assustada como uma gazela que corre desabalada pelo deserto, fugindo de um predador fora de sua visão, que se aproximava a cada instante.

Nos anos vindouros, quando a profecia do Mensageiro se concretizou, aprendi que nós todas somos gazelas, e que o leão que nos persegue é o caçador desalmado chamado destino. A tragédia da vida é que não importa a velocidade que imprimamos a nossa corrida, não importa a distância que percorramos, o leão sempre vence.

# 39
## Meca – 630 d.C.

No oitavo ano após a emigração para Medina, quando eu tinha 17 anos, os mecanos romperam a trégua de Hudaybiyya. Homens coraixitas ajudaram um grupo de beduínos impetuosos do clã dos Bakr a atacar muçulmanos da tribo Bani Khuza'a. Foi uma disputa tola por uma mulher de um clã pagão que se apaixonara por um rapaz muçulmano e fugira com ele. Ainda assim, foi uma clara violação da paz que durara dois anos, e o Profeta ordenou que o exército do islã avançasse para Meca em represália.

A essa altura, podíamos de fato nos considerar um exército. Depois de testadas em dezenas de conflitos cada vez mais complexos, as tribos bárbaras transformaram-se numa força poderosamente disciplinada e habilitada para a luta, força que, poucos meses antes, confrontara pela primeira vez as legiões do império bizantino. Depois da derrota da aliança romana com Khaybar, não tardaria até que as tropas imperiais viessem atacar nossos homens. Os bizantinos haviam precipitado a crise capturando o emissário do Profeta à Síria e matando-o de forma brutal. O assassinato fora uma violação cruel do antigo respeito diplomático aos enviados e, sem dúvida, pretendia mostrar o desprezo bizantino pelo crescente poder muçulmano e provocar uma reação.

O Mensageiro enviara uma força de 3 mil soldados para vingar a morte de seu embaixador, conduzida por seu filho adotivo, Zayd. A batalha resultante contra as tropas bizantinas no vale de Muta'h foi a primeira de uma guerra que logo faria ruir o poderoso império romano pelas mãos de um grupo de guerreiros do deserto. O conflito foi brutal, e Zayd foi morto. A morte do ente querido de Maomé fez os muçulmanos lutarem com tal ferocidade que as confiantes legiões de Bizâncio foram forçadas a recuar. O desertor mecano Khalid ibn al-Waleed assumiu o comando do exército e enfrentou as atordoadas forças bizantinas, empurrando-as de volta ao Mar Morto antes de conduzir seus homens à segurança do deserto. Apesar de a batalha ter sido considerada um empate, os bizantinos ficaram horrorizados. Suas forças de elite, que haviam dominado a terra por quase mil anos, acabaram contidas por cavaleiros levemente armados, em número três vezes menor do que o inimigo.

Quando os sobreviventes voltaram a Meca, o Profeta os parabenizou pela coragem e honrou Khalid com o título "A Espada de Alá", pelo qual passaria a ser conhecido para sempre. Em seguida, o Mensageiro retirou-se para a privacidade do apartamento de Zaynab para chorar amargamente a morte de Zayd, que fora para ele um filho, e para ela, um marido.

O exército muçulmano intimidara os bizantinos, e agora estava pronto para enfrentar seu mais importante desafio — a conquista da cidade sagrada de Meca. O Mensageiro reuniu 10 mil dos seus melhores guerreiros e marchou para Meca em resposta à violação do tratado. Entre os homens, muitos revelavam uma justa indignação e o desejo intenso de vingar os anos de humilhação e morte nas mãos dos coraixitas. Entretanto, o Mensageiro acalmou seus corações, dizendo que preferia tomar a cidade sem derramamento de sangue. Embora tivesse funcionado como base de operações de nossos inimigos, Meca permanecia uma cidade sagrada, e o Profeta não desejava manchar o Santuário de Abraão com sangue.

Assim, quando o exército muçulmano acampou nos montes, nas imediações da cidade antiga, da qual havíamos sido exilados, Maomé ordenou que cada um dos homens fizesse sua pequena fogueira, em vez de algumas grandes em redor das quais o exército se reuniria. Foi então que o céu da noite de Meca refletiu um vermelho vivo. A combinação das chamas de 10 mil fogueiras, dando a assustadora impressão de um exército de 100 mil homens acampados nas imediações da cidade. Foi um ardil eficiente, e aquela ilusão deixou os habitantes de Meca em pânico.

Fiquei ao lado do Profeta no pé de um monte, minha pele formigando com as ondas de calor que emanavam do acampamento ardente atrás de nós. A fumaça das fogueiras fez meus olhos lacrimejarem, e a preocupação de que uma fagulha solta de uma das mil fogueiras consumisse a tenda do Profeta, armada quase no perímetro do acampamento, não me abandonava. Apesar de Umar e os outros comandantes terem feito objeção a que o centro de comando do Mensageiro fosse estabelecido na base dos montes, onde ficaria vulnerável ao primeiro ataque das forças mecanas, meu marido não pareceu nem um pouco temeroso. Olhando para trás para o horizonte flamejante, que parecia tão aterrador quanto os portões do inferno, compreendi sua confiança. Não haveria ataque.

Dois homens aproximavam-se do nosso acampamento, carregando a bandeira dos arautos. Ao contrário dos bizantinos, os muçulmanos respeitavam a imunidade dos enviados, e esses homens não precisavam de uma força protetora. Enquanto as figuras altas desciam o monte em direção à tenda verde e simples do Mensageiro, meus olhos escancararam-se ao reconhecê-los. Não eram meros embaixadores. Eram os próprios senhores de Meca.

Abu Sufyan se aproximou, acompanhado do filho Muawiya, que durante vários anos permanecera um convertido secreto. Pelo sorriso no rosto de Muawiya e o aspecto exausto e frustrado de Abu Sufyan, ficou claro que não havia mais razão para dissimulação. Meca fora derrotada, e tudo o que restava era estabelecer os termos da rendição.

O Mensageiro deu um passo à frente com um sorriso caloroso, e estendeu a mão para o homem que fora seu inimigo durante vinte anos. Abu Sufyan olhou para ele cansado, e depois apertou a mão do Profeta com dignidade.

---

Durante a hora seguinte, o Mensageiro e Abu Sufyan negociaram o fim permanente das hostilidades entre nossos povos. O exército muçulmano entraria na cidade pela manhã com a garantia de anistia geral para seus habitantes. Esse era um gesto extraordinariamente magnânimo de meu marido. Ele havia derrotado o povo que o perseguira por duas décadas, o povo que assassinara membros de sua família e seus entes queridos, e quase exterminara toda a população muçulmana na Batalha da Trincheira. E ele os perdoaria e lhes garantiria o privilégio de se associar à *Ummah*. Os coraixitas, que haviam expulsado Maomé de seu seio, manteriam o controle de Meca e seu tradicional direito de administrar o Santuário e a Caaba Sagrada em nome do islã.

Tudo isso, o Mensageiro oferecia com um sorriso e de mãos estendidas. Abu Sufyan suspirou, balançando a cabeça diante da generosidade do inimigo, uma generosidade que ele próprio não fora capaz de demonstrar em todos aqueles anos.

— Talvez eu sempre soubesse que esse dia chegaria — disse ele após um longo silêncio. Seus cabelos agora estavam brancos como as nuvens, e seu rosto, que já fora belo, estava fortemente marcado por rugas, os olhos perspicazes sombreados por círculos escuros. Ele parecia mais um velho pedinte do que um futuro rei da nação árabe.

O Profeta inclinou-se um pouco mais, tomou a mão dele na sua como se fossem velhos amigos, e não inimigos mortais.

— Então por que resistiu tanto?

Abu Sufyan olhou para o filho, Muawiya, sua esperança e orgulho, que o traíra se aliando às forças adversárias. Os olhos do nobre rapaz fixaram-se nos do pai, e percebi neles um ar de triunfo, como se ele finalmente se mostrasse vitorioso numa velha disputa familiar.

— Orgulho — admitiu enfim Abu Sufyan. Voltou-se para o Mensageiro. — E talvez ciúme. Por Alá ter escolhido você, e não a mim.

O Mensageiro sorriu.

— Você disse Alá, e não "os deuses".

Abu Sufyan encolheu os ombros e ficou de pé.

— Se meus deuses fossem verdadeiros, eles teriam me ajudado durante esses anos.

O homem idoso virou-se para ir embora, e então, quase como numa reflexão tardia, voltou a olhar para meu marido, um sorriso irônico em seus lábios.

— Eu declaro que existe apenas um único Deus, e que você, Maomé, é Seu Mensageiro.

E com isso, o último dos inimigos de Maomé tornou-se seu seguidor. Muawiya levantou-se para ajudar o homem idoso, que caminhava com dificuldade, a ir embora, quando o Profeta se dirigiu a eles.

— Diga a seu povo para permanecer dentro de casa e depor as armas — disse ele devagar, para ter certeza de que cada uma de suas palavras fosse entendida. — Nenhum homem que não ofereça resistência será ferido.

Abu Sufyan concordou com um gesto de cabeça. Já quase entrando no ar do deserto, que reluzia com as milhares de fogueiras, ele olhou pela última vez para o Mensageiro de Deus.

— Parabéns, Maomé. Você finalmente derrotou os coraixitas.

Vi então o Profeta voltar-se para Muawiya e, por um segundo, pude ver aquele olhar de premonição, estranho e arrepiante, em seus olhos negros. Em seguida, o Mensageiro sorriu, e me surpreendi com o sinal de tristeza em seu rosto.

— Não. Eu dei a vitória a eles.

## 40

Na manhã seguinte, Maomé entrou como conquistador na cidade sagrada, da qual ele fora expulso. Khalid ibn al-Waleed havia conduzido uma guarda avançada para defender a cidade, mas houve pouquíssima resistência. Os cidadãos de Meca, exaustos, permaneceram em suas casas, pedindo em silêncio a seus deuses que o homem que haviam perseguido demonstrasse a misericórdia que faltara a eles quando detinham o poder nas mãos. Suas preces seriam ouvidas, mas não pelos ídolos por quem haviam lutado e morrido. Allat, Uzza e Manat estavam com os dias contados, e Alá surgira triunfante. Os muitos haviam sido derrotados pelo Único.

Em seu camelo predileto, Qaswa, meu marido voltou à cidade que fora seu lar até o dia em que questionou seus antigos tabus e desafiou sua poderosa elite. Meu pai, Abu Bakr, o acompanhava montado em outro animal, enquanto as tropas do exército muçulmano os seguiam pelas ruas calçadas, numa marcha digna e disciplinada, em direção ao Santuário.

Eu os acompanhava em meu camelo, dentro do palanquim coberto que havia sido a fonte de tantos problemas quando fui deixada para trás no deserto. Os muçulmanos haviam adotado a política de só deixar o acampamento depois de verificar se todas as Mães estavam instaladas em segurança em suas respeitáveis carruagens. O decoro comumente exigia que eu permanecesse por trás das pesadas cortinas do palanquim até a companhia fazer uma parada, porém a empolgação do dia predominou, e ninguém se opôs quando espiei por entre as mantas de lã o glorioso Santuário, que eu não via desde meus dias de criança.

A Caaba era como eu guardara na memória, um gigantesco templo cúbico, coberto por ricas sedas coloridas. A esplanada que circundava o local mais sagrado do povo árabe continuava maculada pelos 360 ídolos que representavam os diferentes deuses das tribos, mas aquela visão abominável logo seria eliminada.

O Mensageiro seguiu a nossa frente e circulou a casa sagrada sete vezes, enquanto proclamava glória a Deus. Depois, parou seu camelo, desceu e se aproximou da Pedra Negra, situada no interior do edifício, no canto leste. Dizia-se que a Pedra fora colocada ali pelo próprio Abraão, quando nosso ancestral construiu o templo original com seu filho Ismael. De acordo com o Mensageiro, a Pedra Negra havia caído do céu e era o único remanescente do paraíso celestial do qual Adão fora expulso.

O Mensageiro beijou a Pedra do Paraíso com reverência. Em seguida, fez sinal a Ali, que se aproximou com sua poderosa espada e começou a destroçar os ídolos que haviam poluído a Casa de Deus desde tempos imemoriais. O rapaz derrubou primeiro as antigas estátuas das Filhas de Alá, depois, os rostos risonhos esculpidos dos deuses sírios e iraquianos, que haviam sido levados para o Santuário quando suas imagens deixaram de ser aceitas no mundo cristão. Quando os ídolos caíram, um coro estrondoso de cânticos foi ouvido entre os muçulmanos, brados de *Allahu akbar* e *La ilaha illallah*. "Deus é grandioso." "Existe apenas um Deus." Desse dia em diante, os árabes deixaram de ser um grupo discrepante de tribos que competiam entre si, cada um com seus costumes e crenças. Passaram a ser uma única nação, unida sob um Deus único.

Quando a esplanada ficou coberta de destroços e o último deus foi reduzido a cinzas, o Mensageiro abriu as portas da Caaba e fez um sinal para nós, sua família e seus seguidores mais íntimos. Meu pai e Ali foram para seu lado, como também Umar, Uthman, Talha e Zubayr. Fatima juntou-se a eles, segurando seus filhos pelas mãos. Em seguida, o Profeta olhou para mim e fez um sinal afirmativo com a cabeça. Hesitei, meu coração disparando de ansiedade, e depois conduzi as outras esposas, minha irmãs, até a entrada do Templo dos Templos, morada do Espírito de Deus por toda a eternidade.

O Mensageiro entrou, e nós subimos os degraus de pedra, seguindo-o até o interior escuro. Não havia tochas dentro da Caaba, e por um instante me vi cega e perdida. Depois que meus olhos se ajustaram à escuridão, enxerguei os três pilares de mármore que mantinham o teto de pedra do templo. Na parede ao fundo estava a poderosa estátua vermelha de Hubal, o deus de Meca.

O Profeta olhou para o ícone por um longo tempo, aquele símbolo de tudo contra o que ele passara a vida inteira lutando. Depois, ergueu seu cajado e o apontou para o ídolo, e por um momento ele se pareceu muito com Moisés confrontando a arrogância do Faraó. O Mensageiro de Deus recitou um verso do Corão sagrado: *Chegou a Verdade, e a falsidade desvaneceu-se, porque a falsidade é pouco durável.*

Ouvi um estrondo, e de repente senti o chão tremer. Os abalos se intensificaram, e o majestoso ícone de Hubal estremeceu e desabou. O ídolo caiu de cara no chão e espatifou-se como um vaso de cristal lançado de uma grande altura.

O tremor da terra parou, e um silêncio profundo recaiu sobre a Caaba.

Ouvi a voz de Bilal, o escravo abissínio que muitos anos antes fora torturado no Santuário. Ele recitava o *Azan*, o chamado para a oração, convidando os homens para a Verdade, que não podia mais ser negada.

*Existe apenas um único Deus, e Maomé é Seu Mensageiro.*

## 41

O Mensageiro de Deus montou sua tenda nas cercanias da cidade, para onde se dirigiram todos os residentes de Meca a fim de lhe jurar lealdade. Abu Bakr sentou-se à direita dele e Umar, à esquerda, enquanto Uthman entregava a cada um dos novos convertidos um presente em ouro ou joias do *Bayt al-Mal*, o tesouro muçulmano, um gesto de reconciliação e boas-vindas à nova ordem. Ali permaneceu atrás do Profeta, braço erguido, empunhando *Dhul Fiqar*, uma advertência a quem quer que tentasse se vingar do homem que derrotara os orgulhosos nobres de Meca.

Ele não estava naquela posição à toa. O Mensageiro escapara recentemente de uma tentativa de assassinato. Durante a visita à cidade conquistada de Khaybar, o Profeta fora bem recebido pelos líderes judeus, que estavam ansiosos por manter a paz depois de sua humilhante derrota. Entretanto, nem todos na cidade partilhavam os sentimentos deles, e uma mulher de Khaybar envenenara uma refeição de cordeiro que havia sido preparada para o Profeta por seus anfitriões. O Mensageiro provou a carne e sentiu de imediato que havia algo errado. Cuspiu a porção envenenada, mas vários de seus Companheiros foram menos afortunados e morreram dolorosamente à mesa. Os líderes judeus, apavorados, temendo que sua tribo fosse punida com a exterminação, encontraram a cozinheira e a forçaram a confessar que agira sozinha. Ali estava preparado para executá-la ali mesmo, mas o Profeta conteve o indignado sobrinho. Meu marido perguntou à hostil judia por que tentara assassiná-lo, e ela, orgulhosa, respondeu de cabeça erguida que estava apenas tentando vingar as mortes de seu povo nas mãos de Maomé. Para surpresa de todos, o Mensageiro acenou a cabeça em sinal de compreensão e perdoou a mulher.

Ao examinar as faces dos muçulmanos derrotados, em fila diante de meu marido, não vi o que eu percebera no rosto raivoso daquela mulher judia. Não vi sinal de desafio ou de rebelião em seus corações. Eles demonstravam humildade e abatimento, pareciam cansados de lutar, cansados de perder, de estar do lado errado da História. Senti uma satisfação especial quando vi Suhayl, o pretensioso enviado que negociara o Tratado de Hudaybiyya, abaixar a cabeça diante de seu novo mestre. Não havia indiferença em sua voz, nem indício de desprezo em seus olhos escuros. Apenas uma ávida gratidão pelo Mensageiro ter escolhido demonstrar clemência para com homens como ele que não mereciam isso.

Houve também momentos de reconciliação sincera e alegria. Abbas, o tio do Profeta, que permanecera seu aliado secreto dentro de Meca durante todos aqueles anos, podia, enfim, abraçar o sobrinho sem temor. Para minha grande alegria, meu irmão Abdal Kaaba, que se mantivera afastado e quase matara o próprio pai na Batalha de Uhud, se reintegrou à família. O Mensageiro abraçou meu irmão e lhe deu um novo nome, Abdal Rahman. Eu nunca vira meu pai tão feliz como no dia em que seu filho mais velho retornou ao seio familiar, e foi como se anos de dor se dissipassem do rosto de Abu Bakr e ele rejuvenescesse.

Minha meia-irmã, Asma, também recebeu uma bênção quando a idosa mãe, Qutaila, finalmente abraçou a fé que rejeitara anos antes. Foi uma reunião comovente, e eu me perguntei como Asma suportara todos aqueles anos longe da mulher que lhe dera a vida, e que depois a rejeitara, quando ela escolheu a religião do pai em lugar da tradição de seus antepassados. De repente me dei conta de como tive sorte de ter uma família amorosa, que permaneceu intacta apesar das muitas dificuldades por que passamos, e de como minha irmã fora corajosa durante todos aqueles anos em que seu coração sofrera tanto.

Um homem negro gigantesco deu um passo à frente e meu coração quase parou. Reconheci-o de imediato, pois seu rosto ficara marcado em meu coração desde o desastre em Uhud. Era Washi, o escravo abissínio que matara Hamza, o tio do Mensageiro, com um dardo.

Vi o Profeta se empertigar quando o imenso africano ajoelhou-se diante dele, sua mão direita erguida. Meu olhar foi direto para Ali, e vi seus olhos verdes inflamados de ódio. Por um segundo pensei que *Dhul Fiqar* separaria a cabeça de Washi daquele corpo musculoso.

O Mensageiro inclinou-se para a frente.

— Foi você quem matou Hamza, o filho de Abdal Muttalib. Não foi? — Havia um leve tom de ameaça na voz de meu marido, e pude perceber um fio de suor escorrer pela enorme face do abissínio.

— Foi — disse ele com voz calma, a cabeça baixa demonstrando vergonha.

— Por que fez isso? — perguntou meu marido, seus olhos negros inescrutáveis.

— Para garantir minha alforria — respondeu o escravo africano com a voz trêmula.

O Profeta olhou para ele por um longo tempo. Em seguida, inclinou-se e segurou a mão de Washi em aceitação a seu *baya'ah*, seu juramento de lealdade.

— Nós somos todos escravos de alguma coisa — respondeu Maomé. — Riqueza. Poder. Luxúria. E a única forma de libertação da escravidão deste mundo é se tornar um escravo de Deus.

Com os olhos cheios de lágrimas, Washi apertou a mão do Mensageiro. Recitou sua profissão de fé, e o Profeta assentiu com a cabeça, aceitando a conversão do homem que assassinara seu amado tio Hamza, seu amigo de infância e único irmão mais velho que conhecera.

Vi então os olhos de meu marido brilharem com lágrimas, e ele afastou-se do africano.

— Agora não permita que eu olhe para você novamente — disse Maomé, sua voz embargada. Washi concordou com um gesto e foi embora, e não voltei a vê-lo durante os anos de vida do Mensageiro.

---

Quando o sol se pôs, os últimos mecanos se encontravam diante do Profeta, prontos a se tornarem membros da *Ummah*. Entre eles encontrava-se uma mulher corcunda, envolta num *abaya* preto. Seu rosto estava encoberto por um véu escuro, mas havia algo estranhamente familiar em seus olhos.

Verde-amarelos e penetrantes como uma adaga. Os olhos de uma cobra, pronta para dar o bote.

Senti um sinal de alerta no coração, mas antes que eu conseguisse dizer qualquer coisa, ela ajoelhou-se diante do Profeta e colocou os longos dedos numa tigela com água. O Mensageiro, num gesto formal de aceitação da lealdade da mulher, mergulhou os próprios dedos na tigela.

— Dou testemunho de que existe um único Deus e de que você, Maomé, é Seu Mensageiro. E juro minha lealdade a Deus e a Seu Mensageiro.

A voz era rouca mas inconfundível, e vi os olhos de meu marido estreitarem-se. O sorriso desapareceu de seu rosto, agora rígido como uma pedra.

— Remova o seu véu — disse ele numa voz tão poderosa que um arrepio me subiu pela espinha. Houve murmúrios de espanto entre alguns presentes na tenda, uma vez que o Mensageiro sempre demonstrava respeito ao decoro das mulheres e jamais pedira a nenhuma delas para remover o *niqab*.

A mulher idosa hesitou, mas Maomé continuou a fitá-la sem pestanejar. Ali deu um passo à frente, sua incandescente espada erguida de forma ameaçadora.

— Mantenha seu juramento. Obedeça ao Mensageiro — disse ele, e a tensão no ar tornou-se insuportável.

Então a mulher ergueu o braço e arrancou o véu, revelando o rosto da maior inimiga do Mensageiro. Hind, a filha de Utbah, adversária de uma crueldade sem igual, a canibal que havia comido o fígado de Hamza numa demonstração insuperável de desprezo pelos fiéis.

Perdi o fôlego quando olhei para ela, pois mal a reconheci. Seus olhos perigosos permaneciam os mesmos, porém, seu belo rosto sofrera a destruição do tempo. Sua pele, antes de um perfeito alabastro, era de um amarelo doentio e marcada por linhas profundas. A parte inferior de seu rosto, que destacava a perfeição escultural de seus traços, estava esquelética. Ela parecia um cadáver, o único indício de um sopro de vida era o movimento de subida e descida de seu colo ao respirar com dificuldade.

O Profeta encarou-a, os olhos inflamados de raiva.

— Você é aquela que comeu a carne de meu tio — disse ele simplesmente, sem acusação na voz, apenas declarando cruamente um fato.

Vi a repugnância nos rostos dos Companheiros e olhei para Umar, que fora seu amante nos Dias da Ignorância. O horror em seus olhos diante daquela mulher decrépita que ele um dia amara era palpável.

Hind ignorou os olhares e sussurros cruéis e manteve os olhos em meu marido.

— Sou — disse sem rodeios, admitindo diante do mundo o crime que, sem sombra de dúvida, merecia a pena de morte.

Meus olhos recaíram sobre Ali, e vi *Dhul Fiqar* tornar-se incandescente. Eu teria descartado a visão como uma ilusão criada pelas tochas bruxuleantes, mas já vira o suficiente para saber que a espada ardia com uma raiva própria.

Percebi que Hind também olhava para a espada, e seu rosto feio curvou-se num sorriso verdadeiramente aterrador.

— Vamos. Me mate — sibilou ela de forma desafiadora, mas eu pude perceber um tom de súplica disfarçado naquela demonstração de orgulho.

Houve um silêncio, enquanto o Profeta observava sua adversária, aquele saco de ossos que um dia fora a mais bela e nobre mulher dentre os filhos de Ismael. Notei que os olhos de meu marido subitamente se tornaram mais suaves, o que refletia a mudança em meu coração, pois naquele instante eu realmente senti pena dela.

— Eu a perdoo — disse ele simplesmente. Em seguida, afastou-se e voltou a atenção para uma mãe que estava atrás dela, uma mulher jovem que tinha nos braços um bebê.

Hind olhou para ele, confusa. Seus olhos dirigiram-se a Ali, que abaixara a espada, em seguida a Umar, que se recusou a encará-la. Olhou para os outros Companheiros e depois para os homens e mulheres de Meca a sua volta, porém todos a ignoraram. Naquele momento, percebi que Hind havia sido tanto perdoada quanto condenada, pois passara de mais temida e odiada inimiga do islã para uma criatura sem importância, uma mulher irrelevante na nova ordem, que não teria poder nem voz no que acontecesse na Arábia a partir de então. Quando ela se virou e saiu coxeando, percebi que meu marido lhe dera o único castigo que ela não suportaria: a maldição da anonimidade.

Cabisbaixa, a mulher velha, derrotada, deixou a tenda sorrateiramente. Eu deveria ter ficado lá dentro, ao lado de meu marido, porém algo em meu coração me fez sair para presenciar o fim de meu maior pesadelo.

Hind já passara pelos guardas que haviam sido postos nos limites da tenda do Mensageiro quando, de súbito, parou e deu meia-volta. Seus olhos verde-amarelos encontraram os meus e, por um segundo, vi um lampejo do orgulho e da dignidade que ela sempre demonstrara. A mulher velha e feia claudicou em minha direção e me fitou diretamente nos olhos. Minha face estava escondida por trás do véu, porém meus olhos dourados brilhavam de forma inconfundível.

— Você é a filha de Abu Bakr — disse ela, com um sorriso desconcertante, o olhar de um gato que brinca com um rato preso em suas patas.

— Sou — respondi, logo arrependida de ter deixado a tenda.

— Eu sempre gostei de você, criança — continuou Hind com voz rouca, que ainda deixava transparecer certa sedução. — Você é parecida comigo.

Diante daquelas palavras, senti o sangue subir ao rosto, e minha pulsação latejar nas têmporas.

— Que Alá me proteja de algum dia parecer com você!

Hind deu um largo sorriso, revelando uma fileira de dentes quebrados e enegrecidos.

— De qualquer forma, se parece comigo — disse ela com uma risada que não expressava contentamento. — Há um fogo que reluz dentro de você. Eles podem cobrir seu rosto com cem véus, mas ainda assim a chama continua acesa. Saiba de uma coisa, minha querida. O fogo do coração de uma mulher é quente demais para este mundo. Os homens voam até ele como mariposas. Mas quando a chama queima as suas asas, eles o extinguem.

Fiquei arrepiada e senti um calafrio atravessar meu corpo. Virei-me para ir embora, porém Hind estendeu a mão esquelética e segurou meu braço. Tentei me libertar, mas seus dedos eram como as mandíbulas de um leão, esmagando meus ossos. Ela colocou algo na palma da minha mão, algo que brilhou sob as estrelas vespertinas que aos poucos tomavam conta do céu.

Era sua pulseira de ouro, duas cobras entrelaçadas, e, no encontro de suas mandíbulas, um rubi brilhante incrustado.

Cravei os olhos naquele estranho e tenebroso símbolo do poder de Hind, um totem que ela agora passava para mim, uma vez que o fim de sua vida se delineava no horizonte da História. Era um presente com terríveis implicações, que eu não tinha a menor vontade de aceitar.

Entretanto, quando ergui a cabeça para protestar, Hind havia desaparecido.


## 42

*E*ra a trágica sina de meu marido o fato de, logo depois de cada vitória concedida em sua missão, Deus lhe exigir um terrível preço, tirando-lhe algum de seus entes queridos. Pouco depois de retornarmos a Medina, a cidade ainda a se regozijar com a vitória final o islã, o filho mais novo do Mensageiro, Ibrahim, adoeceu e começou a ficar debilitado.

Apesar das preces desesperadas da comunidade e dos esforços daqueles que eram hábeis em medicina, o pobre menino definhou rapidamente, seu corpinho devastado por uma febre mortal, da qual poucos homens adultos conseguiriam se recuperar.

Com os olhos vermelhos de tanto chorar, eu observava Maomé despedir-se do filho agonizante, alisando-lhe os cabelos cacheados. As lágrimas escorriam por suas faces, o que surpreendeu um dos homens presentes, um Companheiro chamado Abdal Rahman ibn Awf.

— Ó Mensageiro de Deus, até você? Isso não é proibido?

O Profeta falou com certa dificuldade, sem desviar os olhos do rosto de Ibrahim, enquanto a vida abandonava a criança.

— As lágrimas não são proibidas — disse o Mensageiro com suavidade. — Elas são a demonstração imediata de ternura e misericórdia, e aquele que não manifesta misericórdia não a receberá.

Meu marido inclinou-se sobre a criancinha, que olhava para ele com olhos vagos enquanto sua alma começava a abandonar este vale de sofrimentos.

— Ó Ibrahim, se não fosse pela promessa de reencontro garantida, por este ser o caminho que todos nós teremos de trilhar e pelo fato de o último de nós vir a se encontrar com o primeiro, iríamos verdadeiramente sofrer muito mais a sua perda. Mas o nosso sofrimento por você, Ibrahim, é realmente grande. Os olhos choram, o coração se parte, e ainda assim não dizemos nada que possa ofender o Senhor.

Meu coração se abalou quando Ibrahim sorriu para o pai, sua mãozinha fechada em torno do dedo do Mensageiro. Vi o menino apertá-lo pela última vez, depois fechar os olhos. Assim o filho de Maomé partiu para a eternidade.

---

Quando tínhamos chorado todas as lágrimas que nos restavam, o Mensageiro cobriu o rosto de Ibrahim com uma manta e deixou o recinto para falar à multidão agitada. Ergui os olhos para o alto e vi que o céu estava escuro. Percebi que acontecia um eclipse, e as estrelas brilhavam em pleno dia.

Os muçulmanos olharam para cima e ficaram maravilhados ao verem uma lua crescente onde, minutos antes, se avistava o sol, e ouvi um homem dizer aos gritos.

— Olhem! Até os céus choram a morte do filho do Profeta!

Não tive dúvidas de que aquele era um sinal de Deus em nome da criancinha inocente que jamais teria a oportunidade de viver as alegrias da vida e o amor deste mundo.

No entanto, mesmo num momento de tristeza para todos nós, o Mensageiro permaneceu fiel.

— Não — disse ele em voz alta, sua voz ressoando pelas ruas de Medina. — O sol e a lua são sinais de Deus. Não existe eclipse para homem algum.

E com isso Maomé nos lembrou de que era um simples homem, e seu filho não era em nada mais especial do que as crianças que morriam diariamente dos males do deserto, e cujas famílias eram forçadas a lamentar sozinhas, sem o apoio amoroso de toda uma nação.

Meu marido voltou-se para o outro lado, parecendo muito cansado e envelhecido. Eu tomei a mão dele na minha, e ele apertou-a, seus olhos brilhando de gratidão. Em seguida, voltou para dentro de casa e começou os preparativos para o funeral.

# 43

Os meses seguintes foram de intensa atividade diplomática, com o Mensageiro enviando emissários para toda a Arábia. Com a queda de Meca, o antigo culto pagão exalou seu último suspiro, e chegara o momento de colocar as tribos remanescentes sob o governo de Medina. Uma nação fora finalmente forjada, e o Profeta ocupava-se com planos para que ela sobrevivesse. Eu não entendia a urgência de suas cartas diárias às diversas províncias da península, que agora lhe juravam lealdade, talvez porque eu não quisesse encarar a realidade. Meu marido já tinha mais de 60 anos e vivera centenas de vidas numa só. No entanto, não era imortal, e, à medida que sua idade avançava, fazia planos para a sobrevivência da *Ummah* quando não estivesse mais presente para conduzi-la.

Com a morte de Ibrahim, surgiam rumores entre o povo árabe sobre o sucessor do Profeta, agora que ele perdera seu herdeiro direto. Muitos nomes foram aventados, destacando-se o de meu pai, Abu Bakr, estadista experiente que gozava do respeito de toda a comunidade. Meu pai sempre rejeitava, irritado, essa especulação, porém ela persistia. Algumas vozes sugeriam o jovem Ali, que tinha na ocasião pouco mais de 30 anos, como escolha natural, uma vez que era o parente do sexo masculino mais próximo do Profeta, o pai de seus netos. Entretanto, os árabes de visão independente não eram adeptos da monarquia, e a ideia de a liderança da comunidade ser baseada em linhagem soava mal às tribos.

Era significativo o fato de que entre os poucos Companheiros que apoiavam Ali, o principal fosse Salman, o herói persa que havia planejado a estratégia de trincheira que salvou Medina da invasão. Os persas eram um povo antigo, orgulhoso de sua longa linhagem de reis filósofos, e consideravam o costume árabe de escolher os líderes tribais por meio de uma assembleia conhecida como *shura* um sistema crasso, que podia ser manipulado pelos poderosos com o objetivo de oprimir os fracos. Para os persas, as qualidades de liderança, o espírito de justiça e a honra eram traços sagrados herdados por laços consanguíneos e através de ensinamentos, e não deviam ser substituídos pelas paixões voláteis da plebe. Era uma visão apaixonada e orgulhosa, porém totalmente contrária à dos árabes, livres-pensadores, que somente agora começavam a aceitar serem governados por um único homem.

Era óbvio que meu marido estava ciente dos rumores, porém não fez esforço algum para dar um fim a eles ou esclarecer suas próprias preferências no tocante à sucessão. Nos anos que se seguiram, sempre olhei para trás e me perguntei por que se mantivera tão circunspecto. Em todas as outras áreas da vida, ele se mostrara um guia eficaz e determinado, cujas palavras eram escolhidas com cuidado para limitar a possibilidade de interpretação errônea ou confusão. Entretanto, no que dizia respeito à questão da sucessão na liderança da *Ummah*, ele se mantinha obstinadamente silencioso, e grande parte do caos que estava prestes a surgir vinha de nossos esforços para entender seus pronunciamentos ambíguos sobre o assunto.

Creio que meu marido não anunciou suas intenções claramente porque seu coração estava despedaçado, da mesma forma que a própria *Ummah* um dia se esfacelaria. A morte de Ibrahim havia extinguido sua última esperança de ter um filho para continuar sua linhagem, que agora passava por Fatima e seus filhos, Hasan e Husayn. Ali era, na verdade, o parente do sexo masculino mais próximo e fora, de muitas formas, tanto irmão quanto filho para o Mensageiro. O Profeta passava grande parte do tempo falando com o rapaz em particular, e ninguém, exceto Fatima, tinha permissão de unir-se a eles naqueles momentos. O que era dito entre os dois era sempre um mistério, e havia boatos de que meu marido passava segredos divinos que eram sérios demais para os muçulmanos comuns, até mesmo para os mais piedosos, como meu pai ou Umar.

Essa especulação aumentava o ar de mistério que cercava a reputação de Ali, e muitos muçulmanos sentiam-se cada vez menos à vontade perto daquele homem estranho. Ninguém negava que ele fosse um guerreiro poderoso e um orador eloquente, mas o sentimento peculiar de que ele não era como o restante de nós era o que o afastava do coração de muitas pessoas. E é por isso que não consigo imaginar meu marido acreditando que os muçulmanos fossem seguir Ali sem questionar, como seus defensores desejavam com uma veemência cada vez maior nos anos seguintes. Maomé era um estadista acima de tudo, que compreendia a natureza e o caráter do povo que fora destinado a liderar. Fora sua sabedoria diplomática que o fizera aceitar a trégua com Meca, embora os muçulmanos tivessem se declarado abertamente contra a ideia. Meu marido enxergara mais longe do que todos nós e compreendera que o islã cresceria com rapidez em tempos de paz e que Meca um dia se renderia sem derramamento de sangue. E fora o mesmo pensamento visionário que o fizera perdoar seus piores inimigos e oferecer aos líderes coraixitas posições de proeminência no novo estado. Embora muitos muçulmanos fizessem restrição aos senhores de Meca, os líderes tribais preservavam o indiscutível respeito das tribos árabes, e seu apoio contribuiria para a unificação da nação.

Meu marido, que enxergava tudo isso, deve ter visto que seu amado Ali era uma figura polarizadora, que provocava reações intensas de amor e ódio. Minha própria antipatia por ele era visceral, e eu tinha certeza de que eu não era a única a sentir isso. Maomé devia saber que Ali jamais seria capaz de unificar os árabes, e era a unificação da *Ummah* sua principal preocupação durante todos aqueles anos em que o conheci. Outros, como meu pai e Umar, tinham o respeito de toda a nação e poderiam facilmente manter a comunidade unida quando Maomé partisse. Meu marido, contudo, também não manifestou seu apoio a eles.

Nesses meus últimos anos, quando volto os olhos ao passado, querido Abdallah, creio que o coração e a mente de meu marido estavam divididos. Em segredo, talvez ele preferisse que Ali e seus netos fossem os líderes da comunidade. Mas sua razão via que os muçulmanos provavelmente não aceitariam a reivindicação de sua família ao poder, e tudo porque o Mensageiro havia trabalhado ruiria após sua morte. Essa verdade, o vasto abismo entre suas preferências e aquelas de seu próprio povo, era tão dolorosa que acredito que ele tenha deixado a questão sem solução intencionalmente nos últimos dias de sua vida. Talvez esperasse uma Revelação de Deus que esclarecesse sua decisão, livrando--o de ter de fazer uma escolha que levaria à discórdia e à guerra civil. Mas quando o dia da última Revelação chegou, essa questão permaneceu sem resposta.

Os últimos versos lhe foram revelados quando ele participava do que mais tarde seria denominado a Peregrinação da Despedida. Meu marido conduziu dezenas de milhares de fiéis a Meca para realizar os ritos de Abraão, durante os quais ele estabeleceu, para sempre, os rituais de acordo com as leis do islã. Já não havia mais as antigas superstições do deserto, inclusive o costume pagão de circular a Caaba Sagrada sem roupa. Em seu lugar, praticavam-se os simples atos de piedade, que nos lembravam da nossa conexão com nosso pai Abraão.

Além do ritual de circular o templo, os muçulmanos mantiveram a prática de correr sete vezes entre os montes de Safa e Marwa. Esse rito, cujo significado fora esquecido pelos árabes há muito tempo, celebrava nossa mãe Hagar e sua procura desesperada por água. Ela tentava salvar seu filho agonizante, Ismael, e na hora do desespero no vale árido, Deus milagrosamente fez aparecer o poço de Zamzam aos pés dele. Enquanto meu marido explicava o significado do ritual às massas de peregrinos, muitos dos quais, recém-convertidos, eu me lembrava de como eu contara a mesma história a Abu Sufyan quando ainda criança, quase 15 anos antes. Abu Sufyan, que fora então o orgulhoso rei dos adoradores de ídolos, era o mesmo homem que naquele momento se encontrava vestido com humildade, como peregrino, próximo ao Profeta, um seguidor em vez de inimigo.

No dia seguinte, o Profeta conduziu os fiéis em outro rito ancestral, o de lançar pedras em três pilares antigos no deserto, os quais se mantinham firmes desde tempos imemoriais. O ritual comemorava as três vezes que Abraão fora tentado por Satã, e como ele afastou o demônio atirando-lhe pedras no deserto.

Por fim, o Mensageiro conduziu a multidão pela vasta planície desértica de Arafat em direção ao monte do qual faria o que viria a ser seu último sermão à humanidade. Olhei para as milhares de pessoas presentes para ouvi-lo falar, a multidão que se estendia de horizonte a horizonte, e tive o pensamento persistente de que o que eu estava vendo era uma pequena amostra do Dia do Juízo, quando os seres humanos se levantariam de seus túmulos e ficariam lado a lado diante do Trono de Deus.

Ao observar o mar de peregrinos de vestes brancas, todos trajados com a mesma humildade, independentemente de riqueza ou status, fiéis de pele clara e pele escura, orando lado a lado para o mesmo Deus, fiquei admirada com o extraordinário triunfo de meu marido. Ele reunira tribos ferozmente divididas, em guerra umas com as outras durante séculos, e as transformara numa única nação. Uma comunidade que valorizava o caráter moral acima do sucesso material, uma *Ummah*, na qual os ricos buscavam com dedicação aliviar o sofrimento dos pobres. Um feito impossível de ser realizado por mil grandes líderes, durante mil gerações. Entretanto, meu amor conseguira fazer isso sozinho, no período de uma vida.

Quando o Mensageiro se apresentou no topo do monte de Arafat, escutei sua voz ressoar entre os milhares que se reuniram sob o sol escaldante para ouvir suas palavras.

— Ó povo, ouça com atenção o que digo, porque não sei se estarei entre vocês novamente, neste lugar, no próximo ano. Ó povo! Este dia e este mês são tão sagrados quanto a vida e as propriedades de cada muçulmano. A mensagem foi transmitida? Ó Deus, seja minha testemunha!

Ao ouvirem suas palavras, os Peregrinos gritaram em uníssono:
— Sim!

O Profeta ergueu a mão e continuou.

— Portanto, devolvam os bens que lhes forem confiados aos seus legítimos donos. Em verdade, a usura da Era da Ignorância deve ser abandonada para sempre. E, em verdade, a vingança de sangue da Era da Ignorância deve ser abandonada para sempre. Em verdade, as distinções de hereditariedade, que eram uma pretensão da Era da Ignorância, devem ser abandonadas para sempre.

Ele parou e em seguida transmitiu seus últimos mandamentos ao povo, assim como Moisés o fez no Sinai.

— Ó povo: em verdade vocês devem a suas mulheres os seus direitos, e elas, também devem a vocês os seus. Elas não poderão deitar-se com outros homens em suas camas, receber em suas casas, sem sua permissão, pessoas que vocês não queiram, nem cometer atos indecentes. Vocês, por sua vez, devem prover-lhes alimento e vestuário, de acordo com suas necessidades. Portanto, temam a Deus, respeitem as mulheres e preocupem-se com o seu bem-estar. A mensagem foi transmitida? Ó Deus, seja minha testemunha!

A multidão respondeu concordando, suas vozes ressoando pelo vale com tal poder que senti o solo tremer sob meus pés.

— Ó povo, os fiéis são todos irmãos. Seu Senhor é Único, seu pai é único. Todos vocês descendem de Adão, e Adão veio do pó da terra. Diante de Deus, o mais nobre entre vocês é o que segue o caminho da retidão. Um árabe não é superior a um não árabe, nem um homem branco é superior a um negro, a não ser por sua conduta moral. A mensagem foi transmitida? Ó Deus, seja minha testemunha!

Enquanto a multidão gritava em concordância, vi uma luz estranha circundando o Mensageiro, como um círculo de fogo. Eu disse a mim mesma que era apenas o sol causticante do deserto me pregando peças. Contudo, a luz persistiu e se tornou ainda mais brilhante.

— Hoje eu recebi estas palavras vindas de Deus, que, como me disse o anjo Gabriel, serão a Revelação final do Senhor do Universo.

Houve um silêncio de surpresa, e todos ouviram com atenção quando o Profeta recitou em sua bela e fluente voz a Palavra de Deus.

*Hoje, os incrédulos desesperam por fazer-vos renunciar à vossa religião.*
*Não os temais, pois, e temei a Mim!*
*Hoje, aperfeiçoei a religião para vós;*

*Completei minha bênção sobre vós*
*E vos escolhi o islã como religião.*

Nós todos ficamos ali maravilhados quando as palavras finais de Deus à humanidade penetraram em nossos corações. Então o Profeta elevou a voz e fez a pergunta pela última vez.

— A mensagem foi transmitida? Ó Deus, seja minha testemunha!

Quando os gritos de assentimento ecoaram a nosso redor, vi lágrimas escorrendo pela face de meu marido. Naquele momento, percebi que ele havia afinal cumprido a missão de sua vida. Não havia mais nada a ser feito.

— Então que todos aqui presentes comuniquem essa mensagem aos ausentes. E que a paz e a misericórdia de Alá estejam com todos vocês.

No momento em que ele pronunciou essas palavras, a estranha luminosidade em torno dele ficou mais intensa, e por um instante tive a impressão de que meu marido era feito de luz, mais resplandecente que o sol. Abaixei a vista, incapaz de tolerar os raios ofuscantes que emanavam de sua nobre figura.

Perdi o fôlego, pois meus olhos recaíram sobre a terra em torno do lugar onde ele se encontrava. E não vi sinal de sombra. Meu pai e Umar estavam a seu lado, e a sombra deles era projetada à medida que o sol se punha no horizonte. No entanto, apenas Maomé, dentre todos os que se encontravam no topo, não projetava sombra alguma.

Em seguida, a luz misteriosa em torno de meu marido desapareceu, e sua sombra surgiu novamente contra as pedras íngremes como se tivesse estado sempre ali. Sem nenhuma outra palavra, o Mensageiro de Deus desceu o monte e se misturou à massa de adoradores.

---

Quando retornamos a Medina ao terminar a Peregrinação, ocorreram dois fatos que mudariam o curso da história muçulmana. Primeiro, o nascimento de meu meio-irmão Muhammad. Meu pai, já idoso, se casara de novo, e tomara como esposa uma viúva de guerra chamada Asma bint Umais, que engravidara de seu último filho. Embora ela estivesse no final da gravidez quando chegou a época da Peregrinação, minha madrasta insistiu em acompanhar meu pai a Meca. Ela realizou todos os rituais de forma admirável e sem queixas, mas logo depois que deixamos os limites da cidade sagrada, sua bolsa d'água estourou e meu irmãozinho nasceu.

Apaixonei-me pelo pequeno Muhammad no instante em que o vi, pois ele tinha meus cabelos de fogo e adoráveis covinhas nas faces sempre que sorria, o que era frequente. Nos anos seguintes, Muhammad ibn Abu Bakr se tornaria um filho para mim, assim como você, Abdallah, e meu maior desgosto foi não ser capaz de protegê-lo ou desviá-lo do terrível destino que o esperava.

Embora eu não soubesse então, o homem que dividia a responsabilidade pelo destino de meu irmão estava entre nós, e foi devido aos acontecimentos no caminho de volta à Medina que suas almas viriam a se entrelaçar.

Nossa caravana parou à procura de água numa fonte localizada em um pequeno vale chamado Ghadir Khumm, local árido insignificante, que mais tarde seria lembrado como o lugar de origem do grande cisma que dividiu os muçulmanos para sempre, fragmentando a *Ummah* em seitas que permaneceriam em guerras perenes.

Enquanto os camelos e os cavalos bebiam na fonte e os fiéis reabasteciam seus depósitos de água, um homem se dirigiu ao Profeta e, em voz alta, reclamou de Ali, que fora seu líder numa expedição militar recente e havia sido considerado pelas tropas como rígido demais no controle da disciplina.

Vi o sorriso paciente de meu marido desaparecer de seu rosto e um olhar obscuro se estampar em sua face. Eu sabia que ele era muito sensível em relação a Ali e aprendi, por experiência, a não externar as restrições que fazia ao genro do Profeta. O Mensageiro, sem dúvida, tinha consciência da impopularidade de Ali entre alguns muçulmanos, mas saber que os soldados sob seu comando criticavam abertamente o homem que ele amava como filho o deixou num raro estado de fúria. Logo convocou todos os fiéis para uma reunião, e depois chamou Ali, que estivera afiando sua espada nas pedras pontiagudas do vale.

O Mensageiro de Deus ergueu a mão direita de Ali e falou em voz alta, seus olhos negros brilhando com uma intensidade assustadora.

— Escutem, ó muçulmanos, e não se esqueçam. Quem quer que me considere seu *mawla*, saiba que Ali é também seu *mawla*. Ó Alá, sê amigo daqueles que são amigos de Ali, e inimigo de todos os que lhe são hostis!

Era um pronunciamento poderoso, diferente de todos os que eu já ouvira da boca de meu marido. Ele exaltara Ali publicamente de uma forma que nunca fizera com nenhum de seus seguidores. Ainda assim, as palavras eram pouco claras e sujeitas a diversas interpretações, pois a palavra *mawla* significa muitas coisas em árabe, incluindo mestre, amigo, amante e até mesmo escravo. Porém, o que quer que meu marido tivesse em mente, era claro que estava cansado das reclamações sobre o rapaz que era pai de seus netos e queria pôr um fim aos desconcertantes rumores em torno de seu parente mais próximo.

Se naquele momento Maomé pretendia algo mais do que nos fazer respeitar e honrar seu primo, isso passaria a ser assunto de discussões apaixonadas nos anos vindouros. E um dia a discussão se tornaria uma guerra declarada.

## 44

Vários meses após nosso retorno da Peregrinação, o Mensageiro entrou em minha casa e me encontrou costurando. Levantei a vista do remendo que colocava em meu manto velho e o vi observando-me com serenidade, um sorriso plácido em seus lábios.

— Hoje não é o dia de Maymuna? — perguntei, referindo-me à esposa mais recente de meu marido, Maymuna bint al-Harith, uma mulher pobre, divorciada, com quem ele se casara logo depois da trégua com Meca. Ela era uma pessoa boa com cerca de 30 anos, sempre procurando meios de arrecadar dinheiro para libertar os escravos, pois acreditava que o homem deveria ser escravo apenas de Deus. Maymuna era tia de Khalid ibn al-Waleed, a Espada de Alá, e muitos acreditavam que ela influenciara o sobrinho para que abandonasse Meca e passasse para o lado do Profeta.

O Mensageiro mantinha sua política de passar um dia com cada uma das esposas para garantir que fossem tratadas de forma justa. Aquele dia seria de Maymuna, e meu marido, em geral, se preocupava em dedicar todo o tempo de que dispunha à esposa da vez, portanto, fiquei surpresa ao vê-lo em minha casa.

— Eu só queria ver você — disse ele simplesmente, mas havia algo em sua voz que me deixou preocupada. Era o tom de um homem que estava prestes a partir numa longa viagem e que não tinha certeza de quando voltaria a ver seus entes queridos.

O Mensageiro caminhou devagar em minha direção. Parecia enfraquecido e cansado, e o fiz sentar-se a meu lado numa almofada pequena. Ele sorriu carinhosamente quando passei a mão em seus cachos negros, que já revelavam fios brancos.

Quando olhei em seus olhos, senti que ele queria dizer algo, entretanto, ele se continha.

— O que houve? — perguntei, apesar de minha crescente apreensão sobre o que ele tentava esconder.

— Você vai viver muito, *insha-Allah* — disse ele de forma enigmática. — Mas há momentos em que eu desejaria que morresse antes de mim.

Diante daquelas palavras, fiquei abalada. Meu marido queria que eu morresse antes dele?

— Por que está dizendo isso? — perguntei abruptamente, sem me preocupar em esconder minha mágoa.

O Profeta passou a mão por minha face, como um cego que tenta identificar alguns traços. Ou um viajante que está de partida e deseja registrar uma lembrança na ponta dos dedos.

— Para que eu pudesse fazer uma oração diante de seu corpo e suplicar o perdão para você.

Lancei-lhe um olhar surpreso e talvez hostil, meu orgulho distorcendo suas palavras e transformando-as em insulto. Porém nos anos que se seguiram, haveria muitas ocasiões em que eu realmente viria a desejar ter morrido naquele momento para que sua bênção pudesse me salvar do Dia do Juízo, quando o verdadeiro peso de minha culpa vier a ser julgado por Deus.

Mas, ai de mim, aquele não fora meu destino, nem o dele. O Mensageiro de Deus não se ofendeu com o olhar hostil que lhe dirigi. Ele sorriu novamente e levantou-se para sair... e então caiu no chão!

— Meu amor! — gritei abalada, deixando de lado a raiva causada por suas palavras enigmáticas. O Mensageiro caiu como se suas pernas tivessem sido decepadas na altura dos joelhos e ficou prostrado a meus pés, encurvado como um bebê no berço.

Rapidamente me inclinei e toquei sua testa. Ele queimava em febre. E então senti seu corpo ser abalado por tremores, mas não eram as misteriosas convulsões da Revelação; eram os calafrios de um homem consumido pela febre.

---

DURANTE AS TRÊS NOITES seguintes, reunimo-nos em torno do Mensageiro, que se encontrava na cama de Maymuna. As Mães haviam ficado a seu lado permanentemente desde o momento em que gritei por socorro, e Ali e Abbas chegaram para ajudar o seu parente. Havíamos mantido vigília durante a madrugada, aplicando compressas frias em sua testa para abaixar a febre e alimentando-o com sopa e caldo para revigorá-lo. Porém, os dias se passaram, e o estado de meu marido só piorou.

— Isso passa... — eu dizia às outras Mães. — Sempre passa... Ele é o Mensageiro de Deus... os anjos vão curá-lo...

Entretanto, nem eu acreditava em minhas próprias palavras.

---

NA QUARTA NOITE DA doença do Mensageiro, um grupo daqueles que lhe eram mais próximos se reuniu ao lado de seu leito para debater o futuro do islã. Com o Profeta incapacitado e sua saúde deteriorando-se gradativamente, o futuro de toda a *Ummah* estava em risco. A unidade frágil que o Mensageiro conquistara entre os árabes, por força única de sua personalidade, estava agora à beira do colapso. Havia rumores de que algumas das tribos beduínas consideravam renunciar a seus pactos de aliança com Medina. Conjecturava-se que o império bizantino reunia forças para uma invasão.

Embora esses fossem os tipos de ameaças políticas e militares que os muçulmanos estavam acostumados a enfrentar, havia um fato alarmante. Surgia um grupo de pretendentes à autoridade de profeta, cada um deles tentando roubar um pouco do sucesso de Maomé para aumentar a própria glória. Um embusteiro chamado Musaylima proclamava-se um novo profeta de Alá. Ele havia escrito para meu marido nos meses anteriores pedindo ao "irmão" para reconhecê-lo como seu confrade Mensageiro de Deus, sugerindo que os dois dividissem o mundo entre si. Antes de adoecer, Maomé enviou uma resposta a Musaylima, chamando-o de mentiroso e afirmando que o mundo pertencia apenas a Deus. Porém o falso profeta não se intimidou, e começou a atrair seguidores dentre os membros do supersticioso clã dos Bani Hanifa, no extremo leste do deserto em Néjede. E uma mulher dos Bani Tamim chamada Sajah, uma *kahina* que segundo rumores era versada em magia negra, havia igualmente se proclamado profetisa, e ocupava-se em reunir um pequeno grupo de leais discípulos fanáticos. Se a doença não tivesse confinado o Mensageiro a uma cama, derrotar essas novas ameaças ao islã teria sido sua prioridade.

O conselho de fiéis havia chegado, esperando encontrar o Mensageiro num raro momento de lucidez em que pudesse guiá-los na condução dos negócios de Estado. O pequeno grupo consistia em meu pai, Umar, Uthman, Ali, Talha e Zubayr, além de Muawiya, um novo membro do círculo íntimo do Mensageiro. O filho de Abu Sufyan emigrara para o oásis depois da capitulação de Meca e fora escolhido como escriba, honra que antes pertencia a Ali. O repentino salto à proeminência de Muawiya na comunidade espantara alguns muçulmanos, porém meu marido havia sabiamente percebido que esse convite a um descendente dos coraixitas aceleraria o processo de reconciliação. E o jovem de fala sedutora logo provou suas habilidades políticas, conquistando os céticos com presentes e palavras gentis. Umar, em particular, afeiçoara-se ao antigo príncipe de Meca e o tomara sob sua proteção. A estrela de Muawiya subia rapidamente nos céus do islã, e parecia que o único que permanecia desconfiado de suas intenções era Ali, o que talvez fosse compreensível.

Os Companheiros esperaram em silêncio ao lado do Profeta por mais de uma hora até ele abrir os olhos por um breve instante. Meu pobre marido olhou para todos por um segundo como se não os reconhecesse, mas seus olhos negros por fim foram tomados de uma misteriosa luz interior, e ele sentou-se na cama lentamente.

Meu marido deve ter adivinhado por que aqueles homens estavam ali, uma vez que falou antes de qualquer um deles o saudar. Seus olhos fixaram-se em Muawiya enquanto gesticulava.

— Traga um pergaminho e uma caneta... — disse o Mensageiro, sua voz rouca e trêmula. — Tenho algo a ditar... Enquanto os muçulmanos seguirem minhas ordens, eles prosperarão...

Muawiya levantou-se e retirou de dentro de sua rica túnica esmeralda um rolo de pergaminho. Porém antes de se dirigir ao lado do Profeta, Umar conteve-o colocando uma mão em seu braço. Vi a preocupação estampada no rosto do Companheiro gigantesco quando ele se voltou para o Mensageiro, cujos olhos lutavam para permanecer abertos no momento em que o delírio retornava com uma força extraordinária.

— O Corão sagrado nos basta — disse Umar, apreensivo pelo fato de o Mensageiro não ter condição mental para dar comandos.

Mas Ali deu um passo à frente, seus olhos verdes cintilando.

— Obedeça ao Mensageiro de Deus — disse ele a Muawiya com rispidez. O rapaz com cara de falcão enfrentou o olhar de Ali sem pestanejar e depois voltou a atenção uma vez mais a Umar, que balançou a cabeça negativamente com veemência.

— Ele está doente e suas palavras podem ser confusas. Você quer provocar *fitna* entre o povo? — perguntou Umar de forma austera, usando a palavra árabe para caos e disputa política.

Ali não recuou.

— Você está provocando *fitna* ao desobedecer ao Profeta!

Senti a tensão crescer no quarto, e meu pai colocou-se depressa entre os homens, tentando acalmá-los.

— Meus irmãos, por favor, abaixem a voz — disse Abu Bakr olhando para o Mensageiro, que lutava para falar, mas não conseguia formular as palavras.

Talha então levantou-se e ficou do lado de Ali.

— Faça o que diz o Mensageiro — disse ele com calma, mas num tom severo que eu jamais notara na voz gentil de meu primo.

Seu pai, Zubayr, o amigo mais íntimo de Talha, intrometeu-se na discussão, assumindo a posição contrária.

— Umar tem razão. Se a febre distorcer suas palavras, o povo será erroneamente conduzido — observou ele com rigor.

Quando a discussão se acalorou e as vozes se elevaram inflamadas, olhei para meu marido, que estava totalmente desperto e ciente da situação, que se deteriorava com rapidez. Percebi que seu rosto se tornou rígido e raivoso, e seus olhos negros reluziam com uma fúria que me assustou.

— Basta! — disse o Mensageiro, sua voz ressoando como o ribombar de um trovão no quarto pequeno. Os homens fizeram silêncio de imediato, mas notei que seus ânimos continuavam exaltados. Muawiya, sempre pronto a obedecer aos comandos, num instante estava ao lado de meu marido, caneta e folha na mão para registrar todas as ordens dadas por seu mestre.

Houve um momento tenso de silêncio, enquanto esperávamos pelo que considerávamos ser suas instruções sobre a sucessão da liderança. Será que ele mandaria os muçulmanos obedecerem a Ali, embora muitos fossem fazê-lo sem entusiasmo? Será que ele indicaria meu pai ou Umar para assumir o comando e arriscaria negar para sempre a reivindicação de poder por parte de seus parentes consanguíneos? Ou ele teria outra solução que satisfizesse a todos os grupos na *Ummah*, uma resposta que somente um estadista visionário como Maomé conseguiria encontrar em meio ao caos de interesses conflitantes?

Após um longo tempo olhando para os homens que ele conduzira à vitória, homens a quem amava como filhos e que naquele momento se comportavam como crianças, Maomé por fim balançou a cabeça e suspirou, cansado. Muawiya inclinou-se perto dele, mas meu marido fez um sinal para que se afastasse.

— Deixem-me. Todos vocês — disse com um tom amargurado. Em seguida, o Mensageiro de Deus virou-se na cama e fechou os olhos, recusando-se a divulgar seu testamento final a um povo que se mostrara indigno.

Vi o fogo da disputa desaparecer dos olhos dos Companheiros, e todos eles pareciam envergonhados. Um a um, os homens que tinham nas mãos o futuro da *Ummah* saíram do recinto, cabisbaixos, deixando as esposas sozinhas com o marido doente.

Sempre me perguntei o que o Mensageiro de Deus teria dito naquela noite, e se suas palavras poderiam ter nos poupado do horror e do derramamento de sangue que estava por vir. Olhando para trás, percebo que de todos os erros que os muçulmanos cometeram no curso de nossa história, nenhum foi mais grave do que a dor que causamos a um homem idoso naquela noite, um homem que amava seu povo e que desejava para eles apenas a paz.

## 45
## 8 de junho, 632 d.C.

No sétimo dia da doença, o Mensageiro despertou no meio da manhã e, confuso, olhou ao seu redor para as Mães.

— Hoje é dia de quem? — perguntou calmamente, sua voz quase inaudível.

Zaynab bint Jahsh tomou a mão dele na sua e sorriu. Mesmo em meio à febre violenta, ele continuava preocupado em conceder a cada uma das esposas o mesmo tratamento.

— É meu, ó Mensageiro de Deus — respondeu ela.

O Profeta olhou para ela por um longo tempo, como se tentasse lembrar seu nome. E depois olhou para cada uma de nós outra vez.

— E amanhã?

Ramla deu um passo à frente.

— É meu, marido.

Os olhos do Profeta recaíram sobre mim e notei que a confusão em seu rosto havia desaparecido.

— E depois de amanhã?

Eu e as outras mulheres entendemos. Mesmo quando sua mente queimava de febre, mesmo quando o Anjo da Morte pairava numa proximidade assustadora, Maomé se preocupava com quando poderia passar o dia comigo, a mais amada de suas esposas.

Senti as lágrimas escorrerem pela minha face, e não consegui falar. A idosa Sawda colocou uma mão gentil em meu ombro.

— Esse dia seria o meu. Mas eu cedo meu dia livremente a minha irmã Aisha.

Em seguida, uma a uma, todas as esposas repetiram a mesma coisa. Olhei para elas perplexa, e meu rosto ficou banhado em lágrimas de gratidão.

Meu marido tentou erguer-se, mas não conseguiu.

— Me ajudem a... ir para a casa de Aisha... — disse ele, voz falhada e trêmula.

Ali e Abbas, os parentes vivos mais próximos ao Profeta, eram os únicos homens conosco naquele dia. Eles se aproximaram e ajudaram-no a ficar de pé, apoiando-o pelos ombros e conduzindo-o com cuidado para fora da casa de Maymuna.

Houve um imediato alvoroço no pátio da *Masjid*, onde centenas de fiéis mantinham vigília desde o dia em que souberam da doença do Profeta. Os devotos gritavam por ele como bebês que chamam pela mãe. O Mensageiro lhes dirigiu um sorriso fraco, mas não teve forças sequer para erguer as mãos e saudá-los. A multidão mergulhou num profundo silêncio, enquanto todos observavam o Mensageiro avançar com dificuldade em direção a minha casa. Foi uma visão assustadora e trágica, e vi muitos homens chorarem sem reservas diante da gravidade do estado de saúde do Profeta.

O Mensageiro olhou para seu povo e tentou sorrir com encorajamento, mas percebi a tristeza em seus olhos. Essa não era a forma como queria ser lembrado, contudo, ele era mortal, não menos sujeito à deterioração do tempo do que seus seguidores.

Ali e Abbas levaram o Profeta para minha casa e o ajudaram a deitar-se no colchão macio de pele de ovelha, onde havíamos passado tantas noites envoltos em amor. No instante em que suas costas tocaram o familiar e suave forro de pele, eu vi o Mensageiro respirar profundamente e os músculos de sua face relaxarem.

O que quer que acontecesse agora, ele estava em casa.

Sentei-me a seu lado e escovei seus cabelos. O Mensageiro olhou para mim com um amor profundo e passou os dedos por meu rosto. Então se mexeu, como se finalmente se lembrasse de alguma coisa esquecida havia muito tempo.

— Há algum dinheiro em casa? — perguntou ele, e percebi uma estranha ansiedade em sua voz.

— Algumas moedas de ouro. Nada mais — eu disse, surpresa com a pergunta. O Profeta não precisava de dinheiro para comprar nada. Ele era o mestre e senhor da nação árabe. Tudo o que desejasse, seus seguidores lhe dariam com todo o prazer, sem esperar nada em troca.

Porém, como sempre, ele não pensava em si próprio.

— Dê as moedas aos pobres — disse, e vi em seus olhos que queria que sua ordem fosse cumprida imediatamente.

Levantei-me e me dirigi a um dos cantos da casa. Sob uma pedra solta, eu havia enterrado um punhado de moedas que eram a soma total da riqueza que meu marido, o rei da Arábia, possuía.

Peguei-as e vi Ali se adiantar, pronto para tomar o dinheiro de mim e realizar o desejo do Mensageiro. Eu, porém, lhe dei as costas e coloquei as moedas nas mãos de Abbas, que acenou positivamente com a cabeça e saiu para distribuí-las entre as pobres almas que ainda se reuniam no Banco em busca de auxílio.

Senti os olhos verdes intensos de Ali sobre mim, e ele depois virou-se e seguiu Abbas sem dizer palavra.

---

Algumas horas depois, escutei a melodiosa voz de Bilal ressoar pelo pátio, convocando os fiéis para as preces do meio-dia. Ao chamado lírico do *Azan*, os olhos de meu marido abriram-se, e ele se levantou da cama. Olhei para ele surpresa e vi que seu rosto estava banhado em suor, e seus cabelos grisalhos revelavam o tênue brilho de transpiração. Bati palmas de alegria e louvei a Deus.

A febre cessara. O Mensageiro de Deus havia se recuperado.

Dirigi-me para o seu lado e enxuguei sua testa com a barra de minha saia. Pedi-lhe que voltasse para a cama e descansasse. Porém, ele me ignorou, vestiu uma túnica branca limpa e pegou um cântaro de pedra com o qual realizou o ritual de abluções.

Em seguida, meu marido saiu firme e ereto, como o homem que sempre fora. Os fiéis já haviam se organizado em filas atrás de Abu Bakr, que conduzia as orações na *Masjid*, na ausência de Maomé. Porém, diante da surpreendente visão do Profeta saindo de minha casa recuperado e de aparência renovada, houve um tumulto de gritos. Os fiéis saíam da formação e apressavam-se em circundar o homem que se tornara o centro do mundo deles.

Eu observava por trás do véu colorido apressadamente o Profeta caminhar em meio ao animado grupo de fiéis e se colocar ao lado de Abu Bakr. Meu pai olhou para ele com os olhos cheios de lágrimas e deu um passo atrás, fazendo sinal para que o Mensageiro assumisse seu lugar como líder da *jamaat*. Entretanto, meu marido abanou a cabeça.

— Conduza as orações — disse Maomé a meu pai, apoiando as mãos no ombro do velho amigo.

Abu Bakr pestanejou, confuso.

— Eu não posso conduzir você nas orações. Você é meu mestre — replicou meu pai, sua voz trêmula de emoção.

— Conduza as orações — repetiu meu marido.

Abu Bakr hesitou e logo voltou a seu lugar como imame da *Masjid*. Os fiéis rapidamente organizaram-se atrás dele em filas perfeitas, ombro a ombro, os pés de cada um dos homens tocando os pés de seu vizinho em sinal de igualdade espiritual.

Em seguida, o Mensageiro de Deus sentou-se à direita de meu pai e orou ao lado dele. Era uma visão estranha, pois nunca em minha vida eu vira o Profeta, nosso líder, orar ao lado de homem algum. Senti meu estômago embrulhar de apreensão ao pensar em como a comunidade interpretaria esse ato e o que isso representaria para meu bondoso pai, que não tinha nenhuma ambição ao poder.

Quando as orações se encerraram, o Mensageiro se levantou e abraçou Abu Bakr, beijando-o calorosamente na face. Depois, ele caminhou devagar até a minha casa, cercado pela multidão de devotos seguidores. Quando se aproximou da porta, vi seu rosto e perdi o fôlego. Seu semblante refletia uma luz branca como eu jamais vira. Era como se brilhasse como a lua. De súbito, os anos desapareceram do rosto de Maomé, e ele pareceu mais jovem do que quando eu o conhecera. O Mensageiro não era mais o homem idoso imponente, mas um jovem cheio de vida e energia ilimitadas. Era como se eu o visse nos dias anteriores à Revelação, como Khadija o vira no início da união dos dois, quase quarenta anos antes. Ele sorriu para mim, e naquele instante me apaixonei por ele novamente.

O Mensageiro parou à porta e voltou-se para o grupo de fiéis agitados. Olhou para todos com muita alegria, como se cada um deles fosse a pessoa mais preciosa da Terra para ele. Ergueu a mão como se acenasse um adeus, depois virou-se e ficamos sozinhos em minha casa.

## 46

O Mensageiro deitou-se com a cabeça contra meu peito. Sua respiração era lenta e profunda, como se procurasse aproveitar cada alento. Senti sua mão à procura da minha, tomei-a e apertei-a. Seus dedos me acariciaram com firmeza, e depois ele levantou o rosto por um instante para olhar para mim.

Fitei seus olhos negros, que pareciam mais distantes do que nunca, e tive a estranha sensação de que, onde quer que o Mensageiro estivesse, eu não conseguiria me juntar a ele. Olhando para aquelas pupilas da cor da obsidiana, me vi refletida em seu olhar fixo. Como eu estava diferente daquela menina da noite de núpcias! Eu agora tinha 19 anos, era alta e magra, minha cintura fina curvando-se nos músculos dos quadris, meus seios fartos, contudo, intocados pelos lábios de um filho. Era estranho me ver como uma mulher sabendo que, em meu coração, eu continuava uma criança.

O Mensageiro aproximou o rosto de mim e me beijou. Foi um beijo longo e profundo, e senti meu coração se derramar sobre ele. Abracei o Profeta, sem querer que o beijo terminasse. Após uma eternidade que durou apenas um instante, ele afastou-se e inclinou a cabeça, de modo a pressionar seu rosto contra as suaves batidas de meu coração.

Escutei passos e vi meu irmão mais velho, reconciliado com a família e renomeado Abdal Rahman, entrar no quarto e saudar o Mensageiro. Ao ver meu marido e eu abraçados, ele enrubesceu envergonhado e voltou-se para ir embora.

Mas vi meu marido erguer o braço e apontar em direção a algo que Abdal Rahman tinha em mãos. Uma *miswak*, escova de dentes grosseira, entalhada em galhos de oliveira. Vi meu marido olhar para o pequeno objeto com surpreendente intensidade e com delicadeza, pedi a meu irmão que o entregasse a mim. Abdal Rahman me atendeu com prontidão e beijou as mãos do Mensageiro antes de nos deixar sozinhos.

Passei a *miswak* em minha boca, umedecendo as cerdas grosseiras com minha saliva. Depois entreguei-a a meu marido, que começou a escovar os dentes com grande vigor.

Quando terminou, ele me devolveu a *miswak* e reclinou-se contra meu peito, fechando os olhos. Sua respiração diminuiu e ficou cadenciada, e achei que ele havia adormecido.

Não sei quanto tempo ficamos ali juntos, dois amantes obrigados a viver num mundo louco e que, de alguma forma, haviam conseguido sair do caos, ainda unidos pelo coração. Após tantos anos de dificuldades e lutas, eu finalmente me sentia em paz.

Era um momento que eu queria que durasse para sempre. No entanto, como tudo neste mundo efêmero, ele chegou ao fim.

Senti meu marido mexer-se e abrir os olhos. No entanto, em vez de se voltar para mim, seu olhar recaiu sobre um canto vazio do quarto. Tive, naquele instante, a estranha sensação de que não estávamos sozinhos. Havia uma Presença na casa, e senti os pelos do pescoço arrepiarem-se.

O Mensageiro falou, sua voz alta, clara e forte.

— Não — disse ele, como se respondesse a uma pergunta. — Eu escolho a comunhão suprema no Paraíso... com aqueles sobre quem Deus derramou Sua graça... os profetas, os santos, os mártires e os justos... os mais admiráveis para uma comunhão...

Lembrei-me então do que ele me dissera anos antes. Que, na hora da morte, era dada aos profetas a escolha de permanecer no reino dos mortais ou retornar ao seu Criador.

Meu coração disparou de forma violenta quando percebi que o anjo, por fim, lhe concedera a escolha. E ele escolhera a eternidade.

Eu queria gritar, mas não conseguia emitir som algum. Fiquei paralisada, incapaz de me mover. O impacto do que estava acontecendo me atingiu no estômago.

Maomé, o Mensageiro de Deus, o homem que eu amava acima de tudo neste mundo, morria em meus braços.

— Ó Deus... — Escutei-o dizer, sua voz fraca e distante. — Com a comunhão suprema...

Nesse momento, os olhos de Maomé cerraram-se, e senti seu último suspiro sair-lhe do peito e voar em direção ao céu, como uma pomba presa ao ser libertada, planando de volta ao espaço, sua alegre morada.

Sua cabeça pesou contra meu coração, e ele partiu.

Segurei em meus braços o corpo sem vida de Maomé. As lágrimas inundaram meu rosto, e eu oscilava para a frente e para trás, como uma mãe que entoa uma cantiga de ninar para seu bebê.

Não sei quanto tempo fiquei ali sentada. Mas algo em meu coração despedaçado finalmente me fez deixá-lo partir, me fez deixar meu amor descansar em paz. Afastei-me dele e estirei seu corpo no colchão de pele de ovelha, que fora o santuário do nosso amor. Seu rosto estava voltado para mim, mais bonito na morte do que fora em vida, os lábios curvados levemente num sorriso sereno.

A tristeza irrompeu de meu coração, e eu gritei, meus gritos ressoando pelas ruas de Medina, comunicando ao mundo todo a trágica notícia.

Maomé ibn Abdallah, o último Profeta de Deus para a humanidade, estava morto.

## 47

Abu Bakr abriu passagem em meio à multidão que fluía da *Masjid* até as ruas do oásis. Aos empurrões, conseguiu chegar ao pátio, onde encontrou Uthman sentado no chão e chorando como um menino.

— O que aconteceu? — O coração de Abu Bakr temia a resposta, da qual já suspeitava, porém Uthman permaneceu em silêncio, enxugando as lágrimas e olhando a sua volta, como uma criança perdida que procura pela mãe.

Percebendo que Uthman não estava em condições de falar, Abu Bakr virou-se e viu Ali nas proximidades, o olhar distante, fixo no horizonte. O homem idoso aproximou-se do primo do Profeta, empurrando para o lado um jovem que ria como um louco, enquanto lágrimas lhe escorriam dos olhos.

Ali mantinha os olhos cravados à frente, como se enxergasse a eternidade com sua visão sobrenatural. Não parecia ter notado a aproximação de Abu Bakr, e o idoso por fim colocou uma das mãos sobre o ombro dele e o sacudiu, como que para despertá-lo de um devaneio.

— O que aconteceu? — perguntou simplesmente.

Ali piscou diversas vezes, mas seus olhos verdes continuaram a tremular como se ele estivesse confuso. Quando falou, sua voz soou estranha e distante.

— Estão dizendo que o Mensageiro... que a paz e as bênçãos de Deus estejam com ele... entregou a alma ao Criador — respondeu Ali, confirmando o pior dos medos de Abu Bakr. Em seguida, voltou o olhar para o horizonte. — Mas é estranho... porque eu ainda o vejo...

Abu Bakr sentiu um calafrio percorrer a espinha. Então um grito o fez virar a cabeça, e ele viu Umar no *minbar*, a pequena plataforma de onde o Mensageiro fazia seus sermões. O gigantesco homem empunhou uma espada assustadora acima da cabeça e chamou a atenção dos fiéis, que logo se acercaram dele.

— É mentira! — berrou Umar, seus olhos esbugalhados como os de um louco. — O Mensageiro está vivo! Ele só partiu para entrar em comunhão com o Senhor! Da mesma forma como ele subiu aos céus em *Lailat-ul-Mi'raj*!

A multidão fez um ruído estrondoso diante das palavras de Umar, e muitos gritaram apoiando-o. O Mensageiro de Deus não estava morto. Sua alma estava viajando através das esferas celestes como fizera antes, e logo retornaria. Seu corpo voltaria à vida.

Era um sonho e uma fantasia, mas era o que eles queriam ouvir. Abu Bakr, entretanto, havia muito tempo aprendera a difícil lição de que desejo e realidade são em geral totalmente incompatíveis.

Ele virou-se, entrou na casa da filha e viu a terrível verdade com seus próprios olhos.

---

EU ESTAVA NUM CANTO, tremendo violentamente, quando as outras Mães se acercaram de mim, seus lamentos abrindo um buraco ainda maior em meu coração. Uma sombra surgiu na ombreira da porta e vi meu pai entrar, encurvado e sentindo o peso da idade. Seus olhos recaíram de imediato sobre a figura do Profeta, que se encontrava em meu colchão, coberto com seu manto verde predileto.

Consegui ficar de pé e correr para seus braços. Ele me envolveu num abraço apertado enquanto eu chorava como uma criança, e alisou meus cabelos com suavidade, como fazia quando eu esfolava o joelho correndo pelas ruas de Meca, há uma eternidade.

Ele então recuou e me soltou, voltando a atenção inteiramente para o corpo inanimado do Mensageiro. Meu pai aproximou-se devagar do defunto envolto numa mortalha, e, com grande reverência, levantou o manto do seu rosto. Com olhos embaçados, vi Abu Bakr inclinar-se e verificar a veia do pescoço de Maomé à procura da pulsação, e depois, seu tórax, tentando escutar batidas no seu coração. Por último, Abu Bakr levou o ouvido aos lábios de meu marido, em busca de sinais de respiração. Ao terminar, meu pai suspirou e ergueu a cabeça, olhando para o corpo do homem que havia mudado sua vida e o mundo.

Inclinou-se e beijou o Mensageiro na testa.

— Mais querido do que minha mãe e meu pai, você teve a morte segundo a vontade divina — disse ele, enquanto as lágrimas escorriam pelas suas faces enrugadas. — Nenhuma morte depois desta recairá sobre você.

Meu pai pôs o manto de volta sobre o corpo e virou-se para sair. Sem saber mais o que fazer e sem querer passar nenhum outro instante de tristeza na companhia das esposas ali presentes, escondi meu rosto sob o véu e o segui em direção ao pátio.

A primeira coisa que vi foi Umar, brandindo a espada do púlpito e gritando como um louco, sua voz cada vez mais rouca.

— Os que dizem que o Mensageiro de Deus está morto são como os Filhos de Israel, que proclamaram a morte de Moisés quando ele subiu a montanha para falar com o Senhor! E da mesma forma que aqueles ímpios covardes no Sinai, os que espalharem a mentira contra seu Profeta serão mortos! Deceparemos as mãos e os pés dos traidores!

Meu pai avançou um pouco e dirigiu-se ao amigo, que, àquela altura, havia claramente perdido a razão.

— Calma, Umar. Fique calmo.

Umar, no entanto, o ignorou. Continuou em seu delírio, bradando as mais diversas torturas que infligiria aos homens que se atrevessem a dizer que Maomé morrera.

Meu pai abanou a cabeça com tristeza e depois elevou a voz, suas palavras medidas, soando com grande autoridade.

— Escutem, meus irmãos — disse Abu Bakr, e de súbito todas as atenções voltaram-se para ele. Vi o povo de Medina, aterrorizado e tomado pela tristeza, olhar para meu pai, o primeiro homem a abraçar o islã, amigo de infância de Maomé e seu mais íntimo conselheiro. Os olhares da multidão suplicavam-lhe que aliviasse sua dor, que lhes mostrasse a luz e os tirasse da escuridão da incerteza que os cercava por todos os lados.

Meu pai pronunciou as palavras pelas quais seria para sempre lembrado, as palavras que ele havia nascido para proferir.

— Se alguém venera Maomé, saiba que Maomé está morto. Se alguém venera a Deus, saiba que Deus vive e nunca morrerá.

Um silêncio profundo recaiu sobre a multidão quando aquela assustadora e inquestionável verdade foi finalmente anunciada em voz alta.

Em seguida, meu pai recitou um verso do Corão sagrado revelado anos antes, após a Batalha de Uhud, quando o Mensageiro quase morreu no campo de batalha. Era um verso que eu sabia de cor, mas que de certa forma havia sido esquecido em meio à loucura das últimas horas.

*Maomé não é senão um Mensageiro,*
*A quem outros mensageiros precederam.*
*Porventura, se morresse ou fosse morto,*
*Voltaríeis à incredulidade?*
*Mas quem voltar a ela em nada prejudicará a Deus;*
*E Deus recompensará os agradecidos.*

Os muçulmanos se entreolharam admirados, como se nunca houvessem escutado aqueles versos antes. Vi o desespero em seus olhos desaparecer, sendo substituído por uma tristeza profunda que, no entanto, foi fortalecida pelo indomável poder da fé. E ouvi um lamento assustador, como o de um gato sendo estrangulado, e meus olhos se voltaram para Umar. O poder da Palavra de Deus penetrara na nuvem de sua loucura, e ele estava desolado, sozinho no *minbar*. Em seguida, a espada escapou de sua mão e caiu no solo da *Masjid* com um tinido. Umar ajoelhou-se, escondeu o rosto entre as mãos e chorou como uma criança.

Quando a verdade enfim mergulhou em nossas almas, as garras do pânico abriram-se, libertando nossos corações, e então se iniciou uma intensa torrente de lágrimas. Lágrimas de perda, não de desespero.

Sabíamos agora que a jornada de Maomé havia terminado.

Porém a jornada do islã estava apenas começando.

# Livro Quatro

# O nascimento de um império

# 1

Maomé estava morto, mas a *Ummah* continuava bem viva e necessitava de uma liderança. As horas seguintes foram caóticas, quando se espalhou pelo oásis a notícia da morte do Profeta, e várias facções tentaram garantir seus próprios interesses políticos. Logo chegou à *Masjid* a informação de que os líderes tribais do oásis estavam reunidos no antigo salão de assembleias dos Bani Sa'idah, onde costumavam fazer suas instáveis alianças nos dias anteriores ao islã. Aparentemente, os antigos clãs de Medina planejavam escolher um representante entre seus membros para dirigir a comunidade, e decidiram se reunir sem convidar nenhum dos imigrantes de Meca, aqueles que haviam apoiado o Profeta desde o início.

Tão logo soube disso, Umar teve um acesso de fúria e segurou meu pai pelo braço, forçando-o a intervir antes de os clãs chegarem a uma decisão que esfacelasse a *Ummah*. Um Companheiro chamado Abu Ubayda, respeitado muçulmano da tribo dos coraixitas, juntou-se aos dois quando resolveram enfrentar essa nova crise. Assim que meu pai e os outros homens se dirigiram ao antigo salão de assembleias, me surgiu o pensamento de que Ali provavelmente gostaria de participar também. Ele se retirara para chorar a morte do Profeta em sua casa com Fatima e os filhos, e Talha e Zubayr estavam com ele. Por um instante, me perguntei se não deveria enviar um mensageiro à casa de Ali para informá-los sobre a conferência tribal que estava sendo realizada. Mas a mágoa que eu sentia pela traição de Ali voltou ao meu peito, e logo esse pensamento me abandonou.

---

UMAR ENTROU EMPURRANDO AS pesadas portas de bronze que haviam sido fechadas quando os líderes idosos do oásis se reuniram para discutir o que fazer agora que o Mensageiro de Deus estava morto. A questão que vinham evitando durante os últimos meses não podia mais ser adiada, e era preciso selecionar um sucessor para liderar a comunidade.

Essa era uma questão que permanecia controversa. Umar franziu o cenho ao ver a discussão acalorada dos líderes tribais, cada um deles reivindicando de forma egoísta seu direito ao poder. A sala estava lotada, e os ânimos alteravam-se cada vez mais à medida que as tribos rivais Aws e Khazraj manobravam para conquistar o poder. O Profeta passara anos trabalhando com afinco para unir aqueles povos díspares e antagônicos, porém, ele mal partira e as tribos já estavam prontas para repetir as antigas disputas e inimizade.

Abu Bakr ficou ao lado de Umar, olhando com tristeza para os homens que discutiam aos gritos. Umar sabia que o coração de seu amigo se partia ao ver as cruéis divisões do passado se reafirmarem. Abu Bakr sempre se considerara um pai dedicado para a comunidade muçulmana, e para ele deve ter sido muito doloroso ver o povo que amava como filho brigando de forma implacável, a civilidade dos últimos anos destruída pela abertura de velhas feridas, que apenas Maomé fora capaz de sanar.

O salão de pedra era sustentado por dezenas de pilares sólidos, e Abu Bakr apoiou-se num deles.

— Escutem, irmãos — ele disse. Porém sua voz rouca perdeu-se no tumulto da disputa e dos ânimos acalorados. O homem idoso respirou fundo, como se tentasse buscar energia para falar em meio ao barulho ensurdecedor do grupo; tentou outra vez, mas de nada adiantou.

Umar sentiu os ouvidos latejarem, e então avançou para o meio da sala e ergueu as enormes mãos acima da cabeça.

— Silêncio! — gritou, de forma tão estrondosa que as janelas estremeceram.

De imediato, uma atmosfera sepulcral estendeu-se sobre o grupo, que fora tomado de surpresa, e todos os olhares se voltaram para Umar. Ele notou que alguns dos líderes tribais ficaram estarrecidos, até mesmo irritados, ao verem que os imigrantes mecanos haviam tomado conhecimento da reunião semissecreta. Entretanto, se algum deles desejou que Umar fosse embora, nenhum teve a coragem de se manifestar.

Umar virou-se para Abu Bakr e fez um sinal com a cabeça. O velho homem caminhou até o centro da sala. Suas costas estavam mais curvadas do que o habitual, como se seus ossos não conseguissem mais sustentar o peso da responsabilidade que carregara por tantos anos.

— Escutem, irmãos — disse Abu Bakr, a voz rouca, porém clara. — Estamos num momento perigoso, em que Satã tentará nos desorientar, separar o que Deus uniu. Esta é uma hora de ações refletidas, e não de decisões tomadas no calor da paixão.

Diante de suas palavras cuidadosamente escolhidas, Umar percebeu a tensão se aliviar um pouco. Abu Bakr continuou, elogiando com gentileza os Ansar, nativos de Medina que haviam aceitado o Profeta e o lamentável bando de refugiados dez anos antes. Reconheceu que, se não tivesse sido pela generosidade de homens como os líderes tribais ali reunidos naquele dia, o islamismo teria fenecido. Em vez disso, a religião havia prosperado e conquistado toda a Arábia, e Medina passara de cidade atrasada e esquecida para capital de uma nova nação. Uma nação que agora enfrentava novas ameaças, tanto dos rebeldes em seu interior, como das grandes potências em suas fronteiras. O necessário naquele momento era um líder que conseguisse unir as tribos díspares e guiar os muçulmanos nos anos incertos que estavam por vir.

— Medina é a capital da Arábia, mas o coração da nação permanece em Meca — disse meu pai devagar, seus olhos fitando os líderes no rosto. — Se a nação árabe quiser permanecer unificada, sua liderança precisa ficar nas mãos dos coraixitas, a única tribo que tem o prestígio e os recursos para manter as tribos menores unidas sob seu comando.

As palavras de Abu Bakr foram recebidas em silêncio. Então um dos líderes tribais chamado Sa'd ibn Ubadah deu um passo à frente. Ele era o chefe do clã Abu Sai'dah, em cuja sala eles se reuniam, e fora um dos candidatos mais indicados para a liderança, seu nome sendo sugerido pelo conselho antes de Abu Bakr se pronunciar. Umar ficou tenso, sabendo que Sa'd tinha em mãos a capacidade de destruir ou de unificar a comunidade muçulmana.

Para sua surpresa, o líder tribal escolheu a última alternativa.

— Você tem razão — disse o grisalho Sa'd, assentindo com a cabeça. — Os homens de Medina desempenharam seu papel no destino do islã, e é um papel sagrado pelo qual seremos lembrados. Mas nossas mãos são pequenas demais para segurar as rédeas da Arábia.

Era uma admissão surpreendente, uma aceitação de autoridade que teria sido impensável anos antes. Naquele momento, Umar percebeu que o legado do Profeta estava muito vivo, e que seu povo sobreviveria. O islã era como o oceano — mesmo quando a superfície parecia revolta pelas tempestades do tempo, seu âmago permanecia calmo e sereno.

Houve silêncio, por um longo tempo. Outros líderes se adiantaram e concordaram com a cabeça, aceitando a verdade das palavras de Abu Bakr e juntando-se a Sa'd na sua renúncia às reivindicações ao poder.

Umar então sentiu Abu Bakr lhe dar a mão e puxá-lo para a frente, e ao virar-se, viu que o homem idoso havia feito o mesmo com seu amigo Abu Ubayda.

— Eu ofereço a vocês estes dois homens coraixitas, homens nobres e de caráter, que podem manter a *Ummah* unida e propagar a mensagem do islã para o mundo — disse Abu Bakr, segurando as mãos de Umar e de Abu Ubayda no alto. — Prometam sua aliança a qualquer um dos dois.

Alarmado, Umar olhou para Abu Ubayda, que parecia aterrorizado. Nenhum desses homens imaginara que Abu Bakr os nomearia líderes do islã. Umar sentiu lágrimas lhe subirem aos olhos diante da lealdade e confiança do amigo, esse homem idoso e gentil que não tinha ambição alguma, nem almejava o poder sobre os demais. Um homem de tal honestidade e integridade que o Profeta o nomeara *As-Siddiq*, a Testemunha da Verdade, e confiara nele como seu único companheiro na caverna, quando os assassinos o caçavam no deserto.

Abu Bakr. Um homem que o Profeta transformara em seu braço direito como administrador das necessidades diárias da *Ummah*, um homem que fora rico e que dera tudo o que tinha para libertar os escravos e alimentar os necessitados. Um homem que viveu como pobre, quando poderia ter desfrutado das riquezas do poder. Um homem que era amado por todos e odiado por ninguém.

Um homem que o Profeta nomeara para conduzir as orações pouco antes de morrer. Um homem em favor de quem o Mensageiro de Deus deixara de lado sua própria posição de imame e fizera as preces a seu lado na hora final de sua vida.

Então, como um raio que o atingira no coração, Umar sabia o que era preciso fazer. Abaixou a mão e proferiu as palavras que pareciam ter surgido de algum lugar mais profundo do que seu próprio coração.

— Ó Ansar! — gritou ele, sua voz trêmula de emoção. — Vocês por acaso não sabem que o próprio Mensageiro de Deus ordenou que Abu Bakr conduzisse as orações?

Houve um movimento de aquiescência, e Umar viu Abu Bakr franzir a testa e lhe dirigir um olhar para que parasse. Porém ele não pararia, nem se quisesse. Algo apossara-se de sua alma, e as palavras saíam de seu interior como o primeiro rebento de vida que brota da terra morta depois de uma tempestade, assinalando o início de uma nova era.

— Então quem entre vocês se atreveria a ter primazia sobre ele? — perguntou Umar. Houve um momento de surpreendente silêncio quando aquelas palavras penetraram em suas almas. O filho de Al-Khattab, um homem que havia sido um monstro e um assassino em outra vida e que passara a ser um líder reverenciado e honrado entre os homens, tomou a mão direita de Abu Bakr na sua e com orgulho jurou lealdade ao amigo.

Abu Bakr empalideceu e começou a protestar. Mas era tarde demais. A atitude de Umar havia mexido com as emoções do grupo ali reunido, e subitamente toda a sala se aproximou de Abu Bakr. O relutante senhor foi rodeado pelos líderes de Medina que, em unanimidade, juraram lealdade a ele e o proclamaram *Khalifat Rasulallah*, o califa, ou vice-regente do Mensageiro de Deus.

---

EU MANTINHA VIGÍLIA AO lado do corpo do Mensageiro quando tomei conhecimento da decisão do conselho de eleger meu pai como o novo líder da comunidade. E lamentei. Pois ele era um homem idoso, cansado e enfastiado do mundo, sem ambição de poder. Além disso, seu novo papel de califa o colocava no terrível caminho de outros, cujas aspirações haviam sido frustradas. Cada decisão que tomasse seria examinada por seus rivais, e era inevitável que ele fosse desfavoravelmente comparado ao Mensageiro, o mais brilhante dos estadistas árabes de todos os tempos. Homens implacáveis estariam ansiosos aguardando um erro seu com suas adagas afiadas. Era uma posição ingrata e assustadora.

Porém, quaisquer que fossem minhas dúvidas, os homens de Medina não pareciam concordar. Quando se espalhou a notícia da ascensão de Abu Bakr ao poder, grupos de pessoas se reuniram do lado de fora de sua casa e acercaram-se dele com entusiasmo, muçulmanos enfileirados para jurar lealdade ao homem a quem o Mensageiro havia honrado nos últimos instantes de vida.

Todos os lares de Medina enviaram representantes para jurar fidelidade e apoio ao novo califa. Todos, exceto um.

Logo após Abu Bakr ter sido escolhido, Umar e o grupo de líderes deixaram o antigo salão e encaminharam-se para a pequena casa de pedra onde Ali e Fatima moravam com os filhos. Umar bateu à porta simples de palmeira, exigindo que Ali saísse para jurar lealdade a meu pai, cujo rosto estava ruborizado de vergonha diante do fervor da multidão.

Ao aparecer, Ali olhou para os muçulmanos com seus olhos verdes insondáveis e ouviu Umar anunciar o que havia sido decidido.

— Abu Bakr foi o escolhido — comunicou Umar. — Dê a mão a ele.

Ali permaneceu parado onde estava e não fez nenhum movimento para se dirigir a meu pai.

— Vocês tomaram essa decisão sem consultar a família do Mensageiro — disse ele com suavidade, uma ponta de mágoa na voz. A questão que havia ocupado as mentes de todos naquele dia, se Ali reivindicaria o poder para si, fora resolvida da forma menos cordial possível, excluindo-o das deliberações e negando-lhe a oportunidade de dar sua opinião.

Umar franziu o cenho, percebendo que Ali tinha razão de sentir-se insultado, mas recusou-se a mudar a convicção do próprio coração.

— Mesmo assim, a decisão foi tomada — disse Umar. — Faça seu juramento de lealdade a ele. — Uma certa insinuação de perigo revelou-se em sua voz. Se Ali decidisse desafiar a nomeação de Abu Bakr pelo conselho, a *Ummah* seria destruída, e os demônios da guerra civil em breve investiriam contra nós.

Ali olhou para o gigantesco Umar, encarando-o profundamente nos olhos. Poucos teriam sido capazes de sustentar o olhar daqueles dois homens poderosos, e vê-los encarando um ao outro era como assistir a dois touros preparando-se para uma investida.

Surgiu então entre eles uma sombra, e a filha do Profeta, Fatima, apareceu do nada. Ela segurou a mão do marido, apertou-a com força e voltou-se para Umar, aquele homem bem mais alto do que ela.

— Deixe-nos — disse Fatima, seus olhos inflamados com um ódio nunca antes visto em seu rosto gentil. Umar deu um passo atrás, como se tivesse sido atingido por uma lança no estômago.

Meu pai imediatamente se colocou entre eles, tentando impedir que a tensão aumentasse.

— Peço desculpas à família do Profeta — disse o novo califa. — Que as bênçãos de Deus recaiam para sempre sobre a família do Mensageiro!

Fatima olhou para Abu Bakr, seus olhos negros ainda inflamados. E então, sem nenhuma outra palavra, conduziu o marido para dentro de casa e bateu a porta na cara de todos.

---

ALI NÃO JUROU LEALDADE a meu pai naquele dia, um fato que apenas aumentou minha aversão pelo rapaz. Enquanto ele se mantivesse distante, Abu Bakr não conseguiria exercer o comando em segurança, pois a ameaça de rebelião vinda da família de sangue do Profeta pairaria sobre ele como uma espada cruel e letal. Sua legitimidade permaneceria questionável, e os abutres, que já se aproximavam, chegariam ainda mais perto, prontos para investir contra ele e destruí-lo.

Entretanto, quando o sol enfim se pôs naquele terrível dia, Ali saiu e foi até minha casa para ajudar a fazer planos para o sepultamento do Profeta. Fatima estava com ele, e apesar de me recusar até mesmo a olhar para Ali, dei um forte abraço na filha do Mensageiro. Qualquer que fosse o conflito entre mim e o marido de Fatima, ela sempre fora bondosa comigo, e eu tinha respeito pela doce moça. Ela me deu um abraço apertado enquanto eu chorava a perda do homem que ambas havíamos amado, porém, não se desfez em lágrimas como as outras mulheres e, na verdade, estava estranhamente calma. Supus que estivesse em estado de choque ou de não aceitação, e que as lágrimas viriam quando a verdade por fim se instaurasse em seu coração. No entanto, quando as horas se passaram e ela permaneceu resignada e altiva, perguntei-lhe sobre seu controle diante da morte do pai. Ela me deu um estranho sorriso e disse que não tinha razão para lamentar, uma vez que se uniria a ele em breve. Aquele foi um comentário estranho e assustador, porém ela era uma mulher estranha e assustadora, e decidi deixá-la à vontade.

A preocupação imediata era o que fazer com o corpo do Profeta. Pela tradição muçulmana, o corpo da pessoa morta deveria ser lavado em ritual, antes de ser envolto em uma mortalha, exceto no caso dos mártires, cujo sangue era considerado um sinal da glória eterna. O Profeta não morrera no campo de batalha, contudo, hesitávamos em despi-lo e lavá-lo como qualquer outro homem. Eu mesma nunca vira o corpo nu do Profeta, pois ele era excessivamente modesto, como já mencionei, e até quando fazíamos amor ficávamos encobertos pela escuridão.

Enquanto os homens discutiam o que fazer, ouvimos em voz alta: "Lave o Mensageiro vestido." Era uma voz profunda, de muita autoridade, e a princípio achei que fosse Umar que tivesse entrado enquanto falávamos. Contudo, quando me virei para olhar, não havia ninguém além de nós no recinto. Meu coração disparou e vi a expressão assustada no rosto dos outros ali presentes. Porém, as palavras foram nítidas e claras, e Zubayr foi até o reservatório de abluções e encheu um balde de água, que Ali então jogou por cima do corpo do Mensageiro, lavando-o e deixando suas roupas limpas pela última vez. Os homens então cobriram meu marido com três camadas de tecido, as duas primeiras de linho branco iemenita e a terceira, um manto de listras verdes que o Profeta sempre usava.

Vi, de coração partido, quando Ali, Talha e Zubayr cobriram o rosto gentil do Mensageiro com um pano macio, e meus olhos embaçaram-se de tristeza ao me dar conta de que não veria mais aquelas lindas feições, pelo menos não até o Dia do Juízo Final.

Quando ele foi inteiramente coberto pela mortalha, iniciou-se uma nova discussão acalorada sobre o lugar onde o Mensageiro de Deus deveria ser sepultado. Alguns aconselharam colocá-lo no *Jannat al-Baqi*, o principal cemitério do oásis, próximo a seu filho Ibrahim. Outros sugeriram que levássemos o corpo de volta a Meca, onde ele poderia ser enterrado ao lado de Khadija. Porém de acordo com os ensinamentos do islã, o morto deveria ser enterrado dentro de 24 horas, e a viagem a Meca levaria pelo menos vinte dias de camelo. Alguns argumentaram que ele deveria ser sepultado ao lado de seu tio Hamza, no campo de batalha de Uhud, ou ainda que um outro túmulo fosse construído nas imediações da cidade.

Foi quando escutei uma voz por trás dos homens, e dessa vez não foi uma angélica presença misteriosa. Meu pai entrou em minha casa lotada e enxugou os olhos ao ver a figura daquele que fora seu melhor amigo e mestre envolta numa mortalha.

— O Mensageiro de Deus uma vez me disse que todo profeta deve ser sepultado no lugar onde morreu — disse Abu Bakr com tranquilidade, e depois olhou para Ali. Logo em seguida, o rapaz assentiu com a cabeça.

Naquela noite, minha casa transformou-se num túmulo. Abu Bakr organizou um pequeno grupo de muçulmanos de confiança e pediu que buscassem pás e picaretas, e os homens cavaram um túmulo bem embaixo do local onde o Mensageiro morrera em meus braços. Não houve uma cerimônia grandiosa, e a maioria da população da cidade não sabia o que se passava. Abu Bakr calculara sabiamente que as emoções estariam ainda alteradas e que um funeral público poderia incitar paixões difíceis de controlar.

Os poucos fiéis admitidos no funeral secreto posicionaram-se por trás do corpo do Profeta e recitaram a oração da cerimônia funerária. Meu pai se recusou a conduzir a oração *janaza* sobre o corpo, um ato presunçoso a seus olhos, e se deslocou para ficar ao lado de Umar, Uthman e Ali numa linha reta por trás do corpo envolto na mortalha.

Quando os rituais foram finalizados e não havia mais nada a ser dito ou feito, Ali desceu para dentro do túmulo, e o corpo de meu marido foi gentilmente conduzido até seus braços. Ele colocou o corpo apoiado sobre o ombro direito, como era o costume, com o rosto apontando para o sul, em direção a Meca.

À medida que os fiéis jogavam terra sobre o corpo até que ficasse totalmente coberto, Maomé desaparecia sob o pó do qual nosso pai Adão fora criado.

## 2

Nos meses seguintes à morte do Mensageiro, meu pai foi forçado a enfrentar o primeiro desafio de seu califado: a rebelião das tribos beduínas. Com a morte de Maomé, muitas tribos do sul declararam que seus tratados com o Estado árabe nascente haviam sido anulados, e não se sentiam mais obrigados a prestar obediência a Medina. Alguns declararam sua apostasia abertamente, voltando a adorar os deuses antigos. Outros, talvez percebendo a inutilidade das práticas antigas, ao verem que até Meca havia banido todos os ídolos, anunciaram que permaneceriam fiéis, mas recusavam-se a pagar a *zakat*, taxa cobrada aos cidadãos para auxiliar os pobres. Porém, uns poucos criaram um problema maior ao se associarem a Musaylima e Sajah, os dois falsos profetas que agora alegavam falar em nome de Deus. Os dois embusteiros que se intitulavam profetas haviam se casado e congregado seus seguidores numa aliança contra Medina.

De todos os rebeldes importunos, esse último grupo representava o perigo mais imediato. Pois o princípio central do islã era que Maomé fora o último profeta de Deus. Qualquer um que surgisse depois dele seria um impostor, que precisava ser derrotado antes de desviar o povo do caminho. Mas Musaylima não era apenas um louco errante que divulgava profecias. Ele havia reunido as tribos desafetas do leste do Néjede, e nossos espiões estimavam que ele constituíra uma força de cerca de 40 mil homens, o maior exército até então visto nas areias da Arábia.

Meu pai logo enviou Khalid ibn al-Waleed, o homem que meu marido denominara a Espada de Alá, para enfrentar essa nova e séria ameaça ao futuro do islã. As forças de Khalid confrontaram os exércitos de Musaylima em Yamamah, no coração do leste da Arábia. Embora contando apenas com 13 mil homens, as tropas de Khalid eram mais bem-organizadas e mais disciplinadas do que os guerreiros tribais. Khalid dividiu-as em três unidades e assumiu ele próprio o comando central. A batalha foi brutal, porém os muçulmanos contavam com seu fervor e completo destemor da morte, que acovardava seus inimigos. Os guerreiros tribais dispersaram-se, restando com Musaylima apenas 7 mil adeptos fanáticos, que se protegeram dentro de um jardim murado. Um erro tolo, pois ficaram então presos e cercados por todos os lados. Os guerreiros muçulmanos escalaram os muros e quebraram os portões, invadindo o terreno, que seria depois disso para sempre chamado de Jardim da Morte. Os seguidores do falso profeta foram massacrados, e o próprio Musaylima foi morto, atingido pelo dardo aterrador de Wahsi. O escravo abissínio que assassinara Hamza havia, por fim, purgado seu pecado. Sajah, esposa de Musaylima e também reivindicadora dos dons da profecia, foi capturada e logo abraçou o islã. Khalid deixou-a partir, e ela desapareceu no deserto.

Com a morte de Musaylima, o fogo das antigas tradições pagãs foi extinto na Arábia. Meu pai conseguiu com sucesso dominar a revolta das tribos árabes. Ele conquistou a confiança e o respeito dos muçulmanos, e passou então a se ocupar dos negócios de Estado. Entre as questões mais complicadas que teve de enfrentar estavam as propriedades de meu marido. Embora Maomé tivesse morrido depois de doar aos pobres toda a sua riqueza e seus bens terrenos, havia inúmeros lotes de terra, pequenos jardins em Khaybar e num oásis vizinho, Fadak, adquiridos como espólios de guerra após a derrota dos judeus da Arábia. Meu marido havia administrado essas terras enquanto vivo, alimentando sua família e os necessitados com o produto nelas colhido. Certo dia, Fatima dirigiu-se a Abu Bakr e lhe pediu que cedesse aqueles lotes a ela e aos filhos como herança. A família do Profeta vivia na penúria, apesar de serem seus únicos parentes consanguíneos, e os jardins os ajudariam a aliviar a luta diária para pôr comida na mesa.

Meu pai ficou numa posição difícil e, com gentileza, explicou a Fatima que certa vez o Mensageiro lhe dissera que os profetas não deixavam heranças, e que todos os seus bens deveriam ser distribuídos entre a comunidade. Isso fora algo que Maomé também me dissera de passagem, e apoiei a decisão de meu pai. Fatima, no entanto, ficou lívida, afirmando que Abu Bakr estava roubando seu patrimônio, e abandonou a casa de meu pai de forma abrupta, deixando-o de coração partido. Ele fizera o que achava correto, de acordo com o que entendia ser a vontade do Profeta, mas isso apenas aumentou o abismo de mágoa que se abrira entre ele e a família do Mensageiro.

Logo depois, meu pai tentou fazer um acordo. Ele soube que um judeu da tribo Bani Nadir que se convertera ao islamismo morrera sem deixar filhos e doara ao Profeta sete lotes de jardins em Medina em seu testamento. Abu Bakr nomeou Ali e o tio do Profeta, Abbas, como administradores dos terrenos, para usufruto dos descendentes do Mensageiro. Porém, Fatima declinou uma reconciliação por meio desse gesto. Desde o dia em que meu pai lhe negou o direito à herança, ela nunca mais lhe dirigiu a palavra, apesar das diversas tentativas dele de fazer as pazes. Abu Bakr uma vez me disse que de todas as coisas que perdera na vida — riqueza, juventude, saúde — nada o deixara mais triste do que esse desentendimento com a menina doce que sempre amara como filha.

---

UMA NOITE, SEIS MESES após a morte de Maomé, eu me encontrava deitada, já quase adormecida. Eu me virava de um lado para o outro no colchão de pele de ovelha, no qual às vezes ainda sentia o cheiro de meu marido, o misterioso aroma de rosas que parecia sempre segui-lo em vida. Eu havia levado um certo tempo para me habituar a dormir em minha casa novamente, sabendo que o Mensageiro estava enterrado a poucos metros do chão. Mas, por fim, me acostumei ao sentimento estranho de não estar totalmente sozinha, de tê-lo sempre comigo, e não apenas no sentido metafórico.

Havia um ar carregado no quarto, como se o próprio ar tivesse mudado desde o dia em que ele morreu, e quando, por fim, aprendi a dormir em minha casa novamente, comecei a ter sonhos vívidos, cheios de estranhas e belas luzes e cores, como eu jamais imaginara. Muitas vezes eu acordava no meio da noite pensando ter ouvido a voz dele ou sentido o toque suave de sua mão em meus cabelos. Com o tempo, essas experiências tornaram-se parte da rotina, e comecei a aceitá-las sem questionamentos, pelo menos para manter minha sanidade. Porém, nos primeiros dias foi difícil e assustador, como se eu vivesse num portal entre dois mundos, e nunca tinha certeza em qual dos dois me encontrava.

Naquela noite fresca de inverno, aconteceu algo que nunca esqueci, algo que ainda me causa um frio na espinha quando me recordo. O ar pesado tornara-se quase insuportável, e parecia que eu precisava respirar cada vez mais fundo para encher os pulmões. Era como se uma cortina caísse sobre mim e dificultasse meus movimentos, como se eu tivesse sido amarrada por cordas invisíveis.

Lutei contra a pressão como uma mulher submersa em águas profundas, tentando desesperadamente subir à superfície para respirar. Ouvi, nesse instante, uma voz feminina que pensei vir do pátio da *Masjid*. Mas a voz ficou cada vez mais próxima e clara, e então percebi que sussurrava bem a meu lado. A despeito do ar pesado, que parecia me afundar, consegui virar a cabeça e olhar.

    Vi Fatima a poucos metros de distância. Ela usava uma túnica branca com reflexos prateados, seus cabelos estavam cobertos por um lenço que parecia brilhar com estrelas. Ela estava acima do túmulo de seu pai, dizendo-lhe coisas que eu não entendia. A língua não era árabe, nem se parecia com as línguas estrangeiras que eu escutara no mercado — persa, grego, amárico, copta. Na verdade, eu não conseguia identificar aqueles sons como palavras. Eram sons rítmicos e líricos que saíam de seus lábios, quase como uma música, não uma fala.

    Eu queria chamar seu nome, perguntar por que tinha aparecido no meio da noite, se tudo estava bem com ela e com os filhos. Mas não conseguia emitir palavra alguma. Eu simplesmente encarava-a, paralisada, até que ela, afinal, virou-se e olhou para mim.

    Senti então minha respiração parar por completo. Eu a reconhecia e ao mesmo tempo não a reconhecia. De alguma forma, sabia que a mulher que estava diante de mim era Fatima, mas seu rosto fora transformado de forma surpreendente. Os traços duros, simples e o ar grave, que sempre se contraía de tristeza, haviam desaparecido. Em seu lugar revelava-se a face de uma nova Fatima, uma mulher de beleza e perfeição tão intensas a ponto de não parecer mais humana. Ela tornara-se o que eu na infância imaginava ser um anjo. Sua pele, que com frequência apresentava irritações e espinhas, estava imaculada, e suas faces haviam sido delineadas com tal destreza que ela parecia uma estátua viva. As sobrancelhas, antes grossas e rebeldes, pareciam ter sido pintadas em seu rosto. Os lábios não eram mais rachados, e sim exuberantes e sensuais, e os cabelos indomáveis recaíam como mel sobre seus ombros delicados, que antes pareciam masculinos e quadrados.

    A única coisa nela que não mudara eram os olhos, os mesmos olhos negros herdados do pai, olhos que pareciam ter o poder de mergulhar no âmago de nossas almas.

    Ela me observava com olhos luminosos e sorria. Quando falou, sua voz soou como o tilintar de sinos.

    — Diga a seu pai que eu entendo agora — disse ela, e suas palavras ressoaram como se sua voz viesse do outro lado de um abismo. — Eu entendo e o perdoo.

Em seguida, ela ergueu a mão direita e me acenou um adeus. Meu coração disparou quando vi no centro da palma de sua mão o que parecia ser um globo azul brilhante, como um olho.

Fixei o olhar na luz que girava na palma da mão de Fatima e se tornava cada vez mais resplandecente, até meu quarto ficar banhado num brilho etéreo. A escuridão desapareceu num maravilhoso jorro de luz azul-celeste, tão luminoso quanto o próprio firmamento num dia claro de verão.

---

DESPERTEI COM UM SOBRESSALTO ao ouvir prantos no pátio. Olhei ao redor, confusa, esperando ver Fatima num canto da casa, mas eu estava sozinha. À medida que o choro se intensificava, me apressei em jogar um manto sobre o rosto, cobrindo-o antes de espiar para fora.

Um grupo de pessoas que pareciam enlutadas encontrava-se no pátio, tentando rasgar as próprias roupas em sinal de tristeza.

— O que é isso? — perguntei. — O que aconteceu?

Uma mulher de meia-idade veio sem firmeza em minha direção, batendo no peito e puxando os cabelos.

— Ó Mãe, a *Ummah* está desolada! Fatima, a Iluminada, retornou ao Senhor!

Senti meus joelhos fraquejarem.

— Quando? — consegui balbuciar. — Quando foi isso?

Um homem idoso olhou para mim, o rosto enrugado e retorcido de dor.

— Nosso mestre Ali disse que ela morreu ao pôr do sol de ontem — Ele soluçou. — Ele fez o enterro em segredo para que nenhum homem cultuasse o túmulo dela como faziam os ignorantes no passado.

Afundei no chão, sem entender o que ele acabara de dizer. Se Fatima havia morrido ao anoitecer do dia anterior, quem eu teria visto em meu quarto durante a noite?

Não. Eu imaginara aquilo. Fora um sonho, eu disse a mim mesma, nada mais, nada menos.

Mas lembrei-me de algo que Fatima me dissera uma vez quando éramos ainda crianças em Meca, há muito tempo. Eu lhe contei que havia tido um pesadelo durante a noite, no qual eu era perseguida por uma bruxa velha que tinha uma cobra dourada enroscada no braço.

Fatima simplesmente encolheu os ombros e disse para eu não me preocupar. Aquilo era apenas um sonho e não era mais real do que qualquer outra coisa na vida.

— O que você quer dizer com isso? — perguntei, diante de seu estranho comentário.

Fatima cravou aqueles poderosos olhos negros em mim e disse palavras que agora ecoam através do tempo.

— A vida é um sonho. Quando morremos, acordamos.

## 3

Logo após a morte de Fatima, Ali foi encontrar meu pai e se reconciliou publicamente com ele. Disse a Abu Bakr que não nutria nenhum ressentimento e que não disputava seu direito ao poder. Recusara-se a lhe prestar solidariedade, disse Ali, porque achou que a família do Profeta fora excluída das decisões na questão da sucessão. Porém, o assunto estava encerrado, e Ali não queria desentendimentos entre a família do Profeta e a família do califa. Com a perda de Fatima, os netos do Profeta, que ainda eram crianças, estavam órfãos de mãe, e Ali queria dedicar seu tempo a educá-los e a propagar os ensinamentos do islã. Abu Bakr podia ficar à vontade para carregar nas costas o peso da nação.

Meu pai chorou e abraçou o rapaz, e até meu coração ressentido abrandou um pouco em relação a ele. Apesar de minha incapacidade de perdoar-lhe por sua traição, senti pena de Ali, que perdera tudo depois da morte do Profeta. Enquanto o Mensageiro estava vivo, Ali fora um dos membros de maior vulto e influência na comunidade. No entanto, desde a morte de meu marido e a controvérsia em torno da recusa de Ali a jurar lealdade a Abu Bakr, ele ficara cada vez mais isolado. Sua personalidade estranha e desajeitada, tolerada durante a vida de Maomé, havia deixado o povo cauteloso, e ele passava a maior parte de seus dias sozinho, cuidando da terra que Abu Bakr aceitara lhe conceder. Ali tinha poucos amigos, e somente Talha e Zubayr podiam ser considerados seus visitantes frequentes. Agora, com a morte de Fatima, ele estava de fato sozinho.

Abu Bakr conduziu Ali para fora, diante dos fiéis na *Masjid* após as orações da sexta-feira, e o genro do Profeta deu a mão direita ao sogro jurando lealdade. Ouviram-se suspiros de alívio e brados de glória a Deus, pois a incerteza que havia pairado sobre o reino de meu pai, a incômoda dúvida sobre sua legitimidade, fora finalmente resolvida.

Pelo menos nos corações da maioria das pessoas. Alguns defensores fervorosos de Ali continuaram a protestar contra a usurpação do direito dos descendentes de sangue de Maomé, afirmando que Ali permanecia o herdeiro legítimo do trono dos muçulmanos. O próprio Ali não defendia essa posição publicamente, porém, eu suspeitava que ele não estava fazendo o bastante para silenciar os descontentes.

Chegaram então notícias do leste por intermédio de Khalid, as quais nos fizeram esquecer todas as pequenas disputas e voltar nossa atenção ao futuro do islã.

---

A DERROTA DE MUSAYLIMA para os muçulmanos colocara nossos exércitos diretamente na fronteira do antigo império persa. Os reis sassânidas haviam regido essa grande nação durante quase quatrocentos anos, no auge do poder, seu domínio estendia-se da Anatólia ao rio Indo. Porém, durante as últimas décadas, os xás sassânidas estavam envolvidos numa guerra brutal e destrutiva contra os bizantinos pelo controle da região.

Durante a maior parte de minha juventude, os cristãos estiveram na defensiva. Antioquia e Alexandria haviam sucumbido aos sassânidas. Os cristãos sofreram sua maior humilhação quando os adoradores do fogo conquistaram Jerusalém e roubaram as relíquias sagradas da Igreja, inclusive aquela que seus padres afirmavam ser a verdadeira cruz de Jesus. Os bizantinos ficaram desmoralizados até a chegada ao poder do imperador Heráclito, que lutou com valentia contras os persas e expulsou os invasores da cidade sagrada.

O vitorioso Heráclito organizara seu povo para enfrentar o inimigo, e os bizantinos atacaram o seio do império persa, marchando ao longo do rio Tigre e saqueando o palácio sassânida em Dastagered. Heráclito havia quase alcançado sua meta de tomar a capital da Pérsia em Ctesifonte, mas os defensores persas haviam destruído as antigas pontes sobre o canal Nahrawan, frustrando seu avanço. Heráclito retornou triunfante à sede de seu próprio império, mas sua vitória acabou sendo pífia. Embora ele tivesse expulsado seus antigos adversários com êxito, seu exército encontrava-se debilitado pelos incessantes combates, e o tesouro bizantino, esvaziado.

Os sassânidas estavam ainda mais desorganizados, e o rei persa, Cosroes, foi deposto e assassinado pelo próprio filho, Kavadh, que negociou uma trégua instável com os bizantinos. Lembro-me de quando ouvi pela primeira vez a notícia da morte de Cosroes, da boca de um comerciante iemenita no mercado de Medina. Sorri por trás do véu, pois Cosroes havia rejeitado o convite de meu marido para abraçar o islã e rasgara sua carta numa demonstração de desprezo. Como profetizado pelo Mensageiro na ocasião, seu reino foi também dividido em dois.

Os grandes eventos políticos do norte davam margem a rumores intrigantes, porém haviam sido de pouco interesse prático para os muçulmanos a princípio, uma vez que a sobrevivência era nosso foco principal. No entanto, agora que o islã se estabelecera como a única potência capaz de governar uma Arábia unificada, não podíamos mais ignorar os impérios vizinhos, assim como eles também não podiam nos ignorar. Aquelas duas grandes nações — a persa e a bizantina — haviam se desgastado, enfrentando-se em guerras centenárias, e a ascensão de um novo Estado em suas fronteiras representava uma ameaça inesperada e perigosa para seu delicado equilíbrio de poder. Nenhum dos dois impérios dispunha de recursos e energia necessários para nos enfrentar diretamente, quaisquer que fossem as ameaças que nos chegavam através de seus enviados, e eles se viram forçados a usar representantes na tentativa de nos manter sob controle. Os bizantinos haviam tentado aliar-se aos judeus de Khaybar, forçando meu marido a conquistar a cidade e usá-la como escudo protetor ao norte. E dizia-se que o falso profeta Musaylima recebera financiamento e treinamento dos persas ao leste. Porém, com a derrota desses intermediários, aproximava-se o dia em que nossas forças teriam de enfrentar diretamente aqueles impérios rivais.

Numa manhã de calor, um ano após a morte de meu marido, o dia chegou. Agindo sob ordens de meu pai, Khalid enviou um exército de 18 mil homens de Yamama aos campos do Iraque persa, reivindicando-os para o islã. Os persas responderam com uma força duas vezes maior, conduzida por elefantes com armaduras de aço. O exército sassânida era de uma força extraordinária, como os árabes jamais haviam enfrentado, e as espadas e lanças árabes pareciam brinquedos se comparadas às poderosas e afiadas espadas. No entanto, Khalid sabia que aquele inimigo monstruoso tinha uma fraqueza: mobilidade. Os cavalos e elefantes pesadamente protegidos não conseguiriam marchar por um longo tempo sob o sol escaldante do deserto sem sucumbir à exaustão, e então ele utilizou a tática de atacar e fugir que o Mensageiro aperfeiçoara em Khaybar. Os muçulmanos iriam montados até o campo e enfrentariam as linhas de frente dos persas, e depois escapariam pelo deserto, forçando seu adversário a persegui-los. Quanto mais para o interior do deserto os muçulmanos conseguissem atrair os soldados persas, mais lentos e confusos eles ficariam. Quando o general persa Hormuz percebesse seu erro tático, seria tarde demais.

Khalid conduziu os muçulmanos em um último ataque, durante o qual os exaustos e confusos sassânidas usaram uma tática defensiva padrão que funcionara para eles no passado, mas que naquele dia os conduziria à tragédia. Os soldados persas uniram-se por meio de correntes para conter a cavalaria de Khalid. Permaneceram juntos como uma pedra ao enfrentarem a investida dos muçulmanos. Essa tática fora bem-sucedida contra os soldados bizantinos, que decidiram que um ataque frontal contra a corrente seria um suicídio. Entretanto, os persas não entendiam que a ideia de morrer no campo de batalha não detinha os muçulmanos; servia apenas para estimulá-los com a promessa da vida eterna. Para perplexidade dos defensores persas, os cavaleiros de Khalid lançaram-se contra os guerreiros acorrentados com destemor, imolando-se nas lanças dos sassânidas. Intimidadas pela intensidade e a devoção dos muçulmanos, que investiam incessantemente contra a muralha de morte, o pânico tomou conta das tropas persas, desidratadas e exaustas. Quando Khalid matou o comandante Hormuz, os guerreiros persas tentaram debandar, porém as correntes que tinham o propósito de conter os inimigos tornaram-se então amarras que os levaram à morte.

Os homens de Khalid destruíram a força persa na disputa que ficou conhecida entre nós como a Batalha das Correntes. Milhares de soldados das melhores tropas sassânidas sucumbiram naquele dia, e os árabes haviam conseguido abrir uma porta para o leste. Os muçulmanos deixaram o deserto e logo desceram para a cidade de Al-Hira, a capital do Iraque persa, que era administrada por cristãos árabes conhecidos como Lakhmidas. Khalid cobriu de presentes a população de Al-Hira e prometeu aos cristãos a liberdade de religião, protegida pelas leis do islã, garantia que jamais havia sido dada pelas autoridades persas. Os Lakhmidas capitularam rapidamente, e as fronteiras do islã, de repente, haviam se estendido para fora da península árabe e alcançado as margens do Eufrates.

Nossa nação acabara de tornar-se um império.

---

A ALEGRIA NAS RUAS de Medina ao se ter notícia da vitória de Khalid foi logo seguida de tristeza. Meu pai ficou gravemente enfermo e confinado à cama.

Pressenti uma nuvem de morte pairando sobre Abu Bakr. Eu não podia imaginar o mundo sem ele, assim como não conseguia aceitar a perda de meu marido. Porém, na verdade, eu sentia a presença de Maomé em meu quarto, e era confortada pela sensação de que ele permanecia comigo. Meu pai, no entanto, era apenas um homem comum, quando morresse, partiria para sempre.

Asma e eu permanecemos ao lado dele dia e noite, cuidando de sua febre. Certa manhã, percebi uma expressão em seu rosto, uma serenidade e resignação que me diziam que sua hora chegara.

— Chame Uthman — sussurrou ele.

Enviei de imediato um mensageiro, e em poucos minutos o filho de Affan chegou. Quando Uthman se ajoelhou ao lado de meu pai, ele me pareceu mais velho, porém ainda belo, e notei um brilho de generosidade e bondade em seus olhos.

— O que posso fazer para ajudá-lo, velho amigo? — perguntou, passando a mão pelos cabelos brancos e escassos de meu pai.

— Tenho um testamento para o povo, um comando final como califa, que desejo que você transmita a todos — respondeu meu pai, enunciando cada palavra com cuidado, sua respiração ofegante.

Uthman abaixou a cabeça. Por um instante, me perguntei se ele se oporia, como haviam feito os Companheiros durante a doença final de Maomé. Tremi ao imaginar uma nova disputa caótica pela sucessão. Os muçulmanos só haviam estabelecido a ordem porque contaram com a capacidade de meu pai como estadista. Será que teríamos de enfrentar mais uma vez a disputa dos líderes tribais pelo posto de califa? Com a nação muçulmana agora se expandindo pelo coração do império persa, com os inimigos circundando-nos como abutres num campo de batalha, não suportaríamos um novo conflito na busca pelo poder. Meu coração gelou quando imaginei que a pequena, porém expressiva, facção que defendia o direito de Ali e dos netos do Profeta pudesse não chegar a um consenso tão facilmente como antes. Se Uthman se recusasse a passar adiante o testamento de meu pai, a *Ummah* poderia se transformar numa guerra civil da noite para o dia.

Uthman enfim ergueu a cabeça e olhou Abu Bakr nos olhos. Apertou a mão rugosa de meu pai e assentiu com a cabeça.

— Farei o que deseja.

Meu pai suspirou de alívio, e me lançou um olhar que eu logo compreendi. Fui então pegar uma folha de pergaminho e entreguei-a a Uthman, juntamente a uma pena, um dos poucos bens terrenos de Abu Bakr.

Meu pai recitou então seu último testamento.

— Em Nome de Deus, o Clemente, o Misericordioso. Este é o comando de Abdallah ibn Abu Quhayfa, conhecido pelos homens como Abu Bakr. Considerando que...

Nesse instante ele silenciou. Olhei para meu pai e vi que perdera a consciência. Meu coração quase parou. Se meu pai morresse antes de declarar seu desejo final, a *fitna* recairia sobre nós. Olhei para Uthman e percebi em seu rosto pálido que ele pensava o mesmo.

Olhei a minha volta e vi que estávamos sozinhos. Asma voltara para casa para alimentar você, Abdallah, e não havia ninguém presente no quarto do califa para testemunhar o que aconteceu depois.

— O que vamos fazer? — Uthman me perguntou, numa voz que parecia a de um garoto assustado.

Eu escutava a pulsação em meus ouvidos, e minha boca estava seca como o sal. Tomei então uma decisão pela qual eu poderia ter sido morta ali mesmo.

— Escreva: indico, entre vocês, Umar ibn al-Khattab como meu sucessor — eu disse, lutando contra o terror de minha presunção. Dentre os homens restantes em Medina, eu sabia que apenas Umar detinha o temor e o respeito de todas as facções, e a ele podia ser confiada a tarefa de manter os homens unidos.

Olhei para Uthman, meus olhos dourados cravados nele como os de um falcão. Se ele discordasse e houvesse rumores de que eu usurpara o poder do califa e forjara seu comando final, nada me salvaria da fúria da multidão. A Mãe dos Fiéis seria destroçada nas ruas por seus filhos.

Porém, a grande virtude de Uthman, e sua fraqueza fatal, era sua natureza pura e gentil. Ele era como uma criança que via apenas o lado bom das pessoas e desconhecia as maquinações da política e as traições do coração humano.

Uthman olhou para mim por um instante. Em seguida assentiu com a cabeça e anotou as palavras como se fossem de Abu Bakr.

Senti o mundo girar à minha volta. Teria eu, de fato, feito isso? Teria eu assumido o poder de meu pai e falado em seu nome, indicando, sozinha, o próximo califa do islã? Comecei então a tremer, atemorizada por minha audácia e me perguntando que loucura teria se apossado de mim.

Nesse instante, um milagre aconteceu. De todas as coisas extraordinárias e inexplicáveis que eu havia presenciado durante meus anos ao lado do Mensageiro de Deus, nenhuma foi mais notável do que o som repentino da voz de meu pai.

— Onde eu estava? — perguntou Abu Bakr, seus olhos piscando ao tentar libertar-se do sono que tomara conta dele.

O sangue me fugiu do rosto, e lancei a Uthman um olhar de advertência, mas era tarde demais. O homem gentil e modesto simplesmente entregou ao califa a folha na qual ele escrevera as palavras que eu lhe ditara.

Meu pai olhou para o pergaminho surpreso, seus olhos contraindo-se. Voltou-se para Uthman, e, para minha perplexidade, abriu um caloroso sorriso.

— Eu acho que você temia a disputa entre as pessoas se eu morresse nesse estado — observou ele, sem nenhum sinal de acusação ou indignação na voz.

Uthman olhou para mim, e por um instante esperei que ele revelasse minha presunção. Porém seus olhos pestanejaram, e ele simplesmente assentiu, confirmando. Percebi então que meu segredo estava seguro com ele.

Abu Bakr fez um gesto positivo com a cabeça e deu glórias a Deus.

— Vocês fizeram bem — disse ele. Logo seus olhos voltaram-se para mim e ele me estendeu a mão.

Aproximei-me de meu pai e tomei sua mão na minha.

— Não tenho amor por este mundo — disse ele baixinho. — Mas estou feliz por ter estado nele por duas razões. Uma é que conheci e me tornei amigo do Mensageiro de Deus. E a segunda é que fui abençoado por tê-la como filha.

Lágrimas me encheram os olhos e fiz esforço para falar, porém meu pai abanou a cabeça e eu sabia que não havia nada que eu pudesse expressar em palavras que ele já não soubesse muito bem em seu coração.

Sua mão soltou-se da minha, e seus olhos voltaram-se para dentro de seu crânio ao sussurrar suas palavras finais. *Existe um único Deus, e Maomé é Seu Mensageiro*. E com isso, Abu Bakr, a Testemunha da Verdade, o Segundo na Caverna, e o primeiro califa do islã, nos deixou para entrar na eternidade.

---

NAQUELA NOITE, OS MUÇULMANOS enterraram meu pai num túmulo próximo ao do meu marido. Abu Bakr colocado atrás de seu mestre, seu rosto junto ao ombro do Profeta. Ali conduziu os serviços funerários e foi bondoso e indulgente em seus louvores.

Então, de acordo com o último desejo de meu pai, os muçulmanos juntaram-se e prestaram lealdade a Umar ibn al-Khattab, que se tornou o segundo e talvez o maior dos califas.

# 4
# 26 de agosto, 636 d.C.

Muawiya olhou para o poderoso exército bizantino aglomerado à beira do rio Yarmuk e sentiu um fogo atravessar suas veias. Esse dia já era esperado há muito tempo. As primeiras vitórias muçulmanas sob o comando de Abu Bakr haviam sido bastante improváveis. As conquistas subsequentes de seu sucessor, Umar, deveriam ter sido impossíveis. A brilhante entrada de Khalid no Iraque posicionara os muçulmanos como uma adaga apontada para o coração de Bizâncio. Em poucos meses, a Espada de Alá havia atravessado o deserto e alcançado o oeste. Os cavaleiros pouco armados e extremamente ágeis de Khalid chegaram às planícies da Síria de forma inesperada. Os comandantes bizantinos enviaram 10 mil de seus homens para conter aqueles que consideravam ser bandidos desorganizados que promoviam saques. Não esperavam encontrar uma força árabe eficiente e altamente disciplinada que os superava em número numa proporção de dois para um. A arrogância dos bizantinos os levou ao massacre na Batalha de Ajnadayn, e os muçulmanos seguiram pelos montes da Síria sem encontrar resistência até cercarem a antiga cidade de Damasco. Os comandantes bizantinos, perplexos, haviam subestimado seus inimigos, e foram subitamente impossibilitados de buscar reforços e obrigados a evacuar o que fora a orgulhosa capital da província imperial. Em poucas semanas, Damasco capitulou, e os muçulmanos tornaram-se de repente os governantes de toda a Síria.

A inesperada perda de Damasco causou o pânico entre os generais bizantinos na vizinha Palestina, e eles enviaram forças ao vale do rio Jordão para confrontar os invasores. Khalid, entretanto, havia antecipado o ataque pelo lado sul, e os muçulmanos encontraram e destruíram as tropas romanas na vila de Fahl. Então, como a dádiva da chuva que cai dos céus após uma longa estiagem, a Terra Santa de Abraão, Davi e Salomão, a terra dos profetas e de Jesus, filho de Maria, estava agora nas mãos dos muçulmanos. Somente Jerusalém permanecia sob o controle dos surpresos bizantinos, que, desesperados, se esconderam, preparando-se para um cerco que sabiam estar por vir.

Heráclito havia percebido tardiamente que não lidava com saqueadores tribais, mas com um exército muito bem-organizado decidido a triunfar. Os árabes, com suas armas leves e camelos que se deslocavam rapidamente, eram diferentes de tudo que eles haviam enfrentado em décadas de guerras com as pesadas e gigantescas tropas persas. Seus comandantes não tinham experiência em batalha contra um inimigo tão ágil, especialmente homens que não temiam a morte, e eles não encontraram uma estratégia capaz de derrotar os muçulmanos. Então Heráclito decidiu lançar todas as forças do exército bizantino sobre a Síria e esmagar os invasores. O tempo para táticas duvidosas estava encerrado; chegara a hora da força bruta.

Foi assim que Muawiya se viu entre os muçulmanos quando eles enfrentaram o maior exército já formado na região. Mais de 100 mil guerreiros da elite romana foram enviados para aniquilar as forças muçulmanas. O exército do islã correspondia a um quarto das tropas inimigas. A sobrevivência dos árabes não parecia possível, muito menos o seu triunfo. Contudo, Muawiya sentiu-se estimulado. Seus homens haviam conquistado muitas vitórias impossíveis, fazendo até mesmo o mais cético dos coraixitas crer que Deus estava a seu lado. E se Alá, o Senhor dos céus e da terra, estava com eles, quem poderia confrontá-los?

Os muçulmanos tinham uma vantagem — a cavalaria. Heráclito enviara principalmente soldados da infantaria, com um pequeno, porém robusto, contingente de cavaleiros para apoio. Se a força montada bizantina fosse destruída, os hábeis cavaleiros muçulmanos poderiam atacar com vantagem a pesada tropa inimiga. Isto significaria correr um enorme risco — avançar a cavalo e concentrar toda a força muçulmana num desafio à cavalaria do inimigo. Um soldado a cavalo seria sempre superior a um soldado a pé, mas dois homens montados lutariam em igualdade de condições. Se os muçulmanos vencessem, eles teriam a chance de dominar a infantaria bizantina, entretanto, se perdessem, a batalha estaria encerrada. Sem o escudo de seus cavalos, os muçulmanos seriam massacrados sem piedade.

Era um jogo, e as apostas eram altas — tudo ou nada. Nos dias anteriores ao seu ingresso na comunidade islâmica, Muawiya fora um jogador ávido, conhecido por correr riscos em jogos de azar que teriam abalado pessoas de coração fraco. No entanto, se havia algo que o filho de Abu Sufyan aprendera durante os anos em que observou a improvável sequência de sucessos de Maomé contra seus inimigos foi que a sorte favorecia a audácia.

Foi assim que naquele dia Muawiya montou seu corcel ao lado dos maiores guerreiros do islã, incluindo Khalid ibn al-Waleed e o famoso espadachim Zubayr ibn al-Awwam, e enfrentou a morte. No momento em que se lançassem contra o seio da cavalaria bizantina, não haveria retorno. Ou sairiam vitoriosos ou jamais sairiam dali.

Khalid olhou para ele, e Muawiya viu que seu companheiro pensava a mesma coisa. Os dois mecanos trocaram sorrisos, como garotos que brincam juntos. A Espada de Alá ergueu-se e deu o grito de guerra que mudou o mundo para sempre.

— *Allahu akbar!*

Ao ver os cavalos arremessarem-se contra o furacão da morte, as espadas se chocarem e as flechas zunirem em torno dele como abelhas enfurecidas, Muawiya riu e agradeceu a Deus por lhe conceder a oportunidade de glória.

---

A CAVALARIA MUÇULMANA DESTRUIU a cavalaria bizantina naquele dia, e a batalha foi encerrada. Sem a proteção da tropa montada, os soldados inimigos foram esmagados sob as patas de 8 mil corcéis árabes. As poderosas legiões de Constantinopla dispersaram-se, fugindo de volta pelo rio Yarmuk ou escapando para o interior do deserto.

Em seis dias, o império que herdara o cetro de Roma desapareceu.

Quando Muawiya olhou para a carnificina no campo de batalha, para os milhares de corpos espalhados pelo chão, sorriu sozinho. Como os árabes haviam sido tolos resistindo a Maomé todos aqueles anos. Ele lhes dera a fé e fizera deles uma nação. E agora lhes deixava o legado de um império. A única pergunta que restava era se seu povo teria a coragem e a determinação para manter o sucesso conquistado ou se eles também desapareceriam nos anais da História como os homens que acabavam de derrotar. Seria o islã uma onda passageira no oceano do tempo, ou seria possível transformá-lo numa civilização que sobrepujaria todas as nações que haviam lutado pelo domínio daquele solo?

Quando o sol se pôs, no dia que mudara o curso da História, Muawiya ergueu o olhar para o céu e viu um sinal que fez sua respiração parar.

A lua nova resplandecia no alto, acima dele, no crepúsculo. E *Al-Zuhra*, a estrela brilhante, conhecida pelos romanos como Vênus, brilhava mais próxima à lua do que ele jamais vira. Era uma visão magnífica e comovente, uma conjunção nunca vista por aqueles homens, e seus soldados logo interromperam o que faziam e olharam para o céu, maravilhados.

Muawiya juntou-se a eles, olhando para o alto, para aquele estranho fenômeno celeste, e então sentiu um calafrio percorrer sua espinha. Era uma sensação de deslumbramento, que sempre fora estranha a um coração extremamente prático — alguns diriam cético — como o seu.

Ele entendeu. A lua nova e a estrela eram um sinal de Deus, uma resposta aos pensamentos secretos de seu coração. Alá inundara de bênçãos a *Ummah* muçulmana naquele dia e mostrara a Muawiya que Sua mão guiava, de fato, as forças da História.

Naquele instante, Muawiya percebeu que o islã triunfaria, e que as nações da terra voltariam sua face para a Caaba. Percebeu, com certeza ainda maior, que estava destinado a conduzir os muçulmanos a sua gloriosa vitória. O sonho de infância de Muawiya, de se tornar rei dos árabes, seria realizado, porém numa escala muito maior do que ele poderia ter imaginado.

A Batalha de Yarmuk era apenas o começo.

## 5

As conquistas que haviam se iniciado sob o califado de meu pai continuaram numa velocidade miraculosa durante o governo de Umar. Damasco capitulou e o mesmo aconteceu com a Palestina. A humilhação bizantina em Yarmuk havia efetivamente destruído o poder imperial romano na região após quase mil anos de domínio. A ordem do Profeta de tratar os povos conquistados com indulgência, dando-lhes o direito de exercer sua fé e viver suas vidas desde que pagassem ao Estado o tributo *jizya*, foi um fator decisivo para a tranquilidade de nossas vitórias. Quando se espalhou a notícia de que os muçulmanos não planejavam impor sua religião aos povos derrotados, estes preferiram uma rendição rápida e indolor a uma resistência prolongada. Nossa generosidade em relação a nossos súditos era incomum num mundo em que se esperava que os conquistadores subjugassem e oprimissem seus adversários, e essa atitude exerceu um papel importante no estabelecimento da paz nas terras que adquirimos tempos depois de a última espada ser embainhada.

Isso se deu em particular em Jerusalém, que por fim se entregou, após meses de cerco. O próprio Umar viajou para a cidade santa a fim de aceitar a rendição formal. O patriarca cristão de Jerusalém conduziu Umar pelas antigas ruas onde os profetas do passado haviam caminhado, até chegarem ao lugar sagrado onde um dia existira o Templo de Salomão. Era um local santo para os muçulmanos, não apenas porque havia um dia sido a Casa de Deus, mas porque Maomé, de suas pedras, ascendera aos céus em sua Viagem Noturna. Porém, quando Umar chegou, ficou horrorizado ao descobrir que o lugar se tornara um depósito de lixo. Literalmente. Os cristãos da cidade haviam despejado entulho no local sagrado durante centenas de anos, sob a crença errônea de estarem realizando um ato de louvor a Jesus, que havia profetizado a destruição do Templo. Enquanto a plataforma permanecesse em desordem, a profecia seria mantida, e a verdade das palavras de Cristo ficaria à vista de todos.

Indignado com a profanação cristã do santuário, Umar retirou o lixo do local com as próprias mãos, depositando-o nas dobras de seu manto até a plataforma ficar limpa para que uma pequena casa de oração pudesse ser construída. Quando o santuário foi novamente purificado, Umar assinou um tratado com os cristãos de Jerusalém derrotados, dando-lhes garantia de vida e respeito a suas propriedades e liberdade religiosa. O patriarca cristão havia pedido educadamente que os muçulmanos continuassem a política bizantina de banir os judeus da cidade santa, porém Umar se recusou a atendê-lo. Pela primeira vez em séculos, os Filhos de Israel retornaram à Terra Santa, da qual haviam sido expulsos, ironicamente pela generosidade de uma religião que haviam rejeitado.

Nossa política de tolerância religiosa em pouco tempo serviu para gerar apoio a nossa expansão. Depois da queda da Palestina, o emissário mecano Amr ibn al-As conduziu ao Sinai uma pequena unidade de cavalaria de alguns milhares de homens e invadiu o Egito, que havia sido negociado entre persas e bizantinos, ora pertencendo a um lado, ora ao outro, durante sua guerra avassaladora no século anterior. Nenhum dos dois lados mostrara muita compaixão pelo povo do Egito, peça insignificante no grande jogo do império. Os persas eram adoradores do fogo e não toleravam o cristianismo do Egito, o qual missionários e guerreiros vinham tentando impor a seu antigo povo havia séculos. Já os bizantinos viam os cristãos cópticos do Egito como hereges que haviam sido desviados dos verdadeiros ensinamentos de Roma e Constantinopla. Ambas as nações haviam perseguido brutalmente os egípcios e tentado apagar sua identidade religiosa. Quando as forças de Amr apareceram no horizonte, a população levantou-se contra o último de seus governantes bizantinos e ajudou os muçulmanos a assumir o controle da terra além do Nilo. Os muçulmanos não entendiam, nem tampouco lhes interessavam, as pequenas diferenças de teologia que dividiam os coptas de seus colegas cristãos. Para nós, eles eram o Povo do Livro e, desde que pagassem seus tributos, não nos importava sua fé nem como realizavam suas orações. Foi assim que o último mandamento do Corão sagrado, "Que não haja obrigatoriedade religiosa", trouxe os povos oprimidos do Norte da África para nosso lado. E a oração muçulmana "Existe apenas um Único Deus" foi afinal ouvida ecoando nas pirâmides onde o próprio Moisés havia procurado convencer o Faraó dessa verdade num passado longínquo.

No momento em que o Ocidente se rendeu às forças do islã, o Oriente se abriu para nossos exércitos como pétalas de uma flor na primavera. A derrota dos persas no Iraque havia se espalhado pelas províncias sassânidas como uma avalanche, e, sob o comando de Umar, os muçulmanos invadiram o coração da Pérsia. Esmagamos a última tropa sassânida na Batalha de Qadisiya, e logo Ctesifonte, a poderosa capital da Pérsia, passou para o controle do islã. O antigo império dos xás desapareceu nos anais da História.

À medida que as nações caíam em nossas mãos com surpreendente facilidade, os cofres de Medina transbordavam de ouro e joias e os tributos chegavam de todas as partes do mundo para o novo império, que aniquilara o antigo. Ouvi dizer que o tesouro do *Bayt al-Mal* tinha uma reserva de 10 milhões de dirrãs de ouro, mais riqueza do que já existira fisicamente em toda a Arábia. Era uma opulência além da compreensão, e Umar, com razão, temia que tal concentração desses bens corrompesse os corações dos muçulmanos. Ele ordenou uma ampla distribuição da riqueza entre os pobres e passou a dar pensão aos idosos e aos doentes para assegurar a sobrevivência deles. Porém, quanto mais Umar distribuía, mais riquezas entravam em nossos cofres, à medida que as fronteiras do islã se expandiam dos desertos da África às montanhas do Cáucaso.

Foi uma época empolgante de se viver, e diariamente chegavam à Medina notícias de alguma vitória impressionante dos exércitos muçulmanos. Contudo, eu só posso escrever sobre essas batalhas pelos relatos que ouvi de outras pessoas, pois em todos aqueles anos não cruzei as fronteiras da Arábia. Com a morte de meu marido e em seguida a de meu pai, descobri que meu papel na *Ummah* começava a se restringir a Medina. Durante a vida do Profeta, viajei com ele para os locais de batalha e fui sua companheira constante nas viagens diplomáticas para unir as tribos árabes. Porém, depois de sua morte, poucas vezes deixei os limites do oásis, exceto para ir a Meca, em Peregrinação, e mesmo assim sob uma pesada guarda composta pelos soldados do califa. A liberdade que eu amara enquanto criança não existia mais, e, para todos os fins, eu me tornara uma prisioneira da posição de honra de ser a Mãe dos Fiéis.

Uma vez que não existiam meios de mudar minha situação, decidi desempenhar meu papel da melhor maneira possível. Tornei-me uma espécie de tutora tanto de homens como de mulheres, e todos os dias, muçulmanos proeminentes vinham a minha casa e falavam comigo através da cortina, em busca de conselhos práticos e espirituais. Minha prodigiosa memória se revelou produtiva para os fiéis, pois eu conseguia reproduzir, palavra por palavra, as conversas que tivera com meu marido, anos antes. Fiquei conhecida como a narradora mais confiável das *hadith*, as tradições orais sobre a vida e os ensinamentos de Maomé, que logo atravessaram, de boca em boca, a grande vastidão do império muçulmano. Sempre que as pessoas desejavam saber o que meu marido dissera em relação a qualquer coisa, desde higiene pessoal depois de defecar à correta partilha da herança entre netos, elas vinham a mim e eu lhes dizia o que sabia.

Minha reputação como erudita levara Umar a me escolher como conselheira durante seu governo, e eu sentia um imenso orgulho por ser ainda muito jovem, em meus 20 anos, e ter me tornado uma voz influente na corte do califa, que rapidamente se tornava o homem mais poderoso da terra. Entretanto, apesar de sua inquestionável autoridade, Umar permanecia um homem de uma humildade e austeridade sem precedentes, usando roupas remendadas e dormindo no chão de sua pequena casa. Quando os emissários das nações conquistadas chegavam a Medina, espantavam-se sempre ao descobrirem que seu "imperador" vivia como um mendigo, sem ter sequer a segurança de guarda-costas pessoais.

Mas à medida que meu prestígio na comunidade crescia, minha solidão aumentava. Eu e as outras Mães havíamos sido proibidas por Deus de casar novamente após a morte do Mensageiro, e assim vivíamos sozinhas em nossas casas, o antigo ciúme se desvanecendo sob o peso do tédio compartilhado. Na verdade, mesmo se Deus nos tivesse permitido voltar a casar, nenhuma de nós o teria feito. Era impossível amar qualquer outro homem que não fosse o Mensageiro.

Teria sido uma vida mais fácil se tivéssemos sido abençoadas com filhos, mas nenhuma de nós teve esse merecimento. Assim, eu me contentava com a companhia das crianças de meus entes queridos. Você, Abdallah, filho de minha irmã, era para mim o que havia de mais próximo a um filho, e eu o amava como se de fato o fosse. Orgulhava-me ver você deixar de ser uma criança descuidada e se tornar um rapaz maduro e responsável, e sei que enquanto o islã for conduzido por homens como você, nossa nação estará protegida das tentações do poder.

Passei também muito tempo com meu irmão mais novo, Muhammad, que nascera durante a última Peregrinação do Profeta a Meca. Após a morte de meu pai, a mãe de meu irmão, Asma bint Umais, casou-se com Ali, e Muhammad foi criado ao lado de Hasan e Husayn, que também eram como filhos para mim. Embora eu não gostasse do pai deles, os netos do Profeta eram crianças inocentes e doces, e, quando eu os via, lembrava-me de meu gentil marido. Hasan era um jovem alegre, que sempre subia em árvores e apostava corrida com os outros meninos, e suas belas feições, como as do avô, estavam sempre iluminadas por um sorriso. Husayn era o mais sério dos dois, tímido e reservado, e seus olhos transpareciam profunda compaixão e tristeza, o que lembrava sua misteriosa mãe. Meu irmãozinho, Muhammad, era companheiro e protetor deles de todas as horas. Se algum garoto perverso era violento ou aprontava alguma coisa contra os netos do Profeta, Muhammad interferia e lhe dava uma lição de boas maneiras. Ele sempre possuiu um forte senso de justiça, qualidade que infelizmente o levaria, com toda a *Ummah*, à tragédia.

Embora eu amasse os filhos da família de Ali, meu relacionamento com o primo do Profeta continuava estremecido. Éramos sempre cordiais na presença um do outro, mas o abismo entre nós continuou a crescer com o passar dos anos. Minha recusa a perdoar Ali por ter sugerido que o Mensageiro se divorciasse de mim tornara-se uma questão de mera teimosia agora, um defeito de meu orgulho que viria a causar muito sofrimento.

No entanto, apesar dos pequenos atritos entre os membros da família do Profeta, a vida em Medina seguia em paz e serenidade. A empolgação e a ansiedade da juventude foram substituídas pela agradável monotonia de dias tranquilos, cada um pouco diferente do anterior ou do seguinte. Era extremamente seguro e extremamente enfadonho, e uma parte de meu espírito aventureiro ansiava pelo retorno de uma época em que cada dia era uma questão de vida ou morte, o futuro era encoberto por névoas e nuvens, e meu coração explodia no peito tentando antecipar os acontecimentos.

Era um dia frio de inverno, quando entrei na casa dos 30, deixando a dos 20 para trás. A Era de Ouro do islã foi encerrada com um único ato de violência. Umar conduzia as preces na *Masjid*, quando um escravo persa decidiu se vingar por sua nação ter sido conquistada. Ele atacou o califa, e esfaqueou-o cruelmente na barriga e depois se suicidou.

Umar foi mortalmente ferido pelo assassino, porém sobreviveu tempo suficiente para convocar um pequeno conselho de fiéis e escolher um sucessor. Em seus momentos finais de grande agonia, eu o vi erguer a vista e sorrir, e o escutei sussurrar algo que não entendi. Quando me virei para seu pai, Zubayr, que se inclinara próximo a Umar e ouvira suas palavras, ele estava lívido.

— Umar disse que está vendo a filha estender a mão para ele — relatou Zubayr, e senti um calafrio no corpo ao me lembrar das histórias da menininha que ele enterrara viva em seus dias de paganismo. Enfraquecido, Umar ergueu a mão e vi quando encurvou os dedos para segurar algo que eu não enxergava. O califa do islã, o mais nobre e poderoso líder que eu conhecera depois de meu marido, expirou e partiu para sua recompensa eterna.

Naquela noite, Umar foi enterrado ao lado de meu marido e de meu pai, e eu coloquei uma cortina em minha casa, separando seus túmulos do minúsculo espaço em que eu vivia.

O conselho de fiéis não teve tempo para lamentar a morte de Umar, pois o destino do império estava em jogo. Após três dias de discussões secretas, os líderes mais idosos de Medina reapareceram e proclamaram o benevolente Uthman o próximo comandante dos fiéis.

Era uma decisão que fazia sentido sob a ótica política, pois Uthman era um proeminente líder coraixita, em quem se depositava a esperança de manter os nobres do vasto império sob controle. Porém, no final das contas, esse se provaria um erro desastroso, que levaria ao terror do derramamento de sangue pelas ruas de Medina.

# 6
## Medina – 656 d.C.

Os primeiros anos do governo de Uthman não apresentaram nada de extraordinário. As conquistas do islã continuaram no mesmo ritmo. Os exércitos muçulmanos avançaram para além do Egito, na direção oeste, e subjugaram a maior parte da costa mediterrânea. Na fronteira leste, nossos soldados abriram caminho pelo que restava do moribundo império persa e apoderaram-se da província de Kerman, terra dominada por membros de uma destemida tribo, a dos Baluchi. Ao norte, conquistaram a Armênia e as montanhas do Cáucaso. Seguindo o mandamento de meu marido de *buscar conhecimento mesmo que precise ir à China*, Uthman enviou um emissário ao imperador Gaozong e convidou-o a aceitar o islã. O chefe supremo chinês declinou educadamente o convite à conversão, mas foi hábil o suficiente para iniciar transações comerciais com o império muçulmano e permitir a nosso povo pregar e divulgar nossa fé dentro de suas fronteiras.

A supervisão da construção da primeira Marinha muçulmana por Uthman foi talvez o fato mais significativo no campo das relações internacionais. Um de seus familiares, Muawiya, que se tornara o governador da Síria e gozava de grande prestígio, logo conduziu um ataque naval às forças bizantinas na costa do Líbano. Os muçulmanos, com sua ousada confiança após décadas de sucesso, atacaram os navios bizantinos, aproximando de tal forma suas embarcações da frota adversária que seus mastros quase se tocavam. Nossos guerreiros pularam para o convés inimigo e se envolveram num feroz combate corpo a corpo com os marinheiros gregos, usando no mar suas brutais e hábeis táticas de guerra.

Os marinheiros bizantinos estavam acostumados a atirar flechas em seus inimigos de longe e a lançar bolas de fogo nos navios rivais, mas nunca haviam lutado dessa forma, com os navios servindo meramente de ponte para os soldados da infantaria. A surpresa logo se transformou em caos, e o mar foi tingido de vermelho, com o sangue dos marinheiros imperiais. Muawiya saiu triunfante, seu prestígio aumentando entre os muçulmanos, subindo como o sol que nasce lentamente no horizonte. Nos anos que se seguiram, viemos a saber que a vitória poderia ter sido ainda maior, pois o imperador em pessoa estava em um dos navios bizantinos invadidos pelos homens de Muawiya. O governante de Constantinopla escapara da morte certa ao se disfarçar de marinheiro e pular no mar, de onde foi resgatado por seus homens e levado às pressas para a segurança da ilha da Sicília.

Uthman continuou o sucesso militar de seu predecessor e o expandiu, porém foi no domínio espiritual que deixou seu maior legado. À medida que o califado continuava a crescer com grande velocidade, e o número de muçulmanos passava dos milhares para os milhões, a necessidade de apresentar cópias padronizadas escritas do Corão se tornou premente. O Livro Sagrado nunca fora compilado em um único documento durante a vida do Profeta, principalmente porque ele era iletrado, como muitos homens das tribos árabes, e símbolos em um pergaminho nada significavam para eles. Devido a essa gritante realidade, os muçulmanos memorizavam o Corão e transmitiam seus ensinamentos oralmente. Esse sistema funcionou bem nos anos iniciais de nossa fé, mas, quando entramos em contato com civilizações com um alto grau de desenvolvimento, onde a maior parte da população sabia ler, a necessidade de apresentar a Palavra de Deus aos novos convertidos de forma escrita se tornou prioridade.

Meu pai guardara uma cópia particular do Corão em seu escritório, cópia que ele havia compilado após o confronto no Jardim da Morte, onde muitos dos Companheiros que haviam memorizado todo o Corão haviam sido mortos. Antes de morrer, Abu Bakr passara suas compilações pessoais para Umar, que depois as entregara a sua filha Hafsa. Quando Uthman soube que ela ainda tinha o fólio em mãos, pediu que o entregasse a ele para revisá-lo. Logo reuniu aqueles em Medina que sabiam de cor todo o Corão e formou um comitê, do qual eu e uma das Mães, minha irmã Umm Salama, participamos. Nós duas recebemos a cópia de Hafsa, uma coletânea desordenada de versos escritos em pergaminhos e folhas de palmeira, e fomos solicitadas a verificar sua precisão. Depois que o documento foi confirmado por todos aqueles na cidade sagrada que sabiam de cor o corão, Uthman ordenou que cópias do texto autorizado fossem feitas e enviadas para as capitais de cada uma das províncias do império. Assim, ele garantiu que a Palavra de Deus não fosse mudada segundo os desejos dos homens, como o Profeta afirmara que ocorrera com as escrituras dos judeus e as dos cristãos. Ao fazer isso, Uthman realizou a profecia presente num dos versos do Corão: *Em verdade, enviamos isso para que seja lembrado, e em verdade devemos preservá-lo.*

Sempre achei que Uthman teria sido afortunado se tivesse morrido logo após a distribuição do texto padrão da Palavra de Deus. Teria sido lembrado somente como um homem de grande sabedoria e visão, cuja vida fora de inestimável serviço à causa do islã.

Mas, não, esse não era seu destino. Sua memória foi manchada por atos de pessoas más e tolas. E lamento dizer que me incluo entre elas.

---

À MEDIDA QUE SE passavam os anos do governo de Uthman, a riqueza do império muçulmano crescia — como também a ambição de seus líderes. Uthman contava cada vez mais com os membros de seu próprio clã, os Omíadas, para administrar os negócios do Estado em crescente expansão. Alguns de seus familiares, como Muawiya, eram governadores eficientes, respeitados e amados por seus súditos. Porém, à medida que o império crescia e a supervisão por parte de Medina se tornava mais difícil, alguns governantes locais escolhidos entre os coraixitas, muitos dos quais haviam abraçado o islã apenas após a rendição de Meca por não terem escolha, tornaram-se cada vez mais livres para governar como queriam. E num mundo onde fluíam rios de ouro, a corrupção e a venalidade começaram a existir. Surgiram denúncias de governadores da tribo Omíada agindo em interesse próprio e com truculência, porém o califa só chegou a tomar conhecimento dos protestos quando as centelhas da rebelião transformaram-se num incêndio devastador.

Uthman cometera um erro crasso ao escolher seu círculo íntimo. Ele havia indicado um primo seu, o jovem Marwan ibn al-Hakam, como conselheiro. Tanto Marwan como seu pai haviam recebido a duvidosa distinção de terem sido amaldiçoados por meu marido, que os expulsara da Arábia por ter visto em seus corações a grave doença da traição. Eles haviam permanecido no exílio até Uthman assumir o poder. Por sentir grande pena de seus familiares, o homem idoso os perdoou e os chamou de volta a Medina na esperança de reabilitá-los. Foi um erro tolo, motivado pela bondade de seu coração, pois, assim que o hostil rapaz retornou, procurou de imediato conquistar o poder sobre aqueles que o haviam humilhado. Usando palavras melífluas e fingindo humildade, Marwan subiu ao poder como escriba pessoal de Uthman, tornando-se assim responsável por escrever — e ler — toda a correspondência do califa. Usando seu recém-descoberto poder, Marwan começou a emitir ordens sob o selo do califa sem que ele soubesse, promovendo os interesses de membros corruptos do clã dos Omíadas, enquanto evitava que chegasse aos ouvidos do governante a crescente insatisfação no império.

No entanto, embora Uthman permanecesse alheio aos gritos crescentes de protesto, a notícia espalhava-se rapidamente entre as pessoas de Medina, e começamos a ficar alarmados com o agravamento da situação. Meu irmão Muhammad, então um jovem belo e passional, havia emigrado para o Egito e se envolvido em movimentos políticos lá. Ele era um idealista, pronto para lutar contra a injustiça onde quer que a encontrasse, e sua condição de filho de Abu Bakr lhe permitira uma imediata posição de destaque entre os egípcios. Em pouco tempo, meu irmão tornou-se um líder, o porta-voz da oposição, e conquistou o apoio de Amr ibn al-As, o reverenciado conquistador do Egito e governador deposto por Uthman, que colocara em seu lugar um de seus familiares.

A dissensão no Egito logo se transformou em agitação, durante a qual os rebeldes foram contidos com brutalidade pelos governadores do clã dos Omíadas. Muhammad enviou várias cartas a Uthman exigindo que ele atendesse as queixas dos egípcios, porém a correspondência desaparecia no vazio com as maquinações de Marwan. Convencido de que o califa também se corrompera, meu jovem e idealista irmão conduziu um grupo de rebeldes armados a Medina para exigir a renúncia de Uthman.

Foi um ato impensado, a tática de um homem jovem e mal-orientado, que queria apenas fazer o certo. Espero que um dia ele seja perdoado por isso. Porém, a única pessoa que não posso perdoar no drama que se desenrolou em seguida sou eu mesma.

---

Eu era então uma mulher em meus 40 anos, e achava haver adquirido o conhecimento necessário para intervir nessas perigosas questões de Estado. Quando meu irmão trouxe a notícia da sublevação no Egito, me dirigi a Uthman para pedir que substituísse os governadores corruptos que fomentavam o caos. Marwan tentou me negar uma audiência, mas, quando entrei abruptamente no palácio residencial de Uthman, seus guardas afastaram-se, temerosos de pôr as mãos na Mãe dos Fiéis.

Quando vi Uthman, ele parecia velho e muito cansado. Percebi um sinal de confusão em seu olhar, dirigido a mim por um longo tempo. Era como se ele não me reconhecesse a mim, uma mulher que ele conhecia desde o nascimento. Embora meu rosto estivesse coberto por um véu, meus olhos dourados ainda brilhavam. Mas logo sua mente se desanuviou e ele sorriu, suas feições ainda belas apesar do peso da idade. Ele me ouviu com paciência durante algum tempo, porém notei que não entendia o que eu dizia. Percebi, para meu próprio horror, que Uthman não tinha a mínima ideia de que a situação no Egito mudara, de que havia homens marchando nas ruas da província exigindo a exoneração dos líderes indicados por ele. Ele continuava a olhar para Marwan esperando a sua confirmação, porém aquele rato astuto deu de ombros como se tudo fosse novidade para ele. No final da audiência, Uthman levantou-se educadamente e me pediu para dar lembranças a minha mãe, Umm Ruman, e o sangue desapareceu de minha face.

Minha mãe estava morta há mais de vinte anos.

Deixei a residência do califa com um frio na barriga. Não apenas Uthman estava sendo manipulado por funcionários corruptos, mas parecia estar sofrendo de demência. O futuro do império estava em jogo, e eu precisava agir rápido.

―――・❦・―――

Comecei a falar com os mais idosos entre os Companheiros. Talha e Zubayr, que eram respeitados pela comunidade como dois de seus maiores heróis de guerra, se solidarizaram com minha preocupação, no entanto não se dispuseram a desafiar o califa abertamente. Por fim me virei frustrada para Ali, que havia seriamente me alertado a ficar longe das questões políticas.

— Você está brincando com uma espada afiada, minha Mãe — disse ele. — É uma arma que pode acabar cortando você.

Meu rosto inflamou quando percebi seu ar de superioridade, e saí de sua casa de forma brusca. Voltei para a *Masjid* e dividi minha preocupação com as outras Mães, porém elas, como Ali e os outros líderes idosos, me aconselharam a ficar de fora daquilo. Ramla foi especialmente mordaz em suas palavras, o que não era de se estranhar, considerando-se que ela era filha de Abu Sufyan e membro da família de Uthman. Umm Salama foi delicada, mas firme, dizendo que nosso papel como Mãe dos Fiéis era ensinar e dispensar cuidados aos muçulmanos. A política era domínio dos homens. Até Hafsa, que passara de dura rival a uma amiga íntima ao longo dos anos, ficou nervosa e recusou-se a me apoiar contra o califa.

Irritada por não ter conseguido apoio entre as pessoas próximas a mim, decidi me voltar para as massas. Comecei a aparecer com regularidade no mercado, coberta pelo véu, mas orgulhosa e estimulando os homens a pressionar pela renúncia de Uthman. Era um ato rebelde e perigoso no coração da cidade, e apenas meu respeitado status de esposa do Profeta evitou que eu fosse presa pela guarda do califa. Ao partilhar minha preocupação com o povo da cidade, acendi um fogo que, eu esperava, fosse forçar o homem idoso a sair de casa e encarar a verdade do mundo. Porém, em pouco tempo, esse fogo ameaçava consumir tudo pelo que eu trabalhara durante toda minha vida.

Pois meu irmão Muhammad chegou com centenas de jovens egípcios armados e furiosos, e a rebelião que eu procurava incitar de repente se transformou em uma realidade aterradora.

―――・❦・―――

Muhammad encontrou-se comigo e explicou que não buscava violência, mas estava disposto a defender a si mesmo e a seus homens. Percebendo que as veias de meu irmão queimavam por justiça e que suas emoções dominavam sua razão, tentei mediar. Consegui um encontro privado com o califa, que escutou com paciência as longas reclamações dos egípcios — como os oficiais do clã dos Omíadas estavam roubando o tesouro local, como os criminosos ricos e bem relacionados estavam sendo perdoados em troca de propinas enquanto os pobres sofriam o açoite, como os impostos estavam sendo cobrados injustamente sem a aprovação do povo. Tal conduta podia ser a norma em outras nações, Muhammad argumentou com paixão, porém nós éramos os servos de Deus. Se a *Ummah* fizesse vistas grossas à injustiça, a incrível riqueza e o extraordinário poder que Deus nos dera nos seriam tomados.

Uthman fez gestos de assentimento durante toda a reunião, mas seus olhos pareciam vidrados, e me perguntei o quanto, de fato, ele teria escutado, ou compreendido, das queixas de meu irmão. Porém, no final, o califa me surpreendeu, concordando com a solicitação de Muhammad de substituir o representante Omíada no Egito. Em seguida, Uthman chamou à sua presença o desprezível Marwan e lhe pediu para escrever uma carta determinando a exoneração do governador Omíada e indicando, em seu lugar, meu irmão. Vi os olhos de Marwan estreitarem-se, mas ele seguiu as ordens. Eu mesma li toda a carta para me certificar de que ele obedecera ao califa, e não vi irregularidade alguma nela. O pergaminho foi assinado por Uthman e selado com cera, levando sua insígnia, o que deixou Muhammad exultante. Ele viera a Medina preparado para brigar, mas, em vez disso, o califa atendera todas as suas solicitações.

Fiquei satisfeita, mas não de todo surpresa. Uthman sempre fora um homem extremamente benevolente e generoso e, na verdade, não me lembrava de tê-lo visto negar um pedido a ninguém. Decerto, fora sua total complacência a causa do escândalo em curso, pois ele jamais rejeitara uma solicitação feita por qualquer pessoa — inclusive aquelas que o usavam em proveito próprio.

Abracei meu irmão e acompanhei-o de volta a seus homens. Quando eles souberam que o califa havia cedido, houve muita alegria e alguns dançaram de contentamento, até que olhares sérios de alguns dos companheiros mais piedosos logo os fizeram voltar à compostura.

Quando Muhammad seguiu em sua longa viagem pelo deserto de volta ao Egito, a nação que ele agora governava, decidi ir a Meca em Peregrinação e agradecer a Deus por dar uma solução pacífica à séria crise. Ao partir no meu palanquim fortemente protegido, cercada dos melhores guarda do califa, não vi quando um cavaleiro solitário saiu do estábulo e seguiu em direção ao norte, levando uma carta secreta que tinha o selo de Uthman.

O ENVIADO FOI INTERCEPTADO pelos homens de meu irmão quando um de seus intrépidos sentinelas percebeu que estavam sendo seguidos. Eles capturaram o cavaleiro e o revistaram até que encontraram a carta com o selo do califa. Quando meu irmão leu o despacho secreto, ficou vermelho de raiva. Pois era uma carta supostamente enviada por Uthman, ordenando ao governador do Egito que prendesse Muhammad e o executasse como rebelde no momento em que ele chegasse.

Os homens de Muhammad apressaram-se em retornar Medina e imediatamente cercaram a casa de Uthman. Eu já me encontrava a caminho de Meca, e estava alheia por completo à reviravolta dos acontecimentos. Muitas vezes penso que o mundo seria um lugar diferente hoje se eu tivesse ficado em casa mais alguns dias. Porém de nada adianta fazer tais considerações de arrependimento.

Enquanto eu viajava para a cidade sagrada onde nasci, ignorando a espada apontada contra a nação muçulmana, os homens de meu irmão se preparavam para tomar Medina. Eles invadiram as casas das pessoas e apossaram-se das provisões que consideraram necessárias para manter sua "causa sagrada". Quando as outras nações souberam do curso dos acontecimentos na capital muçulmana, ficaram alarmadas com a invasão de um pequeno bando de rebeldes em tão pouco tempo. Não havia exército de prontidão em Medina, uma vez que durante os últimos vinte anos isso não havia sido necessário. Os muçulmanos dominavam o mundo de horizonte a horizonte, e o pensamento de que Medina poderia sofrer qualquer ataque era risível.

Entretanto, ninguém ria agora. Meu irmão confrontou Uthman com a carta e o homem idoso negou saber de sua existência, embora o documento tivesse o selo do califa. Mas Muhammad não ficou satisfeito.

— Então ou é um mentiroso, ou um fantoche dos outros — retrucou. — Em qualquer caso, não é digno de conduzir o islã.

O gentil Uthman mostrou-se profundamente ressentido com aquelas palavras, talvez por ter ouvido nelas um toque de verdade. Claro que nunca acreditei que o califa tivesse ordenado a morte de meu irmão. Era óbvio que o desprezível monstro, Marwan, havia escrito a carta, mas Uthman seria responsabilizado por ela. E talvez ele, por fim, tenha visto a realidade do que acontecera, e seu coração despedaçou-se ao compreender que havia sido enganado por um rapaz que ele amava como filho. Ele se retirou para sua casa, de onde não mais saiu, entregando seu destino a Deus.

Os rebeldes agitavam-se cada vez mais à medida que os dias se passavam e Uthman não saía de casa nem respondia à exigência de renúncia. Logo ficou claro que os ânimos inflamavam-se e que a violência deixava de ser só uma infeliz possibilidade. Ali enviou seus filhos, Hasan e Husayn, então rapazes distintos, para protegerem as portas do califa, e a presença dos netos do Profeta conteve a onda de anarquia por um tempo.

No entanto, à medida que as semanas se passaram sem que surgisse uma solução, os rebeldes egípcios decidiram dar um ultimato. Eles cortaram todas as entregas de alimento e água para o idoso Uthman, prisioneiro em sua própria casa. A judia Safiya, viúva de Maomé, minha irmã, tentou salvar o sitiado califa. Sua casa era vizinha à dele, e ela colocou uma prancha em seu telhado por meio da qual passava comida e água para a jovem e bela esposa de Uthman, Naila.

No quadragésimo nono dia do cerco, um grupo de homens liderado por meu irmão invadiu a casa de Uthman pelo telhado. O gentil idoso estava sentado no chão de seu escritório, lendo o Corão sagrado. Ele parecia não temer de modo algum os rebeldes que pilhavam sua casa, o desejo de sangue correndo-lhes nas veias. Meu irmão Muhammad, tomado do fogo do idealismo e do orgulho, por fim aproximou-se de Uthman e ergueu a mão para desfechar o golpe de morte. Ele segurou o califa pela barba, e nesse instante o líder idoso lhe dirigiu a vista e abriu um sorriso carinhoso.

— Filho de meu irmão — disse ele, seu olhar afetuoso admirando a alma de meu irmão. — Solte a minha barba. Seu pai não teria feito isso.

Era uma afirmação simples, dita sem malícia ou acusação. Nesse instante, suas palavras penetraram o coração de meu irmão e Muhammad assustou-se, como se acordasse de um sonho. A vergonha e o horror tomaram conta dele, e então percebeu o quanto havia decaído.

Meu irmão virou-se, pronto a ordenar o fim do ataque. Mas era tarde demais. Vários de seus homens invadiram a sala, a sede de sangue refletida em seus olhos inflamados. Ao verem o califa sozinho e desarmado, eles correram para cima dele, espadas em punho.

— Não! — gritou Muhammad ibn Abu Bakr. Porém os rebeldes o ignoraram e empurraram seu líder. Em seguida, lançaram-se sobre o bondoso Uthman, que amava a paz e não conseguia fazer mal nem mesmo a seus inimigos. Sua esposa, Naila, jogou-se como um escudo em cima do marido, mas os rebeldes cortaram-lhe os dedos e a arremessaram para o lado como uma boneca de pano. Depois apunhalaram o califa nove vezes, enfiando suas espadas no pescoço, no coração e no crânio com uma brutalidade monstruosa. Uthman caiu morto, as páginas do Corão sagrado que ele tão cuidadosamente compilara manchadas com seu sangue.

Enquanto escrevo isso, querido Abdallah, as lágrimas mancham estas páginas. Foi o assassinato brutal de um homem bom, e não posso esconder de Deus o fato de que tenho uma parte da culpa. Se eu não tivesse falado mal de Uthman em público, se, em vez disso, eu tivesse usado minha influência para aplacar a fúria na alma de meu jovem irmão, talvez Uthman não tivesse morrido. E estremeço ao lembrar as terríveis palavras de meu marido, ditas há muito tempo, sua exortação de que a espada de Deus seria desembainhada contra os muçulmanos caso algum mal fosse feito a Uthman, uma espada que consumiria nossa nação até o Dia do Juízo Final.

Que Deus me perdoe pelo que fiz, pois agi, então, movida pela paixão e pela justiça, mesmo estando enganada. Mas pelos atos que pratiquei depois, Abdallah, não sei se o perdão seria possível. O que fiz logo após o assassinato de Uthman emergiu do recanto mais negro de minha alma, um crime pelo qual nunca vou me perdoar, mesmo que Deus e os anjos me garantam indulgência.

## 7

*E*u estava em Meca quando soube do cerco à casa de Uthman. Eu havia encerrado a Peregrinação naquele dia, com a uma das esposas de Maomé, minha irmã Umm Salama, que se juntara a mim. Planejávamos retornar após completarmos os rituais na Casa de Deus, quando emissários enviados por Zubayr nos aconselharam a permanecer em Meca até a rebelião ter acabado. Meu coração se partiu quando fui informada dos atos de meu irmão, e, desesperada, tentei voltar para acalmá-lo e conseguir alguma forma de reconciliação. Umm Salama, no entanto, me implorou para que eu permanecesse distante do tumulto, e nossos guarda-costas recusaram-se terminantemente a me permitir sair da cidade até que a paz tivesse sido restabelecida na capital.

As semanas se arrastaram sem notícias, e comecei a ter a assustadora intuição de que as coisas andavam muito mal. Dois homens chegaram a cavalo pelo deserto trazendo notícias que me horrorizaram e fizeram meu sangue ferver. Eles não eram emissários — a questão era urgente demais para mensageiros. Eram meus melhores amigos, meu querido primo Talha e meu cunhado Zubayr. Olhei para seus rostos pálidos e meus piores medos foram confirmados.

Reunimo-nos na antiga Casa da Assembleia, onde eu espionara Hind e o conselho de Meca há uma vida inteira. As paredes de pedra tinham a mesma aparência fria e orgulhosa de quarenta anos atrás, incólumes às mudanças do tempo. Quando nos sentamos na sala onde um dia estivera o trono de nossos inimigos, Zubayr revelou tudo o que acontecera. Seu rosto, que já fora belo, estava agora coberto de linhas de expressão, e uma enorme cicatriz marcava sua face direita. Seu pai lutara tantas batalhas que eu nem mesmo me lembrava onde ele havia ganhado aquela marca de heroísmo.

Talha, por outro lado, não pôde lutar nas últimas conquistas, por causa de sua mão esfacelada. Em vez disso, passara esses anos trabalhando como comerciante. Sua brilhante habilidade de negociação e seu talento para aprender as línguas estrangeiras do povo conquistado lhe permitiram construir um vasto império comercial, e, ao longo dos anos, ele passou de deficiente pobre para o homem mais rico do império. Gastara a maior parte de sua riqueza mimando sua bela filha, a quem ele dera o nome, talvez sem surpresa, de Aisha. Ela era uma moça vivaz, que havia conquistado os corações de muitos rapazes de Medina, mas tinha a terrível reputação de gostar de flertar e manipular. Muitas vezes eu a orientara a seguir as normas sociais, e ela simplesmente ria e dizia que eu teria feito a mesma coisa se não tivesse me casado criança e vivesse escondida por trás de um véu. Eu sempre a repreendia por sua impudência, mas em meu coração a amava como filha, e sabia que havia bastante verdade no que ela dizia.

Foi para Aisha bint Talha que meus pensamentos se voltaram no momento em que meus amigos revelaram as notícias chocantes do assassinato de Uthman. Senti pelo homem idoso que fora vítima de sua própria bondade e temi pelo povo de Medina, agora que o sangue do califa havia sido derramado. De acordo com Zubayr, o primo de Uthman, Muawiya, estava despachando um contingente poderoso da Síria para vingar a morte do califa. Aparentemente, Marwan conseguira enviar informações sobre o cerco ao líder do clã dos Omíadas, e quando Uthman foi morto, sua camisa ensopada de sangue foi enviada a Damasco, junto aos restos dos dedos cortados da pobre Naila. O indignado Muawiya mantivera essas relíquias macabras na recém-construída Grande *Masjid* de Damasco, erguida ao lado da igreja onde o profeta João Batista estava enterrado. Com sua oratória brilhante, ele havia incitado as paixões do povo, e o grito por vingança rapidamente se espalhou pelo império, especialmente depois da notícia de como os rebeldes haviam tratado o corpo de Uthman.

— O que aconteceu com o corpo de Uthman? — perguntei e então vi o rosto de Zubayr se contorcer de dor.

— Eles o jogaram num monte de lixo e se recusaram a deixar que fosse sepultado — disse Zubayr, o horror estampado em seus olhos. — Safiya finalmente interferiu e os convenceu a nos deixar enterrá-lo. Mas eles não permitiram que fosse colocado junto ao Profeta ou aos outros fiéis no *Jannat al-Baqi*. Então Safiya conseguiu que o califa fosse sepultado no cemitério judaico, ao lado de seus antepassados.

Abaixei a cabeça, imersa em tristeza. Tinha outra pergunta, mas temia fazê-la. E então Umm Salama falou, sua voz baixa, quase um sussurro.

— Quem está no governo?

Era uma pergunta simples. No entanto, o destino de um império que comandava metade da terra dependia da resposta.

Houve um longo silêncio, após o qual Talha se pronunciou, um sinal de mágoa em sua voz.

— Depois do assassinato do califa, houve um tumulto nas ruas — disse ele. — Ali, Zubayr e eu nos reunimos na área do mercado e pedimos calma. Foi aí que os rebeldes apareceram, de espadas em punho, e o seu irmão disse que só reconheceria um homem como mestre, seu pai adotivo, Ali.

Senti como se alguém tivesse me dado um soco no estômago. Ao ver a expressão de alarme em meu rosto, Talha sacudiu a cabeça em compreensão.

— Nós três chegamos lá, com a decisão de solicitar aos líderes idosos de Meca uma eleição — disse ele, sua voz elevando-se. — Mas os rebeldes cercaram a multidão, suas armas à vista, e não foi surpresa o voto ter sido dado unanimemente a Ali. Até Zubayr e eu prometemos lealdade a ele. Não tínhamos escolha.

Percebi que a forma brutal como os homens do grupo de meu irmão haviam garantido a eleição de Ali perturbava Talha e Zubayr. Os três haviam sido amigos durante anos, porém esse incidente, sem sombra de dúvida, gerara profunda hostilidade entre eles. Meu primo e Zubayr, como Ali, estavam entre os líderes mais respeitados do islã, homens que haviam lutado ao lado do Profeta, que teriam sido sérios candidatos à posição de califa depois do assassinato de Umar. Eles haviam aceitado a eleição de Uthman e foram leais a ele. Porém, agora, diante do assassinato do califa, havia sido negada, pelos próprios assassinos, a oportunidade de se candidatarem ao trono do islã. Era uma constatação amarga, e percebi a raiva que tinham de Ali por ter aceitado aquela eleição induzida.

Senti algo crescer dentro de mim, algo frio e sinistro. As velhas feridas foram abertas de imediato, e senti o veneno do passado fluir em minhas veias. Lembrei-me de como Ali, sem nenhuma cerimônia, convencera o Mensageiro a casar-se com Zayna bint Khuzayma para assegurar uma aliança política, oferecendo a meu marido a mão de outra mulher em minha presença, como se meus sentimentos nada contassem. Lembrei-me de como ele conduzira a infeliz moça da tribo Bani Qurayza, que se parecia comigo, à execução, e de como a risada insana dela assombrava meus sonhos. Por fim, lembrei-me com clareza de como tentara fazer Maomé se divorciar de mim quando fui falsamente acusada de um crime vergonhoso.

— Agora que Ali afinal teve seu desejo de vida realizado e se coroou califa, o que ele fez para punir os assassinos? — perguntei com dentes trincados.

Meus amigos entreolharam-se e hesitaram.

— Nada — respondeu Talha friamente.

O mundo ao meu redor pareceu mudar de cor, e de repente vi tudo através de um véu vermelho.

— Então Ali foi omisso na sua primeira tarefa como califa: garantir a justiça. Vi os dois homens olharem para mim, e havia incerteza e temor em seus olhos.

— O que você está dizendo? — perguntou Zubayr devagar.

— Estou dizendo que Ali não pode ser levado ao trono dos muçulmanos pelos assassinos do califa! — Senti meus ossos tremerem de fúria ao tentar me convencer da justiça de minha posição. — Mesmo que sua eleição tivesse sido legítima, ele não poderia reivindicar o poder antes de punir aqueles que cometeram esse crime vil. Senão o califa se tornaria cúmplice no assassinato de seu honesto antecessor; e que Deus ajude os muçulmanos, se viermos a decair dessa forma, aceitando esse homem como nosso mestre!

As palavras saíram de minha boca com tal ferocidade que Talha e Zubayr inclinaram-se para trás como se eu os tivesse esbofeteado. Nesse momento, uma das esposas de Maomé, minha irmã Umm Salama, levantou-se, seus olhos arregalados de raiva.

— Pare com isso! Acabe com essa loucura agora!

— Que loucura? Há maior loucura do que deixar um criminoso governar os fiéis? — Qualquer outra mulher, ou mesmo homem, teria ficado aterrorizada com meu olhar ameaçador, mas Umm Salama não retrocedeu.

— Lembre-se, Aisha — disse ela, sua voz firme. — Você é a Mãe dos Fiéis. Seu papel é guiar os muçulmanos. É sarar suas feridas, não abrir novas. Não siga esse caminho, ou a ira de Deus recairá sobre a *Ummah*.

Eu nunca ouvira essa mulher idosa e de coração bondoso falar com esse tom de indignação, e teria sentido remorso se me restasse algum outro sentimento que não o ódio.

— É Ali quem vai desencadear a ira de Deus sobre nós, caso se mantenha nesse trono manchado de sangue — eu disse, minha voz suave, mas perigosa.

Umm Salama virou-se para Talha e Zubayr, porém viu que eles haviam sido sensibilizados por minhas palavras. Ela então sacudiu a cabeça em sinal de desespero e saiu de forma abrupta da Casa da Assembleia.

Enquanto permaneci ali, triunfante, me veio à lembrança a última vez que uma mulher convencera os homens naquela sala da justiça de seus argumentos. Ali, Hind exigira o assassinato de Maomé. Aquele era um pensamento assustador e logo afastei-o.

---

Durante as semanas seguintes, convenci Talha e Zubayr, além de muitos outros muçulmanos em Meca, da responsabilidade moral que tínhamos de questionar a autoridade de Ali. Meu grito de justiça pelo assassinato de Uthman sensibilizou os corações do povo da cidade, que muito se beneficiara com a generosidade do antigo califa. À medida que mais e mais homens se uniam a nossa causa, ficou evidente que tínhamos um número suficiente para formar um exército forte o bastante para desafiar Ali e forçar sua abdicação.

Logo nos chegou a notícia de que Ali formara suas próprias tropas para tentar garantir a paz no abalado império. Embora muitos dentre os governadores muçulmanos no Iêmen e nas províncias do leste da Pérsia tivessem aceitado a reivindicação de poder de Ali, Muawiya recusara-se a reconhecê-lo como califa. O exército de defensores de Ali incluía muitos muçulmanos devotos que o reverenciavam por sua reputação de homem sábio e reto, enquanto outros, conhecidos como os *xiitas*, ou Partidários de Ali, acreditavam que ele sempre fora o líder legítimo dos muçulmanos, por direito de linhagem. Entre seus seguidores encontrava-se um grupo mal-afamado: os rebeldes do Egito, que se empenharam pessoalmente em garantir que os homens do clã de Uthman não tivessem a oportunidade de vingar a morte do califa.

Enquanto Muawiya reunia suas forças na Síria, Ali decidiu deixar Medina e deslocar-se para o norte, para os campos verdes do Iraque. Ele buscava tanto poupar a cidade sagrada do horror de mais um derramamento de sangue, quanto angariar o apoio das províncias do Iraque para o que, quase com certeza, viria a ser uma longa guerra com Muawiya.

Quando recebemos a notícia de que o exército de Ali iniciava sua jornada, ficou claro para Talha, Zubayr e para mim que nosso momento havia chegado. A essa altura, nosso apelo à justiça havia atraído muitos dos mais proeminentes muçulmanos a Meca, e lembro-me com grande alegria do dia em que vi você, Abdallah, chegar a cavalo, vindo de Medina. Você havia se tornado um rapaz atraente, assim como seu pai, porém, sempre que eu olhava para você, via apenas o menino que brincava no colo de minha irmã. Seu apoio significou mais para mim do que o de todos os nobres das tribos reunidos, alguns dos quais não me inspiravam confiança, mas de cujo apoio eu precisava desesperadamente.

O pior deles era o inescrupuloso Marwan ibn Hakam, cujos ardis haviam nos trazido todo aquele infortúnio. Como era de se esperar, ele fugiu de Medina depois que os rebeldes mataram seu protetor e buscou refúgio em Meca, que ainda era governada por um vice-rei indicado por Uthman. Eu desprezava Marwan, mas mantive meu ódio controlado, pois ele tinha sob seu comando a lealdade do clã dos Omíadas, cujo apoio era indispensável para depor Ali. Infelizmente, Talha não conseguiu esconder seus sentimentos e insultou em público o jovem manipulador, humilhando-o perante todos, lembrando aos nobres de Meca que Marwan fora amaldiçoado e expulso pelo próprio Mensageiro de Deus. Foi uma desonra que Marwan jamais perdoou, e isso levou meu amado primo a um trágico fim.

Durante as semanas que nosso grupo planejou a insurreição contra Ali, as outras Mães, minhas companheiras, chegaram de Medina, enviadas pelo novo califa para nos dissuadir de tomar medidas precipitadas. Umm Salama reuniu as esposas, minhas irmãs, para tentar me fazer mudar de ideia, mas suas vozes foram ignoradas. Eu havia me convencido da retidão de minha causa, e a defesa apaixonada de minhas ações quase trouxe Hafsa para nosso lado. Porém, o irmão dela, Abdallah ibn Umar, homem sério e poderoso como o pai, a convenceu a ficar longe de meu plano ambicioso e arriscado.

Chegou o dia em que nosso exército se preparou para viajar rumo ao norte, entrar no Iraque e interceptar Ali. Eu fui a única Mãe dos Fiéis a se juntar aos homens, que prepararam um camelo especial para mim, com um palanquim protegido por uma armadura. Muitas vezes olho para trás e chamo esse dia de Dia das Lágrimas, pois me lembro de como minhas companheiras, irmãs, choraram e me imploraram para não seguir adiante. Porém, o ódio que eu sentia por Ali petrificara meu coração, e as palavras delas não tocaram minha alma.

Talha, Zubayr e eu deixamos Meca com um exército de 3 mil homens e começamos uma marcha que mudaria o destino do islã e do mundo para sempre.

---

Ao passarmos pelos desertos da Arábia e avançarmos pelas planícies do Iraque, eu apreciava os vastos campos verdes a minha volta. Lágrimas afloraram em meus olhos ao perceber que aquela era a primeira vez que eu atravessava os limites da península. Eu já tinha mais de 40 anos e era a rainha-mãe de um império maior do que qualquer outro conhecido na história da humanidade. Mas nunca pusera os pés fora do pedaço de areia onde havia nascido. Perguntava-me o que aconteceria quando derrotássemos Ali, e se o novo califa (com toda a probabilidade Talha ou Zubayr) me permitiria, enfim, realizar meu sonho de criança de viajar livre pelo mundo, que eu conhecia apenas por meio de histórias contadas por viajantes e comerciantes, no mercado. Imaginava-me reclinada nos jardins de Damasco sob a sombra de cerejeiras cor-de-rosa, ou atravessando as montanhas cobertas de neve da Pérsia. Ou talvez ainda admirando as imponentes pirâmides do Egito e o misterioso corpo de leão que se via nas areias de Gizé, como eu escutara meu irmão Muhammad descrever. Meu pobre e idealista irmão, cujo grito por justiça havia desencadeado os terríveis acontecimentos que me levaram àquele lugar.

Ouvi então o latido de um cão e despertei de meu devaneio. Espiei através dos pesados anéis de metal das cortinas que me protegiam e vi que nossa caravana havia entrado num vale. O sol se pusera por trás das montanhas, e a terra cobria-se de sombras.

Nesse instante escutei um uivo assustador, seguido de outro. Olhei para fora de meu palanquim e vi dezenas de cães saírem em disparada de trás das pedras e das fendas e correrem em torno de meu camelo, latindo ferozmente. Havia neles algo de misterioso e aterrador, e senti meus ossos gelarem.

Logo uma lembrança me deixou agitada, e o sangue me sumiu da face.

*Os cães de Al-Haw'ab... eles latem com tanta ferocidade...*, meu marido dissera. *Eles latem para o Anjo da Morte... que está cercando-a... tanta morte em meio a ela...* e em seguida ele havia se virado para mim, o medo estampado em seus olhos negros. *Por favor, Humayra... Não permita que os cães latam para você.*

Então o demônio que se apossara de minha alma partiu, e me tornei a Mãe dos Fiéis novamente.

Em meu desespero, gritei, chamando Talha. Ele apressou-se em vir em meu socorro.

— O que foi? Você está bem?

Coloquei a cabeça para fora do palanquim, e estava tão agitada que me esqueci de pôr o véu. Eu o vi olhar estupefato para mim, e percebi que ele não via meu rosto desde minha adolescência. Talha imediatamente abaixou a vista e enrubesci de vergonha, enquanto cobria a face com o *niqab*. Uma parte de mim se perguntava se ele teria me achado feia. Eu era uma mulher de meia-idade, que não possuía mais a vitalidade da juventude, que ele vira em mim. Porém, no mesmo instante, a lembrança da obscura profecia me veio à mente, e toda a vaidade desapareceu.

— Precisamos voltar — supliquei.

— Por quê? O que há de errado?

— Este é o vale de Haw'ab! — respondi gritando. — O Mensageiro me alertou contra ele! Por favor! Esta missão foi amaldiçoada! Precisamos abandoná-la!

Talha olhou para mim, confuso. Vi então o odiado rosto de Marwan que passou ao lado de meu camelo.

— Você está enganada, minha Mãe — disse ele. — Este não é o Haw'ab. Esse vale fica a quilômetros daqui, a oeste.

— Você está mentindo! — gritei, porém Marwan simplesmente sorriu e, determinado, seguiu em frente em seu camelo, unindo-se a seus companheiros, os senhores do clã dos Omíadas, que haviam financiado a expedição. Mesmo que eu quisesse voltar, os homens, cujo ouro nos levara até aquele lugar, desejavam continuar. E a voz de uma mulher de consciência não pesava nas balanças do poder.

Talha olhou para Marwan, e vi uma expressão de derrota estampar-se em seu rosto.

— Desculpe — disse ele, e voltou para se unir a Zubayr.

Senti garras de aço segurarem meu coração, e comecei a pedir a Alá para me proteger da escuridão no interior de minha própria alma.

E foi assim que finalmente chegamos ao acampamento de Ali, no centro sul do Iraque, numa cidade chamada Basra. Havíamos recrutado simpatizantes entre as tribos beduínas e alguns iraquianos descontentes, e nosso exército havia crescido e atingido um total de 10 mil homens, número quase igual ao da força de ataque do califa.

Desde o incidente com os cães de Al-Haw'ab, o desejo de derramamento de sangue escoara de minhas veias, e eu não queria mais enfrentar batalhas. Percebi que Talha e Zubayr partilhavam meus sentimentos. A visão de um exército inimigo que era composto por nossos camaradas muçulmanos e a ideia de derramar o sangue deles nos causavam aversão. Veio então um enviado de Ali, solicitando um encontro privado comigo e os dois Companheiros que conduziam o exército de Meca.

---

Durante várias horas, reunimo-nos na tenda simples de Ali, não como inimigos, mas como antigos amigos que nos perguntávamos como as coisas haviam terminado tão mal entre nós. Ali desculpou-se com Talha e Zubayr pela forma deselegante como subira ao poder, mas disse, com convicção, que não tivera escolha. Com a morte de Uthman, reinava a desordem, e ele procurara apenas restabelecer a ordem e a justiça no califado.

— Se você estava em busca de justiça, então por que não puniu os assassinos? — Essa a pergunta que saiu de minha boca antes que eu pudesse me controlar, e vi que Talha e Zubayr ficaram aliviados por eu ter expressado em voz alta o que eles, por serem muito diplomáticos, não conseguiam mencionar.

Ali suspirou com um ar de cansaço.

— Estou perfeitamente ciente de que os assassinos continuam vivos, e de que alguns deles até se uniram ao meu exército, achando que sou seu protetor, quando, na verdade, os desprezo. — Ele parou e me olhou nos olhos, os verdes encarando os meus dourados. — Mas o que você esperava de mim? Eu não tinha soldados sob meu comando em Medina. Como eu podia aplicar a lei e punir os criminosos, quando eles mantinham a cidade toda como refém? Eu precisava unir as forças da *Ummah*, e então eu teria o poder para vingar a morte de Uthman.

Era a simples declaração de um fato, expressa com tamanha clareza que percebemos de imediato que ele tinha razão. Envergonhada, abaixei a cabeça, pois compreendi que estivera errada o tempo inteiro.

Veio-me um pensamento, e de repente meu coração começou a bater mais rápido.

— Agora você está no poder — eu disse, abrindo um sorriso por baixo do véu. — Temos 10 mil homens sob nosso comando ansiosos por fazer os criminosos pagarem pelo que fizeram. E do exército que você reuniu aqui, os rebeldes devem ser apenas umas centenas. Se juntarmos forças, poderemos facilmente prendê-los com pouco derramamento de sangue.

Ali olhou para mim por um instante, depois sorriu, seus misteriosos olhos brilhando.

— Então talvez tudo isso tenha acontecido para o bem — disse ele. — Satã tentou nos dividir, mas Deus nos uniu outra vez.

Então ficou decidido naquele dia que uniríamos nossas forças e vingaríamos a morte de Uthman. Os membros do clã dos Omíadas ficariam satisfeitos com o julgamento e com a execução dos rebeldes (Ali havia perdoado meu irmão, uma vez que ele se opusera às ações dos criminosos). E assim o genro do Profeta poderia reinar de forma legítima, como califa, num império unificado. O terrível momento de *fitna* estaria encerrado, e os muçulmanos continuariam a se expandir e crescer como comunidade, espalhando por todos os cantos do mundo a mensagem de união — *há apenas um único Deus.*

Retiramo-nos naquela noite para os acampamentos, louvando a Deus por nos ter salvado da insensatez de nossas próprias paixões. Porém, enquanto dormíamos em segurança achando que a guerra civil fora evitada, Satã fazia outros planos.

---

NA MADRUGADA SEGUINTE, ACORDEI com clamores e gritos de horror. Fiquei de pé de um salto, coloquei rapidamente meu véu e olhei para fora por uma abertura em minha tenda particular, para a planície de Basra. Levei a mão à boca, alarmada com o que vi.

Um contingente dos homens de Ali invadira nosso acampamento, ateando fogo às tendas e matando nossos soldados enquanto dormiam. Os homens de Meca apressaram-se em sair para o campo, vestindo rapidamente suas armaduras a fim de reagir àquela traição. Por um momento, achei que Ali havia nos traído, mas então o sol nascente revelou os rostos dos invasores, e reconheci-os como os malditos rebeldes egípcios, cuja inclinação para a violência nos levara àquela terrível situação. Percebi que eles haviam sido informados de nossos planos de atacá-los e adiantaram-se, tentando colocar nossos exércitos um contra o outro antes que viéssemos a nos unir para matá-los.

Corri para o campo, pedindo aos homens que parassem de lutar. Porém era tarde demais. Os sangue já havia sido derramado, e a insanidade da batalha corria nas veias. Velozes, nossos soldados atravessaram o campo para se vingar dos homens de Ali, e o pesadelo que procurávamos evitar se realizava diante de nós.

A guerra civil.

À medida que as flechas e os dardos começaram a voar a meu redor, corri para a proteção de meu palanquim. Meu bravo camelo levantou-se e tentou me levar para um lugar seguro, mas não havia para onde correr. A luta começara com determinação, e os dois exércitos de muçulmanos avançavam campo adentro, o ódio consumindo-os enquanto enfrentavam seus irmãos como bestas selvagens.

Senti as lágrimas escorrerem por minhas faces ao ver espadas chocando-se, e a linda grama esmeralda escurecendo com o sangue dos fiéis. Sangue que havia sido derramado não por idólatras ou por hordas de impérios estrangeiros, mas por camaradas muçulmanos. Gritei a plenos pulmões, implorando aos homens que eu chamava de filhos que parassem de se matar, porém minha voz perdeu-se em meio ao terrível estrondo da guerra.

À medida que a loucura se alastrava, meu camelo era cercado por uma multidão de 20 mil homens que se digladiavam brutalmente por toda parte. As flechas atingiam meu palanquim de todos os lados, mas as múltiplas camadas de armaduras me salvaram, embora ele começasse a se assemelhar ao casco de um porco-espinho.

Consegui observar o desenvolvimento da batalha através de um pequeno orifício na cortina, mas tudo o que via era um borrão de sangue e morte, e o terrível mau cheiro de fezes e matéria em decomposição me deram ânsia de vômito.

Meu camelo tentou afastar-se da carnificina, porém, para todo lado que ia, ondas de soldados inimigos vinham para cima de nós. Foi então que percebi, horrorizada, que eles estavam *em meu encalço* — os guerreiros de Ali me perseguiam. De alguma forma, eu me tornara o símbolo de toda a rebelião, e eles me tinham como o prêmio que queriam ostentar, o alvo de sua fúria.

Eu me tornara o vórtice da morte.

Nesse instante, ouvi, mentalmente, um riso frio e assustador, e senti meu braço arder. Ao abaixar a vista, meus olhos esbugalharam-se de horror.

Eu estava usando a pulseira de ouro de Hind.

Ela me dera aquele bracelete no dia em que Meca caiu, o último dia em que eu a vira. Tive vontade de jogá-la fora, mas uma parte de mim fascinara-se com a beleza obscura das serpentes entrelaçadas e do rubi. Eu disse então a mim mesma que era apenas um pequeno ornamento sem significado, e o guardara no baú onde ficavam meus poucos pertences, incluindo o colar de ônix que quase destruíra minha vida. Durante os anos, algumas vezes eu olhava para aquela pulseira, examinava sua fina arte, mas nunca a usava.

E agora, de alguma forma, ela estava ali em meu braço. E queimava como uma tocha, como se o rubi em seu centro fosse uma brasa viva. Amedrontada, tentei arrancá-la, mas estava presa em minha pele.

E o riso mental se transformou numa voz. Uma voz nítida. A voz de Hind.

*Eu sempre gostei de você, criança. Você é parecida comigo.*

Gritei de ódio.

— Eu não sou como você!

A risada ficou mais alta, e pensei que ia enlouquecer. Eu tentava lutar contra esse monstro que se instalara dentro de mim, mas ele vencia.

Então escutei outra voz, suave, gentil e familiar. A voz do Mensageiro.

*Não lute mais. Entregue-se.*

Fechei os olhos e relaxei. Deixei o ódio, a culpa e o horror passarem através de mim como a chuva descendo por um sulco na encosta da montanha. Tive a sensação de estar caindo, como acontecera naquela noite fatídica na montanha, quando Maomé e meu pai esconderam-se dos assassinos. Eu caía cada vez mais, minha vergonha e angústia despedaçando-me. Porém, não resisti. Permiti-me sentir a raiva, a dúvida, a miséria, a solidão e o arrependimento que eu prendera em meu interior, deixei tudo inundar meu coração, até me sentir tomada por eles.

Repeti em voz alta as palavras que Adão pronunciara quando foi expulso do Paraíso. As palavras que o reconciliaram com Deus. As palavras que mesmo naquele momento poderiam me libertar do peso de milhões de pecados que envenenavam minha alma. As palavras que meu marido fizera a humanidade lembrar uma última vez.

— Perdoa-me, Senhor, porque pequei.

E então a escuridão me envolveu, e não vi mais nada.

# Epílogo

# O fim do início

## Medina – 678 d.C.

O que é a fé? Essa é uma pergunta que me fiz no início do fim, e faço agora, uma vez mais, no fim do início. O crepúsculo de um mundo e o despontar de outro.

Talvez eu tenha escrito esse relato, essa compilação de memórias, com o único intuito de responder a essa pergunta, que me assombra há anos.

Quase vinte anos se passaram desde aquele dia fatídico em Basra, quando enfrentei meus mais tenebrosos demônios, e o mundo tomou direções que nenhum de nós poderia ter esperado.

Ali está morto. Muawiya reina inconteste como califa do império muçulmano.

Foi um desfecho que nenhum de nós poderia ter previsto naquele terrível e sanguinário campo no Iraque. Ali saiu vitorioso numa batalha que nunca quis travar. A pior luta centrara-se em torno de meu camelo, uma vez que seus homens queriam derrubar o símbolo mais notório do inimigo, enquanto meus próprios soldados lutavam até a morte para garantir que a Mãe dos Fiéis saísse incólume. No final, o último de meus protetores foi morto, e as pernas do pobre camelo foram mutiladas. Quando meu palanquim foi derrubado, a resistência mecana cedeu, e os homens de Ali dominaram o campo de batalha.

Eu estava dentro do palanquim revirado no chão, em choque, atingida no ombro por uma flecha. Em minha mente ainda se passavam as estranhas cenas que vivi no auge da batalha, mas meu coração estava tranquilo. Embora estivesse prestes a enfrentar a morte nas mãos de meu inimigo, permaneci calma, serena, pois entregara meu destino a Deus. Tornara-me, de fato, uma *muçulmana*.

Nesse instante, as cortinas de metal abriram-se, e uma mão gentil foi levada ao interior do compartimento para ver se eu resistira. Ao ver meu camelo tombar, meu irmão Muhammad atravessou o campo e, sozinho, teve coragem de examinar o palanquim sagrado e verificar se a esposa mais amada do Mensageiro ainda estava viva. Abracei-o com força e chorei, as lágrimas lavando meu coração como logo a chuva lavaria as manchas de sangue dos campos verdes de Basra.

Depois que Muhammad removeu a ponta da flecha de meu ombro e enfaixou o ferimento, ele me segurou no colo, como se segura uma criança, e me levou para a tenda de Ali. O califa olhou para mim com grande pesar, e vi que seus olhos verdes estavam vermelhos de tristeza.

— Zubayr está morto — disse Ali, simplesmente, e aquilo partiu meu coração. Eles haviam sido grandes amigos e lutado lado a lado, e agora um deles se fora.

De alguma forma, consegui recuperar a voz.

— E Talha?

Ali virou-se para o outro lado, sem poder responder. Muhammad tomou minha mão na sua e abanou a cabeça. Não pude conter o grito.

— Como? — Foi tudo que consegui dizer. Não importava, mas eu precisava saber.

— Não foi um dos nossos homens — respondeu meu irmão, com carinho.

— Um soldado da tribo Bani Tamin em nossa tropa disse que Talha foi traído por Marwan, que o atacou pelas costas no auge da batalha.

O mundo se desvanecia num véu de lágrimas.

Muhammad se inclinou em minha direção.

— Minha testemunha disse que Talha falou antes de morrer, mas que as palavras dele não faziam nenhum sentido — sussurrou ele.

— O que foi que ele disse?

— Ela ainda é tão linda!

---

ALI ME PERDOOU EM público e declarou seu respeito à Mãe dos Fiéis, a esposa de Maomé neste mundo e no outro. Ele conduziu as orações pelos mortos de ambos os lados do conflito. Depois me mandou de volta para Medina com uma guarda de honra.

Retornei à minha casa em silêncio, incapaz de partilhar com quem quer que fosse a profunda dor que eu trazia no peito. As outras Mães me evitaram durante certo tempo, e a única pessoa com quem eu podia contar era minha irmã, Asma. Ela foi carinhosa comigo, embora eu tenha percebido que havia uma distância entre nós. Asma não expressou isto em voz alta, mas sempre achei que nunca, de fato, me perdoara por ter conduzido seu querido esposo Zubayr à morte.

Isolada da família e dos amigos, concentrei-me em fazer o que podia para reparar o mal que infligira a nossa fé. Voltei a ensinar as *hadith*, que guardavam as veneradas palavras de meu marido. Mas renunciei ao meu envolvimento na política.

A Batalha do Camelo não foi o término da guerra civil, foi apenas o início. Muawiya recusou-se a aceitar a paz com Ali, e sua luta resultou numa guerra aberta na planície de Siffin, próxima ao Eufrates. A violenta batalha entre os muçulmanos levou a milhares de perdas em ambos os lados. Ammar, um dos soldados de Ali, homem que eu conhecera ainda criança, foi morto. Sim, Ammar, cuja mãe, Sumaya, fora a primeira mártir; Ammar, o menino que Hamza e eu resgatamos do deserto. O Mensageiro uma vez profetizara que Ammar viria a ser um mártir, como sua mãe, e que seus assassinos seriam transgressores. Quando se espalhou a notícia de que Ammar havia morrido no campo de batalha pelas mãos dos homens de Muawiya, alguns dos rebeldes ficaram abatidos, temendo que as palavras do Profeta viessem a estigmatizá-los como um grupo iníquo.

Ali ficou em vantagem. Porém, quando suas forças estavam prontas para aniquilar os regimentos de Muawiya, o esperto político propôs a paz, enviando tropas que exibiam páginas do Corão sagrado na ponta de suas lanças. Ali estava cansado da guerra entre irmãos e aceitou a proposta de Muawiya de submeter suas reivindicações antagônicas à decisão dos líderes da comunidade.

Foi uma decisão que se originou da compaixão e da diplomacia, mas alguns dos partidários de Ali alarmaram-se ao saber que ele se dispunha a negociar o que acreditavam ser seu direito divino de governar. O próprio Ali nunca reivindicara esse direito publicamente, nem para si nem para seus herdeiros, e alguns desses partidários voltaram-se contra ele como amantes rejeitados. Suspenderam seu apoio ao califa e o acusaram de traidor. Esses fanáticos tinham a convicção de que apenas eles compreendiam verdadeiramente o islã, que fora corrompido por homens como Ali e Muawiya. Esses autoproclamados verdadeiros fiéis, conhecidos como os membros do clã Khawarij, a partir de então se dedicaram a purificar o islã, destruindo todos os que se recusassem a abraçar sua intransigente visão. Eles enviaram espiões com adagas envenenadas para livrar o mundo muçulmano dos inimigos que tivessem pretensão ao trono. Desferiram um golpe contra Muawiya em seu palácio, em Damasco. O filho de Abu Sufyan sofreu um ferimento grave, mas sobreviveu.

Ali não teve a mesma sorte. Um assassino Khawarij, chamado Ibn Muljam, apunhalou-o na cabeça enquanto ele conduzia as orações em Kufa, no sul do Iraque. Ali sobreviveu por dois dias, sofrendo dores excruciantes antes de morrer como mártir. Seu desejo final foi que seu assassino viesse a ser julgado com justiça e que os muçulmanos se abstivessem de torturá-lo. Nesta última reivindicação, ele foi ignorado, e seus seguidores tornaram as horas finais de Ibn Muljam na terra dolorosas ao extremo.

Após a morte de Ali, seu filho Hasan foi eleito califa em Kufa por um breve período de tempo, mas abdicou diante de uma ameaça de ataque de Muawiya. O governador sírio, sem perder tempo, declarou-se califa, e a família do Profeta não lhe fez oposição. Muawiya foi cordial na vitória e tratou-a com magnanimidade. Concedeu-lhe grande riqueza e pensões generosas, com a condição de que se mantivessem fora da política e não desafiassem seu governo. Os netos do Profeta, Hasan e Husayn, concordaram e retiraram-se da vida pública para o tranquilo santuário de Medina. Viveram em paz no oásis, e eu os via com regularidade, sempre recebendo-os como se fossem meus próprios filhos.

Há alguns anos, Hasan adoeceu inesperadamente e morreu. Houve muito choro em Medina pelo filho de Fatima e Ali, e surgiram rumores de que ele fora envenenado pelo filho corrupto de Muawiya, Yazid, que temia que Hasan desafiasse o poder de Damasco quando o califa morresse. Não sei se isto é verdade, mas eu soube que o clã dos Omíadas é impiedoso e cruel.

Em meio a todo esse desvario, enfrentei minha própria dolorosa tragédia perpetrada pelas mãos de integrantes da tribo dos Omíadas. Meu irmão fugitivo, Muhammad, foi finalmente capturado pelos homens de Muawiya. O governador de Damasco quis que Muhammad fosse enviado a ele para ser julgado por seu envolvimento nos acontecimentos que levaram à morte de Uthman. Porém, meu orgulhoso e intempestivo irmão insultou seus captores com tal intensidade que eles desobedeceram a Muawiya e o mataram de imediato. Mesmo agora, enquanto escrevo esta carta, minhas mãos tremem diante do horror de seu procedimento hediondo. O comandante Omíada adicionou atos profanos ao crime de assassinato. O odioso homem pegou o corpo de Muhammad e jogou-o dentro da carcaça de uma mula morta e, em seguida, ateou fogo.

Chorei durante dias quando tomei conhecimento da terrível notícia. Além do mais, em meio a meu sofrimento, Ramla, a filha de Abu Sufyan, que se casara com meu marido, cometeu o ato infame de esfregar sal em minha ferida. Mandou seus servos assarem um cordeiro e depois deixarem a carne a minha porta, com uma nota dizendo que ele havia sido torrado como meu irmão.

Desse dia em diante, nunca mais comi carne. Nunca perdoei a cruel Ramla, nem voltarei a ter por ela nenhuma consideração, mesmo que nos reunamos como Mãe dos Fiéis no Dia do Juízo Final.

---

NA NOITE PASSADA, O Mensageiro de Deus apareceu para mim em sonho. Ele trajava verde e estava envolto por uma luz dourada. Abaixei a cabeça, envergonhada demais para lhe dirigir o olhar. Mas ele tomou meu rosto em suas mãos, me fez erguer a vista e olhar em seus olhos.

— O que vai acontecer comigo, meu amor? — perguntei. — Pois eu temo que, quando meu dia chegar, meus pecados se apossarão de minha alma e me puxarão para as trevas.

Maomé sorriu para mim, seus olhos cintilando com um esplendor etéreo.

Ele repetiu as palavras do Corão sagrado que eu ouvira antes, numa época em que a esperança fora obscurecida pelo temor à morte.

*Deus é o Protetor dos fiéis; é Quem os retira das trevas, e os transporta para a luz.*

Em seguida, desapareceu e acordei sabendo que o dia de minha morte se aproximava rapidamente.

---

ASSIM CHEGAMOS AFINAL A este momento, querido Abdallah, filho de minha irmã.

O que é a fé?

São recordações. De um tempo quando tudo era perfeito no mundo. Quando não havia medo, nem julgamento, nem morte.

São recordações de um tempo anterior ao nosso nascimento, um farol que nos conduz de volta, do fim ao início, à lembrança do lugar de onde viemos.

São recordações de uma promessa feita antes de a terra ter sido formada, antes de as estrelas brilharem no mar primordial.

A promessa de que nos lembraremos daquilo que aprendemos nesta viagem, para que possamos completar todo o ciclo, retornar ao ponto de origem. O mesmo ponto, mas, ainda assim, diferente.

Mais velhos. Mais sábios. Cheios de compaixão pelos outros. E por nós mesmos.

O que é a fé?

É a recordação do amor.

# Posfácio

## Em Nome de Deus, o Clemente, o Misericordioso

*E*u, Abdallah ibn al-Zubayr, acrescento estas palavras para concluir o relato de vida de minha querida tia. Já se passaram mais de dez anos desde a morte de Aisha bint Abu Bakr, mas ainda me lembro de seus momentos finais como se fosse ontem. Como membro de sua família, era um dos poucos homens a quem era permitido ver seu rosto, que continuava belíssimo e praticamente intocado pela devastação do tempo. Sua pele permanecia alva e macia, como a de um bebê, com apenas algumas linhas maculando suas feições esculturais. Embora já estivesse próxima aos setenta anos, seus olhos dourados permaneciam vibrantes e cheios de vida, mas também refletiam a tristeza que carregava desde a Batalha do Camelo.

A doença final foi muito difícil para ela. Seus dedos foram tomados pela dor, mas, ainda assim, ela conseguiu terminar seu relato, levada pela necessidade interior de contar sua história antes que outros o fizessem por ela. Depois que terminou o livro, entregou-o a mim, e em seguida retirou-se para sua casa, de onde não mais sairia. Quando a doença a dominou, minha mãe Asma e eu passamos as horas finais a seu lado, do mesmo modo que milhares de fiéis, homens e mulheres, que oravam por sua recuperação, reunidos do lado de fora da *Masjid*.

Lembro-me de como ela pareceu assustada quando se aproximou o momento da morte, e foi profundamente doloroso para mim ver uma mulher que sempre fora tão forte encurvada de medo, como uma criança. Eu a fiz lembrar de que não tinha nada a temer, de que era a amada do Amado de Deus, e de que todos os seus erros seriam perdoados. Entretanto, ela parecia alheia às minhas palavras, e sussurrava repetidamente *Astaghfirullah* — Eu busco o perdão de Deus.

Quando o sol começou a se pôr e o céu se cobriu de um tom avermelhado, como um dia fora a cor de seus cabelos, vi a respiração de Aisha desacelerar e percebi que sua hora havia chegado. Minha mãe, sua irmã mais velha, tomou a mão de Aisha na sua e apertou-a num gesto de conforto.

Ouvi então o vento soprar forte do lado de fora, e as pesadas cortinas, penduradas à porta de minha tia, começaram a farfalhar. Por um instante eu juraria ter escutado uma voz soando através do véu. Uma voz suave que pronunciava o nome que fora dado a Aisha pelo Mensageiro de Deus.

*Humayra.*
Esse era um nome que não havia sido pronunciado em voz alta desde a morte de Maomé, que a paz e as bênçãos de Deus estejam com ele. Talvez eu tenha imaginado isso, mas se foi imaginação, eu não estava sozinho. Minha tia se mexeu ao ouvir a voz trazida pelo vento. E foi como se lhe surgisse a lembrança da alegria, pois as orações apavoradas de Aisha foram interrompidas. Ela dirigiu o olhar para o outro lado da sala, para a parte da casa fechada com uma cortina, onde o Profeta, meu avô Abu Bakr e o califa Umar haviam sido enterrados.

Eu a vi sorrir, seu rosto radiante como o de uma noiva no dia do casamento, e ela falou com alguém que nem minha mãe nem eu conseguimos ver.

— Meu amor... — disse Aisha.

Em seguida, morreu.

Nós a enterramos no *Jannat al-Baqi*, o cemitério que é agora o local de descanso da maioria daqueles que conheceram o Mensageiro de Deus e viveram a seu lado. Com a morte de Aisha, sobravam poucos na terra que haviam visto e falado com o venerado Profeta, e tudo que restava eram as histórias de sua vida, as *hadith*, que essas poucas pessoas haviam deixado, em forma de relatos detalhados, para as gerações futuras.

Durante os últimos dez anos, muita coisa havia mudado, e não para melhor. Pela graça de Deus, o império muçulmano continuou a crescer e agora se estende de Kairouan, no norte da África, até o rio Indo. Constantinopla permanece firme, mas os muçulmanos estão dispostos a tomar a base da cristandade. Por ora, estamos satisfeitos em manter o controle das ilhas de Rodes e Creta, de onde os fiéis expandirão nossos domínios para tomar o império romano, *insha-Allah*, se for da vontade de Deus.

Mesmo que nosso império sobrepuje os de Alexandre e César, há uma crescente inquietação em nossos corações. Pois desde a morte de Ali, contra quem, envergonha-me dizer, lutei em minha juventude, o centro espiritual da liderança muçulmana foi tomado por homens hábeis e ardorosos, mas de moral questionável. O califa Muawiya conseguiu trazer a ordem e a prosperidade após anos de guerra civil, e seu governo foi em geral benigno e sábio. Porém, sob seu comando, as motivações principais quanto às questões de Estado eram a conveniência e o aspecto prático, e os ideais de nosso Profeta sagrado degeneraram-se em meras platitudes nos lábios de governadores corruptos. Comove-me dizer que agora os muçulmanos lutam por riqueza e glória em lugar de justiça e um mundo melhor para a humanidade.

Não me opus ao governo de Muawiya durante sua vida, e orei por ele em sua morte. Entretanto, ele, que ficou famoso como o grande unificador da nação muçulmana, cometeu um terrível engano, que levaria nossa *Ummah* a sua segunda guerra civil. Nos seus últimos anos de vida, o amor paternal de Muawiya se sobrepôs a sua sabedoria. O Califa indicou seu odiado filho como sucessor, um jovem que era mais conhecido por suas bebedeiras e arruaças do que por suas qualidades de estadista, e muitos dentre os muçulmanos ficaram horrorizados. Como líder, Muawiya fizera grandes esforços para manter publicamente as leis do islã e o respeito pelo Profeta, mas seu desprezível filho agora usava o trono herdado para se entregar à devassidão e compor poemas blasfemadores negando a verdade do Corão sagrado.

Foi quando meu amigo e mestre Husayn, o último neto sobrevivente do Mensageiro de Deus, se rebelou contra a tirania de Yazid. O mais amado dos familiares do Profeta deixou a segurança de Medina e foi para o Iraque, como fizera seu pai, Ali. Esperava obter o apoio do povo para se posicionar contra essa nuvem negra que buscava impedir que a luz de Deus guiasse a *Ummah*. Então ocorreu a maior das tragédias, pois, na pequena cidade de Karbala, as forças de Yazid lançaram-se sobre o pequeno grupo de 72 fiéis conduzido pelo neto do Profeta. Eles massacraram esses homens sagrados, que buscavam apenas lembrar os muçulmanos de que o exercício do poder sem fé nos corromperia e destruiria, como havia acontecido com todos os impérios da História.

Meu mestre Husayn foi decapitado, e a maior parte de sua família foi assassinada, incluindo seu pequeno filho, Abdallah. Enquanto escrevo essas palavras, as páginas se mancham com minhas lágrimas, pois para mim era inconcebível que homens que se denominavam muçulmanos atacassem Husayn, o menino que o Profeta carregou nos braços, o homem em cujo sangue ainda corre a bênção da Revelação.

A trágica morte de Husayn acendeu um fogo que está vivo até hoje. Quando vi como o réprobo Yazid havia tratado o neto do Profeta, ergui a cabeça em Meca e denunciei seu regime. Sem mais ninguém da linhagem do Profeta para liderar — o único filho sobrevivente de Husayn, Ali Zain al-Abideen, era mantido refém em Damasco e havia sido forçado a renunciar à política — proclamei um novo califado que traria de volta o exemplo moral estabelecido pelo Mensageiro e seus quatro sucessores, que eram agora chamados de os Califas Bem Guiados.

Minha rebelião em Meca trouxe a ira do exército dos membros do clã dos Omíadas, e, embora meus homens tenham resistido com bravura por sete meses, temo que a cidade logo venha a ser conquistada pelas forças de Yazid. Conduzido por seu monstruoso general, Al-Hajjaj ibn Yusuf, eles romperam cruelmente os limites da cidade sagrada e cercaram até mesmo o Santuário com suas catapultas. Eles não demonstram nem misericórdia para com o povo nem reverência pelos locais sagrados, e meu coração sofre ao escrever que hoje pela manhã os guerreiros lançaram fragmentos de rochas em chama no centro da cidade, e até a Caaba Sagrada foi incendiada.

Está claro que as forças de Yazid tomarão Meca antes do pôr do sol, e serei morto em seguida. Com minha morte, restará apenas minha mãe, Asma, da geração dos *Sahaba*, os Companheiros contemporâneos do Mensageiro de Deus. Ela está com quase 90 anos, mas teimosamente se apega à vida, da mesma forma que teimosamente permaneceu ao lado do Profeta, de seu pai Abu Bakr e de sua irmã Aisha, na causa da justiça, há tanto tempo.

A batalha foi perdida hoje. Mas, quando olho para as ruínas flamejantes da Casa Sagrada, vejo que a guerra continuará por muito tempo após a minha morte e a de todos aqueles que conheceram o Mensageiro. A luta deixou de ser entre os pagãos e os que creem em um único Deus. Esse argumento não está mais em questão. A nova guerra é entre os que lutam pela religião do amor e da justiça que Maomé ensinou e os que se escondem sob o disfarce de islã para cometer assassinatos e perpetrar atrocidades.

E embora eu sofra por haver alguns que sempre distorcerão a Palavra de Deus para justificar seus crimes, não posso me considerar superior a eles, pois mesmo os justos podem se tornar vítimas dessa tentação. Minha tia Aisha permitiu que as paixões de seu coração a consumissem em seu conflito com Ali, como também o permitiram homens bons como Talha e meu pai Zubayr. Eu mesmo o permiti no trágico campo de Basra. Porém, ao contrário desses invasores que se disfarçam em defensores do islã, fomos sábios o suficiente para reconhecermos nossos erros e nos arrependermos do *fitna*, o caos que causamos.

E se há algo que aprendi no islã, um princípio que me dá esperança neste triste dia em que, ao meu redor, a cidade sagrada é consumida pelo fogo, é isto: que Deus é Clemente e Misericordioso e aceita o arrependimento sincero de Seus servos. Que não importa quão profunda seja a queda nas trevas, Ele está sempre pronto a conduzi-los de volta à luz.

E é essa compreensão que me dá esperança para o povo. Pois não importa quantos falsos pregadores surjam para espalhar a morte e a corrupção em nome do islã: a verdadeira mensagem de nosso venerado mestre, Maomé ibn Abdallah, o Profeta de Deus, nunca se perderá. A mensagem de união e de amor a toda a humanidade.

Portanto, agora que minha vida se aproxima do fim, pego esses escritos de minha querida tia Aisha, Mãe dos Fiéis, e enterro-os fundo nas areias de Meca, esperando que sejam recuperados um dia, quando sua mensagem se fizer premente.

Se você os encontrou, caro leitor, então isso significa que esse dia é hoje.

Que a paz esteja com você. E que as bênçãos de Deus sejam derramadas sobre nosso sagrado Profeta Maomé e sobre sua família e seus Companheiros.

Amém.

# Nota do autor

Este livro é uma obra de ficção. Embora baseado em acontecimentos históricos, não é um relato histórico desses acontecimentos. Os leitores interessados em adquirir mais conhecimento sobre o islã e a vida do Profeta Maomé e de sua esposa Aisha são convidados a ler algumas das excelentes obras que me serviram de referência para escrever esta narrativa. Entre esses livros encontram-se a brilhante biografia escrita por Martin Lings, *Muhammad: A vida do Profeta do islã segundo as fontes mais antigas*, bem como as excepcionais obras de Barnaby Rogerson, incluindo *O Profeta Maomé: uma biografia* e *The Heirs of The Prophet Muhammad*.

Aqueles que buscam uma perspectiva acadêmica ocidental sobre a vida de Maomé e seu legado podem procurar a obra seminal de Montgomery Watt, *Muhammad: Prophet and Statesman*, como também o respeitado livro de Karen Armstrong, *Maomé: uma biografia do profeta*.

Os leitores que procuram se aprofundar na vida de Aisha obterão uma vasta quantidade de informações sobre ela e outras notáveis mulheres muçulmanas no livro de Jennifer Heath, *The Scimitar and the Veil: Extraordinary Women of Islam*. Aqueles que têm fascínio pela história militar relacionada ao surgimento do islã encontrarão uma extraordinária análise em *Muhamma:, Islam's First General*, de Richard A. Gabriel. *The Great Arab Conquests*, de Hugh Kennedy, é também uma excelente fonte para os que desejam entender como um pequeno grupo de guerreiros do deserto deu origem de forma improvável a um vasto império e a uma civilização que permanecem vibrantes e influentes no mundo atual.

Os leitores interessados em uma introdução à fé islâmica e às suas práticas poderão encontrá-la nos livros *The Complete Idiot's Guide to Islam*, de Yahiya Emerick e *No god but God*, de Reza Aslan. Aqueles que buscam um aprofundamento nos valores espirituais do islã e querem saber o que a religião oferece ao mundo de hoje devem ler *Islam and the Destiny of Man*, de Charles Le Gai Eaton e *The Heart of Islam: Enduring Values for Humanity*, de Seyyed Hossein Nasr. Um olhar mais profundo sobre a essência do islã pode ser encontrado em *The Vision of Islam*, de Sachicko Murata e William Chittick, bem como no texto clássico, *Para compreender o islã*, de Frithjof Schuon.

Há muitas traduções do Corão sagrado hoje no mercado, mas considero três delas particularmente apropriadas aos leitores ocidentais que têm domínio da língua inglesa. *The Qur'an: Text, Translation and Commentary*, de Abdullah Yusuf Ali, é uma das mais apreciadas e é útil aos iniciantes nos estudos da fé muçulmana. A magnífica tradução de Muhammad Asad, *The Message of the Holy Qu'ran*, é escrita tanto numa linguagem acadêmica, quanto sob o ponto de vista de um europeu convertido à fé islâmica, que sabe como explicar as escrituras à mente ocidental. Para os que procuram uma tradução simples, que não seja inundada de comentários, recomendo *The Qu'ran*, de M.A.S. Abdel Haleem, publicada pela Oxford University Press. Uma tradução mais antiga, porém ainda popular, é *The Glorious Qu'ran*, de Muhammad Marmaduke Pickthall.

Escrever um romance sobre o nascimento do islã e as extraordinárias personalidades do Profeta Maomé, de Aisha e dos membros da primeira comunidade muçulmana foi um processo extremamente desafiador e gratificante. Comparadas às limitadas informações que se encontram sobre Jesus, as origens do islã e a vida do Profeta foram documentadas com um grau de detalhamento histórico considerado extraordinário pelos ocidentais. Diz-se que sabemos mais sobre Maomé do que sobre qualquer outro homem na História, uma vez que seus seguidores registraram meticulosamente tudo o que puderam sobre seu venerado mestre, desde sua aparência física, sua conduta diária e hábitos alimentares a detalhes surpreendentemente íntimos de sua vida pessoal com suas esposas. Muito disso pode ser creditado à extraordinária memória de Aisha, responsável por transmitir mais de 2 mil *hadiths*, ou relatos orais, de sua vida com o Profeta e dos ensinamentos dele.

O conjunto de dados históricos sobre o Profeta Maomé é surpreendente em sua profundidade e detalhes, mas sua vida permanece uma questão controversa. Fiéis e não fiéis obviamente interpretam as histórias de Maomé de acordo com suas próprias perspectivas em relação à verdade sobre a missão espiritual do Profeta. No interior da própria comunidade muçulmana, a interpretação dos fatos históricos é frequentemente debatida com fervor entre as diferentes seitas do islamismo, a sunita e a xiita.

Quero que saibam que sou um muçulmano fervoroso e praticante. Teologicamente considero-me sunita, e espiritualmente sinto grande inclinação pelo sufismo, a essência mística do islã. Por linhagem, sou um *sayyid*, descendente direto do Profeta por meio de sua filha Fatima e de seu neto Husayn. Para mim, este romance foi tanto uma viagem gratificante ao coração de minha tradição religiosa como um estudo elucidativo das pessoas apaixonadas e complexas, que foram meus antepassados. Eles eram homens e mulheres simples, que viviam num deserto remoto, e por isso mesmo poderiam ter sido esquecidos pela História. Entretanto, pelo mero poder da fé, conseguiram virar o mundo de cabeça para baixo.

Gostaria de me deter um momento para comentar um dos aspectos mais controversos da minha narrativa, pelo menos para a maioria dos leitores modernos. Recentemente, tem havido muitas discussões a respeito da idade de Aisha ao se casar com o Profeta Maomé. Estima-se que ela estivesse entre o início da adolescência e os 20 e poucos anos. O relato mais polêmico é o de que ela teria 9 anos por ocasião de seu casamento, o que alguns críticos modernos tentaram usar para manchar a reputação do Profeta com a acusação provocadora de pedofilia. Em resposta a essas acusações, muitos muçulmanos estão agora realizando diversas análises históricas na tentativa de limpar seu nome e reputação. O que é evidente é que Aisha era bem jovem por ocasião de suas núpcias, no entanto, seu casamento não foi de forma alguma controverso, e jamais foi motivo de crítica entre os inimigos do Profeta durante sua vida, ao contrário do casamento dele com Zaynab bint Jahsh. Então, é óbvio que qualquer que tenha sido a idade de Aisha, isso era irrelevante para seus contemporâneos e considerado uma prática vigente no contexto social da Arábia do século VII.

Em meu romance, escolhi enfrentar diretamente a controvérsia no tocante à idade de Aisha, usando o relato mais polêmico, de que ela tinha 9 anos quando consumou seu casamento. A razão pela qual fiz isso é para mostrar que é tolice projetar valores modernos sobre outro tempo e outro mundo. Num ambiente desértico, onde a expectativa de vida era extremamente baixa, casar-se cedo não era um problema social — era uma questão de sobrevivência. Os historiadores cristãos modernos não veem problema em sugerir que Maria tinha em torno de 12 anos quando engravidou de Jesus, uma vez que essa era a idade normal para o casamento e a gravidez na Palestina do século I. Entretanto, ninguém enxerga a gravidez precoce de Maria como algo perverso, porque é fácil entender que a expectativa de vida era tão baixa naquele mundo que a reprodução se dava logo após a primeira menstruação.

Uma análise antropológica interessante do início da puberdade nos tempos antigo e moderno pode ser encontrada em *Mismatch*, de Peter Gluckman e Mark Hanson. O estudo desses autores demonstra que as normas sociais modernas se desenvolveram de maneira a se opor às pressões evolucionárias para as meninas menstruarem e terem filhos em uma idade tenra. Esses conflitos eram menos aparentes nos tempos antigos, quando a sobrevivência superava outras preocupações. As meninas em muitas culturas antigas eram consideradas mulheres adultas imediatamente após o aparecimento de suas primeiras regras. Projetar normas sociais modernas sobre aqueles ambientes do passado é errôneo e reflete uma falta de compreensão da História e da natureza humana.

É por essa razão que escolhi usar o relato mais controverso como base para a minha história.

Para terminar, devo observar que nem todos os muçulmanos concordariam com a minha interpretação do islã nestas páginas ou com a maneira como apresento a vida do Profeta e o papel de Aisha na história muçulmana. É compreensível. Incentivo aqueles que discordarem da minha apresentação a escrever livros que reflitam a verdade da forma como seus corações a veem. Na verdade, espero que chegue o dia em que romances sobre o Profeta Maomé, Aisha e Ali se tornem tão comuns na literatura ocidental como os estimados livros sobre figuras históricas como Alexandre, o Grande, Júlio César, Cleópatra e a Rainha Elizabeth I.

Minha intenção ao escrever este romance foi proporcionar aos ocidentais um rápido olhar sobre a riqueza que existe nas tradições históricas muçulmanas e convidar meus leitores a conhecer mais sobre o islamismo e a tirar suas próprias conclusões. Se fui bem-sucedido, o crédito pertence apenas a Deus. Os fracassos, entretanto, são todos meus.

## Agradecimentos

Publicar o primeiro romance é um ato de fé. Muitas pessoas uniram-se a este projeto e a ele dedicaram tempo e esforço preciosos apenas por acreditarem em mim e em meu livro. Gostaria de me deter um instante para fazer agradecimentos especiais a algumas das pessoas que desempenharam um papel fundamental nesta aventura.

Em primeiro lugar, agradeço a Rebecca Oliver, a mais extraordinária agente literária que qualquer autor pode querer. Há apenas algumas pessoas que, sozinhas, mudaram a minha vida. Você está no topo dessa lista.

Agradeço a Judith Curr e à excepcional equipe da Atria Books por promoverem meu trabalho. No atual cenário político, muitos editores hesitariam em apoiar um livro de ficção sobre o nascimento do islã. Entretanto, Judith demonstrou mais uma vez ser uma visionária, firme em suas convicções.

Agradeço a Peter Borland, meu editor e amigo, que com paciência e entusiasmo conduziu este romance à publicação. A Rosemary Ahern, cujas sugestões minuciosas ajudaram-me a dar uma forma definitiva ao livro. E a Suzanne O'Neill, quem primeiro demonstrou entusiasmo pela ideia de um romance sobre Aisha, e que deu o pontapé inicial a esta obra.

Ao meu agente de televisão, Scott Seidel, por distribuir meu manuscrito inicial entre seus colegas em Nova York. Quando contei a Scott que queria publicar meu romance, ele prometeu fazer o possível para viabilizá-lo. Scott foi fiel à sua palavra, uma qualidade rara em Hollywood.

Agradeço a Jennifer Levine e a Jason Newman pelo esforço dedicado ao longo e árduo processo de confecção deste livro em meio à intensa atividade da minha carreira no cinema e na televisão. E a todos os meus agentes na Endeavor, que me abriram tantas portas como escritor: Tom Strickler, Ari Greenburg, Bryan Besser, Tom Wellington, Hugh Fitzpatrick, e muitos outros. Obrigado por terem me levado a sério sempre que eu surgia com uma ideia nova e excêntrica.

Agradeço à minha irmã mais velha, Nausheen Pasha-Zaidi, a primeira escritora a publicar um livro em minha família. Seu belo romance, *The Colour of Mehndi*, foi um grande incentivo para que eu não deixasse nada para depois e começasse a escrever. À minha irmã mais nova e melhor amiga, Shaheen, que pacientemente leu cada uma das páginas deste livro enquanto ele estava sendo concebido e nunca hesitou em fazer críticas construtivas.

E aos meus pais. Por me estimularem a sonhar.

Este livro foi composto na tipologia Adobe Garamond
em corpo 11.5/15.2, e impresso em papel off-white 80 g/m²
no sistema Cameron da Divisão Gráfica da Distribuidora Record.